地上の楽園

秋から冬へ

ウィリアム・モリス 著

我が妻君《つまぎみ》に
我、この書物を捧げん　—モリス

左はD・G・ロセッティが描いたモリスの「妻君」ジェーン。画名は「プロセルピナ」。

森松 健介 訳

音羽書房鶴見書店

訳者前書き

本書は、ウィリアム・モリス (William Morris, 1834-96) の長編詩『地上の楽園』(*The Earthly Paradise*, 1868, 69, 70) の後半を訳したものである（「秋から冬へ」は訳者の命名）。従ってこれは拙訳『地上の楽園――春から夏へ』の続編という事になる。本書所載の十二話と「エピローグ」、モリス自身による「後書き」('L'ENVOI') のうち、「十二月」、「一月」の四話と「二月」の第一話は九十一年前に矢口達氏が訳しておられるが、残りの七話と最後の短い二歌は本邦初訳である。矢口訳は参照させていただいたが、拙訳はそれに捕らわれていない。しかしどんな場合にも、初訳には大きな敬意を払うべきである事は言うまでもないし、また、私自身の訳文にも、原稿提出段階において疑問点を残している個所がいくつもある。何度も考え直した個所であるから、校正時に果たして訂正できるかどうかも怪しいものだ。* それ以外にも考え違いがあるに違いない。モリスの原文は、後半部では不明瞭な部分が多いというのが私の勝手な感想である。しかしこの程度のものでも、私のような馬鹿者が企てなければ飜訳はなされないだろうから、出版されないよりはまし、というつもりで世に出す。

*校正時に改善した。

ヴィクトリア時代の中・長編詩には、興味深い作品が多いにもかかわらず、邦訳に関しては（桂文子氏、上村盛人氏等々の、瞠目すべき業績などはあるが）、いつまで待っても未訳のままに残されている名篇が十指に余る。またヴィクトリア時代の小説については、次々に意欲的な論集が発刊されるのに、詩についてはこうは言えない。学会内でヴィクトリア朝詩歌を扱うのは、イギリス・ロマン派学会のごく一部の方々だけのように思われる。

私は老齢を顧みず、今なおこのロマン派学会だけにはしがみついている。今後何らかのかたちで、本書以外にもヴィクトリア朝詩歌を扱って、この学会内の詩歌読みの名人たちから批判を浴びたいものだと思っている。

ところで、本訳著『地上の楽園――秋から冬へ』の原典としては、各巻にモリスの令嬢メイ・モリスがイントロダクションを付した *The Collected Works of William Morris*, London, New York, Bombay, Calcutta, Longmans Green and Company, 1910–11 の第Ⅴ～Ⅵ巻を用いた。この全集は一九六六年に Russell & Russell 社から出た同タイトルの翻刻版、また一九九二年に Routledge/Hoemmes 社と Kinokuniya が共同で出版した同タイトルの翻刻版と、内容、版組その他全く同一である。Kelmscott Press 版完本（インターネットで参照可能だが僅かな落丁あり）も参照し、また訳注・解説付きの Boos, Florence S.(ed.) *The Earthly Paradise, In Two Volumes*, New York & London, 2002 も参考にした（本訳書ではその第二巻）。訳注は Boos の注、各種英語辞典、百科事典、神話事典、インターネットでの解説等に助けられて付したものだが、Boos だけのお蔭を蒙ったものにはその旨記した。本文中の各所に施注したほか、解説じみた長い訳注（「訳者より」）を各物語や、一部の抒情詩に付し、さらに全編への解説を巻末に添えた。モリスの原典については Boos に詳しいが、転載は遠慮した。

さて「訳者あとがき」にも謝意を述べるけれども、明日原稿を提出するに当たって、音羽書房鶴見書店の社主である山口隆史氏の、極めて温かいお励ましに心らの感謝の一端を、この「前書き」にも記させていただきたい。思ったより脱稿が遅くなったが、氏が私の遅筆を見越して、前書『地上の楽園――春から夏へ』の帯に「続巻一七年二月」と記して下さったのも有難かった。比較的落ち着いて訳出に取り組めたのも氏のお蔭である。

二〇一六年六月一九日

森松　健介

目次

『地上の楽園』

——秋から冬へ

訳者より１

本書に収めた十二の物語詩は、本書の姉妹編『春から夏へ』に較べて、多少なりとも陰鬱な蔭の多い題材を歌い、人間性のなかに潜む、不幸を呼ぶ要素が浮き彫りにされる。心が晴れる幸せな話を好まれる方には、「九月」の第二話、「十月」の第一話や、特に「二月」の第二話をお奨めしたい（但しめでたい結末を持つ話は他に幾つもある）。

本書ではほぼ全編に亘《わた》って**城門、防壁や城壁**が描かれる。表紙は英国にローマ帝国が建設した都の防壁と、防壁内部に繋がる城門を表している（この痕跡を明白に残すエクスター市の写真をPC上で見つけ、自らの目でそれを確かめようと訳者はエクスターを訪れた。市民が自由に通れる、深い階段下の歩道《フットパス》に、超えがたい姿で壁は保存されていた。大聖堂を僅かに離れた窪地にある。上の写真【訳者撮影】も参照）。

今日、エクスター市民はほとんどこの歩道を通らないように思われた。隣の大聖堂広場の賑わいと、千八百年昔の壁道は対照的である。テロの危険を除けばイギリスは平和だ。

こうした防壁は都の中枢を外敵から護るために建てられた。下の写真は、ある北国の防壁を示している。大聖堂と都を護る壁だ。写真右側は外敵の来る側である。壁のなかに見える塔から、門番が常時敵を見張る。本書に描かれる古代・中世の国家は、アイスランド全土とノルウェイを除けば全て都市国家であり、王様はその小さな国家の首領に過ぎない。都の中枢には宮廷人と上流・武士階級が住み、農民・漁民・商工業者は都の壁の外に住んでいた（但しトロイア戦争では市民全てが城壁内部に居たようだ。ギリシア軍は防壁の堅固さ故に苦戦し、最後には「トロイアの木馬」を城門から潜入させて勝利を得た）。

都の中枢だけではなく、王の居城や聖堂そのものもまた、壁に囲まれていた（我が国におけると同じく、深い濠《ほり》が居城の周囲に巡らされる事もあったが）。万里の長城、メキシコとの国境に建設が叫ばれた防壁も同じ発想によるものである。

なお原文一行を訳文一行に収めるため、漢字を多用した。

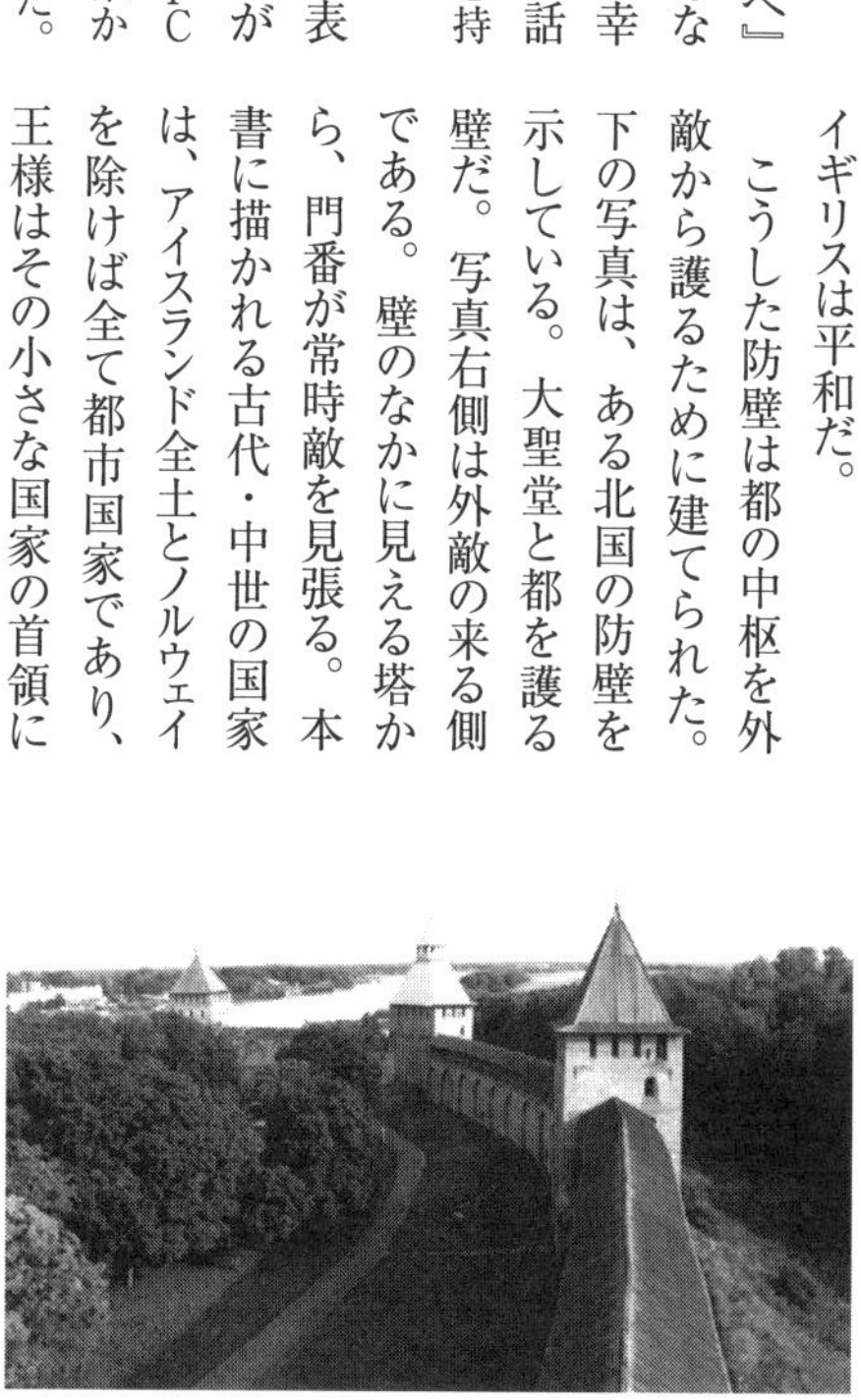

九月

第一話でオイノーネの医術を懇願するパリス。
英国の画家ヘンリ・ジャスティス・フォード (1860–1940) 画。

九月

おぅ来たか、春の希望によって、花々の群れ咲く彼方《かなた》に
憧れを持って遠望されていた君《九月》よ、僕に何を持ってきた？
緑に映える草むらは、露にしとど濡《ぬ》れる斜面の日向《ひなた》に——
斜面は吊り下がる黄金の実と灰色の葉を持つ林檎樹の下。
《秋》がそうありたいと願う通りに草も実も動かずに熟す、
だが《秋》は昇る朝日から悲しげに両眼を覆い隠す、
そして夕べには、昼が終わるとて露玉で泣き尽くす。

《秋の朝》よ、どんな幻想を僕に与えるつもりか、
君の哀愁に満ちた魅力をさらに美しくするために。
まだ生まれ来ぬ人々についての話された事のない語りか？
君の涼しい芝生を、優美に音もなく横切るために
優しげに足運ぶ灰色の服着た乙女らが君の心当たりか？
柔和な目の九月、君の悲しげな心は僕に憧れを呉れるのか、
名もつかぬ内気な憧れに命与えて僕の歌に入れるのか？

おぉ憧れる僕の眼よ、長く憧れて見、虚しく眺め給え！
痛み続ける心よ、穏りなく精一杯憧れよ、だが賢くあれ、
お前が無頓着な眼で、昔一度見た情景を悲しく崇《あが》め給え、
そしてその情景を二度と望まぬほどにすばしこくあれ！
お前は、今目覚めた寝ぼけ人《びと》のように、もう一度あの夢、
愛してくれる女を両腕に抱いて喜んだ夢を、ゆめゆめ
思い起こそうとする事なかれ、左様さほどに悪賢くあれ。*

＊この当時モリスは、美女妻ジェインがD・G・ロセッティに思いを寄せている事に悩んでいたとされる（但し長女メイ・モリスは母《ジェイン》の病気のため、子たちはハワド夫妻に預けられたと書いている＝『全集』第五巻 wij 頁）。なお『地上の楽園』全巻は妻ジェインに献呈された。
また『春から夏へ』にも注記したとおり、モリスのこの長編詩は全詩行が脚韻を有している。この事に読者の注意を向けるため、全篇のところどころに、訳文に脚韻まがいを交えたが、この頁に見えるとおり、拙さ丸出しである。

九月最初の集まりを前に

（この小見出しは原著にはない）

果物の実る若い九月の樹に囲まれて老人たちの次の会。
彼らの心は静穏だった。人間が忘れているのが最善の事を
喜んで忘れていたからだ。そして忘れる事が可能ならば
そんな事を忘れていられるような、まさにそんな日だった。
晴れていて、雲一つなかったが、それでも
風がないために灰色の靄《もや》が、輝く青空に
薄衣をまとわせていた。焼けるほどには暑すぎず、
ひんやりともせず、この高齢の人びとの血に、
苛立たしく追い払い難い絶望の記憶を呼び起こさない。
それとともに、この美しい秋の季節には、稔り多い
この一年に約束された事は全て果たされるように見えた。
川の流れに沿った平地では、一日じゅう、
林檎を収穫する人たちの騒ぎが
賑《にぎ》やかに聞こえていた。流れの向こうには北向きの斜面が
立ち昇っていて、そこでは豚の群が、鎌や大鎌がすでに
先月以来、姿を変えてしまったこの斜面を
歩きまわっていた。しかしこれらの群の上に
灰色の樹の幹と幹のあいだから、段々に作った道と、
その上の葡萄の木々が、次々に列をなすのが見えて、
すっかり細まり、今は黄色がかった、粉をふく葡萄の葉。
だがその葉は輝かしく色づく葡萄の房を隠しはしない。

　そこに昼間が続く限り、この老人たちは木蔭のなかに
坐っていたが、言葉を発するのを惜しむかのようだった。
なぜなら農作業の若者たちが、収穫にあくせくしはせず、
収穫籠の上で歌を歌ってもよいほど楽しげにに働く姿を
見ているのが嬉しく思えたからだった。
また若者たちは労働が終わるのを待ち望んではいなくて
その眼が、乙女たちの眼から、何か望ましい
表情を得たい風情《ふぜい》だった。こうして真昼には
深緑の畑で労働を遊びのように過ごした男女は
食事のために暫《しば》くは、収穫を思いとどまるのだ。
こんな時、高齢者たちには、このような情景のなかで
覚えている伝説をできるだけ語って、やって来る夜には
ワインと眠りによって、夜独特の重苦しい思いを
埋《うず》めさせてしまうのが最善の事と思われるのだった。
こうして、ゆっくりとしか動かない秋の太陽が、その光を
花の冠を被《かぶ》った若い頭に這わせ、彼らの灰色に澄みきった
眼と情熱籠めた唇に投げ、金色の果物のあいだに見える
若やいだ円い手足に光らせる間《かん》――果物自体が、幸せな日々、

そして愛と、煩《わずら》いのない命《いのち》が産み出したものだったので
甘く麗しかったが――また、光を弱めた太陽が
薄雲を引き上げる間《かん》に、この話は語り始められた。
悲しい物語だが、集まっている老人が繋がれている軛《くびき》を*
羽毛の重さほどにも重苦しくはしない悲しさだった。

　*逃れる事のできない、間もなくやってくる《死》という運命的拘束。

悲しい話で、また若い人びとにならば、話の甘美の故《ゆえ》にのみ
信じられる話である――若人《わこうど》は、《悲しみ姫》が夢のように
裾を閃《ひらめ》かしつつ頭上を飛び去る時に自分に投影する優姿《やさすがた》、
《悲しみ》の影《イメージ》の持つ魔の魅力を失いたくないからだ。

訳者より２

以下の物語詩を読む前にモリスによる「**あらすじ**」**は読まないほうが楽しい**かも知れない。しかし『春から夏へ』を献呈し、返書を下さった方々のなかで、実際に物語を読んだ方が僅かだった事を考えれば、多忙のなか、読む部分を予《あらか》め類別するためには「あらすじ」が役立つと思われる。

次に、登場人物の発話を示す**カギ括弧（「」）について**。日本語では発話の段落が終わると、カギ括弧（」）を示す。しかしそうすると発話が続く場合、「さらに彼は言葉を継いで」などの表現が必要になる。本書ではモリスの原文に従って、発話が続いているのなら、段落の終わりにカギ括弧は用いず、次の段落の初めにカギ括弧（「）を用いて、言葉が続いている事を示した。発話の終わりにはカギ括弧（」）が現れる。但し、発話が長く続く場合、紛らわしい場合には、「（続けて）……という書き方をした。

次に訳した「パリスの死」では、トロイア戦争を語る場合に、ほとんど無視されてきた、**パリスの元の恋人オイノーネ**が大きな役割を果たす。ヘレネーを熟知し、トロイア王の令嬢カッサンドラーの事を知る読者もオイノーネを知らない場合（訳者も知らなかった）が多いのではなかろうか？　恋愛なら何でも賛美する「語りの習癖」のなかにあって、ヘレネーを愛して已まない元夫《モトカレ》パリスを愛しながら許さないオイノーネの心情は、読者の心に新鮮な感動を呼ぶだろう。

パリスの死*

*（ギリシア神話）トロイアの王子で、アテーナー、ヘーラー、アプロディーテー（＝ウェヌス《ヴィーナス》）三女神のうち誰が最も美しいかを審判した。世界一の美女を賄賂《わいろ》として約束したアプロディーテーを彼は選んだが、その美女はスパルタ王の妃ヘレネーだった。女神《アプロディーテー》の助力により、彼は彼女を拉致してトロイアに帰還し、当然、それまでの妻オイノーネは棄てられた。これが源で戦争が起こり、トロイアはスパルタ率いる全ギリシア軍の火炎に包まれて崩壊した。

あらすじ

プリアモス王の息《そく》パリス王子はトロイア包囲戦にピロクテーテースが持参した、ヘーラクレースの与えた毒矢で負傷した。そのため彼は自分をイダ山に運ばせて、かつて【妻として】愛した仙女《ニンフ》オイノーネに会おうとした。なぜならオイノーネは数多くの神秘的能力を持っているので、彼女だけが傷を治癒させてくれるからだった。しかし彼が彼女に会って話をすると、彼女はこれには全く取り合わず、そのためパリスはその傷によって亡くなった。

トロイア包囲戦の最後の月*の事、
両軍は、何か神の大いなる助力を待ちつつ、
草原の上にもほんの僅かしか鬨《とき》の声を送り込まずにいた。
だが暇をもてあました激情が、都《トロイア》や天幕《ギリシア軍》から一団の兵を
トロイアの城門に立たせるべく、送り出した。
誰もが武装していたが、目的もなく口論をしていた。
こうするうちに少なくとも、退屈な《時》は過ぎていった。

*戦《いくさ》は十年続いていた。

矢が遠い距離を飛び交う戦い、
そしてどちら側にも栄光がほとんど輝く事なく
屈強な男が力を示す場が何一つないと思われた戦《いくさ》のなか、
ピロクテーテースは、これまで彼の戦意を隠していた
ろくに屋根もない天幕から立ち上がり、戸外に這い出て
弓に弦を張り、錆びついた兜の列、昔は輝いた盾類の間《あいだ》を
こっそり縫うようにして戦闘に加わった。

そしてちょうど、彼《ピロクテーテース》が最前線にやってきた時、
彼の鋭い眼は、戦闘に疲れ果て、右往左往して怯《ひる》み続ける
トロイア軍のなかに混じっている光——
磨き上げた鋼《はがね》と金の輝きのような光を見分け得たのだ。
また一つの叫び——この日、シモエイス河の流域《トロイア側》では
あたかも一人の男だけが勇敢であるような叫びも聞いた。
一人勇気ある男が、なお最後まで戦い抜くつもりらしい。

その時、強力な弓弦《ゆづる》がビューンと鳴るのが彼に聞こえた。
敵対する軍団と軍団のあいだに、矢柄《やがら》が唸《うな》りを立てて飛び

彼の近くで、大きな地響きと大音声《おんじょう》を立てて
クレタ島出身の、戦歴豊かな古強者《つわもの》が倒れて
塵のなかを転がり、必死の手つきで、彼の心臓に深々と
打ち込まれた矢の、派手やかな羽根飾りを掴もうとしたが
その日っきり、その心臓は脈打つ音を立てなかった。

するとギリシア側の兵が互いに顔を見合わせた。
その間ピロクテーテースは自分の箙《えびら》から
恐ろしげな矢柄を抜き取り、指のあいだに
鈍い朱色の矢羽根を走らせた。その鏃《やじり》は
弓使いが見た事もない、奇妙に青い鋼《はがね》でできていたが、
その鋭利な鋒《きっさき》は細くなるまで鍛造《たんぞう》されて死に似て黒く
《運命神》が前もって毒蛇《ヒュドラー》の血を塗り込んだ代物。

彼はこの矢を振り動かし、弓につがえた。その時、
再びトロイアの戦陣からあの叫びが響いたのだ、
矢が飛んだのだ、そしてギリシア兵が一人、今また
断末魔の苦しみに悶《もだ》えて地面をのたうち回った。
その間に雨を孕《はら》んで膨《ふく》らんでいた薄黒い雲が
隙間を拵《こしら》えて、トロイア軍の陣地に輝きを与え
輝いたその一角から突然の栄光の叫びを打ち鳴らした。

ピロクテーテースは顔を顰《しか》めて叫ぶ――「おお《運命》よ、
汝の猛者《もさ》ヘーラクレースが私に呉れたこの矢を汝に贈る、
汝の意志通りにこれを扱え！――矢の黒い鋒《きっさき》の刺さる先が
軽傷だろうと致死傷だろうと汝の意志にお任せする！
今年も老いた季節となり、海も嵐に揉《も》まれている、
オールも今は船べり《ガンネル》で腐っている、それ故《ゆえ》、
船べりも船も二度とギリシアの岸浪に帰着できぬだろう」。

こう語って彼は、無頓着な眼をして弓の弦《つる》を引いた。
そして矢柄が飛び行く時にも、戦場に背を向けて
ゆっくりと退《しりぞ》き、この時、いかに味方のギリシア側から
歓びに満ちた叫びが上がったか、またトロイア大軍から
それと同時に、混乱した騒音が突如湧き起こり、
トロイア人《びと》が、この十年に亘《わた》る戦争を引き起こした
張本人の名を叫んだかにも全く注意を払わなかった。

叫ばれた名はプリアモス王の息《そく》パリス！　すると再び
包囲軍《ギリシア》と攻め込まれた都《トロイア》の上に
空が薄黒くなり、冷たい海風が、荒廃した平原の上に
吹きつのってきて、小雨も落ちてきた。
この、身体を冷やす悪天候の下《もと》で、緩慢ながら
大軍勢は二つに別れ、悲しみのトロイア軍は城門内へ、

ギリシア軍は天幕《テント》に入り、*《運命三女神》に仕えた。

*トロイアは難攻不落で城門内は一応安泰。ギリシア軍は海側に天幕を張る。

次の日ギリシア軍が一見無関心な態度で、どのように
過ごしていたとしても、また荒々しい角笛の音が
聞き慣れた調べで、戦疲《いくさづか》れの門番をどんなに挑発しても
トロイア軍の誰一人として海に面した門を、蝶番《ちょうつがい》の上で
開け閉めせず、城門近くに置く弓の弦を外しもしなかった。
昼のあいだじゅうトロイアは悪夢を見つつ眠っていた。
包囲軍《ギリシア》も、目覚めたままのどんよりした夢のなかにいた。

だがトロイアの街では人びとは語りあった――
「ヘクトール大将も死に、トローイロス《トロイラス》も死んだ。*
勇士アイネアースは鉛《なまり》色の海に心を傾けている。**
賢者アンテーノール***は美しい家に身を隠している。
トロイアという樹から急速に大枝が切断されているのだ。
今度はこのパリスが、この浮かれ者のパリスの名が、
奴なんかいなくなれと大声で叫ばれたあの叫びなのか？」

*トローイロスが二十歳まで生きればトロイアは陥落しないとされたが、その直前に死亡。
**トロイア側の勇士のなかで一人生き残って、海を渡り、やがてローマを建設。
***老平和主義者で拉致されてきたヘレネーのスパルタへの返還を主張した。

しかし翌未明、太陽がまだ、昨夜の雨による霧を通して
輝き始める前、そしてあの、長期に亘《わた》る包囲攻撃を
全て無駄に終わらせてきた清純汚《けが》れ無き女神《アテーナー》*の像を
海側の平原に陣取るギリシア軍の天幕にも仮小屋にも
まだ見せつけてはいない夜明け前に、
海とは逆の、北に面した裏門から
押し黙る一団の男たちが都の外に出た。

*神々も二軍に別れたなかで、処女の女神アテーナーはトロイアの加護に回った。

男たちは何人かで担架《たんか》を担いでいたのだ、
担架の上には白布で巻かれた一人の人物が乗っていた。
その青ざめた顔は、昨夜より新鮮になった空気に向けられ、
まるで、苦痛のなかでも、少しばかりの喜びを
見出したかのよう。おそらくは恐ろしい、身を苛《さいな》む何かの
生傷《なまきず》に耐えている様子であった。すがすがしい朝は
安らぎと静寂とで、彼には鎮痛剤になっていた、なぜなら
夜の、うんざりする寝返りのあとだったからだ。
また、薄暗さが明かりを恐れる囁きとあい協働《きょうどう》するように
思われる、僅かにしか光のない密室のあとだったからだ。
囁く人の姿は、昔夢に見た幻が蘇《よみがえ》ったような虚空《こくう》の映像と

混じり合い、明瞭には見えなかった。一本だけの松明《たいまつ》が
微《かす》かに燃え、どんな決意もしかねている心を悩ますために
現実の物を真実として見られない眼に揺らいでいたから。

今しがた過ぎた夜中《よるじゅう》、まさにそんな容態で
パリスは横臥《おうが》していた。彼の疲れた心と眼の前では
《時》は何と緩慢《かんまん》に、人生の長年月のように過ぎた事か！
何と希望のない、名付け難《がた》い憧れが！　無目的な事のため
無意味と争う、疲労を呼び変幻自在な何と野蛮な戦闘が
再現されたか！　やがて灰色の曙がやってきて
数人が、冷たく人けのない道を通って彼を運び出したのだ。

どの街路も彼を嘲る見慣れぬ物に見えた。夢の終わりと
虚しい人生の終末に、まことにあい相応《ふさわ》しい姿だった。
その間、強健な担架担ぎの連中は足音を高く響かせたが
それは《死》の町を通って行く人びとの足音に似ていた。
人間を世から去らせて満足する冥界の無慈悲な《王《ハーデース》》を
怒《いか》らせはしないかと恐れて、彼らは押し黙り、
《希望》が足を急がせる一方、恐怖の鎖が足を引き戻した。

熱に浮かされたまどろみのなかで彼は、恋がまだ優しく
生命力が強かった過去の日々を思い、また麗しい名前、
初めて彼を恋の道筋へと誘った、初めての麗しい名前、
口説きもしないのに初めての唇にまで来た女を思った。
意識半ばに、名を口にしたかった。そして恥じらいのため
顔を赤らめた。もし人びとがオイノーネこそ彼の愛の女と
知ったなら、それをどう思うだろうかと考えた。

そして今、もはやオイノーネが自分の愛の女ではなく、
自分も戦乱と情痴に倦《う》み果てた今、我は祈るしかない、
「おお僕が愛し、愛しなくなった君よ、僕の命と幸せは
与えるにせよ奪うにせよ、君の手中にある。
おお治癒を！　僕を憎むな！　あの頃を思い出せ、
今なお君が考えているとおりに、嘘いつわりなく
君の愛のない世界は全て無意味だと僕が思っていた頃を」。

そう、彼は今、そんな祈りを捧げるために運ばれていた。
なぜなら全世界で彼女だけが、（人の噂では）今、
あの猛毒が切望する彼の死を揉《も》み消す事ができるからだ。
オイノーネは平和なイダ山で、古老の賢者に混じって育ち
とうに忘れられた医術、慌《あわ》ただしい世から消えた技《わざ》に
極めて詳しく、この上なく不思議な事を
生みだすための強力な秘術に長《た》けていたからだ。

仮にオイノーネが、嫌われ棄てられた後でもその愛が
それほど輝き出《い》でて、その場で傷を治してくれるとしても
この俗世での生は、一分間祈るだけの価値があろうか？
彼には判らなかった、気にしはしなかった。恐れも自負も
ヘレネーのキスと涙の下で消え果てていた。
そして生は恋であり、その恋はあまりに強かったので
惨めさを避けるためなら《死》に手を伸ばしても良かった。

こうして魂を恋の流れに任せて漂わせながら
彼は新鮮で麗しい朝のなかを、トロイアの裏門から出て
運ばせているのだった。もはや今は、過ぎ去った昨夜の
孤独な悩みと苦痛から新たに生まれた
途方もない夢と格闘しはしなかったのだ。
崩れそうなトロイアに向かって、荒い息の下から
告別を口ずさまず、死に向かっても眼を向けなかった。

今やトロイアは背後に小さくなり、イダ山の麓の
まわりをうねる道も一行は後にした。
それからは幅狭き谷間《たにあい》の道。松林のあいだに囲まれて
草むして柔らかいその道を進んで行くうちに
より高い地点へと達するに至った。というのも
この小さな谷間は溝のようになっていて、その場の草を
緑に保つ細流が流れ落ちる上方の道に続くからだった。
緑の谷道が細くなり、黒い松林の端から突き出た頁岩の
荒涼として草一つない断層に遮《さえぎ》られて
途絶えてしまう前に、熟知している道を歩む人びとらしく
一行はそのあたりから向きを変えて進んだ。
そして松林の薄闇を通り、行く手も見えない道々を抜けて
やがて鳥類や風の音の全てが
その松葉匂う夜のなかに置き去りにされた。

そのあいだにも、パリスを襲っていた気怠《けだる》いうたた寝は
深い眠りへと落ちていった。
現実への意識の失せた心と固く閉じた眼の上に
まさにこの山の情景が浮かんできたのだ。
この夢の眠りのなかでは彼は十二歳だけ若返っていて
足どりも軽く、胸を高鳴らし、美しい想いに夢中になって
この恐ろしげな森のなかを通り過ぎていた。

夢のなかで彼は歩み続け、やがて松林は次第に細まり、
真昼に近づく陽の光で輝き始めた。
やがて岩の多い、開けた場所に達して、
そこからは山毛欅《ぶな》が密生した森を彼は通っていた。

この森の樹全ての、丈高く白い幹を彼は知り尽くしていた。
それから恋の恥じらいのために暫《しば》し休んだのを夢見た、
それは嶮《けわ》しい斜面の突き出た先端に来た時だった。

そこにはなお山毛欅《ぶな》の幹が、木の実の散らばる地の上に
密生して立ち、細く高くはなっていたが、幹が取り巻く
草の生えた平坦な土地をすっかり隠してはいなかった。
一方向だけは、山毛欅に囲まれず、高地独特の冷たい光、
晴れた西空の冷たく輝く光と、
遥か彼方の海への思いに向けて開けていた。
海の方へは小さな川が、陽気に輝いて流れていた。

夢では、そこに立ち止まったと思われ、それから
思い乱れる心で、柔らかい緑の平地へと降りていった。
褐色の山毛欅《ぶな》の斜面の東端に登って
美しい、心配げな顔をぐるりと回してみた。
暫《しば》くのあいだ、誰かがやって来ないかと
聞き耳を立てたが、小川の泡立つ音と山毛欅の樹の
そよぐ音のほかには、何一つ聞こえないと思われた。

その次の夢では、巨大な憧れが身を襲うのを感じた。
恋が恥じらいの真っ直中《ただなか》で生まれたあの日々の憧れは
過去化されるにはあまりに巨大、あまりに酷《むご》いのだった。
夢のなかで彼は、樹と樹のあいだの緑陰《りょくいん》のなかを
十二分に目を凝らして眺めながら、
最初は、自分の牛*たちを目覚めさせるために用いていた
角笛を取り上げようと、震える手を滑り降ろすのだった。

*神話では、最初パリスは羊飼い兼牛飼いをしていたとされる。

震える手で角笛を唇に当てて、最初は軽く
一吹きしてみた。それから力を籠めて吹き鳴らそうとした、
なぜなら音が出なくなっていたから。角笛の滑らかな喉《のど》は
調べを全く発しなかった。彼の夢の甘美な姿を、今は
怖い考えが毒してしまったのだ。低い声でこう呟《つぶや》いた——
「あぁ！　息絶えて去ってしまい、二度と現れないのだ、
あぁ過去の事だ！　あぁ、長く憧れて虚しかったのだ！

「失われた恋人、麗しいヘレネー、再び僕へと現れよ！」
そう言った時、地面に落ちた夢を見た。
顔を隠して、激しく声をたてて泣いた。
だが墜落と心を苛《さいな》む涙で目覚め、自分が担架《たんか》の上に
乗っているのに気づき、また担架担ぎの人びとが
自分から立ち去る足音を確かに聞いた。また近くでは
前年の落ち葉がさらさらと鳴っているのも聞こえた。

しかし夢と全く同じ場所に、実際彼は横たわっていた。声を上げ啜《すす》り上げて泣いていたが、なぜかは判らないまま。手は昔陽気に、喉袋《のどぶくろ》のある牛たちをイダ山の巡りに誘っていた角笛をしっかり握っていた。身を起こそうと力を籠め、もう一度ヘレネーの名を叫ぼうと努めたのだが、それと全く同時に記憶の重荷が彼の上にのしかかってきた。

瞬時、静かに横たわっていたが、その間に心の上には鈍く冷たい雲のような疑念と穢《きたな》らしい恐れが忍び寄った、今は、自分が何をしようとしてここへ来たのか、そしてどんな恐怖すべき瞬間が迫ってきているかを思ったから。眼を閉じると、もはや担架担ぎの人びとの足音を聞く事ができなかった。まるで都から遠い荒地に住んでいるかのような、孤独感に襲われていた。

その恐怖のなかでは、自分の人生も恋も、この上なく弱々しく意味のない、虚しいものに思われ、恐れの溜息を吐《つ》きつつ角笛持つ腕を上げた。長期間使われなかった笛の口元から細々《ほそぼそ》と、亡霊じみた音色が震えながら出てきて幸せな朝のすがすがしさを穢したときには

精神の苦痛、肉体の苦痛が、新たに生まれた苦悶で彼の心を千々に乱れさせた。

角笛が胸の上に落ちるにまかせ、そこに横たわるがままにし、角笛の手は脇腹に垂れた。その場で実際、彼の身体《からだ》は安らいでいるようであったが精神のほうは安らぎを得られず、満たされない欲望の先も見えない迷路のなかを遠くまで彷徨《さまよ》うのだった、半ばで止まった思考、言いかけただけの言葉、半分だけ為された行為が、蔭多き場所の雑草さながらの姿をして。

今、眼は閉じていて、夢で流した熱い涙は頬の上で乾いていた。太陽は高く昇って風の息を絶やした。その時、彼の耳を打ちつけてきたのは乾いた山毛欅《ぶな》の落葉を、突然さらさらと鳴らす音。次には音が止んだ。そのあと足音が、草深い地面を踏んで近づいてきたのだ。彼は身震いし、焼けるような傷の苦痛にもかかわらず、寝返りを打とうとしてできなかった。

すると彼の半ば閉じた眼には、一人の女が近づく姿が見えるように思われ、彼は息をひそめ、担架の上の白いシーツを必死で握り締め、

死の恐怖に勝る大きな恐怖を感じたが、同時に
恋が脅《おど》す時の苦痛以上の苦痛を感じていた――
静かな低い音の吐息を顔の上に感じた時には――薄手の
端麗なリンネルの衣ずれが優しげに聞こえた時には。

次に澄みきった声が近くで語った――あぁ彼の間近《まぢか》で！
「パリスよ、眠ってるのね？　私《わたし》も眠れればいいのに！
私は丘の斜面で、手足を重ねて寝そべってはいます、
一日中、木々の影が這うように進んで変化するのを
眺めてはいるわ。やがて昼は去り、夜は深々と訪れる、
でもどうしても眠れない、この僅かな時間の経過が
もたらしてしまった全てへの思いが心を悩ますからよ。

「私を呼び出したけど、眠っていいよ。でも夢のなかで
聞きなさい、その間《かん》に私の生活ぶりを話してあげるから。
刃《やいば》がきらめくただなか、あの甘美な諍《いさか》いによって、貴方《あなた》が
幸せにして貰《もら》っているあいだに私が過ごした生活の事を。
あるいはギリシア王の妃《ヘレネー》の柔らかな腕のなかで
お月様の輝きを夜明けと間違えて、昼が来るのが
早すぎるといつも嘆いていたあいだ、私が過ごした生活を。

「起きないで、起きないで、話が終わるまでは！
この十年の話は長くはないのだから！
いつまで経っても老いて去らない、食い入るような苦痛、
この苦痛は多くの涙でも流し去れないでしょう、
疲れ果てた足の裏が擦《す》りきれる侘《わ》びしい旅の道、
休む事もできず、あっちへこっちへさまよい歩く道、
悲しみの重みが募って次第に激しく踏みつける道です。

「中間点のない道、始めも終わりもない道です、
休息所もなく、苛酷であれ甘美であれ、あの一つの思いに
混ぜ合わす事のできるいかなる他事《よそごと》も考えられない道、
逃げ出して飛びつく喜び、そして自分が立派になったと
感じるような最低限の喜びも、私の周りに残されていない
鈍い、休みのない苦痛だけの道。この苦痛が
記憶全てを失望に変え努力全てを虚無と化した道です。

「貴方《あなた》はたぶん夜中に、この苦痛を考えた事でしょう、
――夜明けも早い頃、身震いしてこう言ったでしょう、
『あぁ、可哀想な奴！　でも喜びも得ているだろう、
だって死者以外は、誰も完全に不幸という事はないから』。
嘘吐《うそつ》き！　嘘吐きめ！　頭上に私の苦悩を浴びなさい、
何ごとも取り去る事のできない私の激痛を感じなさい、
おお裏切り者よ、昼の光のなかへ目覚めよ、立ち上がれ！」

語るうちに声は高まり、ついには大きな金切り声となり、
山中に響き渡った。だがついに語りが終わった時、
そして丘からの谺《こだま》が、苦悩に満ち、荒々しい
その声をその場の上に投げ返した時には
失った恋人から彼女は少しばかり遠ざかり、
身を震わせ、朝の大気を貫いて聞こえたこの邪悪な谺《こだま》を
恐れたかのようにあたりを見廻した。

　それから彼女は静止した。細く白いその手は
握りを緩《ゆる》め、寄せた眉は元に戻り、大きな溜息で
胸は膨《ふく》らんだ。そしてこう呟《つぶや》く——「昨日の晩の
残照が空から褪《あ》せてゆく前に
必ず彼が私を求めてくる事が判っていた。
そして知りながら、知らない振りをしていた。それとも
何らかの希望で、何を希望して、私の心は熱かったのか。

「心のなかのあの混乱を、私は名付ける事ができない、
愛と呼ぶべきなのか？——いや、この十年の私の生は
愛と苦痛だけだった。——これを恥と呼ぶべきか？
十年も経った後で、私の疲れ果てる待ちわびが、一体、
どんな恥を咎《とが》められる？　或《あるい》は誇り？——どんな誇りが
十年経った後、私の胸のこの心を動かす事ができるのか？
悲し！　私は嘘を吐《つ》いた、嘘吐いてこれを安息と呼んだ。

「私はこれを安息と呼び、夜じゅうほっつき歩いた。
川端の花咲く堤に立ってみて、その川が
黒になり白になりして急ぎ行く事を考えたのです。
月の下にじっと立ってみて、丘も森も
私のまわりで動く事を考えた。そして私はこの世界が
このように変わるのを良い事と見なし、昼間が永遠に
夜のなかへと消え去るのも良い事と見なしたの。

「そして常に私は夜じゅう彷徨《さまよ》った、また常に
事物は変化したが、私の周囲は変化しなかった。また昼間、
今私がいるこの昼間は、恐ろしい意志を持ちつつ、私の心の
夜を追放しようという意志は僅かにしか持たなかったの、
私がこの昼間が来るように祈ったかどうか神もご照覧、
ついには薄明かりの頃になって、私の希望を——
破滅した私の希望をさらに隠そうとしたかもご照覧あり」。

　この時、語りながら彼女は担架のほうを向き、
再びそのほうへゆっくりと近づいた。
すると疲れ、試練を経た彼女の心からどっと溢れ出たのは

激しい啜《すす》り泣きと泣き声で、心の苦痛を恥じはしなかった。
やがて激情の嵐が静まり始めるにつれて、
昔の日々の恋人が今そのなかに陥っている
身震いのする悲惨に眼を向け、それを眺めたのだ。

彼女はなお泣き続けたが、それでも激しさは治まり、
先へ歩いて、ついには担架の上へ来て立ち、
細工の巧みなシーツ類が、途切れがちな彼の呼吸で
上下するのを見ていた。するとその間《かん》常に彼女の血潮は
吉凶あい混じった様々の思い、憐憫と侮《あなど》り、愛と憎悪で
火のように熱く脈打っていた、自身も半ば死人のように
彼女が、彼の悲惨な状態を眺め続けていた時には。

ついに彼女は言った――「今しがた私が語った話で
どんな女がこの苦しみを味わったか、お判り？
貴方は昔の日々を夢見られないのですか、いかにたびたび
貴方の唇が、キスとキスの合間に
全ての幸せを併せても、私の愛らしさと愛の深さに
報いるには十分ではない事を語ったのをお忘れですか？
最上に甘美な生活も、貴方の愛には無意味と語ったのも？

「そうよ、パリス、私は貴方に優しくはなかった？
貴方の願いを満たすために私は生きていなかった？
貴方が私を愛していた時には、幸せでなかった？
あの頃、変化や害悪のどんな悪夢を持ち得ただろうか？
なぜ貴方に変化が必要なの？　私は常に不変よ。
私には貴方以上のものは要《い》らない、貴方にも何が要る？
我々二人が幸せである事以外に。今でさえそうだよ」。

彼は虚《うつ》ろな眼を開けて、彼女を見続け
震える手を差し伸べた。あぁ、誰に判ろうか、希望と恐れ、
憎悪と愛が入り混じった、どんなに奇妙な表情で
二人の眼が合ったのかは！　あの昔の情《なさけ》の閃《ひらめ》きのなかで、
あの、短命ながら全ての欲望の、最大限の記憶のなかで、
彼らがあらゆる事を失うかも知れないほどに
今一度、こんなにも眼と眼が近づいたのだった。

彼は返事をしなかった。恥辱感と今、一つの恋が彼の上に
あまりに重くのしかかっていたから。だが彼女は再び言う、
「昼の光が射し始めたまさにこんな時刻に
希望と恐れと、止む事のない苦痛に疲れ果てながら
私は語った、悲しいわ、私は語った、全て虚しいとしても
そして男が何の同情も感じないとしても。でも私は同情を
得てみせる。どうして優しさは過ぎ去るものなのか？」

彼は伸べた手を引っ込め、今は傷口の包帯の上に
当てていた。しかし彼女のほうは
ほっそりした手を、顰《ひそ》めた眉間《みけん》に当てながら
輝く眼で、熱を籠めて、彼を眺め続けた。
昔、いつもあれほど優しく、憧憬《しょうけい》された彼女の唇は
今、残酷そうには見えなかった。唇は暫《しばら》く押し黙り、
やがて彼女の顔には甘い、不思議な微笑が輝いた。

彼女は彼に触らなかったが、極めて近くまで来たので
彼は自分の顔そのものに彼女の吐息《といき》を感じた。
彼女は囁《ささや》いた――「返事して！　恥じらって貴方は黙る、
私も愛を認めない、すると灰色の翼を広げる《死神《しにがみ》》が
その間に、私たち二人の愚かしさの上を飛ぶのだよ。
返事して！　あれは皆、嘘？　あの愛は為されなかった？
あの夢を見終わり、夢見た夜は過ぎ去ったのじゃないの？

「パリス、聴いているの？　優しい顔を見せて！
私、それ以上は望まないのよ、ただ貴方が、優しい眼を
向けてくれさえすれば、私にも貴方にも、《愛》はまだ
多くの事をしてくれるかも知れぬ。昔の火は燃えないの？
昔の日々に語られた言葉に、貴方の心は憧れないの？
貴方、喋《しゃべ》れないの？　私は長い年月、希望を捨てずに
待っていたのだから、悲しや、何と返事するつもり？

「パリス、私、それ以上は望まない。でも暫《しばら》く前――
ぜひ言わねばならない事を言っても悪く思わないでね、
暫く前、私は叫んだの――あぁ、違う、違う、違う！
あんなの全く愛じゃない、彼女《ヘレネー》のこんな愛なんて。
彼は彼女を愛してなんかいない。最愛の女だったという
幸せを得たのは私にほかならない――彼の愛は死に絶えた、
だって疑いなく私以外の誰も彼の心を動かせないから」。

彼女はなお泣き続けたが、彼の眼は彼女の最後の言葉に
激しく奇妙な表情となり、顔つきも厳しくなった――
彼女の涙で曇った眼は、この変化を見分けはしなかったが。
彼の心臓の周りでは偽りの言葉と真実の言葉が長く脈打ち
彼には先が見透《みとお》せない不思議なベールも脈打った。それは
彼が名付けられない希望のベールで、揺れ動く彼の心、
死と疑念に惑乱する心の辺《あた》りにへばりつくベールだった。

そこで震えながら彼は語った――「今も君を愛している、
君を間違いなく愛している」。しかし恐ろしい苦痛と
凶事の不思議な予兆が心を貫いたのだ。

そして夏の雨が降り止む時に似て
彼女の涙は途絶えた。再び身を遠ざけた彼女は
一瞬黙っていたが、やがて辛辣《しんらつ》な叫びが
苦悩で赤みを失った彼女の唇から、突如として漏れた。

傷の痛みと恐怖にもかかわらず、彼の顔を
憐憫の表情が横切ったのだ。すると彼女の眼は
それを見て、表情を変えた。僅かのあいだ彼女は
激情の真っ直中《ただなか》で驚愕に制止された女のように、
喘《あえ》ぎながら立っていたが、それから優しげな身振りで
膝をついて、あの苛酷な矢が切り裂いた傷を隠していた
包帯の数々を解き戻し始めた。

そして傷口と、青ざめて静止した彼の顔が
自分の目の前に現れた時、彼女は激しくわななき始めた。
一度たりと呼び出された事のなかった希望と過去の喜びが
映像となって彼女の心の上を飛び始めたからだ。
心のなかには憧れが乱れ咲いたが、その果実として
最悪の絶望――仮に全てが得られても、その全てはもはや
美しくないという恐ろしい考えが見えてきたからだ。

鈍く低い声で彼女は言った――「そう、現状はこの通り、

貴方《あなた》は死にかけている、だがこの傷を私は今なお
治癒させ得ましょう、そして貴方の生涯の終わりを
なお取り巻くかも知れない幸せを与え得ましょう。
でも希望に自分を騙《だま》させる事なかれ！　トロイアの国は
今は墓ばかり、家はなきに等しく、神々は国土の神殿から
ことごとく去ってしまわれた――死神様《しにがみ》を除いて。

「考えて！　私が貴方を治癒させ、再び貴方が
トロイアへ戻り、貴方の新たな恋人の彼女が、貴方の
愛らしい肉体から苦痛全てが除去されたのを見て、
なお僅かのあいだ、トロイアの悲惨な状況のなかで
お二人様がすっかり安心して、愛しつつ寝たとしても
その最中に、一体どんな親切な人が貴方を健康な
元どおりにしたのかを尋ね、貴方が嘘八百を並べて

「私の名を隠しおおせ、多分、パリスよ、私のこの顔を
思い起こしているその真っ最中に――そんな時でさえ、
ギリシア側の炎がお二人様の眼を焼き焦がし、
ギリシア軍の戦闘の騒音がトロイア全土を包むでしょう。
その間《かん》、あの彼女、私の悲哀、貴方の国民の破滅の源は
変化した戦後と新たな妃の冠に顔を向け、自分の指が
夫の手のなかで震える日を夢見て立っているでしょう。

「私がかつて恋人と呼んだ貴方、そんな状況で死ぬの？
廃墟のなかで廃墟のようになり、名声も名誉も奪われて
ぼろぼろになって？　おぉ恋人よ、哀れ過ぎるわね、
こんな死に方のために、私たち二人と愛を隔て切り裂いた
苛酷な状況全てがあったのだとしたら。やがて貴方の唇と
私の唇の間《あいだ》に何一つ残らなくなるじゃないの！　我々が
昔あれほど全ての幸せに満ちていたのだから、なお哀れ！

「おぉ恋人よ、おぉパリスよ、私の事知ってるわね、
この丘の連なりのなかで私が、神に似た存在だという
そんな名前を得ているという事を。
私は軽々と殺す事も、軽々と蘇生させる事もできます。
平和な墓が、いつか私の身体を死んだものとして
隠すのかどうかも確かには知らない――私を見て！
長い十年の惨めな月日が私を老《ふ》けさせました？」

彼女は悲しげに笑い、倦み疲れたふうに立ち上がり
すがすがしく日の照る朝の空気のなかに立った。
彼の若さと誠実さのイメージを過去のものとして
彼女は僅かな時間のあいだ、彼の恥多き迷いの生活を
さらに孤独なものにさせるために生まれてきたかのよう。

彼女は眼を閉じて呻《うめ》いたが、そのあと再び彼の脇に
膝をついた。すると、うんざりしたような苦悩の表情が
彼女の顔に深まった。「よくお聴き！」と彼女。
「死が貴方の近くまで来ています。私に見取られての死は
それ程《ほど》怖い事か、クサントス川口に多くの潮が満ちる前に
トロイアは死と化する事になるのだから。
それに貴方は、今なお私を苦しめるあの女を奪われるから。
永らえて何が変わるの？　彼女の最後のキスを求めて
さらに貴方を狂乱させるために、傷を治すべきですか？」

彼女は目を凝らしながら彼を見続けた。彼のほうは
我知らず、《愛》*が、死を目前にした心に触れ、
眼からは突然、愛欲が火花を放った。

＊ヘレネーへの愛と解するべきである。オイノーネはこの《真実》を知って賢明
（二一頁三行以下）になる。

青ざめた顔の上一面に、最後の血潮が立ちのぼり
同時に、優しげな愛情がしっかり閉じていた唇を緩めた。
彼女は声立てて辛辣《しんらつ》に笑い、こう言った――「それじゃ私、
貴方を男全てのなかで最も不誠実と呼ぶ必要、あるかしら、
「自分の命を救うためにさえ嘘《うそ》吐《つ》けないのを見たからには。

でももう一度聴いて！　この山は美しい、
山はこの戦争の発端なんて知りません、戦争の終結だって
意に解しはしない。そしてこの私の顔、それに
昔貴方が、一日中、抱きしめて離さなかったこの私の躯《からだ》、
抱いて幸せだと思っていたこの躯《からだ》、これは貴方のものよ、
パリス、貴方だけのもの、万一それを幸せと思うのなら」。

　パリスは彼女の眼を覗き込み、次第にそこに現れてくる
奇妙で恐ろしい表情と、彼女の震える繊細な唇に浮かぶ
不気味な軽蔑を、見たように思った。
それでもわななきながら彼女のほうへ手を伸ばした、
自己嫌悪と不思議な憎悪が、《死神》に冷たくされた心を
引き裂いていたのではあるけれど——こう言った時にも
「記憶して欲しいと君が思う事全てを忘れないよ、

　「忘れて欲しいと君が思う事全てを忘れるよ、
昔のように、僕が君を愛する事になるかも知れぬ」。
雷が笑ったように彼女は笑い、「駄目、さわっちゃ駄目、
私にさわっちゃ駄目、馬鹿ね。冷たくなってきてるくせに、
それに私は死よ、《死神》、《死神》よ！　貴方の日々の
話はお終いなのよ！　貴方が褒めちぎっていた私を全く
考えなかった彼女とのお楽しみの日々は終わったのよ。

　「お戻り！　私の事はもうこれ以上考えないで！　私は
貴方の《死神》よ！　貴方の楽しみの日々に災いあれ、だ！
だって貴方を殺すのだから。あぁ、私も惨めね！
昔、貴方が褒《ほ》めた、神のような私の智恵にも災いあれ！
でなければ、一分《いっぷん》だけ（あぁ一分だけ！）私の愛を
もう一度生にまで持ち上げて、私の唇の上に貴方の
祝福の唇を受けているあいだ、喜ぶでしょうに！

　「あぁ今が再び昨日であればいいのに、
あの赤い太陽が昨夜死んでいれば良かったのに、そして
私が昨夜以上に不幸にならなければ良かったのに！
昨日のように、こう言いつつもそれを信じないでいられれば
良かったのに、《年月は過ぎた、私の冷えきった心から
希望は去った——私は生のなかに死を生きている》と。
あぁその時でも私の心のなかにはなお葛藤があったわ！

　「だが今や、今こそ、全てが終わりを迎えるのだ——
駄目、喋《しゃべ》っちゃ。私の事を考えないで！　私をこんな女に
した彼女を思いなさい。そして彼女の許へ帰りなさい、
彼女の運命をさえ、さらに苛酷《かこく》なものにしないように！
貴方がここで死ぬのが怖いから、私は立ち去ります、

貴方の悲哀に満ちた霊がこの山で、常に夜と朝の合間に
彷徨《さまよ》っているのを眼にする事がないように。

「おぉ賢明になった私の心よ、私を去らせないつもり？
おおこの二つの眼よ、私の悲惨と私の悲哀の源泉《パリス》を
眺め尽くすのに、いつまでも満足できないのかい？
おぉ愚かにも震える心よ、今はこんなに賢明になった心よ、
暗い流れが現世の岸と彼岸とをまだ両断しないうちは
もう一度、もう一度彼《パリス》に寄り添いたいという叫びが
何度もお前《こころ》から発せられるなんて、これは何たる暗愚？」

彼女の声は、今は呻《うめ》きとなり、自分の白い衣服を
わななく手で我知らず掴《つか》んで引き裂き、
同時に立ち上がりはしたが、そのまま立ちつくして
彼の大きな眼と青ざめた顔へと身を曲げた。彼の顔には
心を苦しめる希望も、苦痛も恐れも残されてはいなかった。
なぜなら《死》の冷たい安息が、急速に彼の上に募り、
足も手も乗り越えて彼の心にまで向かっていたからだ。

僅かのあいだ彼女は立っていて、一言も喋《しゃべ》らずに
白い胸を上下させながら彼の上に居続けた。
そして秋の季節に、灰色の胸をした鳥が
忘れられた巣の上空で呻くように呻いていた。
それから嘆きの叫びを抑えるように、自分の喉を
両手で締め上げ、次にはしゃがみ込んで
彼の顔に自分の顔を向け、嘆きの言葉を語った――

「おぉ恋人よ、言葉にはできないほど大切だった恋人よ、
悲しみの年月のなかでも、おぉ恋人、私の命、また死の源《もと》、
私の喜びと悲しみよ、さよなら、さよなら、さよなら！
悲しみへの忘却を私はなお得られるかも知れない、
何らかの形で私の苦しみの終結が来るかも知れない、
神々が私を喜ばせる事もあるかも知れない！　それでも
恋人よ、貴方と苦痛とを、私は得ていたかったのに！

「悲しや！　それはあり得ない事。起こり得ない事。
春の遅い時期に息絶えた花が、
谷間に流れる秋の霧の頃に、金色の果実を
ぶら下げる事はあっても、それは起こり得ない事。
それでもおぉ恋人よ、私は貴方とともにいたいのですよ、
今も――安息に満ちた死が近づいてきている今も――
さよなら、さよなら、死ぬのって何と嬉しい《グッド》事か！」＊

＊次のキスの直後、オイノーネは「良い事、嬉しい事」としての「安息に満ちた死」を選んで死んだのか？　それともその場から立ち去ったのか？　四連先でもleft

（死んだ、立ち去った）の両義に解釈できるが、「立ち去った」意味のほうが強く感じられる）とされている。なお、クゥインタス（Quintus of Smyrna, *The Fall of Troy* の作者）はオイノーネがパリスの火葬の炎に身を投げたとし、アポロドロス（Apollodorus. トロイア陥落以降前二世紀までの『ギリシア年代記』の作者）はオイノーネが首つり自殺を遂げたとしている（Boos 26）。モリスはこのあと、担架運びの男たちがオイノーネをも担架で運んだとは書いていない——この事からは、オイノーネが間もなく死を選んだとしても、この時点では、担架運びが為される前に、パリスに告別のキスを与えて置き去りにした、と読める。なお、彼女が彼の傷を治癒させせないと決心した証《あかし》の「告別のキス」が死の宣告のように作用して、その時点で彼が死ぬのであるから、その理由によって次のように「不思議や不思議」という表現が出るのだと思われる。

おぉ不思議や不思議、彼の唇の上に今一度彼女の唇が
重ねられた時に　彼が死なねばならないとは不思議！
今、意識の消えゆく彼の心に、非常に明快な夢が
訪れていた時に、そしてこの上なく鮮明な記憶が、彼の
過去の、変化に満ちた全生涯を彼に見せていたその時に、
また自分が何であったか、何であり得たか、そうだ、多分
何であるべきだったかも極く明確に示されていた時に！

そうだ、その時には全ての事物が天秤《てんびん》にかけられていた、
快楽と欲望、愛と名声への欲望、
優しさ、希望、暗愚——あらゆる事が一瞬のうちに
物語られていた——それはちょうど、荒野を彷徨《さまよ》う男に
暗闇と惨めさのなかでどれだけ道を逸れていたかを
判らせる稲妻のように、輝かしく、彼の心の上を
横切って語られた物語だった。

あぁ、そして彼女《オイノーネ》の顔が太陽にもはや暖められない*
瀕死の彼の顔の上にあった時に！　とうに過ぎ去った
日々の話、また実現し得ないかも知れない希望で
狂おしい、あの息絶えてゆく愛の苦悩の時に——
いまは全てが去った。自分《パリス》はそもそも恋のなかで、どんな
小さな役割を果たしたのか、なぜ命が全て果てたのか？
なぜ、ただ一人で死の眼《まなこ》に向き合わねばならないのか？

*原文の「暖められない」は語順の上で彼《パリス》の顔を、読みようでは彼女《オイノーネ》の顔を修飾。

只《ただ》一人だ、彼女《オイノーネ》も憐憫《れんびん》も彼を山に置き去りにしたから。
ただ一人だ、なぜなら死によって多くの教訓を得たあと
戦争の終結が確かに近い事を彼は察知していたから。
ただ一人だ、なぜなら楽しみに満ちた未来の年月全ては
ヘレネーのこれからの生涯のなかでの物語だから。
そして彼女も世界の全ても、また別のトラブルと
別の幸せな日々のなかで先へ進むだろうから。

そして自分の事はどうなる？　まるで《死》が、未《いま》だ、

必死の生と愛を相手に虚しい戦《いくさ》をしているかのよう。
恐ろしく輝く眼と、ぜいぜいと臨終の音たてる呼吸と共に、
彼は、真っ白なリンネルを幅広く血が汚すなかで
身を起こし、再び角笛を掴《つか》み、
手がそれを遠くへ投げ棄てる前に
狂おしい、耳を劈《つんざ》く音色を吹き鳴らした。

それから、敗戦確実な戦闘のなか、最後の突撃のために
突然、あらゆる魂と体力とを身に集中させる男のように
パリスは夏の光に面と向かった。そして彼の唇からは
「ヘレネー、ヘレネー、ヘレネー」という
強大な叫びが突如として聞こえた――しかし天空は
背へ向けて垂れた彼の頭部の上で、何の変化も見せず、
世界は陽気に輝いていた、彼が死んだにもかかわらず。

だが、パリスの唇が黙り込んだのと同様に、
全ての谺《こだま》が静まりかえった今、再び担架を担《かつ》ぐ男たちが
山毛欅《ぶな》に覆われた丘からやって来て
彼の近くに立ち、彼の名前を呼び、
彼の美男ぶり、その名声、その愛情、親切心、
陽気だった心根などを惜しんで嘆き、これら美質はなお、
災いの日々と思いを撥《は》ね除《の》けてくれる筈《はず》なのにと思った。

男たちは家路を指して黒い森の陰鬱のなかを、
何一つ良き事を前途に見出し得ない重い心で彼を運んだ。
彼らが再びトロイアに入った時には、この都は、自分らと
同胞との墓場に見えた――永らく戦《いくさ》に耐えてきた都は、
しかし今は実際、努力と流血、愛と忍耐、そして
善き心がけの全てが虚しいものになっている都は――。
敵《ギリシア》軍は、なお勝ち取るべく残された全てを得るだろう。

語り手の私には言えない、遠い昔にトロイア人《びと》が
白く輝かせた陽気な丘を、今どんな麦が覆っているかを。
おそらくは、刈り手が大型の農事車に積み上げる麦束は
凶事と悲哀との、過去の収穫期をものともせずに
ほんの僅かにも稔りが悪いはずはなかろう。
おそらくはこの昔語りも、他の国では涙を誘ったとは言え、
この丘では綺麗さっぱり、忘れられているに違いない。

話を聴き終わって

（この小見出しは原著にはない）

悲しい事に、話を聴いていた高齢の人びとには
六十年プラス十年という小さな命の期限はあまりに短く、
あまりに辛く、あまりに酷《むご》くて退屈な生の年月であり、
せいぜいで多くの心配と争いにつきまとわれているので
それと一緒《いっしょ》に《恋》の拷問、また《恋》が台無しにする
若さと喜びの日々の労苦に耐えられないと思われた——
神はこのように《老年》と《若年》を平等に扱っていて、
若年をば偽りで、老年をば真実で苦しめるのだから。*

*若人には実現不能な希望を、老人には死の必然という真実を見せつける。

もう少しでこの人びとは、歌い手も非難したくなった、
人間の悲惨な姿から楽しみを引き出そうとするのだから。
にもかかわらず彼らでさえ少しは感じたに違いない——
時の経過と昔話が、遠い昔の自己の苦悩を癒し、
悲嘆のなかから旋律《メロディ》を奏で、死ぬ者は生きもするという
喜びを世界に与えるのだという実情を。その上、恋物語の
細《ほそ》やかな手が、老いて変わった喉《のど》を指さし、そして
かつては甘美な思いが無理なく湧き上がってきた眼、
情熱に満ちた眼を今は隠そうと伏し目になった瞼《まぶた》にも
指が向けられるのに気づくのは、彼らには善い事だった。
恋というものが、太陽の許で速やかに開く花のように
半ば隠していた優しい胸のなかで動き始めた時に、頬を
輝かした恥じらいと恋を意識した口が、今指さされるのも。
物語が終わると、溜息、半ばだけの渋面、
捉えがたいどっちつかずの思いが、
話の最初と最後の間に、確かに飛び交ったのだった。
彼らの老いた眼には、この話は、夢のなかの夢のように
入れ子細工のように感じられてもおかしくなかった。
今は話の始まりは話題にならず、話の終わりは
この時よりずっと前に、死の薄闇の道を踏みしめて
行くべきだった彼らには、聴き取られてもいなかった。
しかし今や日の光は鈍くなり、南風は、川の流れを
波立たせているばかりか、連なる丘の彼方の雨を
木々のそよぎのなかで語っていた。物語がもたらした
印象《イメージ》は、変化して嶮しくなった天候とともに変化し、
やがて薄れて、すっかり消えていった。

九月第二回の集まりを前に

（この小見出しは原著にはない）

今、九月が終わりに近づいた頃、
前回宴《うたげ》を催したのと全く同じ場所へと
これらの老人たちは出かけた。この秋の日は
過ぎ去ったあの日と、とても似た日だったので
もし、がらんとして何もない中庭の沈黙がなかったなら、
また、冬が来る前に伸びようと急ぐ茂った草に
足をとられる事を気にするような
陽気で美しい若人たちがいないという事がなかったなら、
また、黄金の果実をすっかり落として、細くなり、
真っ直ぐになった木々の枝、熱心に働く男と乙女が
陽に焼けた指を、粉をふいた房に手を伸ばす前に
刈り込む必要がなくなった葡萄の幹を見なかったなら、
それなら彼らは、自分たちが寝込んで夢を見て
以前と同じ場所に、寝疲《ねづか》れして目を醒ましたのだと
思ったかも知れないほどだった。

　そして今、仲間同士が顔を見合わせた時に
彼らはそれぞれ同じ想いを相手の眼のなかに見て取って
微笑みを浮かべ始めた。「私の考えは全く無意味か、
或《ある》いは皆様がこの物語に大満足なさるかのどちらかです」
と、ついに一人のさすらい人*が言った。
ここに物思いに耽りながら静かに坐る仲間たちには、
太陽が次第に行き過ぎる間《かん》、影法師たちの形が
変化するのを見て大いに満足するのも相応《ふさわ》しかった。
「友たちよ、これは夢物語で、実際に生きていた人びとの
伝記《ヒストリー》ではありません、ですから不可思議な事柄が、
目覚めている私たちの世界では摩訶《まか》不思議な事柄が
次々に出てきてもお咎《とが》めなきよう。でも常に我々が見る
見知っている事物についての夢のなかで、見知らぬ光の
輝き全てが、実在の事物を不思議に見せるだけなのと同様、
ここでも夢の国の物語は、我々が現実世界でする通りに
ある種の事を讃え、別種の事を嫌悪する。でなければ実際、
物語の不思議は皆、何の役にも立たなくなるでしょう」。

＊『春から夏へ』の「プロローグ」で、不死を求めて世界をさすらい、不死を得られずにこの都に漂着した人（びと）。

太陽の東、月の西に位置する国

あらすじ

夢として語られるこの話は、美しい女神《クィーン》を恋人として得た田舎者が、のちに彼女を失い、だが最後には彼女を奪われないで済む事を歌う次第。*

*訳者としても話に先立って一言述べたい。これは幾重にも虚構である事が強調される話である。第一にモリスが作り事《フィクション》を語る。このフィクションのなかで、「さすらい人」の一人が作り事を話す。このフィクションのなかにグレゴリーという人物が現れて真夏に、クリスマスの宴を夢見る。この第三の作り事のなかで、雪まみれになった男が宴に闖入して第四の物語《フィクション》を伝える。この第四が主たるストーリーとなるが、その主人公が半ばこのストーリーの語り手となる。その間に第三の語り手グレゴリーが二度目を醒まして夢が中断するが、間もなく夢は継続して語られる。グレゴリーの三度目の夢のなかではグレゴリー自身が語り手となる。第五の語り手というべき右記の主人公も夢を見て、夢の中身がリアルに描写される。最後の一行では第二の語り手（「さすらい人」の一人）が、これは何の役にも立たない夢であると述べてこの物語を締めくくるが、これはモリスの代弁だと考えられよう。モリスは『地上の楽園』の冒頭に述べたように、「役立たずの詩人」として本書を語り始めているが、この言葉で何を意味したかったのかを示唆するこの九月第二話だ。

ノルウェー王国の、マグヌスＩ世【1024–47】の時代に
一人の男がそこに住んでいた（と、私の話は語っている）。

グレゴリーという名前を得ていた。
人の話では外国出身だという事だったが、
どこの外国だか誰も知らなかった。それでも彼は
戦場でも宮廷でもビオルン元帥《げんすい》に仕えていた。
小柄だったが、手先が器用で
槍と槍を交える場合には
心も勇敢だった。そして人びとは
彼の黒い眼が、少し賢明すぎると噂した。
というのも星々について彼の知識は深く、星々が
人間の命をどこへ引き寄せるかを知っていたからだ。
そこでグレゴリーの事を皆の者は
星見男と名を付けて、多少は恐れの気持で
彼を眺めていた。もっとも彼の日常の雰囲気は
いつも穏やかで善良ではあったが。
ある夏の日の事だった。
マグヌス王は従者全てを引き連れて
南のほうにお出かけで、あの元帥《げんすい》は
要員が整った小型船を送った——
彼らの家計を支える魚を捕らえるためだった。
そしてグレゴリーはこの仕事が得意だったので
一行の指揮官にされたのだ。
こうして皆は出航した。

そして入江のなかの
小さな島の沖合に碇泊して、一日中漁をした。
だが夜になったので、この島に
上陸してテントを張り
食べて飲んで、最後には眠った。
　しかし他の人びとがぐっすり眠っているあいだに
グレゴリーは眼が醒めて、柔らかみのない
硬いベッドの上で何度も寝返りを打った挙げ句、
とうとうこっそりと立ち上がって
狭くて雑魚寝《ざこね》のテントから
爽やかで雲一つない夜のなかへ這い出して
高く懸かった月の冷たい光の下、
静かに歩いて海へと向かった。
するとさっきまでは、生涯かけて望んでも
得られそうになかった《眠り》が、
砂浜になった入江に着いた時には
再び彼を襲ってきたのだ。
そしてその岸辺に彼らの小舟が休んでいた。
入江の緑の湾曲部では、岩壁と岩壁に囲まれて
海は静かだった。白波も砂の上に
ほとんど音を立てずに寄せていた。
砂浜では月の下で、滑らかに曲線を描く岸が
黒い海、岩また岩、歩道のあいだで白く輝いていた。
　そこに来てグレゴリーは、寄せ波の鈍い音を聞きつつ
何であるかも知れないよしなし事を考えながら
灰色の岩の上に坐り込んだが、
やがて《眠り》が彼をすっかり捉えてしまい、
今はついに、手足から力も緩み、
うなじを垂れて、夢のなかへと落ちこんだ。
すると今、遠くに来ているように思われて
巨大な広間のなかに目覚めたのだった。
そこではマグヌス王が、クリスマス*を祝って
ノルウェー貴族の館のなかで、極めて陽気な
宴会を催していた。あらゆるところに
王の宮廷人と良き農場主が坐していた。

*ノルウェーへのキリスト教伝播は十世紀後半、次世紀には全土に普及した(Boos37)。

戸外で、雪が舞い落ちるなかでも
また風がうなりを立てるなかでも
人びとが、四方山話《よもやまばなし》をしながら
酒を飲み、誰もが上機嫌となっていた時、
玄関口から叫び声が聞こえ、

外側のドアが開く音もした。
その時、一人の男が入ってきて、床の上に
重そうな雪を払い落とし、毛皮のフードを
頭から脱ぎ捨てて、そこに立ち、
その間《かん》、顎髭《あごひげ》のなかから、もごもごと何かを語った。
　王は微笑みを浮かべて男をじっと眺め、
最後にはこう言った――「では何ごとぞ？
お前は余の善き臣民の一人なのか、
田園地方に住んでいるのか、
それともひょっとして遠くからさすらって来たのか？
ここへ来て腰を降ろし、飲み食いしてよいぞ。
――だが何か新たな報せを持ってきたようじゃの？」

　男は言った――「海外からの報せでござるぞ、
マリア様と三位一体の報せでござる、
それに善き人ヨセフの報せを持参いたした次第。
クリスマス、クリスマス、クリスマスじゃ、おぉ王様！」

　そう言うと広間のなかまでつかつかと入りこみ
広間中央で立ち止まった。
床の上に外套と頭巾を投げ捨てると
そこには輝く衣裳を着た姿で立った。

そのあいだ、侍女たちが食卓のあたりにやってきて
巧みな手つきでカップから酒を川のように注いだ。
そしてジョッキと角笛が音高く響くなかで
人びとはキリスト生誕の日を祝って乾杯した。

　それからこの金色の服を着た男は王の隣に坐して
（と、グレゴリーは夢に見た）間もなく語り始めたのは
遠い国々の驚嘆すべき事象の数々。
最後にはこう言った――「あなた方は私を厚遇してくれる、
それゆえ不思議な事どもを教えて遣わそう、
あなた方以外の誰も知る事のできない驚異の話じゃ。
これも、あなた方がこの吹雪の夜を、王の舘での
喜ばしい時節であり、忘れてはならない夜であると
呼ぶ事ができるようにするためじゃ」。

　その時グレゴリーは夢のなかで、
この見知らぬ男のほうを向いてみた。すると二人の眼が
出会い、そして大きな驚きがグレゴリーの心を
貫き通ったのだ。なぜなら、嘘いつわりなく
王者のような衣装をつけたこの見知らぬ男が
もう一人の自分《グレゴリー》であると思われたからだ――
男が、次のような話を始めた時には。

昔、このあなた方の国に、豊かな暮らしむきの
一人の田舎者が住んでいたのじゃ。
彼を喜ばすものにはほとんど事欠かなかった。
善良なこの人には三人の麗《うるわ》しの息子がいて
そのうち二人は、鋤鍬《すきくわ》の取っ手を握る合間に
喜んで農事車を馬に曳かせたり、
羊たちを、北のほうから呼び寄せて檻にいれたり、
小麦を穀倉に収める手伝いをしたり、
干し草を雨から護ったり、
収穫が終わったあと、溝を掘って地に灌漑《かんがい》したり、
また他の役に立つ仕事をするのに十分なくらいに、
しっかりした男たちであった。
しかし末弟は怠け者だったのだ。
春の季節の日の光を浴びてうろつき、
冬の季節の始めから終わりまで
炉端にいて何の仕事もしなかった。
夏の熱気のなかでは
庭のあたりを行きつ戻りつ
木の枝や幹から花々をむしり取るのだった。
歩いている最中には、しばしば、
ほとんど誰にも意味の判らない詩句を口ずさむのだった。

「さてこいつは害にも為にもならん奴じゃ」と
父親は言った——「よしよし、自由にしてやれ、
したいと思う事をさせてやれ」。
ところでたまたまこの善良な父親は
素晴らしい牧草が伸びるので、まさに幾度も
喜ばせてくれる草地を所有していた。
ところがこの草地に、悪い事が起こったのだ。
それがなければ、牧草の刈り入れの日々が
近づいてきていて、この善良な農夫は、六月二四日の
聖ヨハネ日《び》までには刈り入れは終わると思っていた。
というのは、ある日草地へと彼は向かい、
道行く途中、こう考え始めていたからだ——
「東からの順風と雲一つない空が
二日と経たないうちに鎌を入れさせてくれるだろう」。
ところがこの嬉しい予測の盃《さかずき》を口に持って行く
僅かのあいだに、嘆かわしい災難が生じたのだ。
なぜなら木の枝で編んだ垣根に行き着き
そこから自分の草地を眺め渡すと
幅広い彼の顔はしかめ面に急変したからだ。
成熟した牧草の、たっぷり三分の一が
皆、踏みしだかれているのが見えたからだ。

これではどんな鎌でも刈り取りはできない。
怒りを感じて彼はそこから顔をそむけ、
その日は陰鬱な男になってしまった。

しかしその夕、家に帰って腰掛け、
二人の上の息子が、畑のほうから
帰ってきた時、彼はこのように語ったのだ——

「どうやら間違いなく、悪漢どもとか
儂《わし》らを羨む奴とかが、このあたりにいるのだぞ。
羨む者はいなくなったと思ったんだ、
スケッギの二人の息子が船乗りになって去った時には。
だがなお残っておるのじゃ、自分の借金を返すのに
野原でも道でも剣を抜くほど大胆ではない
そんな敵が残っておるのじゃ、
だからの、我が息子トロルフよ、お前を行かせるぞ、
巨大な弩《いしゆみ》*を持って行け、
そしてサンザシの藪のなかに身を隠せ、
今夜は一晩中、そこで寝ずの番じゃ、
南の大きな牧草地をよく見張ってな。
というのも昨夜は、この浮浪者じみた泥棒が
あの草を粉々に踏みつけるのに都合がいいと
考えるという事が起こったからじゃ！」

そこでトロルフは渋々、立ち上がって
腰の周りに太矢《ふとや》をいくつも収めたケースを
結びつけて、しっかりとして茶色の
巨大な弩《いしゆみ》を取り下ろし、
万一、接近戦になった時の備えに
短剣を一丁、強いベルトに差した。
それを終えると、たらふく酒を飲んで
夜が明けたなら、手柄話をしようかと
考えながら出かけていった。
こうして彼は草地に着き、
サンザシの藪のなかにぴたりと身を隠し
ほんの僅かなあいだだけ寝ずの番をしていたが
屋根裏にある自分の簡易ベッドと同じくらい
柔らかなカタバミの葉の上で眠ってしまい、
太陽が高く昇るまで目覚めもしなかった。
その場から、全く寝ぼけたまま眺めてみると
その美しい草地のさらに一層の部分が、前夜通りに
酷く踏みしだかれたので、その夏の季節は
父親の牛に与える飼葉《かいば》は、不味《まず》いにせよ美味にせよ
あまり収穫できそうにない事が判った。

*中世のバネ仕掛けの大弓。

それから首うなだれて彼は家路へと向かったが
父親の嘲《あざけ》りに対して、この時には
ほんの僅かな言葉しか発する事ができず、
こやし置き場へと身を引いてしまった。

そこでその日の夜、苛立った農夫は
次男のトルドを同じ目的で送り出した。
だが黄色い月が没する前に
我が田舎者は眠って鼾《いびき》をかき、
夜明けに目覚めて、あの草地が
嘆かわしいほど踏みにじられているのを見た。
さて次男が家に帰り着き
まさしく恥ずかしさから一言も言えなかった時、
善良な農夫は、からかい、嘲り始めて、
こう言った――こんな寝ぼけ頭の馬鹿を買うには
あれほど積み上げた銀貨はあまりに高価に過ぎた、
お前らの母様《かあさま》に儂《わし》が求愛しておったあの頃、
フランドルの布地、銀の指輪と首飾り、
水夫たちが儂に売りつけた、遠国の
値段の高い品々、多くの男たちが
それを得るために頭から海に突っ込んで
海豚《いるか》めがけて泳がねばならなかった品々――これみんな、
こんな大食いだけの息子を得るためだったとはな！

この時、ドアを蹴るようにして
床に寝そべっていた三男のジョンは
振り向いてあくびをし、背伸びをして、こう言った――
「嫌だな、俺の休み時は皆過ぎ去った、
だって父《とう》さんは三番目の寝ずの番として
俺を使うつもりなんだろう。
判ったよ、あとでがっかりしないでね、明日の朝には
どんな事が父さんを嘆かせるかが判るから」。
「そうだ、そうだ」と父。「本当だぞ、
お前は父さんに対しては、ご立派な息子だからな！
お前、馬鹿だな、二人の兄さんがやり損なったというのに
お前はこのゲームで勝てるとでも思っておるのか！
真実だぞ、父さんはお前のために、パンとビールを
蓄えておくための強力な決心をしておるのじゃ、
どこかの漁船の船長とともに海に送り出すつもりじゃ、
船長は北の国から干し魚を持ち帰ってくれるだろう、
その時にゃ、お前ももはや夢ばかり見て日々を過ごさず
船長の鞭縄《むちなわ》の怖さを知るようになるじゃろう、
鞭打たれて、凍てつく甲板の上に転ぶじゃろう、
そん時にゃ、初期弦楽器《レベック》の甘い伴奏付きじゃないぞ。

──けれど実際、賢い人物が出くわすことのできない事を
馬鹿はすることができると世間じゃ言うておるから
もし少しでもやる気があるなら、寝ずの番に行け、
だってお前なら父さんをがっかりさせる事ぁでけん。
それにお前、見ろ！　もし父さんに良い事してくれたなら
お前の持っとる一番大きな頭巾一杯、
銀のペニ貨を、お前の財産として呉れてやる、
市の立つ町で存分に使《つこ》うてもええぞ」。

　ジョンは何も答えず、そっぽを向いて
昼のあいだじゅう、木々の下で
眠っていたが、月が出てようやく目覚めた。
彼は兄たちのように武器は持たなかった、
というのも、彼はこう考えたからだ──「いや実際、
太矢だのそれをつがえる弩《いしゆみ》だの、俺には要《い》らねぇ
だってもし草地荒らしの奴らが万一現れたとして、
もし俺様が彼らに太矢を弓で引いたなら
その時やきっと俺様が奴らに殺されらぁ。
それに、兄さんたちは俺をとんまだと言うが
でも俺は、弓矢の唸《うな》りを結局は死に行き着かせようなんて
愚かな考えは持ちあわせてはおらんぞ。
その上、おそらく人間様をそこに見る事ぁあるめぇ、
出てくるのは妖精様じゃぞ。
世界中にある武器を皆持ってきたところで
そんな妖精様相手じゃ、俺には何の役にもたたねぇ。
むしろ俺の知りたい知識は、ファーヴニル龍の心臓を
シグルスが食った時に彼の舌に落ちた龍の毒血に似た
そんな知識なんだ。*

＊北欧神話では巨龍ファーヴニルが財宝を護っていたが、シグルスがこれを退治して財宝を入手し、この龍の心臓を食べた時に、舌にその血が落ち、それによって鳥の言葉や預言を聞き取れるようになった。

──よしきた、運命からどんな偶発を貰う事になろうと
今夜は眠らずに過ごして、不思議な光景を
眼にする事になると俺は知っているぞ」。

　こうしてジョンは草地にやってきて
牧草の残った部分の周囲を
この上なく注意深く眺めた。
それからサンザシの茂みに寝そべって
何が起こるかと数多くの場面を考えながら、夜中、
見張りを続けはしたが、ゆっくりと短夜《みじかよ》が更け行き
葦五位《よしごい》のうなり声と低地梟《ふくろう》の叫びだけが聞こえて
別に何ごとも起こらなかった。
それから月が沈み、星の明かりが薄らぎ、

《夜》が、木と木のあいだに張り巡らせていた
霧のベールが、曙光によって見えてきた。
そよ風が立ち、突如として
大鶫《おおつぐみ》が翼の下から頭部を引き出し、
ひんやりした暁をつんざくように歌い始め、
朝日の最初の光線が射すずっと前から
羽根のある種族の歌うたいたちが
一羽、また一羽とジョンの近くで目覚め始めた。
すると彼の寝ずの番は始まったばかりだったのに
その時刻にさえ、彼も十分意識したとおり、
眠気がジョンの上に近づいてきて、
眠りほど善いものはないように思われてきた。
そして甘い夢の数々が眼の上に這い寄り始め、
夢は彼を頬笑ませた。それから再び、
自分の見張りが無意味になるのを恐れて目を醒ました。
しかしこれらの夢の一つの最中、
彼はぎくりと飛び上がった、なぜなら木々のあいだを
通り抜ける、多数の鳥の翼の音に似た音、
突進する音を聞いたからだ。
すっかり目覚めて、心臓を高鳴らせて
ジョンはサンザシの小枝を二つに分けて見やったが
不思議な事物と言ってもただ、七羽の白鳥が
見えただけだった。白鳥は翼を大きく広げて
ぐるぐると輪を描きまわり、やがて一羽また一羽、
朝露に濡れた草の上に降りたのだ。
ジョンはこの情景に笑みを浮かべ、最初は、
大声で叫んで脅し、追い払おうかと考えた。
だが白鳥を見るうちに、一つの疑念が心から離れなかった。
そこで藪のなかにぴたりと身を潜めて
白鳥が反《そ》り身になって、雪のように白く、見事に美しい
その翼の羽繕《はづくろ》いをするのを注視していた。
七羽は大変近くにいたので、彼はそこに居たまま
左手で石を投げても、一番遠くの白鳥に
届いてもおかしくないほどだった。

　朝日こそぐずぐずしていたが、夏らしい昼間が
足早にやって来るなか、白鳥たちは
さらに近づいてきて、不可解な仕方で
あたりを覗き始めた。後年になってジョンは
仮にほんの僅かのあいだだったとしても
自分は再び夢を見たに違いないと思ったものだ——
なぜなら一つの雲がその場をぼんやりと翳《かす》ませ、
鳥たちの沈黙がその場に生じたからだ。
彼が次に草の上を見やった時には

六羽の白鳥の羽衣《はごろも》が彼の手近《てぢか》に横たわり、
そして間近な草の上に、
七人の白い肌をした乙女が立っていたのだ。
彼女らはあまりに美しく造られていて、
ジョンは坐ったまま、震え、血のように顔を赤らめ、
恥じらったかのように、地面のほうに視線を落とし、
それから再び眺め始めて、甘美な憧れが心を貫くに
まかすしかなかった。なぜなら彼女らの足は
彼の居る場所から約二メートルたらずのところの
長い、灰色の種の付いた牧草のあいだを動いていたから。

　暫《しばら》くのあいだ、彼女らは、成熟した牧草のなかを
歩いたが、牧草は彼女らの美しさの前に
頭《こうべ》を垂れるのだった。それから彼女らが
音楽のように甘美な、低い声で
彼の知らない言葉を語り始めた時には
彼の身体《からだ》中を、鳥肌立つ思いが走ったのだった。
だが最後に一人だけが語ったのを聞くと
それは、彼が長い年月、あの天国の声だとして
考えていた言葉だと彼には思われた。
胸が一杯になったが、ついに今は溢れる涙の向こうに
彼女らを眺めていたし、

最初に彼女ら、全てが、想像もできない愛らしさで
彼の眼を喜ばせた事を皆考え併せて
その最後の声一つだけに、
彼の熱い心を喜ばせるつもりにはなれなかった。
なぜなら彼女ら全員のなかで一人だけ、彼女の顔は
まだ全く見えていなかったからだ。
その顔をきわめて強い欲望で見たいと願ったので
彼の心は苦しくなり、すっかり乾いた喉《のど》のなかに
素早く現れた炎が燃え始めたように感じられた。
　暫《しばら》く彼女はそこに立ったまま、振り向かなかった。
その間なおも彼女の音楽的な声は
鳥たちの歌声を調べのない騒音に感じさせた。
そして全てのなかで彼女だけが
だらりと下げた手のなかに
羽衣を持っていた――それは七月の庭から
手折《たお》ってきたピンク色の薔薇のようで、また
衣の羽根を抑えている彼女の指が想像させる
一月の雪の上の薔薇のようにも見えた。
彼女の心のなかにある《愛》の、薔薇色をした炎が
全身に輝いている様子だ。時どき彼女は軽やかに
身を動かし、そして静かな風が
頭巾に抑えられていない頭髪のなかで戯れた。

ジョンはこの時、呼吸するのも怖かった——
《死神》の手が、実態のない映像を見せつけているのを
知る事になるのを恐れたからだ。
それから彼はこう思った——朝風が
天国の花咲く野から吹いてきたのだと。
そのような香りがこの朝には与えられていた。

　今、昇る太陽の最初の水平な光線、長く待たれながら、
射してきたのは突然という感じの光線が
永く続いた曙の灰色を横切って
風に震える草の葉の上に炎を燃やし、
世界を再び生き返らせた。
そしてそれとともに大地と天空が休止したのだ、
なぜなら彼女がこちらを向いたからだった。
ジョンの心は彼女への大きな思慕で燃えたので
きっと今、この場で死ぬのだと彼は思った。
呼吸も途絶えて、叫ぼうとして口を開けた。
だが彼女は何と柔和で優しげに見えた事か、
また、今彼の気弱な眼に祝福を与える、彼女の
非の打ち所のない愛らしさの上に、
何という、甘い、貴重な笑みが輝いた事か！
　今や彼女は、手からは白鳥の羽衣を地面に落とし、
少しのあいだ、黙って立っていた。
それから再び向こうを向いて
仲間たちに囁き声で何かを語った。
それを聞くと彼女たちの
繊細で円《まろ》やかな、そしてしなやかな手足は、
綺麗な声の、異国ふうな歌に合わせて
リズミカルなテンポで
朝の空気を貫いて、あちらへこちらへと
踊り始めた。この踊り手たちは、言葉の綾全てを超えて
爽《さわ》やかで美々《びび》しかったが、
ジョンにとっては、見事な細工の
美しい色をした映像に過ぎなかった。一方彼女は
大地にも天にも熱愛される美女として
仲間のあいだを舞っていた。いったい彼女は
俺だけの幸せのために造られているのだろうか？——
だがもしそうでないのなら、大地も天も
俺の心をうんざりさせて苦しめるためにだけ
人間に与えられていると思われる。
彼はサンザシの小枝をもう少し広げて
思う存分眺められるようにした。
目を凝らしているうちに、良くない考えが
ジョンの心を貫いた。彼の手のほんの近くに、

彼女が最初に立っていたところより近くに、
まだキスを受けた事もなさそうな彼女の足が
美しいクローヴァーの花にキスしたところより近くに、
雪のように純白な白鳥の羽衣が脱ぎ捨ててあったのだ。
彼の心は考えた――「俺がこの純白な羽衣を
彼女への優しい愛の心から取り去る事をしない限り
来た時と同じように、飛び去ってしまうだろう。
奪い去れば、そのあと死のうが生きようが
彼女はどうしても俺に一言かけずにはいられないだろう、
俺が死ぬ前に」。そう考えて
ほとんどその意志もないまま、彼の手は
羽衣の上に落ちたのだ。その間にも彼の眼は
彼女の姿かたちに据えられていた。
彼は羽衣を引き寄せて、最初のダンスが
静かな終わりを迎えるまで手許に置いた。
そしてその休止のあいだから
別のダンスが撥《は》ね起こった。そのリズムは
軽やかな足、長い髪、柔軟な手を踊らせたが、
その様は、風が細いポプラの木々を揺らすのに似ていた。
やがてその風が、ポプラの木の葉のなかで
夏の通り雨が止むように静かに吹き止み、
今は、六月の衣を着て頷《うなず》いていたポプラの葉を
もはや揺すってはいないのと同じように
そのように細波《さざなみ》のような美しい歌は静まってゆき、
踊り手たちが優しげにつま立ちを止めた足で
身を揺すり、おのおの互いの手に触れ合わないくらいに
円を描いて立って、
ついに全ての動きが終わりを迎えた。

　朝露を帯びた木陰が短くなって行くあいだ、なおも
喘《あえ》ぎながらジョンは横たわり、動きもしなかった。
恐れがのしかかってきていたが、自分の恋の
不思議のなかへ落ちこんでいた。というのも彼は
誰に教えられたのでもなかったが、自分の喜びの時は
短く終わる事を知っていたからだ。さて今は、ジョンが
心を奪われたあの彼女が一人だけ語り始め、
それとともに腕も手も下へ降ろして
ほとんど聞こえなかった囁きもぴたりと止んだ。
それから踊り手たちは、長い列を作ってしずしずと
サンザシの藪に入ったが、彼女は最後だった。
再び彼女が自分のすぐそばにいたので
ジョンの恐れは苦悩にまで高まった。
風はサンザシの刻み目ある緑葉の傍《そば》を吹き、
太陽は高く昇り、ジョンが横たわる

草地にまだらな蔭を投げかけていた。
その日は爽やかに、陽気に晴れていた。
策略や魔術のようなものは何一つ
近くにあるとは考えられなかったであろう。
だがついに全ての事が出し抜けに、彼の心と全く同じに
変化したのだ。これまで見慣れていた世界が、
そしてジョンが最初に知った楽と苦が、
ぼんやりした、奇妙なものになり果てていた。
《時》も、ぐったりと荒廃したもののように思えた。

　突然の鋭い叫びが彼の夢を貫いた。
見分けがつくようになった彼の眼に見えたのは
彼の愛する女が、金髪で半ば隠された顔を
ほっそりした両手ですっかり覆いながら
草深い地面に立っている姿だった。
啜《すす》り泣きで身を震わせていたが、その悲しみの周りに
再び白鳥の姿になった他の仲間が
長い首を慰めるように曲げ、羽毛を逆立てて
集まっていた。彼は血も凍りつく思いのまま
それでもぴたりと地に伏し、身動きもせずに
朝方の夢のように胸もときめく恋の思いで
気持を強く持とうとしていた。その時、

彼女からは呟《つぶや》く言葉が幾つか漏れて
白鳥たちは彼女の悲しみに満ちた孤立状態へと
さらに近づいて群がったが、それは
気の進まないさよならを語りかける情景だった。
彼女のほうは片方の手で虚《うつ》ろに探るように
白鳥たちの頭を優しげに撫でてはいたが、
もう一方の手は両眼から離さなかった。
そのうちに一羽、また一羽、白鳥たちは
美しい彼女の躯《からだ》から離れて空中に舞い上がり
けたたましい鳴き声を立てて、彼女の上に
大きな輪を描き、やがて青空が白鳥たちの舞う翼を
隠してしまい、全ては飛び去ってしまった。

　自分が一人きりになった事をほとんど知らないように
彼女は暫《しばら》くのあいだそこに立ったたままだった。
片手はなおも顔を覆っていて、
もう一方は垂れてはいたが、半ば差し出すかたち。
それはまるで、まだ誰かが慰めようと残っているように
思いこんでいるかのようだった。
だがやがて彼女の嘆きの声は皆
静かになったが、嘆きの思いは彼女をしっかり捉え、
身動きもさせなかった。野生の鼠が

彼女の足許を通り過ぎ、蜻蛉《とんぼ》が
細く青い針のように近くを飛んで行き、
朝が真昼に近づくと、蜜蜂が輪を描いて
飛びすぎた。その頃には奇妙な考えが
彼女の心に生じた。そこでようやく彼女は
頭を上げて、周りを見て、こう言った──
「地上では憐れみの慈愛は死に絶えたのか？
手で触れられない愛、目では見えない愛を
値打ちあるものと思い続ける心は残っていないのか？
消え失せたのか？　キスとキスの合間に
死に絶えてゆく至福の苦痛を苦痛と思わないほど
賢い人*は消え残ってはいないのか？」

*肉体的悦楽の消滅を精神的な愛で悦びに変じる人。

　彼女は語りを止めて身震いをした。というのは
隣のサンザシの藪が動いたからだ。
それから半ば無意識のように、逃げようとして、
牧草地の向こうまで振り向いて見たが、
半ば視覚を失った人のように、どちらへ逃げるかも判らず
自分の背後にざわざわと鳴る木の枝々の音と、
同時に、息を切らした叫び声、
そして近づいてくる意図ありげな足音を聞きつけた。

彼女は髪を靡《なび》かせて、踏みしだかれた枯草を横切り、
少しばかり逃げては見たが
足の力が弱まって、振り向くと
自分の運命に出会うのを見ようとする恐怖の目をして
地面の上に身を低くしてちぢこまった。
それはちょうど、山鶉《やまうずら》が、半ば息絶えて
翼も破れて、鷹がもたらす《翼ある死神》を
待ち受けている姿によく似ていた。

　白鳥たちが抱く恐れ故《ゆえ》に翳《かす》んでしまった彼女の眼は、
荒れ狂う両眼と青ざめた顔、そして震えながら
差し出されている二つの手に出会った。その手は
愛する彼女の身体の極めて近くまで伸べられながら、
その身体へはそれ以上近づけないままだった──
彼女の激しい恐れ方を恐れたからにほかならなかった。

　すなわち双方が、相手を心底から恐れていたので
逃げる女と追いかける男は、その場に釘付けになった。
それぞれが呼吸を整え、言葉を発する勇気を得ようとして。
彼はあまりにも絶望的で、彼女はあまりにも気弱で
そのため長いあいだ一言も語れなかったのだ。

だが彼女は、自分自身の微《かす》かな声を聞いたのだ。
なぜなら彼の手のなかに羽衣が見え
男が何を手に入れようとしているかを悟り、その朝、
この仕業がどのように為されたのかが判ったからだ。

「私《わたし》が何をしたというの？　私は何をしたかしら？
今日この日、貴方《あなた》が私の禍《わざわい》になるなんて
貴方に対して何か悪事を働いたかしら？
なぜ貴方の目には、そんな私への憎しみが
漂っているの？」　彼の胸からは音のない響きが
こみ上げたが、言葉は出て来はしなかった。
彼女はさらに後ろへ下がって――「何の値打ちが、
何の意味が、あるのです、貴方がした事のなかには？
だって貴方が私の身体を手に入れたとして
それと共に私の心まで貴方にあげないかぎり、
なお平気で生き続けるなら貴方は非情なる神ですか？」
彼女が語るあいだにも、苦痛の表情が
彼の顔をひきつらせた。彼女は再び口を開いた――

「だって今、貴方は私を手に入れてはいないのに
軽々しく捨てるつもりのない獲物を
勝ち取ったと思っているのが判ります。
おお聴いて！　聴きなさい！――貧弱な獲物を
貴方は得る事になるのですよ、石みたいなものを、
貴方がた人間のなかで孤独に生きながら
貴方を憎悪する心を隠す荒石《あらいし》みたいなものを」。

彼は惨めな気持で彼女から遠ざかり
手をだらりとさせて首もうなだれた。
彼女は「そうではなく、今はまだ貴方を憎んではいない、
それに貴方が私のものを私に返しさえすれば
そしてここに震えるこの身体を自由にしさえすれば
何が起きるか判らないじゃありませんか？
もし貴方が親愛な人、遠くにいても私にとって近しい人に
なったとして、そして来る日も来る日も希望が貴方に
湧き起こったなら、それを喜ぶ気持になりますか？」

彼は、背を向けて遠ざかかった今、泣いているのだと
彼女は思った。すると彼女の心は彼に対して
すこし優しくなり、こう語りかけた――

「そしてもし私のためにそうして下さるとしたら
羽衣を返したが故に、貴方は、この朝がご自分を
全く孤独にしてしまったなどと考えるでしょうか？

少なくとも貴方は愛する相手を両手で抱きしめたも同然、
こうして貴方の、日常にうんざりしていた心を揺すり、
朝の目覚めを、新奇で新鮮なものにし、退屈な生活を
欺瞞《ぎまん》と化し、古き善き物語を真実と化す事ができます。
そうですとも、貴方の生活をそんな物語——つまり
苦しみと闘う他の人々の生活を繁栄に導き
不思議な火炎で貴方を活気づけ
貴方自身を、願望の力でより美しくする物語にできます。
そんな場合、その絶え間のない憧れと苦痛を
皆、虚《むな》しい事だとお考えになりますか、
決して消えない希望が憧れと苦痛を明るく照らす時に？
なぜなら疑いもなく常に貴方は希望を抱くでしょう、
そして私のこの心のなかに、他のどんなものがあろうと、
少なくともいくらかは、そこに貴方が位置を占めていると
当然考えてよいのですから」。

彼はこの上なく熱を籠めて彼女のほうに向き直って
暫《しばら》くは、彼女をじっと眺めた。
狂おしげな恐怖の表情は消えていて、微笑みが
優しげになった彼女の顔を明るく照らしていた。
懇願を籠めた甘美な優しさが、彼女の美の全てに
新たな優雅さを添えていた。これまでは苦痛に窶《やつ》れていた

彼女の頬は、再び生き生きとしていた。
彼女は彼の眼のなかに深遠な愛を見て取った。
そして心のなかで何かがうごめくとともに
熱愛されているという、ある種の喜びと
かつて愛した事物がほとんど大切ではなくなるという、
疑念と恐れのためのある種の苦痛とが
その時、彼女の心にゆっくりと湧き上がった。
全てがこれまでより鮮明に見えなくなったように思われ
生きる事の神秘に対する彼女の叡智《えいち》が
消えゆくように感じられ、まさにその恥じらいのために
ぞくぞくする血の紅潮が彼女の身を横切った。

しかし彼のほんの近くに彼女は立ち、
形麗《かたちうるわ》しい手を差し伸べて
彼の手を取り、奇妙な、探るような態度で
懇願する目つきをして彼を眺めた。
すると彼のなかには、彼女の手触りの優しさと
目つきの愛らしさによって、過度なばかりの怖れと希望が
創り出され、目は翳《かす》んでしまい、
手足の全てが痛いほど震えて、彼はついに
滑り落ちるようにして跪《ひざまず》き、こう言った——

「おぉ確かな事です、貴女《あなた》の懇願は美しかった、
またその言葉は虚《むな》しく終わらず、僕《ぼく》の心に
さらに大きな苦悩を打ち込みました——
貴女の優しさにもかかわらず。ですから本当に
もし貴女のこの願いによって、お困りの時に
十分な助けを僕から得られるとしても、この一瞬の
巨大な幸せが、僕の未来の生を無と化する前に、
つまり僕の宿命がやって来る前に、ぜひとも、
僕の言う事を聞いて下さるのが貴女に相応《ふさわ》しい事です。
——でも実際、貴女の去ったあと、
静まっている貴女の心を、どんな懇願が
揺り動かす事ができるのですか——貴女が去ってしまい、
僕と悲しみだけが淋しく残された時には！
——もし、今語っている僕の言葉が実を結ばないのなら
どんな激しい言葉が、なお役立つ事があろうか——
この言葉が役立たないのなら、何によって貴女の苛酷な
心を、自己が愛されているのだと感動させられますか？」
　熱を籠めた手が彼女の手を握り締めた。
彼の眼は彼女の愛らしさをむさぼり食っていた。
だが黙ったまま彼女は暫く立っていて、その顔は
今は青ざめたかと思うと今度は血のように赤くなり、
唇は震え、その両の眼は
彼の苦悩を見て取って、潤《うる》んできていた。
とうとう、首うなだれて彼女はこう言った——
　「困った、私はどうすればいいの？」と彼女。
「どうしても帰らねばならない遠くの国へ
帰ろうとする時に、貴方の願いはさらに一層、
私を悲しませます。だって私、判っているから、
可哀想に、貴方は私を解き放ってくれる事が。
だって貴方はたいへん賢明に、また親切になったので
無力な私の魂を力ずくで縛りつけはしない事が——
貴方が私のなかの一部になってしまえば良《い》いのに！」
　彼女は恐れて尻込みをした、というのも彼が
今は跳ね起きて、激しく叫んだからだ——
「貴女には僕の苦悩が判っていない！
ご自分の言葉の意味も判っていないのです、あるいは
僕の人生の残りの部分が、どんなに惨めな
空虚なものになるかも判っていません、あるいは
今日の朝が拵《こしら》えてしまった恋の傷を治すために
一人残された僕が、いかに貴女を必要とするかも！
——なぜ震えるのです？　恐れないで下さい、

僕は貴女の傍《そば》を二度と離れません。
もっと近づいて下さい！　僕が産まれた時に
僕の母は決して、恐ろしい怪物を産みはしなかった。
恐れないで！　貴女は一人ぽっちにはならないのです、
もし貴女が万一僕から逃げ去った場合に僕が陥る
一人ぽっちのようには、僕のようには」。

　彼女はそれ以上尻込みをしなかった。彼を見下ろして
こう言った――「困ったわね、なぜ怖い顔をするの？
貴方はこれからもこんなふうに怒るつもり？」
　このように言った時、彼女の声は弱々しく、
憐れみに満ちていた。彼女の胸には
啜《すす》り泣きしたい気持が湧いたが、支えていた彼の手を
強く握り締めただけだった。彼の愛情は強すぎて
どんな言葉も唇を動かせなかった。
希望も甘美にすぎて、勇気を出せばその唇は
滑らかで美しい彼女の頬に触れたかもしれない。
しかし彼女は伏し目になりながらも彼の顔が
次第に自分のほうへ近づくのに気づいていた。
そして生まれたばかりの愛が彼女の心から
炎となって燃えたち、同時に今は彼のほうから
半ばは溜息、半ばは呻きのような音が聞こえた。

彼女は激しく身を震わした。全ての事物が目の前で
揺らぎ始めて、自分の足が固い地面を踏んでいる
感じさえ失せていた――見るためにも聞くためにも
生きている事が皆、あまりに甘美になったからだ。
この時、彼女は喘ぎながら、今は表情を変えた眼をして
開いた唇を彼の唇に向けて、顔を上げた。

　だが二人の美しい唇がキスして当然だった時より前に
――手と手が秘かに握りあい、呼吸が混じりあう前に、
冷酷な《死》*の影が、人と人を遠ざけ分かつ
《死》特有の苦悩を携えて
恋以前には本来賢明だった彼女の心を打ちつけた。
何か突然の鋭い痛みに刺されたかのように
彼女は恋人の両腕のなかから跳ねるように遠ざかり
震えながらそこに立った。そして彼女の叫びが
朝風を貫いて響いた――「貴方はなぜ、今得たばかりの
喜びのなかで死なねばならないの？」――こう言ったのだ。
「そして私、貴方の幸せが募ってくるのを見たこの私が
硬直して死んだ貴方を見なければならないの？
これ以上にはまだ私に触らないで――貴方の激しい心が
私を征服してしまったのは紛れもない事なので
私はもはや、欲情なしには

*人を襲い天女に無縁な死。

貴方を見る事ができません——そのような結末を求めて
どうやら、運命に導かれて、私はここへ
来たらしい、そしてそれが判っていなかったのです——
でももし貴方の愛が、貴方の眼が語るとおりに
それほど熱いものならば、貴方、どうします？
愛されていようといなかろうと、常に事情はこうなの——
私は貴方の国では生きる事ができないのです。
貴方の愛はあまりに強いから、私も心を籠めて
貴方と同じく愛します——でも、どちらにします？
貴方の愛を、《時》の消耗品のなかへ投げ捨てて
この貴方の国に住み続け、
相当に幸せに生きる事に満足なさいます？　その場合、
恐れられ、ひょっとして嫌われ、でも、何事が起ころうと
全体としては勝利者として生きて行くでしょう。
——それとも私自身の国へ来て、私のものとなって
おそらくは長生きなさる——でも全ては知られないまま、
貴方の父君への愛も、貴方の国の掟《おきて》への愛も。
また、人生の籤《くじ》箱のなかから、別の籤を引き当てる希望も
なくなります——ですから考えて下さい！
同じ人間たちのなかで偉大な人物になって下さい、
なぜなら私は貴方を愛しているから。そして忘れなさい、
私たちがこの干し草のなかで出会った事を——
そうでなければ愛され愛して下さい、貴方の眼を
生の幻影が紛《まぎ》らわせる事のできるあいだ」。

彼は倒れるように膝をついて、大声を出した——
「あぁ、貴女は飛び去るつもり？　世界は広い、
そして荒野です。暫く前には、僕たちはここに
共にいて、僕の感じたところでは、貴女にも僕は
親愛なものになったのに——今、何を言ったのです？
見よ、見て下さい、この国は死に満ちています、また僕も
死なねばならない、そうでなくてもこの国の命失せた
愚かな行為を処理できないうちに、あるいはこの国で
人を動かす死者の夢を感じる前に死なねばならない。
——悲しい事だ、どうすれば貴女に、僕の願いの祈りを
捧げればいいのか？　だって貴女は一刻前に僕を愛した、
だから僕の心をもはや置き去りにしないよう祈りたい」。

彼女は考えこみながら、彼の熱情籠めた言葉を聞いた。
そして奇妙な目つきで、半ばは恐れたように
また半ばは憐れむように彼をじっと見つめた。
やがて涙のなかで彼の姿は朧気《おぼろげ》になった。
とうとう彼女が言うには、「祈って下さる必要はないわ、
おお恋人よ、私が貴方を裏切らないようになんて。

でも数多くの考えが私の心のなかにはあるのです、私が
恋しながらも、はっきり見分ける事ができるとすれば。
——急速に曙も終わりに近づきます。貴方、立ち上がって
私をここから連れ出して！　貴方の眼より邪悪な眼が
ここにいる私の身体を見るといけないから。
だから近くの、木々にびっしり囲まれた
どこかへ連れてって！　そこなら貴方と私は
少しのあいだ、二人きりでいられるでしょう、
そこで準備をするのです、恋が常にいつまでも幸せで
変化だとか、良からぬ悩みが混じってこない
その場所＊へ出かける準備を」。

＊天女の国。

　彼は彼女を見つめたが、話す勇気も持ち合わさず
また彼女の溜息が、その言葉の優しさを
打ち破った様《さま》にも気づかなかった。彼女の白い手を
片手にとって、ほかならぬ愛の故に
その手を振った。そして草地を越えて
どこを歩いているのかにさえ、ほとんど気づかないまま
彼女を連れ回して、ついには
山毛欅《ぶな》の林のなかに入り、そこでは落ちた木の実や
乾いた落ち葉などが二人に相応《ふさわ》しい絨毯《カーペット》をなしていた。
二人の足許《あしもと》には、木漏れ日がまだらに落ちていた。

彼女は彼の足を留めて、全身を真剣に落ちつかせて
まるで治癒のための、香り高い薬剤のように
彼の額に唇を当てて、こう言った——「あぁ願わくば
悪と善とを知り尽くしている私と
苦しみによってそれと同じほど知り尽くすかもしれない
貴方《あなた》とが、静かなこの唇の触れあいを、人生と
その混乱した渦巻き全てが過ぎ去るまで長続きするのに
十分な喜びだと感じる事ができますように——
このキスと、この甘い欲望が誕生したこの朝の記憶が
それに十分な喜びとなりますように」。

　彼は身を震わせ、懇願するように彼女を眺めた。
「あぁ、駄目、駄目ですよ」と彼女は言い、
「今日はこれ以上、貴方と言い合いは致しません、
貴方が祈りで願った通りのものを貴方に差し上げます、
おそらくそれは、私がそうせずにはいられないから、
それどころか、私自身の魂を緩《ゆる》める事ができないから。
それで御納得？」　もう一度彼は自分が得た恋を
何か綺麗な言葉で賛美しようと努めたが、果たせそうには
なかった。しかし彼女は頬笑んでこう言った——
「古い時代の恋人たちは、今は死んでいます、
貴方の場合も、そうなるでしょう。

そうですよ、貴方、話を聞いた事、ありません？
世界を動かす事もできると一度は考えた彼らの恋より
長生きした恋人たちの話を？
貴方の場合も、そうなるかもしれません。
――駄目、右手を私のほうに伸ばしてちょうだい、
可哀想に、手を伸ばせば全てがそれで完了します」。

　濃い緑の宝石が入った金の指輪を
その時彼女は彼の右手にはめ込んで
こう言った――「今日、この贈物をもらった事を
やがては貴方、後悔なさるかもしれません、
それなら賢明であれ！　今、指輪を投げ捨てなさい、
指輪を私に返して、立ち去りなさい。
過去の全てにもかかわらず、その場合、
貴方も私も、以前のようには孤独ではないでしょう、
悲しく憧れ多く、愛も保ち、呪われてはいないでしょう」。

　こう語りながら身を震わせた。そして彼の眼に向かって
大きな欲望に憧れる顔を見せた。
とは言え彼女の両眼は
見事にも賢明過ぎるように見えた。
だが怒りの苦痛が彼の表情を変えた。

彼は言った、「僕は無理やり、貴女のお情けを得たが、
それでは貴女の愛を得た事にはならない。僕に対しては
貴女の意志通りの事をして、自由になさって下さい」。

　彼女は囁いた――「違うわ、貴方、何が欲しいの？
貴方が願うから、この贈物をしたのじゃないの、
明晰《めいせき》で冷淡な叡智《えいち》の命に逆らって
差し控える事の出来なかったものを差し上げたのに。
――困った、満足できない気の毒な方、
なぜ恋なんかなさるの？　世界は広くて
たくさんの楽しみを持っているじゃないの。
なぜ、自分の悲しみのために、常に落ち着かない
あの欲望に貴方は執着するの？
その全体が決して貴方には得られないものの
どんな一部にしろ貴方が得たものに執着するの？
貴方にも私にも悲しい事ね！　この事でこれ以上
口論するのは無駄、この上なく無駄な事よ！
それじゃいらっしゃい、悲しみと至福が待つ場所へ、
私に羽衣を返し、何も疑わずに
山毛欅《ぶな》の木の葉が茶色くなった上に横たわりなさい！」

愛以外のどんな魔力が彼の心にのしかかったのか

語り手の私には判らない。しかし彼女の命令全てに
従うほかには、全く動く事もできなかった。
そこに横たわり、手の上に頬を載せていた。
両眼が翳《かす》んできたが、それでも
白くほっそりした山毛欅の木の幹が
最初は見えていた。美しい足をした恋人の姿が
自分の近くで、木漏れ日と木蔭のあいだを動くのも
彼は眼にしていた。けだるさのなかではあったが、
彼女の薔薇色の指が、皺《しわ》になった
白い羽衣のあたりにあるのも見えた。
それはちょうどあの不思議な喜びが最初に
彼を狂喜させた時と同じ情景。それから彼の視力は
さらに微《かす》かになったが、それでも彼女が
彼の上に身を曲げて、綺麗な眼で
彼の顔を喜ばせるのにも気づいたが、やがてついに
死のように深く、眠りのように優しい《休息》が
彼の混乱した心を横切るように這ってきた。
それから長い時間が経ったように思われた。
柔らかな草の上に、半ば目覚めて彼は寝そべっていたが
眼はつぶったまま。あまりに美しい夢、
もう一度見たいと願いたくなる夢、しかし忘れた夢を
この間、見ていたように感じられた。

その時、最初に耳にした《死》のような苦痛とともに
記憶がよみがえり、叫び声を上げ、
速やかに記憶から生まれてきた怖れとともに
彼は眼を開いた。永らく眼から遠ざかっていた光が
あまりにまばゆく、何物も正確には見えなかった。
しかし何か優しいもの、何か美しいものが
それでもなおそこにいるように思われたのだ。
そこへ向かって両腕を伸ばすと
柔らかな両手に出遭い、彼自身の両手は
滑らかな頬にあてがわれた。その頬は過ぎた日々に
知っていた頬のようだった。「穏やかな風が
甘く、甘く吹いていますね」と彼は言い、「その一方、
風は間違いなく花々の上を吹いてきたのですね、
もしその花々がこれほど良い匂いにされているのなら」。

彼がこう語るうちに、彼の唇は
望みもせず、夢にも期待しなかったキスのかたちで
彼の幸せ全ての核心そのものに迎えられたのだ。

彼が立ち上がって、彼女とあい並び、
頬が頬に触れ相手の手に握られていたのは
恍惚状態から目覚めるのに似て、

あまりにも甘美で現実とは感じられなかった。
二人は、果実たわわな、夏のような、美に満ちた
不思議な国に立っていたのだ。
軽やかな風が彼女の頭髪に戯れていたが、
頭髪には、金でできた木の葉のような冠が載せられ
また彼女の手足には、地上の織機が決して織れない
不思議な色合いの、軽い衣服が
裾縁《すそべり》や襞《ひだ》の折り目を絡ませていた。
頭上からは綾錦《あやにしき》のような花々が
柔らかな、ピンクの花びらの先を彼女の足へと散らし、
その足は今、草を揺り動かし、その声は今、
香り豊かな優しい空気を喜ばせ、
彼の身を震わせた。声が囁くには——　「ご覧なさい、
これが私の故郷の牧草地です、
私の住処《すみか》、貴方の住処です。今、たくさんの事を
お話ししなくちゃ。たくさんの事をお見せしなくちゃ。
恋人よ、私の場合はそうなのですが、貴方のほうも
あまりに大きな幸せに
悲しくなりませんか？　でも大きな幸せと死への思いから
生まれてくる小さな悲しみ、そして
今、この時にも、おそらく過去のものとなって行く
記憶という思いから生まれる悲しみは甘く美しいもの」。

　彼が眼にしたものが今、心をあまりに喜ばせたので
喜びを表現しようにも、舌は
何の役にも立たなかった。ほんの僅かなあいだだけ
天国の片隅に住みついたかのように
彼は恐ろしいと感じていた。
彼女が樹木から樹木へと静かに彼を案内するあいだ、
自分の心が求めた全てのなかの、どれだけの分量が
与えられているのか、ほとんど判らなかった。
彼は眼を閉じて、さらに自分の心を満足させるため、
また今は永久に自分のものになるらしい
至福の深さをさらに心ゆくまで測るため、
苦しみの人間界の、ある程度の映像と
棄ててきた世界の不快さの映像とを
瞼《まぶた》に浮かべて見ようとした。

しかしこの時、夢が破れたのだった。
そしてグレゴリー*はすっかり目覚めて上体を起こし
白い寄せ波の一線を眺め、
何であるかは判らないが、何か失われた喜び、
去ってしまった楽しみを痛切に求めていた。

*グレゴリーの夢の中に出た男の話の中でジョンが羽衣姫と会ったのだった。

なぜならこの夢は綺麗さっぱり忘れたからだった。
そこで笑みを浮かべ、溜息吐《つ》いてグレゴリーは
想いに耽りながら元来た道をたどって
テントのなかに入り、屈強な男たちの
雑魚寝《ざこね》のあいだを縫って通ったが、熟眠中の
誰の眼にも見られなかった。それでもなお
どうしてもあの夢を思い出せないので心が痛んでいた。
こうして粗造《あらづく》りのベッドに身を横たえて
朝が来るまで眠らずにいようと考えたのだが
一つ寝返りを打つか打たないかのうちに
失われていた不思議な夢が、眠りの力で
舞い戻ってきた。再びグレゴリーはマグヌス王の
陽気な宴会に座を占めていた。
また再びあの楽しい物語が続いたが
今度はあの見知らぬ客は見あたらず
そもそも存在しなかったかのようだった。そして彼自身、
すなわち星見男グレゴリーが、
金の衣装をつけたマグヌス王の傍《そば》に坐って
同じ話し方で続きを物語ったのだ。

その幸せの全てのなかで、また幸せの部分部分で
恋愛の選りすぐりの贈物を存分に味わって
この幸せな恋の男は極めて永らく生きていたので
悲哀だの罪悪だのという言葉さえ
忘れられてしまっていた——彼の至福については
何も語らなくてよい。なぜなら実情はこうだからだ、
詩歌というものは戦場の歌にこそ相応《ふさわ》しく、また
心を貫くほどに甘い哀愁に満ちた悲劇をこそ歌い、
心も重苦しい年月の物語や
涙も出ないほどの絶望的な悲哀を語って、
冬の進みがあまりに長く感じられないように
十分聞かれるように楽しい滑らかな歌に織りなすが、
《天国》を語るには声を持ち合わしてはいない、
また長い年月与えられた天国的な喜悦も歌えない、
そんな喜悦自体が比類のないメロディだからだ、
そこでは恐怖が勝利感に殺されているからだ。
またそこでは愛の両腕にしっかり支えられた《希望》は
もはや幸せな心を感動させる事もないからだ。
綺麗なお心の皆々様、私たちの憂鬱な語りを許されよ、
死にそうな者たちだけに死者の事を悲しませよ、
彼らがどんなメロディ豊かな嘆きの声で歌おうとも！
私たちが善と悪の只中《ただなか》にあるからといって
語る事もできない幸せを妬《ねた》むなかれ、
善悪只中の希望についてのみ、私たちは

音楽と涙とで、我々人間の悲しみを祝福するのだから。

　さて物語は、三年という長い月日のあいだ
ジョンがその不思議な国に住んだとしている。
やがて自分では意識していない憧れという
次第に重さを増す心の荷物が彼にやってきた。自分が
自分の同類とは別種の世界にいなければならず、
同類の希望や怖れを共有できないという羞恥、
幸せが打ち消す事のできない羞恥がそれに混じっていた。
そのために顔の上には暗い影が漂い、
これを恋人が見逃さなかった。彼の心が、自覚もないまま
どちらのほうに傾いているかを見抜いたのである。

　こんな訳である日、次のような事が起こった――
彼女の傍《そば》に寝そべって彼が考えに耽っていた時、
だしぬけに彼女が語り始めたのだ、
「貴方の心にどんな重荷がのしかかっているの？
向こうを見透《みとお》せないどんなベールが眼に垂れているの？
私が貴方から何かを隠していると思っているの？」

　彼は両腕に彼女を抱きしめ、大声で言った――
「愛する相手から隠す事のできる、どんなものがある？
君はこの事を知っている、知っているではないか！」

「悲しい事ね」と彼女。「でもこれが現実なの、
私は一度も、どんな危険が貴方と私に這い寄っているかを
お話しした事がなかったわね！
ゆっくりとした足どりの恐怖の事をお話しして
どうしてこんな愛らしい年月を汚す事ができたかしら？
場合によっては決して来ないかも知れない事を喋って
二人の家庭の楽しさを、どうして陰鬱にできたかしら？
でも今は、薔薇が隠していた鋭い棘《とげ》から
眼を背《そむ》けてはいけないのじゃない？」

　彼は困ったような顔つきでこう言った――
「それは何の事？　いったいどんな場所から我々に
災いが来ると言うの？」　彼女は嘘を語る人のように
顔を真っ赤にして、どもりながら言った――
「少し前に貴方が住んでいた貴方自身の国に
この危険が育っているのです。
どう思います？　貴方と私が暫《しば》く別れて
その少しのあいだに二人の幸せを
より大きくしたいと考えているのではないですか？」

彼女は笑顔を見せたが、笑顔のなかの何かが
嘆く心に孤独な苦痛が生じている場合の
涙の先触れのように見えた。
だが彼は、意志に反して嬉しくなって、
跳ね上がるように立ち、大声で言った、「おお可愛い人、
全く何も恐れないでくれ、だって確実に
常に変わらず僕は、運命的にも君の相棒なのだから。
言うだけの事を言ってくれ、そのあとは敵と相闘《あいたたか》う
最も手近な手段を取らせてくれ」。

彼女をしばし黙らせてしまうような何かの響きが
声のなかにあった。彼女は一つの微笑みを見せて
彼の輝かしく紅潮した顔つきを注視し、
呼吸するのが困難であるかのように
手を喉元に当てたが、
ようやくこう語った――「長い年月の大釜は
数多くの事で煮えたぎっていて、ついに最後には
この釜のなかから、美味《おい》しいものと混ざりあった
毒のようなものが出てくるのです。
悪いものを取り除き、善きものだけを手にできたなら
実際素晴らしいに違いない、でも全ての事が常に
相争う生のなかではどう試みても不可能よ。

貴方のほうは多分無意識に、私のほうは
眼を見開き、意図的に
この三年間、いつも努力して
与えられたものから素敵なものだけを手に入れ、
善くないものは、半ば打ち棄ててきました。
でも《運命》は己《おの》が機の熟するのを見事に待って
今日この頃、私たちの暮らしはその意志通りになったの。
どんな災いの脅かしが見えるかを私が教えられないのを
我慢して下さいね。貴方はご自分の国に
行かねばならない、そして未来がどうなるかも
知ってはならない――貴方のような存在には
苛酷、残酷な役割ね、忍耐強い心を保って
一人じっと坐り、希望だけ持って待つなんて、
また、どんな疑念が心に浮かぼうとも
《運命》とはいかなる形でも闘ってはならないなんて。
でも私を助けて欲しいという願いを、何らかの徴《しるし》で
私が呼びかけた時は別よ。この兆《きざ》しを見出すために
貴方、毎日、夕暮れには、貴方と私が初めて出会った
あの場所に行く事になるのよ。
そこで一時間が経つがままに待ち続け、
もし待ってみても、不思議な事が何一つ貴方に
起こらないならば、事態は全て、あまりにも具合良く、

或いはあまりに悪く進んでいて、貴方の助けが不要だと
確信して貰い、その先また待って貰う事になるのよ」。

彼女は既に立ち上がっていた。二人はあい並んで
立ってはいたが、彼の顔からは、全ての赤みが
失せてしまった。この上なく青ざめてしまった彼は
口籠もりつつ、こう言った――「可愛い人よ、願わくば
君が僕を愛した事があったのかどうか、知りたいのだ、
それさえ知れば、疑いなくどんな事にも、勇気をもって
立ち向かうのだが」。彼の顔を大きな困惑の表情が
横切ったので、彼女は、何か隠している事に
恥を感じて、血のように赤くなったが、
それから再び青ざめて、こう言った――
「私が貴方を深く愛している事はご存知のはず！
貴方にそう言われてどうしたらいいの？
この長い年月が私の心に呼び起こした全ての愛を
短い一瞬のうちに語り尽くす事ができるかしら？
愛する人、もっと近くへ来て、私を見てちょうだい、
私のこの眼のなかに読みとって貰うためよ、人間たちが
人生と呼んでいるこの悩み多き夢は、貴方を愛するのに
十分長いと、私の心が思っているかどうかを
読みとって！」。彼は両腕を彼女のまわりに
巻きつけつつ、激しく涙を流した。
彼女の眼も乾いてはいなかった。二人の唇同士は
ゆっくりと離れ、美しい彼女の指は
彼の手を求めた。「さぁ来て、愛する人」と彼女は言い、
「時間が経つから」と先頭に立って彼を導き
初めて彼が目覚めた地点、すなわち
サンザシと樫木《かしのき》のあいだへ連れて行った。
そして言うには「横になって、夢を見てちょうだい、
この次会った時に、真実である事柄のひとかけらも
無駄にされなかったと思えるように。でも眠りが来る前に
一言聞いてね。当然貴方は、つまらない噂とか
虚しい憧れだとかに心を乱されて
再び自分の両腕に私を得たいと願うでしょう。
そうなら憧れていいわ、でもそんな憧れの言葉は
どんな小さな言葉でも、唇から漏らさないでね。
だってもし漏らしたならば、貴方と私は、極めて不思議な
かたちで今結婚していますので、そしてまた
あの緑の宝石入りの金の指輪が
こんな巨大な縁組みの証拠であるので、
貴方のそんな言葉が漏れると私は、その時どこにいても、
貴方のお家《うち》に行かなければならないの。
そうなったら私たち二人ともお終いになるのよ、

なぜかと言えば、あの巨大な眼をしたぎらつく太陽、
貴方の世界を照らす太陽は、あまりに強力なので
私たち二人の幸せを照らす事ができないの。
――もっと何を言おうか、言わなきゃ貴方眠るわね。
嘆きたい事全てを泣いて語る時間がまだあればいいのに
語る事ができれば、何日も何日も過ぎ去ってしまうか、
でなければ貴方が去ってしまうでしょう。
でも時間が過ぎて行く、そして運命の手が
私たちが泣いているにもかかわらず、待ってくれないの。
――でも、眠りが貴方をすっぽり包み込む前に、話して！
私がもう一度貴方の綺麗な声の音色を
聞く事ができるように、仮に二度と聞けないとしても」。

　これだけ喋りながらも彼女はその間、激しく泣いていた。
「何を言って欲しいの？」――今度は彼が語った。
「君は知ってるくせに、言葉にはならないくらい
君と平安とを僕が求めている事を。でも君の唇は僕の唇に
封をしてしまったではないか、明かされない神秘によって。
喜びと僕とを真っ二つに引き裂いたこの苦しい朝に、
どのようにして僕は願い事を祈ったりできよう？
今はまだ、これは夢のなかの事のようだ、
君との幸せも、この不可思議な、幸せの終わりも。

あぁ、この事についてこれ以上僕に何が言える？
僕の幸せは皆、終わったけれども、僕の愛の終わりは
どんなかたちでも僕は知らないとでも言うか。或いは、
君が行きたいという所ならどこへでも僕は行く、
君が僕に居てくれという所ならどこにでも僕は居る、
君の声が聞こえない苦しい日に苦しい日を重ねてもいい、
僕の天上的な愛と生活の全てについて
絶対に語るなと言われればそれに従うとでも言うか。
それが今や、僕の生活と認識なのだ」。

　この言葉を言い終わると彼は地に伏した。
彼女は彼の傍《そば》に膝をつき、愛らしい表情で
彼の最後のキスを受けた。表情には愛と憐れみ、
隠してある真実への認識の混ざりあったもの。
それから彼は彼女が再び歌うのを聞いた――
優しげな低い音の旋律に合わせた、彼の知らない歌詞を。
やがて彼の五感は弱まり、
見える事、聞こえる事全てのなかで
何が非現実で何が現実かも判らなくなった。しかし
なお、見た事のない羽根をした鳥のあいだに、
また見た事のない果実の木、見た事のない衣裳を着た娘、
本来は恐怖の事物――変身する人間も、曇った眼をした獣も

恐ろしくは感じさせない事物のなかに彼はあった。
——情景全てのなかで彼は少なくとも、寝そべる躯《からだ》の上に
自分のまことの恋人が身を屈め、啜《すす》り泣きの合間に
澄みきった声であの神秘の歌を口ずさんでいる事が
判っているように感じていた。だが最後には
僅かな目覚めもない深い、暗い眠りが支配する
夢さえない国のなかへ入っていった。
そこでは何も聞こえず、何も見えなかった。

何の記憶もないまま、理不尽で巨大な驚きのなか、
ジョンは目を醒ました。
直ちに飛び起きて、密に生えた山毛欅《ぶな》の林を
眼をぱちくりさせて眺めながら立っていたが
その林を全く見た事もない人のような姿だった。
だがそのうち胸のうちを記憶が掠《かす》め飛び、
無意識に、幾つかの単語を呟《つぶや》いたが
それらは彼がまだ子どもだったころの
遠い昔に口にした言葉だった。それから振り向いて
林のなかの、木を伐採した平地の上に
秋の真昼の太陽が輝き燃えているほうを見た。
そこには繁茂する草のなかに一本、高い、幹が灰色の
唐檜《とうひ》の木が、とうの昔に葉を無くして立っていた。

すると夢のなかの夢のように
大昔の思い出が、その木に促されて
心をよぎるように輝き始め、
木を見上げながら
突然、その木に登りたいと思っているふうに
彼は右腕を高く伸ばした。
そのあと眼の力がはっきりしてくると
こう呟《つぶや》いた——「駄目だ、鳥の巣は無くなっていらぁ、
それに今は春じゃないし。急いで我が家に
帰るのが一番だ。そうせんと
昼飯にありつく事ができんじゃろう、
だって親父《おやじ》の力は隙《すき》を見せんからな」。
心のなかでこう言って、深くうなだれたまま
眼の力を必要としない者のように
左も右も見ようともせずに
その林の道無き道を辿ったが
その様は、そうあっても当然かも知れないが
まるで重大な思いに心を集中させているようだった。
だがまだ本当にはほとんど眼が醒めていなかったし、
自分が今、どこにいるのかも判っていなかった。
こんなふうにして足早に彼は、立ち止まる事なく
林のなかを真っ直ぐに過ぎて行き、

ようやく坂道の傍で足を止めた。
その場所の草のもつれは綺麗に刈り取られていた。
そこに休んでいると、雲に邪魔されない太陽が
彼の身を包んでいた金色の華美な服装を
輝かせた。その間に彼は眼を上げて
額にかざした手の下から覗いてみると
よく耕された囲い地や垣根の向こうに
黒々とした木の葉のあいだから
棟に、先の尖ったバンダイ草《ソウ》の生えた
ひと並びの屋根がこぢんまりとして見えた。
同時に、眼下の遠い農場のあいだから
農夫同士が声を掛け合うのも聞こえた。
その時、嗄《しゃが》れた角笛の大きな音も響き始めたが
戦闘地点の報せではなく、食事の湯気の立つ広間に
人びとを急がせるための農民の合図であった。
すると、赤い一つの火花が軽い藁《わら》から
炎を吹き上げるように、全ての記憶が
彼の心に、海の引き波に似た姿で戻ってきて
喜びと悲しみ、困難と希望を絡みあわせる形で
彼は考え始めた。そのうちに
心のなかの願望が立ちのぼり始め、
騒然とした恍惚感によって、他の全ての事を

苛立たしく無意味なものと化した。そこで思いに沈みつつ
丘の斜面を滑り降り、人びとが一人残らず
彼の家のほうへと向かっているのを見た。
また一人の故郷の男が、ジョンの歩いている
日の射す丘、身を隠す木一本ない丘の斜面を
振り返って見ているのにも気づいた。
男は隣を歩く仲間に身を傾けて
彼を指さした。すると皆が振り返って
暫《しばら》く立ち止まったが、それはまるで、彼を通すために
立ったままで居るべきかどうか考えているふう。
しかしついに彼らはそのまま進んでいった。
これを見て彼は今、少し微笑み、
少しのあいだ、これまでよりゆっくり歩いた――
あたかも、この戸外を歩く人物に
出会わないように用心しているかのようだった。
だがそのあとは早く歩いたのだが
見慣れた顔つきをした全ての事物が彼を見つめたので、
ついには再び、自分がその一員ではなくなっている事への
恥じらいが彼の心を襲ったのだった。

　だが平和な心には、全ての事物がとても美しかった。
囲い地の壁ぎわを彼が歩いていると

風もないのに熟れた果物が地に落ち、
大きな灰色の木の葉の影法師が
オート麦の束を、やはり灰色に染め上げた。
黒歌鳥は、門際の櫟《いちい》の木から飛び立ちながら
驚いて鳴き声を立てた。斑点のある雌鳥は
首を伸ばして彼が入ってくるのを待っていた。
三月に生まれた若雄鶏《わかおんどり》は、痩せて細かったが
かん高い声で啼《な》き、その間、年長の雄鶏は
太陽に照らされすぎて固くなった翼の羽毛を
塵のなかに突き刺して休めていた。
老いて片目となった馬車馬は、焦げ茶色で
足を引きずりながら馬糞《ばふん》の周りを歩き、
地面から軽い藁切れを舞い上げていた。
雄鴨は好奇心に満ちた眼で
納屋の暗闇を覗いていたが、その納屋では
農作業の塵と騒音が、今はしばし静まっていた。
　暫《しばら》くジョンは心配顔で、その自宅の前に立ち、
しかしそれでも頬笑んでいた。
それから浮き彫りのある木でできたポーチのほうへ
彼は向かい、広間の、耳をつんざく騒音を通って
聞こえてくるあい混じった人声の
響きに耳を傾けた――この我が家へともたらされた
変化とか、人の死とかについて
語られる言葉が、ひょっとして
耳に達しはしないかと思ったからだ。
聞いているうちに、父の声が
聞こえたように思われたが、全く明瞭ではなかった。
それから話が途絶え、次いで再び
娘たち、男たちの雑然とした騒ぎになった。
もう一度、子どもの頃から覚えていた言葉を
半ば声に出して彼は語り、
フードを目深《まぶか》に引きずり下ろして
ゆっくりと、心配げな足どりで
ドアに向かい、昔、彼自身が飾りを彫った
角笛を手に取り、
大きな、はっきりした音を一吹きし、
それからドアを押した。次には煌《きら》めく太陽が
どんよりした世界に来たような姿で家に入った。
靴先からフードに至るまで、金の装束《しょうぞく》の光を輝かせて
この家の玄関の間に立ったのである。
家のなかから、今はあらゆる人の顔が彼に向けられた。
　フードの下から覗くようにあたりを見たが
確かに僅かの破れ目しか家には見えなかった。
食卓の上席のなかには、二人の兄、

トロルフとトルドが座を占めていた。
彼の眼には、親父さんが、高い席から
半ば立ち上がって、日に焼けた手に
銀のカップを持っているのが見え、その傍《そば》には
大きな油布《あぶらぬの》を広げた上に母御前《ははごぜ》がいて
この風《ふり》の客の金ぴかの衣裳をよく見ようとして
少しおずおずとながら身を乗り出していた。
ジョンは思った――月日の流れは未《いま》だ、
小さな変化しかここにもたらしてはいないと。
そしてほかの人と言えば、ほんの一、二の
新しい顔が見えるだけだと彼は思った。
娘っ子たちが、ビールの容器を手にぶら下げて
眼を大きく開いて彼を見つめていたが
以前から知っていた子たちだった。また一座には
アイスランド人のハルドルがいて、
突然玄関ドアの向こうから、
金と鋼《はがね》の輝きが入ってきたのを見て
重たげな短剣を抜いて身構えたのも見えた――
古代の学問に精通した老人で
同時にジョン自身の養い親でもあった。
　しかし注目せずにはいられない一つの顔に
ジョンの眼は向けられた――一人の女が
トルドの上に凭《もた》れていたのだ。トルドの藪のような軽い赤毛が
大きく広がるなかに彼女の顔は遮《さえぎ》られていたが
それでも彼女は美しいとジョンは思ったかも知れない、
兄が結婚したばかりなのだと彼は思った。

　さて今、自分が語るべき話について
頭中にジョンが思いを巡らせていた時に、
彼の父が、人びとに対してどんな態度を取るのがよいかを
十分にしっかりとわきまえている男として
立ち上がって自分の座席から大声でこう宣《のたま》った――

「騎士の方、或いは美なる貴族の方、何様《なにさま》であろうと
貧農家《ひんのうけ》の祝宴をともにされるおつもりであるならば
我《われ》の傍《かたわら》に坐して、思う存分飲み食いして賜《たも》れ、
何となれば我のこのホールは、常に公開されておる、
争い事と縁がないのなら、全ての位階《いかい》の人を歓迎する」。*

　*特に最後の二行が、貴人が他者を宴に迎える時の言葉である点が滑稽。

　ジョンが作り事の法螺話《ほらばなし》でこれに応《こた》えた時には
自分自身の声が奇妙に感じられた――
「この家のご主人よ、貴殿の親切と歓迎に対して

貴殿は我が感謝を得る事になるぞよ。
余は腹を減らし、足もくたびれ
休息も得たい、その上、この貴殿の国では
余は全くの不案内。というのも偶然の成り行きで
ちょうど今、このあたりを馬で通る道すがら
喉《のど》の渇きを癒《いや》そうと
流れの近くに降りたのじゃ。その流れから
熱心に水を飲んでいたまさにその時、
この春生まれたばかりの、青い翼をしたカケスが
遮二無二《しゃにむに》飛び上がりやがって、余の頭上で歌い始めた、
カケス独特の下劣で単純な歌だ、
そして死者の中から出てきた幽霊のように
余の馬めがけて突進した、と余は信じる、
そこで馬は道を外れて全力で走り去った、その結果余は
浮浪者もどきの風来坊《ふうらいぼう》のように置き去りにされたのじゃ」。

「いやむしろ貴殿は伯爵様のように見える」と
彼の父は言い、「じゃが食事を召され、
ひもじい時にゃ、バノック*でもご馳走じゃ」。
　　　＊パン種も砂糖も用いない丸形のパン。ナンに似ている。

　そこで父親の隣に彼は坐り、
記憶によく残っているその貧しげなご馳走を
口にした。そして何度も溜息を吐《つ》いたのだ——
この年月がこうした事全てからどれほど遠く
自分を隔ててしまったかを考えたからだ、
また、あの全てを飲み尽くす大きな幸せが
昔からのこの素朴な生活を、いかに陳腐な、
繰り返されて飽きの来た話にしたかを感じたからだ。
だが彼が父親の隣に坐っていると、幾たびも、
主婦である母の眼は、彼を見るたびに
悲しげに優しくなって、低い声で呟《つぶや》いた——

「あら悲しや！　あの美しい唇をわたしは
昔この場にいたあの唇に似ていると思うべきやわ、
眼だって、あの子の身体を皆見られた時の、
そして金髪が亜麻色に白みがかっているのを見た時の
昔はわたしにとって一番可愛かった眼にそっくりじゃ」。
　そう呟《つぶや》いたが、どの言葉も大きな声では
言わなかった。このうちに今、まだ乙女っぽいあの美女《トルゲルド》が
この派手な服装の男に、蜂蜜酒を持ってきた。
彼のほうは、彼女が密生した髪を後ろへ振り、
見事な体躯を横に振って
ほっそり長い指でカップを握り

酒を注いでそれを彼に差し出した時の
この女の美しさを、思いを籠めて見つめた。
それから冷たいカップと暖かい指が
彼の手のなかに来た時には、彼は恥ずかしくなり、
心を改めたのだが、その間にも彼女のある目つきが
彼の眼を驚かせずにはいなかった。彼女のほうも——
紅色が、顔と首、胸にまで広がってしまい
手が震えていた。兄のトルドはそのあいだ、
幅広い顔中に愚かしげな笑いを浮かべて
自分の妻女《さいじょ》を眺め続けた。このようにして
その祝宴の時間は過ぎ去ってゆき、
食卓は脇へ除けられてしまった。
しかし客をもてなす父親は、思い通りに
長居をしなさるようにと彼に願って
その言葉を残すと、二人の息子と雇い人を連れて
農場に出かけていった。こうしてジョンは
ただ一人、女ばかりのなかに残されたのである。

そして女たちは糸巻き棒と毛糸の仕事*に就き
ジョンは腰掛けに坐って
夢を見るように、憧れのなかで
過ぎ去った日々の事を考え始めた。

*モリスの時代には典型的な女性の仕事。

するとトルドの女房が、糸車をせっせと廻しながら
何回も、そっとジョンを盗み見た。
あまりよく見えたわけではないが、それでも一度か二度、
物思いに沈む彼女の眼は彼の眼と出合った。
すると彼はこの目に困惑し恥じ入って
顔を赤くした。しかしその間、家の主婦である母親は
その間そこに坐って着実な指使いで
羊毛から糸を紡ぎに紡いだ。だが彼女の顔は
次第に青ざめてきた。口と眼は、深刻な記憶で
悩んでいるように見えた。
ついに母親はトルドの女房のほうを向いて
こう言った——「クリスマスに備えて
蜂蜜を手に入れておきたいのならば、織物部屋で
せっせと織機の音がしていなけりゃならぬ、
長い織物が完全に仕上がるまではね。
だから、トルゲルドよ、織物部屋に行ってね、
それにエイサ、布地部屋に行って
わたしが来るのを待っていなさい、
メアリとカースティン、お前たち二人は
トルゲルドの仲間になって坐り、
糸車と糸で手助けしなさい、それに
シャトルでも」。こう言われて、女主人の言いつけ通りに

四人は従い、一人残らず部屋を出た。
しかしこの広間の出口《ドア》のところに
トルゲルドは一瞬立ち止まり、
ガウンのスカートを少し持ち上げ
優美なしぐさで身を揺すり、
溜息を抑えようともしなかった。
母親も息子も、彼女には気づかないまま
しばし二人だけでそこに坐っていたが
話を交わさなかった。ただ女主人は二度、話しかけようと
努力したが、怖れのために舌が動かなかったのだ。
また彼のほうも実際、憧れと自責の念に心を奪われて
母親の愛と疑いの表情にあまり気づかなかった。
このために母親はその広間から出て行き、
彼を一人、その場に残す事になった。間もなく彼は、
その午後が憧れを強く打ちつけてきていたので
人の居なくなった広間で、深い物思いに
沈み始めて、今や彼には、自分の心が喜んでいるのか
悲しんでいるのか、ほとんど判らなくなった。
頭には、遠い少年時代に覚えた古風な歌の
メロディが浮かんできた。
幸せと苦しみのあいだじゅうにも忘れなかった歌だ。
そこで今は、その歌の一節を

厳粛な旋律に合わせて口ずさんだが、
歌詞の意味を僅かにしか考えていなかった。
だが坐っているうちに、にこにこと笑いを浮かべた
手伝い女のエイサが帰ってきて、両腕いっぱいに
刺繍のついた衣服を運んでいた。
その衣服を彼の足許にエイサは落とし、
また広間から出て行った。
ジョンは驚いて、暫くは単調な思いを止めて
投げ降ろされた衣服をよく眺めてみた。
すると見えたのだ、太陽と星と月を表そうと
奇妙な、粗野な針仕事で刺繍された
フード付きで濃い青色の外套が。
眺めるうちにジョンはすぐに思い出した、
紛れもないその外套を、昔、何年ものあいだ、
クリスマスの余興のために、いかに着込んだかを。
そしてその過ぎ去った楽しみを思いながら
自分の豪華な上衣を床に投げ捨て
半ば無意識に、永らく忘れていた
派手な衣裳を身につけたのだった。
それは日光の暖かい午後だったが
まるで戸外の寒さのなかからやって来たように
襞《ひだ》と襞を重ね合わせたその衣裳の暖かさのなかに

昔どおりに、喜んで身を包んだ。
そして再び広間のあちこちを歩いて
最後にはクリスマスの喜びを語っている歌、
彼がよく覚えている歌を
唐突に歌い始めずにはいられなかった。

おお異国の人たち、最後になってどこからござった？
　街並みには雪、ドアロには風、
どんな青い海、大きな波と、皆さんあい混ざった？
　歌う詩人と乙女子よ、この床の前に立て。

遠い国から来ましたです、お迎え下さるご主人様がた、
　街並みには雪、ドアロには風、
皆様がたへ、素敵なワインを持参かたがた。
　歌う詩人と乙女子よ、この床の前に立て。

遠い国から来ましたです、皆様がたのために、
　街並みには雪、ドアロには風、
不思議だが真実の大きな報せをもたらすために。
　歌う詩人と乙女子よ、この床の前に立て。

お知らせです、三位一体《さんみいったい》のニュースです、
　街並みには雪、ドアロには風、
海の彼方の、マリア様、ヨセフ様の様子《ようす》です！
　歌う詩人と乙女子よ、この床の前に立て。

なぜなら我々が遠く広くさすらっているあいまに、
　街並みには雪、ドアロには風、
何が起こるとお思いです？　彷徨《さまよ》う我々のあいだに！
　歌う詩人と乙女子よ、この床の前に立て。

深い深い夜更けに、荒野の草に覆われた下《した》、
　街並みには雪、ドアロには風、
羊の世話をしていた三人の羊飼いがいました。
　歌う詩人と乙女子よ、この床の前に立て。

『おお羊飼いの皆様、何を眼にしたと物言《ものい》うのです、
　街並みには雪、ドアロには風、
皆の悲しみを癒《いや》し災いを治す何を見たというのです？』
　歌う詩人と乙女子よ、この床の前に立て。

『我々は今夜牛小屋で見たのです、疑いなくちゃんと、
　街並みには雪、ドアロには風、
非の打ち所のない生娘《きむすめ》とその赤ちゃんと』。

歌う詩人と乙女子よ、この床の前に立て。
『その傍《そば》にはお年寄り一人、* 髪は白かった、
街並みには雪、ドア口には風、
お年寄りのフードは広かった』。
歌う詩人と乙女子よ、この床の前に立て。
『我々がこの様子をじっと見つめていますと、
街並みには雪、ドア口には風、
お年寄りと乙女が膝ついて拝んだのは幼児キリスト』。
歌う詩人と乙女子よ、この床の前に立て。
『すぐに聞こえてきたのは素晴らしい祝い歌、
街並みには雪、ドア口には風、
それは悲しみを終わらせ心配を打ち消す奇蹟の歌』。
歌う詩人と乙女子よ、この床の前に立て。
素晴らしい、驚くべき報せをお伝えします、
街並みには雪、ドア口には風、
我々は歌う、ノエル、ノウエル、* つまりクリスマス。
歌う詩人と乙女子よ、この床の前に立て。

*マリアの夫ヨセフ。

*ノエル、ノウエルはクリスマスを表す別の表現。

このように彼は歌い、思いに耽った様子で
溜息を吐《つ》いたが、眼を上げてみると
近くに母が、憐れむように自分を見ながら
立っているのを眼にした。
彼は母の許に駆け寄った、今は、母が自分の帰りを
切望していた愛を知ったからだ。強い腕を
母に投げかけ、叫ぶように言った——「ご覧の通りです、
おお母さん、まだ僕はいくらかの幸せの日々を
母さんに差し上げる事ができます。でも少なくとも
母さんには、僕が何であるか、何を望んでいるか
そしてどんな嫌な事に僕が対処すべきかについて
決して嘘はつきませんから
脇に腰を降ろして下さい。そして僕が自分の栄光と
大きな変化について、最も良い形で全ての事に
役立つような、そんな話をする時にも
変な顔をしないで下さい。
その間に、母さんが、僕の暮らしぶりがどうなのか
本当に知りたいと思ってくれるのなら、
全てのなかでこの事を僕は話すでしょう、
僕はこれまで幸せで、物事はうまく行っていました。
でも今、僕は、盲目的なかたちで、行く先が見えない、

半ば推測するだけの運命を待っていなければならない、
眼から鱗《うろこ》が落ちる事によって
輝かしいか悲しいか、話に決着がつくまでは。
今のところは、こう考えないで下さい、
怖れが僕の心を今欺《あざむ》いて
母さんのなかに僕が感じる喜び全てを奪うなどとは」。

母は、口を利けるようになるまでに長いあいだ
彼の近くでやさしげに泣いたが
それから後ろへ下がった。何か奇妙な考えが
心に生じたらしかった、というのも
息子の豪華な姿を臆病そうに眺めたからだ、
（粗末な服のほうは床に脱いでしまっていた）
そしてついには、震えながらこう囁いた——

「可愛い息子よ、帰ってきてくれたのは素晴らしい、
きっと遠いところへ行っていたのだろうね、
どこだかは尋ねないけれど。でもこの事だけは聞きたい、
私が産褥《さんじょく》で呻いていた部屋のなか、大昔の事だが、
お前の生まれたばかりの顔に唇をつけた
あの初めての嬉しいキスにかけて、これは聞きたい——
そんなに遠くまで行ったのなら、お前はきっと
話す事ができるだろうから——今は大人になった息子よ、
退屈な生活、満足されない望み、ずっと望んでいながら、
試す事もできなかった希望を通ってきたお前だが——
行方不明だった後悔から、おっ母さんに話せるのであれば、
天国ちゅう場所のでっかいあの幸せについて
この新しい宗教が言うておる事のなかに
どんな嘘と本当があるのかを話しておくれ、つまり
この地上では組になっていた、死んで哀れな人びとが
天国でまた出会って嬉しく喜びあう事ができるのかの？」

憐れみと驚きで笑顔を作りながら
彼は母親の泣きそうな眼を覗き込んで
その場で母の額にキスをした。

「おっ母《かあ》、死んだ人については、母《かあ》さんと同じで
僕は何も知らねぇ——それはいいじゃない——我々二人は
少なくとも今日この日、生きていて、大きな喜びを
互いに与えあえるのだから。それよりこの谷間での話、
僕があの夏の夕方、出ていって、力と智恵のある者が
何もできなかった事について、馬鹿者に何ができるか
試そうとした、あのあとにどんな事が
起こったのかの話、その話こそ

おっ母《か》ぁがしてくれなくっちゃ」。

　母は涙のなかに笑顔を見せて
息子が聞きたがっている全てを語った。
そして二人は夕方まで幸せに話し合った。
夕方には男たちが野良仕事を止めて
あの広間へと入ってきた。それから少しの間《ま》、
男たちは皆、大喜びをした。
というのもジョンは外套とフードを
脱ぎ捨てた姿で、輝く衣裳を着て
自分の名を名乗ったからだ。けれどもなお父は
ほとんど息子の首に両腕を巻きつけようとは
しなかったのだ。父が思い出したのは
自分のパンを稼ぎ出すのにさえ相応しくない
そんなろくでなしだと彼の事を考えていた昔の事だった。
ジョンはこの昔のぐうたらぶりを僅かにしか思い出さず、
実際、何事も心に留める気にもなれたかった、
思いはただ、愛する女といつまた、
顔をつき合わせられるかという事ばかり。だから今は
鈍重な時間がのろのろと進む思いだった。
また彼は、まさにその時間にも彼女の顔を
見られるという希望をどうしても捨てられなかった。

自分の強い愛情が彼女のなかで、その心を
大きく動かすに違いない、もはや彼女も、彼の苦痛に
耐えられないだろうと思わずにはいられなかった。

　まさにこの時間に、と彼は再び考えた――
まさにこの時間に。今という時間は何と悪い時間か、
なぜ今、この今、僕の心が彼女の笑みを
感じてはいけないのか？――おぉ退屈な時間よ、人生よ、
際限のない、意味のない争いに身をすり減らす時よ生よ、
重苦しい日々の連続に明け暮れる希望のない人体から
黄金の愛を穢す幾つかの汚点を洗い流して
眠りに入る前に、我々の心を狂気から護りたまえ！

　ジョンは二人の兄からも、雇い人からも
田舎ふうではあったが、歓迎の言葉を受けた。
トルゲルドが彼のキスを受けるために
美しい頬を優美に持ち上げた時には、
先ほどに較べて彼の事をある程度、
少ししか考えていない様子。*

＊服装が金色でなくなったからか？

こうしてその夜は歓楽と
多種多様な喜びのなかに過ぎていった。
やがてジョンは一人そこに残され

過ぎ去った不思議な一日の事を考えたが
この日を通り抜けたからといって、自分の至福が
少しでも近づいたのかどうかまだほとんど判らなかった。

さてこのようにして日は日を継いで過ぎていったが
眼が醒めて、何の優しい朝のキスも受けず
愛のキスとともに、新たな至福の一日へ向けて
情の籠もった両目を歓んで迎える事もないのが
次第に異常とは思われなくなるにつれて
憧れはさらに重く彼にのしかかった。
日々が頭上を過ぎ去ってゆくあいだ
時には恐ろしさから目を醒まさずにはいられなかった。
かつては自分の生涯だと思われた幸福感の全てが
夢に過ぎなかったのかという恐れ、
あるいは少なくとも急速に通り過ぎて
惨めな記憶だけに成り変わったのかという恐れだった。
それでも希望をどうしても捨てられなかった。実際、
彼女の不可思議な術策に身を包まれていたので
事は皆、うまく行くように思われ、記憶自体がしばしば
大変に甘く優しいものになっていったので
新たに想像する事柄が、彼を喜ばすのに
記憶より大きな力となる事は滅多になかった。

聴き手の皆様は当然こう思われるだろう、この間じゅう
彼の陰鬱な顔が、賑やかなこの家の夜を幾たびも
曇らせた事だろうと。父親はこう口走ったものだ――
「あいつは高いところまで昇った、だが
今もなお奴は、以前と同様に狂おしい夢を見ておる」。
兄たちは彼が無口でいるのは喜ばなかったが、
彼を恐れてもいた、こんな話を彼がしたからだ――
あの朝、牧草地のなかで、不思議な異国の人びとが
やってきたのを彼は見たのだという。
その人びとに、遠くの美しい国へ運ばれて
その国で、良い生活をして
暫くのあいだ、国王の令嬢と結婚していたのだ
と彼は言い、「今も、もう一度彼らの船が
立派な岸辺から出航する時には
ノルウェーに彼らは寄港するだろう。その時には
その優れた人びとと一緒に出かける事になる、
もう自分の国を見、親兄弟にも会った事だし」。

美しいトルゲルドはいつも、彼から
親切な眼差しを得ようと努め、数多くの日々に
広間から抜けだして、

どこか人目につかない場所へ行き、
自分の顔の美しさ全ても、
指使いのゆっくりした優雅さも、半ば開いた赤い唇から
僅かに漏れる優しい言葉も、彼からは自分への同情を
そんなに僅かしか勝ち得なかった事を激しく怒《いか》った。
実際には、ジョンが心のなかにある夢と実生活との
葛藤にうんざりした瞬間には、こう思われた時——
トルゲルドが新たな喜びとともに、また
この夢を見る男を地上の恋へと誘う
そんな女になりたいという希望とともに、
頬の上に赤や白の色合いを
漂わせては消しながら、その手で杼《ひ》に糸をくべるのを
眺めるのも、そんなに悪くはないと
思わずにはいられなかった時——も実際にはあったようだ。

　こうして秋は冬へと落ち込み、
なおそのままジョンは、ぐずぐず実現しない希望と
重いベールを打ち破りたいという激しい憧れのなか、
ずっと実家に留まっていた。
彼の「天女への」恋情がどんなに強かったとしても
惨めさの潮《うしお》が押し寄せてくる事があった。
そんな時には、無力で希望のない怒りのなかで
彼は大口開けて眺めている世間の見世物として
自分が檻《おり》のなかに入れられているように感じた。
だが再び重いけだるさが彼の苦痛をなだめ
生きて行く事を可能にし、
全てがお終いになる前に、運命が何かの喜びを
与えてくれるかどうかを待ってみる気にさせた。

　その間ずっと、夕日が落ちてゆくたびに
彼女が命じたとおりに、あの牧草地へ
彼は出かけ、しばしば、半ばは怖れ、
半ばは望みながら、消え残る薄明かりのなかへ
夜がゆっくりと入りこむのを眺めていた。
しかし実家の人びとは皆、夕方に彼の足が
どこに向かうのかを知ってはいたが
今は彼がそれほど身分の高い人になっていたから
誰も、なぜ彼が否応なく、毎日の夕べを
同じ所で過ごさざるを得ないのか、尋ねはしなかった。
ただトルゲルドは別だった。彼女は何度も
彼が帰ってくるのを待ち伏せして
油断している彼から、何かの身振りか何かの言葉を
捉えようとしたのだった。そして時折
彼女の優しい目つきや言葉、笑顔などが

今は彼の心を動かすように見え、彼女は
嬉しくなって一人笑いをするのだった。
ジョンにとって、日々がさらに重苦しくなるにつれて
彼はよく彼女をじっと見つめるようになり、
そんな時には、彼女が軽やかに歩むのを見ながら
自分の実情を彼女に打ち明けたとしても
どこが悪いかと思うのだった。
同時に彼には彼女の頬が青ざめてきたと思われ、
日々がクリスマスの時期に近づいてきて
何度も彼が彼女の眼を、極めて優しげに
覗き込むようになったので、彼女は少しのあいだ
自分の愚かしさや術策を忘れた——
心のなかの愛の火花に驚いたからだ。

けれども長いあいだ彼の口は
致命的な言葉を語る事がなかった。やがて
荒野にも丘にも雪が積もり、
クリスマスの日がやってきた時、
短い昼間が、風に荒れて息絶えてゆく頃に
人に踏まれた雪道の、吹き寄せのあいだを縫って
あの牧草地に彼はやって来た。
こうして、あの激しい恋が始めて生まれた

サンザシの茂みに着いたので
辺りを見まわしたが、何も目ぼしいものは見えず
ただ一面に白い雪原の上を、果てしなく灰色の雲が
流れているだけ。そのあいだじゅう大地は
寒く、見通しも利かなかった。北西の風さえ
その雪原を長く留まる場所とは思わぬらしく
常に、低く垂れた雲たちを追いかけ続け
雲たちに凍てついた涙を降らせる事さえしなかった。

悲嘆に暮れる心の有様は不思議なものだ。そんな心は
過ぎ行く時間と同様に鈍重で鉛色をした、
悲しみに満ちた、長々とした時刻たち、月日たちに耐え、
その様子も見せず、実際、いかに巨大な重荷を
その心が背負う事になったかにも
気づかずにいて、やがて全くだしぬけに
ほとんど意識せずにいた何かの考え——
その考えの通りすがりに、一見無頓着な手で
ベールを引き裂いて、縮こまっている魂に
全く幸せのない未来の日々を見せつける
そのような考えがそんな心をよぎるのだ。
そしてジョンに関しても、事情は全くその通りだった。
夕明かりが少しずつ、少しずつ

まるで《希望》が絶命してゆくように
雪を横切って這うように去る、その景色の目の前で
彼は自分の悲しみと憧れが赤裸々に示されるのを見た。
すると突然、彼は、永らく抑えてきていた絶望が、心に
どっと殺到するのを乗り越えなければならなくなった。
やがて目の前の全ての事物が、自分の敵となり
自分の牢獄の壁となったように思われた。
広い世界の他の人びとに、
どんな良い事が起ころうとも
自分は惨めな状態に残されると感じた。
なぜ自分は、自分の事には無関心な
これら他の人びとのあいだに生きるべき人間として
平安を保ち、努力すべきであるのか？　彼は叫んだ――

「あぁ神よ、僕は死んでいれば良かったのに、
《恋》という呪わしい名が
僕の心を揺り動かす前に！
どうして僕は、あんなふうにして、偽りの心しか持たない
貴女から、優しい、忍耐強い眼をして、また
貴女の意志なら何にでも従う魂を持って別れたのか？
またなぜ、どうして今なお貴女を愛さねばならないのか、
なぜ貴女に思い焦がれ、惨めさのなかから絞り出した
祝福を貴女に与えなければならないのか？
それは貴女を祝福しないだろう、もし本当に貴女が
荒廃した僕の心に何の同情も感じないのであれば。
おぉ来てくれ、僕のところに現れてくれ、僕の恋人よ、
僕の心が少しでも貴女の心を動かすのならば。
なぜなら僕は惨めで孤独だから、
頭は混乱し、心は石のようになっているのだから。
来てくれ、もし未《いま》だ、貴女に真実の心があるのなら！」

こう言いながら彼は臆病な眼で
辺りを見まわした、まるで地上と天界とに
突然、何かの奇蹟が生じるのが見えるだろうと
考えているかのように。神が世界に対して速やかな終末を
告げて威嚇《いかく》している時のような、何かの恐ろしい死、
何らかの光景を期待するかのように。だがなおも
重たげで低い雲の峰が、以前と変わりなく
草地と高地の森、そして丘の上を飛び進んでいるだけ。
やがて空はあらゆる光を失ったようだった。
そして雪の死化粧をした大地が、失っていた闇を
得たようだった。「無駄だ、無駄だ！」と彼は叫び、
「僕の気持はまんまと騙されたのだ、
僕が草の上、彼女の足許に伏した時、

彼女は僕に覆い被《かぶ》さるようにして泣いたくせに。
それは、少しばかりだけ甘かった快楽を
彼女は棄てずにはいられないからだ。一方僕は――
――どんな涙が、僕の悲哀を慰めてくれようか？」

それから彼は、ある一つの方法も他の方法も
同じく無意味だと思われる時のような、また《意志》が
とっくに古びた命と活力の夢によってしか
肉体を動かす事ができない時のような、
まさしくそんな気分でその場に背を向けた。
けれども、冬風が咆《ほ》えるなか、またその風の力が
舞い立たせる雪の吹き寄せのなか、
彼が力なく歩いて、自宅の庭の
大きな門にようやく辿り着いた時、彼は
はっとして身を引いた――鈍い灰色の夜景色のなかに
灰色の人影が待っていたからだ。
そうとも、女の姿だった。不思議な怖れと
不思議な希望に捉えられて、彼は何とかして
何か愛の言葉を声にして出そうと努めたが
声にはならなかった。彼女は近くにいて
静かに、彼に近づいてきたが
言葉は語らなかった。彼の傍《そば》まで来ると

彼女の手が彼の手のなかに滑り込み、
その柔らかな暖かさで彼に戦慄を覚えさせた。
どもるように彼は言った――「僕は愛しすぎたのですか、
間違った事をしたのですか？　確かに貴女を呼びました、
口を利いてくれ、僕の怖れを取り除いてくれ！」

静かな声が応えた――「おお大きな声を出さないで！
わたしは喜びに堪えられない、わたしの心は
熱くなりすぎています。このようなかたちで貴方が
わたしへの態度を変えたのだから――おお貴方の眼よ、
暗がりの夜のなかでも貴方の眼が、
わたしを見ているのが判る！　素晴らしい喜び！
世間に全く気づかれないようにわたし、
どうすればこの幸せ全てを隠す事ができるのかしら？
巻きついてきた貴方の優しい手を握って、今わたしは
息する事も立ってる事もほとんどできないでいるのに」。

今これを聞いてトルゲルドの声だと彼は気づき、
彼女の手のなかから手を引き抜いた。
その間に彼の心の上には再び以前のように
疑いの苦しみという辛い暴風が吹き荒れ始め、
誰が自分の脇を歩いているのかも忘れそうになって

大きな声でこのように言った——
「呼んでも無駄だ、貴女は来てくれない、
我々二人の愛はすっかり忘れ去られたのだ。
どんな新世界を貴女は治め始めたのか？
貴女を信じていた愚か者をどんなふうに
なぶり者にするのか？　悲し、悲しみの極みだ！
どんな凶運が生じようとも
僕はなお貴女を愛せずにはいられぬ」。彼の脇を今、
トルゲルドは黙って歩いていたが、手足の全てが
狂おしさと欲情でぞくぞくしていた。
《恋》は彼女のなかに大きな灯を点《とも》していたので
その夜の寒さもそれを消す事は全くできはしなかった。
彼女の甘い、新たな希望が愚弄《ぐろう》されたので
何とか彼女は口を利こうとしたが、何によって自分の心が
かき動かされたのかを告げる言葉を見出せなかった。
こうして二人は歩いたが、彼女のほうは何一つ
彼の不快な思いの激しさを知る事もなく、
彼のほうも、どんなふうにも、彼女の驚きの
惨めさを気遣う事もなかった。
やがて、これほどまでによそよそしくなって
二人は広間の輝く明かりが燃えるところへと
踏まれた雪道を少しばかり越えてやって来た。
それから少しの距離を彼女は足どりを早めて歩いたが
入り口に二人が近づいた時に
突如立ち止まって、思いに耽る意気消沈した男の
真ん前に立ちはだかり、片手を
男の胸に当てて、低い、抑えた声で
こう言った——「ちょっと待って、
率直に教えて下さい、わたしを恋人と呼んで
そのあと貴方の恋人が来なかったと叫んだのは
どんな意味だったの？　わたしは近くに来ています、
貴方は何が欲しいの？　わたしは貴方の冷たい心を
動かさなかったの？　わたしは貴方の恋人ではないの？」

　それから、この言葉を語りながら身を震わせて
彼女は重い外套を地に投げ捨てた。
クリスマスという陽気な時節に相応しく、彼女は
頭から足の先まで、優美に着飾っていた。
銀の帯が、彼女の美しくできた腰回りを締め上げ
その金髪には銀の冠を付け、
ガウンには花々が飾りつけられていたが
花々はその季節には全く見出せないもの。
また彼女は、若い男の心を燃えたたせるのに

そのような豪華な衣裳を必要としなかった、
なぜなら百合の花のように、繊細な体つきを
彼女は得ていたからだ。その場で彼女は身体をゆすり、
力強い風に向かって身を乗り出して見せた。
風は彼女の派手やかな衣裳を、軽やかな脚に
絡ませた。ジョンはそこで彼女を見、
奇妙な絶望感に捕らわれつつ、
彼女の美しさを眼にした。それでも真実のところ、
心のなかの何かが、仮に一瞬の情《なさけ》ではあっても、彼女への
同情を打ち消した——「どんな恋人、どんな恋人が」
と彼は叫び、「僕自身の恋人、僕の崇拝する愛の人以外に
僕の心を動かす事ができようか？
願わくば彼女の愛すべき足が
今日今夜、我が家の敷居を祝福してくれればいいのに！」

次には、ちょうど突然の光が
誰か気の毒な人に、殺人者のナイフが
落ちぶれたその命に近づくのを見せるのに似て、
認識の光が彼の上に押し寄せ、手遅れとは言え、
自分を脅かしている運命を
彼は思い起こし、混乱し、分別を失って
自分の脇を吹き過ぎる西風に

あい向かうように身を捩《よじ》り、こう考えた——「今や
少なくともこの形を為さない天空が
僕の速《すみ》やかな破滅を示す何かの徴《しるし》を見せてくれるだろう。
視力のない雲たちが、間違いなく湧き上がって
何か恐ろしい惨めさ、例えば
夏空の青さの映像が、赤い雷光の剣によって
消されてしまう姿を示してくれるだろう」。

このように彼は語り、激しい風が
不機嫌な声をあげて樅《もみ》の林に鳴り響いたが
彼の恐ろしげな眼には
夜の濃灰色に染まる荒野以外には
何一つ、見えなかった。語り終わると
ゆっくりと向きを変えて広間に向かったが
身は震え、自分の心にも、自分の愛にも
疑いを抱いていた。だがトルゲルドのほうは
恋の想いに半狂乱となり、すでに向きを変え、
彼から逃げていた。滑らかな両頬《ほお》には
朱色の点となって血が燃え、その両眼は
怒り狂う嫉妬の火が揺らめいていた。
彼のあとを追って広間の先へ向かったが
彼は物憂げに高座のほうに足を向けた。
角笛が高らかに食事へと家族を呼び寄せたが、

今や始まった食事のあいだじゅう、
トルゲルドの熱を帯びた両足は落ち着かなかった。

　食事では人びとは美味《おい》しい料理を出されて
大半は陽気に過ごした。そして角笛は何度も何度も
食卓から顎髭《あごひげ》のなかへ入って吹き鳴らされた。
しかし仙界ではない人間界で造られたどんな料理も
ジョンの顔の荒々しさと青白さを減らせなかった。
西風がいつもより強くドアを揺すると
そのたびに彼は長いあいだ、
ひどく震えるのだった。また彼は
トルゲルドの眼から激しい光となって放たれる
彼女の悲しみの呪いに気づきもせず、彼女が
哀れな、荒れ狂う楽しみかたで
若い男たちとの会話を始めた時にも
彼のなかには何ら心の呵責《かしゃく》も生じなかった。
なぜなら彼の心を横切って、あるべき姿の生活、
彼だけが知る生活、つまり彼が見た生活全てを描いた
絵画のような映像が、誰にも力を借りられない重荷として
流れ続けていたからだ――その重荷は
彼の年月が苛酷な満杯に達するまで
鈍重で喜びのない月日のなかを運ばれねばならず、
その挙げ句、彼は、愛される事なく、満足を知らず、
キスを受ける事なく、死の家のどこか暗い一隅に、
愚かな希望から身を隠す事になると思われた。

　だが宴が彼のまわりで騒がしくなり
夜が更けゆくにつれて
とうとう苦痛からの休息が彼に訪れ、
宴の最中に彼は、少しばかり恐怖からの逃避を
勝ち取り始めて、宴のなかに
加わってゆき、人びとのあいだで、夢を見ているようには
もはや見えなかった。

　こうして少し時が過ぎ、やがてそのうち、
大酒杯《ビーカー》を高く手に持ち上げる時のように
彼は立ち上がって、北欧で名高い書のなかに書かれた*
ある偉大な神の名に呼びかけると、

＊Sturluson (1179–1241) の北欧サガ *Heimskringla* であろう (Boos 85)。

遙か遠方から角笛が、恐ろしい音を彼に向かって
操り、吹き鳴らすかのような一つの響きが
風を横切って聞こえてきたのだ。人びとは坐ったまま
聞いていたが、やがて再びその音は
近づき、より鮮明に聞こえてきた。ジョンは

左手を脈打つ心臓の上に当てて
青ざめた。すると再び角笛は
入口近くで大きく響いた。
人びとは大急ぎで、安全のために
自分の武器を手に取り始めた。
しかしジョンは右手に酒杯を持ち、
左手は心臓の上に当てたまま立ちつくし、
動く事も話す事もできないでいた。

この時、当家の主人が言うには――「我々はそんなに
弱くはないぞ、だが武器類の経験のない人なら
当然入ってきて構わない。こんな嵐の夜には
我が家で良いもの全てで接待するぞ。
我々の喜びのためにも彼らを出迎えに行け、
なぜならこのめでたいクリスマスの時期には
全ての事柄を主《しゅ》なるキリスト様が治めておられるから」。

そこで人びとはドアを開けた。すると吹き荒れる風が
どっと広間の果てまで押し入り
あちらこちらで壁掛けを吹き流し
松明《たいまつ》の火をさらに赤くして
暖炉の火を暗くした。だがそれといっしょに

広間には完全な沈黙がやってきて
誰一人、良い事も悪い事も口にしなかった。というのも
彼らの真っ直中《ただなか》に、一人立っていた者がいた――
まるでひとかたまりの、月に照らされて美しい雪のように
純白な衣服を着た一人の女性が
赤らんだ煙に満ちた広間に入ってきていたのだ。
それから、甘美な音色の言葉が人びとの耳に聞こえ
彼らの心全てを震わせた――「この一家に喜びと平安、
そして幸せな事物全てがいや増して
栄えますように！　そして貴方《あなた》、私の恋人よ、
貴方の憧れ多き心を、どれほどにか切実な願いが
動かしているに違いないと判ったのです。だから私は
貴方の実家で貴方を見ようとやって来たのです。
私のところへ来て！　私をこの家へ歓迎して！」

彼は高座から降りた。彼女の愛らしさの近くへと
近づいた時には、
恥じらいと怖れが、愛と憧れの
喜びの激発に混じりあった。
一瞬の間を置いて、彼の両腕は
自身の恋人を高鳴る胸の上に抱きしめた。
縺《もつ》れあう手と手、震えながらのキスのあいだの

甘美なる休息の一瞬、
彼は至福以外のあらゆる事を忘れた。
だが彼女はなおも言葉を継いだ――「さあ喜んで下さい、
遙か彼方で貴方の声を聞いたのです、だから
来たのです！　少なくともこの夜は喜んで下さい、
そして宴を素晴らしく終わらせて下さい！」

こう言うと彼女は彼の両腕から抜け出たが
なお手を握ったままだった。彼は自分がどこにいるのか
誰がまわりに集まっているのかも判らなかった。
次のように彼が語った時にも、自分の声が
奇妙で単調なものに聞こえたのだった――

「我が家の皆さん、この女性を見て下さい、
僕のために、言葉にならないくらい美しい
偉大なる国と実家を立ち去って、皆さんと
少しのあいだ、ともに過ごそうとしてくれたのです！
皆さん、いかがです？　この一座のなかで
彼女の可愛い顔を見て、満足してくれます？」

これを聞くと、少しおずおずとながら
人びとは賛意を叫んだ。実際、彼らは彼女の事を
地上の人間がほとんど触る事もできず、敢えて
愛する事もできない女だと考え、怖れに満たされ
自分たちの田舎臭い歓楽への恥じらいで萎縮《いしゅく》して
ほとんど動きもせずに坐っていた。だがジョンには
最近の怖れにもかかわらず、熟知している無二の女性が
ついに得られたと思われ、広間の向こうへと
彼女を連れ歩いた。もし彼の眼がトルゲルドの顔を
見たのだとすれば、彼女《トルゲルド》が、前を通る二人を睨《にら》んだ時に、
完全な絶望で心を満たしてしまった心の惑乱、
人の助けも役立たない惑乱の苦悩を
どのようにして心に受け止めたのであろうか？

今は静かに、美しい高座へと
震える手で彼は恋人を連れて上がった。
彼女は家の主人と奥方とにキスをして
二人に、美しく幸せな生涯を祈って、
そのあと地上と天国の女王のように
優美に、また静やかに、そこに坐った。
やがて人びとがそこに彼女を眺めるうちに
その美しさの与える喜びが怖れをかき消した。
今は彼らが、不思議な光を発している彼女に
眼を向けるたびに、その心は熱くなり、

彼女の眼の下に座を占めつつ、
互いに彼女を褒めちぎる言葉は
奔放な、熱心なものになっていった。二人が憧れていた
幸せが何であるかの全てを知り尽くしている彼《ジョン》が、
いったいどんなふうにして彼女がそこに来ているのかと
考えあぐねている時には、暫《しばら》く心を制して静かになって、
彼女の、心を癒《いや》す笑顔に対して
悲しげで懇願するような眼差しでしか
応えられなかったとしても——それでもやはり
驚き呆《あき》れるほどの幸せのなかで
時は過ぎていった。だがついに
夜は更け、ゆっくりと人びとは
広間から出て行き、穏やかな眠りが
驚異に打たれたこの家全体に忍び寄り、
その夜、人びとに夢を——灰色の朝の光が世界の上に
投げかけるまで続く夢、混乱したなかにも
天国と完璧な愛の微《かす》かな光線を
示してくれるような夢を——運んできた。

　だが他の人びとに混じって、彼女もまた、
ぼんやりして信じられない面もちの彼を
部屋へと連れて行った。二人きりになって
彼の暖かくなった心が、彼女と至福と一体に
なったように感じられた時、一言も言わずに彼女は
彼にじっと見入った。その目つきは
彼女が感じる事のできるあらゆる苦痛と
あらゆる愛と哀れみを荷《にな》ってはいたが、何と、
心をまさに真っ二つに切り裂く刃《やいば》のようであった。

　このようにして暗闇のなかを、日の出に向けて
時間は忍び足でゆっくりと進んでいった。
しかし長いあいだ、或いは夜が終わるまでは、
彼は彼女の両腕に抱かれて眠り、
彼女の胸を震わせる忍び泣きも聞きつけず、
また表情が据《す》わった彼の静かな顔のまわりに幾たびも
流れた涙、優しく為されたキスも感じなかった。
その様《さま》はまるで、一羽の鳥が、死んだ連れ合いのまわりで
もう相手に聞こえぬ無益な羽をうち振るのに似ていた。
そして彼女が、胸の周りに巻きついていた彼の両腕を
解きほぐし、心激しく泣きながら彼の手から
あの金の指輪を引き抜いた時にも
彼は動かなかった。最後には彼女が、ベッドから
すり抜けて、身体全体を隠しもせずに
心のなかから溜息がどっと出るまで、

彼を眺めながら立っていた時にも、彼は全く
それに気づかなかった。そして彼女は疲れたふうに
悲しげな、涙に濡れて悩みに溢れた顔から、髪を
後ろに振ってこう言った――「おぉこれからの日々よ、
貴方の辛い日々よ、恋人よ！　その時には、地上の
名の付いた国々、人間の住処の事を夢にも見ないで！
あぁ悲しや、私がこれから貴方なしで、時間たちが
過ぎて行くのを見なければならぬ私の国と較べてみた時、
人界の最も淋しいそんな場所と言えども、そこは
死の休息の国という事になるでしょう！
あぁ、私の希望が貴方の夢を貫いて現れればいいのに！
やがて貴方の心を引き裂く事になる
恐ろしい嘆きと涙のなかでも
この私の言葉が暗雲を開き分けられますように――
失われる恋人よ、私の足はやがて間もなく
《太陽の東、月の西に位置する国》を歩むでしょう！
悪事と無思慮で一杯の世界なんて、束になってかかっても
愛する心を、もう一つの愛する心から
別《わか》つ事はできないなどという、それほど強い愛についての
古い言いぐさを語らないでいて下さる？」

こう言い終わると彼女は向きを変え、今はもう
涙は見せず、頬を輝かせ始め
両目を光らせ、また、もはや
悲しみを優しげな口元に浮かばせもせずに、
不思議な、地上にはない美を
顔一杯に輝かせた。顔からは同情心は消えていた。
ついにはこの薄暗い光しかない部屋は
【太陽を浴びてはならない】彼女の美しさを、自分のなかで、
危険に晒《さら》しそうになるまで保った事を喜んだ。
足音を立てずに彼女はこの家を通り抜けたが
そこでは、彼女が、夢見るように、この賎《しず》が屋《や》のなかを
動くあいだ、あちこちで、消えがての灯りが
彼女の、驚くべく純白な手足を照らし出した。
けれども夜風は吹き荒れて、
窓やドアを揺るがす時に、
その空気の粗野な手は、家の内部の静けさを
さらに静かに思わせるだけだった。
雲には裂け目ができていて、丘の上には
白い月が照り始めていたが、その光は
深い夜の闇を、それだけさらに夜らしくしていたので
今は、もはや二度と太陽が
人間の眼に祝福を与えないかのように、また
全世界が死に陥ったかのように、感じられた。

こうして家屋内の先へ進むと、彼女の薫り高い吐息は
月光を浴びる広間のなかに白く見えた。
靴を履いていない足の、軽やかで着実な歩みと
すきま風に煽《あお》られる頭髪のうねりは、
戸外では風が突進し、全てが揺れ動いているのに
淋しく静まったこの場所で、耳に聞こえるくらいだった。
その間《かん》、ゆっくりと、しかし全く思い迷う事なく
彼女はドアの掛け金をはずし、
疾風と月光とを、騒音を立て、奇妙な光を立てて
家中に吹き渡らせた。
立ち止まりはしなかった。荒れる西風に
頭髪は真っ直ぐに頭から吹き靡《なび》き、足は
凍てついて踏み固められた雪の上に降りたが、
冷たそうな様子もない。ゆっくりと先へ進むあいだ
後ろを振り返る事はなかった。
左右を眺める事もなく、眼を遙かに遠い東空にじっと向け、
風がうなっていつ何時《なんどき》明け初めかねない、
夜を見ていた。*
*この仙女は太陽光を浴びると生き延びられない。
やがてついには、彼女の真っ白な身体と
雪の上に月が落とす真っ黒な影法師は
吹きだまりの雪が縁取る道路から消えてしまった。

再び夢の糸がぷつりと切れた。目覚めたのは
グレゴリー。* この短夜の
*以上はグレゴリーが真夏に見た夢。
夢のなかで過ぎ去った事を彼は思い出せない。そのうち
テントの隙間から、月光に照らされた空に、ある変化が
忍び寄るのが見えるように思われた。
そこで、暫《しばら》くは横たわったまま、
何を夢に見ていたのか、思い出そうと努めていた。
やがて完全に眼が醒めたと思われたので
その夜はもうこれ以上眠れないと感じ、
夢の、過ぎ去った楽しさも
微《かす》かにさえ記憶に残らなくなり、思い出そうとする
いわれもない希求は彼を疲れさせたので
彼は起きあがってもう一度テントを出た。
ゆっくりと浜辺に向かって降り、
あの舟の所に彼は行き着いた。
舟のなかでは、索具《さくぐ》装置に必要な事を
やり始めてはみたが、そのうち
暁が海面を横切って
近づいてくるのが見えてきた。その時には
自分が、眠りのなかで、驚異に満ちた国を
通り抜けたのに、語る事のできる情景は何一つ思い出せず

それでいて、情景の見えない旅のまわりに、不思議な
事物が揺らいでいたのが判る、そんな人のように
グレゴリーは自分の事を感じた。それでも自分は
ほんの時々ながら、見える、見えないの中間に横たわる
不安定な境界のなかへ
夢に見た事に近い幾つかの事を持ち帰るように思われた。
こうした状態は、幸せな夢が今しがた終わって
人生の、無慈悲な手のなかに
救いの手だてもないままに置かれる時に
我々の悩み多き目覚めをしばし慰めてくれるものだ。

　ついには、僅かだけ見えている夢の断片との
面倒な取り組みをするうちに、再び彼は
眠くなってきて、手から手へと渡される、舟の
強い茶色の綱の動きが次第に緩慢になり、
ついに彼は、舟の横の砂浜に降りて
うずくまり、明け方の灰色の海を
じっと眺めていると、僅かなあいだに
希望も疑念も頭から消え、今はもう
暁の明かりを示す水平線が次第に太くなるのも
月が舟から地上に投げていた濃い影法師が
薄らいできたのにも気づかなかった。ついには
《眠り》が、彼の目を閉じてしまっていて、夜明け初めの
寒さのなかで、あの甘美な物語の結末を
見せてくれたのだ。けれども実際には
あの王様のホールや宴の事は、綺麗さっぱり
彼の心からは消え去っていて、今は
物語が語られるのを夢見ているのではなく
新たな、驚異に満ちた話へと発展した
自分自身の生活を、夢見ていると感じられていた。

　彼は、希望と怖れと悲惨のただなかを、
そして全てを癒《いや》してくれる《愛》のただなかを
農夫の息子として、憧れの最愛の人として、
憧れに捕らわれた愚者として、
運命の流れに沿って動いていった。そのようなかたちで
彼は自分自身の苦悩を処理していたのだ。

哀れな農夫の息子《ジョン》がまた目覚めた時には
その冬の夜は明けようとしていた。
雄鶏が時をつくる、一つだけの奇妙な声が
彼の心を動かして、眠りと目覚めのあいだに
最愛の人の事を夢見させていた。彼は、熱い手を
天国の際限のない年月よりも彼には貴重な

一つの肉体に触ろうとしてそっと伸ばした時、
思慕に満ちた、最大の愛を浮かべた顔を
彼女のほうに向け、そして溜息を吐《つ》いた。
彼の顔には、何かの夢が残した涙が
まだ乾かずにあったが、夢に見た悲しみで
あれほど薄れていた深い喜びを考えて
彼は頬笑んだ。唇は、人間には知られていない
名前を呼ぼうと動き始めた。
少しのあいだ、大きな幸福感のなかに横たわり、
夜が明けるたびにより楽しいものとなる
一日に継ぐ一日を次々に想像した。最後には
甘い、感謝に満ちた愛が彼の魂を、
至福の極致というべき恍惚感で満たした。
小さな声で彼はこう呟《つぶや》いた――「彼女は親切だ、
これまで人が語ったどんな親切にも増して！
貴女はもはや僕を、この苦しみの世界のなかに
冷たいままに放置しはしないだろう。貴女は知っている、
僕の、柔弱で他者に頼る心が、貴女の偉大な心が有する
力強さへと成長するだろうという事を。
おお疑いなく、世界の全て、時の全てが終わるまで
二度と私たちは別れ別れにならないだろう、
そして二度と貴女は僕を傷つける事はできないだろう！」

月光は薄くなり、朝は近づき続け、
力を弱めた西風は、庭の隅々で
孤独なふうに呻《うめ》いていた。溶け始めた雪の下で
軒先は雫《しずく》を落とし続けた。微《かす》かな雄鶏の声が
鈍い夜明けの光のなかに聞こえたが、それ以上の音は
耳に届かなかった。目覚めて、深い思慕に満ちた心で
彼は寝返りを打ち、大声で言った――「起きて、起きて！
朝が来た、だから、僕の恋人、僕の大切な人よ、
眠りがなお僕から、いや僕と貴女から
幸せに満ちた数分間を奪い去ると考えると、
心が痛んで堪らないのだ！
おお忘れられていた《死神》の足、
どこかから疑いもなく近づいてくる足の事を考えよ、
だから私たち二人の唇がお互いから離れたまま
一分も過ぎ去らせないようにしようではないか！」

彼の言葉の終わりがけは、荒々しく
唇をついて出た。その全てが異様で、それはあたかも、
世界の全てが変わったとしても、かつて考えた事が
その後にも言葉のなかに入りこまずにはいないかのよう。
見開かれた彼の眼は、今や荒々しく、

彼女のいない薄暗い部屋のあちこちを眺め渡した。
すると心のなかを、言葉ではおそらく言い表せない
恐怖の念が貫いた――いや実際には、恐怖とさえ
言えなかった――なぜなら今や道化師《フール》の言葉の
値打ちが実感されたからだ。そして暫《しばら》くは
彼の苦悩と孤独感を和らげてくれそうな
どんな希望も残されていなかったし、
苦しみから生まれたどんな透視力も
彼の上に広がった暗雲を貫く事はできなかった。
人間が生涯に一、二度耐え忍んでなお生き延びるような
そんな狂おしい思いが、うろたえた彼の頭を満たした。
なぜなら大地は堅牢には思われず、
空気は吹き過ぎるものに思われず、火は燃えず、
水は流れるとは思われず、雪は熱かったのだ、
暗闇は何物も隠さず、やって来ようとする昼の明かりは
もはや落ち着いた灰色には思えず、むしろ
閃《ひらめ》く光と青色に満ちたものに思えた。
けれども自分の周りでは全ての物が見慣れた物だった。
事物はこれまでになく現実的に見え、
決して変化せず、彼の苦悩の上を、
一瞬間たりとも消え去らない確定性を見せていた。
それはまるで彼が、《時》の死ぬ様《さま》を目撃し、
見ている目の前で善が悪に変わり、神が、
彼のためだけに、《惨めさ》というものを、ただ一つ
彼のために創造しようと努めているかのようだった。
なぜなら、彼以外の世界全てが消えたと思われたからだ。

　僅かのあいだ、ベッドに身を起こして
惨めに塞《ふさ》ぎこむ頭を、彼女の肉体が暖めていた寝具の上に
垂れていたが、悲鳴を上げはしなかった。
とは言え、奇妙な呪いの言葉が
心のあたりに群がり集まり、彼の、息さえ絶えた絶望を
激しく獰猛《どうもう》に刺し殺そうと努めていたが、それさえ
できなかった。何物も彼の心を慰めず
一瞬たりとも彼に平安を与えなかった。
それでも、この全くの凶事の只中《ただなか》にあっても
より幸せだった日々に彼の手足を動かしていた
彼を導く意志の力の余映が
なお彼のなかで働いていた。彼は据わった眼で
辺りを見まわし、それとともに起きあがった。
そんな時でさえ、ある種の救いをもたらすような
考えが彼には湧き起こった――
「どうして僕は彼らの眼に出遭う事ができよう、
人間に生まれついた者の声を

どうして再び聞く事ができよう？」と考えたのだ。

そしてほとんど無意識に、自分のその声に促されて
誰か起きてはいないかと耳をそば立て、
着替えをしてその場所をもう一度
眺め渡すと、その床の上には
彼女の衣服が脱ぎ捨ててあった。彼は眼を背けた、
なぜなら頭のなかに荒々しく火が燃えていたからだ、
そして何かを話そうと努めてみた。
しかし、惨めな心臓が破裂しないように、
そうして拷問の苦悶がこの最初の日に終わらないように
一つの新たな苦痛に自分の苦痛を鎮めさせた。
激しい涙と泣き声がやって来て、
彼をそんなにも消耗させる炎の苛酷さを
弱らせたのだ。するとそれとともに
さすらいの旅に出たいという願望が彼に訪れた、
世界じゅうのどこへ行けば彼女を見つけられるか、
それは判らなかったけれども。

そこで、熱い涙が流れ尽きないうちに
まだ人が目覚めていない広間を通り抜け
先ほど、あれほど彼が愛した彼女の足が触れた
ドアロの敷居にキスをした。
だが雪の上には、そこを通って去ったはずの
足の跡を示す印は一つとして見えなかった。
自分が生まれたその家を今立ち去る時、
風は冷たく顔に吹きつけてきた。
彼は振り向いて生家に、告別の表情を
見せはしなかった。というのも全ての事物が、虚しく、
意味を失ったと思われ、今は自分の生そのものになった
彼女を探索する悲惨な状況だけが意味をもち、これは
大地が有しているかも知れない何物とも取り替える事は
できなかった。また、彼は未《いま》だ考えていなかった——
何らかの事が自分の宿命を変える事ができるなどとは、
また自分の心にとって何かが、この探索以上に世に稀な、
魅力ある、或いは恐ろしいものであり得るとは、
また、自分の生活に何かの係わりを持ち得るとは。

こうして彼は、なぜだかどこへだか自覚もないまま、
その住居をあとにして、
よく知っている、何度も踏み慣れた道路を進んだ。
やがて彼の外面的な生が始まった故郷の
今は雪に覆われた家々の屋根が
木一本見えない荒野のような丘にすっぽり隠された。

ただ一人さすらい続けるうちに
不安な心のなかから生まれてきたのは
夢の残り滓《かす》のように思える
微《かす》かな記憶の、ある切れ端だった。
彼の精神にはある映像が付いて離れなかった。
唇からはまだ、ある言葉が出そうになっていたが
言い出す事はできなかった。そして今は
たいそう遠くまで歩いたので、遥か彼方に
広い海が見え、その頃には実の生《な》らなかった一日が、
彼の、暇つぶしのようにうんざりした気分の
完全なる孤独の只中《ただなか》に、
夕方に向かって、また暮れそうになっていた。
どこかは知らない場所での休息を得るまで
先へ先へとさすらい続けたいという
彼の希求はさらに大きく膨《ふく》らんだけれども
今は身体《からだ》が弱り、旅に疲れ果ててしまっていた。
丘の斜面から見下ろした時には、そしてその海——
岸辺から先が皆、真っ黒で空《うつ》ろな
巨大な海——が一面に広がっているのを見た時には、
燃えている石炭が、痛んでいる傷口に
置かれた時のように、それほどに彼を痛める鋭い希求、
それほどに痛い荒々しい欲望が、

虚しい絶望の上にやって来たので、
彼は地上に身を投げて
冷たい雪のなかで、のたくり、呻き声をあげた。
その間、彼の上では海の鴎《かもめ》がすいすいと飛び
時折鳴き声を発し、風もまた呻いていたが
それはあたかも、彼らが彼の激しい嘆きを知っていて
彼を嘲っているかのよう。だが、今や夜が来たので
彼は起き上がり、白い雪の荒野の上に
黒い一点として立ち、それから歩み始めたが
やがて真っ黒な夜陰が、大海と丘、
急ぎ流れる雲を一体として、無に帰してしまった。
それでも苦難によって却《かえ》って活力を得て、
彼は挫《くじ》けず、道に迷う事もなかった。
なぜなら夢のなかにおけると同様に、最終的には
道が判り、どちらへ向かっているかも判ったからだ、
それというのも彼の悲哀は、強い意志を持った心の周りに
包まれていたので。こうして丘を下って
やがては一つの港町が
地上の星団のように輝いているのが見えた。
すると希望に似たある気持が体内に生まれ、
ある程度、自分の意志を働かせる事ができた。
今は彼の身体が、ほとんど先へ進めないほどに

弱り果てたからだった。
だがとうとうこの町へ彼はたどり着き、
今は、食物と宿とを求める事ができるほど、
事を為すための元気が出た。
所持金には事欠かなかったので
まもなく、金貨の贈物で宿の主人を喜ばせ
極めて死によく似た、長い、深い眠りのなかに
全てを乗り越えるようにして
悲しみも、寄る辺のない生活も忘れた。

語り手である私の物語が言うには、今や彼はこの町に
長く留まったに違いない。というのも冬の季節は
いつもこの狭い海*をあまりに広くしていたので
国と国を結ぶような立派な船は
当然寄港してこなかったからだ。
毎朝ジョンはそこで目覚めて、死人のような眼で
空費されてゆく日々を眺めていた。
夜になれば毎日、いったい何が自分の命が果てるのを
押し留めているのかと驚嘆しながら
眠りについた。だが常に
過ぎ去った、微《かす》かな夢のようになった事の記憶が
彼の心を混乱させたが、愛の苦悩のなかにあっても、
常に彼は、おそらくは夢のなかで昔聞いたらしい
あの半ば忘れないでいる言葉*を口にしようと
骨折っていた。

時が経過して、多くの日々が過ぎないうちに
あの失われた顔を求めて
他の国々へ行けそうに思われた事が
どんよりした眼の悲しみをやり過ごすのに役だった。

とうとう、望んでいた日がやってきた。
春が、この国の上に、花々と愛とをもって
燃え上がったのだ。そしてある日暮れに、
ジョンの立派な船は港を離れた。
青い顔をしたジョンは舳先《へさき》に立って
忍耐の全てを過去のものとして
今あとにしたこの退屈な町を
もはや振り返って見る事はせずに
複雑極まる水夫の技のあいだに紛《まぎ》れて、
常に未来の事ばかりを考えながら
恋する男の不安のために異様な眼をして
夕焼けの西空に顔を向けて立っていた。

*バルト海を指すと思われる。

*《太陽の東、月の西》。仙女の国を示す言葉。

その夜、彼は甲板の上に寝そべり、
空が白み始めるまでは全く眠れなかった。
僅かに眠ったあと、再び目覚めたが
ほとんど寝不足の疲れは感じず、
青ざめた唇で、呟《つぶや》いていたのだ、
半ば夢のように聞いた言葉、逃げ去った言葉を。
それから肘《ひじ》をついて起きあがり、
黒い舳先《へさき》が、怯《ひる》まない針路を取って
緑の波また波を切り裂いて行く時に
波の荒野が自分に近づいてくるように感じた。
甲板の上には見張り番以外に人はなく
その男は、眠たげな眼をして、ほんの僅かも
彼や彼の悩み事と愛の全てを、気にかけてはいず、
手すりのような両舷墻《げんしょう》の間を、ゆっくり歩いていたが
ほとんど目的もない歩きかたに見えた。
操舵手は、昔の日々に炉端で曖昧に語られた
海の男たちの驚嘆すべき行為を
夢に見ているかのように船を操っていた。
軽い風が強まったり弱まったりした。船は
波たちの語りに耳を傾けているかのように
泡立つ波と波のあいだを常にすり抜けて行った。
この全てのなかでジョンは、自分がまだ生きているのか、
すでに死んだのか、ほとんど判らなかった。
自分が人びとの亡霊たちによって
孤独で荒廃した生活のなかから
見も知らぬ海を越えて、知る由《よし》もない懲罰もしくは恩寵が
待っている見も知らぬ場所へと運ばれている
という考えが、もう少しで頭に浮かびそうだった。
空のほうを見ると、マストの上方に
光の全てが失せてしまった暁の月が見え、
なお見続けていると
偉大なる太陽が緑に変じた海の上に輝き始め
突然の光で彼の頭を殴打した。

するとその時、心のなかに、永らく燻《くすぶ》っていた
炎が、輝かしく燃えて、彼は叫んだ——
「あぁ、ただでは済まないぞ、あぁ禍《わざわい》が降りかかれ、
《太陽の東、月の西に位置する国！》に。
どんな人間もすぐには見出せない国、
人びと皆に向かって恋の苦悩を叫ぶ
欲深い恋の墓場である国、
信用できない恋の牢獄である国、
軽い一言で、深く賢明な《親切男》の心を
動かす事ができると考えている信用ならぬ恋の牢獄。

——おお恋よ、恋人よ、かつてキスされた貴女の眼が
今日は喜んでいていいぞよ、貴女の素敵な笑顔が
こんなに卑しく下劣な恥知らずの男を忘れていいぞよ、
この男は恋を悲しいものと思い、昔は喜びだった日々を
嘆くためにだけ生きている事を忘れていていいぞよ！」

だが今は、彼の魂を包んでいた夢のような光景が
突然、ぷつりと消え去ってしまった。
見張り番の男がお決まりの言葉を叫び、
操舵手が陽気に答えるのを彼は聞いたからだ。
そしてこの二人の、平凡な言葉のなかを
朝風が少しのあいだ爽《さわ》やかに吹き、
船は緑の幹線道路に横付けされた。この道路は、
まだ見えないイングランドの牧草地に続くのだった。

イングランド東部のダニイッチ*で

＊中世に栄えたサフォーク州の港湾都市。のち、海水の浸食により消滅。

ジョンは退屈な海路から上陸したが
いったいどこに来たのか彼は気に留めなかった。
だが大きくなった希望に促されて
素早くその地を去った。あの言葉——
《太陽の東、月の西に位置する国！》は

彼には、天国から送られてきた恩恵だと思われたが、
同時にそれは、自分の周りの陽気な世界を
うら侘《わ》びしい檻《おり》と思わせ、夢に似た苦痛の
狭い囲い地、眼も見えぬ種族、死にかかった種族で一杯の
空ろな空間に見せたのだ。

その町と田園は、本当のところ、彼の探索には
だからなおさら役立ちそうにも思われなかった。
一方、バルト海沿岸の商人*や、彼らが商いをした

＊ハンザ同盟に属する商人たちで、中世後期には英国にも商いに出た。

彼自身の国の人びとから、彼はこの地方の
平凡な日常の事柄についてはよく知っていながら、
この狭い海を越えた南方に住んでいる人びとについては
ほとんど何も知らなかったので
この町では僅かな告別の挨拶をしたのち
ロンドンに向かう道筋を歩んだのだった。
旅を続けて、行き暮れた時には
安宿や、時には美しい大修道院に宿泊した。
希望が増すにつれて、彼は勇気を出して
物語のかたちで、どんな具合に
悲しみが自分に降りかかったのかを語った。
すると大部分の人がその物語を大きく褒め称え

どんな吟遊詩人も、大宴会の席でさえ
これ以上に楽しい話を語れないだろうと言った。
このようにして最後には、ある大修道院に
宿泊するという巡り合わせになった。
これは今日、セント・オールバンズと呼ばれている
大修道院*である。
ここで再び彼は語ったのだ、昔からの伝え話として
自分の不幸な恋の顛末《てんまつ》を。
すると彼の話しぶりは大きな感動を呼んだので
セント・オールバンズの客室では
高貴な手で書かれた史実類よりも
彼の話を聞くほうが良いとされ
全ての人びとがこれに大きな感銘を受けた。
だが物語が全て語り終えられた時、
会席の端から一人の男が立ち上がった。
禁酒している小柄な老修道士で、見た目にも知的で、
小さな、きらきら輝く眼をした男だった。
ジョンのところへ来ると、こう言った、「旅のお方よ、
貴殿の物語は私の仕事に大いに役立つのじゃ、
というのも私は、王侯の慰みのために書かれた
数多くのそのような物語を集めておるのじゃ、
明日まで私たちと共に居てくれ、お願いじゃ、
そして半日がかりで幾つかそんな話を聴いてくれ、
なぜならきっとそれらの話の記憶が
退屈な日々を過ごすのに役立つだろう、
貴殿が年老いた時には、な」。ジョンは眼を見開いた、
老修道士の言葉に、いや人びとのどんな話にも
彼はほとんど本気で耳を傾けてはいず、四六時中《しろくじちゅう》、
一つの思いだけが彼の悲しい心を占めていたからだ。
無理やり聞かされたにもかかわらず、なぜか判らぬまま、
翌朝、彼自身の話に似た物語を
幾つもたっぷりと聴いたのだった。そして出発時には
自分の恋にさらにいっそう、心を集中させていた。
だが以前よりさらに、世界はこの状況にほかならない、
つまり至福への憧れと至福の喪失だけだと思われた。
それでも同時に、この新たに聴いた物語の
幾つかの終結部が、ほとんど新しいものではないと
彼の心は感じたのだ。彼は自分について話の尾ひれを
作り始めた——自分のために彼女が、どんなふうに
泣いて待っていたか、いかに《愛》の成就への道が
なお開かれているか、などという尾ひれだった。
灰色に明け初めた朝は、様々な夢で彼を和ませ
その悲しげな唇を頬笑ませたものだ。
その間には常に、まだ閉じたままの彼の眼は

*聖オールバン殉教記念。ハーフォードシアにある。

今一度、多様多彩な彼女の美しさを眺めたのだ。
そして仮に、この喜びから目覚めて、空虚で白い
現実の昼間と向き合うのが、ほとんど、
人に耐えられる限度を超していたとしても、
なお彼は、自分自身の声が、調べへの
リフレーンとして繰り返すのを聞いたのだ——
《太陽の東、月の西に位置する国！》という言葉を。

　ついに今はロンドンにやって来て
商人たちのあいだで彼は時を過ごした。
彼らから、彼らが旅した事のある
良い外国、悪い外国の話を
数多く聞いたのだが、それでもなお
彼にとっては全ての道が常にそこへ通じているはずの
あの国への道については、誰も
良きにつけ悪しきにつけ、語るのを聞かなかった。
だが彼の希望は生き続け、彼の心は
人間のどんな生活にも馴染《なじ》まなかった。
再び彼はさすらいを始め、
商人たちに混じって商人として過ごしたが
彼ら全てのなかで、彼は異様に感じられた。
良き事、悪しき事——何事が起ころうとも

彼の顔色は変わらなかった。儲かる事も損する事もあり、
コストを考えなかったから、只で与える事もあった。
病気になり、回復し、日々が何を取り去ろうと
何をもたらそうと、何一つ気にかけなかった。
どんな場所でも、偉大な事を為そうと努める事なく、
話しかけられない限り、口を利かなかった。
ことらへと、あちらへと彼は、風の吹くままに
さすらって行ったが、決して満足せず、
決して不平をこぼさなかった。休みを取る事もなく
だが自分の探索する事を、ほとんど訊き求めなかった。
人生の潮《うしお》のなかの、奇妙な宿無しの漂流物として
何物とも争う気がないように見え、
地上の何物にも所属していないように見えた。
常にあの憧れは輝きつつ、強い火で燃えていた。
それはあの苦しみの朝と、変わらなかったのだ——
彼女の愛らしさを初めて見たあのベッド、
まだほとんど冷《さ》め切ってはいないベッドの上に
孤独になった蒼白い顔を向けた、あの朝と。

　夢のように追い求められた幾多の夢を追いながら、
彼の人生は長い年月の経過を無駄に過ごした。
肉体は変化し、彼は、まだその年でもないのに

老いてきた。ある時、南の国々での
成果のない旅先から、さすらい帰った生家でも
誰一人、彼の顔を見分けられなかった。
生家の広間の向こうから、
父が歓迎の声をかけてきたのは聞いた。
おお孤独な心よ！　家に帰ってきた時に、
自分自身の家族のなかにあっても
それほど孤立している事に対して
最初は感じた、思慕に満ちた恥じらいも綺麗に消えた。
昔の日々に、いつまでも消えないでいた親切な雰囲気も
今は全く、この住み慣れた家には見えなかった。
口元も動かさずに家のなかを彷徨《さまよ》ったが
母親の椅子に誰もいないのが見えただけ——
母は死んだからだった。彼は、眼の表情を変える事なく
トルゲルトが糸紡ぎの場から立ち上がるのを見た。
彼は老いていたのに、彼女はなお美しく若かった。
父親の顔をじっと見た時にも
思い出から来る微かな笑みも彼は見せず、
過ぎ去って浪費された青春への心痛も見せなかった。
二人の兄のあいだに彼は座を占めて
二人が、過去のある日の思い出のなかで
あれやこれやを話すのを聞いたが、
かつては可愛かった子ども、無邪気な子どもとして
次の一分《いっぷん》に満足しながら、三人でどのように
遊んだかを、彼はほとんど考えもしなかった。

　親兄弟からの、また昔は親愛だった事物からの善意も、
今、彼は勝ち得る気にはなれないかもしれなかった——
成就しなかった、ほとんど触れられずに終わった欲望の
かつて熱愛した、全てを燃やす情火のなかからは。
家のどの場所も、他の場所と同じで
一つの顔の記憶に、亡霊のようにつきまとわれ
一人の女の、聞き覚えのある声を発していて
ある一時《いっとき》の、素早く逃げ去った喜びの故に悲しかった。
だが《時》に磨《す》り減らされたドアを、これを最後に
あとにしつつ、今一度さよならを口にした時には、
外見上の落ち着きのなかで、彼は僅かにしか
唇の震えとわななく膝を押し留める事ができず、
彼女の足が疑いもなく通っていったドアの敷居に
その膝は横たわりたいと希《こいねが》っていた。

　そのあとどんな荒野を彼が広くさすらったか
どんな人びとのなかに住んでいたのかには、
語り手である私の話は何も触れていない。

次の事を申し上げておけば十分と思って頂きたい、
彼の勇気を凌ぐ《死神》が彼を終わらせはしなかった事、
どんな遅延の連鎖も、奔放なさすらいから彼の足を
押し留めはしなかった事、彼が、賢者や愚者から
得ようと努力したあらゆる助けも常に無力だった事を。
やがて、私の話が語るところでは、
ついに二度目の航海に彼は乗りだし、
インド洋の荒波に船を進め、
その後、商人の仲間たちと
長いあいだ暮らしたが、この、半分は死んだ男《ジョン》に
それだけが活気を与える事のできる
どんな噂も光景も、聞く事も見る事もなかった。

ついに彼は、立派な高速帆船に乗って
その異国の地から出航した。
商人たちが旅の連れ。行く先はある国だが
そこでは地中から宝石類と金が
産出されるけれども、そのほかに産み出されるのは
恐怖と死以外には僅かであるような国。
あまりに長い航海だったので、最後には
船長の顔色も曇ってしまい、
屈強な商人たちも怖れ始めた――
陸地らしきものが近づいて来なかったからだ。
順風に恵まれれば、一行が目指していた岸辺へと
彼らが到達できたはずの日数が
全て使い果たされてしまった。しかしジョンは、
まだ彼女の探索を試していないどこかの場所へ
成就されていない彼の愛を運んで行ける限りは
どんな死も恐れなかった。
仲間たちは彼の落ち着いた顔を、今は憎しみの眼で見た。
なぜなら、彼らの恐怖はさらに大きくなっていたから。

ある夕方、舳先の近くに彼は立っていた。
そして何か新しい事が、希望でもって、彼の血潮を
煮えたぎらせたので、長い月日、口にしなかった
自分は幸せだという言葉を、ついに今
語ってもいいと思うようになった。周りには
水夫たちが立っていて、疑わしげに
雲で覆われている東の水平線上の
その長い、灰色をした雲の盛り上がりを眺めていた。
彼はそんなものは見ていなかった。休息で安堵した顔を
西のほうに向けていたのだ。
低く垂れた夕日が彼の金髪を照らしていた。
その髪は労苦と心配で今は老いてはいたが

船の舳先が、黒光りする側面から
柔らかに泡立つ細波《さざなみ》を投げているあいだ、
そよ風がその髪をかき乱していた。船の帆は
その晩、風が思い出したように凪《な》いでは吹くので
頭上ではためいていた。西空は
夜が近づくにつれて、どんな言葉でも
言い表せないほどに輝き澄みきってきた。ついに彼は
身を震わせた。ちょうど太陽が、最も低い空から
輝いていた時、高く白いマストのほうへ
眼を上げたのだ。日中は終わった。
しかし夜はぐずぐずと現れず、彼は空のなかに、
新たに灯《とも》された希望と怖れとともに
昼と夜の中間に懸かった、前面が白く冷たい
薄い曲線をなす月を見たのだ。*

*すなわち今、船は《太陽の東、月の西》に位置する。

今はもうあの言葉や、それを聞いた場所の事を
考える必要がなくなり、乗船仲間のなかから
身を引いた。というのも、あまりに大きな希望によって
死んだりしないように、今度初めて
恋人を忘れるように努めたからだ。すると今は
船員たちが、心配そうに眉を顰《ひそ》めて
低い声で話し合うのを耳にし、また、商人たちが
一人で居るのを怖がっている様子で
互いに身を寄せ合っているのを眼にした。
そして彼は、彼らが、これまでの恐怖に加えて
新たな怖れを感じ始めたのを知ったが、にもかかわらず
そのような事に思いを向ける事はできなかった。
その夜は彼以外の誰もが寝ずの番をしたが、彼は眠り、
愛らしい夢が次々と自分に這い寄るなか、
彼女の優しい手、柔和で輝かしい眼の情景で
この夜を幸せなものにした。
ついには自分が花咲く牧草地のなかに
いるように思われ、着ているものも
天使の仲間が着るような衣裳だった。
少しばかりその牧草地を彼は歩いたが
心は喜びで満ち、そのうちついに
美しい花々の咲く茂みのそばを通った時、
肩越しにじっと目を凝《こ》らすと
見よ、だしぬけに、花の香る枝々が
二つに分けられるのが見えたのだ。
天国的な思いの全てで心をいっぱいにして
振り向いてみると、見えたのだ、恋人が、愛の女が、
足もとまで届く緑のドレスを着込んで

はだしのまま足を花々の上に載せ、
金髪の周りに薔薇の花輪を巻きつけている姿が。
彼女の両腕は彼のほうに伸べられ、口は震えて
生涯に亘《わた》って渇き果てていた彼の口を潤《うるお》そうとし、
それでも、優しい、深い眼差しを彼に向けつつ、
嬉しくて震える彼の驚きに頬笑んでいた。
しかし彼女の許に歩み寄ったはずの時に
死の恐怖のような叫びが、この人けのない
美しい草地を貫くように響いたように思われ、
彼女とのあいだに冷たく濃い霧が立ちのぼり、
それから全ての景色が彼から消え失せ、
長いあいだ、暗闇がそこに立ち籠めた。

その時、突如として彼は目覚め、力一杯
マストに身を投げて、そのマストを、
我知らず、必死の手つきで握り締めたが
そのあいだ、嵐となった風が
耳の近くで死の歌を歌っていた。だが彼は、
悲しみのためとっくに恐怖を感じなくなっていたが、
疾風と海鳴りが衝突するなかで次のように叫んだ——
これはこの暗い夜には誰にも聞こえぬ悲鳴、
誰にも見えぬ悲哀だったが。「全てが無に帰したぞ、
昨日の晩には、僕の近くに安息が
もたらされたと思い、ついに僕の《愛の人》へと
近づいているのを感じ取ったと考えていた。
だが愛のない休息だけが来て、この空事《そらごと》全てを
《死神》が踏みつけて無にしてしまった！
おおぐうたらな《世界の創造者》よ、
汝は僕が、憧れと涙のなかから
《無》へと投げ棄てられるのを見て嬉しいのか？
汝はこの長い、うんざりする年月のあいだじゅう、
僕の無力な魂を《恋》で縛りつけ、
その狭い境界のなかで、汝の作った美しい世界の
どんな喜びによっても僕を育てなかったくせに！
我が恋人よ、近くに来い、来い、近くに、来てくれ、
なぜ貴女は僕を孤独のまま死なせるのか？」

どんなに彼が、自分の生の日々は終わったと考えても
なお彼は必死にそこにしがみついていた、
どっと流れ込む潮の激流のなかでも、
嵐の夜のなかでもそうだった。なぜならほんの僅かにさえ
自然の激怒のなかを彼は見透す事ができなかったから。
またどんな、闇に隠された丘のような大波が
向こう見ずな木造の玩具船《おもちゃ》を粉みじんにするかも判らず

或いは、この希望を失って揺れるぼろ船に
他の人間がしがみついているかどうかも知らなかった。
そうだったのだ、夜が明けて、昼の光が高々と輝き、
今は穏やかに、波浪と嵐の昨夜を嘲笑《あざわら》っているかどうか、
それにも気づかなかった。風のない波間の窪みから
暴風に切り裂かれた波間に、いかに長時間晒《さら》されたかも
彼は全く知らなかった。ただ、それは極めて長い間だと
思われたので、それ以前の事は皆、夢だったと感じられ、
その大混乱が生じる以前には
天も地も存在しなかったように思われた。

　そしてなお結局は、先へ先へと彼は進み、
なお《死》を勝ち得る事はなかった。
心のなかには一つの喜びが育ち始め、
まぼろしのなかに、つまり分別と視力の
転覆から生まれた数多くの夢のなかに、
《恋》は新たに花を咲かせた。自分がなお生きているのか
――これも知らずにいたが、しかし悪事や苦痛は
言葉に過ぎず、心の嬉しい平安の獲得を妨げなかった――
どんな激しい不穏が、自分の周りに生じていようとも。
最善のもの全てが勝ち取られたと思われ
また、あの一日の至福も忘れられていなかった。

暫《しば》く前までは、あれほどに失われたと感じられていた事も
全てがもう一度、彼のものとなっていた。
眼にも見えない海で、波濤の丘から丘へ
どれほど長いあいだこの船が弄《もてあそ》ばれていたかを
この物語は語っていない。しかし突如として
あらゆる事の、最大に美しい夢の最中《さなか》に
ジョンは長い空間を落ちたように感じ、
視力も聴力も、感覚全てを失ってしまった。
そのあと、周りには突然の閃光が輝き渡り
光があるにもかかわらず、何一つ見えなくなった。
閃光が静まるにつれて、感覚も思考も静まってしまい、
ついに、鈍い無意識という平安が
激しく引き裂かれていた彼の心に恩恵を与えた。

　彼が再び意識を取り戻したのは砂の上。
広い入江が曲線をなす、貝殻の散らばった浜辺だった。
長いあいだ、そこに寝そべっていたらしかった。
というのも今は朝で、爽やかに晴れていて、
海面には、ほんの僅かの嵐の跡も
難破船の残骸の印も見る事はできず、穏やかに
低地になっている砂浜に波の末端が砕けていた。

こうして目覚めた時には、何が起こったのか、また
自分がどこにいるのか、彼は夢にも考えつかなかった。
最初は、過去の日々への優しい思いが
彼の心を通り過ぎた。そしてもっと後《のち》の日々についての
記憶がまた戻ってきた時には
自分の惨めな境遇や、後年の
暗澹《あんたん》たる年月全てを思い出すには
極めて大きな努力をしなくてはならなかった。
そして近頃は流した事のない涙を促す思いが
彼に今生じたとしても、それでもなお
不思議な満足感と幸福感が
彼を取り巻いていた。そこで今は立ち上がったのだが
彼の周りの空気は、この上なくすがすがしく
また甘く、そしてこの地の太陽も、
あの北国の初夏に、明け初めた朝が
世界を驚くべく価値あるものに見せ
死や苦痛を、暫《しばら》くは隠してしまう
あの時の太陽であった。
広い大海原の向こうまで、当惑した目つきで
彼は眺めてみた。それからあちらこちらへと
好奇心を持って褐色の砂浜を歩いていたが
最後には、この滑らかな海辺が
失われた船と仲間の痕跡を
全く示す事ができないのに驚き始めた。
それからその夏の海のより近くへ
歩み寄った。すると今は確実に、自分が、
インドを考えたのは夢に過ぎなかったと思われた。
なぜかと言えば、波に打たれ洗われて
滑らかに、平坦になっている足もとの砂、或いは
頭《かしら》の低い細波《さざなみ》に、皺《しわ》のような跡を残された砂には
北の国で彼がよく知っていたような
貝殻や、這う虫が見えたからだ。
また頭上にぐるぐると舞い飛んでいたのは、
昔の日々に、意味の判らない話を
彼に語ってくれたのと同じ海鳥《うみどり》だったからだ。
彼は深い溜息を吐《つ》いたが、彼の心は
その新たな幸せからどんなふうにも離れはせず、
またこの幸せの不思議な中身と抗《あらが》う事もなかった。
そしてこの驚きのなかで、もはや
一つ*の休息以外のどんな休息よりもむしろ
さらなる苦痛が欲しいと憧れる事もなかった。
彼の夢見るような眼は、緑なす海から離れて
緩やかに低く傾斜する斜面が、滑らかな砂浜から
青々と木を茂らせ、陽に焼けもせずに隆起するのを見た。

＊死。

そしてもっと奥地を見ると、高地があったが、そこには、
彼がうんざりした時期に見てきたような
そんな地方の木々ではない樹木が散りばめられていた。
斜面と樹木の茂みから、今度は
丈高い草に覆われて木のない丘の斜面が続き、
その美しい季節の軽い靄《もや》のために青く見えていた。

この心地良い場所を眺めながら、少しばかり
なお彼は立ち止まっていたが、
今度は肩越しに顔を海に向けた。とは言え再び
丘のほうに歩き始め、あの、波が逆巻く海に、最後の
別れを告げたように感じた。そして自分の人生が、甘く
良いものになったように感じた――こう言った時にさえ、
「僕の恋人は死んだのかも知れない、
或いは生きていて、僕は、死ぬ前には会えない事に
なる成り行きのほうがよりありそうに思われる。
それならこの足が、何かの幸せに向けて
引かれて行くと感じる僕は愚か者だ！」

このように彼の言葉は発せられたが、
最初、この上なく孤独で呪われていると感じた時に
希望の言葉が単なる空気に過ぎぬと思われたのと同様に

今も、彼の心配の言葉は全て、
意味を持たないように感じられた。心も軽く彼は
先へと進み、やがてしっかりした足どりは
花咲く草地の雛菊の茎を曲げた。
速《すみ》やかに彼は、坂道から坂道へと
先を急いだが、陸地は美しいのに
どこにも人家が、そして生け垣に囲われた庭も
麦畑も、見えなかった。
あちらこちらに、まだらな背をした鹿が
ほとんど彼を恐れずにぶらついていたが
鹿を恐れさせる猟師の声も角笛も
聞こえなかった。彼は武器を持ってはいず、
かつては美しかった衣服も
酷《ひど》く汚《よご》れ、くたびれて、破れてもいた。
歩くにつれて喉の渇《かわ》きと空腹とが
彼にのしかかった。だがついには
枝振りの良い果実の生る木が
気持ちの良い影法師を落としている所にやって来た。
彼はそこで足を止めた。なぜならその優しげな木は
大量の林檎《りんご》をぶら下げていたからだ。食べてみると
甘くて美味《おい》しい事が判り、
修道士が庭で栽培している林檎に匹敵した――

どうやら、何の世話もされていない木らしいのに。
だが今は、満腹になるまで林檎を食べたあと、
驚嘆しながら彼はそこにじっと立っていた――
なぜなら、一つの枝には林檎の花々が咲いていて
まるで五月のようであるのに、他の枝には
熟れた林檎が生《な》っていたから。そこで彼は頬笑んだ、
それは不思議な夢に慰められた人のよう。
それからゆっくりと彼は草の上に身を沈めた、
この日のけだるさが募ってくるとともに
憧れる気持が痛いほど甘美に感じられたからだ。
だが、あたりに散りばめられたように咲く花々の上に
横たわったまま見廻すと、さらにいっそう愛は、
自分がなお生きているのかという疑いと
入り混じるのだった。「花々とは、ここをそぞろ歩く
僕の愛の人を花輪で飾るための美しい薔薇の花、
彼女の手を飾るべき、金色の芯を持つ百合の花!
だがそれとともに、他の人びとが素敵だと感じる
三月のすみれは彼女の薔薇色の足に相応しい。
通りすがりの彼女の膝と足なら、踏まれて死んでもいいと
言いたげに艶《なま》めかしい黒い芯のあるポピーが
その横の撫子《なでしこ》に向かってお辞儀をしている!
非の打ち所のない彼女の美しさを覗こうとする
火のように燃えたつチューリップは身を立てて
麦仙翁《むぎせんのう》に合い向かって、仙翁の弱々しげな葉を
押しのけようとする。もっと向こうに眼をやれば
世話されてもいない葡萄蔓《ぶどうづる》が黒ずんだ果実をぶら下げ、
長いあいだ熱気の責め苦に耐えながら
最後には彼女の唇に吸われる幸せを得るのだ。
こんな事を知っているアネモネの花は
春にはここに集まって咲き、
生《は》えて枯れ、枯れてまた生《お》い出《いで》て
最後には彼女の足の下に
踏まれ、裂かれながらも、大いに満足して彼女が
彼らの柔らかな葉の上で歌うという
歓びに満ちた苦痛を味わおうとするに違いない。
恋人よ、何と驚くべき事か、よその場所では
遙かに離れた時期に、騒然とした一年が
苦労もし、躊躇《ためら》いもして産み出す全てのものが
この国では貴女の周りに集まって、生まれ出て枯れ、
その間に、神が二度創り出しはしない驚異の女性、
すなわち貴女を常に見てゆくとは。
早く現われてくれ、恋人よ、だって僕の眼は
恋のために翳《かす》んでくる。少しのあいだなら
希望が、僕の挫《くじ》けそうな心を、騙《だま》し騙して

自分を強いと思わせるだろう。けれども今自分のなかに
一人孤立した恋の身を滅ぼす情火以外には
何の力もないと判っているからには
全てが去ってしまう前に、僕の前に現われてくれ！
そして僕が世界全てのなかで
一人の心だけを求め続け、貴女の愛以外の
何らかのものに何かの幸せが隠れているなどという
全ての考えを放棄してきた事実が、何の成果も
もたらさない事がないようにして下さい。貴女への愛は
今なお、ひょっとして、偉大な神をも感動させて、
その神が、全く完全には僕を殺したり、
僕の魂を今後永久に空疎なものとして
遺棄したりなさらないようになるかもしれません。
僕の魂が一旦抱いたどんな愛が
人間界のどんなものを満足させなかったでしょうか！」

彼は飛び上がって、この地の田園を
長く眺めた。すると涙が流れ落ちた、
長年の苦痛を皆思い出して
その空虚さを眺める思いがしたからだ。
けれどもやがて彼は前へと歩み始め
憧れが必ずしも皆、苦痛ではないという気持になり
花々のあいだ、木に咲く小花のあいだを抜けて
これまでより高まった傾斜地に達し、やがて
より嶮《けわ》しい丘を登り始め
木が密生した森から出ると
低地を高く見下ろすところに立ち、
遙か彼方に海を見た。
海は忍耐強く陸地を護っているような姿だった。
それから海に背を向けて登り続けると、そのうち太陽が
低く落ちてゆき、丘の頂上まで彼が
行き着かないうちに昼間が終わりそうだった。
休みを取らない勤勉な彼でさえ、次の日の明かりを
喜んでその場で待つ事にした。
彼が横たわると、その短い夜は、
あのサンザシの藪に寝そべっていた過去の日の
様ざまな夢のなかに過ぎていった。
もう一度ただ一人で、夜明けの寒さに
目覚めた時には、いかに多数の生涯が
その日までに過ぎ去ったかのように思われた事か！
とは言うものの彼は、不屈の勇気をもって
早朝独特の前途不安ななかを突進し、たゆむ事なく
その丘の最後の急坂を急いで登り、
やがて朝日が射しこむのと同時に

丘の、灰色でぎざぎざした頂上の崖に達した。

そのあと下方の谷間を眺めて、
その驚くべき愛らしさ全てに驚嘆したふうに
彼は息を呑んだ。というのも
太陽が谷の深い部分を祝福すると、
決して幅広い平地ではなく、山に囲まれた谷だが
ありとあらゆる美しいもので満ちた
この谷の端から端までが陽に照らし出されたからだ。
丘は少しのあいだ樹木もなく続いたが
やがて深緑の森が斜面にしがみつき、これが
一千平方米《メートル》ほどの段々畑になった葡萄園と小麦の斜面を
豊沃な姿で防護するように囲んでいた。
丘の麓《ふもと》あたりには白い道がうねっていて
両側に果実がたわわに実った木が並び、
道は果樹園のなかも貫いていた。こうした景色に囲まれて
田舎家や農場付きの屋敷が、それぞれ
花の咲き乱れる庭に縁取られて建っていた。
美々しい流れ、その水の上に、今は金色となった朝の靄《もや》が
湯気を立てている両側に広がる
平坦な牧草地から突然、丘の斜面が
切り立っているのが見え、またさらに奥では
幾つかの丘の斜面が立ちのぼり、そこは穀物で輝き、
或いは果樹園や、樹木が密な森が見えて美しい。
最後に見えるのはその森から急傾斜して立つ崖地。
崖は今くっきりと、朝の空気のなかで金色になり
西空を背景にそそり立って
心配事や不穏がそこへ入らないようにするための
防護壁のような姿をしていた。

ジョンの背中側には、今もう一度、太陽が明るく輝き、
また前方には、今日ももう一度、全ての光を失って、
蒼白く薄っぺらな月が、遠い方の丘の連なりの上に
高く懸かっているのが見えた。
そこで彼は大声で叫んだ――「この奮闘に終止符を打て、
神の双子の天球《あかり》よ、死か生かを僕に与えよ！
間違いなく僕が間もなく横たわっているのは
《太陽の東、月の西に位置する国》だ。
もし我々二人の唇がもう一度結婚するなら
生きていても死んでいても、全く構わないのだ！」

今度は、下方の土地へどうすれば降りられるかを
知ろうとしてあたりを見廻した。
というのは、丘はその突端が切り立った崖となっていて、

しかたなく彼はでこぼこの岩でできた
この崖っぷち沿いに歩かねばならなかったからだ。
少しの道のりを過ぎると、とうとう
丘の頂は下り斜面となり、あの谷間からは
遠ざかったが、その時この谷が
いかに広くなって見えたかを彼は感じ、眼下には
あの川が、円形を描くようにうねり曲がり、
川が一番奥で曲がる地点に
囲い地の樹木や林に半ば隠されて
見事な邸宅が建っていた。太陽がその屋根と
不思議な飾りのある壁を照らすところでは
宝石のように輝いている。彼は、心を弾《はず》ませながら
下方を見た時、邸宅の白い壁と
燃えたつような屋根が、あの忘れていた国から
投げ返されてきた夢のように感じられる様《さま》を
驚嘆とともに眺めた。そのあとは丘の斜面——
軟らかい土で進みやすくなった斜面——を
滑るように降りて、道路に着いてみると
人びとがこの朝方、農場や家のあたりを
動いているのだった。皆、美しげな人たちだったが
彼らを見ているうちに、
ある寒気《さむけ》が彼の胸を走った。

亜麻布《リンネル》、綺麗に刺繍を施した袖や裾が
清潔にできた彼らの肢体の周りに見え、衣服の上には
恋をするのに似つかわしい、甘く優美な顔。
それなのに男も娘も、若い人、老いた人も皆、
常に悲しげな眼をして、孤独げで、よそよそしく冷たく
立ち去ってゆくように思われた。
その上、誰一人、彼に眼を留めようとしなかった。
そして彼と眼が合っても、まるで彼を眼にしては
いないかのようで、立ち止まらずに行き過ぎた。
また彼らのあいだでは、言葉が交わされるのを
彼は聞かなかったし、どんな事が起きても
誰も笑ったり頬笑んだりしなかった。
恐れるしかなかったが、それでも希望が
彼の心にしがみついた——いやそれ以上に、
このような不思議な国にやって来たのは
疑いなく意味のある事だと、改めて彼は考えた。

　こうしてまるで亡霊のように
家から家へと彼は歩み過ぎた。ある美しい家の
開け放たれたドアロに彼は立ってみた。
家の住人たちは朝食の準備をしていたが
悲しみも喜びも顔には表していなかった。

彼らの目の前に彼は立ってみたのだが、
彼の方向を見た人びとは何の驚きも示さず
彼を眼にしたふうにも見えなかった。彼らは無言で
彼のほうもこの沈黙を破る気にはなれなかったので、
ただ先へと進んだのだ。一人の背の高い男が
道ばたで木材を斧で切っていて
そのそばに金髪の子どもが
この男を見ていたが、喋りもせず笑みも見せず
この旅人を見上げもしなかった。
ジョンは、この一家の主人らしい男に聴いて貰おうと
一体《いったい》ここはどこの国ですかと
陽気な声で男に叫び掛けたのだったが
どんな身振りでも男は振り返らず、
子どものほうも彼の声には注意を向けなかった。
次には、この二人から離れた時、道の向こうから
騾馬《らば》の背に高々と跨《また》がった熟年の奥様と、
鈴をぶら下げた馬の手綱の上に
左手を載《の》せている十五歳ほどの少年が
やって来たのだったが——それでもなお、
この二人についても言葉は皆、虚《むな》しかった。
こうして進み続けたが、あの立派な邸宅に着くまでは
勇気を出してそれ以上、

人に話しかけはしなかった。邸宅の前の広場には
美麗な噴水が水を放ち、
土製或いは真鍮製の水瓶を抱えた
娘たちが左右に行き交っていた。
そこでは灰色の鳩の翼が大きな羽音を立て、
急勾配の屋根が鳩の鳴き声を聞きつけていたし
雀たちが囀《さえず》り、真鍮の瓶が何かにぶつかり、
噴水の水は石の上に音立てて落ち、
風に美しく煽られる、乙女たちの衣服の音、
彼女らの頭飾りの鈴がちりちりと鳴る音は聞こえたが
彼女らの声はそこに響かなかった。一人の娘——
物思う眼で水瓶の縁を水が流れるのを
じっと見て立っていた娘に
ジョンはあい向かった。親切そうに見えたからだ。
だが、優しい懇願する眼で彼が
語りかけたのに、それでもこれまでの人びと同様、
何の反応もない態度を示したのだ。
そこで、怖れを募らせつつ
もっと熱心に語りかけ、おずおずとながら
彼女の手の上に自分の手を置いてみた。
手は温かかった。だが触られたにもかかわらず
彼女は気がついた様子もない。彼はのけぞり、

この地の人びとには何が欠けているのか、それなのに
なぜ死なないでいるのか、不思議に思った。とは言えなお
恐怖のなかにも希望は燃え続け、今度は
あの宮殿らしい建物のドアに向かった、このドアから
綺麗な衣服を着た人びとが出たり入ったりしていたので。

　彼がなかに入ろうとした時にも
誰も押し留めたり気に掛けたりしなかった。
美しい張り出し玄関に入ったが、そこには
周り一面、冠を被った乙女の映像、
全身武装した王たちの画像が飾られ、そこを抜けて
柱で飾られた中庭に出ると、泡立つ噴水が
強まったり弱まったりしていた。美少女と
細身の若者たちがそこを散策していたが
普通の恋人たちそのままの姿。だが彼らの眼は
けだるく悲しげで、ジョンが急ぎ足で
眼を光らせて、すれすれに通り過ぎても
目つきは全く変わらなかった。それから全身武装して
武具を鳴らしている番兵に出会った。そのあと
長い列をなす召使いの男たちが
ホールへ食物を運んでいるのを眼にし、
また鐘も鳴らず、トランペットも響かないのに
人びとが流れるようにホールへ向かった。彼も一緒に
そこに入ると、飾り豊かで豪華な縁取りの衣服が
彼を撫でるように通り、宝石入りの剣が多数、
騎士か貴族かの脇腹で音を立てていたが、言葉は
まだ一言も話されていなかった――とうとう彼は
豪華なホールへ入ったが、そこは、
地上で最も偉大な王も、仮にそれが
ビザンチウムの大帝であろうと
古代バビロニアの王侯であろうと
これほど華麗な宮廷は得た事はないと思われた。

　彼はそこに立っていたが、やがてホール全体が
人で埋め尽くされ、高座の中央の王座だけが
空席のままだった。そこでこの時、
この押し黙った人びとのあいだで大声を出して笑った。
この冷淡な王国にあって、彼は向こう見ずになり、
絹と金の衣裳のなかで、ぼろを身に纏《まと》い、
こんな壮麗なホールにありながらはだしのまま、
その象牙の特別席に大股で近づき、
そこに腰を降ろして、もう一度笑ってみたが
誰も気づかず、その間に給仕たちが
来賓《らいひん》たちに、豪華な食事と飲物を運んできた。

彼はこのご馳走に、遠慮はしなかった。
自分の餓えを十分に満足させたが
長いあいだそこに留まる事はできなかった、
なぜなら今なお彼の愛すべき探求心が
こんな場にいても心をせき立てていたからだ。

そこでこの宴会が終わる前に立ち上がって
足音の響くホールを一人あとにして
ドアから出て、今は廷内をさすらい始めたが
高位の人からも下位の人からも制止される事なく
不思議な、優美な事物を眼にした。最後には
押し黙った乙女が彼の脇すれすれに通り過ぎ、
中庭歩廊の地下の果てにある
浮き彫りで飾られたドアへと歩き、
そこを通ってまたドアをぴたりと閉めた。
これを見てジョンは立ちつくし、新たな希望と
募る恐怖を相手に闘ったが、この気持を抑えきれず
弱腰ながらドアに近づき、
掛け金に手を置いた。
するとどっと群がって押し寄せる記憶に
呼吸は啜《すす》り泣きを交えずにはいなかった。
今、彼は怖れのために眼を伏せながら
ドアを開けたが、こうしてみても以前通り
何一つ咎《とが》めの声は聞こえなかった。
しかし女性たちの衣擦れのような音と
静かな息づかい、そして小止みのない
糸車が床の上に放つ音を
確かに彼は聞いた。その場一面に
精妙な甘い香りが漂っていて、それはまるで
風が花々の上を吹き過ぎてきたかのようだった。

彼がそこに立つと、呼吸は激しくなり、
熱に浮かされた血は、ぞくぞくして異常なものになった。
二つの膝は互いに触れ合って震えた。
過去は、ちょうど虚像の世界のように
彼には思われた。あの頃にどんな事を
自分がしていたかは判っていたが
その行為の意味は判っていなかったのだ。
いったい彼女は、過去の日々をすっかり忘れて
この国の、生きた死者のようになっているのだろうか?

誰も出て来ない。酷く震えながら彼は、この不可思議な
部屋をくまなく探そうと努めた。だがなおも
彼の希望は、怖れに巻きつかれ、生じるかも知れない

禍事《まがごと》に絡まれながらも、長いあいだに亘《わた》って彼の眼を
しっかりと縛りつけていた——だが眼が床からまだ
離れもしないうちに、ついに叫んだのだ、
それは失《な》くしたものを見つけた人の声だった。
彼は進み出た。驚きの衝撃さえ愛の強さで
無力になった気持で、彼の神ならぬ人間の眼が、
疲れ果てていた眼が、本当に見出したのだ、
心の願望の対象、自分の命、必要不可欠なものが
なお地上にあり、なお彼のためにそこに存在していた。
彼がこの本物の彼女をうち眺めていると、これまで
常に死か生存かのどちらかを求めて叫んでいた惨めさ、
この惨めさを慰めるために用いていた幻影の全ては——
宥《なだ》め難かった苦痛を鎮《しず》めるための彼女の幻《まぼろし》全ては——
この上なく稀薄で朧気《おぼろげ》なものに思えたのだ。

《世界の愛》という名の壮麗な紡織機の周りで
（私のこの話によると）多数の乙女が糸を紡いでいた、
どんなにジョンの眼に、それが朧《おぼろ》だったにしても。
そして彼女は膝の上に美しく刺繍された織物を
載せていて、時折は手で、
半ば死んだような意志の命に従って
その織物を持ち上げ、また時折は、
織物全部があまりに大きくなって苦しい様子で
それを膝に落としていた。彼女の顔は
彼が覚えている優美さを全く失っていなかったが
ただ一点異なるのは、昔は
最悪の事に直面してさえ、悲しげな微笑が
同情心のなかに混じって輝いたものだが、今は
円い顎《あご》と滑らかな額のあいだに、長い年月の
悲しみが縛られたように硬直し、その悲しみはあまりに
激しくて頬笑む事ができず、涙も流せないでいる様子。
時々彼女は、何か甘い記憶が
うんざりさせる現在を貫く時に、物憂げに
首筋を捻《ねじ》り、頭を上げるのだった。
時には彼女の両手が、過去の憧れの亡霊に弱々しく
促されたふうに、長い間《あいだ》愛し、また長い間《あいだ》失った人に
差し伸べられるかのような仕草を
見せるのだった。そのあとには、半ば聞き覚えのある
誰か愛する人の足音を迎える風情で
座席から少し身をもたげてみた。だが次の瞬間には
退屈な苦痛が再び元の通りに全てを呑み込み、
その苦痛の子である単調な忍耐、つまり生のなかの死が
奮闘からの生まれかかった安らぎを抑え込むのだった。

自分の足が、彼女の足もとまで
大理石の床を渡って自分を運び得るとは
ほとんど感じられず、自分の荒くれた眼を、
彼女の疲れ切った顔に向かって上げられるとも思えず、
自分の手が、あれほど愛している彼女の、開いた手に
触れる力を持っているとは感じられなかった。
それなのに《愛》の力は、彼の愛に飢えた唇を
親愛な彼女の両目、何が瞼《まぶた》を閉じたのかに気づかずにいる
両目に近づけ、次には今なお温かい彼女の唇に近づけたが
彼の唇はすっかり忘れていた――
二人の稔りある楽しさから生じた苦しみの事を。
《愛》は懐かしい彼女の足にも彼の唇を近づけさせた――
その足は昔、恋の嘆きを悲しく呻く男に与えた足だが。
この男は今、愛の欠如のために青ざめていた唇で、
また、痩せ果てていた頬で、この足にじゃれついた。

嘆きに凍結された彼女の心を、何かが解きほぐす事が
できるかどうか彼に判ったろうか。だが愛は怖れを殺し
言葉を宥《なだ》めて眠らせた――近くにいる喜びの眠りだ。
そうだ、仮に全てが変化して、あらゆるものが、この
押し黙った奇妙な生に落ちこまねばならないとしてさえ、
また、愛の徴《しるし》を求めての、全ての憧れと苦痛が
無駄に費やされた事になるのであってさえ、
仮に、この不思議なかたちで会う事ができた今も
なお別れたままで、これ以上によい希望を
何物も語ってくれないとしてさえ！ おお素晴らしい、
言葉にならないほどだ、ここにこうして彼女の足許《あしもと》に
寝そべって彼女を見られるのは！ この沈黙によるほど
僕の深い愛が、いったいどんな言葉によってより良く
聴き取られるだろうか！ だから彼は長いあいだ
何も語らなかった。そしてなお彼女は疲れた頭を
深く垂れて、彼を見はしなかった。
とうとう彼の心は体内で熱くなったので
彼は大声で叫んだ――「とっくの昔に
どんなに遠い昔であったか、今はもう判らない昔に
僕は罪を犯し*貴女を失った。その後の鬱々とした年月に
耐えてゆく希望はほとんど残されていなかった。
それなのに今、僕のこの手は貴女に触れている、
頬は貴女の膝に押し当てられている、
僕こそは、どのようにしてか、貴女の新たな住処《すみか》へ
やって来た、貴女の恋人、最愛の人である！」

*言いつけに背いて彼女を呼び寄せた。

彼女は動きもしなかった。苦痛の全てを満載した

過去の年月全てが湧き上がってきたので
どっと流れる涙が彼の眼を曇らせた。
その涙が彼女の手に落ちた時、彼女の頭部は動き、
足と手のあらゆる部分を貫くように
戦慄が走った。「おぉ恋人よ、あまり良くない事だよ」
と彼は啜《すす》り泣いた。「僕ら二人が別れているなんて、
僕の悲しみが君の心にのしかかったまま、
そして僕の心が君の心とともに窶《やつ》れるまま、恋人よ——
二人で二重の重荷を取り除くための言葉が、唇から唇へ
伝わらないでいるなんて——とうとう見つけたのに
貴女をしっかりと縛りつけている鎖はどんな鎖か？
僕の巨大な嘆きが重くて耐えられなくなって
君はこんなに冷たくなったのか？　可愛い大切な人よ、
僕は君の嘆きを背負い、それでも愛し生きているのに！」

　彼は身震いした。というのは彼女が、周りに飛んでいる
不思議な思いを掴もうと努めているように見えたからだ。
彼女は繊細な両手を握り締め、顔を顰《しか》め、
両足を目的も不確かなまま、動かした。
その間ずっと、周りに坐る乙女たちは
糸を紡ぎに紡ぎ、全く変化を見せなかった。

　その時、奇妙な考えが彼の心に湧き起こった——
涙を抑えて、自己の痛いほどの憧れの話を
細大漏らさず語り聞かせようという考えが。
それはサンザシの茂みのなかに自分が寝そべった
あの忘れる事のできない日にさえ遡《さかのぼ》る話だった。
彼が甘く優しい言葉の数々と情けある触れあい、
そして握りあう手、いつまでも続いたキスからなる
あらゆる幸せを思い起こした時に
彼の手が震えたかどうかは、神のみぞ知る！
彼女の胸から溜息が吹き出て、彼女が震えつつ
倒れた時に、彼がなおも震え続けたかどうかも、
神のみぞ知る！　そしてついには
彼女が彼から別れて行き、憎しみと心配の
下品な世界で耐え忍ぶに任せた時の様子を
語っている最中に
彼女の指は彼自身の指を固く握り返し、
情けある呻きに似た囁《ささや》きが
彼女の唇から漏れたのだ。彼はしばらくそのままでいて
顔の上では、戦《おのの》くような微笑が、流れ出さない涙を
隠した——それはあの侘びしく寒い朝に
彼女がいなくなっているのを見つけた事を
話した時だった。それとともに彼女は

頭《こうべ》をもたげて、熱心な目つきで
あたりを見廻したが、彼を見る事はできなかった。

「どんな希望もなかった」と彼。「最初のうちは
どんなに微かな希望も僕にはなかったのだよ、恋人よ、
どうやって生きたのかも判らない。大海も
大地、大空――これらが皆、あの日には
皆、僕自身の苦しい重荷になったのです、
まるで僕自身の手が働きかけて全ての事物を作り、
これらの力が皆、無に帰するのを見届け、その美しさが
滅びるのを見、あらゆる事物が、世界を満たす苦痛、
僕の心を押しつぶす巨大な苦痛の、人が気づかぬ
諸部分として無意味になるのを見届けるかのようでした。
それから最初には、重い扉をこじ開けるように
貴女の神聖な口許の記憶と
貴女の言葉の、あるイメージが訪れたのです――
貴女は、僕と幸せとを別れ別れにしたあの朝、
この言葉を口にしたのではなかっただろうか、
『あぁ貴方に判って欲しい、私の足はあまりにも間もなく
《太陽の東、月の西に位置する国》を歩むでしょう』と?」

重荷を投げ出す女のように、大きな溜息とともに
その愛らしい女性は立ち上がって
彼の前に立ったが、愛と喜びとで
激しく震えていた。あぁ何と！　もう一度
二人の優しい眼は、愛の成就に溢れて見つめあった。
とは言え、なお二人は離れて立っていた、
恍惚感の苦痛に動く力も失せたからだ。
やがて彼女の口許から、喜びの叫びが
鈴を振るように甘く突発し、彼のほうも
もはや恋の惨めさを忍ぶ強さを失って
この新たな喜びの愛に様変わりして、気が遠くなり
空中を彷徨《さまよ》っていた彼の手は、ほんの僅かばかり
彼女のほうに動いただけだった。しかし彼女は
彼の高鳴る胸の上に両手を巻きつけ
青ざめていた彼の頬にキスをして紅をさし、
彼の愛らしい苦痛の上にぶら下がって
ちょうど《春》が、若々しい夏の太陽に焦がれて
その太陽が《春》の優しい心を、果実多き《死》へと
誘《いざな》うように、彼を欲して已《や》まなかった。
からからになった彼の口は彼女の香りの良い呼吸を感じ、
疲れて燃えていた頭は、天国と言うべき彼女の胸に
もたれて休んだのだ。彼女の耳は
驚きとともに、彼女の情《なさけ》の籠もった言葉を聞いた。

彼の目つきと、物言わぬ静けさは
さらに多量の、多くの、たくさんの愛を求めていた。

　二人のこのように満たされた喜びが、周りの世界を
どのように動かしたかを、語り手の私はよくは知らない。
だがこの役立たずの夢は、こう語っている——
この沈黙の国はもはや静まりかえってはいなかった、
新しい喜びがあらゆる人の顔を明るく照らし、
嬉しさに満ちた恋人たちが、ちょうどこの二人のように
キスをして抱きあい、薔薇の咲く四阿《あずまや》のなかで
口から口へと歌が歌い継がれ、
四阿のなかでは、人びとは手に手を取り、花輪を被《かぶ》り、
こんなに長い年月、そんなに大きな苦痛を経験した
《恋の男》と《恋の女》を讃えに讃えた。
しかし噂では、まもなく二人が人びとのあいだを
しっかり手を取り合い、心と心がキスしながら
もはや《死》のこちら側では別れる事のない姿で
通り抜けた時にも、二人の喜びようは穏やかだった、
もはや別れはあり得ぬ、もはや——この幸せの日に
二人の挨拶は極めて穏やかだったと強調しておく、
まるで物思いに耽っているかのように装った挨拶——
あまりに喜び過ぎた二人の顔が
恋は決して満足される事はあり得ないという
この真実を隠しているように思われないために。

グレゴリーの眼に、朝の光の苦痛が
突然閃《ひらめ》いた。今しがた得られた喜びをすっかり忘れ、
全く孤独な気持で、彼は上体を起こし、
白い波頭を立てて寄せ来る潮の
速やかな群を照らす昼の明かりの輝きに
顔を顰《しか》めていた。彼のまわりでは
鴎《かもめ》がかん高く、大きく囀っていた。しかし彼は
海に眼を向けてじっと横たわっていたが
全く何も見ていなかったのだ。
やがて良くない考えに彼は陥《おちい》っていった。
この世界は何という、粗野で優しさのない場所か、
人びとは何という空虚な日々を過ごして
ゆっくりと死へと押しやられる事かという考えだった。
　その時、爽やかな朝の息づくそよ風に乗って
仲間たちの陽気な叫びが聞こえてきた。
大きな溜息とともに彼は身を起こし
向きを変えて灰色の急斜面をなす草地に向かった。
その下側の、香り豊かなタイム草の上に
彼らのテントが張られていたからだ。

仲間たちが斜面を降りてくるのを見、
また、たいそう活発な彼らの声を聞いた。
だがその朝はどうしても、全ての人間が
彼には、嫌らしく、粗暴に思えてならなかった。
彼らの話は耐えがたいものに感じられた。

　仲間があの小型船を海に降ろす時にも、
彼は脇に立ち、彼らの仕事にほとんど眼を向けず、
全く手を貸す事もなかった。
そのうち仲間には畏れのようなものが生じ、
こう呟《つぶや》いた――「あぁ、この星見男《グレゴリー》には
不思議なものが近づいてくるのが見えるのだ！」
　そこで彼らは押し黙って、その入江に
舟を進めた。やがて高い崖と崖のあいだで
風が止んでしまい、そのためオールを使って
両岸が岩でできた湾の真ん中を彼らは進み
僅かな言葉しか話さなかった。しかし今は
星見男の窶《やつ》れた額から眉間《みけん》の皺《しわ》が失せ、
薄っぺらな唇も前ほど固くは結ばれていなかった。
というのも、仲間たち、舟、陸地と海を、
彼は今、ほとんど忘れていたからだ。
そして目覚めた今、自分はまた夢に劣らず
《太陽の東、月の西に位置する国》に居ると感じられた。
正午になって皆が陸地に上がった時には
彼は全ての仲間から一人離れて
森や草地のなかへ赴《おもむ》き、技《アート》を用いて
蘇《よみがえ》ってくる記憶に対処したのだ。
すると彼の疲れた心を少しのあいだ慰めるべく
ある記憶は明確となったが、ある記憶は逃げ失せた。
彼はその記憶を皆、滑《なめ》らかな詩のなかに織り込んだ、
それは今述べた話が示すとおりだ。この話はしかし、
最後の部分の言葉たちが、彼の手が書いたものを
どの程度映しているのかを示していない。こう言うのも
彼は実際、大昔のあの極めて高貴な時代には
技《アート》の名人と考えられていたからだ。名人の言葉は、
我々今日の薄っぺらな黄銅、不純な鉛に比して
王者のための金に匹敵するとさえされていたのだ。
――さてと、まさにこの通りに話の全ては語られている、
いかに二人が一体となり、大きな幸せに至ったかを――
あぁ悲しや！　これは役立たずの夢ではあるが！*

*今日の愚劣さのなかでは「役立たずの夢」とされるグレゴリーの詩文も「大昔の高貴な時代」には価値あるものとされた事を訴えている。モリスをはじめ、ラファエロ前派が心に抱いた中世への憧憬を示すエンディング。世の物質化（一二世紀にもこれは顕著）への反逆である。

話を聴き終わって

（この小見出しは原著にはない）

その秋の日も、不思議な夢のような話も
吹いてまた止む風に乗ってその丘の頂きに運ばれてくる
谷の下の、遥かに遠い鐘の音《ね》のように、優しかった。
その鐘の音楽が過ぎ去ったように、聴き手たちは
不満のまま終わった昔の願望への悲しい思いを、
そしてとっくに絶え失せた苦と喜びを、背後に忘れた。
実際その苦と喜びは日々の諍《あらが》いの下に埋没して久しく、
あまりに苛酷で不運だったので、今更《いまさら》蘇らせる事も、
花でできた速やかに枯れる冠《かんむり》、奇妙な休息の花冠《かかん》を
それに与える事もできなかった。休息花の種は全く不明で
花冠《かかん》は次のように我々が咎めるうちにも枯れるので——
「なぜお前は今日私が求めもせぬのに手の下に咲くのか、
多くの災いの日にはお前の待望の香りが求められたのに、
得ていれば、私の病む心に速やかな治癒を与えたろうに、
私を若く保ったろうに。美しい休息花、ここで何をする？」

風が来て秋の靄《もや》をかたづけた。そしてその午後は
すっきり晴れていた。もっとも、微かに筋雲のある青空を
横切って、積み上げた丘のように巨大な雲が近づき、
その雲を背景に長元坊《チョウゲンボウ》*が飛ぶ黒い一点が見えたが。
それでも身震い混じりの平安には変化が生じなかったが。

*小型で強風に強い、隼《はやぶさ》に似た、鼠の天敵である鳥。最終行の「身震い混じりの平安」は、『地上の楽園』全編で強調される、死の前の安らぎの意か。

訳者より 3

読み終わった物語詩は、この詩の冒頭に施注したとおり、語り手モリスが虚構を示し、これを語るさすらい人の一人が作り事を語り、そのなかでグレゴリーという語り手が夢を見、この夢のなかにまた別の主人公ジョンが登場し、彼《ジョン》がさらに語り手ふうな役割を担う。詩は「これは役立たず(idle)の夢ではあるが」という言葉で終わる。だがこの「役立たず」とはどんな意味だろうか? 日本の竹取物語、羽衣伝説も「役立たず」だろうか?

さらにこの話はキーツの『エンディミオン』によく似ている。彼《エンディミオン》が求める月姫《シンシア》が美の象徴であるのに、この羽衣姫は深い象徴性を有しないという批判はあるだろう。だが彼《エンディミオン》が王であるのに対して、ここでの主人公ジョンは庶民のなかの庶民である。また彼は海の底まで恋する相手を探しに行かないから、この話は『エンディミオン』より現実的である。強調されるのは、庶民、つまり万人に可能な現実的純愛である。この愛の不変性こそが恒常的主題となり、何重にも拵えられた虚構の阿保《あほ》らしさを吹き飛ばす。

今読み終わった詩もそうだが、モリスのこの物語詩集全体を通じて、人間にとって最大に幸せなのは恋する相手と結ばれる事だとされているという印象を私たちは抱かざるを得ない。それ以外に地上を楽園と化する要素はあり得ないかのようである。これには訳出当初、訳者自身も不満を感じていた。しかも恋の対象が女なら絶世の美女、男なら王者か神的な強者でしかない事にも反発を覚えた。また女性の場合、「二月」第二話のピロノエーを除けば、特に賛美すべき精神内容を持ちあわせていないように描かれている。これを本詩集の欠陥だとして片づける事もできる。

だが訳出を重ね、校正を重ねるにつれて、十五年前に初めて本詩集に接した時の記憶が蘇った。当時、モリスの美女や豪傑は、人間の憧れの対象を簡潔に要約した抽象物のように感じられていたのである。キーツが用いたような、美の象徴というのではない。人の熱願・切望を話《ストーリー》のなかに具体化するのに、登場人物はうってつけの役割を果たすのだ。訳者の心が幼いのかも知れないが、読者を日常の物質性から脱却させ、異世界に投じて精神の浄化を果たす音楽に似た効能を見事に発する登場人物に惹かれてこの詩集を訳したくなったのだと、今は自分の心理を分析している。

なお、登場する美女は例外なく「ほっそりした」体つきと手足を有し、彼女らが日常行っている仕事の大部分は、糸紡ぎや機織りである。彼女らは歩く時「裳裾《もすそ》を持ち上げ」る。また手足の肌が露出するのを恐れる。これはヴィクトリア朝の常識だから咎めだてに値しない。むしろ後続の物語に登場するロドペーとアスラウグが、裸体となって水浴びをする場面で、モリスは時代の制約を打ち破っている。

なお、一〇六頁の訳注も参照されたい。

十月

キューディッペーの胸元へ林檎を投じるアコンティウス。彫像はディアーナ女神。
アンジェリカ・カウフマン (1741–1807) 画。第一話 134 頁下段参照。

十月

おぅ《愛》よ、変化のない海を見るのを止めて、
眺めよ、年老いてきたこの一年のこれら灰色の斜面を。*
森なす台地の窪地に靄《もや》を集めて
秋の香りのするその靄のなかで息絶え絶えのこの地面を。
そこでは風に打たれて並ぶ楡《にれ》の古木が、包み込んでいる、
灰色の教会、長い納屋、果樹園、赤屋根の全面を、
死せる人々のための死せる日々の作物を、抱き込んでいる。

＊「年老いた一年」は十月。「灰色の斜面」は、枯れてきた野や畑を描きつつ、白髪の老人たちを示唆。

《愛》よ来てくれ、我々の手も結ばれてよいではないか、
なぜなら我々は、六月を忘れても生きているじゃないか、
五月を忘れ、十月を嬉しいと思っているではないか——
——おぅ聴け、聴いてくれ、灰色の塔が奏でる歌較《くら》べを、
午後のあいだ響く、妙に古びて鈴のように鳴る調べを。
調べは甘く悲しく、苦労してきた一年の最後の吐息だ、
飽きるほど人生を生きて、死と闘う事のない心意気だ。

我々も同じだ、休息は優しく静かではないだろうか、
生の諍《いさか》いから逃れる休息、忍耐と苦痛から離れる休息、
いつ見つかるか判らない至福を諦める安息、
決して幸せの来ぬ恋を断念する安息は良くないだろうか、
一度は弱まっていた音色が、勢いを増すのを聴き給え！
愛の人よ、顔を上げて、密に抱きあい動かずに居給え！
如何にして生と愛とを十二分に得られるかを教え給え！

訳者より４

二行目を初め、詩全体が十月を人生の終盤に譬《たと》えて、一方では諦めの境地を歌いつつ、弱まっていた鐘の音がまた風に乗って大きく聞こえるように、なお、老いた「我々」も、加齢に抗して、生と愛を求め続ける様を歌っている。

十月最初の集まりを前に（この小見出しは原著にはない）

十月は我々の老人たちをある家屋へと誘《いざな》った。
家屋は柱も細く、白く塗られ、縺《もつ》れあう葡萄蔓と
葡萄を収穫する人びとの騒ぎのなかに静かに建ち、
その姿はまるで、悲しい失われ行く秋のなかに響く
老人たちの喜びを視界から隠したいかのようだった。
その日は、《夏》が疲れた足を、七月の最後の一段に
ようやく届かせた時――花柄の衣服を脇に脱ぎ捨てるのを
《夏》が躊躇《ためら》っていた時と同じ程度に暑かった。
老人たちの周りには、張り出し玄関《ポーチ》の白い柱列が並んだ。
太陽によるかのように金に彩《いろど》られ、血液、少なくとも
大地の血液に依る縞模様を身につけた乙女たち、
高い腰にベルトを締めた乙女たちが彼らの前を行き来し、
彼女らは情熱的で眼を輝かせ、明日を気にも掛けていず、
若い男を連れていて、どこから見ても、恋によっても
秋の季節によっても孤独感を抱かぬ様子で、どう見ても
希望の失せた眼や閉じた唇、内気な手をして、愛を求めて
祈るだけで満足するふうではなかった。むしろ実際、
必要な時に若さと生がたじろぐ事がないように
男が軽度に喜びに似たものを示すたびに彼女らは
葡萄蔓のあいだで、娘や男の見ている最中《さなか》に、わざと
見えなかったふりで男に纏《まつ》わりつく。だが今はついに
林檎集めのためにも時間が遅くなったのと同様、
その時間どおりの事を老人たちも行う。暫《しばら》くのうちに
今夕、話をする老人は厳粛な笑いを浮かべ、
話を聴きに来ていた一番美しい乙女をじっと眺めつつ、
こう言い始めた――「陽気な方々である皆様、悲しい話を
お聴きになるのを多分我慢して下さるだろう。だが今日は
私の話から、全ての希望を投げ棄てる勇気はないのです、
だからここに前もってお知らせしておく、
――最後までお待ちにならぬうちから
気持よく憐憫の情を抱かれるようにと。
結末は良い結末、穏やかなのです。締め括《くく》りの前には
風、波、人が、どんなに酷く荒れて人物を弄《もてあそ》ぼうとも」。

　語り手がこう言うあいだ、彼が見ていた人びとの
優しげな眼は、内気そうな瞼《まぶた》に隠された。
あの美女の若々しい頬には、さらに赤みが増して燃え、
唇は頬笑んだ――語り手が半ば悲しげな溜息とともに
この愛らしい物語を語り始めた時には。

アコンティウスとキューディッペー

あらすじ

デロス島にやってきたある男が、そこで高貴な乙女を眼にし、彼女への愛に打ちのめされ、彼女を勝ち得る以外の全ての事を価値なしとした。そして不思議なやりかたで、ついにこの目的を達成した。

昔、島育ちのある男——
姿も美しく、若く、賢く、勇敢な男が
エーゲ海を暫《しばら》く航行しているうちに
キクラデス諸島の最小の島デロス島に
船が向かい、そこに彼も上陸した。
そして、特にこれという目的もなく
船で来た他の仲間たちとともに漫遊《まんゆう》すると
ある優美な庭園に行き着いた。
海に揺られた男たちには美し過ぎた、と私は思う、
万一彼らが、青春と五月が地上に投げかける魅力的な夢を
逃れたいと願うような愚者であった場合には、また、
もし彼らが、若者の気楽な歓喜を、老人の手に委《ゆだ》ねて
自分では楽しまない奴らであった場合には。*

*若者は夢を追い、青春を謳歌するのが常。つまりこの四行は、その反対の傾向が若者に生じた場合に限って、庭の美しさは過剰、すなわち有害である、言い換えれば、そんな場合は生じ得ないから、庭は恋を生まずにはいない、の意。

こうしてこの庭園である事が生じた——
五月によって美しく飾られた木々の下に
彼らは日の真盛《まさか》りの時間に、腰を降ろし、
この素敵な季節の贈物を皆得るために
酒類を拒みはせず、おそらくは歌心を胸に持っていた。
けれども五月が彼らの足許に投げているはずの
良きもの全てを十分には見出せない気分で
自分たちの酒杯を満たす新たな喜びを
憧れもし、また常に期待してもいた——
いや満たし過ぎさえ求めていた、痛烈な変化で
けだるいだけの歓楽を全く異なったものとするために。
そのため一行のなかの最年少、ほかならぬ
先に述べた若者が、全くだしぬけに
歌を歌い始めた。歌はそれぞれの男の心が
自らに語っていた種々の思いを
相応《ふさわ》しく表すものだった。そして彼の喉《のど》が
音楽に合わせて動いていた時、半ば閉じていた眼で

見てしまったのだ、それはひと群れの
白い腕をした乙女たちが近づく姿だった。
彼女らは見事に整列していて、まるで何かの
重要な仕事に取りかかっているふうだった。

彼の歌った小唄

夜も素敵なら、昼もまた素晴らしい、
今、五月によって四月は忘れられたらしい、
今、五月は六月になだれ込みそうで真新しい、
麗しの昼よ、麗しの夜よ、おぉ僕に返して欲しい、
僕の恋人、僕の可愛い人以外の綺麗な景色、美しい
ものの全てを欠いていたあの季節を返しては呉れない？

　おぅ風よ、向こう向いて吹け、お前は親切ではない、
心地良い奴ではあるが。お前には心がある訳はない、
僕の可愛い人にその髪を巻きつけようという心はない。
おぅ花咲く芝生よ、確かにお前は輝かしい、
だがお前の喜びようを褒めるのは愚かしい、
だってお前はまだ彼女の銀の足に触れては呉れない。

　おぅ枝そよぐ木よ、お前は彼女をまだ知らない、
それじゃ僕に木蔭を呉れても意味ないじゃない、
蔭の中でも彼女の胸を一度も見ていないじゃない。
おぅ花々よ、君らがお辞儀をしても役には立たない、
君らはまだ彼女の香り良い衣服《ガウン》に触れてはいない、
君らの頭を超えた衣服を僕の唇に届かせては呉れない。

　流れ続けよ、大きな河よ——君は思うかも知れない、
遠い所で、夏の流れの中で君が見たなんて遣り切れない、
彼女の足が君の中で光ったなんて、君の気が知れない、
彼女の足に、また膝にも接吻したと言うのは止め給え、
それを止めて、さっさと海に垂れ込んでしまえ！
君は真実のひとかけらも僕に話しては呉れない。

　そして世間が僕の名で呼ぶ哀れなお前、
おぅ弱き者よ、お前は恥を知らない面構え、
あの時と同じ面《つら》つきでいるのは止《よ》し給え、
ほんの僅か前の事、僅かに以前のあのひととき、
お前と彼女が二人きりでいたあの時、
手も唇も涙も合体したあの時と違う顔でいて呉れない？

　弱まって嘆き悲しめ、死ぬ覚悟で横になれ、
おぅ、惨めな我が肉体よ、過去のものになれ、

だって甘い時間は短く過ぎ去って二人は離ればなれ、
おぅ愚かな心よ、お前は何という、か弱いものか、
破れよ、破裂せよ、彼女と別れずにいられるものか、
お前自身の愛の人、お前の思い女《びと》はここにいて呉れない！

（歌、終わり）

半ば閉じていた眼を通して見、彼の心を貫き、
夜明け空を横切るように雷が射抜き、
七月の嵐が目覚めさせた者のように
彼を立ち上がらせたものは何であったか？
何ら心の痛みもなく恋の歌を歌っていた時の
あのけだるさを打ち破ったものは何であったか？
通りかかった乙女全てのなかで、彼の眼が彼女の眼だけを
捉えたのは如何にしてであったのか？　他の乙女全ては
単なる映像以外の何物でもなかった。
その間彼女は、これら乙女全てのなかの、先頭でも
しんがりでもなかったのに——彼女が去ってしまうと
なぜ彼はそれほど、置き去りにされたと感じたのか？
彼の心のなかには、乙女たち全てのなかで一人だけ
優しく柔和な眼をして通り、彼を見て呉れた時の様を
描き出すイメージが焼きついていた。
すると今は、彼のまわりの世界が朧《おぼろげ》気な姿になり、
台地の上の素晴らしかった事物が、皆、
ほとんど価値のないもののように思えた。
そして、なぜ自分の陽気さが去ったのかを
考えるために、全く一人だけになりたかった——
他《ほか》のもののなかには何の変化もないのに
自分のこれまでの生が消え去ってしまい、
喜びが狭い範囲のなかにだけしかなくなった時に
自分がどこにいるのかも判らなくなったのが
なぜこれほど不思議に思えるのかを考えるために。
他の仲間は笑いと歌で、くすんだ世界の悪を嘲《あざけ》っていて
彼がそんなにも大きく変わった事に気づかなかった。
また、彼らの冗談が彼の気分に合致した時にも
大いに驚いた事には、軽薄にもそれらの冗談は
口籠もった一言で追い払われてしまった。

さてこの庭園からとうとう彼らは立ち去って、
この高貴な町を通り抜け、
この町で昔なされた驚異の事物を見物し、
多くの事柄について語られている有名な話を
聞いたのだったが、アコンティウスにとっては
これらの事は皆、夢のように思われた。
だが夜の翼がその場に被《かぶ》さり、

仲間が寝てしまうと、自分が陥った状況は
哀れに、そして驚くべきものに思えてきて、そのため、
《夜》は助けてくれず、一晩中彼は
疲れた眼をしながらも壁から壁へと寝返りを打った。
やがて東の空に朝の光が白み始めた。
すると、世界が変わったために心を突き刺す
名状《めいじょう》しがたい激痛がさらに激しく心をよぎったので
急いで彼は起きあがり、
小止みなく続く願望に促されて、追い立てられるように
あの花咲く庭園に足を向けたが、この庭で
どんな役割を自分が得てしまったのか、またなぜ、
この庭へ向かわなければならないのかは判らなかった。

今、《夜》の最後の希望も消え果てた時、
アコンティウスは庭園の門まで来ていた。
朝の淡い光のなかで、朝露で灰色に見える芝生の上で
チューリップが燃え立っていた。
昨日あの歌を歌った場所へと
近づいてみると、黒歌鳥《くろうたどり》の雄が
甘く、強く、歌を歌っていた。
もっともこの歌鳥は、ほとんど空が白む前から
昼間への挨拶を歌い始めていたのだが。

今アコンティウスは、何か強い魔力に縛られたかのように
足を止めもせず、頭には熱狂的な思いを抱きながら
この庭のあの場所を巡り歩いた。
あたりには白いサンザシが心地良い香りを
降りそそいでいて、人けのないこの愛らしい庭は
愛の神が自分の住処に持ち帰りたいと思うような
優雅な風物に事欠きはしなかった。
鳥たちは上手《じょうず》に歌い、軽やかな風は
まだこの《夏》とその虚しい後悔には無縁の姿で
新鮮な木の葉のあいだを吹き抜けていた。
風の笛は見事に鳴り、そして庭園を
その風が通って行くと、麗しいもの全てが目を醒まし
庭の花々の香りがかぐわしいなかにも、風が運んでくる
田園のすがすがしい薫香《くんこう》が感じ取られた。
その風が遙か遠くで海面にキスをしてきた
あの緑の入江の波の音さえ
木の葉のそよぎと歌鳥の声のにぎやかさのなかにも
時として聞こえてくるのであった。

こうしてアコンティウスは暫《しば》くそこを歩きまわり
他の誰にも、疑いもなく、これまで
生じたはずのない自分の哀れな状況に

なお驚いていた――少し前までは
世界が、変化して已《や》まない映像全てを見せながら
過ぎて行くのを見るのがあれほど楽しかったのに。
今はこの世界で、それぞれの一日が息絶えるなかから
良き生活を得るように役割を演じるのは極めて難しい。
そしてこの朝、大きな溜息を吐《つ》いて彼は見たのだ――
水平に射してくる黄色い陽光が、
朝露に濡れた草のなかを通る景色を、また太陽が
今日初めて木々を光で打つ様を、そして始まった昼間が
世界に頬笑む姿を。だが世界のこの夏の至福は
どんな点でも彼の幸せを増すとは思われなかった。
その時考えついて、彼はこう言った――
「間違いなく全ての叡智が僕のなかで死んだのだ、
努力さえすれば、人間が欲しがっている事物のなかに
僕が近づく事のできないものはないのに、
それなのになぜ僕の生は、燃え尽きた薪《たきぎ》のように
なってしまったのか？」――こう語るうちにも
歌鶫《うたつぐみ》の雄が突如として
その歌のなかでも最上の出来というべき歌を始めた。
だがこの鶫が、綺麗な調べで、この朝の
鶫の知らない災難をからかっているように聞こえ、
彼の気分をさらにいっそう淋しいものにした。

そこで彼は叫んだ、「お前は馬鹿だな、前向いて進め！
この世界はきのうの朝より、値打ちが
下がった事はないのだから。それなら進め、
そして、お前の足が、この魔法の国に初めて触れる前には
そうするつもりでいた通りに、勇敢な人びとのあいだで
自分の役割を果たせ！　この魔法の国で
全てが変わったけれども」。だが歌鶫《うたつぐみ》は
今は彼の脇から飛び去ってしまい、さやさやと静かな音が
近くに聞こえてきたのだ――そよ風は
重たげな葉を茂らせた木々のあいだで死んでいたのに。
これを聞いて彼は眼を上げ、振り向いた。
すると巨大な火が体内で燃え、
彼の心臓は一瞬、脈打つのを止めた。というのも
美しく花咲く野薔薇の茂みを背景に
膝元までチューリップに隠されて
彼の心が求めている女性を眼にしたからだ。
彼女の衣裳は、夏の季節を恋の歌で悲しくする
鳩の翼《つばさ》とよく似たものだった。
何か願っているものを急いで捜しているように
腰帯を高く締めた正装の姿だった。
彼女の髪は、純白の首基《くびもと》から頂点まで
絹の頭巾で束ねてあった。またその手には

銀梅花《ぎんばいか》の小枝を持っている。*

*女神ウェヌス《ヴィーナス》の神木。その小枝は官能愛の象徴。実際には彼女は両親によって処女の女神ディアーナに捧げられる筈だから、ウェヌス《ヴィーナス》の神木を持ち歩くのはディアーナ信仰に反する。これは両親の意向に抗する彼女の願望の象徴。

草地の雛菊から彼女が眼を上げ、あたりを見た時には
彼女は息を切らしていた――だが
やがて、彼女以外の何物も見ていない
男の、驚愕した眼を彼女は見つけたのだ。
　その場で、耐えがたい沈黙、
打ち破るのが不可能な沈黙のなかに二人は立ちつくし
恋のために二人とも顔つきが変わっていた。血潮は
激しく高鳴ったので、その数分の興奮で
人生の多くの年月が活気づけられたと言って
いいくらいだった。そんなに近くに彼女はいたので
彼は彼女の喘ぐ胸の上に、小さな青い静脈が
渡っているのが見えたほどだ。彼女のほうにも
彼の唇の震えと、眼のなかに湧き出る涙が
見えたかも知れない。
　彼は驚きが治まらない様子でそのまま立っていたが
今、彼女がよろめいたふうに半歩だけ
彼のほうに近づいた時、彼女の膝の前で
黒い芯のあるチューリップがお辞儀をするのを見た。
嬉しげな叫びとともに彼は、半ば怖れながら
両腕を差し伸べた。そして二人は
恋の巨大なる産みの苦しみのなかにあってさえも
互いに二人はそんなに近づいていたのであるから、二人を
一体とするのにほんの僅かしか残っていなかった――
その僅かは残っていたが、その一時間に二人は
固く結ばれるべきだった。膝と膝を合わせ、
頬と頬を合わすべきだった。一般に恋の物語は滅多にしか
うまく運ばないから、男は機を捉え賢く蛮勇を揮うものだ。
いやむしろ恋の物語では、愛する二人が近づき得る前に
愚鈍な時間が過ぎなければならず、
重苦しい日にちが次々と続かざるを得ず、
悲惨な状況によって多くが変わってしまうものだ――
そしてこの二人の場合にもそうなった。どんな恥じらい、
或いは怖れが願いに満ちた心と躯《からだ》の間に割って入ったか、
それを語るのは難しかった――彼らはなお躊躇《ためら》っていた。
二人は、自分たちは既に出会った、最悪の成り行きは
終わってしまった、とほぼ考えた。ちょうどその時、
男たちの物音が近づいてきたのだ――
大笑いと耳障りな言葉だった。彼女の愛らしい眼が
恐怖によって表情を変えるのを彼は不吉な驚きで見た。

彼には判った、彼女の心が今、他の人びとの事と
愛の過剰から生じる災いの事を
考えるようになったのを彼は読みとった。だが彼は
苦悩のあまり叫び声をあげ、
それでも為す術《すべ》なく立ったまま。それとともに
眼を横切るように靄《もや》がかかってしまい、
実際全てが失われたと思われた、今や
ほっそりしたチューリップの茎もサンザシの枝も
音立てて元の位置に戻り*　　*これまでは彼女の裳裾に押されていた。
彼女の顔の華やかさの全ては
この世から、少なくとも暫《しば》くのあいだは消えてしまい、
再び何もかも、浅ましく汚れたものになってしまった。

　それでも実際、その鮮烈な苦痛が
ある程度治まり、もう一度、思考する力が
彼の助けとなった時には、自分が夢見たとおりの事を
彼女も夢見ていたのだと思われてきて
成就した恋の情景を見たかったと望む事なく、
夜までには穏やかな気持ちになり、
告白しなかった恋の憧れによって優しい気になって、
最善を望み得る、高い見込みを思うに至った。
その時、彼の恋の助けとして《憐憫》がやって来た、
というのは今、現実には、なにゆえに悩んでいるのかが
判ったからだ。《憐憫》が来て、次には
粗暴な人間の子というものへの怖れと、愛する二つの心を
別たずにはいられない事物への強い憎しみもやって来た。
そして二人の周りの至るところに、まるで運命が
巨大な網を仕掛けていて、これが二人の足取りの邪魔をし、
二人の視野を曇らせ、二人が際限のない夜に捉まる――
このように思われたのだ。
そんな時には髪を掻きむしって
絶望のあまり大声で叫びたい気持ではあったけれども
彼はそれを抑制した。なぜならそんな振舞《ふるま》いでさえ
全く自分の助けにはならない――自分一人による忍耐を
どうしても、嫌らしい相棒とするしかないと
常に考えたからだ。疲れ果てて
その時彼は、ほとんど見る暇もなかった彼女の顔の故に
愛らしく思えてきたその場を去る事にして、
この日、遠方の人への憧れとは何かを身に沁みて感じた。

　けれども、絶え間なく続いた昼の光が
大地の上から消えた時には、うんざりする夜の間《あいだ》じゅう、
再び、前の晩に横たわっていたのとまさに同じような
苦しい思いをして寝そべっていた。しかし、

夜が明けたならもう一度、あの花々の咲く庭へ
行く事にしようと思ったのだ。
こうしてその夜は全ての時間を通り抜けたが
夜明けが来る前に、弱りくたびれて
彼は眠りに陥り、その朝は目覚めなかった――
町があらゆるところで賑《にぎ》わうまでは。
眼が醒めると彼は、彼女が人に隠れてあの場所を訪れ
彼を見出せなかった姿を思わずにはいられなかった――
彼女は唇を開き、顔を熱く火照らせただろう、
胸は喘ぎ、ガウンの帯は堅かっただろう、
袖口の留めははずれ、片方の白い肩から
ずり落ちた事だろう。彼女の灰色に澄んだ眼は
鳥たちと木々しか見えないので
驚いた惨めさのなかで動かなかったろう。
強まる日輪の光の下で、また、そよ風も止み、人びとが
朝のさわやかな静寂を打ち破るなかで、彼女は
悲しみに暮れながら、暫《しばら》くその場を去らなかったろう。
そのあと、希望の死滅を口にして
唇を震わせ、胸を波打たせ、
どっと涙を流し、過ぎ去った喜びのために
希望が満たされず、逢瀬《おうせ》が不調に終わったので
世を憎みながら家路を辿ったろう、

これも皆、僕のせいだ！――このようにして二人の生が
極めて哀れなものに思えたので、
彼の男らしさは皆逃げ去ってしまい
ベッドに身を投げ出すと
極めて痛切な気持で啜《すす》り泣き、また声を上げて泣いた。
やがて後悔を十分に嘆き尽くすと
初めて彼女の顔が彼の上に輝いたあの同じ時間に
もし彼女があの同じ場所に来ているとすれば、
彼女に会えるかも知れない、そして彼女の
惨めな気持を治癒できるかも知れないと彼は思い始めた。
こうして時間が過ぎて行き、
やがて世界の上に正午が訪れた。
その時、彼は然るべき場所に立って
彼女の足はどの草の葉を曲げただろうかと
恋の病に冒された気持のなかで考えていた。
その場で、右へ左へとうごめいているあいだに
嵐の海にいた漁師と思われる
一人の男、老いて貧しそうな男が
彼に近づいてきて、彼に挨拶して
こう言った――「この近くに
貴殿《あんた》が立っておるのは結構なこっちゃ、
だってこの島には長くは居《お》られんのじゃろ、

もし私《わし》が思うとおりに、貴殿《あんた》がクレタ島の船の人なら。
結構じゃと言うたのは、この場で見られるからじゃ、
毎日真昼になると、一つの群れになって
この島で一番綺麗な乙女子がやって来るからじゃ。
あの娘《こ》らは、あの恐《おと》ろしい女神《ディアーナ》に仕えておって
あの娘《こ》らがどう振舞《ふるま》うべきかを教えてくれる
その女神のところへ毎日、お参りに行くんじゃ。
長い年月、あの娘《こ》*は女神の信徒になっておる、
そしてこの庭園のなかの
*原文も単数。老人もあの娘を指した。
女神の神殿の近くに住んでおる。よく聞け、若いの、
このお参りをするのが絶対に必要なんじゃ、
なぜってあの日どんなせっかちな言葉が月の冠の女神《ディアーナ》*に
言われるとしても、
*ディアーナ。バレエでも三日月の冠を女神《ディアーナ》は被る。
まるで全身全霊が誓いのなかに入り込んだような
そんな誓いが守られているからじゃ——
ほれ見ろや、あの娘《こ》ら、来るぞ！　今夜貴殿《あんた》が死んでも
良い眺めを見といて良かったと思うじゃろう！」
アコンティウスは海の崖のように
青ざめてしまった、というのも老人は
門のほうを指さしたからだ。そこを通って
あのひと群れの乙女たちが、二人の立っているところへ
近づいて来たのだ。アコンティウスは

唇を震わせ、悲しげに眉間《みけん》に皺《しわ》を寄せながら
彼女たちのほうに向き直った。すると遠くに、
まるで夜に疲れた星々のあいだに昇ってきた金星、
明けの明星のような彼女を見つけたのだ。
集団の真っ直中《ただなか》に、彼の喜びの基が歩んでいた。
青いガウンに身を包んでいたが、その上には
五月の野から今しがた摘んできたような花々が
刺繍されていた。彼女は片手で愛《いと》しげに
一人の美しい仲間に触れていた。
この仲間は、肩から吊して、見事にも
金の弦を張った象牙のハープを運んでいた。
例の彼女は陽気に歩き、また僅かの苦しい思いも
心に抱いていないかのように見えた。
彼女が近づくと、アコンティウスは切なくなり、
嫉妬による本物の怒りで
心が燃え上がったのだ。
彼は彼女が相手に向かって楽しげに
何かを喋《しゃべ》ったのを耳にした——これは彼女の
魅力的な口許から彼が聞いた初めての声だったが
何を語ったのかを、聴き取る事はできなかった。
だがやがて彼女は顔をこちらへ向けて
彼を見たのだ、そしてそれとともに、喋るのを止め

瞼《まぶた》を深く閉じてしまい、
愛と恥じらいのなかなのか、身を震わせて
顔の上に、輝くような紅色を浮かべたのだ。
とは言うものの、もう一度彼を見る事もなく
彼の脇を通り過ぎた。彼の身体の骨組み全体が
情愛のために、ポプラの葉のようにぶるぶる震えた。

だが彼女が行ってしまうと、悲しみで眼も見えず、
長いあいだ彼はそこに立って口籠もった——「どうして
彼女は僕の惨めな様子に眼を留めなかったのだろう？
それじゃぁ、振り向くのがそれほど難しかったのか、
彼女の心も僕自身の心と、もっと似たような情《なさけ》で
恋しく思っているのを僕に見せるのが難しいのか？
おう大満足なんだな、僕から離れていたって、
大満足なんだな、僕を一人ぽっちにして、
そして貴女の心のなかに快楽を温めて満足なんだ、
僕にこんなに愛されているのが愉快なんだ、
そして悩みのようなものに心を動かされまいと
いつも気をつけているのだな——でも用心しろよ、
どんなに気をつけても陥落する事だってあるからな！」。

こうしてその場から彼は離れていったが
その場には何か秘密の呪《のろ》いがかかっていると思った。
何か眼に見えない遮断棒《しゃだんぼう》がその草を横切っていて
この棒を、心がどんなに命じても、足のほうは
越えられない。その日も、一時間、一時間と過ぎたが
時間の進みはどんどん遅くなるようで、その間ずっと
彼女の最後の表情を重い心で考えていた——
今はこう解釈し、次にはああ解釈した、
今はこの上ない幸せに、次には幸せの死滅に思われた。
「でもおぉ、もしもう一度」と彼は考えた。
二人が顔と顔を合わせる機会が得られたなら、
その時には疑いもなく、彼女の手による僕の報酬が
いかなるものであるかを僕は読み取ってみせる、
そしてその通りに、自分の生涯を導いてゆくぞ、
どうもそうなるかも知れないが、嫌な結末を
待つ事になるか、または、その甘い幸せを受けるべく
自分を強くして、恐怖や死についての考えを
投げ捨てる事になるかのどちらかだ——
でも今、どれだけ長く掛かるのかも知れぬあいだ
息を凝らして待ち、一つの秤《はかり》が別の秤を嘲笑い、
身も震える喜びかと思うと、身も震える災いになる——
これは耐え難い！　おぉ、本当に耐え難い！」

彼はこのように語った、苛酷な怖れと
まだ希望のある憧れとの、激しい苦悩を意識しつつ。
だが希望の破滅という重荷は感じていなかった。

さてそれからさらに三日が経った。
あの花咲く庭、彼の欲望の、鋭くも優しい対象の
受け皿であるあの庭園へと
毎日彼は、愚かしい希望を抱き、
心を炎と化して出かけて行った。毎日彼は、
乙女たちの一団が自分のほうに歩いてくるのを見、
震えながらこう言った――「今、今こそついに
きっと彼女の白い腕が、あの乙女たち全ての前で
僕の首筋に投げかけられるだろう。
或いは最悪の場合でも、彼女の眼が
従《つ》いて来るようにと合図してくれるだろう。
僕の心を確かに知っているというのに
僕の不幸に彼女が耐えられるなんてあり得るものか」。

そして毎日彼らは、あの庭園の真ん中で
出遭ったのだ。一日目には、彼女が
こっそりとした様子で、確かに彼を見てくれた、
愛を伝えるふうに。すると《恋》は、彼の心を
喜びの鋒《きっさき》の付いた矢で貫いた――
一分《いっぷん》が過ぎて、彼女は庭園を去り、
彼と遇う前に較べて、どんな具合にも彼を
より満足させてはいなかった。

二日目には二人の眼が合う前に、彼女は
顔を赤くして向こうを向かざるを得ないようだった。
彼女が去ってしまうと、彼は惨めな気分で
欲望で気もそぞろになって立っていた。

三日目がやって来て、彼の飢えた眼は
荒々しい憧れに燃え立って、彼女が通るのを見たが
それはまるで彼女が夢のなかの人のようだった。
まだ彼女が庭園から姿を消す前ですら
片手を握り締めて彼は自分の顔を叩いた。
すると苦痛以外の何物もなくなって
人の群れる街路にも海水が津波となって入り、
全てを押し流し、最後には
彼の身体を、緑の波打ち際近くの
砂浜に打ち上げた格好《かっこう》。だがやがて思考の力が
この彼を押しつぶす幻の暗雲を切り裂き、
眼からは、惨めな自分自身への同情から
再び、涙がどっと溢れ出た。

そして涙とともに思考の力がまた訪れて
かたちも定まらない苦痛と、それと合体している希望に
あい交わった——だがさらに大きな怖れとも交わった、
というのも彼は思い出したからだ、彼の船が
出航する時が近づいているという事を。
けれども思考の力はある程度役に立ち、
心情の無秩序な力を治癒してくれた。
なぜなら今は、もし生涯に亘《わた》って、愛が成就しないまま
一人取り残されたくないのなら
何かの手を打たねばならない状況のなかで
一つの役割を演じる事がどうしても必要だったからだ。

　そこで彼は立ち上がり、入江を、縁沿いに
端から端まで見渡すと
仲間の大きな船が、波止場のすぐ近くに
碇泊していて、岸辺と船《ふな》べりのあいだには
艀小舟《はしけおぶね》が、釣り合いよくオールを掲げて
遊弋《ゆうよく》していた。そして親船の横静索《シュラウド》のところに
水夫が立っていて、艀《はしけ》に向かって
大声で叫んでいた——確かに、言葉は聞こえなかったが
それでも聞こえたのと同様に、この震える若者《アコンティウス》は
間違いなく自分の事、自分がどこにいるのかに関して
叫んだのだと思った。そこで唐突に彼は
向きを変えて、誰も追ってきてはいないのに
逃げるように砂浜を走り、振り向きもせず、
ついには岬を回って、砂の波打ち際のある
長い小湾にまでやって来た。
ここで陸のほうを見やると、丸裸の海の崖を割るように
小さな川が流れている場所を見つけた。
小川は小さな流域を緑と化していて、
そこには茨《いばら》の木が生えていた。そして黄色い浜辺と
崖の灰色になった頂点の中間、
小川が崖と海から勝ち得た緑の斜面の上の
小さな囲い地のなかに
白く、低い小屋が建てられていた。
小屋の近くに立っていたのは
一人の漁夫で、家で手作りした灰色のフードが
白髪を覆っていた。こうしてやがて
アコンティウスはこの老人に近づいた。
なぜなら老人は、あの美しい乙女の群について
語ってくれた人のように思われ、
彼が胸に燃やしている恋の炎にまつわる話をさらに多く
聞き出せるかも知れないと考えたからだ。

来てみるとまさにその通りで
老人は彼を覚えていて
挨拶をしてくれた。そしてそのような人が
通例したがるとおりに、気の毒な人物の運を
妨げる様ざまな事について話し始めた――波や風、
変わりやすい時節、変わりやすい偉い人々の心。
そして最後にはこのアコンティウスが
老人に話があって来たのだと漏らすという
成り行きに至ったのだ――いかに、不穏な海から、
また仲間たちから、逃れたいと自分が願っているか、
そして仲間が出航してしまうまで
そこに隠れている事ができれば
金貨を差し上げたいと思うかを、話したのだった。
僅かな言葉で彼の願いが叶ったのは
不思議ではない。また老人は
全く真には騙されていないぞという笑みを見せたが
だからといって、彼が明らかにしたくない事を
知ろうとする好奇心も見せなかった。

そこでこの小屋に暫《しばら》く彼は住んでいた。
そこでは淋しかったし、あの憧れが間断なく
大きく強くなるにつれて、苦悩の全ても感じていた。

露の降りた夕暮れや日の照る朝から
暑い昼間が近づく時にはいつも
彼は自分を、この上なく孤独に感じたのだ、なぜなら
この時間には最も明瞭に彼女の姿が想像できたから。
「今は香りを運ぶ名手である正午の風が
彼女のガウンのなかで忙しいのだ」と彼は言う。
「瑞々《みずみず》しい姿で摘みとられた、彼女の頭上の花々は
今は地に咲きたい願望で萎《しお》れているだろう。
燃え尽きない生命の火を持った草も
彼女の足の圧力に押されて気を失っていよう、
蜜蜂は彼女の唇に出遭いたいのだけれども
恐ろしくて近づけぬ。雨燕《あまつばめ》の輝く眼は
美しく隠されて薫り高い彼女の胸の
神秘のまわりを凝視している。
僕は今、彼女の胸にだけ安息を得る事ができるのに――
――あぁ情《なさけ》をかけてくれ、貴女《あなた》、つれなき乙女よ、
幸せの得かたが判らない僕に幸せを与えてくれ、
最も高い手の届かない所にいる貴女よ、高みから降りよ、
この、紛《まぎ》れもない哀れな男を訪ねてきてくれ！
《運命》があらゆるものを与えている貴女だが
僕なしには生きて行けない事に気づいてくれ！
貴女、《世界の欲望の的》よ、僕を欲望してくれ、

この下劣な情火で、貴女の清らかな心を点火してくれ！
僕を救ってくれ、貴女は僕を全く知らないけれど
僕の事を全く気にも掛けていないけれど！
おぉ世界全ての女王たる貴女、かがみ込んで
僕の足の前に貴女の冠を投げてくれ！
話しかけてくれ、僕が貴女に話しかけているように！」

　このように語りながら、夕暮れに
夏の海の際《きわ》をそぞろに歩いた。
今日の命が失せた太陽が広漠とした水の荒野を
真っ直ぐに走る光で、見事な絵巻を広げていたが
それも急速に色褪せて灰色の夜となり
影法師が消えてゆくとともに、
遠い沖合まで切れ目なく続く波のうねりは刻々と
形なきものになり、静まる夜の中では
いっそう不思議な白い姿で音高く響いた。
変化して已《や》まない波頭《なみがしら》の泡は、幅狭い一線をなし、
砂浜とあの漁夫の小屋とのあいだで
潮に押されて岸辺へ寄せるたびに悶《もだ》えた。
——大海の傍をゆっくりと歩いていたので
やがて恋の情熱は夢のようなものになり
海を越えてくる穏やかな風は
顔の上の冷たい涙を乾かしてしまった。
その淋しい場所は、悲しげとはいえ優しげに見えた——
実際暫くすると、今ついに皓《しろ》い月が海の上を照らしたので
そこはほとんど淋しい場所に思えなくなった。
月は今なお、海が震えているのを見せてくれた、
少し前には海が、動く事のない
禿山《はげやま》のように見えていたのだったが。

　そんなわけで、今家路に向かった時には
その昔、恋の僕《しもべ》となった人に生じた、
数多くの天の助けや奇蹟の事を
夢見ていた。海の近くのあの丘を
登り終えて、今は明るい灯火のついた
小屋に着いた時にさえ、
食べ物や明かり、そして無駄話によって
彼の夢が完全に消え去ったわけではなかった。
そうだ、食べ物などとともに、やがて老人は
女神ディアーナを祝う大祭《おおまつり》が
いつ行われるのかについて
話し始めた。そうだ、その時には
あらゆる人の子のなかで特に自分は
まさにその愛についても話さねばならない——

こう思うとアコンティウスは気が弱くなり、涙が
両目を突《つつ》き始めた。というのも老人は
何かに取り憑《つ》かれたように、アコンティウスが
よく知っている、彼女の愛らしさ全てを
語り続けたからだ。そして今度は
生まれて初めて彼は、彼女が人びとのあいだで
どんな名前で呼ばれているかを知ったのだ。
半ばは残酷な苦しみのなか、半ばは喜びのなかで
彼は老人がこう語るのを聞いた——「本当の話《ほんと》、この
可愛いキューディッペーには、不幸から自分の生を
救い出してくれる男がほんまに必要なんじゃや。
て言うか、なぜならば、八月が来て小川の水が
土手と土手のあいだに細《ほそ》う流れるようになる前に
あの娘《こ》の家族が、ディアーナ女神の感謝を得ようと
あの娘《こ》を女神の物《もん》にしてしもうからじゃ。するってぇと
あの娘《こ》は人びと皆から尊敬はされるじゃろうがの、
だけんど結婚もせんで、時間とともに縮んでって
気むずかしい皺《しわ》くちゃ婆《ばあ》になりよるんじゃ」。

　老人が言い終わる前に、アコンティウスは
部屋のなかを歩き始め、老人は好奇心の眼で
眺めていたが、何も言わなかった。

アコンティウスは心のなかで思った——
「あぁ、彼女の姿が脇を通ると
馨《かぐわ》しい吐息のようだから、眼の見えなかった人も
視力を得、耳の聞こえなかった人も良く聴けるようになり
喋れなかった人も魅力的な話ができるようになり、
永らく死んでいた希望たちも墓から立ち上がり
荒野は庭園のようになる。
なのに僕はひとりぼち——ただ坐って手をつかねて
黒い翼の《運命》にかしずくだけとは！」

　こうして、人びとがその日の仕事を終えた時にも、
眠れないまま彼はベッドに寝そべっていた。
苛酷な《運命》を動かして自分自身の恋人を
得られるようにさせる何かの術策はないかと考えた。
おそらくは役に立ちそうな事を思いついて
こう言った——「明日には、熱い鉄が冷めないうちに
僕は鉄を打つ事にしよう」。
こうして頭のなかを奇妙な考えで一杯にして
ちょうど夜が明ける頃に寝入ったのだ。
しかし朝日に照らされて、影法師が
その長い斜面を這い上がってきた時には
何度も眼を開けていた浅い眠りは終わった。

そしてバネ仕掛けのようにはっと上半身を起こし、
白熱のように光る明かりは、もはや
秋の陽射しそのものに違いないと思い違えて*
禍々《まがまが》しい事の全てが既に起こってしまったと思った。
だが最後にははっきりと眼が醒めて
小屋のドアから彼は外に出て、
あの老人が低い磯波の上に、どのようにして
平底漁船を進めているかを見た。
老人は海から、朝の挨拶を叫んでくれた。
次には再び、秋に実る希望の果実を点々と
枝につけながら、小さな、緑草の斜面の上に
生えている林檎の古木の下に
彼は身を横たえて眠ってしまった。
眠りながら自分の悩みについて考えたのだが
考えている場所は同じだと夢に見ていた、
すなわちあの林檎の古木の下だと。
そのため夢のなかでも、歌声があたりの空気に
充ち満ちているのが聞こえたのだが
何も見えなかった。やがてそのうちに
星のように煌《きら》めいていた無数の海の微笑みが
薔薇色の霞《かすみ》によって隠されてしまった。

*女神ディアーナの大祭が行われるのは八月一三日。

これはものを隠すには驚くべきものだった。
というのは、この霞の真ん中に輝く一点が現れ、
次第に明るさを増して、アコンティウスのほうへ
真っ直ぐに近づいてきて、ついには
そのなかを一人の女性*が通り抜けて
見事にも裸体のまま
薔薇色の足で芝草を踏みつつ
近づいてくるのだった。彼には動く勇気も
話す勇気もなかった。なぜなら彼は《恋の女王《ウェヌス》》の事を
よく知っていると思ったからだ。女神は彼に笑みを見せ
この夢が朧気《おぼろげ》になった時にさえ
節《ふし》くれ立って灰色の、あの林檎の木の幹に
ほっそりした女神の手が確かに触れていた。
それからは夢の全てが暗闇となり、もう一度
彼は前と同じくそこに寝そべっているのだった。
だが夢に見た緑の芝生は燃えてしまったようになくなり
歌鶫《うたつぐみ》は歌も歌わずに、黒ずんだ緑の木の葉と
まだ金色の林檎のあいだを飛び過ぎて行き、
林檎の古木の、瘤《こぶ》だらけの根元には
まるでそこにだけ秋が来たように
林檎を収穫する人のバスケットが置いてあった。
それからまた夢を見ようとして、そのなかで、

*恋の女神《ウェヌス》。後の夢では彼の恋人を連れてくる。

先ほど覚えたあの素敵な名前を口にしようと努めたが
これはできなかった、なぜなら眠りは
遠くへ去ってしまい、今は、現実に彼は
気持の良い木陰に目覚めて
太陽の光が足の上にも這い寄っていたから。

それから彼は身を起こして、夜の夢から
勝ち得てきた幾つかの計画について考えた。
だがあの夜の半ば夢でしかなかった眼が見落とした
欠陥を毎日必ず見出すのだった。
成功の希望は皆、遠くにしかないように思われた。
あの夜に見た不思議な夢も
軽視するしかなく、夢は
何の意味もなく来て去ったのだと思われた。

いまや時は過ぎて行き、やがて彼は
自分の船が出航してしまったのを知ったが、
最大に希求していた事を思い切って実行するまで、
そしてあの美しい庭園で自分の恋人に会うまで
なお一日か二日、彼は待ったのだった。
庭園に行ってみると彼女を見かけた。彼女が彼を
見る前の顔の蒼白が隠していた微笑みも
彼は見た。すると彼の心は
同情と憐憫とで激痛を感じ始めた。
だがついに彼女が顔を向けてくれた時、
そして彼が、彼女の顔一面に
輝かしい血潮が広がり、そしてまた再び、
顔の蒼白がやってくるのを見た時、喜びと苦痛で
彼の心は二つに引き裂かれた。彼は彼女に背を向け
こう考えた――「彼女には業苦《ごうく》であるに違いない日、
そうだ、僕にとっても同様に業苦である最悪の日が
やって来るまでにはまだ長い時間がある、
その前にたくさんの良い事が起こりますように、
さもなければ《死》が全てを終わらせますように」。

その夜、宿の老人は、彼女の愛らしさを褒め称えて
今一度、彼の心を祝福してくれた。
そしてこう言った、「死んだあとにも生きられるように
いろんな手「女神崇拝《ディアーナ》」を打つ人びとなんて馬鹿《ばっか》じゃないの、
彼女のおっ母《かあ》の、厳しくて冷たい頑固さが
この美人さんを、生きながら死んだ女にするだけじゃ、
だって世界じゅうのいったい誰が、そんな誓い*を
守ろうと励む気になるかいの？」

*生涯処女でいる誓い。

アコンティウスは、自分が哀れに思えたために
夜のなかへそっと抜けだして、苦悩に満ちた祈りを
言葉にならないまま叫び出さずにはいられなかった。
それでも、また家に入ると
あのような話をもっと聞きたくなって
どうしても言葉に漏らさずにはいなかった。
そこで再び老いた漁夫は心に感じて
話そうとし、今は、そのような誓いが、古い昔から
賢明な人びとにはよく知られたものである事、
ただ偶然に口にした言葉が、その気の毒な女を
生涯に亘《わた》る奴隷にする事などを語った。
それどころか、女の衣裳の縁《へり》、髪の毛の束を
あの恐ろしい女神《ディアーナ》の祭壇に触れさせた
疾風といえども、その女の
麗しかるべき全生涯を災いに変えた事もある、
誓いを立てた女は全て、それほど気をつけて
恐るべき《処女《ディアーナ》》への誓いを守らねばならんのじゃ。
アコンティウスは老人の言葉を、まるで
夢の多い、浅い眠りのなかでのように聞いていた。
しかし後《のち》には、老人が話した事の断片が
きらり、ちらりと胸に現れて、彼の疲れた心を
混乱させたが、その心は一分《いっぷん》たりとも
恋の絆《きずな》から解き放たれる事がなかった。そして彼は
こうした事全てについての奇妙な夢を織りなしていた。

こうして時は過ぎた。アコンティウスは
自分が恋する女性に対して何の努力もできないままの
塞《ふさ》ぎこんだ生活をしていた。あの同じ場所で彼女に
出遭う事によっても、虚しい苦悩で
自分の魂を引き裂くのを容赦しなかった。
今はもう、気まぐれな希望が彼女の表情を変化させず、
顔にはどんな熱い欲望も燃えてはいず、
むしろ彼女の心は、絶え間のない悲しみと
確実に世間を感動させる事のできそうな*
そんな愛を抱いて、それを希求しているように見えた。

*ヴィクトリア朝の反映。愛しながら、事情によって処女でいる女は絶賛された。

――あぁ、そうなるのか？《愛》には進みたいように
進ませてもよい、そして軽薄な心の持ち主から、
愛した人が今や墓に休んでいる時に、無用な称賛を
受けさせるがよい、けれども最も頻繁《ひんぱん》に起こり得るのは
そんな愛によって世間が憎しみへと動かされる事だ。
だがさらに最も頻繁なのは、深く愛された女が
男のキスへの返礼に殴打を浴びせる事だ、
熱い涙が流れるのを見てほくそ笑む事だ、

死が最善の休息を持ってくるまで本来は黙っていたい
そんな男の真情から発せられた
苦悩に引き裂かれた苛酷な言葉に対して
ほとんど隠されもしない嘲りでもって応える事だ。*

＊誠実・恒常な愛はある種の女に嫌われ、蔑みを浴びるというこの世の現実。この部分はアコンティウスの恨みめいた想像である一方、モリス自身の実感だろう。

するうちに時間は、あらゆる希望を棄てるべき日へと
近づいていった。夏の遅い季節*が
到来していた。

＊地球温暖化以前のイギリスでは八月中旬は晩夏。

だがなお川の流れは、生きている人間の幸不幸に
何の関心もないかのように、緑の斜面を流れ下って
褐色をした海へと落ちながら、
常時変わる事のない歌を奏でていた。なおもこの場に
アコンティウスは住んでいた――美しい崖の斜面と
変化に富む大海の呟《つぶや》きの中間に。

全ての苦痛が完成される事になる日の
前夜には、眼を赤くして、顔を青ざめさせて
彼は古老の漁夫に
自分が持っている富をあらかた献じて
物語のなかでは賢者に向かって言われるような
そんな言葉でさよならを告げ、それからベッドに
這うように向かったが、なおも彼の頭は
枕の上で落ち着かず、やがて暁が
秋の稔りをもたらす霧を大地から引き去った。
またもや朝明けの光とともに彼は眠りに入り、
またもやベッドから跳ね起きた。
あまりにぐっすり眠りすぎたと思ったからだ。
また全ての希望が終えられたと思ったからだ。
そう思うとともに、困っている人間にとって
いかに《希望》が大切なものか、
いや、その最小の光でさえ大切であるかを実感したのだ。
そして恋の苦しみで眩暈《めまい》を感じつつ、
玄関から外に出て、黙ったまま
果物の生《な》る敷地に立った。
晴れて美しい朝は静かだった。
香りの良い靄《もや》が大気のなかにあった。
あまりに穏やかな日だったので、春がもう一度、
死に向かいつつあるこの一年の上に
腕を投げかけて、そのキスによって
失われた世界を至福の夢に蘇らせるように思われた。

今は木の下で彼は崩れ落ちてしまった。
近くの芝生は乾いていて褐色だった。
ただ、瘤《こぶ》の多い木の根もとのまわりにだけ
緑の草地が広がっていた。枝に垂れていた
金色の林檎《りんご》が、今は地上に落ちたものもあった。
春に生まれたばかりの大鶫《おおつぐみ》があたりにひそんでいたが
歌は歌わず、だが流れのほうが上手に歌を歌い、
海も、優しげな語りを奏でる事ができた。
今は彼の褐色の帆をした舟が一艘だけ見えた。
日の出前にあの漁夫は既に出かけていて
岸辺からは五キロほど離れた波の上で、
滑らかなオールさばきでゆっくり進んでいるのだった。
この日はこれらの光景と音にたいそう慰められて
芯から疲れていたアコンティウスは、まもなく
以前と同じようにまた深い眠りに落ちていった。
そして今また夢見たのだ、そしてこの日でさえ
この斜面の一点からまだ立ち去ってはいなかった。
今もまた夢のなかで、眼に見えない歌い手たちの
声を聞きつけ、しかももう一度、
海岸を横切るように薔薇色の霞が広がって
彼は眠りのなかで、ぼんやりした記憶に
触られていた。皺《しわ》を寄せていた額は
滑らかになり始め、幸せそうな微笑が
長きに亘《わた》った恋の疲労を紛《まぎ》らせてくれたのだ、これは、
ちょうどその時、この霞のなかから、あの裸体の女神が
微笑みつつ現れたからだ――だが女神だけではなかった、
というのも、くうくうと啼《な》く夏の鳩を思わせる衣服を着た
彼の恋人の姿を、女神は
ほっそりした震える手で支えていたからだ。
間もなく彼は、この二人が自分の頭の近くに
立ったと思った。ウェヌス《ヴィーナス》の足のまわりには
秋の季節の乾ききった大地から
色が変わる春の花々が美しく飛び出してきた。
海風が、女神の長い頭髪を、その裸体の脇腹に
吹きつけており、女神自身の庭園から摘《つ》んできた
百合と薔薇の花が、この女神にとっては
腰帯になっていて、花々の短命な美よりもさらに麗しい
女神の純白な首筋と胸とを引き立てている
眼を瞠《みは》らせる金細工ともども、その肢体を飾っている。
そしてその間ずっと、女神の共連れである鳩たちが
幸せを変化させない眼をして、女神すれすれに飛び、
驚嘆すべき女神の手足にキスせんとする。だが奇妙にも
女神が、変化を蒙《こうむ》らない愛らしさのために
言葉では言えないほど美しいにもかかわらず、

愛の神秘によってアコンティウスは、
この素敵な夢を見ながら口を開けて寝そべり
彼の恋人の、彼を憐れむような眼から
自分の眼を離さないという事が生じたのだ。
最後には彼は起きあがろうと努める夢を見、
その夢のなかで、手と手を取り合う触れあいのために
気が遠くなるように感じた。だが悲しや！
この優しい夢という玉の帯は、この喜びの緊張が強過ぎて
ぷつりと切れてしまい、彼は木の下に残されて
絶望的な苦の現実に目覚めた。だが暫《しばら》くすると
新たに芽生えた不思議な思いが彼の気分を慰めた。
再び彼は、ほとんど眠ったと言っていいのだろう、
あの裸体の女神が彼のほうに近づいてきて
日光が彼の顔を突き刺したのだ。
そこで彼は同じ木の下で、今度はすっかり目覚め、
溜息を吐《つ》いて膝まで起き上がり
あの林檎の古木の下の、手が届く近いところに、
一つの林檎が落ちているのを見たのだ、
巨大な、滑らかな、金色の林檎が。
夢の気分で林檎を廻してみた。また同じ気分で
血のように赤い、長くて尖った茨《いばら》*を
手折って握り、そのあと

*筆記用具になる。

ギリシアの人びとが使う言葉で
林檎の肌にゆっくりと、こう書いたのだ、
何らそれを意図しない者がするように――
《アコンティウスとわたしは今日結婚する事になる》と。
それから、人目を盗むようにして入江の彼方まで
一目見ると、震えながら斜面の下へ降り、
急ぎ足で街中へ入っていった。
街では人びとが、この大祭《おおまつり》のために盛装していて、
誰もが嬉しそうに、輝くようにして、
ディアーナ女神の神殿に足を向けている――
アコンティウスもまた、その神殿に向かったが
ほとんど彼の足は、地を歩いているのか
空中を漂ってのいるかさえ判らなかった。そこへ来ると
祭壇の近くに立つ場所を見つけた。
やつれた目をして、この処女女神*の彫像に
彼は眺め入った。
この女神の怒りの様《さま》は、人も獣も震い上がらせるものだ。

*ディアーナは月の女神だが、狩猟、処女性の守護神。

　やがて儀式は始まった。
数多くの戦士や偉大な人物が
この苛酷な女神を礼拝し、やがて
神々が希求する全てのものを、この女神は

たっぷりと得たのだ。そしてアコンティウスは今、
曲線状の角笛が鳴るのを震えながら聞いた――
それは乙女たちがやって来る先触れだったから。
金で飾られた吟遊詩人のガウンが今通り過ぎると
彼は気を失いかけて、ほとんど立っていられなかった。
だがそれとともに彼は白い衣裳が
はためくのを見、また彼自身の恋人の
身内の者たちが、祭壇のほうに
近づくのも眼にした。あちらこちらに
こうした美しい娘たちの母親たちが
娘に連れ添って歩いていったが、どうやら誇らしげで
娘たちが得る事になる名誉*を見たいと願っている様子。

*ディアーナ女神の侍女となる名誉。

　今や飢えた眼をした彼は、このような優美な人びとを
落ち着いて見続ける事ができなかった――
一人、また一人と乙女たちは彼の横を通って行ったが。
彼の手足は震え、目は回った。
伸べられた手と慎ましやかにうなだれた頭が
震える乙女たちの誓いを強化した時、
彼女らの言葉を彼が聞いたとしても
その意味を全く彼は理解しなかった――

――なおも彼女は来ていない――これはどうした事か？
幸せへの希望の暗い死滅と同時に
彼女もまた死んだのか――あぁ、彼女は死んだのか？
それとも彼女はベッドに横たわっていたのか？
口許を喘《あえ》がせ、輝く眼が据《す》わり、
全ての憧れが過去のものとなり、去ってゆく生の
静まりのなかで、これからの新たな生への大きな驚きを
待っていたのか？　こう考えるうちにも
怖れに満ちた苦痛が巨大な奔流となって
彼の血流を皆塞《ふさ》いでしまった。瞬時彼は
ものも見えず、よろめきながら立っていたが
その時空気が、大きな変化を帯びたように思われた――
天国的な香りがしたのだ。死を想像した恐怖が去ったが
だが希望は名ばかりとなった。彼は自分が
人びとの幻影のなかにただ一人、いるように感じた――
ただ一人、いや今、入って来た彼女とただ二人きり。
彼女は裾を靡《なび》かせ、軽い足どりで
神殿内の壁の一隅を通った。
時間が経ち、彼女は、彼が立っているところに
近づいたのだ。その顔は
彼に向けられ、しっかりした表情の眼は
彼の眼と出遭った。まるで誰かに、まさにそんなふうに

互いを見つめあうように命令されていた場合と同じほど
驚いた様子もなかったのだ——彼女は蒼白くなっていた。
その香りの良い呼気は（彼女の恋人には
音のない呻《うめ》きに思われたが）、半ば開いた彼女の唇を
ほとんど通り抜けられなかった。悲しみに沈む眼と
長いあいだ遠望されていた《死》の神秘を隔てるベールは
この上なく薄いと感じられた。
青い静脈の浮いた彼女の手は弱々しく、その足は
まるで全ての意志が身から失せたかのような歩みで
桃色に彩られた祭壇への階段に触れた。
背も高く美しい年上の女も、彼女と並んで
歩いていた。女は見た目には高貴で、
彼女そっくりだった——違うのは冷淡な高慢と
彼女より二十年多い月日を経ていた事だけ。
二人が涙を流していないのも、内実は異なっていた。
これは間違いなく彼女の母だ、そして今日の日が
見事に達成してくれるはずの事に対して
喜びの火照《ほて》りが女の厳しい顔を明るくしていた。

だが長い行列が流れるように通って
神殿内階段の最後の一段に
あれ程愛されながら、虚しく愛された彼女が立った。

母親は娘から遠ざかり、後方に下がり、
しかし娘の、あの恐ろしい誓いの言葉の
最初の一語を聞き漏らすまいとしていた。
惨めな女と惨めな男が、極めて近くにいたので
それぞれが相手の呼吸を聴き取れるほどだったし、
二人が麗しい希望の死滅に至らないこちら側にまだいて
いまなお胸と胸をぴたりと合わせてもおかしくなかった、
そして人生の苛酷《かこく》から少しの休息を得てもよかったのに、
また苦痛のなかなら少しの喜びを得てもよかったはずだ。
　おお疲れ果てた心と心よ、この努力と愛は
みな意味を失うのか、無に帰してしまうのか？
——もう一度、緩慢な足どりで彼女は、最後の段に
身を動かして、音も立てずに
アコンティウスのほうに向き直った。
彼は何も語らなかったが、ついに誰か優しい神に
促されたかのように、あの林檎を彼女の胸の折り目へと
投げ入れたのだ——もう一度彼女は
そのまま先を急がず、その間に、これまでは半ば
死んだように蒼白だった可愛い顔が大きく紅潮した。
するとその場の人から人へどよめきが起こった、
それほど彼女のこの姿は美しかったのだ。また何人かは
林檎が彼女の胸のなかに落ちこむのを

見逃さなかった。さて怖れと希望の双方を抱いて
今アコンティウスはそこに震えていた時、
そして母親が彼女の傍《そば》にやってきた時、
キューディッペーはその高貴な心のなかから
怖れと恥じらいの両方をかなぐり捨てて
あの処女の守護神《ディアーナ》の祭壇の上に
美しい右手を載せ、しっかりと金色の林檎の
まわりを握った。そして声も立てずに
唇だけが動いた。彼女は眼を上げて
まるでその大理石の彫像に、
人間性と、愛と憐憫を
吹き込むつもりであるような、大変な熱意を籠めて
その女神の彫像を見詰めた——それから瞬時、
恋人に向かって彼女は顔を向けたが、その顔は
愛に満ちていて、まるでこう言っているかのよう——
「今日を限りに、私たちの苦しみは終わりです、
幸せな生、それとも死によって、様変わりです」。

　だが彼はなお心配で、息を詰めて
母が彼女の許に駆けつけるのを、悩みの消えない眼で
見ていた。「お前、そこに何を持っているの？」と
母親が言うのが聞こえた。「ちゃんと誓いを立てたの？

お前が言った言葉は一つも聞こえませんでしたよ」。
　次には彼女の可愛い声が彼の躯《からだ》全てを戦慄《せんりつ》させた——
「善い事も悪い事も、一言も唱えませんでした、でも、
この林檎が、私に替わって唱えてくれた、言うじゃない、
書かれた言葉による誓いがどんなに力を持つかって。
と言ったって、私はこの言葉を一つも書いてはいません、
それに、私が今朝初めてここへ来た時には、
心のなかにこんな事、何も考えていませんでした、
それどころかここで恋と希望を棄てて、自分が孤独に
なる事を誓うつもりでした——なぜなら、
私の承諾なく始められた生の日々は
うんざりする迷路にしか見えなかったからです。
この迷路の果ては絶対に見る事はできなかったし、
その果てに何が来るのかも判らなかった——でも今は
私の生を後ろ向きに投げたりしません、生を
母様《かあさま》が用意した、深く掘った、抹香《まっこう》臭い墓に投入しません、
私は今日この日、あらゆる事を救い出すか、
でなければ、全てを終わりにするかのどちらかです」。

　すると神殿に沈黙が立ち籠めた。
母親は、顔をしかめ、しかし手は震わせて
あの運命の林檎を、娘の手のなかから

取り上げた。そしてその僅かな、書かれた言葉を見、
それが何を意味しているかを知った時、
母親は青くなり、大急ぎで、
不思議そうに眺めていた神官たちに、この最中に
何が起こったのかを話してくれと頼んだ。

その場で神官たちは、声をひそめて暫《しばら》く話し合った、
《欲情の女神《ウェヌス》》によって
聖なる《処女神《ディアーナ》》の烈火のなかに投じられた
このような騙《だま》しを、どう処理すべきかについて。
にもかかわらずこの神官たちには
祭壇の上に置かれてしまった書き物は
十全の誓いであると呼ばざるを得ぬと思われた。
次には何人かの神官は、怒りと怖れを露《あら》わにして
この《処女神《ディアーナ》》の恐るべき怒りを
強硬手段で逃れる事ができるのであれば
これら二人が死ぬための死に方を考えるべしと命じた。
神官たちはなおも恐怖を募らせて、さらに残酷となり、
この薄暗い神殿は恥ずべき言葉を聞いたのだ、
灰色の顎鬚《あごひげ》がもう一人の顎鬚に向かってうち振られ
年老いた眼と眼がさらに獰猛《どうもう》になった時には。

しかしそうするうちに、群衆のなかから
大きな呟《つぶや》きが起こった、というのも、どのようにしてか
この顛末《てんまつ》の噂が、人から人へと
伝わったからだ。そしてそれとともに
何か神が贈ったような、魅力的な喜びが
そこにいた人びと全ての心に生じ、やがては
おのおのが、自分自身の魂について
熱愛されたり心から愛したりする様を想像したらしい。
そして誰かが「年寄りの神官たちは
その恋する二人を殺す気になっている」と叫んだ時、
猛烈な叫びが秋の空気を引き裂いた。
「とんでもない、二人を結婚させろ。《愛》の命令だ！」
だが老神官たちは、どちらの手にも死と恐怖を握らされて
黙って坐っていた。ついには一人の神官が
こう言った――「心配なさるな、我々ではなく
この国全部が、与えたものを取り戻す事*になろう、
多数を相手にしては一人では競争にならん、
なるようになれ、彼ら自身が償《つぐな》いをするじゃろう」。

*因果応報の意。ここは神官たち自体を宥《なだ》めるための発言。

「そうだ、なるように」と次の神官。「死ぬ運命の
人間ども、自分は死なんと思っておる人間どもの

愚にもつかん話にもかかわらず、全ては終わるんじゃ、
誰か訳の判らん神の命に煽《あお》り立てられて、
熱心な手で恋を掴み取って
そのために大きく育つ《死》を呼び寄せておいて
それでいて愛は決して死なぬと、ぬかしおるけれども。
なるようにさせよ——彼ら自身の心のなかに
突いて引き裂く苦痛の種を、彼らは持っておるから。
《白い手の女神《ディアーナ》》よ、弓の弦を立派に引き絞《しぼ》り、
裾を翻《ひるがえ》して、生の森が縺《もつ》れている最中《まなか》に分け入って
奴らを追跡なさる必要がどこにあろうか？
あなた様《ディアーナ》はご存知だ、《運命神》は深い恋をし過ぎた者に
どんな仕打ちが適当とお考えになるかを*——

*ギリシア・ローマ神話では、一般の神々は《運命三神》の決定を覆せない。

恋は、相手を見て触りたいという狂おしい欲望じゃ、
地上の全てのなかで只の一点*だけが奴らには
何らかの価値あるものに見えるんじゃ。

*性器を暗に指すか。

聞いて楽しい大地の数ある音曲のなかで
一つの音だけを奴さんどもは聞くに堪えると思う。
そして見るもの、聞くもの、住処《すみか》とするもの、
また、一個の顔への優しげな愛撫とやら、
これらは禁じられたもの、常に許されんもの、
或いは許されても、さらなる災いを産むためのものじゃ、
ほんの暫く許されるだけじゃ、こいつらがもっと深々と
災いのなかにのめり込むようにするためじゃ——
——恋をしない人びとには、より値打ちのある物事が
許し与えられるぞ——手も届かなんだ物が近くに来るぞ、
見かけは楽しげな事が無意味になるぞ、
そして彼らには奇蹟が起こるんじゃ。
自分以外の、も一つの心を動かそうと躍起《やっき》になって
も一人の人間の愛を得ようとあくせくして
呼吸《いのち》を無駄に使うなんて事をしない人の手の下に
全ての大地と天国が横たわっておるのじゃ。
この場の皆さん、二つの心が
互いにくっつき合って、やがて二つが一体となり
その時、どちらも孤独にはなり得なくなる、なんて事は
軽くできる事、小さな事とお考えではないかの？
こんな事を生じさせる人びとは皆
常に必ず孤独に陥るのだと
全ての者が誓って語ったのを知らぬ奴らは馬鹿者じゃ。*

*神官らしく、恋の成就のあとに不幸が訪れるから、成り行きのままに放置せよと説いて、実は二人の恋を認める言葉。

今もこれは真実、昔もこれは真実、
今後いつまで経ってもこれは真実じゃぞ、
この世界の流儀が消えて無くならんうちはな」。

　こう語った古老の神官は白い顎髭《あごひげ》の男、
蒼白い、皺くちゃの顔をした男だった。
しかしポーチのほうにこの神官が向かった時、
その頬には赤い一点が燃えていて
その眼はぎらりと輝いた、なぜなら、見るがいい！
祭壇の金の角《つの》に寄り添うように
疲れ果てたあの二人がついに並んで立っていて
互いに両腕を相手に巻きつけ
語られたとおり、今はもう二人ではなく——もはや一体、
《運命》が何を持って待ち構えていようと一体だった。
生きていても構わない、死んでも構わない、
それぞれが相手の呼気を口許に、そして頬に
感じ取る今、また多くの言葉を——
二人を除く世間の全てが聞く事のできない言葉を、
いや聞いてもほとんど理解できない言葉を
それぞれが相手に語り、言葉全てが吉兆《きっちょう》と感じられた。
その通りだった、この世界の大いなる凶事の最中《さなか》で
二人の人生の期間が長くなかったとしても。
二人が死なねばならないなら、おお辛いが嬉しい事だ！
おお嬉しい事だ、あまりに甘美な事だ、過ぎ去る《時》、
彼らにお構いなく過ぎる《時》が、彼ら二人の腕を、
これからの長い年月、変化が全く近づく様子もなく、
そのように互いに巻きつく形でもし目撃するのならば！

　また、この物語は、何か災いが二人に降りかかったか
そうでないかは語っていないし、私は聞きたくない。
ついにアコンティウスの勝ち取ったキューディッペーが
サフロンの衣裳を着、美しい花冠を被《かぶ》り、髪を解《ほど》いて
街中《まちなか》を歩いた時に、めでたい事だと思わぬ人は僅かだった。
この時にはなお残る恥じらいが少しこの二人に見られた、
全ての怖れが今や過去の話となり、
しかも二人は全く孤独ではなかったからだ、また、
太陽が、喜んで人間たちから、あと少しばかり
労働を得たいと願っていたから、そして
唇をしっかり閉じた《夜》の奴を自分の陽光という
牢屋のなかに閉じこめておきたがっていたからだ。*

*最後の四行は難解に思われようが、第一義的には、新婚夫婦が夜の来るのを待ちこがれる様を描いて、二人の恥じらいの原因を示している。しかし、もう一つのこの四行の効用は、昼がなお永く続く事で人間の生の永きを、また、《夜》を陽光の牢屋に閉じこめておく事で人間の死を遠ざける様を示唆。しかし、モリスはここでも、やがて日没が来て、アコンティウスとキューディッペーも、他の人間も、やがては世を去る事を匂わせる。長調の旋律のなかに、短調への転換を紛れ込ませる点で、この二五編の長詩の基調とこれは合致する。なおキューディッペーが林檎の言葉を声を出して読みあげたとする要約 (Boos II: 130) は何かの勘違いであろう。

話を聴き終わって

（この小見出しは原著にはない）

話が終わると、少しばかり沈黙が続いたが、
若い人びとのあいだの、陽気で奔放な声で、この沈黙は
間もなく破られた。聴き手の中にはまだもう少し沈黙が
続いて欲しかったと思う者もいたが――彼らの甘みのある
苦痛が、この古い物語の言葉のなかから捉えられた
希望や考えによって、さらに甘いものにされたかった――
遠回しに告白された愛が、大変優しく賢くしてくれた
考えこむ眼によって、さらに強烈にされたかったからだ。
しかしこれら両者は、他の人びとのなかで、思い思いに
労苦と、苦労の多い愛のあいだで、自分にできる程度に
この短い十月の昼間を潜《くぐ》り抜けようとしたのだ。
もしそうなら、おそらくは、優しく静かな夜が
それほど気苦労に満ちてはいない様ざまな夢で
彼らの、話に感嘆する愛情に報いるかも知れなかった。
　だが老いた人びとは、搾《しぼ》った葡萄汁の樽のまわりで
実を取り払われた葡萄蔓《づる》をかきわけてゆっくり散歩した。
そして彼らにとっては、真昼から月の出までのあいだ、
蔓のもつれる太陽に干からびた斜面の上で沸騰《ふっとう》していた
話のなかの隠された憧れ、奔放な願望、陽気な希望は、
慰めとなるショウだった。彼らは固く決心していた――
記憶の痛み*に自分たちのこの日を台無しにさせまいと。

*先に刊行した本書の姉妹編で、この《さすらい人たち》は大変な苦労をした。

恐怖はもう長いあいだ、休息がやってくる前に
無視されていた。こうして姿を変えた西空は
太陽に忘れられて、今は靄《もや》で灰色になっていた。
引きずられ汚れた葡萄の髭蔓が作りなす迷路を通して
彼らが振り返ってみると、月は高く昇って輝き、
宵の口の鉛色を貫いて、その美しい邸宅の中の赤い灯が
燃えていた。吟遊詩人群の引き締めた弦とリズム豊かな
歌声が、今はゆっくりと家路を辿る人びとの、
山あいの切り通しの道に漂う霧のなかを進む時の
多様多彩な音に混じりあって聞こえた。
この短い散歩の時間の、さらに短いその先の時間が終わり
心のなかで老人各々《おのおの》は、完全に孤独ではないと考えた。

十月第二回の集まりを前に

（この小見出しは原著にない）

衰えてゆく一年がもはや僅かにしか人のための喜びを
もたらす事のできない十月の終わりに
人びとはこの都の大きな迎賓室《げいひんしつ》に坐っていた。
そこは大変海に近かったので、夜が静まる時には
低地の港に寄せる波の音が聞こえたかも知れなかった。
だがその日には激しい風と雨が、大地をも海をも
騒音で満たしていて、街路には
人も吹き飛ばしそうな疾風を気に掛ける人影はまばら。
しかし部屋のなかは小宇宙だったので、
地上での人の歓談に激しい戦闘を挑んでくる
疲れを知らぬ吹き降りとなって部屋の強固な壁を襲う
どよめきのなかにあっても、平和そのものであった。
暖炉の火は煌《きら》めきつつ燃え、戸外の騒音にもかかわらず
火の明かりは、天井と壁との金の上をさらに明るく
照らして、この美麗な部屋を輝かしくしていた。
けれども世界の悲しみの一部分が、高貴な部屋のなかに
見られたのだった、というのもこの部屋には
巨大な争いの話と歴史が、幾つも美しく描かれていたから。

愛と憎しみによる争いや、生と死を賭けた争いの絵、
裏切る希望の図、そして威嚇《いかく》する恐怖の絵画。
　このような日にはそうなるように、多彩な話題の中に
昼間は過ぎて行き、これも幸せでない事もなく、
心の重荷にもならなかった。やがて嵐が静まるとともに
夕方になり、重苦しいこの昼間が死滅しても
暗闇はほとんど嫌われる事はなかった。今、時が来て
この広間の素晴らしい事物が、大きな蝋燭の数々によって
照り輝いて見えてきた。テーブルの中央には
船長だったロルフが坐っていたが、彼が会話を引き継いで
こう言った。「素晴らしい皆様、これは奇妙な話です、
子どもとして幸せだった時に聞いて忘れていたのです。
人生の変化と諍《あらが》いの中でほとんど思い出さなかったのに
命の最終場面で、なぜかは知らねど、また
蘇《よみがえ》ってきたのです。でも私の喜びのために描かれた
想像の絵の中では、父の子としての私は
膝の上に白い布を広げた父の姿が見えるのです、
ビザンティウムのオレンジを実らせる木々のあいだで
ビールを湛えた広口《ひろくち》コップを手にし、山高帽子の男を
背後に従えて、蒼白い顔をして
黒い顎髭《あごひげ》、きらきらした眼、細く作られた両手の父が、
火のように暑い国々の、この話をしてくれたのです」。

二度と再び笑わなくなった男

あらすじ

富裕な身分から貧困に陥ったある男が、以前の友人の一人に、ある立派な邸宅に連れて行かれた。そこで不思議な事物を見せられ、その邸宅で、悲しげな人びとと暫《しばら》く暮らした。しかしその人びとが最後には死んだので、彼は何よりも彼らの没落の話を知りたくなり、こうしてそれを知るに至ったが、これが彼自身の破滅の源《もと》となった。

インド洋の近くに一つの都があった、
（と私の話は語っている）。そこには長い時代に亘《わた》って
人びとが否応なく住んでいたが、聖職を兼ねた王や
賢者の支配の下《もと》での生活をするしかなかった。
忍耐強く夏の猛威に耐えながら
実際、彼らの命であり猛毒でもある灼熱の太陽の前で
愚かにも頭を下げていたが、虚しい事だった。

　夏の最も暑い時期がまだ来ぬ今、
薔薇の花がまだ地上に香りを放ち
なおも草が、この国のあの太陽の暑さに抗して
青々としていた時——人びとが歓楽のために
値打ちがそんなに少ない生活の一部を割いていた時、
そして金持ちも、毎日訪れる夕方の優しい微笑みの下で
少しのあいだ、怖れを忘れていた時——

　この燃える暑さの国が、緑豊かな北方の国の
夏の安らぎを幾分か味わうこの快適な日々のなかに
一つの壮麗な邸宅がこの都に建っていた。今は
爽《さわ》やかだった朝が最も涼しい時刻を失う頃だった、
とは言え、分厚《ぶあつ》い葉をして丈高《たけたか》く、大理石で境を定めた
立派に建造された壁の上で、風に囁く木々の蔭が
戸外の舗道をひんやりと祝福していたのだったが。

　玄関ドアの両側には薔薇《ばら》の花束が掛けてあった。
玄関口からは、その内部で歌を歌っている職業的歌手《ミンストレルズ》の
きらびやかな衣裳が見えただろうし、
休息をとる踊り子たちの薄衣の着衣も見えただろう。
この家の主がこの家のなかで、安楽と歓楽に満ちた
一日を再び始めていたからだ。これは
彼が死ぬのをそれだけ難しくしようとするためだった。

このドアに向けて、香水を付け、花輪で飾った
客たちが通ったが、着ているものも見事だった。
この男、またあの男は、弓形門を通って
娘を連れていたが、娘たちは、この晴れた時節の
薔薇色の熱気で物憂げに見えた。その場の空気は
恋と欲情とで満ちていた。こんな人たちが、いったい、
どんな眼で、人に言えない惨めな苦難を見られようか？

ところが、ドア近くの大理石の壁に凭《もた》れて
一人の男が、通って行く客たちを眺めていた。
この若い男は、惨めで貧しげな着物を着ていて
苦難のために痩《や》せこけ、蒼白くなった顔は
自分の末期《まつご》が近いという話を忠実に物語っていた。
金持たちが怖れているたぐいの男だったのだ、友もなく
貧乏で、苛酷な労働に耐える事も教えられていない男。*

*豪華な宴に行く人びとから仕事を与えられるのを待っていたのであろう。

客たちのなかには、この悲しげな男の傍《そば》を通る時、
実際、少しのあいだ、大声の談笑を止めて
男のやつれ果てて蒼白な顔を見つめる者もいた。
何人かは、財布の上に手を当てさえした。
だがあらゆる客が、そのままた通り過ぎた。まるで
乞われた訳でもない施しを与えたお礼に悲しげな声を
掛けられて、歓楽の布《ベール》が剥《は》がれるのを怖れたかのよう。

男は何ら物乞いをしなかった、彼の疲れた眼は
客たちの眼と合う事はなかった。やがてやって来たのは
連れのない男で、白い騾馬《らば》に乗り、高貴な服装をして
この貧しげな男の脇を通り越したが
行きずりに、男の顔を横目で見、また、
そのあと、肩越しに振り返って見た。そして手綱を引き
馬を逆に進めて、再び男のところへ来た。

そして言うには――「君は私の知っている人だな、
人は君を《黄金の人》と呼んでいたぞ、あんな町では。
なぜなら人びとは、君の富は、最大の金持ちをさえ
零落させるそんな時でも、増え続けると思ったからだ。
なのに、どんな拙《つたな》い運命の一撃を経験したのかね、
こんな状態に君が陥《おち》ったからには？　君の境遇に
較べるならば、貧しさのどん底の百姓のほうがましだ」。

相手は眼を上げて、話しかけた男の顔を少しのあいだ
見つめていたが、その様《さま》は、夢のなかから自分の魂を
やっと引き抜いて来るかのよう。それから苦笑いをして

彼は言った、「フィルツ君か、君は僕のこんな死に様《ざま》の
原因を問うているのか。僕は世間の法則に無知だった、
《今日与えよ、すれば明日与えられる》とだけ知っていた。
賢い奴らを軽視していた、と言わざるを得ないよ。

「なぜって贈物をすると、軽蔑を買う事になった、
知識を与えると、病を買う、力を与えると返礼は孤独、
名誉、返礼は恐怖、楽しみには求めていない苦痛が返礼、
友情には、大きな悩みで心配が絶えない日々が返報、
愛には、我々が良きものとして崇《あが》めていた事への嫌悪――
あぁ、今は僕は賢くなった、これからもっと賢くなるよ、
死んだ賢人たちが知り得る最大の事を知るでしょう。

「どう言ったらいいか？　昔話を知ってるでしょう、
人に与え、金を使った、後でお返しを求めても無駄だった、
僕が倒れた時には、僕の手はどんな仕事にも
ほとんど役に立たず、最後にはさらに悪い悲哀を得て
僕の現在の苦痛と過去の喜びを知っている人びとから
逃げ出したのです――この未知の町、見知らぬ人のなかで
僕は運命の最後の、新たな冗談を待ち受けているのです。

「我々が今、こんな贈物と返礼《マーチャンダイズ》の話をしているついでに
どんな贈物が君に同じ呪いを買い与えたのか聞きたい、
なぜかって言うと、君の風体《ふうてい》から見て思うのだが、
君はまだ財布の底まで到達してはおらんな、だからこそ
或いは、君の顔色は僕のよりも少し悪いのかも知れぬ、
だって僕は死ねばいい、だけど君は生きなけりゃならん、
神々にさらに多くの笑いの種を供するためにな」。

こんな言葉を彼が喋ったのも訳あっての事だった、
と言うのも相手《フィルツ》の顔には、全ての希望を失った事を示す
印と言うべきものがちらほら見えたからだ。
一方、最初の男《ブハラム》は、新たに知った絶望の姿を
心に転がしていたが、そんな絶望のなかにも生があると
見出したのだ。旧友《フィルツ》の顔は変わっていない、ただもはや
どんな事をも新たで珍しいとは思えなくなっているだけ。

彼《フィルツ》は「それじゃ地上での願いを君はなお有するわけだ、
いっしょに来ないか、僕の運命を知りたいのならば。
君はまだあの歓喜の時間を取り戻せるかも知れないから。
毎日が花で飾られた門みたいだった時間を、
この門を通って喜びに至った時間を、昨日《さくじつ》がどのような
喜悦を失ったにしても、そんな昨日への思いから
我々を救い出そうとしつこく呼びかけた喜びの時間を」。

「大変大きな事を約束してくれるのだな」と相手《ブハラム》は言う。
「でも実際に死んだほうがましだとよく判っていながら
僕は、死ぬんじゃないかと恐れていたのだから、
君が与えてくれる生をもう一度試してみよう、
その生が、君が共にしてきたような生に違いないとしたら
そこを素通りするのに長くはかからないだろうから。
とは言え有難う、僕の事を気に掛けてくれたなんて」。

「友よ」とフィルツ。「君の生は君の手中にあるぞ、
もし君が悩みの全てを僕に語ってくれたのならば。また、
君にとって過去が、過ぎた事であって十分構わないのなら、
完全には悪くはない日々をまだ君が見たいのならば。
また、君が最初は幸せを得られないとしても、
それでも何か、君の魂を死から救い、或いは
嫌悪すべき生から救うようなものを得られるだろうから。

「君の感謝の言葉について言えば、我々の昔の友情に
何か理由を得ていると思う、少しでも思い出すならば。
今、まだ自分の外部の事に、ぐらつきながらも少しばかり
心を向けられるうちに、その恩恵へのお返しが
できれば嬉しいのだ。それに今日僕は、毒された生を
君に持ってきたわけではないぞ、また、
僕が棄ててしまったような生を君に与えはしないぞ」。
「それどころか」と相手《ブハラム》。「生きねばならんのだから
何が生じてもいい。役目を果たそうなんて考えないよ。
今は何か食べ物をぜひ何とかしてくれ、
惨めな飢えが僕の心までむさぼり食っているから。
それとともに、眼を向けてくれ、君が語り始めるとともに
昔の願望がその光に向けてうごめき始める事に――
僕は今惨めで、やつれ、弱っているにもかかわらず」。

フィルツはそれから先、相手が何を言おうと
気に掛けない様子だったが、なにか単調な仕事を
する訓練を受けた人として、あの男を安宿へと
案内し始め、そこではその男に食事が出されて、
豪華に細工が施された衣服も用意された。
それから彼ら二人は騾馬《らば》に乗って、
新しい住居を得るために宿から出発した。

今は食事と少なくとも安楽の希望、さらにそれ以上の
希望に、元気を得て、人の混みあう街路や
宮殿のあいだを二人が進んで行く時には

ブハラムはもはや首をうなだれさせはせず、
むしろ右や左をすばやく眺めるようになっていた。
彼は以前のとおりの不平不満をなお口にしてはいたが
ほとんど自分の生を絶望的とも悪いとも感じなかった。

　だが彼の相棒《フィルツ》のほうは、これまでより
具合が悪そうだった。窶《やつ》れて灰色の彼の細い顔は
さらに深々と苦悩のなかに落ちこむ様子なのだ。
また彼は道筋から顔を上げて見ようとはせず
自分の友が何を言おうとも注意を向けはせず、
町を過ぎるまで黙々と進み続けたので、
この仲間はとうに墓に入った人物によく似ていた。

　だが今は、自分に何が起ころうと無関心だったので
ブハラムは薔薇や喜びの歌を――断片ではあったが――
歌い始めた。やがて、昼日中《ひるひなか》にさえ薄暗かった
その森は、やって来る夜とともに真っ暗になった。
すると歌声は低くなり、やがて、案内するフィルツの手が
手綱に触るのを感じた時、全く途絶えてしまった。
そしてなおも壁のような闇を彼らは貫いて行った。

　こうしてほとんど人に踏まれた事のない道を
何も見えず、何も聞こえないまま進んで行った。
ただ聞こえたのは騾馬の、止まる事のない我慢強い足音。
暗闇は恐怖すべき姿のもので満ちているようだった。
死を予期していたブハラムの興奮した精神には
侘《わ》びしい分秒は、長い歴史の話のように思えた。
自分の最も小さな吐息さえ、決闘の挑戦のように聞こえた。

　どれだけ長く進んだかは判らなかったが、ついに今、
顔の上に不確かながらそよ風を感じ、
彼の魂を活気づけた。さらに進むと
弱々しい光が木々のあいだにちらちらと見えてきて
暗さに慣れた彼の眼は、次第に、微《かす》かながら道を――
自分の同行者と、何か地上のものとは思われない一日へと
騾馬に乗ってゆく道を――見る事ができるようになった。

　それから頭上の大枝が細身になるにつれて
あの弱々しい光は広がって月明かりの夜となった。
まばらになってきた木々のあいだを小道は続き、
やがて木のない、広い裸の野に出て、野は月光の下で
黒い木々の幹とは対照的にくっきり白々として見えた。
これを見て少し安堵《あんど》したブハラムは、月光のなかで
道連れの顔を克明に見ようとし始めた。

その顔には何の変化もなかった。自分の横で誰が騾馬を操っているか知ってはいても、それは一つの鉤《かぎ》が精密機械の中で何をすべきか知っているだけだった。彼《フィルツ》は確かに相棒《ブハラム》の手綱からその手を引っぱりはしたが、ほんの僅かにも相棒の顔を見ようとしなかった。そこでブハラムは身震いをしてまた歌を歌い始めて彼を振り向かせようとしたが、歌声は効果がなかった。

だが木々を完全に行き過ぎた時、平原の向こうの遠いところに、監視の塔を眼にしたのだ。塔は月光の下で、まるで怒れる巨星のように白い宮殿の上に輝き、その横には白い壁に囲まれて、黒い木々の立つ庭が幾つか見えた。するとフィルツは騾馬《らば》に鞭を当て、速度を上げてあの災厄を見透す塔が光るところへ突き進んだ。

それからの道中、ブハラムはこの塔を見つめ続け、平原には全く眼を向けはせず騾馬の足音に驚いて巣穴から野兎が跳び出しても見ようともしなかった。また梟《ふくろう》が森から呼びかけてきても振り向かなかった。というのも暫《しばら》くのうちに大邸宅の門の前で、自分の魂を運命の手に投げ入れながら、彼は手綱を引いたからだ。

フィルツは角笛を吹いた。門の前で長く待つ間もなくほとんど姿の見えない男が門を開き、庭へと入れてくれた。そこでは五月の褐色をした鳥の歌声が、緑で、美しい花の咲いている木の梢をまだほとんど淋しくしてはいない様子で、木々のあいだの空地と空地の中間に、噴水が高々と水を噴き上げ、薔薇の花も、朝が来るまではまだしぼまずにいた。

しかしこの最初の、優しい喜びの波がこの濫費家《ブハラム》の感覚を撫でた時には、彼は頬笑んで驚きに満ちた夜中、道案内をしてくれた男に顔を向け、希望と驚嘆とで心を燃やしながら、こう言った——
「君を導き手として、本当に僕は良い思いをしたよ。でも、これでお終《しま》いなのかね？　なぜ今度は花嫁みたいな娘子《むすめっこ》でも呼び出さないのかね？」

その大邸宅の美しさに酔っぱらって、また相棒の顔から仮面が突如として剥《は》げ落ちるのを見たいと思って彼は冗談口を利いた。だが相棒の薄っぺらな唇からは無力な苦悩を示す恐ろしい怒声——
これは鳥たちを花咲く繁みや木から脅し去らせる声——
「馬鹿を言うな！　賑やかさと日光が、もっと記憶を
取り去ってくれる昼間に、そんな事は言ってくれ！」

　ブハラムは恥ずかしい思いで後ずさり。またこれには
返事をしなかった。それから木々のあいだを縫って
騾馬を進めて、目覚めたままの鳥以外には誰にも見られず
やがて美々しい巨大な邸宅に着いた。
そこでは赤みの射す金《きん》が、月光の中でさえ輝いていた。
滑らかな大理石の階段の前へ来て、二人は
静かに騾馬から降り、開いたままのドアを通って

　巨大な、僅かな灯りしかない広間に入った。
だが薄暗がりのなかでもブハラムにははっきり見えた、
壁を覆っている掛け布《ぬの》がいかに美しいものであるかが、
またその場に彫刻が施されているところではどこでも
いかに多くの獣、花、樹木が刻まれているかが、
また、《死》を甘美な安らぎなどと呼ぶ人々のために
作られたのではない豪華な床が疲れた足許《あしもと》にあるかが。

　今やブハラムはこの場にもっと留まって、この邸での
彼らの生活ぶりはどうなのか、またこれからの自分に
相応《ふさわ》しい仕事はどんな事になるのか、また同宿者は
どんな人か、尋ねたかったのだけれども、どうしても、
心を慰めてくれる覆いを剥《は》いで、惨めな生活を剥《む》き出しに
するように思われたあの怒声を再び聞きたくなかった。
それは恐ろしい物語への前奏曲であったから。

　そこで黙ったまま、相手の足が向かうところへ
ブハラムも従《つ》いて行った。廊下を通り抜けたが、灯りは
薄暗かった、だが結婚したての王にも相応しい豪華さ。
ついには一つの部屋へ二人は着いた。
その上から、一本の蝋燭《ろうそく》が、か細い光を投げていて
窓の脇にある優美なベッドを見せていた。
そこまで来るとようやく陰鬱な案内人《フィルツ》は振り向いて、

　こう言った——「おお君、君には今なお夜は夜、
昼は昼だよな。朝までここにいてくれ、
我々が長い月日にすり切らせてしまった大切な喜びを
ここで少しばかり味わってくれ。
眠って、暫《しばら》くは自分が生まれた事を忘れてくれ、
そうすれば僕が明朝、君のところへやって来て
我々と共にする君の生活がどうあるべきかを教えよう」。

そう言うと彼は行ってしまい、残された彼《ブハラム》は
最初のうちは、何がこの邸を呪われたものにしたのか、
一見至福に見えるものがかくも深く悲哀に沈んだのか、
考えに考えて絶対に眠れないぞと思ったのだったが、
彼の魂の上には忘却が忍び寄ってきて
夢もない眠りのなかに長いあいだ横たわり、
太陽が、いつ昼間を取り戻してきたのかも判らなかった。

だがこの翌朝が、光に満ちた昼になった時、
彼は目を醒まし、あの道連れが横に立っているのを見た。
フィルツは、この前彼に手を差し伸べた時よりも
（そんな事があり得るなら）さらに陰鬱そうに見えた。
今、彼はこう言った——「一緒に来て、君といっしょに
住む事になる一団の人びとを見てくれ、運命に導かれて
君がやって来たこの家を見ておくれ」。

彼はものも言わずに起きあがり、連れに従《つ》いて行った。
連れは支柱が飾る通路を抜けたが、そこの大理石の壁は
優美で、また、そよ風に揺られて通路の窓を撫でる
葉の茂った木の大枝が垂れているので
涼しく薄暗くされているのだった。
だが通路の全ては、《永遠》を嘲笑う心をもった人物が
作りあげたもののように思われた。

その宮殿は、若者や乙女たち以外のどんな人にも
あまりに愛らし過ぎると思われただろう。若者や乙女は
歳を取らないうちはそこに住んでも良い、灼熱の太陽も
惨めさを表す言葉も、寒さを示す単語も知らずに
装飾以外には、ぎらつく鋼《はがね》や金の用途も
意識する事なく、その全てに満足するだろう、但《ただ》し、
《変化》と《恋の情熱》が決して入りこまない限りでは。

彼の連れが悲しげな顔をしているにもかかわらず、
また昨夜、連れが発して彼を罵《ののし》った叫びにもかかわらず、
何もかもが単に喜びのためだけに作られたように見える
この邸の、奇妙に豪華な香りは
常に彼の心をときめかせたし、貧困と苦痛から逃れた
その甘美な安らぎの中に新たに生まれ変わりたいという
精妙な願望のために、彼の眼は輝かしくなった。

通路から横目で窓越しに眺めてみると
彼はなお希望に似たものを心に感じるのだった。庭の花を
見ながら通って、宴席と舞踏会に入って行く希望、

或いは、ある一隅で振り向くと、突如として
優しい女の声、そして香水の匂うガウンの中に居る希望、
女の白い手足と、恋の深奥《しんおう》にある神秘の数々を知ろうと
情《なさけ》が燃えて輝く女の眼に心も迷う希望に似たものを。

だが歩いて行くうちに、一つのドアの前に来た。
フィルツはこのドアを開け、巨大な広間を見せたが、
その壁は大量の、不思議な細工で凝《こご》らされた金が
涼しい微光を貫いて輝いていた、なぜなら、高く小さな
丸屋根に作られた幾つかの窓から光が射していたから。
そして低い呻き声と幽《かす》かな啜《すす》り泣きが聞こえてくると
ブハラムの貪欲《どんよく》な希望は、恐怖の中に消されてしまった。

畏怖《いふ》に打たれて、彼は立ち止まり、目を閉じた。
何か悲しみの神を祀る儀式を、そして何か血で汚された、
隠された律法の秘密を、見る事になると思ったからだ。
だがフィルツは苛立って、ブハラムの手を掴《つか》み、
広間の中へ引き入れた。「友よ、顔を上げて見たまえ！
呪われた人びと以外には、ここに誰も住んではいない、
君はこの邸では、圧倒的に最強の人間なんだぞ」。

そこで彼《ブハラム》は、なお震えていたが顔を上げた。すると

あの連れと同じ服装をした六人の男を見たのだ、
彼らは壁に凭《もた》れて、美しい大理石のベンチに
腰掛けていた。中には彼と眼が合うと、自分の眼を
隠さずにいられない者もいた。またある者は立ち上がり
はっきりしない言葉を叫んで、また元のベンチに
苦痛で疲れ切った者のように、沈み込んでしまった。

だが壁ぎわの一人の男は、頭を後ろに垂れて
寄りかかっていた。大きく見開かれた眼は睨《にら》む目つきで、
また、力を失った両手は脇腹にだらりと下げられていた。
顔は、驚きの幽かな光さえ見せなかった。
賢者中の賢者の言葉も、彼には聞こえなかったろう、
大口を開けてはいるが、ものも言わない。そこに坐って
悲惨な状況の中の生きた奴隷に混じって死んだも同然。

ブハラムはなお怖れ、訝《いぶか》りながらこの男を見た。
だが男は、ブハラムの様子に何の関心も示さなかった。
やがてフィルツは横目で彼を見て、皆の者にこう言った——
「お前たちはなぜ、さらにもう一人の人間の眼が
ここでの我々の恥と悲哀を見たからといって嘆くのか？
この俗界の男が、我々の最後の者を地に横たえるために
ここに来てくれたのが判らないのか？

「そして今は、順繰《じゅんぐ》りに、また別の魂が去って行った、
この魂をすぐに今、外に運ぶ用意をせよ、
我慢せよ、重苦しい日々が這うように続くのだから。
だが君、おぉ友よ、君にお願いする、今日から
助けて貰いようのない我々人間を助けてくれ、我々は
死にたいと祈る事さえできぬ。あまり長く経たないうちに
我々はこの数え切れない富を君に残して去るだろう。

「見てくれ、奴隷ではなく長《おさ》をこそ我々は求めている、
なぜなら我々は、いいか、死ぬ意志も持ちあわさない、
でも生きる意志もない、それでも我々は君の命令に
十分従うように気をつけるだろう、常に我慢強く、
単調な時間が流れるあいだ、日々の仕事をこなすだろう。
我々を獣のように追い立ててくれ、いや殺したければ
殺してくれ、我々の魂は君に罪を負わせないからね。

「だが我々の話を語ってくれと求めないでくれ、
なぜこんな悲しい状態になったかの話を、な。
また他の点に関しても、この孤独の家を脱出させるための
いかなる言葉も役に立たないだろう、ここでは残酷な
悪ふざけをする運命を我々は待っているだけなのだから。

さぁ君の仕事を！　我が友よ！　その報酬として
王国の巨大な財宝を君は間もなく得る事になるのだから」。

フィルツが今こう言ううちに、ブハラム自身の運命への
無情な忘却、富裕だった人間の残酷な驕《おご》りが
彼《ブハラム》の心に生じて、彼は考えた——「どんな悲惨な困窮が
僕の、生への希望を丸ごと捨てさせる事があろうか？
死以外の何が、僕の命と意志を分裂させ得るだろうか？
彼らのこの気分だって、きっと過ぎ去ってしまうだろう、
この家の壁だって楽しげな日をなお目撃できるだろう」。

こう考えたのだが、住人たちを再び眼にして
彼らが、自分《ブハラム》にほとんど気づかないほど、悲しみに
呑み込まれている様を見た時には、快楽の死滅のような
激しい苦痛が彼の心の端々までを貫いた。
それとともに、彼らの悲しみの由来を奥底まで
知りたいという強い願望が彼の心に取り憑《つ》いたのだ、
何も知らずに安閑と生きるのを潔《いさぎよ》しとしなかったのだ。

彼が黙っていると彼らもまた何も語らなかった。
フィルツ自身も、ちょうど自分の責任を他の住人に転嫁し
自分の悲惨さだけを考える人のように、

流れ出しはしない涙を浮かべて、うなだれて坐っていた。
そこでブハラムは声をあげた――「皆さん、命令ですよ、
立ち上がってください、そして最善を尽くして、
お仲間の遺体に、しかるべき休息を与えて下さい！」

この言葉に、彼らは立ち上がってすぐに仕事を始めたが、
こんな作業に何度も携わった人びとの様子を示した――
今亡くなったばかりの仲間の遺体に、最後の安息地への
死化粧を施して、二人ずつで担架の前と後ろを支え、
幾つもの部屋を通り抜けて、遺骸を外へ運び出した。
その部屋は、惨めさとは全く関係のない美しい人びとを
この朝には見る事になると彼《ブハラム》が思いこんでいた部屋。

それから彼らは、この宮殿の背後にある
花咲き匂う陽の照る遊園をゆっくりと通り過ぎ、
ついには密に木の生えた黒い森に行き着いた。
森は、夜が昼に境目を作るように、遊園の境を作っていた。
そのあと狭い通路を抜けて彼らは進んだが、その姿は
夢のなかの人影以上には、人間らしくなかったのだ。
やがて森は、急流をなす幅広い流れのところで終わった。

流れは木の枝の下で黒ずんだ緑となって深々と走り、
流れのほうが森のもつれた草に洗われているかのよう。
だが向こう岸には、音立てる水の渦《うず》のすぐそばに
嶮《けわ》しく、壁のようになって、濃い灰色の崖が
塊《かたまり》となって立ちはだかり、助けなしには誰も通れない。
しかし崖のちょうど真下に丈の低いドアが作られていた。
ドアは川水が駆け抜ける真上に見えた。

ブハラムには、ドアは鋼《はがね》製で、重たげな造りで、
しっかり錠を下ろされているように見えた。
だがドアを見るたびに、彼の心には奇妙な考えが
湧き起こってきて、やがてほとんど、朝方の夢に
そのような事物を見ているような気持になり、
この全てを、以前にも見たような夢心地がしてきた――
森と深い川、崖とぴたりと閉じたドアの全てを。

だが流れのなかには、ブハラムの足許に
一艘のボートがあって、あの不思議なドアが隠している
疑わしげな事物に出遭う意志を持つ人なら誰でも
向こう岸に渡してくれそうな、まるでそのような風情《ふぜい》。
こちらの岸辺には小道の近くに、三十平米ほどの平地が
樹木を切り倒して作られていて、この平地のあちこちで
低く崩れそうな土饅頭《つちまんじゅう》が、死者たちの居場所を示していた。

こうしてこの場所で一行は足を止め、次いで
木々と急流のあいだを急いで通り抜け、
彼らの同胞の遺体を地中に葬り始めた。
彼らは崖のほうには眼を向けようともせず、
身を震わせながら、苦悩をいや増すかのように
この侘びしい仕事をできる限り速やかに片付けて
再びあの森のあいだを通って帰った。

今や彼《ブハラム》は、自分の思う通りに事をこなしながらも、
かくも陰鬱な人びとと共にこの先生きねばならなかった。
そしてこのように幽閉され、血を沸き立たせる事一つ無く
うんざりする日々の連続のなかで、相も変わらず
これら埋葬だけを仕事にする哀れな人びとを見ながらも
生きている事を幸せとさえ感じる類《たぐい》の人間には
この宮殿は多くの喜びを与えるものを有していなかった。

だが幽閉からの釈放は到来する。一人また一人が死ぬ。
来たばかりの時でさえ、あの男がまず死んで
あの川岸に葬られるのを見たのだったし、
これらの呪われた人びとが人生から姿を消すのを
目撃するたびにブハラムは、いったいどんな悪行が
彼らの死の源だったのかを知りたいという渇望が募った。
しかしそのための彼の願いは常に皆、虚しく終わった。

それ以外の事全てについては、彼が何かを求めた時には
どんな願いに対しても、彼らは奴隷のように従った。
だが秘密の話のほうは、厳格な沈黙のなかに隠した。
この邸のなかにあった、書家の手になる美しい文書中《パーチメント》に
彼が捜してみた時にも、秘密を捜し出す事はできなかった。
彼らは数多くの話をしてくれたのだが
どの話にもその悲しい生活の物語は含まれていなかった。

そのため、黙ったままブハラムは日々を過ごした。
そのうち、彼が初めてこの宮殿を眼にした時から
一年が丸ごと、過ぎ去ってしまい、
あの、愁いに沈んだ一団が皆死んで行くのも見てしまい、
残ったのはフィルツだけ。彼もまた死んでしまって
知りたいと思っている事が皆判らずに終わらないように
ブハラムは常に熱を籠めて彼を注視していた。

ついにこの最後の会葬者《モーナー》がこう語る日がやってきた、
「間もなく君《フィルツ》は僕の悲哀を埋葬する事になるだろう、
すると我々の愚かな悲しみは全て、息絶えるだろう。

だから来てくれ、初めて僕が君をここに連れ込んだ
あの過去の夜に、我々が通り抜けた確実なあの道を
君に教えておきたいからだ、これを君が知っておけば
君はこの邸を危険から守り、邸を金鉱として使えるぞ――

「君がどこか美しい都に安全に暮らしている時にもな。
急ぎ給《たま》え、今はもう僕のなかに僅かな力しかないから！」
しかしブハラムは考えた、「でも彼は僕に、完全には
秘密の話の全てを明かしてはくれまい、また何がいったい
この仲間たちをこんな酷い生活に陥れたのかも示すまい」。
だが彼は何も言わずに、邸から二人は出かけた、
その間、苦しそうに最後の会葬者《フィルツ》は彼《ブハラム》にもたれていた。

こうして森に着き、森の空地も数多く通ったが
フィルツは、空地が広かったのに、それらには眼もくれず、
やがてついにはある空地へとやって来た。
ここへ来るとフィルツは言った、「あの夜来た場所だ。
君に忠告しておくね、もうこれ以上館に留まるのは止《よ》せ、
僕が死んだならな。僕の騾馬に乗って都に帰れ、
僕の騾馬が難しい道を覚えていないなどと疑わないで。

「僕の騾馬は君がまた館に来る時にも役立つだろう、
たくさん手下と荷運び騾馬を連れて来いよ、
我々が意味もなく貯めていた財宝を運ばせるためだ――
もう僕を追い払え、あの世行きだから。意識が薄らぐ！
君は幸せな生活への道を知っているはずだ、
悲しや、僕の足は重い！　もうこれ以上
進む事もできん。僕を寝そべらせて死なせてくれ！」

ブハラムは木の根を枕にして彼の頭を横たえ、
こう言った、「心配するな、君は僕に良くしてくれた、
君が死んだなら、あの川岸に
きっと必ず君を葬るからな！」　すると彼《フィルツ》は
「いや、そんな」と言い、「気にするな――放っておけ！
僕はあの気味悪い儀式を終わりにするのだ。
僕の遺骨をここに隠して、君は都に向かえ！

「ひょっとしたらあの館と、我々の不幸と死の原因を
二度と見ないほうが君のためかも知れない！」
この言葉を聞くとブハラムの心は熱く燃えた。
自分の願望全てが叶えられる潮時に居ると思われたのだ。
大声で叫んだ――　「いやむしろ、今日まで君が秘密として
隠していたのも、きっと全てがむだになるぞ、
だって神秘の道路への道筋を君は教えているのだから！」

「僕の意志は弱まっている」と友は言い、「君の意志は逆に強い。近くに来い、僕のこの弱い声が出続けるなら話の全貌を君に伝えるつもりだから。

ひょっとして僕の死に際の言葉が、それでも君を賢明にするのに役立つかもしれぬ。この金の鱗《うろこ》の小袋を君、開けて見給え。このなかに隠されている金の鍵が我々の愚かしい罪の物語を解き明かしてくれるのだ。


「袋を手にして何と君の顔が赤らむ事か！　あんな昔、あの夏の朝に、あのドアのそばに僕が立った時に僕の顔が赤くなったのとまさにそっくりだよ。

話の全てを聴きたいのであれば、もっと近づいてくれ、今はもうほとんど口を利けない、その上、もうこれで死んでしまい、この事を話さずじまいにしたいくらいだ、僕を起こしてくれ、でないとすぐに死ぬるぞ！」


相手は震えながら彼の身を起こしたが、黙っていた、弱り切った彼の命を脅して消し去るのを恐れたからだ。

すると彼の口からは弱々しい嘆きの言葉が聞こえたのだ。

「では今日は、貴女《あなた》どこにいたの、最も愛らしい貴女は？

《五月》を喜ばす、香り豊かな大枝の下かい？

麝香草《タイム》の匂う、どこかの洞穴のなかに横たえられても貴女はなお僕の事を少しは覚えていてくれるかい？


「貴女のような優しい気持が、丸ごと消えて忘れられる——そんな事があり得ようか？　あぁ仮に僕が忘れても貴女は、あの時貴女を捉えていたあの愛と瑞々《みずみず》しい喜びを忘れられようか——他の愛の最中でも貴女の優しい眼をそれでもなお潤《うる》ませるに違いない僕の愛を？

少なくとも時にはそうだ、少なくとも天と地が麗しい夕べに、浮かれ騒ぐにはあまりに美しい時には。


「おお過ぎ去った喜びよ、貴女は知っているか、いかに最初は虚しくも僕が祈ったか、希望を捨てずに僕の貪欲な心の飢《う》えを宥《なだ》め、潤《うるお》せない飢《かつ》えを癒《いや》そうと努めたかを？

貴女は知らないのか、僕の生活が苦痛以外の何物にも満たされなくなった時に、眠りのなかでも努力して眼も見えず、希望も失せた死の安息への憧れを抑えたかを、それも、なお奇怪な偶然が最善をもたらす事を考えた為だ。


「さよなら、さよなら、最愛の貴女！　僕は消え去る、だが一度は消えた希望が、僕が死んでも今は生きるのだぞ、僕の消え失せる心に、奇蹟を囁きかけてくれるのだ——

ひょっとして、何か文字化された事項の虚偽を、
ひょっとして、安息の音楽の近づきの囁きを。
それは判らぬ——だがさよなら、これ以上悲しむなかれ！
確かに昔存在した命と愛とに対して、僕は喜びを捧げる」。

　彼は言い終わり、彼の友《ブハラム》は震えながら、微《かす》かに言った、
「君は語ってくれないのかね、君が何をしたかを？」
だが彼がこう言ううちにも、この悲しみの男は、その頭を
後ろに垂れて、苦悩に満ちたその魂は世を去ってしまった。
そしてブハラムは森に一人残されて、
最初はほとんど動けなかった、一つは恐れのため、また、
自分が聴く事になっていた話への憧れのためだった。

　しかし暫《しばら》くのうちに遺体を下に降ろして
熱く乾いた平地の上に彼を片付けてしまうと
恐れをなしたかのように音も立てずに歩いて庭を通り、
あの金色の門に辿り着き、
あの人びとが意味もなく貯めていた財宝のなかから
最も高価な物さえ、ためらいなく集め取った、
自分の新たな生活、喜びに満ちた自由のための資金として。

　荷造りすると、森を通り抜ける道へと続いている
あの門へとブハラムは回り道を辿った。
以前に人びとが、仲間の遺体を運ぶために通った門、
川に至る道への門だった。だが彼がそこに立っていると
血脈のなかに新たな炎が燃えてくるのを感じたのだ。
宝の荷を横へ降ろすと、あの恐ろしげな物語を
開いて見せるはずのあの鍵に触ってみた。

　またあの友《フィルツ》が死ぬ前に語ってくれたあの言葉と、
あの愛に満ちた優しい声が、ブハラムの心を打った。
どうして自分はこの死んだ人びとを置き去りにして
彼らの話と無関係な人たちと共に楽しく生きられよう？
実際、躊躇《ためら》ううちに熱い涙が両目に溢れて
彼は泣いた、なぜかは判らないまま。
自分では理解できず、言葉にできない何らかの喜びが

　自分の手の届くところにあるように思われ、だがなお、
独り言として呟《つぶや》いた——「立ち去らなくてはならない、
でないと、毎分ごとにさらに淋しさを増すと思われる
この美しげな荒蕪地《こうぶち》のなかで俺は死んでしまうぞ。
なぜ俺はこんなところに石像のように立っているのか？」
そしてこの呟《つぶや》きとともに実際彼は動き始めたのだ、
だがあの流れへと続いている小道に足を向けたのだ。

風に揺れるチューリップの花壇のあいだを通る時には
青ざめた顔をうつむき加減に曲げて足早に歩いたが、
やがて、歩きながら一つの恐怖に彼は捕らわれた。
そこで館のほうへ向きを変え、力の限り速く走って
館に着くまでは、一度も振り返って見なかった。
そして少し前に置き去りにしていた、集めた宝の荷の傍《そば》で
頭も混乱し、半ば視力を失ったかのように立ちつくした。

それからゆっくりと高価で重い荷物を取り上げたが、
なおそこに躊躇《ためら》っていた。「あぁ立ち去るべきなのか、
あの知られざる運命と対面する勇気が俺にはないのか？
昔、楽しんでいたような生活をするべきなのか、
俺が死んでも、なお喜んで生きるに違いない奴らの間《あいだ》で？
奴らはまさに、まるで俺と共に、恐怖も、幸せへの憧れも
一度も共にした事がなかったかのように生きるだろうに。

「でも実際、俺が孤独に生きねばならないとするなら、
友人関係なんて空虚な夢に過ぎないとするなら、
自分自身のものである世界が残されてはいないか？
他の物全てが見かけだけとしても、俺は実物ではないか？
我々が一旦《いったん》、恐れに満ちた未来と悔恨だらけの過去を
自分のなかから捨て去る事に満足した場合には、そうだ、
世界は何という富に満ちてくる事か！」

なお少しのあいだ彼は躊躇《ためら》っていたが、そのあと、
自分がしようと誘われている事を恐れたかのように
彼は急いで歩いて、再びまた、外へ出る門のところへ
到着し、溜息を吐《つ》いたのち、この門を通り抜け、
だがなおも自分がしなくてはならない事をしようと急ぎ、
騾馬を見つけて、騾馬の上に宝の荷を乗せて
あの淋しい森の道へと出かけて行った。

鶴嘴《つるはし》と鋤《すき》も携えて行ったのだ、
フィルツが死んだところに枝を広げる樹木の下に
墓を掘った。そして彼をそこに横たえて
そのあいだじゅう、彼《フィルツ》の不幸全てを考え続け、
何度も呟《つぶや》いた、「同じ事がどうして俺にも起こり得よう？
一日か二日で俺が死なない限り、
きっと間もなく、やるべき何かの行動を見出すだろう」。

しかし彼《フィルツ》の上に土塊《つちくれ》をかぶせ始めた時に
彼は言った、「この墓のなかへあの鍵を投げ入れようか？
この先勝ち取る麗しの生活の只中《ただなか》で俺の悩みの種となる

この悲しみの物語を俺が知るべきどんな必要があるのか、
なぜ俺は仲間《フィルツ》の罪を深く探ろうと求めるのか、
彼は、生きている時に悲惨のなかから俺の生を救った奴、
また死に際にこの新鮮な生を俺に与えた奴ではないか？」

鍵は投げ入れなかった。自分の問いには答えなかった。
あの悲しみの男の遺骸の上に、地面を均《なら》しただけ。
それから騾馬に乗り、この悲哀の場所に背を向けた。
この暗い、静まりかえった森に騾馬を進める時には、
そして人の住処へ近づく頃には、
希望と、生活の変化とを思って熱に浮かされ、心乱れ、
今まで以上に、恐れが募ってきて重圧を感じた。

あの森を通り過ぎて丘の先端に来て、
ついに明るさに満ちた光に出会った時には、
そして木に隠されていない丘が瑞々しく輝いた時には、
この光景が喜びの戦慄を心に送り届けずにはいなかった。
彼は元気を出して畠と畠のあいだを通り抜けて
あの悲哀の館の事を考えるというよりは
館から持ってきた財宝による生活のほうを考えていた。
だからその夕べには、愉快な生活と安楽の思いのなかで
全ての事物が美しく思われた。貧しい農夫の戸口でも
内部の、日蔭になった床の上に坐った母親が
自分の膝の上に子どもを抱いて坐っていた。
棚からぶら下がる瓢箪《ひょうたん》の下では荒削りなリュートの音《ね》が
震えるのに合わせて、乙女が恋人に捧げる歌を歌っていて
日焼けした彼女の胸が、銀の輪飾りの下で波打っていた。

仲間たちを井戸に置き去りにして、ぴかぴか光る真鍮の
水桶を頭に載せたまま、ほほ笑む乙女——井戸のほうから
やってきたすらりとした乙女は、彼女を愛する男たちが
どんなに彼女のほほ笑みに飽きてしまったかを語り、
一方、周りにいた幼い子どもたちは水掛け戦争を始めて
薄い木綿のシャツがさらに透明になってしまい、
シャツの下で赤混じりの褐色の肌が輝いている。

農場の門の前で酒を飲む騎兵は
剣と槍についての大法螺《おおぼら》を農夫に語り聞かせているが
その農夫は、呼び売り屋の商品の値段を値切ろうと
盛んに努力している。村の集落の近くへ来ると
新鮮な、そして住みきった夕風に、香りを与える煙が
宴《うたげ》の事を物語り、鍛冶場《かじば》で、消えそうになっている火花や
納屋に積まれた収穫など、薄闇のなかでも仄《ほの》かに見える。

全ては何と素晴らしいか！　自分で創り出した苦悩を
こんな生活のなかで耐えてゆくのは何と容易な事か！
彼は、人生の喜びに突然目覚めた人のよう——
悲しみも心配も全く知らない人のようであった。
人びとは皆、何と優しく、何とチャーミングな事か！
このような生活を何十年も経験した俺が、愛と幸せ以外の
どんな事を考える必要があるというのか？

ついに夜が来て、世界はより暗く、より静かになり、
星々が空から吊り下がって来た。
彼の道が太陽に焼けた丘の上を通っていたので
眼前に巨大な都が横たわるのが見え、
黒ずんだ庭園から屹立《きつりつ》する、灰色になった高い塔の数々に
ちかちかと灯りが光り、都の防壁、
ほのかに光る水路、巨大な海が全ての境目を示していた。

突撃ラッパの音に、安楽、妻子への優しい思いを
全て抛《なげう》つ人のように——戦争での勝利のために
死の恐怖も脇へ捨て去る人のように
彼はこの眺めを見て、あの優しく曖昧な、狂おしい希望を
投げ捨ててしまって、この夕闇のなかで頬笑んだ——
地上の美しさの喜びへの頬笑み、
この先やって来る歓楽の予兆に対する頬笑みだった。

翌朝の太陽がこの都を眺めた時に、もし誰かが
この都で、陽気で喜びに満ちていたなら
疑いもなく彼は、少なくとも第一位を得ただろう、
そして喜びの人びとのなかでも最も幸せであったろう。
為すべき事が山積、しかもそれをやり始めてさえいない、
希望を持ち得る事も山積、しかもそれを可視化さえできぬ、
勝ち取る事も山積、自分が就くべき地位も山積！

そうだ、あまりに山積していたので、何日経っても
何にも取りかかれず、人びとが一緒に
集まる場所の全てで、目的もなく彷徨《さまよ》っていた。
もう一度、人びとの日常生活を見たかったからだ、
それは彼の新たな生活には、目新しく思えたのだ、
そして考える事を避けても、彼は暫《しばら》く、自分が味わうべき
あの美味な盃《さかずき》に触れる事から尻込みせざるを得なかった。

だがこの気分が過ぎ去った時、これはいったい何か、
彼が飲み干そうとしていた美酒、つまり新たな
勝利に満ちた生活のなかの全てが誤りに思われたとは？

仮に、人びとが人生と闘う過程において見出す
快楽と苦痛とを考えて、彼が、自分の生活のなかに
見出そうと望んでいた神のような喜びを得ようとしても
全てが雲と化し、勝ち得るべき何物もないと思われた。

恋には心を動かされなかった。実際、心のなかに何か、
恋という言葉を聞くだけで身震いを起こす物があった。
また、諸世界を支配して称賛や非難を浴びる仕事に
一役買って出ようと奮い立つ事もできなかった。
仮に、栄光への朧《おぼろ》な希望が彼の気持に浮かんだとしても
同情心のない未来の年月に対して空虚な名を得るために
林立する槍に刃向かって身を投げ出す理由があろうか？

人が知識と呼んでいるものも彼の関心を呼びはせず、
また彼が変化して止まぬ世界の表情、変わりゆく流儀を
考える事があったとしても、その時には心が熱く燃えて
あの場所へ出かける事を思い、自分とあの場所との
距離がいかに僅かな空間であるかを思った。
それから再び彼はものぐさな気分へと逆戻りして
病んでいる心に燃えるあの炎を打ち消すのだった。

今自分には何が残されているか、これだけではないか、
つまり目的のない平安と贅沢だけ、しかもこれを
約束された至福と思うように努力しなくてはならぬ、
この状況では手近にないものは何も望んではならず、
虚勢だけの見栄を張ったなかで死ぬ事しかできない――
しかし彼は、こんな生活は完全な倦怠であると
毎分のように告白したくて堪らなかった。

だから金持ちが崇拝する、愚劣な、快楽のイメージに
今、彼はどうしてもへばりつくしかない。これは本意では
なかった。そしてどんな王様に劣らず、味方もなく
愛されもせずに、昼と夜をやり過ごさねばならぬ。
こうするうち、彼は嘘だらけのこの世界に在る全てを
疑うようになり、ついには、苦痛こそが人の味方だと
考え始めるようになった。

このように時は過ぎ行き、浪費だけの生のまわりに
鎖が掛けられているのを感じてはいたが
なお彼は、命が続く限りは、鎖から解放されようとする
努力は全て空回りになると考えずにはいられなかった。
こうしてこんな生活全てのなか、退屈な二年が過ぎた。
何一つできず、できたのは死を少し近づけた事だけ。
死は、どうしても恐れるしかない苛酷な解放だった。

とうとうある明け方、あたりが静まりかえっている頃、
彼は鍵を取り出した。そして今は幸せな日々となった
過去の生のなかで生じた、小さな悪行の記録に
見入る人そっくりに、朝の若々しい太陽の光の下で
溜息をつきながら、その鍵を眺めた。
それから音もなく自分の大邸宅のなかを通り抜け、
為そうとしている仕事が何かを自分にも語らなかった。

何頭も馬のいる厩《うまや》に行くと
繊細な脚をした駿馬《しゅんめ》のなかに見つけ出したのだ、
あの森の草を踏んできた騾馬《らば》がいるのを。
この駿馬の上に鞍《くら》を乗せると
また邸に入って、暗くしてある晩餐会用の部屋の
辺りを見まわし、手近に見つかった程度の
簡素な食物を運び出した。

金持ちさえへつらっていた彼の手で
小門の鍵を開け、騾馬の手綱を引いて外に出て
街路にまで出ると騾馬にまたがった。
すでに街路では、人びとが日々の糧《パン》を得るために
働き始めていて、今はブハラムのほうに振り向いて

近頃採ってきたばかりの藺草籠《いぐさかご》の並ぶあいだから
この金満家が通って行くあいだ、ひそひそ話をした。

彼が初めてフィルツを見かけた壁の横を通り、
この死んだ男が食事を与えてくれた安宿を通り、
都の城門を出て、ついにはあの
森の脇の田園に出た。その時になってもなお
吉凶いずれの思いも頭に浮かべなかったし、この遠出の
意味も考えず、それどころか、もし顔見知りの誰かに
出会ったならば、都に引き返したかも知れなかった。

だが彼が出会ったのは全て見知らぬ人ばかり。
そして、彼がそれらの人に注意を払ったとしても
それは皆、無意味だっただろう。麦刈りする褐色の手、
駕篭《かご》に乗り武装した共連れとともに見えた長者の行列、
川の流れの白い波間の、はだしで水に入っていた娘、
これらは空虚な影のように彼の眼の傍《そば》を過ぎ去った。
ついに世界は彼の心にとって狭《せば》まってしまった。

あの丘に達した。この奇妙な気分のなかでも、この丘は
彼には懐かしいものに思われた。そして苦もなく
枝の縺《もつ》れあう森を貫く小道を見つけ出し、

森の暗がりのなか、騾馬には思うままに走らせた。
そして程なくあの小さな空地に着き、
その時には事実、世界をあとにしたと思われた。
もはや彼の心は混乱せず、目的もはっきり見えてきた。

彼は大声をあげたのだ、昔、皓《しろ》い月が見せてくれた
あの純白の邸宅が緑の庭園の上にそびえ、
また、純白の長い壁が見えた時には。
しかしこの静寂の上には、彼の叫びは奇妙に響いた、
なぜならこの正午にも森の鳥や獣は、皆、
木々の影法師の下で休んでいたからだ、
どんな記憶にも邪魔される事なく、じっと身を潜めて。

遅きに失したかも知れぬ俺はどうして休めようか――
彼は、燃えつくように熱い平地を急ぎ、
錆びついてしまった門の取っ手に手を伸べた。
彼自身がその傍に立って以来、初めて触られたのだ。
温かく、香り良い空気が彼の顔を煽《あお》った。
雑草で開きにくくなった重いドアをぐいと開けると
頭の上には塵のような木の花が、雨と降りそそいだ。

だが雑草で緑になった小道に足を踏み入れる前に
彼は少しのあいだ立ち止まって休み
忍耐強い騾馬からは馬具をはずしてやったが
どっちつかずの笑みを浮かべながらこう呟《つぶや》いた――
俺の苦労が俺を下劣にしなかったかどうかを見よ、
それに俺は再び人と群れる意志は持っているぞ、
それならできる限り、俺を帰らせてくれ。

その縺《もつ》れあう木の枝の下を少し歩きながら
この邸宅への歓迎の叫びであった最初の呼びかけを
暫《しば》く思い出した。その叫びは、新たな喜びが近づいている
としか考えていなかった到着時に、死ぬのは良い事かも
知れないと自分が思っていた事を物語っていた。
今、そう考えると彼は身震いして、なんという海原へ
泳ごうとして自分は飛び込んだのかと思われたのだ。

しかし彼の運命は眼前にあった。そのまま進んだのだ。
今は大きく開かれた金色のドアを次々に通り
花模様の壁掛けが破れているのを見つけ、
自分の足許を蛇たちがシューと声立てて這うのを見た。
あの悲しみの人びとが死んだ大広間からは
灰色の狼《おおかみ》が睨《にら》んでいたし、頭上には蝙蝠《こうもり》が
ぶら下がり、蝦蟇蛙《がまがえる》が暖炉の石の上に坐っていた。

彼はこんな嫌らしい者のあいだを歩きはしなかった。
彼らは、最初はあんなに美しかったこの館で
かつて彼がここに夢見たあの素敵な生活への
愚かな想像に第二の死をもたらすものだった。
そこで心も乱れ、頭も心配でいっぱいになって
熱い血潮のなかでは奔放な希望がなおうごめいていたが
彼は侘びしい森のほうへ顔を向けたのだ。

森と同様に遊園もあの不吉な月日を感じていた、
森の木々を美しい花々から遮《さえぎ》っていた格子棚は
皆、朽ち果てて壊《こわ》れて地に横たわっていた。
とは言え百合花の香りはそよ風とともに漂ってきたし
薔薇花は王侯や神官たち、また昔、薔薇を愛した人たちの
今は傷ついたイメージになお巻きついていたし、
薫香豊かな木の茂みでは褐色の鳥が枝渡りをしていたが。

だがチューリップは、以前より色も薄く
形も小さくなって、雑草と闘っていた。
アネモネは、大昔には美しい足が水汲みに来た泉の周囲に
なお咲いてはいたが、喉の渇いた獣に踏みしだかれていた。
枝振りを整形されていた杏子《あんず》は結び紐を断ち切っていた。

その近くの桜の木の蔭では野生化した猫が
鹿が現れるのを狙う大山猫を眺めていた。

暫《しばら》くブハラムは黒い森の端に立って
この廃墟を憂えながら眺めていたが
それから向きを変えてこう言った、「死ぬためにわざわざ
ここへまた来はしないぞ。これを誓いとして言っておく。
至福があるかのような欺《あざむ》きのイメージが、失意のなかで
ここで滅びたあの気の毒な人びとを待っていたのだ。でも
俺は絶対確実に、死なり生なりを勝ち取ってみせるぞ」。

このように言いながら、森を通って歩き始めた。
《荒廃》がこれほどまでに滅ぼしたあの美全てに較べて
森の黒い人気《ひとけ》の無さは彼に優しいかのように思われた。
そこで元気を出して、彼はたっぷり速く流れる川に出た。
そして川縁《かわぶち》で、昔の、見果てなかった夢のなかのように
あの悲しみの人びとの墓のあいだに立ち、あの舫舟《もやい》が
水の渦に、海のほうへ引き寄せられているのを見た。

ゆっくりと、自分の行為を考えていない人のように
彼は小舟に乗り移り、岸の杭からもやいを解き、
簡単に動くようになった浅瀬小舟を漕ぎ始め、

あのドアの下に作られていた埠頭《ふとう》まがいに横付けした。
そして僅かの時間のうちに、心臓を高鳴らせ、
動揺し混乱した意志力がほとんど支配できない手をして
ドアの、錆《さ》びついた二枚の金属板の前に立っていた。

だがほとんど彼がそうする意図もないうちに、鍵は
錠のなかへ入り、巨大なかんぬきが跳ぶように退き、
鉄製のドアは重たげに揺れて開いた。
黒々とした洞窟からは冷たい風がどっと押し寄せた。
それから森林地の道をひと目眺めたあと、
彼は普通の生活への希望を全て投げ捨てながら
昼間の美しい光のなかから洞窟へと足を踏み入れた。

なぜなら彼の背後に重いドアがぴたりと閉まったから。
眼前には触る事ができそうな、どしりとした暗闇。
さらに奥へと進もうと努力するうちに
眩暈《めまい》がした彼は地面に倒れてしまった。
彼の眼の前を際限のない列をなして飛び始めた幻影、
洞窟のなかで今生まれた幻影どものあいだで、なお
自分が生きているのかどうかもほとんど判らなかった。

幻影——美しい女たちが醜い姿に変わったり、
どうしてだか判らぬまま、彼自身が鏡に映されていたり、
重たげな、翼のない鳥たち、翼の生えた獣ども、
奇妙な形の星々、渦を巻く巨大な海。海の潮の満ち干は
今は鈍くて遅い彼の頭にはあまりに速やか過ぎた。
そんな幻影が、消えそうで混乱した思考に絡《から》みついた。
最後には彼の魂が、何も見えない眠りに落とされた。

だが彼がけだるい意識を回復した時には、
最初のうち、その事にあまりに満足を覚えたので
目を開けもせず、どんな事物が自分の魂を、良き思いや、
最悪の思いからの解放を与えてくれるのかを見もせずに、
はっきりしない無関心な安楽をむさぼり続けていた。
だがやがて一羽の鳥の美しい、澄んだ歌声が近くで響き、
彼の心に希望と恐れの種をまき散らした。

それとともに静かな海の波音が聞こえてきて
遠いところからの、幾つか混じりあった心地良い音もした。
また頭上には、何の木か、夏の樹木の葉がそよぐ音もした。
ゆっくりと彼はそこに足を踏み入れ、
それとともに寝ぼけた彼の眼に
西に向かう太陽の金色の輝きも映じたのだ、
この美しい海岸の昼間はもう終わろうとしていたから。

この、夕日に輝く海、鈍く光る空から眼を離して
緑の大地のほうへ向き直った。
美しい陸地が、まるで物憂げに坂をなして
頂点に灰色の岩が並ぶ、緑の山の背が見えた。
この斜面には果物の生る木々が密に立ち揃い、
そのあいだを縫って、丘の上から、鈴の音のように
ちりちりと何度も音立てて小川が流れ下っていた。

今は五感が目覚めるとともに、飢えもまた
目を醒まさずにはいなかった。喉《のど》がからからに渇《かわ》き、
急ぎ足で小川のほうに近づき
澄みきっていて底の砂地の見える静かな淵の傍に跪《ひざまず》き、
喉の渇きを鎮めた。その間に、そっと手を
物入れ袋に伸ばした。そのなかには、残してきた無意味な
財宝のなかから掴み取ってきたパンが見つかる筈《はず》だった。

だが手のなかにそのパンを握ってみると
何日も経ったあとのように黴《かび》が生えて腐ったような様《さま》。
この時彼はよくもまぁ死なずに済んだものだと驚きつつ
どんな、聞いた事もない、想像もできない方法で
この淋しい場所へ自分が連れられてきたのかと
計り知れない不思議に打たれて訝《いぶか》った。
やがて、どんな結論に達するかも判らない思考——

そんな思考の迷路に踏み迷ったように、彼は立ち上がり
あの果実をぶら下げているなかの一番美しい木から
最もよく熟れて美味しそうな木の実を選び取り、
それらを食べて当面は飢えを凌いだ。
次には木々のあいだを離れて、静かな海から、そよ風が
涼しく吹く場所に帰り、この海からこそ善悪いずれにせよ
自分の運命が来るに違いないと、絶え間なく考えていた。

こうして左右を眺めながら、緑の芝地を彼は横切り、
最後には、波打ち際までやって来た。
黄色い砂浜のベルトが次第に細くなっている以外には
ついに彼と海のあいだには何もなくなってしまった。
そこへ来て海のほうを見ながら、暫く立っていたが、
やがて大きくなった夕日の底辺が
海の霧で真っ赤になりながら、波間を泳ぎ始めた。

だがこれを背景に、今や一つの点が見えたと思われた、
彼には日光で目が眩《くら》んだせいかどうかも判らなかった。
やがて陽の球体が沈み、海が寒々としてきた時、

募り来る夜陰の下でその一点は以前より大きくなった。
赤い夕日の残照も無くなった時、そして高空の月が
澄んで輝き渡った時、月光の下に彼は見たのである、
波間を越えて一艘の船が彼に近づいて来るのを。

　この船を見て彼の心臓は激しく動悸を打ち始めた。
しかし自分にできる事で、運命を変える何ができようか、
そこで温和《おとな》しく芝地の端に彼は坐った、
得体の知れぬ船の到来を待つためだった。
船は月に照らされた海原で大きくなり続け、
ついには、威勢のよいオールの音、帆桁《ほげた》のきしる音、
そして船長の叫ぶ声が聞こえてきた。

　船腹とオールを背景に輝いている長い波のうねりのなか、
黒い船体が月光の下に横たわった時、
そのなかから、小型の浅瀬用の舟が進み出てきて
岸に寄せる白く低い波頭のなかへ入ってきた。
舟の竜骨が海岸にしっかり据えられた時、
二人の女性が舟から降りて、優しげな、緩やかな歩みで
ブハラムの居るほうへと向かい始めた。

　そこで彼は立ち上がり、この結末はどうなるのかと
訝《いぶか》りながら、そのまま二人を眺め続けていた。
そのはっきりしない夕明かりのなかでさえ、見えたのだ、
二人は若く美しい、チャーミングな乙女である事が。
彼女らの花輪を飾って結わえを解いた髪と
豪華な衣裳の優美なはためきとを眼にするうちに
まこと、数多くの希望が心に踊り始めた。

　今や二人は近づいてきて、そのうちの一人が綺麗な声で
次のような、希望を抱かせる言葉を語り始めた——
「恐れないでね、おぉ幸せな人よ、一緒にいらっしゃい、
疑ったり問いただしたりして遅れないでね。
だってこの静かな夜は、心弱く憧れてだけいた貴方《あなた》の心を
叱りつけるような幸せの日、そして貴方の熱い願いを
無気力な恥であったと詰《なじ》る日に続くのですから」。

　こう言うと、彼が従《つ》いて来るのを疑わないかのように
彼女は海のほうへ再び向かった。
そしてブハラムは黙ったまま従《つ》いて行った。
二人と一緒に小舟に乗り込んだ様子は、夢見る男のような
姿だった。灰色の波を船首が切り裂いて進むと
彼は彼女たちの真横に坐り、このように不思議な岸辺に
続く事になった、今は朧《おぼろ》になった過去の日々を考えていた。

誰も彼に語りかけはせず、小舟の漕ぎ手は働き続け、
乙女二人は、手を互いに組み合わせて黙って坐り、
やがて大船の黒い船腹へと彼らは到着した。
それから小舟は吊り上げられて、ブハラムの足は
広い甲板の上に立った。船長は命令を発し
オールは元来た海路を辿って、薄闇の波間を
帆を立て、オールを上にして、西に向かって舟は走った。

一晩中航行を続けて、暁が近くなり、
船尾の方角の遠い東に、空が輝いてきた時、
西空を黒い一線が横切っているように見えた。
それは遠く、微《かす》かだったが、光が強まるにつれて
今一つの陸地が、うねるように見え始めた。
永く続いた薄明かりが全て去ってしまった時には
灰色の断崖が、朝日で赤く染まっているのが見えてきた。

この船の形よく削られたマストの影法師が
短くなって海面に触れる事がなくなった時、
また、船が目指す陸地に近づくのを妨げていた
風の無駄吹きがほとんど皆止《や》んだ時、
船は一つの岬を回った。すると彼らの風下《かざしも》には
砂浜のある港、緑の突堤の付いた港があったのだ、
そこには灰色の山を貫いてきた河が流れ入っていたから。

この港へと彼らは躊躇《ためら》う事なく船を操り、すると
ブハラムの眼には、緑の斜面の上に白いテントの数々と
たくさんの兵士の槍の姿が見えたのだ、
また、海に突き出た高地の上には古めかしい城郭、
そして入江の奥には、金の上張りを施した金色の帆、
輝かしく風に揺れる紋章入りの旗、日照を遮る天幕——
これらを飾った一艘の船もまた見えたのだ。

だがテントの下、豪華船の近く、
蔭を落とす木々のあいだに、一つの平地があって
港の端まで続く芝生によって優美に覆われていた。
そしてそこには、蜜蜂のための草地のなか、
息長く吹き寄せる気持の良い海風に煽られて、
立派な天蓋を付けた、見事な玉座が据えられていて、
そのクッションには一人の乙女だけが坐っていた。

彼女は女王の冠を被《かぶ》り、その玉座のまわりには
侍女たちが集まっていたが、その衣裳は、ブハラムが
あの岸辺で出会った二人と全く同じだった。

今あの二人は、魅力的な眼をして彼の傍に立っていた。
この全てをブハラムは、夢が実現したのを喜ぶ人——
そんな人そっくりの気持で眺めていた。また彼は、
この次にどう振る舞うべきかをまだ考えていなかった。

ただ、初めは曖昧で目的もなかった憧れが
今は十倍に活気づき、根拠と目的を見出したのだ。
そして彼の魂には洪水のような光が突然吹き出し、
その炎の輝きのなかに、死への奇妙な思いの数々、
また、名付けようのない希望の数々を呑み込んだ。
なぜなら今は、恋が自分を導いている——ひょっとして恋は
目標が達せられるまで、その時まで導くと知っていたから。

女王の御前に真っ直ぐ向かって船員は船を進めた。
オールから白い泡が飛び散り、
黒い船首が、雛菊の咲く緑の芝生に近づいた時、
その美しい侍女たちのなかから歌が聞こえ、
あの二人の乙女も呟《つぶや》くようにその歌を口ずさんだ。
歌は恋に満ちた言葉を、甘い涙の母である音楽——
優しい音楽に載せて彼の耳に運んできた。

その歌

おお、海を横切って近づいてくるあなた、
絶え間なく《恋》を求めているおお、そなた、
恋の名も知らぬのに遂《つい》に妾《わらわ》の許へ来る貴方《あなた》はどなた？

おいで、あまりに永く恋に飢《かつ》え、それに耐えたあなた、
《恋》への飢《う》えを永らく味わい過ぎてしまったそなた、
言葉を持ちながら孤独しか言えなかったのはどなた？

求める貴方《あなた》は見出します、飢《かつ》えた唇は行き着きます、
愛液の甘い流れに。飢《う》えた心はご馳走にありつきます、
孤独の呻《うめ》きは息も絶え、その後釜《あとがま》に歌が寄り付きます。

近くへ来て！　近くへ来て貴方の苦しみ全てを話して！
苦悩が皆終わる今、貴方は優しくなった言葉の話し手。
どこでいかにして嘆きを漏らしていたのか、皆示して！

近くへ来て！　近づいてよ恋人！　思い給え、恋しない人を。
我らの周りに居はしても、巧みな画像に過ぎない人を、
あそこの木々と同じく、耳もなく、目も見えない人を。

思うに、天空は生きている者が三人だけだと見ています。
空から下ろす神様一人、それに貴方と私だとしています。

神様は我々を創り、《愛》を創る我々は神に似ています。
時を考えないで！　だって貴方は死なないのだから。
いかに早く世が終わろうと、これは変わらないのだから。
終末に皆消滅しても、神、貴方と私は消えないのだから。

なのに恋人、なぜなの？　ぐずぐずするじゃないの！
お主《ぬし》が来ん事にゃ生は始まらぬと判ってるじゃないの、
終わりを知らないこの日が、無駄にされるじゃないの。

　夏風はこのような歌詞を彼の耳元に吹きつけ、
その歌詞を愛嬌のあるあの二人の乙女が口ずさんでいた。
乙女らは恥じらう事なく優しい眼を涙で濡らしていて
それは二人にとって、本当に世界が終わったかのようで
まるで実際、二人は各々《おのおの》、自分の恋人にこの優しい言葉を
語りかけているかのよう。二人はそれぞれ自分の指を
愛する人の手を迎えると思っているように、伸ばしていた。

　だがブハラムは彼女たちの愛嬌には眼を配りはせず、
それはまるで、死んだ悲しみの人びとと彼らの苦悩を思う
悲哀の矢を、彼の心が愛嬌に向かって放ったかのよう——
この思いこそが自分の足をこんな国に向けたのだ。

だがこの恐れが消え去ってしまう以前にさえ
恐れを生み出した思いと、いや実際、過去に生じた事の
全ての記憶が、完全に飛び去ってしまっていた。

　そして歌が終わり、岸辺の上に
船首がきしる音を立て、あの二人の乙女が
小さな声で、自分たちに従《つ》いて上陸するよう促した時には
際限のない喜悦が来るという確実な希望に混じって、なお、
彼の心には、恋が駆逐してしまったあの過去の思い、
すなわち、希望の無くなった日の侘びしい教訓への
一見いわれのなさそうな苦痛が付いて離れなかった。

　そして玉座のほうへ近づきながら
彼は自分に言い聞かせようと努めたのだ——「何たる事！
なぜ俺はこんな幸福感に充ち満ちているのか？
あの歌が自分の事を歌っていたなどと、どうして判ろう？
今なお、どんな事がこれから起こるか、どうして判ろう？
俺の心が最善の出来事に耐えられるか、どうして判ろう？
ほとんど安楽を知らなかった空虚な愚かな俺の心が？

　一瞬が過ぎ、あの金色の船に彼が顔を向けるやいなや、
一つの手が彼の手を握り締めていた。

彼の眼は幸せの涙で濡れ、唇は
愛の籠もったキスの記憶が残ったまま、なおうち震え、
熱心に耳を傾けると、言葉では言い表せないほどに
甘い、メロディのような至福が耳に流れ込んだ。
ついに喜びが生まれ、確かに死の酷《むご》さは去っていた。

　女王の姿を、どうして語り手の私が皆様に伝えられよう、
見事に美しい衣裳に身を包んだ女王の姿を？
伝える必要があろうか？　恋する者の眼は衣裳の裏の
どんな蜘蛛の巣が彼女の美を隠しているかを見抜くのだ。
彼女の美を語れだと？　大気の大きさを測るがよい、
風の重さを計測せよ、太陽を均等に分配してみせよ、
それでもこの難問は残る、彼女の美を語るのは更に困難。

　金色の船のなかに、今、女王と彼は乗り込んだ。
二人の乙女も続いた。すると兵士たちが整列の形を変え
岸辺からの道筋を開いた。職業歌手《ミンストレル》*たちが
この上なく場に相応《ふさわ》しい調べを演奏した。
一方、船尾では恋する男と恋される女が
過去も、未来の日々も、微塵《みじん》も考える事なく
互いの顔を見つめあう以外の何事も為してはいなかった。

＊吟遊詩人と訳されるのが通例だが、原著の物語詩の舞台はいずれも中世。ミンストレルは中世の貴人に雇われて音楽と歌を供した者を指す。

　金色の船首は上流を向いていた。長いオールは
渦を巻く緑の水を白色の曲線へと砕き続け、
船の両側に移り変わる川岸の風景を展開させた。
両岸では眼に見える物全てがあまりにも美しかったので
風物は黄金時代の物にも見えたかも知れなかった。
だが彼は、苦難から解放された全世界の光景よりも
むしろ女王の眼を見続けていた。

　時には女王は言った、「恋人さん、これは貴方《あなた》のもの、
貴方が私のものであるように。ご自分の国をご覧なさい！」
しかし彼はご覧にはならず、むしろ自分の指を
恋の想いを籠めて彼女の指に巻きつけてばかりいた。
そして応えるには「判った。そして、いつかある日に
貴女は美しい花々の上を歩くでしょう、私はその時にも
貴女の足を見るために花々のほうを見るに違いない！」。

　今や流れは狭まり、田園地帯の少女たちが
女王のお通りを眺めるために堤の上に群れていて、
水草のところで渦を巻く流れに新鮮な花束を投げ入れた。
「ご覧！　彼女らは私たちの幸せを歌っているのよ！」

女王は「都はもうすぐです」と言い続けた。ブハラムは
「いや、そんな事より、少女たちがいずれ跪《ひざまず》いて
貴女の衣服の裳裾《もすそ》に接吻する時にこそ彼女らを見たい」。

　今や遥か遠方に、木々が積み重なるその上に
都の、高々とした白い防壁が見えてきた。
そして都に近づくと、夏のそよ風に乗って
祝宴の騒ぎが運ばれてきた。
この物音がブハラムの耳に達した時に
彼は叫んだ——「優しい夜が太陽を引き込んだ後にも
彼らの騒ぎは昼間をさらに長引かせるのでしょうか？*」

＊言うまでもなく、二人きりになれる夜が待ち遠しいのである。

　女王は溜息をつき、こう言った、「いえ、喜んで、王よ、
貴方は今、本来の地位に就こうとしているのですから。
どんな一日にも、王者の冠を頂いていられるという事を
小さな事だとは思わないでしょうから。
日々が経つにつれて、これやあれやこれやで
最後には少しげんなりするようになってきた時でも
キス以上のものが*貴方には残されているのですから」。

＊王としての政務、男女の愛とは無縁な名誉ある仕事。

　聞き取りはしたが、その言葉が何を意味しているのか
判らなかったかのように、彼は彼女の大きな眼を凝視した。
そして言った、「私たちの愛が消え失せる前に、
自ら命を絶つのを私が恐れているとでも思うのですか？
もし私たちが本当に死ねるのなら、死によって変化しても
こんな、心配に満ちた地上の枠組みに恋々《れんれん》として
なお貴女を思い、恥を知る事がないとでもお考えで？*」

＊判りにくいが、貴女の愛（キス）が失せたら潔く自死するの意味。女王は
二人の愛には空白が来ると見越している。

　彼の紅潮した顔を彼女は優しげに見て
愛ゆえに彼女自身も顔を赤らめたが、何も言わず、
ただ胸を膨らませて一つ静かな溜息をついただけ。
そして気になる思いの、解きほぐせない迷路が
彼女の可愛い眼に、思いもしなかった涙をもたらした。
このような彼女の姿が、憧れる自分の心を慰めたので
あの、一抹《いちまつ》、苦々《にがにが》しく聞こえたあの言葉を彼は忘れた。

　この時、銀のトランペットの、調べ豊かな吹き鳴らしが
彼の艶麗《えんれい》な夢にはそぐわない音楽を奏でた。
というのも彼らの前には美々しい都があって
白く高々とした幾つもの橋が、急流の上に架かっていて

橋も陸地も大量の金で輝いていたからだ。
巨大な群衆から歓呼の叫びが歓呼の声に続き、
大気の上には空高く鐘の音《ね》が飛び跳ねていった。

その時、船員たちが金色の帆を巻き上げた——
赤いオールはゆっくりと、流れの表面を撫でた。
家々のあいだに微風が吹き止む頃だった。
やがて川縁に位置している宮殿の傍《そば》に（宮殿が屹立《きつりつ》する
その高さのために鐘の音は半ば弱まって聞こえたが）
金色の船は停泊した。なぜなら二人は、幸せな探索者の
不可思議に素晴らしい邸宅に到着したからだ。

「見上げて驚嘆して下さい、恋人よ」と女王は言った、
二人が立ち上がって岸辺に向かう時だった。
「今は世を去った人びとが私たちのために造った宮殿を。
そして昔日《せきじつ》の建築技術の深さゆえに彼らを讃えて下さい、
彼らの命はとうに失せていますが、彼らに感謝して下さい、
こんなめでたい事が起こると彼らが知っていたら、彼らは
どれほどさらに立派に貴方と私のために腕を揮った事か」。

宮殿のほうに少しの間《あいだ》向いていた彼の熱心な眼差しを
女王は厳粛な面《おも》もちで覗き込んだ。だが彼は
その職人たちが工事の苦労を紛らわすために施した
幻想的な装飾には僅かにしか注意を向けなかった。
巨大な正面玄関が、その幅広い美的創案の全てを広げて
喜びに満ちている都の賑わいを
頬笑むように見下ろしていたにもかかわらず。

彼女は再び溜息をついたが、黙ったまま先へ進んだ。
そして金色のタラップを通って二人はやがて
高く聳《そび》える出入り口の、金色の物陰に入ったが
その時も金糸の布を踏んでいて、この布は娘たちの列の
真ん中を通っていた。娘たちは一人一人、もし苦労の多い
荒廃した国土なら、また女の美が、憧れる男に僅かしか
福を与えない国なら、王国を滅ぼしかねない程の美女たち。

一瞬のうちに入り口の敷居をブハラムは通り過ぎた。
彼が心を注いでいながら、はっきり名付けられなかった
あの欲望をついに彼は勝ち取ったのだった。
あぁ、欲望の最後まで既に得たのでさえあれば良いのに！
なぜなら実際、真昼の太陽は既に輝き終えてはいたが
また、雲の全ては追い散らされてはいるが、誰に判ろう、
どんな暗雲がこの日の終わりを呪うかも知れない事が？

だが日々は過ぎた――一年が秋を抜けて冬へと
落ちこんでゆくにつれて、二人の日々はさらに甘美に。
多分そう言えよう。というのは、彼が初めて花嫁を見た
あの日ほどには、どんな日も素晴らしくはなかったが
でも愛は同じほどに濃く彼の周りに留まり
静穏な日々と安息によって、まろやかなものとなった。
満足され、新たにされた欲望が彼の生を祝福した。

その上さらに、今は他の喜びも加わった。
彼は疎《うと》ましく思うには相応《ふさわ》しくない、彼女からの贈物――
判事の座、馬上試合の栄光に満ちた騒ぎ、
賢明な法律が制定される国会の場。
愛する二人が、静かに、他者から離れて、全ての憂いを
忘れて出会う時に、その幸せをさらに大きなものにする
戦いに敗れて別離を余儀なくされた恋人たちの美しい話。

全ての憂いを忘れて――冬が過ぎ、春が来て、
暖かさに重みを加えられて愛はさらに価値ありと思われ、
夏が来ても、何の不満ももたらさなかった。
また秋が衰えを見せても愛は衰えを見せなかった。
寒い冬は、愛をさらに暖かいものにした。
――恋する女にまつわりつく時、ブハラムはそう述べた。
また一人でいる時にも、そんな言葉を彼は口にした。

だがついに（その詳細を、なぜ、何故《なにゆえ》などとお話しても
今は、何の役に立ちましょうか）、
他の国々との苛烈《かれつ》な戦争と闘いが生じてきた。
女王は泣きながら彼の首基《くびもと》に縋《すが》りつかずにはいられず、
凱旋《がいせん》して来たなら、二人の心と生を一つにしたあの日を
遙かに凌《しの》ぐ歓迎をするものと望んで下さいと
彼に懇願するように命じるのだった。

彼はし損じはしなかった。全ての点で試練を受けていて
敵に立ち向かい、恥をかかせて撃退し、
勝ち誇った敵の手からも勝利をもぎ取り、
こうして、偉大な、神のような名声の獲得者として
愛を求めて溜息つきつつ、愛する女王の許に帰還したが
愛を得るに相応しく、実際女の愛によって変えられて、
この上なく華々《はなばな》しい彼女の愛が彼の報酬であった。

――あぁ愛によって変えられ――移り気で軽率な地上、
人間のしでかす行為、彼らがそのために味わう苦悩、
最初の愛の期間にはほぼ価値無しと見なしたこれらが
今は、巧みに語りの物語のように彼を喜ばせるようになり

これらのなかの何物も彼には、無駄にも悪にも思われず
「それに愛が」と彼は言う、「我が喜びの生を囲む様は
どこか美しい島を海原が取り巻いて流れるに似たり」。

――「愛が取り巻いて流れ」――だが悲し、時が経ち、
何か強力な出世の驀進《ばくしん》を彼は制御したのだった。そして
戦勝の瞬間にさえ彼は躊躇《ためら》うようになり、
かつては憧れていた事を、すんでの所で捨てたくなった。
そんな時「いや、愛の事を考えさせてくれ」と彼は言い、
「あぁ、俺は一意専心《いちいせんしん》、心の一途《いちず》さから逸脱している、
帰らせてくれ、こんな戦《いくさ》に関わらないようにさせてくれ」。

　こうして時は過ぎ、この麗しの国で喜びの生を生きて
二年の月日が経ってしまった。
そんなある日、彼のところへ女王がやってきて
こう言った、「美しい我が背よ、人間は皆、誰か彼かの
手の下では頭が上がらないものね。私もね、
どうしても逆らえない者の命令で
百日先まで、貴方を一人にしておかねばならないの。

　「駄目よ、なぜ行ってしまうのか尋ねたりしないで！
私の所有物は皆、貴方のものだって知っているわね、
とは言え、この一つの事だけは貴方に教えられないの、
かつては熱かった愛が冷たくなってしまわない限り、
また貴方が自分の運命に飽きてしまわない限り。
あぁ愛の人、私を許して！　だって傷つき疲れた足に、
涼しい清流が嬉しいように貴方の抱擁は嬉しいのだから。

　「でももう一言。貴方と私が、全ての素敵な日のなかで
最も素敵だったあの日に、二人だけになったあの部屋へ
入らないで欲しいの、さっき言った百日が過ぎ去って
数多くの辛い道筋が私の足をくたびれさせて
ついに貴方の愛の眼差しを見る日まではね。
なぜって貴方の足があの部屋に踏み入ったならば、必ず、
貴方は私にとって、私が貴方にと同様、死ぬのですから。

　「けれど下劣で、覗き見趣味の人間どもが怖いから
貴方は部屋の鍵を持ち歩いて管理しなければならない。
あぁ我が背！　ご機嫌よう！　貴方は辛い厄介な束縛に
耐えるわけではないし、私は貴方を信頼してますから。
だって貴方に見えるこの涙の流れの全て、
これは愛から生まれ出る以外の何物でもない、なぜなら
私の心はこれまで以上に貴方の心と繋がっていますから」。

こう言って彼女は出て行った。そこで彼は一人残され
妻の不在を嘆き、胸の底から彼女を求めていた。
けれども苦痛とともに、眼が見えなくなったと感じた――
言葉とは裏腹に今なお、夢にも見られない高貴な知識が
何か大量に存在していて、自分はそれに
触れてはならないとは――顔を顰《しか》めて彼は目を逸らし、
その日は、わだかまりのある陰鬱な男に見えた。

だが何日にも亘《わた》って彼は忠実に、その邸宅に
住み続けていた。また金色の玉座から
群れながらやって来る人びとに正当な裁きを与えた。
しかし夜が来て、一人だけになった時には、
こんな王者の栄光はほとんど自分自身のものに思えず、
そして自分の愛の女の事を考える段になると
自分の心の勇気を試してみたくなり始めた。

苦しみながら彼は自分の心から、女王が何物なのかの
新たな疑いを投げ捨てようと努めた。自分の境遇全てが
今もう一度実際、曖昧で曇ったものとして胸に浮かんだ。
或いはそれ故もっと危険かも知れぬ――考え違いならば
どこか、半ば見覚えのある地獄に行って、幸せだった運や
あり得たかも知れない日々を想起して嘆くとしたなら！

彼女は自分の害毒か――自分の命、愛、女王である女が？

そんな時、美しい彼女の肉体を想起した。
手足全てを順繰りに、あの部屋で自分が見た彼女の
愛らしさを目の前に浮かべてみるのだった。
そして叫ぶのだった、「意味のない謎をなぜ考える？
なお未来にはあんな幸せの生活が待っているというのに。
だけど、だけど、他の全ての美を打ち消してしまう彼女の
この美しさが、全て間違いなく自分のものだろうか？

「あの愛らしさの極点は、いかにして変化し得よう？
どうして変化し得よう？――一方俺は老いて死んでゆく、
場合によっては誰か他の男の心が彼女の眼を喜ばせよう、
誰か他の男の頭があの胸を枕にしよう、
かつては私であった全てがとっくに過去化された時には。
今の俺はどうだ――人びとのどんな記憶が、不思議な
愛の天国から追い出されて、俺の精神から去った事か！

「誰に判る？　あの部屋のなかに、この縺《もつ》れた迷路の、
疲れを呼ぶ迷路の謎を解く糸口が見つかって
視界良好になるかも知れぬ、その一方今の俺様は
眼も見えない有様だ。心配の日々の替わりに

際限無き愛が見つかるかも知れないではないか？
ひょっとして彼女は俺の心を試すためだけにあの言葉を
言ったのかも知れぬ、だって鍵を呉れたじゃないか？」

　こうして日々は過ぎ、時には彼女の嬉しい帰還以外の
どんな事も考えないように努めたのだった。
そして王としての公務のなかに生きようと考えたのだ。
だがまたしても頻繁《ひんぱん》に、全ての事の極限まで
知り尽くしたいものだと心が燃えたのだった。
愛は彼を裏切らなかった。しかし有害な嫉妬心が
既に彼の黄金の王座によじ登り、王座の近くに坐していた。

　今度はあのドアの近くをぶらぶら歩き始めた。
そしてあの金の鍵を保管場所から取り出し、
この贈り物を忌々《いまいま》しく思い、腕のなかにもう一度
愛する女性が帰ってくるまで日々が過ぎる事を願った。
だが常に彼は恐れた、あの見慣れた眼、最愛の眼に
ひょっとして思いもしない形で今は変わってしまった
どんな表情を見る事になるかを恐れていたのだ。

十月

　ついにある日がやってきて、朝方には
凶暴な夢の多い眠りから目覚め
判事の座席に坐って、外部の悩み多い人びとが
持ちこんでくる問題を処理して自分の魂を鎮静した。
そのあとは武具を付け、戦時用の愛馬に飛び乗って
馬上試合の矢来の内部で、この上なく熱心に乗馬し、
あらゆる心配事を抛《なげう》ってしまった人のように振舞った。

　夕方と宴がやってくると、彼は坐して
踊り手たちの金に飾られた足許を見物し
身分の高い人びととあれやこれやを話した。
立ち上がると、金貨を用いて職業歌手を呼び寄せ、
愁いに満ちた美しい歌に耳を傾け、
熱心に聴く目つきをしていた。夕べの催しのあいだじゅう
彼は何の抑圧も感じていない栄光ある王に見えた。

　しかし真夜中、もう一度孤独になると、
今もまた、彼の揺れ動く心のなかには
混乱した思いに混じって奇妙な思いが投げ入れられて
彼には、現実と夢とを区別する事ができなくなった。
何もかも、人が描いた絵に見えてきたのだが、
ただ一つ、究極の秘密を知りたいという
圧倒的に強力な願望は現実的で、これが心を炎と化した。

明け方の彼もこのとおり。それからベッドから出て
彼以外の誰からも、女王の美しさをベールで隠している
布製の彼女の肖像画が壁から吊されている姿に接吻した。
だがそれでもなお、限りなく苦々しい毒のように
一つの考えがキスとともに心に湧き上がったのだ――
すると胸のなかは恐れで惑乱したのだが、その恐れは
同時に、優しい、愛に満ちた涙が出るのを抑えていた。

あの金の鍵を手に握ったのだ、すると以前に
別の金の鍵を試そうという気持になって
ちょうどこのとおりに立っていた時の
ちらちらとした記憶が胸に浮かび、そして呟《つぶや》いた――
「鍵を試して大きな幸せを得たのじゃなかったか？
こんな恐れ全ては、どこだか判らない場所で以前に自分が*
どう生きていたかについて、人の心に時々訪れるたぐいの

*ここは人間一般に生じるデジャ・ヴュー（既視感）的な感覚を指している。なおスタンザを跨いで、彼のこの思いは次行に続いている。

「あんな考えの微かな現れでない限り、大丈夫だ」。
こう言いながら彼は部屋から出て行った。
庭沿いの美しい回廊を長々と進み、
小さな緑草の遊園を越えて
あの部屋のドアの、まさしく目の前に立ったのだ。
部屋はあの謎を自分から隠している――立ち止まって
手のなかで金の鍵の重みを量《はか》る仕草をしていた。

立ちつくしたまま、この事をじっと考えた。
もしこれを実行した場合に、全てがどう展開するか、
良い事、悪い事を考えたが、思いは
あれからこれへと雑然と移り変わるばかりで
過去も未来も彼には見えなくなり、
自分が何を考えているのかもほとんど判らなくなった。
それほどにこの激しい願望は熱気を生み出していたのだ。

長く躊躇《ためら》う事もなく、金の鍵を、
そう命じられた人のように、錠に差し込んだのだ。
ドアを押し開けると、恐れていた彼の眼には
よくよく知っているあの愛らしい部屋が見えた。
部屋のなかはなおも全てが、あるべき姿に整えられ、
死を思わせる映像が、彼の驚きの眼を焦がしはせず、
どんな奇怪な音も彼の耳を不吉に襲う事はなかった。

溜息を漏らし、微笑み、こう言うような様子――
「あぁ何でこれを恐れたんだろう？　恐れる物は皆無、

見慣れた物を謎のなかに包み込むなんて」。
まさにそう思うとともに、心から大切に思っていた
良く覚えている事物に近づきさえした。
それらの品々を一つ、また一つ、じっと眺めた——
過去の日々に為された甘美な生活を語る品々だった。

　部屋の灰色の明かりのなかに美しい壁掛けが見え、
そのなかのどの人物像も全く変化していなかった。
世に稀な優美さのカーペットが半ば覆う大理石の床は
初めて女王の足をその上に見た時そのまま。
音たてて飛ぶ灰色の蛾が、美しい寝台の上に
仄《ほの》かに光る天蓋《てんがい》を横切ってはいたが
それ以外のどんな変化もその近くには見えなかった。

　寝台の近くの床の上には、愛する女性の
柔らかな衣服が脱ぎ捨ててあったが、あたかもそれは
彼女が出かける前にそこで脱いだように思えた。
足を留めてこの麗しげな衣服に愛情籠めて触った、
すると全身がその愛情に浸った——ちょうど灰色の波が
砂地の堤の乾いた貝殻を水に浸すのに似ていた。
彼は乾燥しきった唇で、自分の涙を呑み込んだ。

　少し間をおいて立ち上がると、ドアのほうを向いて
こう言った——「あと三日すれば、彼女は
帰ってきて全ての疑念を吹き飛ばすだろう。
そして俺の魂をまた大きな幸せで包むだろう。
もう立ち去ろう、彼女がこれに頬笑んで
彼女も知っている俺の心の弱さに、憐憫と許しを、
当然の事として与えてくれるようにするために」。

　こう言って部屋を出ようとしたちょうどその時、
彼の手近にあった小さなテーブルの上に
もう長い年月この国から消え失せた
巧みな工芸家たちの手になる一つのカップがあった。
カップには一つの銘板が立てかけてあり
その上に金で書かれた文字群が見えた。
すると息を切らして彼はそれに見入った。

　というのも、最初これは眼に入っていなかったからだ。
このなかにこそ秘密があるのだと深く感じ取った。
震えつつ言うには「このカップが俺の飢《かつ》えを癒《いや》すだろう、
この不思議な銘板から俺は素敵な安息を得るかも知れぬ、
仮にこれが罪だとしても彼女は罪を許すだろう、
そうとも、部屋に入った事で彼女の命に背いたのだから

むしろこれを為しても罪はそれ以上に重大にはならぬ」。

　こう思って銘板を手にし、読んでみた――
「大いなる冒険をして多くの幸《さち》を得たおぉ汝《なれ》よ、
このカップの液を飲め、そして世に記憶されよ、
緑の大地を踏んだ足が皆去ったあとにも汝《なれ》が名を残せよ、
汲々《きゅうきゅう》と働く世間は愚か、また世間の常態を思い起こせよ、
考え込んで満足する輩《やから》に世間は冷酷。なら大胆こそ大切、
大胆により奇想天外な事が汝《なれ》の眼に見えるというが定説。

「そうだ、飲むがいい、なぜなら飲まなかった場合には、
この隠された秘事《ひめごと》の深奥《しんおう》を皆、窮め尽くさぬ時合《じあ》いには、
いかにぴったりと汝《なれ》が愛の女にへばりつこうとも、
いかに長らく汝《なれ》がなお、王位に縋《すが》りつこうとも
この我の言葉が忘れられるとでも思うのか、そうとも、*
故に飲め、そして既に正しく得た幸せを持ち帰るがいい、
なぜなら汝《なれ》の古き生活はもう終わったと振り返るがいい」。

*この銘文全体、特にこの最後の二行は二重の意味になるように書かれている。最後の「汝《なれ》の古き生活」はこの都へ来る前の生活を指すように聞こえるが、女王と過ごした過去の生活を指すようにも書かれている。

なお預言的な文なので不自然ながらここでは脚韻を用いた。

　彼はカップを取った。そのまわりにはぐるりと
奇妙な人形《ひとがた》が彫られ、奇妙な文字が書かれているのを見た。
だが慌てていた魂の動乱のなかでは、その時に
それらの意味は全く理解できなかった。もっとも後年、
より大きな事柄の多くがぼんやりしてきた時に
これらの言葉の最も小さな数行が
彼の眼の前をかすめ飛ぶのが見えたけれども。

　そこで眼をつぶって彼は飲んだ。すると今再び、
この甘い飲物が震える唇にまだ残っている時にさえ
あの悲しみの人びとの事を微《かす》かに考えるようになり、
彼らが暗い森のなかをくねくねと歩いているのが見え、
耳には、彼らの哀切極まる嘆きが響いたのである。
彼の愛の女と彼の家庭の栄光の全ては
その一分《いっぷん》のうちにも影法師になり果ててしまった。

　一分のうちにである。もっとも最初は実際、
耐え難い、急速な苦痛が稲妻のように光った一瞬に
彼の愛の女、あの女王は、全ての衣服を脱いだ姿で
開きかけた唇から、何かを話そうとするかのように
そこに立ったように思われた。だがその場の全てに
暗いベールが落ちてきて、寒々として小止みなき風が

数え切れない木々を通って嘆きの歌を歌うように思えた。

だがなお彼はあのドアのほうへ、腕をひろげて
よろめき進もうとした。それはちょうど、暗闇の夜に
以前に知っていた場所を彷徨《さまよ》う人の姿に似ていた。
何も見えない彼の眼は大きく見開かれ、
発熱したような赤みで頰は輝いていた。
崩れ落ちて、ドアロを横切って彼が倒れた時、
彼の唇は動いて、なにか音声にならない事を言おうとした。

彼の眠りを、何と奇妙な、混乱の夢が通り抜けた事か！
何という闘いを戦ったか！　誰と、なぜかも知らずに。
何と哀れに、意味もなく泣かなければならなかった事か！
大地の内部に潜入しようと、また天空の高みを極めようと
何と無意味な報酬を得ようと試みねばならなかったか！
何という忘れ果てていた人の顔が浮かび上がった事か！
何という不穏の海を泳がねばならなかった事か！

彼は目覚めた。どこか淋しい場所の深い静寂《しじま》のなかで
彼の顔に冷たい風が吹きつけ、
彼の耳に渦巻く波の音が打ちつけてきた。
近づくかも知れぬ物に恐怖の身震いをして

彼は、眼が昼間の光と、その光を背景にした、黒や灰色の
形も定かでない事物以外に何も見ないうちに、
恐怖に怯《おび》えて再び彼は眼を閉じた。

少しの間《ま》、身を震わせて横たわり、なぜ恐怖で
気分が悪いのかもほとんど判らずにいたが、ついには
彼の肉体に、哀れな魂が次第に近づき、
少しばかり、過ぎ去った事を考えられるようになったが
それは目覚めて地獄に居ると知った人のよう。彼は周囲を
荒々しく一眺めしたが、見れば自分の眼前に
灰色の崖が空中高く聳《そび》えているのであって、

崖は急流の川を横切った場所にあり、そしてあのドアが
彼を拒否するようにぴたりと閉じていた。以前に震えつつ
このドアを通り過ぎて、全ての人の暮らしぶりを超えた
あの幸せな生活を眼にする事になったのだった。
今、彼の周りには鋭い葉先の細い草が
こちらにもあちらにも盛り上がる土饅頭を覆っていた、
なぜなら彼の先駆者たちが、土の下、彼の近くにいたから。

以前とは異なった声をあげて、それから彼は呻《うめ》き、
ゆっくりと立ち上がり、薄闇の木の幹のあいだを

歩み始めた。すると彼の耳には優しく甘い声、
すなわち、全て苦しい思いを捨ててよい一日を
約束する声が響いていた。
彼は足を留め、木々のほうへ顔を向けたが
微風の嘆きが聞こえただけだった。というのは、

風は言葉を語っているのによく似ていたからだ。
彼は大声で叫んだ――「帰れ、私のところへ帰れ！」、
あの門からの反響が、今なお、
自分の悲惨な状況の助けとなる谺《こだま》を返すかと期待して。
目を閉じてみた――ひょっとしたら夢のなかの悪夢に
捕らわれているのではない事を、そして金色のベッドに
目覚めるのではない事を、確かめるために。

風に声はなく、灰色の崖も押し黙っていた。
眼を開けると、希望のあった日々に彼が足を運んだ
あの同じ場所以外の何物も見えなかった。
身を地に投げて、草のなかに
顔を隠して、恥を感じる事もなく
声が涸《か》れて出なくなるまで、獣《けもの》のように吼《ほ》えてみた。
自分のなかには、命はほとんど残っていないようだった。

それから暫《しば》くして立ち上がった彼は、あの小道を
よろめいて進んだが、何が起こったのかも
なぜこんな苦悩のなかにいるのかもほとんど判らず、
ついには昔、緑の遊園があった場所にやって来ていた。
以前にその衰えを目撃していた遊園の美しさは、
今は実際、草と枝が縺《もつ》れあった荒地に変わり果て、
その昔日の美々しい様《さま》は、誰の眼にも判らなかったろう。

遊園の上に、屋根の無くなった館を彼は見た。
この館の、今は消え去った華麗さは、彼の心に
昔は新たな、贅沢な恋への憧れで満たしたものだった。
だからほとんどその意志もないのに、この館のなかへ
彼の足は彷徨《さまよ》うように向かった。その結果、目撃したのは
野生の鳥が多くの部屋に巣作りした姿。これらの部屋は
喜びを与える優雅な女たちの宿泊所だったろうに。

今や悲しみの最初の激しさが過ぎ去り、
狂気が治まってしまうと、苦痛はさらに増しはしたが、
その昔の日々を鮮明に思い出したのだ、また自分の
巨大な欲望が、全てを台無しにしてしまった上、永久に
自分の生活を不満で満たしてしまった事に気づいた。
名誉も財産も投げ棄てて、こんな目に遇わねばならぬのは

余りにも苛酷で耐えられないと感じられた。
　今は広間に入って、昔あの悲しみの人びとが腰掛けていた石造りのベンチに、彼は坐った。彼の心の名付けがたかった願望を手に入れる前に自分がした事全てを考えようと努め、また、今なお、自分が死ぬ前に、あれやこれのなかに快楽を見出せるかも知れぬ、苛酷な日々も小さな喜びを隠しているかも知れぬと望むように努めた。

　自分の手が、あの高い灰色の崖の下へあの鍵を差し入れたあの時に、静かな生活への希望の全体を投げ棄ててしまった事を考えて呻《うめ》いた。そこで振り向いて少しのあいだ立っていた——あの館のなかで惨め極まる生涯を磨り減らした仲間、彼らが耐えた重荷がどんなに酷かったとしても、自分はあの悲しみの仲間より悲惨だと思わずにいられなかった。

　なぜなら彼らはある程度人生に安息を残していたから、だって実際、あの館に住む事ができたから、と彼は言った。だが彼の心の上を悲哀の重みがあまりに強く圧したので凄惨《せいさん》な自分の顔をここに隠す事は不可能であり、死ぬまで、館の外をさすらい続けずにはいられまい——あぁ神よ、世間の好奇の目が自分を見る事以上にあの館は、よりいっそうの恐怖に満ちていると思える！

　なぜなら館では夢のなかでも最悪の夢を見るだろうと思われたから——夢のなかでも目覚めていて夢全てに、どんな希望の微光さえ現れないと思われた上、この恐ろしい鎖を決して断ち切れないと思われたからだ。館では、震えながら愛の女の名で自分が呼ぶに違いない恥ずべき映像を自分の眼が拵える事は確実で、そして、唇に恥ずかしい言葉を発し続けさせるに違いないからだ。

　この最中《さなか》、よろしいか、彼に残されていた僅かの意志がなお彼を人びとの住処のほうへと再びせき立てたのだ。それ故、彼は立ち上がり、惨めさで視力も僅かだったが太陽に焼けていた平原を横切って眠ったまま歩いている人のように、ほとんど苦もなくあの森を通り抜けて、もう一度やって来たのは高台を見下ろすあの丘の上だった。

　彼がその高台へと足を踏み入れた時にはその陽の照る日、夏の光は苛烈《かれつ》だった。

人も獣も物陰に横たわって休んでいたが
彼に得られるどんな休息も、心地良いとは思えなかった。
彼が森をあとにした時には、熱い太陽が
彼の頭の上を打つように照りつけはしたが、彼は
自分に投げ下ろされるその熱気を感じさえしなかった。

日の終わりには都の城門に着いた。
今やもはや嘆きの声はあげず、眼の涙も乾いていた。
彼の魂は肉体に幽閉されたまま、待たねばならなかった、
自己の不幸の最終的な期限切れ――死を。
安楽を求める事もできず、死ねるよう祈る事もできず、
その麗しの都のなかに貧しげな住居を
手には入れたが、そこで長々とした月日を過ごしたのだ。

だが人びとは時折、波止場に立つ彼が、賑やかな情景を
見ている様子もないまま、眼をそこに向けているのを見、
或いは祭りの日には群衆のなかを通り過ぎたり、或いは
賑やかな子たちの綱に捕らわれていたりするのを見た。
人びとが彼の、狂おしげに夢見るような眼を見、
表情の失せた彼の顔が隠れた苦悩で歪むのを見た時には
彼らは言った、「二度と再び笑わなくなった男だ」と。

訳者より 5

読み終わった物語詩の内容に対して、釈然としない気持を感じる読者が多いのではないだろうか？　館に住んでいた悲しげに次々に死んでいった人びとも、ブハラムと同じ体験、つまり絶世の美女である仙界の女王に愛されたのち、禁じられていた飲み物を飲んで元の国に帰らざるを得なくなったのだ、と私たちは思わざるを得ない。だがなぜ彼らは、金銀財宝に恵まれながら、元の国でその後も「幸せに」暮らす事ができなかったのか？　またその金銀財宝を相続したブハラムも、なぜ元の国で「二度と笑わなく」なってしまったのか？　だが神話や古い物語には、人間のある種の性癖を浮き彫りにして見せるものが多い。人間は一旦《いったん》並はずれた幸せを味わってしまうと、その至福を失ったのちには惨めで平凡な生活を受け容れられない場合が多々生じる。玉手箱を開けると白髪の翁になる。かつて最高の栄誉を得た有名人が惨めな後半生を送ったり、自殺に追い込まれたりする。また禁じられた事を行ってしまうのも人間の習性である。パンドーラが箱を開けるとあらゆる害悪が飛び出す。オルペウスは振り返って見たために、冥界からエウリュディケを蘇生させ得なかった（グルックの『オルフェオとエウリディーチェ』［1762］は例外）。
今読んだ物語詩も、これらと同じく、人間性のなかに潜む弱点を示す事にのみ意味を持たせた話なのだろう。

話を聴き終わって

（この小見出しは原著にはない）

今は生命もこれほど終わりに近づいた聴き手たちは
夢のなか、いや実際愚鈍な夢のなかに安住するほうが
ましだと思ったかも知れぬ。掴み取ろうと手を伸ばし、
血走った眼をして、王者になるべく全ての努力をしながら
今は、もはや何物の長《おさ》にもなれずに、《生命》に直接、
面と向かって闘いを挑むよりは——
損なわれる事のない喜びを掴もうと奮励《ふんれい》するが故《ゆえ》に
厳しい監督官の手中に帰した姿で目覚めるよりは——
自分が世界だと常に考え、いつも自分が世界である事を
希求しながら、自己の心だけが世界であると知るよりは、
自分以外には実体あるものは皆無だと知り、全ての事への
全ての配慮が、皆、風のなかに散逸《さんいつ》してしまい、
心には、苦痛そのものさえ生きていないと知るよりは。
実際、呼吸する事を余儀なくされ、骨折りも強いられ、
恐れをも強制されながら希望を抱く事は許されず——
昇れない断崖と、航行できない海のあいだの
花咲く斜面に横たえられた人びとそっくりに、聴き手の
老人たちは、苦痛さえ感じない状態、害をなす事のない
永劫《えいごう》を待ち続ける状態に陥《おちい》っていた。
昔、彼らの心が蒔《ま》いた不安の種は、芽を出して
収穫して蓄えられ、消費されてしまい、彼らの宝物から
剥《は》ぎ取ってよい物を何一つ残してくれはしなかった。
彼らの、これら老いの日々には、かつて実在した全てが
絵に描いた餅。だから彼らは腰を降ろして、休息の術《すべ》を
知っている、静穏な、賢明な心の持主、優しすぎて最善を
掴み取ろうともがきはしない人物を讃えればよかった。
なぜならこの人物は全体の一部、全ての物がその一部、
この人物の広く及ぶ愛の心に等しく愛されるからだった。

　ああ、夜風が何という荒れかた。風と海も
無意味な苦悶《くもん》のなかで、荒々しくぶつかり合っていた。
だが職業的歌手《ミンストレル》の歌だけは衰えも弱まりもせず
この広間全体を貫いて、失われた年月の悪を嘲《あざけ》っていた！

訳者より６

十一月第二話（グズルーンの恋人たち）についてここに書く。登場人物がどんな人間なのか、話がどう続いているのか、当然本欄だけでは判りにくいのだから、話の読了後、ここを読まれるほうが望ましいかも知れない。

話のあらすじは、モリスが愛した北欧伝説『ラックサ谷のサガ』に近似している。だが如何に強靱なリアリズム的描写が新たに持ちこまれ、如何に的確な人物の性格付けがなされている事か！　その上、登場する主役たちは全く理想化されていない。主役女性《グズルーン》は愛情も強烈だが復讐心も邪悪で、自分を強く愛してくれた夫《ボッリ》に、自分が最も愛している男《キャルタン》を殺害させ、その後大した懊悩《おうのう》もなく、四度目の結婚をして長生きする。夫ボッリを愛していなかったのかと思うと、夫《ボッリ》とのあいだにできた子をボッリと名付けている。

性格上彼女と対照的に温和な女レヴナは、夫となった男《キャルタン》をグズルーンに劣らず愛しているが、自己の倫理観に従って的確な判断をする事が多いのに、自己主張が弱く常に周囲の説得に従ってしまう。そのキャルタンはグズルーンを愛しながら、自己の名誉欲のために三年間彼女を故国に放置し、その間にノルウェイ王妹と婚約したも同然の愛情関係を結び、王との共同統治も約束されていながら、突然グズルーンを思い出し、王妹を捨てて国《アイスランド》に帰る。その留守中にボッリはグズルーンと結婚するが、彼《ボッリ》はキャルタンと王妹との仲を主張して自己の結婚を正当化すればいいのに、彼《キャルタン》とグズルーンを裏切ったと思い続けて終始抑鬱症気味である。このように主役全てが人間的弱点を露わにする。つまりこれは近代的にリアルな心理劇である。

そしてもう一つ、見逃せない人間性への観察がある。人物全てが戦闘的であるか、平和的であるかに二分されている。「目には目を……」の報復的論理に従うか、話し合いと寛恕の精神に従うかの二種の行動様式が示される。グズルーンの粗暴な弟たちは当初から前者、そして彼女《グズルーン》も結果的にそれに与《くみ》する。キャルタンは勇猛に戦闘的であり、彼の母は報復を当然視する。一方でキャルタンの挑戦を言葉の力で抑え込むノルウェイ王は（彼《キャルタン》との関係における限り）和平の原理を貫く。アイスランド側ではレヴナは最も平和愛好的であり、ボッリも優柔不断ながら争いを嫌悪する男として示される。キャルタンの父孔雀《ピーコック》は、極めて顕著に、不和となった二つの豪族間での平和主義を唱える。

そして相手側の戦闘的行為への報復の、二豪族間での繰り返しが、取り返しの付かない悲劇を生み、またその悲劇のあとにも、平和主義者孔雀《ピーコック》の死とともに妻（キャルタンの母）の報復的戦闘が究極的な悲劇を生む――これは国と国との対立を個人のレベルで示した寓話にほかならない。そしてモリスは圧倒的に平和主義に賛同しているのである。

十一月

レヴナが周囲に強制されて宝玉頭巾を着用した姿に接したキャルタン（第二話）。
アイスランドらしい風景が描かれている。PC の PD より。

十一月

あなたの眼は疲れているの？　心があまりに重いので
もはや、疑念や物思いと戦う事もできないの？
憂鬱な思いの、形のないベールが今は暗く厚くなって
心にカーテンを引くの？　ちょうど美しい谷に降りた
煙色の霧の輪が、谷を見えなくし、無と化するように？
あなたはあまりに鬱々として、苦痛と悪夢が掛布《かけぬの》となった
この四つの壁の外に、世界がないように感じられるの？

現実の世界をご覧なさい、そこではこれら高い木々の
根本と梢《こずえ》の中間に月が昇ってきていて、この月が
恐ろしげな深夜を夢のような真昼に変え、その真昼は
静かで、驚異に満ちています。なぜならそよ風は
日没とともに吹き止み、昼間の映像も
昼間の希望も、空にも大地にも残されていませんから——
美しいではないか、驚くべく価値ある光景ではないですか。

そうです、私はこの景色に《十一月》を見てきたのです。
毎年変わりのない季節の変化の刻印に見える景色です、
生きているあいだ美しかった事物の麗しい死なのです、
私には偉大に過ぎる、輝かしい《独居美の記号《サイン》》です、
畏怖すべき《永遠》を映し出す、不思議なる影像です、
《永遠》の、空虚に耐える堅忍《けんにん》のなかに、いかにしてこの
物欲の熱で伸ばす手、この不満な心が参画できましょう？

訳者より7　この詩はやや難解と感じられるかも知れない。しかし晩秋と人生の十一月を歌った作品として、モリスの絶品の一つである。「あなた」は誰であってもいい。十一月になると（特に昼間が極端に短くなるイギリス、活動時間が短くなる人生の十一月では）憂鬱が襲ってきて、人の気分は重くなる。だが半ば枯れた枝に掛かる月の皓《しろ》さはこの自然・人生両様の季節独特のものであり、ロマン派詩人（特にワーズワスとコウルリッジ）が見出した《独り居》の幸せが、この景色から感じ取られる。また木間《このま》の月は《永遠》を垣間見せる影像（これもワーズワスが歌った）に感じられる。その時には、あくせく物欲に駆られて手を伸ばす人間の営為や、常に満足を知らない人の心は、この《永遠》のなかでの役割を拒否される。木間《このま》の月と、その木々から散り果ててゆく（一例を挙げれば）「かつて美しかった」木の葉の姿に感じ入ってこそ、十一月の訪れのなかに、世の時間の永劫という、畏怖すべき荘厳さを受容できる心が育つのである。

本書姉妹編の『春から夏へ』の「解説」末尾にも触れたように、人は書物や詩文による教育を受けてこそ、自然美を感受する心、さらには「環境感受性」を扶育《ふいく》できる。その点でも、この詩は良き教材である。

十一月最初の集まりを前に

（この小見出しは原著にはない）

白霜の近いことを予告するように、
十一月の空が赤味を増してゆく晴れた夕刻に
これら老人たちは戸外の寒さから逃れて室内にいた——
老いたので、最後の《平安》が来る前の人生の末期《まつご》には
もはや、安楽の助けとなるものが僅かにしか要らない事に
何か満足を感じるかのような物腰だった。
彼らにとっては、この空虚となった十一月は、春の季節と
この一年の死とのあいだに、彼らが得たり、失ってなお
憧れたりした事どもへの哀惜の念を残していなかった。
この全ては小規模な重要性さえ帯びてはいなかったし、
これまでのこの僅かな月日は、悲惨に満ちた長い生涯とは
思われもしなかった。人によってはそう感じるだろうが——
努力の全てを尽くしながら、世間が辛抱強く
取り乱し混乱した苦痛の塊《かたまり》に陥るのを避ける
そんな、世界の忍耐力が見えていながら、
自らはそれには眼もくれず、自分が若いが故に
望みもない最善への虚しい熱望を捨てず、少しの休息を
得んとする意志も持たなかった奮闘者が感じるようには。

おそらくは、今、炉端の沈黙を打ち破って、次のように
語った男は、そんな考えを心に抱いていたのであろう——
「今夕の私の話は、平和な国に生まれ育った
美しい女の話です。彼女はこの平和を蔑《さげす》み、
次には順繰りに強大な王たちの行いを嘲笑い、
賢者のの忠告を無視し、外国にも知れ渡る名声を嘲《あざけ》り、
人の羨む生活を侮《あなど》ったのです。不満を抱く生まれつきで
そのため卑しい人びとの厳しい世界に足を踏み入れ、常に、
次第に重くなる倦怠感だけしか得られなくなったのです。
どうか神よ、彼女の憧れる心に、どこかで今、
満足を知る心を与え給え、彼女を暫くはうんざりさせて
今は彼女を忘れるこの奇妙な大地を、彼女がよく見て
頻笑む事ができるように！　我々のなかには十分幸せに
生きてきながら、頻笑む事ができない者もいるけれど！」

ロドーペーの物語

あらすじ
ある貧しい国に一人の乙女がいた。身分は低かったが、卓越して美しかった。この娘が、ある不思議な偶然によって、低い社会層から引き上げられて、女王となり、世界の驚きの的となった。

昔、ギリシア語を喋《しゃべ》る民族が住んでいた。
私の物語は、何という名の民族かは語っていない。
国は頂上が雪で覆われた山々と海が洗う浜辺のあいだの帯のような平地と緑の台地にあった。
そこでは夏の最悪の気候は見られはせず、めったに、冬の寒気の最後の締めつけも訪れなかった。
庭園、畠、そして羊に囲まれて、生活は豊かだった。

私の原話によると、人びとは海をあしらう事が少なく、例外はボラの輝く朱色や、黒マグロの重みだけだった。雪で覆われた山の彼方に、月と太陽以外のどんなものがあるのかを彼らは知らず、また誰一人、国の丘の斜面に竪坑《たてこう》を掘り下げもせず、流れの水を抜いて、川底の砂の下に砂金が輝いているかどうかも調べなかった。

それでも彼らは十分に豊かに暮らした。大きな乳房の雌牛が、夕方になると啼《な》きながら乳搾り桶に向かった。巧みに垣根に仕切られた葡萄畑のそばで羊が草を食《は》み、葡萄の房は、美しい丘の南に面した斜面に垂れ、遠く、また広く続く褐色の畑地《はたち》は来る年も来る年も緑から、白色がかった金色に変わった。また、人が飼育していない蜜蜂が数限りなく羽音をたてて花々以外には眼もくれずに国中を飛び、他者である人間のために働いた。カタカタと鳴る織機は家屋のなかで長らく静まる事なく立っていた。女性の部屋では紡錘《つむ》が回転し続け、冬の暗がりが深々と地を覆う時にも、しばしば、熟練した誰か樵夫《きこり》の手許で、ポプラの木塊から白い木片が飛びこれを傍で見物する人びとがいた。

また時には外国の商人たちがやってきてその大型船を砂浜に引き上げたものだ。すると数多くの家庭から女性たちが

重い荷物を積んだ牛馬を連れて岸辺に来て
黒い竜骨をした船の周りで一日を過ごし
月光に照らされて帰途に就いたが、荷は軽く、持ち帰る
品はすぐに数えられた――質素な利得を夫に示すために。

そのため、極めて多くの場合、この国の貴重品箱は、
優美な衣類や装身具の中身を喪う事が稀であった。
滑らかで柔らかい肩の上に、金の飾りが輝き、
多くの女性の手から、火花のような宝石の光が煌《きら》めき、
教会の祭壇際《ぎわ》でも、犠牲を捧げる厳粛な日には
農場主様が、恥ずかしい値段の物ではない
立派な衣装をつけて立っていたものだ。

だが次の朝になると、黄色い頭髪丸出しの娘っ子が
野面に出、或いは緑の葡萄蔓《ぶどうづる》のあいだに姿を現した。
農場主様の額には、真珠の飾りは消えていて
替わりに日光に引き出された珠の粒が見られたのだ。
この時には輝く鋤《すき》の刃が畝溝《うねみぞ》を綺麗に切り開いたし、
或いは太く刈り取った穀類が、力強い一撃の下《もと》に落ちた。
この素朴な人びとのあいだでは誰もが働いたからだ。

さて、だれも貴族のように富裕ではないが、貧乏な人の
少ないこの国に、一人の男が住んでいた。
彼は多分、家の頭《かしら》であるどんな男よりも
貧乏なのだった。人生の下り道を
ある程度の恐怖の重荷を彼は背負ってたどっていた。
というのも、今は六十歳に近づきながら、常に
彼の富は磨《す》り減り、常に家のなかは空っぽになったからだ。

なぜこうなるのか、誰にも判らなかった。なぜなら彼は
この美しい国の素朴な技芸全てについて腕利きであり、
鋤の柄も鋤も、鎌、そして斧の重みも
必要なだけ十分、労働で固まった彼の手に操られていた。
忍び寄る絶望にも今なお彼は耐えていた。
結婚もしていた。白髪交じりの伴侶《はんりょ》は
全ての仕事に熟練していて、為すべき事をやり遂げていた。

それでも彼の財産は減った。旱魃《かんばつ》が続いたあとに
干草を刈ったが、そのあと干草は雨に長く晒《さら》された。
葡萄の収穫のために気弱になって、時間に出遅れる――
それしかなかった。八月が来たが、彼の痩せた小麦には
意味がなかった。彼の羊は狼の群に殺された。
馬たちは跛行《はこう》するようになり、雌牛は乳を失い、
畜殺用の家畜はナイフの前で痩せ衰えるのだった。

宜しいか、大概の人より頻繁にこの災いが彼に生じた*。
でも彼は生き続けた。この国では贈物が多かったからだ。
金持ちの財宝は滅多にしか独占的に蓄積されなかった、
人びとは吝嗇家《けちんぼ》を睨《にら》みつけ、この国に珍しい者として
指弾するのが常だったからだ。
しかし常に、人の与えるものはいつも重荷となるものだ。
だからこの農場主は急速に丘を転げ落ちていった。

*モリスのケルムスコット版では more than most I say と書いたようだが、令嬢 May の編纂（本訳著の原典）では most の次にコンマがある。ケルムスコット版に従えば、ここは「私が語る全て以上の災いが彼には生じた」となる。

けれどもいつも運命が彼をこう扱ったのではない。
若い頃には彼は金持で名士だった。とは言え、
彼の家庭は子種にも子宝《こだから》にも恵まれなかった。
この事は彼に自分の運命を大いに嫌わせたのだ。
若かった時にも年を食った時にも彼は神々に向かって
他の全てを奪ってもよいから子は授けよと祈った——
先の見えぬ人間が、運命の足どりを導こうとするのは常。
こうして二十年間の、子のない結婚生活が、彼の妻を
悩ませ続けたあとのある日の事、
彼女は彼に、笑みと涙を浮かべて語りかけた——
こう言ったのだ、「喜んで！　神々と私たちとのもめ事は
もうお終《しま》いですから。私たちのこれまでの生活は
新しく大化けするわ。長らく何も咲かなかった枝に
花が咲くのよ、荒地が歌い出すのよ」。

この嬉しい言葉を聞いて彼は大喜び。その朝は
屋敷と農場の全てで、これまでとはうち変わった人となり
貯蔵した大切な食物を熱心に見つめ、これまで
人生がはやばやと終わり淋しくなると思われていた時に
嘲笑っていた事物を、抱きしめるように一人喜んだ。
こうして日々は過ぎ去り、月が満ちて、ついにこの寒々と
していた家に、新たな音色が産声をあげる事になった。

それは三月の事。しかし大地には六月の
先触れが感じられた。芽を吹く菩提樹《ぼだいじゅ》の並木が
家屋敷にはあり、そこでは褐色の鳥《ナイティンゲール》が
幸せげに歌い、微《かす》かに青みを見せる空を背景に
黒サンザシ*の花々が愛に相応しい屋根を作っていた。
南風が雨の兆しを匂わせてはいたが、今はまだ
一片の雲も、この風の金色《こんじき》の吐息を汚してはいなかった。

*原語 blackthorn はリンボクと訳されるが、その花は十月故、こう訳した。

その午後には立派な掛け布の吊り下がった広間で
この農場主は多くの思いを抱いて横になっていた。
そのうち穏やかな眠りが彼の上に降りてきて
夢が訪れてきた。だがこの素敵な日を
夢も忘れはしなかったし、こんなにも幸せとなった
彼の家をかき消しはしなかった。というのも彼は
夢のなかで自分の庭園に立っていたのだ。

　夢では、妻と手をつないでいるように思われた。
二人の眼はともに、足許に咲き出でた
見るも嬉しい小さな花を見ようとして
愛を籠めて熱心だった。花は爽やかな風を通じて
甘い香りを送ってくれた。だが二人が腰を曲げて見るうち
その昼間がどんよりとしてきて雨になり
二人がたいそう喜んで見ていた可愛らしい花が

　立派な若木に育ったのだ。二人は驚きながら
それを眺めたが、なお変わる事なくその若木を愛した。
しかし見ているうちに輝く炎がその周りで燃えさかり
暫《しばら》く若木を隠してしまい、倦怠感が
この愛すべき二人の魂を圧迫してしまい、
彼らは相並《あい》んで地上に倒れ伏し、
二人には自分たちが死んだかのように思われた。

　だが二人は、頭上にあの木が聳《そび》えているのが判った。
力強く育って、葉が密に茂り、大枝のそれぞれには
王冠、剣《つるぎ》、船舶、見るも美しい宮殿が架かっていた。
それとともに大風が枝のなかで歌っていたのだ、
トランペットの吹奏も聞こえた。この木の葉の世界には
甲冑《かっちゅう》の金属音も響き、時折、外国の人びとの
言葉を歌詞にした、不思議な歌が歌われていた。

　これらの物音のなかに、ついにこの農場主には
自国の歌詞による歌が聞こえて、目覚めて上半身を起こし
窓から真っ直ぐな光線を投げかける明るい陽の光に
瞬きをしたが、日光は埃の掛かった掛け布を
明るく照らしていた。やがて寝ぼけから醒めた彼の眼には
頭上に桶を載せて戸外を歩く二人の娘の姿が見えた。
二人は歌を歌いながら、乳搾りの小屋に向かって去った。

　すると彼女らに出会うように、野面からジャラジャラと
馬銜《はみ》と引き綱のある、何頭もの馬の曳く馬車がやってきて
陽気で幅広い顔の若者が一人、馬車の最前部に横坐り。

そばかすがあり、淡黄色の髪。赤い両唇のあいだからは
桜草のような黄ばみが見えたが、陽気で嬉しそうで
躯《からだ》を揺らしながらくぐもった口笛で、娘の歌と
茶色の大鶫《つぐみ》の鳴き声をからかうように真似ていた。

そこで農場主は起きあがり、幸せな気持。なぜなら、
いま見た夢はどう考えても悪夢とは思えなかった。
むしろ彼には、夢は自分の希望の反映だと思われた――
仮に、やがて実際にやってくる幸せな事柄の
どんな確実な預言ではないとしたところで。
そこで三月の陽光のなかへ彼は散歩に出た、
人生も財産も皆、二倍の値打ちになったという気持で。

その夕べには、納屋から、巧く種付けをしてある畠まで
全てを笑顔で眺め、このような世界で誰かが
これから起こりそうな事を考えて、少なくとも長いあいだ
嘆くなんて、どうした事かと思いつつ歩いた。
優しい南風、草のあいだに顔を出した花たち、
香り豊かな大地、ありとあらゆる場所からの美しい音、
これらは人には耐え難いほどに巨大な贈物に思えた。

人間のなかでも最大の幸せ者として長い散歩に興じ、
ついには昼が終わって、高空の皓《しろ》い月が
白い砂利の上に長い影法師を投げかけるなか、
彼はまた家屋敷のドアロに近づいた。するとそこに
見張りをするように一人の少女が立っていて、
彼が帰ってくるのを見かけると、唇から叫ぶように
こう言った、「おぉ二重に福の来たお家にお帰りなさい！

「奥様が可愛らしい女の子をご出産ですよ、
家に入ってご覧なさい、そしてその事について神々に
感謝を捧げなさい、貴方の祈りを聴いて下さった神々に」。
彼には、この声は甘く麗しく耳に響き、自分と、
完全な幸せのあいだに何の障壁も、今はもう立っていない
と感じさせた。人生の終わりが近いとも思えなくなった。
今また彼は、自分が死なねばならない事を忘れていた。

そこで翌日には、華やかな祝宴を張った。
招待客は皆、持ち帰る引出物《ひきでもの》に満足したのだ。
畠と羊を司る神々も、自分の祭壇で犠牲に供された
多くの獣《けもの》にによって喜ばされた。
この財産全ての泉が、どうして枯れる事があろうか？
試した事のない奇妙な事を、彼はしでかさなかった。
一年と一年の間に、四季がどうして変わる事があろう？

いや実際、翌年までに子どもは元気に育ち、彼の心の願望を満たした。そこでまた大広間で豪華な宴《うたげ》を催して、招かれた人びとが帰る時には立派な引出物が渡された。だがそのために彼の財産が少し減ってしまうという事が生じた。しかし彼はそれにほとんど悲しまず、「なるようになれ、今年の収穫は天秤《てんびん》をまた元どおりにするさ」と語った。

とは言え、時が経ち、子が成長するとともに、悪運が急速に彼を襲い、農園は一つ、また一つ、彼の所有地から消えた。彼は全く安楽に過ごさなくなり、それでも彼の苦労は、ほとんど幸運を生み出さなかった。神々は彼のために、希望のない願望の新たな袋を開封したかのようであった。そして彼の日々は休息のない切望だけで過ぎて行くしかなかった。

このように事態は推移し、やがて私の話している年の六月になったのである。この時、あの乙女は十九度目の五月の季節を見ていた。そして非常に美しくなったのでこの国のなかでは、彼女のような美女は、未だかつて見られた事がないほど。彼女の女神のような物腰、その眼、優しい話しぶりだけが、全て美しいものの消え去ってしまったあの家に祝福を与えていた。

この事に誰が陰鬱になろうとも、彼女は違った。威厳のある、表情を変えない顔、物に動じない心で毎日が過ぎるのを眺め、憂いもせず喜びもせず、変化を考えてなんかいませんと彼女は言った。当然ながらこれまでに彼女は多くの男に恋されていた。激しい恋の言葉を彼女は何度も聞いていた。美しい足許に流される悲痛な涙を見るごとに、彼女は無情になった。

これらの男性から遙か遠くに彼女は居るかのようで、彼らの喜びも悲しみも彼女の心を動かさず、男たちは彼女を何らかの女神と見なすようになり、彼女を呪いはしなかった。ただし彼女のほうは、時として我知らず彼らに呪いを与えた様子で、その日は男には不幸な、無用な日に思われた――彼女が男たちの素朴な歓楽の場を横切るように、生と恥辱との

考えで眼を満たしてやって来た時には。その間ずっと彼女は必要に応じて労働をしていた。自分の行為を何ら気にも掛けず、長い一日が彼女の手許にもたらした

他の事同様に、何事をしても悪とは思わぬ様子だった。
そして父親が、激烈な敵と
戦っている時にも、彼女はそれを皆、眼にしていながら
まるで何か奇妙な演劇を見るようにそれを眺めていた。

そして恐れながらもなお彼女を愛した男は、あたかも、
彼女の心を自分に近づける勇気がないかのように、
ただ驚嘆して彼女を眺めるのだった。それでも
彼女が希望する事、恐れている事を知りたいと思った。
いつの日か彼女が、彼の事を心のなかでどんなふうに
思っているのかを示してくれるように望んでいたのだ。
そう、仮にその日、彼女の心に嘲りしか見ないとしてさえ。

こうした成り行きのなか、六月のある日の事――
がらんとした大広間での夕方の出来事だ――
震える蝙蝠《こうもり》の翼が、窓辺に触れながら飛び、
静かな夜露が刻々と地の上に降り、
遠くの連絡船の上から、帰途を急ぐ旅人の
叫ぶ声が聞こえる頃――この家の三人が
人に隠れた静かな広間にいたのはそんな晩方だった。

おそらくは、あの農場主があとの二人に、何か物語を
語り聞かせていたのだろう――なぜならこう言ったから。
「こうして最後にはもう海賊どものできる事はなくなる、
なぜなら彼らの多くが傷つき、或いは殺されたからじゃ、
彼らは命乞いをせざるを得なかった。神《ユピテル》に誓って言うぞ、
その命乞いの交渉を儂《わし》は綺麗な音楽みたいに聞いていた、
儂は三時間も、恐《おと》ろしい死に方を近くで見ていたから。*

*海賊は航海中の他の船舶を襲うほかに、陸地に上陸して掠奪する。

「そこで我々は彼らの大きな船を綱で引っぱり
大いに苦労して、入江の浅瀬に乗りあげさせた。
お前らが今見る、絵で描いた龍の頭は、大口開けて
ユピテルの神殿入口を嘲っていたが、もう駄目じゃやった。
商船の沈没の源《もと》となる、この船の尖った舳先*は
我々が叩き切っていた。補助オール全てを使って
浜辺の近くにあの避難所の屋根を作ったんじゃ。

*昔、体当たりして敵船を突き破るための嘴《くちばし》状の船首。衝角《しょうかく》と言う。

「それから我々はあの船の船倉から掠奪をし始めた。
奴らには食事の蓄えを残したが、奪ってきたのは
甲冑《かっちゅう》、綺麗な布地、銀製・金製の品々、
豪華な衣裳、ワインと蜂蜜。そのあと我々は
その日の午後一杯、岸辺に横たわった。

それから奪った品々を、くじ引きをして分けた――
それは父さんの運命が父さんに悪さを仕掛ける前の事だ。

「それにその時、いい物を手に入れたぞ。ワイン二樽《ふたたる》、
素晴らしい蜂蜜の壺一つ。神々でさえ頬笑んで
このがらんとした広間に来て、召し上がりそうな
そんな上物《じょうもの》だった。あぁ父さんの心は痛む、
我が娘ロドペーよ！　お前のために痛むぞ、
金で飾り立てた濃紫《こむらさき》のドレスの事を言おうとすると。
ドレスは疑いなく、今のお前の美しさに似合うだろうが。

「他《ほか》の物だと？　金《きん》でぐるりと飾った紋章付きの兜《かぶと》、
弓と一箙《ひとえびら》の矢束だ――ほらあそこに掛かっているぞ、
だって奥様が飾りに負けぬような大声で歌を歌うのに、
ほかの壁飾りが来て、あの飾りの意味を奪わなかったから。
初めて玄関口で父さんの槍の台尻が音を立て、
あの入江の上を《海の恐怖》、つまり海賊船が
ずたずたになった帆でのろのろ苦労して退却した時に。

「奥様《おめえ》、弓を取り下ろせ。飾りこそなけれ、値打ちの
ある品だぞ。だからこそ、まだここにあるのだ。
だってこの弓は森では信頼を裏切らぬ、長い矢束も
まだら模様の鹿を見つけ出すのに賢いのなんの。
そして四日間食う物が無い時に元気を出させてくれる。
だがほかの獲物じゃが――夕明かりが薄くなった、
こんな半分しか覚えてはおらぬ悲しい話の途中じゃが。

「だから少しのあいだ、蝋燭《ろうそく》を点《とも》せ、
見事な品を見るために」。これを聞くと奥様は
向きを変え、やがて彼女の笑みを蝋燭が示した。
そして彼女はロドペーをじっと見た、ひょっとして
娘のなかに品を見たいという熱意が見えるかと思って。
だが蝋燭が暗闇のなかで輝く頃になっても、ロドペーの
大きな眼は、戸外で輝きを増す星々を見つめていた。

それから農場主は大きな貯蔵箱のほうに赴《おもむ》き、
そのなかに入っていた家庭用のがらくたを
引っかき回して、多くの品を脇へ投げ捨て、ようやく
一番下のところから、美しい刺繍で飾られた
赤い絹の布を手に持ち出した。その布には
何かが包まれていた。この布をテーブルに広げると
彼は、貴重に保存されてきた品の包みをほどき始めた。

僅かな喜びしか期待しない無関心な眼で

ロドペーはそちらを向き、解かれる布を見下ろし、
とうの昔、恐怖と戦闘から勝ち取られたという
その美しい玩具めいた品が現れるのを待った。
だがそれでも、今、農場主が布をすっかり広げた時に
そして高貴な宝石と金の輝きを見せた時に
ロドペーの明るい眼には不思議な光が輝いた。

あの絹の布の上には、最初は美しい女性の足のために
作られた一揃いの靴が現れていた。
それは四月の草原のように細工された靴、
金の太陽のなかに宝石が散りばめられ、王侯の広間で
舞踊音楽が最も静かに奏でられ、ダンスが緩やかになり
白い衣裳の襞《ひだ》の隙間から、乙女子の足が覗くような時に
ちらりと見えるのに、この上なく相応しい靴だった。

ロドペーは今、この美しい靴の傍《そば》に立っていた。
それからかすかに顔を赤らめ、靴の金具に触れ始め、
優美なしぐさで金具の向こうへ片手を伸べた。
それから靴を下へ降ろし、余りにもこの靴の事を
考え過ぎたという笑みを見せて、この季節に彼女から
求められている雑役のほうへ向きを変えた、
退屈な生活に耐えてみせるという断固たる顔つきで。

その時、農場主は悲しげな笑みを見せて娘に向かい、
「その頃、父さんはひよこでも子どもでもなかった。
父さんの心に、より多くの富を求めよと《幸運》が慰めた
そんな財産を得ていたんじゃ。ところが今、再び、
普通の人間よりお前が美しくなるという今、
全てが父さんから去って行く——この靴も手放そう、
だってこんなに無慈悲に窮地に追いつめられたからな!

「長いあいだこれは手放さなかった。第一に我が国では
僅かにしかこの靴のために、正当な値段を払う意志のある
人物が居ないからだ。それにこの先の靴への必要が
過去への悲哀を和らげてくれると常に思ったからだ。
それとともに学問を究めたある人物が、以前この靴を
夢見るように眺めて、こんな靴は、そのなかに
運が転じる保証を秘めているぞと言ってくれたからだ。

「だけどパンは命じゃ。それに生きていれば我々はなお
この花咲かぬ荒地の分岐点を曲がって行けるかもしれぬ、
それにユピテル《ジュピター》に仕える神官が何度も、この美しい靴を
手に入れたいと懇望《こんもう》され、お断りしてきたのだ。
おそらくは一繋《ひとつな》ぎの牛を手に入れられんとも限らん、

そうなれば我が家の畠をもっと深く掘れる、小麦も、
大量にとは言わんが、納屋と積山に運べるだろう。
「食べ物入れも今はからっぽ。それにお前、この上なく
美しい我が娘よ、このような品を身につけて
当然の娘よ、今、十一月はお前に、何一つ
祝福を吹き寄せないだろう。収穫する葡萄を護るための
樽の蓋板《ふたいた》も買わねばならぬ、もう既に葡萄の出来を見て
人びとは嬉しそうにしている。皆は、この秋は
全ての人間に立派な富を与えてくれそうだと思っておる。

「だから娘よ、お前にこの仕事を頼むのじゃ、
明日になったらこの靴をユピテルの神官のところへ
抱えて行って、我々は生きなければならんと話してくれ。
それ故、この美しい靴を神官に見せて、
どの程度の値段で買ってくれるかを言わせるためだ、
神官の娘が、犠牲を捧げる儀式の際に、その足に
この靴が輝く事ができるようにするためじゃ」。

父がこう語る今、再び仄《ほの》かな血の色が彼女の頬を
赤らめ、そして間もなく消え失せた。
すると奥様は大声で「あらお前《ロドペー》は恥をかきに行くのね、
人様の足許にひれ伏すほどに私たちは落ちぶれたのね、
奴隷みたいな事をするなんて！　じゃぁお前《ロドペー》は神官様の
息子さんに、どうしてあんなに冷たい眼を向けたのさ、
息子さんがお前の侮辱の眼差しにもう耐えられん程に？」

ロドペーは静かに坐ったまま。顔がまるで石で
できているような様子。農場主はまたこう語った――
「母さん、違《ちゃ》う、違《ちゃ》う、この娘《こ》はまだ愛の冠が
頭ん上に触れもせんうちに、村で一番位が高かろうとも
そんな男と軽々しく結婚するような女子《おなご》とは違《ちゃ》うからな。
辛抱《しんぼう》、辛抱。母さんは聞いた事がないのかいのう、
昔、この娘《こ》のような女子《おなご》にどんな事が起こったかの話を？」

彼は優しげに妻に笑顔を見せたが、自分の言葉は
半分だけ本気なのだった。だが彼女《ロドペー》は表情を変えない眼で
父をちらりと睨《にら》み、それから身を曲げて
農家の仕事に取りかかった。農場主は溜息を半ば抑えて
立ち上がって、近くの、部屋の隅から
何本か柳の小枝を取り上げて、もみ殻を吹き飛ばす
団扇《うちわ》の柄を作り始めた。

しかし翌朝の新たな日の出とともに、この乙女の

足どりがしっかりと神殿への道を辿るのが見られた。
道は谷間に続いていたが、そこでは畑と羊が
雷神《ユピテル》の神殿の周りを取り巻いていた。
神官はある日には、逞《たくま》しい農民に変身していて
干し草畑のなか、鋤のうしろで働いていた、
翌日には、高貴な仕事を扱う身となるのだったが。

　最初は陽の当たる草地を彼女の道は走っていたが
家屋敷もそのなかに混じり、緑の葡萄畑もあった。
そこでは娘や若者の声が賑やかだったが
丈高い葡萄蔓のあいだから、彼らは彼女に挨拶を送った。
彼女は、彼女を神のように崇《あが》める人びととは
異なった造りの者と感じているかのように
女王として、静かな声で挨拶を返した。

　黒い眼の羊飼いは、ゆっくりと彼女の傍《そば》を通ったが、
すると顔からは陽気な笑みが消えたのだ。
彼の眼は道路のほうに落とされ、
ロドペーへの思いを捨てて、ほかの女の名前で自分の心を、
紛らわせようとした。彼女《ロドペー》の笑みのない顔の前で、自分が
大変粗野で下劣であるように感じたのだ。彼女の顔には
彼女だけのものである秘密に輝く太陽が放つような
何かの栄光が輝いていた。母親はドアの内側に
隠れて立って、娘の灰色のガウンが
身のまわりに風で靡《なび》き、粗末な白い頭巾が
日の照る道の上に、樫《かし》の木陰から現れて光るのを見て
娘の背後で呟《つぶや》いた、「運良く事が運びますように！
今身分が低いのと同じくらい、お前の身分が高くなれば、
お前の足は大勢の男の首っ玉の上を行くだろうに」と。

　だがこれらの人びとの心にはほとんど眼もくれずに
ロドペーは進むべき道を辿って、足どりを早め、
まもなく耕した畑と農民の家《コッテジ》を過ぎてしまった。
その大通りは山の斜面に続いていたからだ、
彼女は南に向きを変え、ついには、赤い幹をした松と
青苔の生えた白い岩の上を覆うようにヘザー草が
生い茂る坂道のあいだをかき分けて高みへと登った。

　まだ日輪は高かったが、さらに速《すみ》やかに彼女は進んだ。
というのは奇妙な、荒々しい考えが心に居坐っていたから。
ガウンの胸の奥に仕舞われていた思いは、すぐには
忘れる事のできない希望を教えているようだった。
手を握り締め、さらに強く握り締めながら

声に出して叫んだ——「おぉ太陽の下《もと》の、無意味な
臆病極まる人生よ！　ちっぽけで、すぐに終わるのに！

「そしてここ、このような灰色の畑と山のあいだで
ゆっくりと一滴、また一滴と私の人生《いのち》は減ってゆく、
あとには新たな物一つ残さずに。同じ一日に継ぐ一日、
同じ顔に継ぐ同じ顔、どこか静かな海の波そっくり！
大地の退屈な調べが奏でる、我々は悲しい死すべき人だと
思い起こさせる音とともに、我々が死ぬ前に何か輝かしい
夢を与えてくれるようなものは何一つ近づいてこない。

「世の人は何を言う——《汝は美しく、生きて在る、
強い男、若くて十分に美しい男たちが世には在る、
汝が与える物自体を、感謝を抱いて受け取る男衆が。
ならば愛し、愛されよ》だと。嫌だ、心よ、知っているか、
もしこの言葉を私が受け容れるなら、愛の稀薄な炎のなか、
いかにしてお前が、私を罠に掛ける用意のできた
嘲りの影像で一杯の長い年月を常に示す事になるかを？

「世の人は言う、愛だと、常に愛！　《愛》は衰え、
牢獄と化するではないか？　虚しい後悔と思い残しが
鉄格子となっている牢獄。我々のよろめく足がはめ込まれ
忘れる事が決してできない思いで息詰まる悲哀を
あれ程に軽々しく思っていたという後悔の鉄格子！
だって人生は悪化する、その間我々は眼を背《そむ》けて
自分の憧れの的となる何か別物を求めるじゃない？

「だから私はこの世に私を留めているこの人生を
まるで、荒涼たる冥界王《プルートーン》の支配地から、暫《しばら》くのあいだ、
私の先祖たちがすっかり忘れられているこの自分の国に
帰ってきた亡霊、長らく死んでいた人物の幽鬼《ゆうき》みたいだと
思ってしまうの——見るがいい、あそこの灰色翼の鳩を、
こんな言葉を口にした今、私の足が踏みしめる荒野の坂を。
これは以前にも見たものではないかしら？

「それなら私はこの世を去って、別の人生をもう一度
生きてみたいわ——もし定めが常にこうなら、つまり、
一つの生が次の生へと去り、去って虚しく忘れられ、
死が生存中の希求どもを鎮《しず》め、過去のどんな事によって
この世の事象《あれこれ》が生じるのかを霊魂が知り得ないのなら——
だってその上、私は人びとが語るのを聞いた気がする、
素晴らしい事が起こった別の世での生がどうだったたを。

「こんな生のなかでどうして私は、過去の生を忘れ、

未来の生を考えずに来たのだろう！　頭のまわりに
夢のベールを巻きつけて喜び、見かけだけ良い事や
悪い事相手に奮闘する気になっていたのだろう。
やがてついには自分が神に近い存在になって、
死んでも、なお全ての記憶を持ち続けるという
夢想を抱くようになっていたのかも知れない。

「私がどんなだったかを知り、希望も恐れも皆完全には
変えない事ね、そしてなぜ私が生まれてきたかを学び知り
一度《ひとたび》私に大切だったものを嫌悪しないようにしよう。
惨めな幽霊の世界のなかに住むのは止めよう、
親切な眼を見た時、優しい言葉を聞いた時、蔑《さげす》まない事！
――でもそれじゃお前たち、畠よ、丘よ、人びとの住処《すみか》よ、
なぜお前たちは私の憧れを嘲るように美しくあるのか？」

こう考え、喘《あえ》ぎながら彼女《ロドペー》は今来た方に向きを変え、
高い丘の斜面に立った。吹き、また吹き止む軽い風が
今は、背後にある峠を縁取っている松林のあいだで
悲しげな小唄を歌っていた。この小唄は
ロドペーの心に、この上なく相応《ふさわ》しい音楽だった。
しかし六月の昼は、澄みきって暑さを増し、
遙か下方に、美しい絵のような景色をうち広げていた。
眼下には、ばらまかれたような雌牛のいる緑丘《りょくきゅう》の斜面、
あちこちをぶらぶら歩く灰色の牛飼い、またその先には
柱にしっかり支えられた、さらに緑の深い四角い葡萄棚、
黄色に変わりつつある麦畑、そして美しい家屋の列、
くねくね続く白い道。それでも人びとや馬たちらしい姿が
点々としてそこには見え、灰色の海面《うなも》は
夢のなかのように、朧《おぼろ》な水平線へと連なっていた。

少しのあいだ彼女はこれを眺め、溜息とともに
また進路に向かい、峠をさして歩き続けた。
しかし今はゆっくり、少しばかり疲れたふうに進み、
日蔭のなかの、ごわごわした草に出会った時、
こう呟《つぶや》いた――「嫌だな、少し私は、希望と
自己憐憫に心を動かされていたんだ！　でもいいさ、
あんな喜びに、そうは滅多に私は恵まれないだろうから」。

それから頭を垂れて、ゆっくりと岩壁と岩壁のあいだを
歩み、自分の考えている事にもほとんど気づかなかった。
それほどに数多くの想像図が心に湧き起こっていたのだ。
また良き願い、より良き願いが自分の心に忍び込むのを
彼女は避けていた。心乱れて、そのように進んでいたので

荒れた長道も彼女の足には何ら苦痛ではなく、
彼女は、眼に触れる景色にも注意を向けなかった。

ついには峠のなかを遠くまで進んだので
神殿のある谷間にまで道が下るところまで来ていた。
そこへ来て彼女は足を留め、ぎくりとした。なぜなら
自分の名が呼ばれるのを聞いたからだ。彼女は、神々が
人間に喜びなり災いなりをもたらす話を思い出した。
なぜならこう思うと、意志に反して、人生の喜び全てが
まだ尽きてはいないという考えが心をよぎったからだ。

だが丘際《おかぎわ》からまだら模様の猟犬がやってきて、まるで
よく知っている人にするように彼女にじゃれついた。
眼を上げてあたりを見廻した時には、何と、
この犬の持主である男性の姿が見えたのだ。
弓矢を持った狩の男で、青い衣服に身を包み、
峠の側面の砂利を踏みならしながら近づいてくる。
だから彼女は立ち止まり、彼が来るのを待っていた。

ロドペーは幸せいっぱいとは言えない笑みを浮かべた。
なぜなら男は、彼女の母が語っていたあの人物。
神官頭《がしら》の息子、彼女と結婚したがっている男子。

彼の姿を見ると、運が悪いという思いで、彼女の心は
痛み始め、精神のなかには、軽蔑と恥辱の思いが
目覚めてしまい、それでもこの思いを宥《なだ》めようと努めた、
自分を呪われたもの、同時に見事なものだと思いつつ。

こうして、そこで二人が話すかも知れない短い会話に
優雅に直面できるように勇気を募らせているあいだに
彼はそばに相並んだ。彼はほっそりとして足早で
筋骨逞しく、焦げ茶色の眼と細かくカールした髪をして
顔つきは熱烈で、顎《あご》は円く、若々しく端麗で
その時代に、お偉方の束縛に耐える必要のない平民階級の
水準からすれば良い服装をしていた。

彼は唇を今は震えさせ、顔を血のように赤く火照《ほて》らせ、
再び青ざめさせた。「ロドペーよ！　見るのも嬉しい、
君がこの気持の良い朝、歩いてきたのを見るなんて」と彼。
「うちの父か私に、何か用事があるんだろう？」
こう言いながら、まるで無意識のように
彼は彼女の手のほうに手を伸ばした。
だが彫像のように動きもせずに彼女は立っていて、ただ

峠のほうから吹いてくる風のなかで彼女のガウンが

はためいているだけ。彼女は心に何の心配事もない
そんな女のようにこう語った、「お父上に会えると
思って来たのです。私の父からの伝言をお父上にだけ
お伝えするために。お留守なのですか？」
彼は喉につかえた何かを呑み込むように見えた――
「娘さんよ、この二晩、父は船で出かけているよ、
「黒鮪《くろまぐろ》を見に出かけたんだ。もし君が引き返せば
父が海から帰って来るのに出逢える可能性は十分だが*」。

*山道を長々とロドペーと同道する事をもくろんだ言葉だと思われる。

「いえ、結構です」と彼女。「それにこんなに遠くまで
やって来たのを無駄にしたくはないの。だって私は
貧しい民から神に捧げるに相応しい品を持参しています、
嬉しい一年の真中《まんなか》の月の祝いとして
母が持たせた品ですの」。

「たっぷり一時間だよ」と彼。「僕は鹿狩では、
話になるような獲物を、今日は得ていないから
君といっしょに食事をするよ。お日様が低くなるまで
君を我が家で宿らせてあげよう、
晩方になったら、もしそれで良ければ
頭には兜、そして立派な弦を張った弓を携えて
君のお家まで君を送り届けてあげよう」。
ロドペーは暫《しばら》く何も言わなかった。彼女の心臓は
何か小さな幸せの期待で高鳴りはした。しかし、
最後には彼女は眼を彼の眼と合わせて、こう言った――
「私の心はほとんど、どなたの心にも喜びを与えないの、
でもあなた様には、私の人生をご自分の人生になさろうと
お考えの、諍《あらが》いの苦悩からお救いするという、
少なくともこの事だけはいたします。*

*求愛を拒絶する言葉。

「今は不幸せだと思われるでしょう。でも別れるべきよ、
我々二人には共に長い時間が、新たな幸《さち》を勝ち取るために
残されていますから。どうなさる？ 私の心には
この地の人びとも風土も、冷たく異国のようなのです。
この人びとと暮らす限り、どんな悲しみや罪によっても
へんな言い方だけど、私の裳裾《もすそ》の縁《へり》は汚されませんよ。*

*どんな境遇になっても、暴力によってでも、誰にも処女は捧げない。

あなた様もここの他の人びとと同じ画像のようなものよ。

「そうなの。でも私にのみ画像であるだけですよ、
だってあなた様にはこの世界は十分に広い、
温かい女の心が嫌ほどありますよ――ですからご自分の

道をお進み！　あなたに偽りの愛という夢を与えるほど
私は落ちぶれてはいません。それにまた
私自身の心がいかに退屈だからと言っても、あなた様に
生涯まつわりつく、激しい苦悩を与えはしません。

「今は私、喜んでお御堂のほうへ伺いたい。*

*神殿には神官頭以外にも留守番の副神官などが居る。

あなた様には、できるならほかの方向に行って下さい、
だって貴方《あなた》の希望が失せたほうが良いでしょうから。
なぜならそんな希望は苦い果物しか産み出せませんから」。
彼は耳が聞こえない者のように、或いはよく理解できない
外国語を聞いている人のように、彼女を凝視していた。
荒れ狂う恋情と憎悪が、彼の血潮を激しい炎と化していた。

実際、彼女はおそらく、自分では意識できないほどに
死に近い気持だった。しかしついに彼は顔を背《そむ》け、
金で細工された短剣の柄《つか》をしっかりつかむと、
ゆっくりと海に至る道へと歩を進め、
一度も彼女を振り返って見なかった。なぜなら、
《運命神》は力を失った彼の眼に、彼女の涙が道すがら
どんなにおびただしく落ちたかを見させなかったから。

だが彼女はそこに長く留まりはせず、下方に続く道を
眺め降ろした。しかし二人が出会った地点から
まだ長い道のりを進まないうちに
風に運ばれてくる一つの物音を聞きつけたのだ、
まるで誰か哀れな人が、天界の目の前に、大きな悲しみを
露《あら》わにしたかのような音だった。そこで彼女は足を速め、
砂利の多い道へとさしかかった。

まもなく彼女はこう言った、「おぉ《運命神》よ、私は
全てを打ち棄てて、疲れた足どり、重苦しく力の無い眼で、
貴方のあとに付き従って、遠方にある貴方の
住処《すみか》へと至る苦しい道を歩み続けます。ですから、
貴方の突き棒で私の身体《からだ》を押し進める必要はありません、
突き棒は、虚しくも貴方と争う人びとのために使って、
私の事は絶え間なき退屈な苦痛のままに放置して下さい」。

峠道は今、幅を広げて、彼女の眼にうち広げて見せた――
周りの丘また丘に縁取られた小型の谷間を。この中の、
峠道から約三マイル離れた小高い所にジョウヴ《ユピテル》の神殿が
相応しい美しさと偉大な姿で建っていて、
緑の帯に包まれたように、草木の野で囲まれ、
長く低く続く白色の家々、果物の生る樹苑、

楽しみのための庭園にしっかりと護られていた。
遙か彼方には、家々の屋根の上方に、翼の長い鳩が
小さく白い点々のような姿で、きらきら光りながら
飛ぶのが見え、また深山鴉《みやまがらす》とお喋り鴉《ドー》の騒がしい声が
麦畑を縁取っている楡《にれ》の木立の
黒々とした輪のなかから聞こえ、大きな翼を広げて
二叉《ふたまた》の尾をした、小止みなく羽ばたく鳶《とび》が頭上を飛んで
近くにいた胸赤鶸《むねあかひわ》の囀《さえず》りをしばし鎮めた。

今は立ち止まって下を眺めた。足許には
黒々とした森が丘の窪みを覆っていて
その暗い姿は小さな湖に影を落としていた。
湖の滑らかな水面《みなも》は泡だって流れ入る小川を鎮め、
聖堂の建物にまで伸びていて、その果てでは
樫の木立のある緑の牧草地が湖を縁取っていて
湖の下方の端《はし》からはまたあの小川が流れ出していた。

眼を瞠《みは》ったが景色は見ず、物音が聞こえても聞きはせず、
彼女はこう言った――「またまた私は、激しい言葉を
喋ってしまった、まるで私がどこから善悪が生じて、
どこへ善悪が送り込まれるかを知っているかのように。
あたかも何に私が心を向けているかを知ってるみたいに。
だから、自分が神か女神だと思い込む人びとに似て
私には何も判っていないという事が判ったからには、

「善悪の両方を知るように私は努めなくてはならない。
この世に*私が住む限り、二度とこのような事は
しないようにし、また偽《にせ》の希望を私の牢獄の鉄格子から
輝かせたり、私が変身して自由になったなら何が起こるか、
などと紛《まが》い物の切望に嘲られたりしないようにしよう。
ついには最後がやってきて、私をこの地に見出すだろう、
何も望まず、希望からも恐れからも自由になった私を」。

*原語はhere。従って「この村に」とも読めるが、ロドペーはより哲学的。その次の行の「牢獄」も「この世」の意味。最後の二行は村の墓場に入った「私」。

こう言いながらも全く顔を晴れ晴れとさせる事なく、
むしろ唇を震わせながらもう一度行くべき道路を
踏みしめていった。今は、影法師も短くなり、
一日の最も暑い時間に達していた。
山の頂上では、まさに暑さのために、空までが
灰色に見えた。地上に対する《六月》の君臨は
休息を促したとしても、少しばかりの歓楽も押し留めた。

ついに彼女は、小川が湖に出会う直前に架かっている
橋の上に足を踏み入れて、まさしく、思いのために
我を忘れた女のように、足早に歩み続け、
やがて橋の末端に来て、彼女のスカートは
野薔薇《のいばら》の枝に引っかかった。その甘い香りの花々が
土埃《つちぼこり》のなかに引きずられたので、彼女は身を屈《かが》めて
衣裳の縁《へり》から、からみついた緑の棘を引き剥《は》がした。

それから深い溜息をついて、折れた野薔薇の枝を
脇へ捨てた。埃っぽい道路から顔をそむけて
橋の欄干越しに、広々とした青い湖、
川梭子魚《かわかます》の住処である湖と、鳩たちが
クークーと啼いている暗い樫の森を眺めた。
眺めているうちに、何か少しばかりの幸福感が
彼女の孤独な心のなかにも訪れてきた。

眠気を感じ、この道程に疲れも感じ、
何の苦痛ももたらさない、そんなけだるさのなかで
彼女は、灰色でマント型の着衣から両腕を抜いた。
そしてゆっくりと橋の上を引き返し始めたのだ、
まるで精神のなかに、何一つ目的が残っていない
かのように。橋の向こう側を渡り終えた時には
川の流れに沿って進み始めた。

川中の小さな渦たちを眺めながら歩くと、ついに川は
幅を広げて風に揺れる湖に流れ込んだ。そんな場所でも
林は始まっていたので、彼女は回れ右をして
深刻な面もちの眼に美しい指で庇《ひさし》を作り、
照りつく太陽の下、神殿が、遠くの木々の梢を超えて
高々と輝くのを見た。それから木蔭になった場所の、
昨年の樫の木の葉を床にして、身を横たえたのである。

そこに寝そべるうちに、ついに彼女の指は
胸の上に置かれたあの品の上に忍び寄った。
あの靴の包みを引っ張り出すと、絹の包み布を
ゆっくりと解《ほど》き始めた。やがてあの二つの靴の
輝かしい刺繍の上に、木漏れ日がちらちらと戯《たわむ》れ始めた、
木の葉は茂りに茂ってはいたが。時折微笑みながら
彼女は様ざまな話を想像して心を休ませ始めた。

こんな優美な靴は、どこの国の、誰のために
拵《こしら》えられたかの想像、どんなに驚いてその女性が
靴をなくした事を嘆いたかの想像、いかなる事情によって
あの海賊が彼女の国に来たのかの想像——やがて視線は

粗末に作られた自分自身の靴に向けられた。
半ば微笑みつつ、金色の靴を地面に下ろし、
光り輝く幾つもの宝石を、物憂げな手で握ってみた。

長いあいだそのまま寝そべって、濃く茂る木の葉から
ほの見える空を眺めていたが、さらに眠気が襲ってきた。
その間、灰色の野兎が彼女のそばをゆっくりと歩み、
ほっそりした栗鼠《りす》が、何も気にしない様子で、彼女の上の
枝で身をよじった。まるで人が近くにいないかのように
樹皮の滑らかな木の上で、啄木鳥《きつつき》が滑るように動き、
水鳥鷭《ばん》が、彼女の近くで恐れる事なくクックツと啼いた。

だが暫《しばら》くのうちに彼女は目覚め、だがなおも
夢を見ているように感じ、現在のこの休息以外の全て――
希望も恐怖も災いも、遠くに去ったかに感じられた。
太陽は昼間の半ばを過ぎてはいたが
世界はなおも光の洪水のなかに浸《ひた》されていて、
森に住む、野生で、恐れる事のない生き物たちの
微《かす》かな物音以外には、全てが静まりかえっていた。

今は、ずた袋のなかから粗末な食物を取り出すと
彼女は優美な口でそれを食べ、そのあとは雛菊の育つ
眼も眩《くら》むように日光で輝く一区画を越えて
泡立っている流れの、藺草《いぐさ》混じりの川縁に行って
そのそばに跪《ひざまず》き、手のひらをカップにして
澄みきった水にそれを浸して、ひと飲みしたが、
それからまた、今来た道を引き返し始めた。

引き返したところでは木の幹の下に輝く一揃いの靴。
少しのあいだは靴の上に立って眺めていたが、それから、
そうせずにはいられないようにしゃがみ込み、そして、
草のあいだから靴ひもを持って片方の靴を持ち上げ、
寝ぼけた人のような目つきをして
自分の靴を脱ぎ捨てて、一つ、また一つと
形も美しい自分の足にこの輝く靴をはめ込んだ。

それから鬱蒼《うっそう》とした森の方に向かって、
木々がもう一度まばらになるまで、涼しい木陰のなかを
そぞろに歩いた。木漏れ日の円形が、宝石に飾られた
彼女の足の上に光を放った。やがて眼を上げてみると
砂地の水際のある湖の入江が横たわっていた。
そして湖の細波《さざなみ》と鳥たちが住む森のあいだに
木もなく、日も照り、草も青い空間が広がっていた。

暗い森を過ぎたあとでは、太陽も、輝く花々も
草さえも優しげに見えた。ガウンを持ち上げて
ゆっくりと川水のほうへと彼女は進み、
草むす河岸の上に腰掛けたのだ。
午後の時間はまことに速く過ぎて行ったので
太陽は以前ほどには燃えず、少しの時間、彼女は
軽やかな風が入江に、細波を吹き寄せるのを見ていた。

川は浅く、堅くて白い砂の磯は緑の草地に
続いていた。この岸辺を、ガラスのように澄みきった
川水が細波《さざなみ》となって流れている。
やがて水は花をつけた草に届きそうになる。
くたびれた足には、これは優雅な沐浴であろう。
この少女もおそらくそう思ったであろう、なぜなら
彼女はゆったりと衣服を脱ぎ始めたからだ。

最後には、貧しげな衣裳のなかから、まるで彼女が、
地上の愚劣で重苦しい日々を慰めるために
鉛色に逆巻く波から立ち上がったもう一人の美女、
あのウェヌス《ヴィーナス》そっくりに、穢れ無き裸身となって現れた。
彼女がしゃがみ込んで、宝珠輝く靴を脱いで持ち上げ
長いあいだ、その二つの宝を眺めていた時には

彼女の金髪は、今一つの太陽のように、何と輝いた事か！

自分を川へと導いた不思議な案内者として靴を眺め、
それから二つを岸に投げたが、二つは別々に落ちた。
二つは陽光のなか、堅くて香りのない妖精の花のように
美しく輝きながら横たわっていた。
それから草地に身を屈《かが》め、六月の子たちである蕾と鈴花を
手のなかに摘み入れて、そのあと、
草をあとにしてほとんど水のない砂地に向かった。

深い流れを試みる前には、浅瀬の波が自分の足を
覆うのを眺めて立っていたが、やがて、日の光を反射する
広い水面のほうに向き直り、涼しい流水の
すがすがしさを求め始めた。小さな波となって
潮がひたひたと自分の周りに寄せる時、快楽を求めて
彼女は溜息をつき、ゆっくりとながら先へと進み、
やがて磯辺から何メートルも離れた深みに入っていった。

そこで水と戯れていた時、耳障りな鳥の声が聞こえ、
嶮しい丘の斜面を見ると、幅広い翼を広げた鷲《わし》が
近くを飛んでいる姿が見えた。
そこで水底に立って、鷲が、空を背景に黒々と、

自由気ままに輪を描くのを眺めて、のんびりと堤のほうへ姿勢を変えて、眼を瞠《みは》ると、あの海賊の餌食だった靴の立派な宝石から、輝かしく赤い光が放たれているのを見た。

そのあとゆっくりと川水のなかを彼女は動いてなおも、変化する小波を眺め続け、川からは上がりたくなかった。だが再び、彼女の金髪の上高くあの海鷲のかん高い声が響き渡ったのである。今、鷲はもっと近づいたので、彼女は丘のほうを向き、鷲が見えなかったので、もう一度彼女の眼は不思議な靴の、宝玉混じりの刺繍を見ようとした。

そしてちょうどその時、翼のはためく音が、しかもほんの近くに聞こえたのだ――再びあの鳴き声がしてそれとともにあの優美な品物の輝きも見えなくなった――巨大な塊のような鳥が突如として降りてきてロドペーが叫びをあげようとする以前に、再び鳥は舞い上がった。叫ぼうとしたのは今、鷲の鉤爪《かぎづめ》のなかに宝石と金の輝きを眼にせずにはいられなかったからだ。

大きな輪を描きながら鷲が高く飛ぶ少しのあいだ、彼女は鷲を見ていた。そして暫《しばら》くは金の靴が輝くのを見る事はできた。だがやがて岩に覆われた巨大な丘が、その蔭に鷲を隠してしまった。ロドペーは笑いだした、運命によってこのように仕組まれてこのような事が生じたのを笑ったのだ、なぜなら彼女は、一家の貧しげなこの宝、けち臭い喜びを失っても恐れはしなかったから。

だがもう一度陸《おか》に上がって、衣服を着込み、森を通って元の場所に戻った時、突然ある思いが心を貫いて生じ、少しばかり彼女を喜ばせた。「私の足があそこに向いたのは小さな事よ」と彼女。「或いは、この不思議な偶然が意味のない事でないかも知れない」。彼女は自分の心に、これに似た出来事が昔、生じた物語を、こう考えつつ、語り聞かせ始めた。

昔生じたような事が、また生じるかも知れない、と。そして馨《かぐわ》しい胸からなお残っている片方の靴を取り出しそのなかにこの事の意味を告げてくれるような新たな事柄が見つからないかと、何度も靴をひっくり返して見たが見出せなかった。そのうち森のあの縁際《ふちぎわ》に近づいたので、再びそこに腰を降ろした――新鮮な草と、茶色になった樫の枯葉の上だった。

速度を速めて沈んで行く太陽の下、その草地で脱ぎ捨ててあった履物《はきもの》を再び取り上げ、今はほとんどそれを見もせずに、足に履かせた。彼女の頭上の樫の大枝から鵲《かささぎ》がお喋りを続けるうちに彼女は立ち上がって、再びあの道筋へ、心はのんびりと、だが急いで戻って、あの峠道を登って帰り道に向かった。日の沈んだ西空が、血のように

赤く背後に燃えるなかを、丘と格闘して登る時には彼女はほとんど目覚めていないように感じた。ついに月光の下、遙か遠くで、灰色の海が光っていた時、そして、でこぼこの山道の全てを通り過ぎた時、自分の両目から乱れ髪をうしろへ振り下ろすと、両頬の上に暖かい涙が流れた――これから先、自分がどうなるかの話を自分自身に言い聞かせていた時の事。

半ば見放されたような我が家の門に達した時には寒々とした目覚めを彼女は感じた。また彼女は、自分のしでかした事への母からの叱責を、どうすれば、奴隷のように運命を恐れて憎んだ態度を示す事なく受け止める事ができるかを考える必要があった。また父の、困窮した立場への困惑した溜息に直面するために、さらに一層、非情になる必要もあった。

こうして、暗い照明しかない広間のなかで母の怒りが爆発し、母の冷たい言葉を耳にし、父のナイフが、カタカタと音をたてて仕事用に振り下ろされた時には、全て人生が侘《わ》びしく運も拙《つたな》く、愛も枯渇し、極めて耐え難いと思われ、忍耐する価値もほとんど無いと感じられたので、彼女の心からは、急に、まさしく憎悪の苦痛が跳ね上がった。

冷たい眼をして、だが赤い唇には笑いを浮かべてロドペーは二人を見ていた。父が再びしゃがんでナイフを取り上げ、半ば出来上がった鉢から、再び、木片を飛び散らせながらも、父には鉢が見えないので巧《うま》くは削れない様を見、また母が、自分の喜び全てを一人娘が台無しにしたと嘆きつつ、雨のように流している涙もじっと見ていた。

だが母の涙が啜《すす》り泣きに変わった時、その夫が立ち上がってロドペーの手を自分の手に取り、思いやりを示す愛情のために眼を窪ませて娘をじっと見やってこう言った――「いや、娘よ、きっと

お前にはまだ何かの幸せが待っているぞ。これでもういい、
困難や飢えは、この父さんを長くは追いかけて来まい、
一つの永遠の住処の壁*は強くできてはいるが、

＊生者を死の世界から遮る壁。訳者より1に書いた防壁のイメージ。

「もう父さんは速《すみ》やかにそこに行くからな、娘よ」。
ロドペーはよそ見をしないで斜めから父を見ていた。
しかし父が語りながら、途中で、唇を震わせながらも
笑みを浮かべたのを見た時、彼女の心には、記憶のように
彼女を苦しめる奇妙な考えが浮かび始めて、この考えが
彼女の表情を変えた。父の手から手を引っ込めはしたが
彼女の眼の前では、父の顔は【涙で】翳《かす》んでしまった。

それから老いた親父は腰掛けて、一家の生活が
どう変転したかを、どう困窮したかを、陽気な声で
語り始めた。そして、まだ悪運の意地悪な行いによって
打ちひしがれていない男としてさえ語ったのだ、
平安と幸せとに転じて行く困難な苦しい状況の事を。
そのうち一家の主婦の涙だらけだった顔を
微笑みにまで紛《まぎ》らせてしまった。

こうしてその夜は静かに去り、翌朝には
六月の太陽が、あたかも地上に何の悲しみもなく、
地上の誰一人も、恋に眼が眩《くら》んだり、希望なき心配に
屈服していないかのように昇ってきた。
だが、輝く眼をした六月にもかかわらず、この一家には
満足感は皆無だった。なぜならそこに住んでいる夫妻には
なお人生は、こなしきれない仕事を担《にな》わせていたからだ。

一方三人目にとっては、人生とは、為すべき事が無く、
こちらでは苦痛、あちらでは希望による変化を与えつつ
だらだら引きずられる愚劣だと思われ、寝ても覚めても夢、
だが、いつ覚めても寝ても、その夢は虚しいと思われた。
なぜなら、世界の条理が常に変わらずぐるぐる回り、
常に死の壁が、あらゆる希望を抑制しているからには、
何らかの事が損だとか得だとか、どうして言えるのよ？

彼女はしばしばそう言い、男に嫌われる巡り合わせ。
それでもなお彼女の心は希望で脈打った。
移り変わる考えが、浮かんだり消えたりし、
一人だけで坐っている時には心のなかに渦巻いた。
彼女の顔には、そのつもりのない血が昇るのだ、
すると彼女は立ち上がって、どの道を踏むのかも知らずに
神と同道している人物のように家の外を歩くのだった。

実際、あの単調で重苦しい気分が
彼女にのしかかった。誰であれ人が近くにいる時には
良い事であれ悪しき事であれ、ほとんど口にせず、
自分の近くにいる人びとに全く眼を向けもせず、
彼らを軽蔑の眼で見るという事さえしなかった。
ただ、たまたま父親が近くに立っていた時は例外で、
頑《かたく》なに堅い表情を追い払うように彼女は努めた。

父は、娘の気持を恐れて、この和らいだ彼女の眼に
笑顔で応えなかったとしても、仕事に立ち向かう時には
娘を思ってたいへんに心を慰められたので、
この、娘という神々からの贈物に
極めて満足するようになり始めていた。
父の心には愛の小さな炎が燃えて
困難な事、不運な事も喜びの一部になるのだった。

それとともに世俗の事情は、運拙《つたな》き男と言えるほどには
そんなに悪くは運ばず、恵みに満ちたこの年は
大地が生み出すもので、これまで以上に、彼の納屋と
葡萄汁の桶を満たしてくれ、父はさらに元気になった。
そのため今年の晩秋には、冬が近づくのを
心静かに待ち受け、自分はまだ生き続けて
娘の心に少しの喜びを与えられるかも知れぬと考えた。

鷲が奪わなかったもう一つの靴についての
母親の言葉はこうだった、「忌々《いまいま》しい品を持ってきやれ、
そのなかから宝石類を剥ぎ取ったあとで
靴職人のぼろ切れを火のなかに投げ入れとくんなさい、
できれば同じようにして、ロドペーの気位の高さに
へばりついている馬鹿な願いも燃やせるといいのに、
最後には何かまともな生活に娘が顔を向けるように！

「普通の二倍の呪いと、二倍の片意地さの詰まった
何かの毒薬がこの娘《こ》に降りかかったと思うのじゃ、
だってあの輝くぼろ靴んなかに疲れた足を入れて以来、
あの娘《こ》はどんどん悪い娘《こ》になるばかりじゃ――
それじゃぁ――夫《あんた》だってわたしが今言った事以外に
やる事はなかろうが――こんな脱ぎ捨てられて海賊も
捨てた王者の靴より必要なもんがたんとあるさかいな」。

けんか腰で彼女は喋《しゃべ》った。なぜなら彼女は夫が
ロドペーの顔をじっと見つめているのが眼に入ったから。
その間娘は糸巻き棒から、灰色の糸を、指のなかに

引き入れながら、物も言わずに坐って
母の話全てがどうなろうと、気にも掛けない様子。
だが一家の主《あるじ》自身も返事をしないので
この主婦はとうとう激昂《げっこう》してしまい、
罵言《ばげん》に罵言を重ねて、最後にはとうとう
こう言った——「嫌《や》なこった、なんであたいは、こんな
始めっから悪運持った男と結婚したんじゃろう？
見てよ、これだけの悲しみ全部をあたいに押しつけたんや、
だから出て行け、そして死んだ奴が初めて暗い冥土に
着いた時のように、夢見るがいいのさ！　きっとあんたは
我が家に欠けた物《もん》はないと高を括《くく》っとるんじゃろうが！」

そして怒りで後先も見えなくなった母親は部屋を出た。
だが父親はなおしばし立ったままでいて、ロドペーを
凝視し続けた。彼女は以前と変わらず仕事に熱を籠め、
美しい顔を、少しも上げはしなかった。
間を置いたあと父は言った、「いや、父さんはこれまで
賢いと言うて、べた褒めにされた事は一度もない男だ、
この父さんに今、どうすればいいかがどうして判ろうか？

「我が家の貧乏ぶりは酷《ひど》い、苦しい事じゃ、
そしてその宝石を売れば大きな助けになるのは事実じゃ、
だがのう、この不思議な贈物を最後に一目見るなんて
今まで以上に、惜しくて出来はせんのじゃ。
お前、どう思う？　どんな忠告をしてくれるかいのう？
我が娘よ。お前は、生まれた時に訪れた不思議な夢を
人びとが話の種にしているのを聞いた事があるかの？」

父を見ながら、彼女の顔は血のように赤くなった。
足を使って糸巻きの心棒《つむ》を停止させると、こう言った——
「ええ、何か少し聞きましたけど。でも私の記憶は
ぼんやりしてしまったし、そんな夢の値打ちを
ほとんど大事にしていません」。父は頬笑んで言った——
「いやいや、我が子よ、父さんは確かに愚かじゃけんど
今お前が、嘘をついたのは確かだくらいは判るぞい。

「夢の中身を話す必要はないぞ、それにこれ以上
お前が父さんに何をさせたいかも言わなくてもいい。
好きなようにしてくれ、《運命女神》は巧くやって下さる、
我々人間は自分らがこの女神を、我々の幸せのある所へ
連れてくと思っておるがの——娘よ、靴は手放すな、
賢い人たちにはその賢さと戯れるままにしておこう、
我々のほうは、もっと幸せな日を夢見る事にしよう」。

父が話しているあいだに彼女は糸巻き棒を横たえてしまい、立ち上がって、今度は自分の胸の上に、日に焼けた父の顔を抱《いだ》き込み、美しい両の腕を父の周りに投げかけ、優しげにこう言った、「ある程度、父さんのじり貧ぶりは判ってます、何事が起ころうとも、この事は忘れないでね、何事にも、今と死のあいだの時間を、楽しいものにさせる事を！

「世界は厳しい。この私、出生以前から愛されていた私、多分この一度だけ私は、父さまの心を感じ取るでしょう、父さまは愛に見棄てられて、あれこれと生きるでしょう、石と鋼《はがね》でできた私の心を僅かにしか動かせないでしょう、あぁ、我々の生が他の人の生を癒《いや》す事ができればいいのに、そして《愛》が、その両手を苦痛と罪とに鎖で繋《つな》がれ、《時》の慰み物にもはやなる事がなければいいのに！」

暫《しばら》く彼女はこのようにして父につきまとっていた。それから両腕の巻きつきを父の首基《くびもと》からはずし、立ち去っていった。娘のガウンが、軽やかにはためく音が聞こえなくなると、父の口許は哀れな姿となり、涙がぽろぽろと床にまで落ち始めた。

とうとう顔を上げて言うには「間もなく死ぬる人と同じに儂《わし》もまた、その状態になったのだ。

「死に際の人は突如賢くなる、そしてその訳を知らない、元は臆病だった人が勇敢になる。元々は曖昧な言い方でどもっていた言葉つきが、綺麗な話しぶりに変わる、これも、彼の魂があの暗い国に旅立つからだ。そして必ずや世を去らねばならないのであるから《愛》がこの儂《わし》に新しい事を教えてくれるのか？　そして《愛》は儂を、自分の記憶だけを抱かせて放置するのか？」

こうしてその一年は過ぎ、前にお話ししたとおり、より良い希望を与えてくれた。身を切る寒さの冬は去り、春はその優しい憧れを全人《もろびと》の心に運び入れ、心配事の群れを四散させた。だが未《いま》だ春は、人の憧れの成果を見届けるまで存続しはせず、次には灼熱の夏が、人びとの心を扱い、そして人びとから希望をこっそり盗むがままに放置したのだ。

今はロドペーが、神殿のある谷間に向かって成果の無かった遠出をしたあの日と同じ季節がめぐって来ていた。

そして今もまた、朝が過ぎ去ってゆく頃、
彼女は家屋敷のドアロに立っていた。
というのも、貧弱な家庭内製品、ある身のまわり品を
町へと運んでゆかねばならなかったからだ。

そこで鈍い足どりで出口を過ぎたのだったが、
少し眉を顰《ひそ》めていた。それはまるで
以前からしばしば、彼女の心を驚愕させた厄介な思いを
処理しているふうだった。だがそれに煩《わずら》わされず、着実に
晴れた昼間のなかを海に向かって進んだ。というのも
港のそばの、低地に横たわる姿で
防壁のない簡素な商取引の町が広がっていたからだ。

貧しげな取引市へと繋《つな》がっている街路の
最初の住宅に到達する前に、彼女は
大通りを数マイル、踏破しなければならなかった。
だから早足で進んだが、常に彼女の眼は、行路の上に
そよいでいる楡《にれ》の木の木蔭を見続けていた。
とは言え、白い公道はいつもより人通りが多く、
立派な服装が目立ち、人びとは皆、町を目指していた。
速《すみ》やかに歩いたが、おそらく半道を過ぎたところで
足を留めて、突然、顔を上げて眺めたのだ。
そこでは道ばたの空から、熱い太陽が、草地の上に
射していて、この草地に灰色をした老いた犬が
横たわっていた。そしてその近くの楡《にれ》の木にもたれて
この犬の主人が見えたが、犬よりさらに老いた羊飼いで
彼女の眼はこの男の深く窪んだ眼と、我知らず出会った。

その場所で、先ほど彼女が追い越した一群の人びとが
今度は彼女を追い越した。娘たち、若者たちで、
自分たちの生と若さに陽気そのもの。彼らは彼女を
からかいたい気持があるような表情をしていたが
ある者は美しさに驚嘆、ある者は恐れてからかいを抑え、
もう自由になったと思える程に遠ざかったのち、
その夏の陽射しのなかで歓喜を爆発させた。

彼女の深い想いを湛えた眼が彼らを追った。だが実際、
彼らを画像としてしか見なかった。その場でしばし彼女は
物思いをしながら立っていたが、老羊飼いが何かを彼女に
言おうとしたのをきっかけに、皺の多い顔の向きを変え、
ゆっくりと自分の家に向かって戻って行った。
こうしてとうとう、自分自身の家の敷居を
再び踏んで彼女は家のなかに入ったのである。

それから自分の寝室に入った。一つの箱の横に跪《ひざまず》き、
箱の蓋を開けて、一年間そこに眠っていた
暗い箱のなかから、引っ張り出したのだ、
なおその間、忘れてはいなかった貴重な靴を。
靴を眺めながら一時《いっとき》は夢見心地となったが、
靴を胸のなかに収めると、また出かけたのだ、
自分の愚かな願望にどんな価値があるのかと訝《いぶか》りながら。

大通りには人びとが絶え間なく群がり、自分の夢に
彼女がどんなに夢中になっていても、人びとの話の断片が
道を行く彼女の耳に入り続けた。彼らの話題は
新参の人たちと、その身ごなし、身の周りの品々、
衣裳がどんなに豪華で、いかに立派な人たちであるか、
乗ってきたガレー船の巨大さ、美しさ、そして昨夕に
この町の小さく黒い埠頭がこの船を迎えた事など。

この不思議で偉大な人たちについての話は、ついに
彼女の心に新たな途方もない希望を覚醒させたが、しかし
自分の用向きの場所まですぐに到達してしまい、
なすべき事を済ませてしまい、なぜ道すがらに見た市場の
鋼《はがね》や金のような輝きの周りに、ありとあらゆる人びとが
押しかけているのか、わざわざ考えてみもしなかった、
人びとの真ん中に、その輝きは見えたのだけれども。

それでも仕事を終えると、彼女はまたあの市場へと
戻って行った。そして好奇心を抱いて
あの群衆を眺め始め、いや実際、群衆の真ん中まで
近づいてみたくなった。彼女の心臓は
激しく打った。不思議に思い、なぜ興奮するのかも
判らないまま進むと、常に彼女の美しさに驚く人びとが
右へ左へとこの美女が通れるように道を開けてくれた。

市場の中央には、《神々の母》*のために
建てられた神殿が建っていた。
過去の日々の建て方そのままに造られた古風な神殿で
この町の素朴な人びとでさえ粗末だと思う姿だった。
そんな程度の神殿だったが、ここの田舎人たちは
日々を過ごすうちに、どう処理していいか判らない難問を
話しあうのに、ここに集まるのが良いと考えていた。

*レアー。ギリシアの神々の母。

ロドペーが神殿への階段に近づいた時、その階段に
立派な服装の一団がいるのが眼に入ったのだ。というのも、
そこに見知らぬ人たちが、老若《ろうにゃく》入り混じって腰掛けていて、

世にあり得ないと彼女が思う見事な衣裳で輝いていて、
しかも海を越えてやって来たこの人たちのそばには
この国の長老たちが集まっていて、最高位の神官が
犠牲を捧げる荘重な儀式を執り行う服装をしていたから。

ロドペーが最前列にやって来たちょうどその時、
犠牲を殺す神官の湾曲刀が陽光を受けて高く輝き、
清浄な若雌牛が、時間によって擦《す》りきれた敷石の上に
声も立てずに崩れ落ちた。だが海を越えてきた人びとの
誰一人として、犠牲の雌牛も神官も眼にする事は
できなかったのだ、なぜなら階段の上にただ一人、
見るも見事な美女として、ロドペーが進み出《いで》ていたからだ。

なるほど彼女は立っていたが、美しい物は身につけず、
黒っぽい灰色のウールをガウンとして着ていただけで、
背中には今しがた買ってきた品々を担いでいて
身の回りの全てが貧しげで、粗野で、粗末ではあった。
だが彼女の美しさがこれらを引き立て、美に変じていた。
なぜなら、地上を歩みに来臨した女神としてのこの女が
地上で最も高価な安ぴか物をなぜ着込む事があろうか？
静やかに、だが滑らかな頬に何の赤みも見せる事なく

ロドペーは階段を登って、澄んだ大声でこう言った——
「ひょっとして皆様は、大層《たいそう》大切になさっているらしい
あそこの美しい靴の片割れを捜しておられるのでは？
それはここにあります。両方とも一年前のちょうど今日、
私の足が履いたのです。父が喜ぶと思います、だって
老いた父親はひと揃いの靴を大層喜んでいたので」。

すると大きな叫びが空に向かって発せられた。
彼女が静かに、世界が愛《め》でる薫り高い白い胸から
輝きわたる刺繍《ししゅう》で満面を飾られた靴を引き出して
対となる靴の隣に置いた時には、
我知らず、彼女の頬と額に
血が昇ったのだ、そして彼女の手は震えた、
太陽の光に照らされてそこに立っていた時には。

その時、宝玉と金を着込んだ、白髪《しらが》交じりの顎髭《あごひげ》の男が
こう叫んだ、「全ての事を正しく行われる神々に讃《たた》えあれ、
余の弱まった眼に、この人生の終わりがけに、
かくも美しい光景をこのように見せ給うとは、その上、
偉大なる我々の王の、真価と力量に対して
貴女《あなた》のような美しい配偶者をお与え給うとは——
貴女の両目を眺めるのは何と嬉しい、何と喜ばしい！」

ロドペーは一言も喋らなかったが、今は青ざめ、
冠を被《かぶ》っているかのように頭を抱えて
新たに生まれた憧れとともに、金の髪、黄金の頭髪の下で
痛みを感じ始めた――以前には感じなかった恐れだった。
静寂のまま彼女の奥深い眼は、そこに驚いて坐っている
男たちの上を眺めやっていた。やがてあの老廷臣が言う、
「あまり驚くではない、おお栄光ある乙女よ、

「この事全てに対して！　貴女をこのように造り給い、
悪しき男の眼から隔離してここに保ち給うた神々、
貴女をさらに一層《いっそう》見事な女性として示し給うた神々は、
我々の心からの想いをこのように貴女へと導き給うた。
なぜなら偉大なる我が王は一年近く前に
神々に対して、厳かな犠牲を捧げたのじゃ、
すると祭壇は、輝く日光のなかで火と輝いたんじゃ。

「だが、その炎が最高点にまで燃え上がり、
畏敬すべき神々に我々の心が傾いた時に
遠き青空から一つの叫び声が聞こえてきて
その炎と太陽のあいだに、一つの輝く者が燃えたのじゃ。
そしてこの神々への愛の贈物が横たわっていた祭壇の
遥か上空に、微《かす》かな一点のような姿の、一羽の鷲が
見分けられたと語る者がそこに何人か居た。

「これがどうなのかは余には判らぬ。だが王は
身を震わせて、祭壇のほうに手を伸ばし
不思議に贈られてきた、美しい細工の品を引き寄せられた。
そしてその品を眺めながら、長いあいだ立ちつくしたあと
いつもの命令を発する事なく、その場を去って行かれた。
そしてその日以降は、ずっとこのかた、かつては
価値ありと思われた事物にほとんど眼を向ける事なく、

「王は押し黙り、青ざめ、常に不思議な目つきになられ、
しかるにその事については何も仰《おっしゃ》らなかった。
だがついに我々に命じて、この靴を持ち歩け、そして
丹念に、行き着く事のできる全ての場所を
捜しに捜し、この靴を履いていた乙女の
顔を見るまで続けよとのご命令。『間違いのない事だ、
その乙女が誰であろうと、乙女は余のために造られた者、

「『その乙女が誰であろうと、また人びとが彼女の美と
知られざる愛をどんな言葉で語ろうと。今は見よ、余は
年若いけれども、そしてこれまでは恥ずかしげもなく

ちょうど余の玉座の前で人民が跪《ひざまず》くように、《愛》の前に
跪いてきたのではあるけれども、今は黄金の館のなかで
消された蝋燭《ろうそく》のように、我がプライドは落ち込み、
その暗闇のなかを震えつつ余は歩んでおるぞ』。

「我々は王の言葉に驚愕《きょうがく》し、何らかの神が王の心に
取り憑《つ》いたのだと考えた。しかしそれ以降、絶え間なく
我々は広い世界を経巡《へめぐ》った、そして嫌というほど
道無き道を踏み固め、数多くの海原の波に揺られ、
嘘偽りをかわし続け、ついに貴女の許へ
神々は我々をお連れになった。おお、不可思議な乙女よ、
我々の命の尽きる前に、貴女に巡り会えたとは！」

「あぁ恐ろし！」と彼女。「何をお求めですか？
わたしの家族と、父の国をあとにして
わたしが知りもしない、誇り高い偉大な人物と結婚する
——これが小さな事であるでしょうか？　この国では
わたしは何の嬉しい生活も期待できません。実際、もしも
少しでもわたしのなかに故国愛が残っているのであれば、
皆様方の船が我が国への海を渡って来たのは無駄な事。

「お答えの必要なし。皆様が仰る事は判っています——
どこへ行こうと、常にわたしと愛が支配者であると。
どこへ行こうと、わたしの美しさで金色にされる日々を
常に、生きて行くにちがいないと——悪漢や愚者と
相競《あいきそ》う空《うつ》ろな見世物のなかでの、愚劣で単調な生活ね。
死とも競うのね、何も為さずに、全てを終わらせるのね！
——でもご安心遊ばせ！　きっとわたしという女は、

「神々が投げ出すままに投げ出され、後ろを振り向いて
過去の日々を懐かしんだりしない——だから皆様が
お望み通り」。廷臣たちは彼女を眺め、彼女の可愛い唇が
こんな事を語ったのかと半信半疑。一方ロドペーは
驚きに満ちた表情の彼らの眼の下で赤面し、
新たな始まりの日々と同時に生まれてくる
新たな恐れと新たな軽蔑を考えて、自身もまた驚いていた。

だが廷臣たちは、粗末な衣服の女の前で当惑していたが
今は象牙の椅子のなかへ彼女を導き、
各々《おのおの》、敷石の上に膝をついて、
恥を捨て、玉座の彼女に敬意を表し始めた。
彼らの目の前では、彼女はいよいよさらに美しく思われ
やがて彼らには畏れの念が生じてしまった、
彼女の粗野な衣服の縁に向かって身を曲げているうちに。

それから神々に向かっての儀式が続いたのだ、
その間、彼女は驚くべき成り行きを想いながら坐っていた。
これらの儀式が滞りなく終了すると、
彼らは彼女に、いつ出発するかの命令を下すよう懇願した。
彼女は、今は落ち着いて青ざめた顔を上げて
低い声でこう言った——「今日が最善です、なぜなら、
少なくともここでは休息は全く得られないでしょうから。

「古きものは去り、新たなものもまだ来ていません、
見慣れたものを余所者《よそもの》の眼でわたしは見ています。
そしてわたしは今、どこにも我が家がありません。
ですが庶民生活《ホームスパン》から金《きん》の世界に船出する時には
わたしの父と母、腰も曲がり年老いた気の毒な両親、
悪運に打ちのめされたあの二人も一緒でなくては。
二人も海の向こうの、誇らしいわたしの生と共に生きねば。

「それに老いた親父さんはわたしを本当に愛してくれた、
そしてこれまでわたしから僅かな喜びしか得ていません、
だからわたしが話すしかない、全てがいかにして変わり、
また長らく衰え続けた幸せが今は上向きになった事、
父様の灰色の日々に降り続けていた冷たい雨が
太陽に出会う事になり、つまらない黒い土から花々が
生い出て来た事——この事はわたしが話すのが適切です。

「それにおおわたしの家族よ、一緒に住んでいた家族よ、
今あとにする家族よ、もしもわたしが時々、
うんざりするようにわたしの心を締めつけた事に対して
激しい怒りを感じたとしても、
今は過去の時間の優しさが近寄って来ましたの、
あなた方は今もわたしの家族よ、あなた方の名前さえ
誰一人知らない異国へ行く事になったこの時でさえ」。

廷臣たちが驚嘆しつつ黙り込むなか、彼女は立ち上がり、
投げ下ろしてあった荷物をまた取り上げて
家路に向かった。彼女の身体《からだ》がほんの近くを通り過ぎた
廷臣たちは身を震わさずにはいられなかった。愛らしい、
堂々たる彼女、地上の存在にしては優美過ぎ不思議過ぎる
この女が衣服を触れさせて早足に通った時、憧憬の苦痛を
鎮めるために、平凡な事を考えたいと思ったほどだった。

だが彼女はやはり地上の土でできた女。
短くなった影法師のなか、自分の元の家に向かうあいだ、
新鮮な希望が新たな喜びを身体中に送り届けて

心に住みついていた明らかに冷淡な考えを曇らせた。
あくせくする世界は、今の彼女には嫌らしい重荷よりは
むしろ、たわいもない悲しみと喜びとで生を慰める
不思議で奇妙な玩具のように思えてきたのだ。
　この希望はなおも心に膨《ふく》らみ、家屋敷に着いて
牛小屋の近くで父に出会った時には、そして、
ぶらつく雌牛のあいだへしっかり足を踏み入れた時には、
状況の変化への喜びのなかで、
疑念、恐れ、恥しさなど、全てを彼女は忘れていた。
大声で叫んだのだ、「おぉ、お父さん、こっち向いて見て！
幸運女神の友となった娘、輝く日々の女王となった娘を！」
　父は振り向いて、娘のきらきらした眼と
神のような態度をじっと見て口を開いたが、娘は叫んだ、
「神々自身ででさえ、私たちを賢いとお呼びになるだろう、
だって神々は素晴らしい日々を父様《とうさま》と私《わたし》に下さったから。
この牧草地以上に不思議な物事を私たちは見る事になる、
父様《とうさま》も自分が昔、アポローン《ポイボス》とアドメートスの羊のように
こんな牛を飼っていた事を奇妙だと思う事でしょう。＊

＊本書の姉妹編『春から夏へ』の「六月」第一話参照。太陽神アポローンが地上で羊飼いをしていたが、その雇い主の名前がアドメートス。

　それからロドペーは話全てを父に語った。
最初は熱心な話しぶりだったが、父が手足の全てを
どんなに震わせたかを見ると口籠もった。
心を包み込んでいた新たな熱意を貫くように
今また、恥しさがその鋼《はがね》の鋒《きっさき》で冷たく彼女をこづいた。
「嫌だな」彼女は考えた、「話を全て終えて考えれば、
なぜ太陽の下、私たちだけがこうして幸せに乗り出すの？」
　父は話そうと努め、ようやく言葉が出てきた――
「お前が喜んでいるなら、きっと父さんも嬉しいが。
――でもな、我が家の悪の日々は終わったと考えていた、
疑いなく、日々はあれ程に皆、悪くはならなかった！
どうしよう、最近は希望が心に芽生えとったんじゃ、
穏やかな素敵な日が来るとな――だが恥ずかしいな、
お前を喜ばせている嬉しさに水を差すとはな！
　「娘よ、お前の言いつけどおりに父さんもするぞ、
一緒に行くぞ。だけどそれでも良く考えろ、
明日の朝の露によって草が濡《ぬ》れた時、そしてその先、
昨日の日がどんなに遠い昔に思えてしまうかを。
我が子よ、お願いだから父さんのこの顔を忘れんでくれ、
お前を真底から愛しているこの父さんの心もな。幸せでも

遠く離れた距離と時間に、この幸せな家の話をさせてな！」

彼女は叫んだ、「父様は神々がわたしを仕向けた以上に淋しくなさるおつもり？　日々が過ぎ行くにつれてこの家で起こった心配と希望の生活は、疑いもなく、多くの時に、全く遠い彼方の事に思えるでしょう。でも父様、近くにいて！　そして知らず知らずのうちにわたしの戦《おのの》く足どりを支えて！　人生の苛酷な道筋でわたしの疲れた足を癒す新鮮で素敵な緑の庭になって！

「わたし、言い出した事を引っ込めない。来て頂戴《ちょうだい》、出発のための準備をさっさとして下さいよ。今、港では船の帆がはためいているのです、この日が終わるまでに、私たちは出航するのですよ、おお喜んで！　父様を、お一人にはしませんから！見えないの？　今も今、この私《わたし》の顔が幸せの日の予感でどんなに、父様に向かって和らいでいるか見えないの？」

父はそれ以上には言わず、愛情をこめて彼女をじっと見、やつれ、老いた顔に震える笑みを浮かべた。それから一つ大きな溜息をついて家のほうに向き直り少しのあいだ、彼女は一人きりにされ、様ざまの不思議な夢で落ち着きの無さを紛《まぎ》らわせた。これらの夢は輝かしい情景に事欠きはしなかったが、だが何度も抑え込んだ恐れが次々と舞い戻るのだった。

彼女が考えこむあいだに家のなかから父と母がやって来て、ロドペーはこの二人を何か、恥ずかしさ以上の気持で眺めるのだった——母なる主婦が、何という臆病な、驚いた目つきでロドペーの女王のような美しさを見上げた事か、また父親が何という忍耐を見せる物腰で、娘の動作を一つ一つ皆、愛情深げに見ていた事か。

次に三人はあの市場へと進んでいった。ロドペーは灰色のガウンをまとったままだったのに母はいくつか、華美な服装の切れ端を身につけ、父は、遠い昔、豊かな食卓に主《あるじ》として坐り、客たちが、この国の最善のご馳走にありついた時に彼が着たことのある深紅の服——今はくたびれて惨めに見える深紅の服を着込んでいた。

今、市場に三人が立った時、素朴な町人たちはこの出世話の驚異を聞き知って慣れっこになっていたが新たな喜びで優しくなって、突然大きな叫び声をあげた。
主婦は赤面したが、親父は顔を青ざめさせて
困ったふうにあたりを眺め、老齢に圧せられたように
足許から崩れ落ちそうだった。ロドペーのほうは
以前以上に優しげな眼をして、威厳をもって語った――

「皆様、また廷臣の方々、私たちがすぐに出発するのを
私は喜んでいます。なぜなら、これが夢であっても
その夢のなかでさえ、風に吹かれた海の飛沫を感じ、
オールが調子を整えて回転するのを耳にし、
暗い夜が来る前に、夢に見た高速帆船のデッキから
遠のいて小さくなる岸辺を見たいと存じます。ですから
出発です、もし私の夢がこの程度の事を得たのであれば」。

すると廷臣たちは言った、「全ての準備が貴女の命令の
とおりに整えられ、船は引き綱で回転させられ
海に向かって進めてあります。犠牲を捧げる儀式も
滞りなく終わり、お国の人びとへの良き贈物も
見つかりました。でも貴女は冠を被らないのですか、
美しい金の衣服に着替えないのですか、私たちが
貴女の美しさを適切に海に示す事ができるように？」

「いいえ」と彼女。「私のこの貧しげな姿で
王様が私の立っているのをご覧になれますように、
神々の贈物の私を。もし王様が、珍妙で美しい私が
王妃に出世しながら、王妃になるはずの準備として
何の素晴らしい化粧もしないのをご覧になって、
王様のお心がさらに私の心に傾くようになればと思って。
ぐずぐずは駄目。海の道に夕日は低く見えていますから」。

そこでこれらの人びとは皆、海に向かって進んだ。
彼らは喜んでいたが、なぜだかは判らなかったらしい。
そして今ロドペーは、自分は愛されていると思った。
南風が気持よく、花々や美しい風物の上を吹き、
太陽が、静かな金色の霞のなかに沈んでゆく時、
彼女は自分の美しさを感じ始め、
世界全てを祝福し始めたのだった。

ほっそりした手に父の手を取っていた。
赤い唇は震え、その眼は、落ちては来ない涙で
濡れていた。しかし老いた父親は、死を見たように
震えていたので、ロドペーは片方の手を
父の肩に掛けて、こう言った、「まだ長い年月、
愛の眼で父様は、このわたしの眼を見る事になるよ、

それも美しい品々、金の輝きのなかでご覧になるよ」。
　だが父は何も答えず、彼らはあっという間に
船からタラップが、あの黒い埠頭に伸びているところに
来てしまっていた。まだ月はほの白いだけで
夕日の縁《ふち》が波の近くに浸《ひた》るところだった。
そして大空が大海に口づけするところから
金色の巨大な光の道が海を横切って広がっており、
そこでは船を待ちわびるように騒がしい波が戯れていた。

　今、彼女の足は、タラップの厚板の上にあった。
今、彼女のガウンは、緑の海面と、血のように赤い
オールの上にはためいた。すると海面より高い、低地の
緑の堤の上から一声、大きな叫びが聞こえた、彼女の頭が
西へと続く船の通路で、金色に輝いた時の事だった。
今、彼女は、甲板を踏みしめていたが、もはや
人びとの群がる岸辺を振り向きはしなかった。

　父の手を取るように、片方の掌《てのひら》を後ろに向けながら
彼女は歩み続けて船首のほうに向かった。
船首に立って、大波が避けて砕けるのを見ていたが
いつ、船員が舫《もや》い綱を引き上げたのかにも気づかず、
いつ、舳先《へさき》が波の上に乗ったのか、いつ船が動いたのか、
いつ向きを変えたのかにもほとんど気づかず、やがて
水の荒野が冷たく灰色となり、急速に黒ずんできた。

　しかし最後にはバランスの良い足で彼女は振り向き、
夕闇が迫るデッキの向こうを見、船の索具《さくぐ》に
勢いを増す風が打ちつける音を聞き、
船員の声、それに応える操舵手の言葉を耳にした。
今彼女は、まわりに人びとが皆、どんな小さな用向きでも
すぐに彼女の命に服すべく立っているにもかかわらず、
全く一人になったように感じて、恐ろしかった。

　一つの恐怖が心を捉えた。デッキの向こうへ渡ったが、
ガウンはぴったりと身体にくっつき、頭髪は
吹きまくる風に結い目を解かれた。ついにマストの所で、
立ち止まって呟《つぶや》いた――「あぁ、ここにもいないわ！
それなら私《わたし》は誰？　あの夢は、始まったときには
あんなに美しかったのに。なのに今、私は一人きり。
人生の終末まで、何をだか知らないまま待ち続けるだけ」。

　震えながら、今目覚めた人がするように、目元を横に
拭ってみた。それからもう一度冷静になって

沈着な足どりで船首に向かい、
一列になって王妃となる女性を崇める顔を小走りに見、
心配げな眼をして、ついに立ち止まったのは
この人びとの頭《かしら》、年取った白髪頭の男性の前。
波が船を洗う騒音のなかで問いかけてみた——

「わたしの父はどこでしょう？　二人だけで
たくさんの事を話したいのですが。なぜなら
永久に去ってしまった日々の思い出がこみ上げて
この風、この波の音のなかで気弱くなっていますので」。
月は明るく、揺れている吊下げ灯《ランタン》の光が
彼女の青ざめた顔、風にひらめく裳裾《もすそ》を照らしていた。
——二人は互いを見つめあい、沈黙が続いた。

その沈黙のなか、新たな、孤独な苦悩が、愛する者から
生者を隔てる死のように彼女に迫った。ついに老廷臣は
こう言った、「おお王妃様、何を仰《おっしゃ》る？　お父上は
これまでの人びとのあいだで常に暮らしたいと、私どもに
告げて行かれた。見知らぬ人たちの眼に見られる束縛に
耐えられない事を王妃様もご存知の筈《はず》——これ以上何を
言いましょう、全く岸を離れずにおられた。ご存知で？

「私は父上が賢明、誠実だと感じました。でもよければ
ご命令を頂きたい。確かに大して面倒ではありません、
引き返しても二時間のうちに陸地は見えてきます、
もっとも陸からの風が勢いを増してきていますけれど」。
ほっそりした手がごわごわした横静索《シュラウド》に支えを求めた、
手足の力を失ったからだ。ロドペーはもう一方の手を挙げ、
岸に引き返すように命じようと、唇は動かしたのだが、

言葉が出なかった。再び彼女は真っ直ぐに立ち、手を
下に降ろして言った、「私は変化にめげずに努力し、
神々の玩具《おもちゃ》として死と戦いますが、虚しい事です、だって
全ての事がこれと全く変わりなく、奇妙な形で起《おこ》るから」。
こう言い終わると彼女は向きを転じ、涙で見えない眼で
鈍色《にびいろ》に逆巻く《波の荒野》をくまなく見ようとした、
そのあいだにも黒い船は進路を変えずに疾走を続けた。

話を聴き終わって

（この小見出しは原著にはない）

話の途中で暗い夜が、寒くて静かな夕べに落ちてきた。
そして今は、優美な客用の広間を照らすのは
暖炉の火の明かりだけだった。客たちは黙り込みながら
彼ら自身の影法師が揺らめくなかに坐り、
優しい心になり、話への同情に満ちていた。だが彼らは
あまりに老い込んでいて、物語について話せなかった。
あまりに老いていて、他の客が各々《おのおの》何を思っているかを
あまりに知り抜いていたのだ。話の終わりに悲しみの罠《わな》を
隠している幸福感《ハッピーエンド》に巻き込まれまいと気をつけていた。
それ程までにこの話の甘美な悲しみは彼らと関わった——
それは消されてしまった彼らの願望と、過去への悔恨と、
ほとんど忘れられない、大切だった愚行と混ざりあった。
悔恨や愚行はこの晩年には実際、他の人びとが気の毒がる
物語でしかなくなった。他の人びととは、つまり、
自己の悲しみを処理する術を学ぶ必要のなかった人たち、
長く顧《かえり》みられなかった、とうに過ぎ去った時間の宝箱から、
暗いその箱のなかから震える手で、一時間だけの至福感を
そっと盗み取る必要のない人びとの事だ。この暗黒の箱は、
一面蜘蛛《くも》の巣がかかって、塵まみれの姿で横たわっていた。
だがこの場の人たちは盗まず、盗もうと奮闘せず、毎日
自分の運命に、十分な喜びを降らせて貰っていたので
地上に留まり、退屈な生の時を変化や安息で停止させる
《死》に、「やって来い」と呼びかけもしなかった。
今は心配事がなかったが、彼《死》の訪れを受動的に待っていた。

十一月第二回の集まりを前に

（この小見出しは原著にはない）

今、次に彼らが集まった時には、秋の季節に
枯死して当然のものはほとんど残ってはいず、北東の風が
彼らの居る、森の近くの家を激しく吹きつけて通った。
朝が息絶えて昼になると、風がさらに大きく轟くのを
樫の並木、柊《ひいらぎ》の木立のなかに彼らは聞いたかも知れない。
風の強い鼠色の日ではあったが、寂しい日ではなかった、
なぜならこの荒天にそぐわず、優しいもの、甘美なものは
まだほとんど、この一年から失せてはいなかったからだ。
田園には農作業も、働く人も見えなかったが、そこでは、
丘のそばの家から、高さを増した小麦の積山の上に
煙が真っ直ぐに立ち昇って漂っていた。
道行く人は僅かで、一人、青い服を着て乗馬する男が
白茶けた道から羊飼いに声を掛けたが、十一月によって
枯らされた山の背と谷間のあいだの声は、聞きとれない。
船の渡し守は、崩れそうな藁葺きの自宅に続く
道路の果てをじっと眺め続けていたが、やがてそのあと
眺めていた黒い一点は彼の細君《さいくん》であると判った。
庭の近くで燻《くすぶ》っていた干草の山は炎を発し始め、
畠に入る門の横では、鋤《すき》が斜めになって横たわり、
その近くには鳥追いをする人が一人もいないので
鳥たちは僅かに残った藁束《わらたば》のあいだで囀《さえず》っている。
そんなわけで、老人たちは暖炉の周りに集まって、
つきまとっている白昼夢の合間に、人けのない、
作付けされていない畠の方よりも、野生のままの、
朧《おぼろ》にしか見えない森を見分けたかどうか疑わしげに眺め、
雲の多い木の葉のない季節の薄明かりのほうを見るのだ。
畠は森に縁取られていて、老人たちの眼には
世界も老いたように見え、家も畠も、羊の群も見えない。
　その時、一人のさすらい人が言う、「長い話を致します、
その成り行きはほんの数年の出来事なのですが。
南の国とその幸せからは遙かに離れた、奇妙な国、
不毛な国の話です。でも愛すべき人びとの物語、
愛に憧れ、変化や憎しみを物ともせずに励み、
身体も強く、不平を言わず、だが同情心に溢れた人びとが
その国に住んでいました――奇妙な恐ろしい国です、
そこでは他の国の人びと同様、神の手のひらに載せられて
人たちは怖い事に付きまとわれつつ、何事も恐れず、
生涯を生き抜き、驚くべき業《わざ》を成し遂げました――
素晴らしい業を、他国の人と同じく。だがこれらの人は、
粗末で貧しい食事だけからでも死神に捉えられましたが、

少なくとも、そんなに心配だらけの生を生きたのではなく、
彼らもその子孫も、その人生に、記録に残る行為の成果を
抱いていたのです。もしも私が、この極北の地の
一握りの人びとについてのこの話を
あまりに価値あるものと思いすぎているように
見える場合には、どうぞ我慢して下さい。
なぜならこのアイスランドの国は私の祖先の国、
それどころか話に出てくる人たちとまさに同じ家系に
私の祖先は少し繋がっているのです。同時に知って下さい、
我々はこの物語を真実であると思いなしてきました、
ちょうど、死から蘇《よみがえ》って、彼ら自身の話を語ってくれた
ラックサー谷伝説《サガ》*の住人たちの話同様に真実だと。

*北欧伝説の一つ。一九六九年にペンギン版が出た（Boos II 275）。

残りの話を言えば、この人びとがなお地上に在った時には
死すべき人間が貰う以上の歓喜を与えよとの祈りで
神々を飽かせず、また、どんな神も彼らの悲しみに
同行せず、岩だけの道を花咲く地面に変えてくれなくても
また力不足を力に、暗闇を昼に変じてくれなくても
何の不満も抱かなかったそうです。
ですから私の話には、驚異的奇蹟は出てきません、
人間があまりによく知っている事柄だけを扱います。
この話のなかで皆様のお心を動かした事があれば
それは皆、苦しい愛の種子と果物であるに過ぎません。

訳者より 8

次に続く「グズルーンとその恋人たち」についての詳しい注記は一八四頁に書いたので、それをご覧いただければ幸いである。ここでもう一言付け加えるとすれば、ちょうどモリスの『地上の楽園』と時期をほぼ同じくして、フランスでもエミール・ゾラ(1840–1902)の自然主義が開花している。人間についての綺麗事ではなく、その精神内に潜む獣性、戦闘性についてありのままを直視する機運が、ゾラにむしろ先立つようにしてイギリスにもあった事をこの「グズルーンとその恋人たち」は示しているのである。この頁上段の最後から三行目に「私の話には、驚異的奇蹟は出てきません」と語り手が言うとおり、これは『地上の楽園』のなかでは抜きん出て、非幻想的な一編である（但し、ゲストという人物の「預言」のおおまかな的中、ノルウェイ王の言葉が預言の役割を果たすなど、多少の神秘性を残すように工夫されてはいるが）。

この一編は、本書中、最も読み応えのある作品だと思うが、いかがであろうか?

グズルーンとその恋人たち

あらすじ（一八四頁も参照）

この物語は二人の友人がどのように一人の美女を愛したか、そして彼女を最も熱烈に愛した男がいかにして彼女を妻としたか、しかるに彼女はこの夫をほとんど、あるいは全く愛してはいなかった事を述べる。またこの二人の友人の一人がもう一人に恥辱を与え、このもう一人に殺されるに至った事、またこのもう一人もその行為のために命を失った事も物語る。

ヒャルザルホルトとバスステッドについて

私の話*ではこの地所をヒャルザルホルトと呼ぶが、

＊「ラックサー谷の人びとのサガ」。谷口309ff. 参照。人名・地名表記については谷口、山室、柴田に教えられながらも、モリスの英語化された表記も尊重した。以下の部分に現れるオーラヴの谷口による表記はオーラーヴ。

ここに「オーラヴ・ザ孔雀《ピーコック》」が住んでいて、高貴な時代の偉大な人びとの間でも、身分は決して最下位ではなかった。川沿いの低地の、小高い丘にこの地所はあった。ラックサー川が西の海に出会う河口の近くだった。その頃［紀元千年頃］にはこの地は、極めて豊かに羊と牛を実り多く養っていた。皆様、やがてこのオーラヴが妻を娶《めと》るために、ある権勢豊かな人物の邸へと赴いたとご理解いただきたい。ソールゲルトを妻にしたのだ。ソールゲルトはスカラグリームの力ある息子エギルの娘、つまり偉大なる生涯を生きたあと、両目に翳《かすみ》みが生じて大都邸《ビュルク》に座を占めた男《エギル》の娘だった。

さて夫婦は息子たちを授かったが、長男で名声も得たからキャルタンの名だけをまず挙げたい。次男以下はステインソール、ハルドール、ヘルギ、ホスクルド。彼らは皆有望な男で力強く、柔軟で勇敢だったがキャルタンの栄光に較べれば、小者でしかなかった。《孔雀《ピーコック》》の館に住むこれらの、息子という支えのほかに二人の娘、シューリッドとソルビョルグがいた。

そしてさらに、館では一人の若者が育てられていた――オーラヴの兄ソルェイクはこれを自分の息子と称した。若者の名はボッリ。こうしてこの物語は、この当時にヒャルザルホルトに住んでいた彼らから成りたっている。

ヒャルザルホルトから七マイル離れた灰色の丘の上にバスステッド邸が屋根を掲げていた。人のなかでも賢いオズヴィッフが、トールディスを妻として邸に住んでいた。五人の息子もいたが、その名は省く事にしよう、単なる名前に過ぎないから。だが長男と末っ子の名は

オースパクとソーロールヴ。私の話では子の養育に関して
父オズヴィッフは賢明でなかった、彼らは頑健だったが。
しかし彼の邸には、完璧な女性として育った娘も一人いて
その名をグズルーンといった。彼女の誕生を、世界は
驚嘆して、どんな非難もできなかったろう、ちょうど、
最初テュンダレオスを父と呼んだヘレネー*の生誕同様。

*トロイア戦の源となった美女。レダがその母。父はユピテル。

この物語が終わるまでに、どんな男たちの心に、どんな*
屋根の木に、彼女は火を放つ事になるであろうか、どんな
男たちの心を、どんな家庭の火を、消し果てる事だろうか。

*右の三行はヘレネーが源で男心が燃え、トロイアが滅亡した事を指すが、グズルーンはそれに匹敵するほど美しく災の源だったという事。

だが我々がこの話を取り上げる時には、グズルーンは
十五歳だった。キャルタンは今、十八回の春を
見てしまっていた。これより一歳年下だったのが
ソルエイクの息子ボッリだった。さてオーラヴの運勢は
この上なく幸せに見えた。またオズヴィッフの運勢も
これにほとんど劣らなかった。だからどんな呪いが
どちらの家に降りかかるかは、考えられもしなかった、
ちょうど雨の降る一時間前に、人の眼から
山の端を隠している雲について考えられないのと同様に。
なぜなら大いなる愛が両者のあいだ、ヒャルザルホルトと
バスステッドのあいだにあったので、前述の全ての人が
皆、世界から死に去るまで、この愛は、長続きしそうだと
十分に考えられたかも知れない。だが話すうちに、空が
どのように黒ずみ、嵐が吹き荒《すさ》んだかが示されよう。

賢者なる人物《ゲスト》の預言

ある日、バスステッド邸の四阿《あずまや》で糸を紡《つむ》ぐ乙女に
混じりあってグズルーンは坐っていた。
彼女の父《オスヴィッフ》は河口で、釣りを楽しみ、
母親《トールディス》はちょうどその頃、何か家庭内の仕事の都合で、
牧草地のなかを横切っていた。こうしてグズルーンは
坐ったまま、この仕事にもあの仕事にも手をつけず、
物思いに耽る顔は、半ば眉を顰《ひそ》めるように見えた。
また乙女たちが互いに話し合っている声にも注意を
向けなかった。その時、彼女は、馬の多数の蹄《ひづめ》が
急速に近づいてくるのを耳にしたので、
急に立ち上がって叫んだ――「あれはゲスト様*たちだ、

*ゲスト・オッドレイヴスソン。偉大な族長で知者、未来を先見(Boos II 290)。

いつもの通り、西のほうから馬で駆けつけて
《あの事》《Thing*》をなさるんだ。そして今日はちょうど
習慣通り、このバスステッド邸にお泊まりになるんだ」。

*中世、国の法を定める民主主義的集会。アイスランド国会をAlthingと言う。

それから戸口に行って、そっそりした手で
ドアを後ろへ閉めて、ポーチの支柱のあいだに立ち、
その場から、風采の優れた客たちが
海から続いている灰色の坂道を登ってくるのを見た。

その春、彼女はちょうど大人の背丈に達したばかり。
まだ胸の膨らみは清楚《せいそ》で、体《からだ》つきは細く軽やかだったが
この日以上に彼女が美しくなるとは思われない美貌。
風が戯れていた頭髪は金色で
絹よりも繊細。髪は、三日《みっか》間凪《なぎ》が続いたあとの海のように
静かに揺れていたが、ほとんど膝元にまで
届きそうに長かった。戸口の支柱に置かれた手、
色白の両手は美しく、あたりに蜻蛉《とんぼ》が舞っていた。
今は眉間《みけん》に顰《ひそ》めた皺はなく、男への罠《わな》と言うべき
精妙な口許に笑いが浮かび始めていた。というのも
ある考えが心に浮かんだからで、そのため
両眼が輝き、両頬は、常日ごろよりも
赤みを増していたが、高空《たかぞら》の門に至る、変化して止まない
階段*を思わせるほど優雅であった。

*雲を指すか?

眼は灰色より青に近かった。形の見事な唇は
やや細めで、顎《あご》は円く、窪みがあり、
すっきりと天の細工を受けていた。首筋は象牙の塔——
塔は白いベールに隠された愛の私室*から直立していた。

*グズルーンの胸部をこのように譬えた。

だが北国に住む彼女が、南の国の香りを糸に湛えた
そんな高貴な衣服に身を包んでいたのだ。
そして衣服の裾《すそ》は、日光が多量に注ぐ国で絹と金《きん》とを
扱い慣れた職人の仕事ぶりを感じさせた。彼女の足は
客たちたちの足で擦りきれた戸口の石を跨《また》ぐには
あまりにも優美に過ぎると思われた。そこに立っている間、
彼女には、まわりの世界が、粗野に感じられ、まるで
疲れ果てた海が打ち上げる汚い漂流物のように思われた。

だが今や新たにやって来た人びと、総勢約十二人は
館の戸口で馬を停めた。
グズルーンは一歩か二歩、草地を越えて
人びとのリーダーのほうに近づいた。
リーダーは赤い中世風上衣に身をくるんだ白髪の男。
「よくいらっしゃいました、賢者ゲスト様!」彼女は言う、
「私の父は私をたいへん信頼してくれますので
貴方《あなた》様が私どもを素通りなさらないよう、暫《しばら》く我が家に
お泊まり下さいとお願いせよと私に命じていたのです。
それと共に父は、館で貴方様と父がご一緒できれば

二人の賢者が同席する事になる、人間の行動について
智恵を籠めて語りあう事のできる二人だと申します」。

　ゲストは大声で笑い、馬から飛び降りてこう言った——
「美しい口許から美しい言葉じゃ。それに美しい館！
しかし今夜はシックウッドに私は行かねばならぬ、
私の姉の夫アルモーズに喜んで貰うためじゃ、
とは言え、少しのあいだ私どもはここにおじゃましよう、
貴女《あなた》と私が一時間を話して過ごすためじゃ、なぜなら
あらゆる人が貴女についてこう言っておるからじゃ、
『林檎は木から遠くへは落ちる事がない』とな。老いたる
父君《オズヴィッフ》が世を去った後にも、賢者オズヴィッフ殿の頭脳は、
その令嬢・貴女の頭かぶりの下に、再び残るからじゃ」。
　こう言って彼は彼女の手を握り、彼女は彼を館へと
案内した。ゲストの共連れは一人残らず
地上に飛び降り、がちゃがちゃ武具を鳴らして
ポーチを通ってなかに入り、たくさんのご馳走を
たらふくそこで食べた。だが活発な角笛や笑い声が
騒音を響かせるなか、グズルーンは
よく通る澄んだ声でゲストに話しかけ、常に彼は
嬉しげに、彼女の優れた言いぐさに頬笑んだが、
時として深刻な表情になった。そうだった。また彼女も
眼は輝いていたけれども、自分の言った事をほとんど
理解していない様子。ついには二人の話の途中で
酒杯《ビーカー》をつかんだ手をそのままに休めて
この老人の眼はじっと睨《にら》むような姿になり、あたかも、
彼の魂に、眼に見えない物が露わにされたかのよう。
その時には彼女は震えて待ったが、やがて彼は言った——

「真夜中にベッドで目覚めている事はありませんか？
冬の季節に、北東の風が、山際を回ってきて
ノルウェイで高地の人たちが斧で木材を切り倒す前に
その木々が揺るがされていたと同じほどに、
この館の堅固な柱や梁《はり》を揺るがす時に、貴女が夢に見た
その夢の事を考えませんか？」彼女は低い声で答えた——
「その通りです。でもその夢の大部分はぼんやりします、
また昼の光が射す時には。ただ四つの夢は別です——
四つが一つに纏まった夢——これが大きな心配を与え、
すぐには忘れられません、ええ、これは私の魂の
さらに深い所に染みこみます——でもお酒をどうぞ、
楽しいお話が聞きたいわ。乙女を青ざめさせ、男の方を
笑わせるような事を語らったって、
何の役に立ちます？」「早く話しなさい」と彼。「私が今
心に見ていた情景のこの光が消え失せないうちに」

そこで彼女は躊躇《ためら》わず、早口でこう語った——
「頭にかぶり物《コイフ》を被《かぶ》って、川の岸辺に
立っていると夢で思いました。するとそれと共に
その頭巾《コイフ》がいかに悪いものか、いかに被《かぶ》り心地悪いか、
という考えが突然、私の心に起こったのです。そして、
私のそばの人たちもその頭巾《コイフ》が良くないと言うので
やっぱり私の頭から、その呪わしい頭巾を引き裂いて
その岸辺から投げ捨てました。
かぶり物《コイフ》が流れていってしまうと、心で喜びました、
そして目覚めて笑いました」。「判った、第二もお話し」
ゲストは言い、「早く話して、全てを言い尽くしなさい！」

「次に見た夢は」と彼女。「こんなふうでした。
大きな河の近くにいました。私の腕には
銀の腕輪があり、そんな小さな輪にできそうもない程、
銀の輪は私の心を魅惑したのです。
実際、その喜びはまさに自分だけのものに思われました。
それに永らく私はそれを欲しいと思っていたのです。
ですがこの大切な物を撫でながら立っていると、突然、
これが腕から落ちて、すぐに河のなかに
落ちたのです。それ以上にお話しできる事はなく、ただ
失った事に泣くだけでした。これはもう会えなくなった
親友を嘆くように、私を痛く悲しませました」。

「一番目の話同様」とゲスト氏。「大きな意味がある。
その次の夢は何だね？」「バスステッド邸の近くの道を
私は歩いていました」と彼女。「美しい衣裳を着込んで
腕には金の指輪をしていました。その指輪を
美しいとは思っていましたが、金《きん》というものが人びと皆に
銀より高貴だと思われているほどには、この指輪に対して
私が抱いている愛情は、私はかつて
あの銀の腕輪を愛したほどではなかったのです。
そんなわけで、この金がどんなに高価な品であるにしても
金の指輪が私に幸せな気持を与えてくれるまでには
以前の銀よりも長い時間が必要だと私には思えたのです。
しかし愚かしい夢が皆そうであるのと全く同じように
この夢も馬鹿げていて、私が死にそうになったと思われ、
自分を支えようと両腕を広く伸ばしました。すると
金の指輪が石にぶつかったのです。そして二つに
割れたのです。半分になった両方を拾おうとかがみ込むと
どちらも、割れた箇所から血を流していたのです。
それを見ているうちに、腕輪職人の細工のなかに
この美しい品が割れる源《もと》となった作りそこないを

見つけたと思ったのです。そうだ、それとともに、やがて
さらに幾つか欠陥を指輪に見つける事ができました。
怒り狂う苦痛というより、後先も見えない後悔のなかで、
この美しい指輪を二度と見たくないと
心から願いながらそこに立って見ていると
眼が醒めたような気がして、私の心には、
この欠陥にも拘《かか》わらず、悪いのは私だという想いが浮かび、
どうしてこの高貴で稀有な贈物がこのように割れたのか、
指輪に十分な心遣いをしなかったからだと思われました。
そこで溜息吐《つ》いて眼が醒めました」。「三つは悪運だ」と
ゲストは言い、「今度は第四の夢を話なさい」。

「これが四つの夢の最後です」とグズルーンは言った。
「頭の上に兜《かぶと》を被《かぶ》っていると夢見ていました、
全体が金でできていて、高価な宝石で飾り立てられた兜を。
その兜に誇りと喜びを感じていましたが、ただ困った事に
あまりに重くて、金の巨大な重量の下で
頭を真っ直ぐに支える事がほとんどできなかったのです。
でもそうだからといって兜を責めもせず、嫌だとも思わず
できれば長期間、それを被っていたかったのです。
だがこうするうちに、全く何一つ予期していなかった時に
何だか判らないある物が、この美しい兜を、私の頭から
剥ぎ取ってしまい、そのあと兜が、河口のなかに
押し流されているのが見え、泣いて当然の時に
声が出なかったのです。私の眼は、心とは正反対に
乾いたままでした。ここまで夢に見た時、やがて私は
眼が醒めて、同時に牛飼いの歌が聞こえました。
牛飼いは重そうな干し草の荷を背負って、牛小屋へ
固く凍った雪の上を歩いていたのです。
それから夜が明け初《そ》めているのを知ったのです。
窓のところから、遠いところに見えました、
上空に輝く明けの明星の下に、広い河口が黒々と。
雪が荒野となった様も見え、坂道を黒々と登る
男の姿もありました。死んだような、白一色の大地と
星々を散りばめた天空の暗い丸屋根のあいだに
渡り鴉*が海のほうへ飛び、
——これを見て春が来て欲しいという願いと、春が
持ってきてくれる楽しい事物への憧れを感じました。
ベッドにまた横たわって目を閉じて、どんな映像が
心に浮かぶかを試し、そして眠ったのですが、もはや
夢は見ませんでした。今、春がここに来ています——
貴方様は多分、長い年月に貯め込んだお智恵で
私が何に憧れているかお判りでしょう。でも私には
全ての事が、初めての白霜が降りる時期、つまり晩秋の

*不吉な兆《しるし》とされる。

海のように霧で覆われ、憧れを名指す事ができません、
知りたいと思う心を熱くしているその憧れを」。

するとゲストは彼女のほうを向き、微笑を浮かべ、
彼女の可愛い顔をしばし眺めていた。
眺め続けるので、グズルーンはほっそりした手で
両の眼を隠した。だが彼には、その仕草にもかかわらず
輝くような朱色が、美麗な額にまで立ち昇るのが見えた。
その時彼は、重荷を背負わなければならない人のように
溜息を吐《つ》き、「このように貴女《あなた》が四つの夢を
話してくれたからには」と言い「私の眼がその夢のなかに
見て取った事を話さずにはいられないのじゃ。しかし、
私の予見から、貴女はほとんど恵みを得られんじゃろう、
なぜなら先が見えない者も、よく見える者も、
同じ道を辿るからだ。そして絡《から》みあった不幸を語る物語を
あとに残してゆくからだ。これはあとにほんの暫《しば》く
地上に残らねばならない人びとが、冬の夜長に楽しみを
得られない事がないようにするためじゃ。夜長には
こちらの人の苦悩があちらの人の楽しみになるからじゃ」。

彼は老人特有の笑みを見せながら、こう言い、さらに
言葉を継いで「だが今なお私に見えている細く鋭い
光の糸が断ち切られないうちに急いで話さねばならぬ、
――私が思うに、興奮に満ちた生涯が貴女には起こるぞ、
貴女は愛され、自らも愛す。貴女は不幸を人に与え、
逆に不幸を与えられよう。そうして不幸をも、愛をも、
喜びをも過去の事として生き続け、貴女の生活の周りの
人びと全てが世を去ったあとで、一人生きるだろう。
いいや、この事について私が多くを語れるとは思うな、
悲しみにしろ幸せにしろ、どのように起こるかについて。
夢判断は、外側から見た事柄、大きな事柄の兆候だけしか
見ては取れない。最も重大な事は判らないのじゃ。

「つまり、貴女が悪いかぶり物《コイフ》を夢見たのであるから
貴女がただ自分に合わないとしか思えないような
そんな夫君が私の眼に浮かぶのじゃ。
また恋への憧れに貴女は縛られまい。だから貴女は
自分自身の行為によって、この夫を振り落とすだろう。

「だが次には、銀の腕輪が、別の夫君であると
私には思われる。貴女に愛され貴女を熱愛する夫じゃ。
だがちょうど腕輪が貴女から落ちて、
川水に流されたのと同様の事が、この夫君にも生じる、
海が夫君の愛も、将来をも、曇らせてしまうだろう。

「しかし金の指輪についてだ。貴女は再婚する、
より身分の高い夫君のようだ——だが貴女が銀に較べて
愛を感じなかったという金が、何を意味するかについては
私の眼力は無力に近い。私は老いてしまっており
貴女は非常に若い。貴女が私の予見力を持っていたなら
この事について、ひょっとしてより良く見破る事だろう。
しかし私の心は語っている、この国に、死者たちにとって
これまで我々が考えていたよりもより魅力のある住処《すみか》を
預言する信仰がやがてやって来る事を。この信仰の人が
この種の智恵を十分に持っている事だろう。
だがこの指輪から血が流れたのであるから
この夫君の命は剣《つるぎ》の刃《やいば》で滅ぼされるのであろう。次に、
指輪の欠陥についてだが——これは自分でご覧なさい！
ある物を自分の手中にした時には、それがどんなに
素晴らしい物に見えるかをご存知だろう、でもやがて
悪の種どもが表面に漂い出てくるんじゃ、
そして虚しい後悔が、貴女の生涯全てに広がるんじゃ。

「じゃが貴女の頭を曲げるほど重い兜の事だが——
これは貴女の最後の夫君、偉大なる支配者であろう。
彼は恐怖の兜を貴女の上に載せて離さぬ、ただし貴女は
この夫君を愛するじゃろうがの。夫君の生涯の終わりを、
つまり最後の分秒を、夫君は闘いに費やすだろう、
フヴァムスフィヨルド河の波との闘いにだ、そして敗れる、
なぜなら彼もまた、白肌の海の女神の獲物になるんじゃ。

「このように貴女の夢は解釈できる。しかしこれらが
ちょうど鼠の上に小型隼《ちょうげんぼう》が舞うように、羽音も立てず
貴女の頭上に舞っている事になる。また先に言ったとおり、
私の予見によって、貴女は多分、生涯の終わりに
頬笑む事以上の恵みを得られない事になろう、
《運命》は先見と無知でもって、この種の事柄について
貴女の眼を紛らわせたのだという頬笑み、結末を知りつつ、
長い年月にわたってのいかなる日にも、ご自分の足が
踏む道《ウェイ》、その様《ウェイ》を知らずに過ごしたという頬笑み以外には。
その道すがら貴女が涙の洪水を待っていた事、
どこかの停留点で、貴女の微笑みの顔を変化させるべく
待ち構えていた侘《わ》びしさを待った事への苦笑い以外には。
それでも陽気でいなさい。貴女のこの生涯にこんなふうに
生じるのは、このような事の群《むれ》だけではありませんから」。

最後のほうの言葉のあいだに、この少女は
顔を覆っていた両手を元に戻していた。眼がすわり、

顔は青ざめて、不思議な事を隠している何者かの顔面に被られたベールが瞬時持ち上げられた際に、その隅からその不思議を覗き見た女のように、そこに坐っていた。だが彼が話し終えた時には、微《かす》かに笑みを浮かべて唇を震わせて言った、「有難い事！　良《い》いお話でした！　貴方様からは虚しく終わる幸せの予測だとか、絶え間なき喜びは頂きません。おべっか使いの唇からならわたしの若い心を喜ばせる話を聞けたかも知れない——そうとも、感謝を受け取って！　でも賢明であるとしても縺《もつ》れあった物事の隙間から出来事が見えないのですか？」

ゲストは何も答えず、困惑して悲しげな眼のまま暫く坐っていた。そして激しく虚しい努力によって極めて賢そうな表情を作ろうとした。しかし最後には大きな重荷を投げ捨てる人のように、立ち上がってグズルーンにこう言った——「酷《ひど》い言葉だった、美少女よ、さて私たちがもう先へ進むべき時間になってしまった」。

すると彼女は彼に顔を向けて、両の頬に輝かしい赤い色を燃え立たせた。
歯を食いしばり、眉間には皺《しわ》を寄せ、自分の生涯を知って、それと闘う表情だった。

それでもやがて日頃の言葉を彼女は取り戻し、父親のためにもっと留まって、食事の席が設けられる時に父を喜こばせて下さるようにと語りかけたが、しかし確かに、自分が喋っている事が何であろうと、彼女はほとんどそれに心を向けてはいず、彼女の口からは慣例と決まりとによって明瞭な声が客の耳に達しただけ。ゲストはさっきの通りに、馬で辞去せねばならぬ、今夜はシックウッドに泊まらねばならぬと答えた。そこで彼女は黙り込み、あちこちに疲れた眼を馳せて彼《ゲスト》の連れたちが乗馬する姿を整えるのを見ていた。そのあと彼を広間から、ほんの物憂そうに連れ出したがそれはまるで、自分がどこにいるかを知らぬ気《げ》だった。こうして彼はさっと馬に乗り、従者たちが構内の掛け鍵を持ち上げてしまうまで、振り向いて後ろをじっと見たがグズルーンがなお、館の近くに立って見送っていたのだ。彼女の長い影法師が館の壁に伸びていて、両の眼は伏せたように地面のほうを向き、頭髪の長さを、自分の手に、巻きつけ、さらに巻きつけていた。それからもう一度振り返るとゲストは門を通り抜け、馬の手綱を振った。

さてゲストが少し道を進むか進まないうちに

一人の男がこの一行に近づいてきたのが見えたのだ。
彼らが出会うと男はゲストに丁寧に挨拶をし、
オーラヴ孔雀《ピーコック》が男に、ゲストと共連れに会って
彼らを自分の邸に連れてくるように命じたと言う。
「おぉ、ゲスト殿、貴殿方もよくご存知の通り
ヒャルザルホルトでは一日中雪が降るのが日常茶飯事、
草地と山の峰々の、ごぼごぼした水音とざわざわ、
ハープだけが音もなく静まっておりまするけど*」と男。
*謙遜した冗談として述べた言葉。

ゲストは笑い声を立てて言った、「まぁそれはそれ、
速やかに館に戻って、こう告げられたい。余は参上する、
そしてオーラヴ殿の館の見事な様子を拝見し、
殿の素晴らしいお声を聞くとな。だが今夜中は待たないで
頂きたいとな。シックウッドに行かねばならぬからじゃ」。
これを聞いて男は向きを変え馬に鞭《むち》を当てた。だが
彼の《ゲスト》一行は、その爽やかな陽のうららかな午後、
ゆっくりと入江の縁沿いに馬を進め、
海鳥の叫びを聞き、寄せ波の静かな調べを聞き、
やがてついにはヒャルザルホルトの谷間に達し、
ヒャルザルホルト邸の金で飾られた屋根の背が
新鮮な緑草を照らす輝かしい陽光に炎と輝くのを見た。
緑草の上では純白の毛で覆われた仔羊たちが戯《たわむ》れまわり、
雌羊が泣き言を喋っていた。また谷間の近くと遙か遠くの
あたりいっぱいに、モウと啼く雌牛と
陽気な牛飼いの声を彼らは聞きつけた、というのも
この頃にはこの谷間の全てが喜んでいたからだ。
やがて館の庭から、立派な一団の人びとが
彼らのほうへと近づいてくるのが見えた。
そしてそちらのほうへオーラヴと廷臣たちがやって来た。
両者が出会った時の挨拶ぶりは極めて喜びに満ち、
両貴人は肩を並べるようにして馬を進め、
心から大喜びをしながらこの麗しの館のほうに向かった。

オーラヴ・ホスクルズソンは手足大きく、筋骨逞しく、
いかにも族長・貴人らしく馬上にあった。
荒くれた五十の年月を生きてきたが、眉はくっきり、
眼は大きく、皮膚は滑らかだった。ケルト王の王女だった
彼の母親の血筋である事を、彼の短い唇が示していたし
灰青色の眼、その黒い睫毛《まつげ》もそうだった。波や風の音にも
決して負けない、鐘のように澄みきった声をしていた。
この北方の国をくまなく探しても、彼の年齢でこれほどの
美貌を示す男をまずは見出せなかったのではないか。
右手には金細工が飾る槍を持ち、
左腕には族長を示す金の腕輪を掲げていた。

その着衣全体は、強大な王者の衣裳のようであり、
フランドル産の布地、また絹と金糸で姿よくできていた。
この相伴う姿を庭口に着くまで二人は採り続け、そして
ゲストの息子、短身のソールズがそばに付いていた。
彼は敏捷で勇敢な若者。やがてこうして
彼らは庭の壁門をくぐって、新たに建てられた館の
見事な浮彫りの美しい玄関ドアの前で手綱を引いた。
オーラヴ孔雀《ピーコック》が、どんなに巨大な留意と注意でこの館が
細工されたかを語った時には、その優美な出来栄えを見て
ゲストは嬉しそうに声立てて笑った。
孔雀《ピーコック》はノルウェイの伯爵が有する巨大な森から、海越えて
材木を運んだというのだ。次に邸内に入り、ゲストは
涼しい夕闇のあいだに目を凝らして、ついに見出した——
この館の壁パネルの上部と天井板の上に
優雅に描かれた、高貴な北欧神話の絵物語が見えたのだ。
族長の高座の上には、船に乗った形で、黄金の髪をした
死滅した時代の神・バルドル*の絵姿。

*北欧神話最高神オーディンの息子で、光と平和の神。

バルドルの大神殿の周りには春の花々。この神はここで
他の神々が松明《たいまつ》を持ってくるのを待っている。
そしてこれらの神々はこちら側にもあちら側にも描かれ
バルドルに近づいてくる。フロイ*の画像もあり、
金の剛毛《ごうもう》のある猪《いのしし》に乗っている。この猪はフロイのために
言い伝えでは、初めて大地を耕して緑化したそうだ。

*北欧神話でニヨルズの息子。猪に鋤を引かせた耕作と豊饒、平和の神。

次にはニヨルズが描かれ、そのあとにはフロイヤ《フレイール》女神*。

*ニヨルズは風と火、航海と繁栄の神。フロイヤはその子でフロイの双子の妹。
愛と美と豊饒の神。

フロイヤは薄衣《うすぎぬ》を着て、細い足許には何匹かの
灰色の猫が遊んでいる。別の壁面では雷神トール*が

*雷だけではなく、戦争と農業の神。巨人と戦って撃退。

赤い顎髭《あごひげ》の生えた顔を覆うように雷《いかずち》の鉄槌《てっつい》を光らせる。
そのあとヘイムダル*。金の角笛を背後に吊して

*光と暁の神。角笛で脅して、敵の侵入を妨げる。悪神ロキを倒して死ぬ。

やがてこの笛を《神々の黄昏《たそがれ》＝世界の破滅》に吹き鳴らし
全ての存在の心を恐怖で戦《おのの》かせる。そして最後には
壁の上に主神オーディン*の悲しみが絵画化され——

*知識、文化、詩歌、魔法、戦争、死者の神。

足どりは鈍く、疲れた顔をして練り歩いており、
彼《オーディン》の渡り鴉《がらす》である《思考》と《記憶》が彼に持ってくる
悲しみと悪行の物語全てに心配顔をしている。

ゲストは眼が翳《かす》んでくるまで絵画群を見、
それから向きを変えたが、称讃の言葉も出なかった。

そこで、こんな遠い昔に消滅した不思議な日々の事を
自分の胸のなかに再現してみた。しかしさらにこのあと
別の壁面に、雷神トールの諸業績が
適切に描かれていた。世界の邪悪を取り囲んで護る
ミズガルズの大蛇*と、遙か遠方の海で戦った有様、

　*悪神ロキの子。海に住み、とぐろで世界を巻きつける怪獣として描かれる。

どちらの手にもびっしりと罠や紛《まが》い物的な武器を奪った、
彼の、巨人族の国での奮闘する様子、
神々のあいだにさえ《死》をもたらした
《悪神》*への扱い——これが皆巧みに描かれているのを

　*おそらくは悪神ロキを指すであろう（Boos II 300）

彼《ゲスト》は眼にしたが、夢のようだった。その間、絶え間なく、
陽気な共連れが、これらの絵画について語り、
描かれた勇敢な行為を凝視しながら、谺《こだま》を発する広間を
多人数の声からなる、奇妙な騒音で満たしていた。
　そのあと、衣裳部屋の、壁の窪みの幾つかへ
オーラヴはゲストを連れて行き、海を越えて遠くの
南の国からもたらされた美しい掛け物や
イングランドの亜麻布《あまぬの》、優美なテーブル掛け、
フランドル製の布地を示し、また広間へとゲストを
連れ戻し、壁から武具類を取り下ろして
鎖帷子《くさりかたびら》の一着に付けた金属輪を彼の手に走らせ、
灼熱の国から送られてきた奇妙な弓形楽器を鳴らした。
次にはワインや食料の貯蔵室を彼に通らせて
にこにこしながら、どんな冬場の備えがあるかを見せた。
魚、肉類、樽詰めのワイン、たっぷり蓄えられた蜂蜜——
イングランドのケント州のクローヴァーの野で蜜蜂が
不平のような羽音立てて集めた蜜。今度は戸外に出て
オーラヴの従者がどんなやり方で家畜を扱っているか、
どんな立派な家畜を持っているかを一緒に見た。
また乙女たちが女性用の部屋で、いかに陽気に楽しげに
働いているかも見せた。ついに最後にはゲストが
頬笑んで、こう言った、「貴殿が持っている物は全て、
真《まこと》に立派だ。確かに高貴な生活をしておられる、
今あるそのような姿に、常に貴殿の生がありますように、
また貴殿が、災いの日の始まりを知る事がないように！
ところで宜《よろ》しかったら申し上げたとおりの行き先へ
我々を出発させて下さい、太陽が低くなっているので」。

「では仰せの通り」と彼。「だがここから土産なしには
帰らせませんぞ。そして少しばかり同道致しましょう、
貴殿と私で、我が息子たちに会うためです、
息子たちが貴殿の眼に、どう映るかを知りたいのです、
なぜなら貴殿は誰より賢いと存じておる、

時間の雲も貴殿の眼からは、大概の人物からよりも
少ししか隠していない、災いも、また、幸せも」。

こう言って彼は命令を発し、従者たちに二つの
高価な物を持ってこさせた。一つはロシアの毛皮製の
立派な価値のある帽子。金の鎖がその周りに三重になって
取り巻く品。そして、この鎖を前面で留めておく
金製のコイン付き。またこのコインの上には
古代には大いなる名声を得ていた、ギリシアの王の
頭部が細工されていた。これを彼はゲストに与え、
深く窪んだ彼の厳粛な眼が、この贈物を見て喜びで
輝くのを見て頬笑んだ。ゲストの息子ソールズには
巧みな飾りの付いた剣と、イングランドで刺繍飾りされた
ベルトを与えた。そこでもう一度一行は
立派な浮き彫りのあるドアのそばで馬に乗る事になった。
ゲストの優れた共連れが皆、それぞれの馬に向かい、
出発してラックサー川を目指したが、低い丘の頂を
ちょうど越そうとした時に、オーラヴは大声で叫んだ——
「あの冷たい川水で、嫌ほど熱い心をした若者どもが
泳いでいるぞ」。そこでゲストも眼をやると、遠方の
河口に近い砂地の岸辺で、海の潮《うしお》が
戯れているのが見えた。海からは波また波が
砂州を覆って押し寄せ、陸からの流れを押し戻していた。
だが白い潮泡《しおなわ》がまだらに浮かぶ、黒々と広い淀みでは
斜めから射す午後の陽光の下で
白い肌の肉体がいくつも泳いでいるのが見え、南西から
軽やかに丘の斜面に吹き上げる風には、彼らがそこで遊ぶ
嬉しげな叫び声が入り混じっていた。

それを見てゲストは言う、「オーラヴ殿よ、もし
貴殿の息たちが、水のなかと同様、地上でも巧みに泳げば
育て甲斐があるな」。「まだ今のところ、奴らの手で
これという功績は為されてはおらん」とオーラヴは答え、
「でもご覧なさい、我々の一行に奴らは気づいたぞ！」
というのもその時、水のなかから一人が腰まで身を立て
河じゅうに響く、鴎《かもめ》の声のように鋭い声を
張り上げたからだ。すると全員が陸地のほうを向き
足と手で、波の群れを打ち砕くように泡だらけにした。
黙り続ける者はいなかった。川岸の上へ
彼らは這い登って、川辺のあちこちに広がって
自分の衣服を捜した。彼らが笑いや叫びを上げながら
あちこちを走って、白布や灰色の衣服を投げ合い、
そんな大騒ぎのなかでも、速やかに服を着終わるあいだ、
黄色くなった太陽が、動きまわる若い肉体の

列の上に輝き続けていた。
これを見てゲストとオーラヴは冷静な速度で
緑の斜面を下って行き、その間、一行の他の人びとは
泳いでいた子たちに会おうと早速《はやばや》と下った。「それじゃ
この坊主たちのなかには、貴殿の子ではない者も
たくさんいるのじゃな」とゲスト。「あぁ、いますよ、
近くの谷間に住む人たちの子。
「でもうちの子キャルタンが泳ぎを仕切っています」。
近づくにつれてゲストは熱心に少年たちを見たが、
今はほとんど、オーラヴの語る言葉を聞いていない様子、
オーラヴは、自分の家系について、またいかにして
この地所に住みついたかを喋り続けていたのだが。
だがついには、ゲストが馬に周り右をさせて
河の上流を向き、手綱を引き、それでも疑うような仕草で
肩越しにあの少年たちを見たのだった。
だがオーラヴは何も言わず、友の賢明な唇がどんな言葉を
発するのかと訝《いぶか》っていた。するとゲストは言った――
「子たちは誰かね？　名を教えてくれ。
両手で青い服を裏返しながら膝をついている子はどうだ、
あの子の上には、強そうな少年が立っていて、話かけて
いるようだが？」。「私の末っ子のハウスクルトだ」と
オーラヴは答え「膝ついているのは。でも立っているのは
《黒いアーン》だ。使っている男で、がっしりした奴だ」。
「判った」とゲスト。「今両手を上げて、それに
輝く銀の鎖をくぐらせている子の名は何かね？
それに今見えるように、この子は鎖を返しているね、
背が高く、色白金髪で細身の、赤毛の若者に」。
「鎖を若者に渡したのはハルドールですよ、受け取った
もう一人はヘルギだ」とオーラヴは言った。ゲストは
「ほかの全ての子の前に膝をついている子がいる、
ほかの子たちより衣服を着ていない、そして私から
海に近いところに坐っている二人を隠している子は？」
オーラヴは手を庇《ひさし》にした眼で見て、こう言った――
「不精者のステインソールです。私が思うに、この子が
隠している二人のほうが優れた子だ。いや、ご覧なさい！」
こう言ってオーラヴは自分の槍先を河のほうに向けた、
ステインソールが立ち上がり、少し脇へどいた時だ。
すると隠されていた二人が見えてきた。
流れに近い灰色の石の上に
背の高い若者が坐っていて、金髪の頭が、低い夕日に

煌《きら》めいていた。胸を半ばはだけていて、
まだ右腕は剥《む》き出し。そして膝の上には
剣が横たわり、剣の、約十五センチほどを
彼は鞘《さや》から引き出していた。彼の前の芝生には
もう一人が坐っていたが、細身で黒髪。
背が高く、微笑みかけるように相手の顔を
見上げていた。その片手は、幅広で鼠色の刃《やいば》の
すぐ横にある鞘《さや》の上に置かれていて、何かを聴こうと
耳を傾けている様子。するとゲストは語った――
「おお友よ、これ以上尋ねる必要はないぞ、
この二人を見たからには。だって名を聞かなくても
鞘から剣を引き出している子が
キャルタンだと判る。下の方の蔭にいるのが
ボッリ・ソルレイクスソンだな。
だが剣の事は訊いておきたい。最初は誰の剣だったのか？」

　この時オーラヴは笑い「あの剣を不吉だと言う者もいる。
今はボッリが持っているが、元はと言えば
私の娘《シューリッド》の夫で東の国人・ガイルムントがぶら下げていた。
この話をお聞きではないか？　彼がこの娘《シューリッド》を得たのは
私の妻の進言による。そのために彼は金貨を払った、
と言うか、そう私は思う。でもこの男の家系が立派で
我が家では女どもが熱を上げていたものだから
私は邪魔をしなかった。まぁそうなったが、彼の愛情は
どの程度であったにしろ、世界漁《あさ》りの意志を鎮めず、
娘《シューリッド》を置き去りにし、どうしても剣を置いて行かないので
娘は何とか努力して、その褒美として
あの剣と、剣に付いた呪いとを得た、と世間口は言う――
この剣が私の幸せな日を滅ぼすかどうか見たいものだ！」

　ゲストは何も答えず、泳いでいた子たちの上に
燃えていた夕日に背を向けて、その頭を
東に向けた。オーラヴはもう一度尋ねた――
「賢明な友よ、このように彼らの名を聞き終わった今、
どう思うかね？　これからの年月に、どの少年が立派に
物事をやり遂げるようになるか、言う勇気があるかね？」

　ゲストは暫《しばら》く黙り込み、そのあとで語ったが
その頭をもはや元にもどして振り向きはせず、
「少なくとも貴殿はこの事をきっと喜ぶだろう、
キャルタン君が、生きている間、今この国で
強大になりつつある誰よりも大きな栄誉を得るならば」。

　こう語るうちにも彼は手を上げて

馬を鞭打ち、行く手へと進んで行き
それ以上の言葉はなかった。　オーラヴも勇気を出して
友の速《すみ》やかな出発を留められず、　友の気分を疑っていた。
なぜなら友の語った言葉は不吉ではなかったが
何か曖昧な心配をあとに残していったからだ。　そして
オーラヴも言葉を求めなかった、　自分の現在の栄光の傍に
何か災いがひそんでいるのを知りたくなかったからだ。
しかしゲストに続いてその息子も共連れも馬に乗り
シックウッドに向けて一目散に出かけてしまった。
そして今、　旅も一日も終わりに近かったので
息子ソールズは、　馬を進めるうちに父親の顔を見た。
もっと日常の言葉を語りかけたかったからだ。
だが驚いて眼を瞠《みは》った、　なぜなら、　この老いた父の
皺の寄った両頬の上を大粒の涙が流れていたからだ。
いや、　顎髭《あごひげ》にまで涙は流れていた。　彼は息子ソールズが
こんな惨めな姿の父の顔を見る事を恥じてもいない様子。
ついに父は口を開いて「息子よ、　私《わし》のような男から
涙が流れ落ちるのを見てお前は驚いているな。
実際、　心のなかの悲しみを表に出すなんて
本当に愚かな事だ。　だが苦痛と同情が
この親父《おやじ》のなかで大きく働くので、　悲しみについて
平静でいられない。　お前の年月が増すにつれて

この田園地帯に生じるのをお前が眼にする悲哀には——
だがその日が来るまでに灰色の石碑が私《わし》を隠すだろうが。
今日は、　幸せそうな男たち、　女たちを私《わし》は見てきた。
だがこの人びとが世を去るのを泣いているのではない、
悲しい事ではあるが。　私《わし》が泣いているのはむしろこの事、
つまり幸せ絶頂の日に、　彼らが知らないためだ、
彼らが死ぬ前に疲れた彼らの心が彼らを裏切る事を、
どんなに苛酷に悲しみの重荷が彼らにのしかかるかを。
この悲哀は、　溜息も、　それに伴うどんな希望も誇り高さも
怒りさえ、　乗り越えるに相応しいものにはなり得ないのだ。
今日この日、　どんな人たちに会ったかを覚えておけ、
どんな喜びの邸宅をお前の足が踏んだかも忘れるな、
その時これを思え！——人間世界では、　愛が愛を殺し、
破滅に至る戦勝を得、　真実が虚偽と呼ばれ、　親切が憎悪に
変じ、　分別が全ての争いの種を蒔くのを見る事を！
息子よ、　私《わし》が死んだ時にはお前は生きていて見るだろう、
ボッリがキャルタンの生首の上に立つ姿を、
彼《ボッリ》の親友で義兄弟、　また彼の死の源であるキャルタンの。
またボッリもまた順繰りにちょうどそんな死を得るのを。
悲しみは知っておく価値あり！　あとは忘れ、　眼をつむれ。
お前の前途を見るな！　あとにした道は
お前には巧く語られた物語となるようにしてくれ、

お前が老いた時にお前を楽しませる物語に、な！」

　このように父は語った。だがこの時までに彼らは
アールモーズの住居の周りに立つ森のなかに入り、
それゆえ、木に囲まれた狭い道へと
今は入って、昼の光をあとにしていた。
ゲストにそのあと、どんな事が生じたかは
この物語はこれ以上語ってはいないのである。

グズルーン二度結婚、二度未亡人となり、そののちキャルタンに求婚された事。

こうして時が経ち、ゲストの予見がある程度
実際に生じるまでに長い時間はかからなかった。
グズルーンの美しさに惹かれてソルヴァルドが求婚し
その際に、自分は土地を得たいためでなく、良き妻を
得たいと思っているたぐいの男であり、
彼女の親族から何か財産を得るよりもはるかに、自分の
財産を親族に進呈する用意のある求婚者だと語った。
このようにして彼は、心からの願望を得ると同時に
その結婚によって、惨めな生活も得たのである。
というのも彼女は、永久に「嫌」と言い続ける事ほど
努力のし甲斐のある事はないと感じ、結婚してみて
今自分が縛りつけられた鎖がいかに自分を苛《さいな》むかを知り
次第次第に、夫の事を、軽視に近い憎悪を籠めて
見るようになり始めた。実現しない変化を夢見る眼は、
空ろになり、両の唇は終始、固く結ばれて
後悔の苦しみに息詰まる思いを見せた。
ソルヴァルドは粗野な男で、野卑で好色だった。
日々が変化するのを待つことに慣れていなかった。
そして夫の前で彼女が常に暗い顔をしているので
夫は、最初の嘆きに満ちた驚きに替わって激怒を感じ、
激怒とともに、愛しなければならない自分に対して
返礼となる愛を得られず、それどころか妻の心を
優しさへ転じる事もできないと感じた。また彼女も
常に嫌悪の眼で夫のなかに見た変化を、
二人の仲全てが終わったと感じるかのように、全く
不思議な事とも思わなかった。夫が天《あめ》の下でなし得る
どんな行為も妻には今、これ程《ほど》嫌らしい事はなかったろう。
　この男の情熱的な心が、このような日々に耐えられたか
どうかを判断し給え！　ある時こんな事が生じた——
この上なく彼女を愛したいと真実思っていた夫が
彼女を自分のほうに向かせたいと欲し、その愛を得ようと
痛烈に努力した挙げ句、それでも軽蔑の微かな笑み以外に

何も得られず、笑みの上の両眼は、彼の居場所が全くない
自分《グズルーン》の未来に望まれる日々の事に、四六時ちゅう、
向けられているように思われたのだ。
その時には彼の心に、憎しみが愛に混じった。その心は
全く耐え難いほど激情に燃え、自分の周りを
睨《にら》んだのだが、それは、自分の死がもたらされる時に
近づく敵の大声の雄叫びを聞いている男の睨み方だった。
荒々しい彼の心に、思いが思いと重なって群がり、
ついには聴く耳を貸さなくなり、立ち上がって
酒が半分残っている杯を床に投げ捨て
大きく叫びながら彼女の頬を殴った。
（食事の時間だったから）人でいっぱいの部屋が
静まりかえるなかを大股で歩き、戸口にまで達して
馬を呼ばせて、丘と荒野を乗り越えて、どこを目指して
走るかも判らぬまま、怒り狂って馬を進めた。

だが広間の人びとは彼から眼を転じて、グズルーンが
どうすればよいかを相談した。グズルーンは少しの間、
青ざめ、黙ったまま坐っていたが、死に顔のような笑みを
唇に浮かべていた。そのあと広間の人びとを自分の許へ
呼び寄せて、あれやこれやを陽気に語り始めたが
何の心配も苦痛も感じていないようだった。

実際、夫君がまた家に帰ってきた時に、彼女は
これまでと変わった態度で彼を迎えたので、彼は自分の
性急な抗議がより良い日々をもたらしたと半ば感じた。
だがなおも時間は、日一日と過ぎて行き、夫は
妻が見た目だけ快活、陽気にしていると疑いの眼で見て
この事を心痛めて懸念してはいたけれども、
できる限り、喜びと幸せとを受け取る事にして
懸念は抑え込んでいた。こうして季節は春になり
夫君は国事を決める《あの事《Thing*》》へと馬で出かけた。

＊前出。中世、国の法を定める事。アイスランド国会をAlthingと言う。

出発時に妻の顔は、しかめ面でも不機嫌でもなかったが
この上なく心が軽かったわけではなく、心配をすっかり
免れてもいなかった。しかし夫がいなくなると、
翌朝、グズルーンは一人の従者だけを連れて
実家バスステッド邸に出かけ、そこで実情を話した。
この当時法律は、愛が支えていない人びとや平俗な絆《きずな》を
拘束しようと強く行使されはしなかったので、
彼女の離婚は速やかに公にされた、なぜなら
彼女の一族には力があったから。そこで再びグズルーンは
バスステッド邸に、以前通りの自由の身となって住んだ。
そして元の夫が、《諸法律の丘》【裁判所】のそばに立ち
離婚の文言《もんごん》を聴いた時、どんな風だったかを笑顔で聴いた。

この文言を聞く事になろうと彼は半ば予想していたろう、
そしてこれは彼から、その傍《そば》では全てが無意味となる
かつて大切にしていた物を剥奪《はくだつ》した。さて物知りの言では
夫の屋敷内には、彼女に惚れて目をつけていた男が
一人いたそうだ。そして多くの人びとが言うには、
彼女がバスステッド邸に帰って行った日より以前に
二人は愛の話をしていたらしい。その詳しい事情を
語り手の私は知らないけれども、結果はこうなったのだ、
元の夫の、最初の憤激が弱まるか弱まらないうちに、
また彼が、自分の生活を、赤い灼熱の檻のなかでの
生き様だと感じる事が多少減じるやいなや、
この男ソールズは、グズルーンを妻として勝ち得たのだ。
こうして男が敏捷、勇敢、美男であったので、また彼女が
夫と侘びしい生活をしていた時から彼を知っていて
希望と憧れの思いで彼の眼に顔を向けていたので、
辛い事柄のなかでも優しく、極めて多い喜びのなかで
二人の生活は営まれ、彼女は彼を愛していると思った。
そして、これまでは朝夕目の前に思い出すようにしてきた
ゲストがかつて預言した不思議な事柄を
今、彼女は、喜んで忘れるつもりになった。
いや悲し！　忘れようと忘れまいと、どんな時でも
喜びのなか、悲しみのなか、《運命》は意志を貫徹する。

三ヶ月間、二人はこの上ない喜びと平安のなかで暮らした。
だが六月の夜、南西の風が、グズルーンの
眠っている頭の上に、勢いのよい雨を打ちつけてきた。
その間に入江のなかで彼女の夫は死体となって
黒い崖のほうに転がっていた。夏の暴風のなか、
私の話《サガ》では、彼は魔法使いの呪縛によって溺死したのだ。

そこで今また、グズルーンはバスステッド邸に帰った、
荒くれる心を抱いて、苦悩に打ちひしがれて坐るために。
その間、人生と時間は彼女を拷問するために作られたと
思われ、誰を喜ばせるのかも判らないまま、苦痛全ての
極限を忍耐させようとしているようだった。だがその最中、
幸せが消え去った事への憤《いきどお》り全ての只中《ただなか》、ゲストの
言葉が彼女の記憶に浮かび上がり、生の冷酷さを
いや増した。そんな時には、その言葉がもたらした慰めを
汚《けが》らわしい物として打ち棄てるのだった。
とは言え、気づかぬうちに、だからたしなめられずに、
その慰めの思いは常に大きく膨らんだ——彼女の生活を
閉じこめている、疲れる悲しみの壁のまわりで。

かくて何ヶ月かが過ぎ、憧れを運ぶ春が来た。
そして今は、だれもの口にキャルタンの名が語られ、

今は毎日、鈍《にぶ》くなったグズルーンの耳も、キャルタンの
若さによる勇敢さの話を忍耐して聴かねばならなかった、
彼女の愛した夫が、忘れられて墓石に横たわっている時。
なぜならこの男《キャルタン》は、と周囲は言う、全人の心を動かすが
それでもこんな男には嫉妬が付きものだ、それほどに
日の下のあらゆる住人の手の届かない高みにいるから、と。
彼は偉大であった、それでいながら顔も身体も美しいので
彼を眼にした人びとは大いに賛嘆し、どうしてこんな男が
世に現れ出られたのかと言った。恐れを知らない男だった。
数多くの男らしい行為において、彼は他に抜きんでていた。
足早な走り手、強烈な泳ぎ手、見事な弓使いの名人、
暗い波の模様の変化を見破る鋭い眼力。
嶮しい岩山でも平気、剣の扱いも抜群。であるから
彼が剣を振る時には、そのあたりの空気が
輝く多数の刃で満ちるように見える。それとともに
弁舌も高貴だったが（私の物語には、確かな形では
弁舌は書かれていないが）彼が残したどの言葉も
押韻《おういん》とリズムが巧みに絡みあわされていたそうだ。
工芸家の技についても彼は立派な腕を持っていて
鍛冶屋の騒音のなかで鉄を扱う事ができた。
そして多くの剣の刃が、彼の重量感ある手を知っていた。
手短に言えば、十人の王のあいだに彼が立ったとしても
誰もが、彼こそはどの王にも勝る人だと思っただろう。
それでも彼は、言葉つきでも振る舞いかたでも
この上なく優しいのがその日常の姿だった。
そしていつも人が困った時には、彼を捜したものだ。
また子どものなかにも、彼を愛しないものはいなかった。

彼についてこのような事を人びとは常に語った。
ついには人びとの心は膨らんで、こんな男が自分の国の
住人であるのを見れば、彼はなんと大きな栄光を
国にもたらしているかと考えるようになった。そんな愛と
そんな称讃を初期のキャルタンは麗しの日々に得ていた。
その間グズルーンは病んだ目をして、この話を聴いていた。
なおも最近消え失せた至福の日々を懐かしんで鬱《ふさ》ぎ、
男の、そんな事柄は何と無価値な事かと思っていた。

しかし今、真夏が近づいてきた時、
ある夕方、人びとが大広間に坐っていると
遠くのほうで、人が人を呼ぶ声が聞こえてきて、
次には馬の蹄の音が耳に入った。オズヴィッフが立ち、
誰がやって来たものかと、その人びとを捜そうとして
玄関のほうに出て行った。そして最後には人たちは聞いた。
玄関ポーチの近くに新たにやって来た旅人の声がして、

人びとは彼らを出迎えようと向きを変えた。グズルーンは人びと皆が去ったあとも高座に一人、坐ったままだった。そして金の指輪を弄《もてあそ》びながら、全ての心を過ぎ去った事どもの思い出に捧げていた。やがては、希望の全て、人間についての思いの全てが嫌らしかった。

それでも彼女は、人びとが再び大広間に群がって入ってきた時には、そちらに顔を向けた。今は松明《たいまつ》に照らされて、笑いながら大声で話しつつ、客たちが長い広間をこちらへ向かって来る時、グズルーンはやがてオーラヴ孔雀《ピーコック》の姿を認めた。オーラヴは彼女の父と手を組んでいた。だがあとに続いて二人の若い男が来た。その時彼女の心には、意志に反してキャルタンについて語られた話が立ち昇ったのだ。なぜなら、金髪が燃え初めの松明《たいまつ》に輝いている一方の若者を、キャルタンだと彼女が思ったからだ。そして黒髪で高い額をしたもう一方を、ソルエイクの息子、ボッリに違いないと思ったのだ。そう思ううちにしかし、彼女が物憂げに坐っているところへ皆はやって来たので、今は彼女も歓迎の意を表するため、立ち上がらねばならなかった。オーラヴは彼女の手を取り、同情を籠めた眼で彼女を眺めたあと、

こう言った、「おおグズルーンよ、運命は苛酷だったね、でもきっと、より良い日々があなたのものになるよ、だってあなたのような眼は伊達《だて》に輝いてはいないぞ、酷《ひど》い世界に向かってさえ。あなたはなお我々を祝福するぞ、多くのかたちで、な。悲しみも皆、お忘れになるはずだ」。

彼女は何も答えなかったが、手を引っ込めた。人びとがこのように自分の事を話していると思うとさらに心が重苦しくなった。だが振り向いた時、そちらの側にキャルタンの姿を見出したのだ。彼は飢えたような眼、開いたままの口許で彼女をじっと見つめていた。その時、不思議な喜びが元気のなかった彼女の心を驚かせ、古い世界が変ったのだ。考える暇《いとま》もないうちに彼女からはことごとく、悲しみが消えてしまったのだ。生の全てが甘美なものとなり、足の下の床をほとんど感じる事ができなくなった。誰が近くにいるのか、天国或いは地上のどんな場所に自分がいるのかも判らなくなり、顔つきも優しくなり、まだ落ちては来ない涙のなかで眼もぐらぐら眩暈《めまい》がした。自分の手を震わせながら、彼のほうに差し伸べ、愛の恥じらいで、滑らかな頬を燃え立たせた時の事だ。彼女の唇はわなないていた。それはまるで唇が、

まだ思いつかない語るべき言葉を、そして夜と独り居が
やっと教えてくれる言葉を、切に捜すかのような震え方。
　だがキャルタンの顔を、幸せそうな笑みが照らしていた、
優しく、愛に満ち、自信に満ちた顔を。幸運と力強さが、
次のように彼が語った時に感じられるようだった——

「貴女にとっての死者は決して死なないと人びとは言う、
だけどこの夕べ、僕《ぼく》は、過去の日々の墓のなかから貴女《あなた》を
連れ出すに十分な骨折りができると真実感じたのです。
しかし貴女は、おそらく覚えているでしょう、さらに昔の
日々の事を。年若い子どもとして初めて出会った時の事を。
今貴女は、僕のこの顔を決して忘れていなかったと
思っていらっしゃるでしょう、だって今、極めて確実に
貴女が僕を見ている眼は優しげなのだから」。

　彼女の顔に少し曇りがかかったが、それは急速に消えた。
「はぁ」と彼女。「私たち二人が手をつないで笑いながら
貝殻があちこちに見える波打ち際を歩いた時のような
あんな楽しい日々がずっと続くとよろしいのに」。

　グズルーンは自分の声の響きに驚いてしまい、
どう抑えても喜んでしまう自分の心を叱責した。
なぜ自分の魂が心配で満たされるのか、驚愕していた。
だがこんな自己への問いかけは素早く鎮められたのだ、
彼が彼女の横に坐った時には。オズヴィッフ老は頬笑んだ、
愛娘の悲しみがこのように慰められるのを見たからだ。
オーラヴも喜びの笑いを発し、ボッリが友《キャルタン》の近くに
坐して、友の顔が大きな幸せに輝くのを見た時には、
彼《ボッリ》の心にも幸せな、様ざまな愛に満ちた想いが生じた。
そしてその場にいた陽気な人びとは皆、
善意から、その光景を見ようと駆け寄ってきた。
だから宴《うたげ》は、盛り上がるお祭り気分で過ぎていった。
ついに客たちは、月のほのかな光の下を
六月の暑さを和らげる、優しげな海風に吹かれながら
父親、息子《キャルタン》、育ての息子《ボッリ》など全てが馬で家路に向かった。
キャルタンはこの夕べが閉じた事を半ば喜んでいた——
この夕べからこそ、完全なる至福へと至るはずの
歓喜の道の話を、心に織り上げる余裕があった。ボッリも
自分の友の大きな幸せを、彼《キャルタン》に劣らず嬉しく思い、
それに似た喜びが自分にも生じる事を夢見ていた。
そしてオーラヴは、自分の家系の栄光がこの二人を通じて
何の曇りもなく増していく様を考えていた。

この人びとが夜陰のなかを和やかに去っていくあいだ、グズルーンはしかし、新たな考えと古い考えに煩悶《はんもん》してベッドに横たわっていた。彼が帰って行くのを見、そして心ががっくり落ちこむと、夫の死去への苦痛とともに哀哭《あいこく》の念と自己を恥じる気持がやってきて、これらは今夜生じた愛と格闘して、だが一層愛を強烈にさせた。これらは彼女の憧れを盲目と呼んだが、他方でさらに一層、より強い欲望に熱狂させた。その欲望のなかに、悲哀と憎悪と災厄の、どんな種子が隠されていようとも。

このように彼女の堅固な心と愛は格闘を続けたが、やがて眠りの手の下に彼女は沈み、新たに昇った太陽の下でも白い胸から夜具がずり落ち、片腕が頭髪のなかに埋もれ、もう一方の腕がベッド・カバーの刺繍飾りを横切って大きく広げられたままの姿で、

いとも静かに安らいで眠っており、

唇には笑みが浮かんでいた一方、ほとんど乾いていない一粒の涙が、優美な片耳の近くに落ちたままだった——グズルーンが新たに、愛と生とに向けて生まれる前のその朝、彼女は何と美しく静かで、優しく見えた事か。

丘と荒野、そして牧草地からなる短い七マイルはこの二人を隔てるには実際、僅かな距離でしかなかった。

間もなく、バスステッド邸の玄関敷居はグズルーンの長裾衣裳の縁が触れるのと同じほど度々《たびたび》、キャルタンのしっかりした足どりを近くに感じた。そして人生は、言葉が言い表せないほど二人に甘美な物となった。味方を近づける道路、敵を隔てたままにする道路、この、狭くてくねくね曲がる小道が館の下に在る時に朝、目覚めるのは嬉しさの極みだった。そして、心から離れなかった彼《キャルタン》の記憶が、恍惚を招く現実の姿に取って替わて眼と眼が出会う直前、開く前のドアロ近くで心臓が喜びで高鳴るのも嬉しさの極致だった。

一つ一つの言葉が常に、二度奏でられる最美の旋律に似て耳で捉えられ、心に染みついてゆく時の長時間の会話もまた甘美そのもの。そうだ、二人が別れなければならぬ瞬間が最も素晴らしかった、なぜなら極めて頻繁に、二人の前に締めて置かねばならなかったベールが下に落ち、一点の曇りもなく明瞭に彼らの心が愛を見たからだ、その瞬間、二人は立ち尽くしそのあと唇が唇を離れ、手から手が落ちるのだった。実際、それが終わってもなお、出入り口の上、帰途の上に去り難げな彼の足を留めている、憧れに満ちた苦痛も甘く、そして楽しく辛いものだった。その上、語られなかった言葉の替わりになって、日中の光から

覆い尽くされた、言葉の絶えた部屋も、甘く辛かった。

――あぁ多様な楽しみの夢のなかにある夜は優しかった。


それでもなお時には、ゲストと彼の夢判断を再び思い出した時には、当惑を呼ぶ苦悩の痛みが彼女を拷問に掛けた。今はまだ暗がりの日々を貫いて、やがては現れてくる心配がちらりと光った。それは、地獄の炎が、突如として、美しい木々に囲まれた春の牧草地を突き破って噴出するかのよう。とは言え、彼女の愛の夢のなかでは、過去の夢が彼女に警告した災厄は、僅かにしか見えなかったとしても。また、心痛によって賢くされた彼女の眼でさえ見るのを拒絶したどんな事柄にも、これ程円滑に進みそうな恋のなかでは、確かに他の誰もが気づかなかったのだ。

全ての人びとには、この恋愛は、この二人への至福のドア、またこの田園地帯の人たちには、良き希望と喜びに見えたので、この両家のような二つの家庭間の精神の絆《きずな》は、このように極めて堅固に結ばれた。そして皆は、両家の前途に、長い年月の平安を見ていた。


ボッリ・ソルレイクスソンについてはこう話《オリジナル》は述べる、常に彼はキャルタンへの称讃で影が薄くなってはいたが、彼《キャルタン》にだけ後れを取っていたのだ。もっとも、実のところ友《キャルタン》以上に人びとの愛を、或いは必要としていたかも知れないのに、世人の心を彼は友ほどには動かせなかった。だが全ての人たちの眼に、この二人の義兄弟の信頼と愛は美しいと見えたし、誰に対してより以上に、オーラヴには美しいと見えた。オーラヴは自分の兄の子ボッリより実《キャルタン》の子を愛する事はまず無かった。今はまた、この新たな恋愛が、身内の者二人を、以前よりも親密にしたと思われた。二人のうちのどちらがした事も、もう一人が知っていたし、二人の考える事はほとんど、相手から隠されていないと思われた。そのようにして毎日、キャルタンはバスステッド邸を訪れ、彼の友《ボッリ》がそばに付き添う時には、邸への道のりはさらに近いと感じられた。

そんな時、キャルタンはまだ満足していない恋という大きな荷の重みを、友の言葉で、魂から軽くする事ができ、互いにからかったが、これもからかいに含まれているあの名《グズルーン》で嬉しいものとなり、また彼《キャルタン》が大いに愛《め》でている彼女の心への称讃を友《ボッリ》から聞いて、喜びで顔を輝かし、今はまだ友《ボッリ》の愛がどんな女にも定まっていなかったのに、自分《キャルタン》からの愛が燃え立たせる愛でボッリの心も、いかに充ち満ちているかに気づいて、自分の生活の喜びと幸せとに、声立てて笑うのだった。

だからボッリは、むしろ喜んでついて行き、
恋人二人がそう望めば、二人が陽気になるように語り、
二人がそう望めば場から離れて、恋人が語るべき言葉、
互いの魂を楽しませるそのような慕い寄る言葉、しかし
二人以外の誰にも愚かしくしか響かない言葉を語らせた、
なぜなら、誰の舌も、彼ら二人の言わんとする事を
語る技は持っていないからだった。キャルタンはボッリが
日ごとに親切になってきて、恋している両者と
同じだと言えるほど、幸せに見えるように思った。
そしてボッリにも生は収穫以外の何物でもないと思われ
日々は順調に過ぎていった。ある日、この三人が語る間、
たわむれの話題として、この国にいてこの時未婚の
善良で美しい女性たちの名前を
列挙し始めるという事が生じた。
ボッリの連れ合いとなる女性を名指すはずだったが、
ボッリは笑って首を振るので、「じゃぁ海外だな」と
キャルタンは言い、「獲得するのを君が幸せと思うような
そんな女性が多分見つかるぞ。国を出て
遍歴《へんれき》の騎士の剣で、その女性をものにせい！」

するとボッリは高笑いをして机の上に
巨大な灰色の刃と重たげな鉄の柄《つか》のある剣を投げ出した、
どこにも装飾はなく、犯罪の仕事仲間という姿の剣を。
そして言うには「行け剣よ、我に花嫁を連れ帰れ！
だが僕自身はこのアイスランドに、僕を愛する人びとと
ともに住み続けるつもりだ、佳き日が変化するまでは」。

そこでグズルーンは言った、「私たち三人が船に乗って
坐っていたなら物事はもっと不思議だった事でしょうね、
船にいるあいだは平らな竜骨の上、水位の低い岸に入って
私たちの大船はテムズ河やセーヌ河の波を切って進む筈。
こんな寒い世界の片隅《アイスランド》に閉じこめられて
ここに居続けるなんて何の役にも立たないと思うわ」*。

*彼女は無意識にキャルタンの出国を促す事になる。

するとキャルタンは跳び上がり、剣を掴んで、重い剣を
高々と投げ上げた。落ちてくると柄《つか》を捉えて剣を抱え、
そして叫んだ――「今も今、あの船の上に、
仕切りの雨覆いが装備されていればいいのに！
我々が緑の大海のなかに、オールが初めて浸されるのを
今、見る事ができればいいのに！　それどころか今我々が
船の舷牆《げんしょう》の上に、灯台が全て炎を放っている
イタリアを見ているのであればいいのに！　剣を収めよ、
美しい義兄弟《ボッリ》よ、その剣を抜くようにと僕が

口にするまではね。そしてグズルーンよ、僕について
一言、二言、耳にする事があっても心配なさるな、仮に、
噂好きな鳥が海の彼方から僕の消息を運んできてもね」*。

*この四行は、あとで預言的な意味を持っていた事が知れる。

彼がこう語る時、グズルーンの眼は愛を籠めて
彼をじっと見ていた。またボッリは彼女の手が
キャルタンのほうへ次第に近づくのを見た。
それからボッリは立ち上がって剣を鞘にしまい、こう言う、
「いやぁ僕が結婚するのがそれほど難しいというのなら、
それよりはオズヴィッフ父様と話そう、海外からの商人が
この国に運んできた情報についての真偽を知るために。
オーラヴ・トリグヴァソン王*が剣を取って

*オーラヴI世（964–1000頃）。ノルウェイ等北欧のキリスト教化を強行。

ハーコン王*とその財産を倒したという情報について」。

*940頃–995。ノルウェイのキリスト教化以前の王。アイスランド人はこの頃、北方神話が示すような宗教を信じていたので、オーラヴI世には心の中で敵対。

こう言ってボッリは笑い、広間からさっと出て行った。
そしてオズヴィッフ老に会うと、もう帰っては来ず、
ついに恋人二人は、太陽と影法師のなかに
長々と同席し、やがて広間には人びとが混みあってきた。
帰ってきた時彼《ボッリ》は、友《キャルタン》が少し静かに坐っていると感じ、
グズルーンが彼《ボッリ》を見た際には、彼女の眼に、何か
見慣れない感じを見て取った。また彼《ボッリ》自身の心に
世界が以前より高貴さを失ったと思わせる陰気さ——
——暗いものの陰を立ち昇らせずにはいなかった。
館に戻る道中でも、キャルタンはあまり喋らず、
喋った言葉も、言葉の意味をからかうに近い感じ。
これまでこの種の冗談は、あまりに幸せで耐え難い憧れを
心から解き放つために用いるのが常であったのだけれど。
しかし時は進み、なおも日々は、表面上はほとんど
何の変化も見せなかった。キャルタンの心のなかで
ある日には恋の想いが冷たくなったとしても、翌日には
恋人に近づいて行く時には、大胆に過ぎ、
率直に過ぎ、近くに誰がいるのかにも気づかない有様。
グズルーンも陰気にならなかった。ボッリは以前と同様、
高座の近くに行き、またドアの方へと気を利かして逃げた。
おそらく異なったのは前よりも少し頻繁に、海の向こうに
横たわる美しい国々の話を思いつくだけだった。
そして時おり、半ばキャルタンを咎めるような表情が
グズルーンの顔を横切る事があった。
それはキャルタンが、海の向こうでの噂話を聴いてきて
その海外での生活について
あまりにも熱心に語った時だった。

そうするとボッリは時として、深い物思いに耽ったが
それはあまりに夢のような思いだったので、再び日常の
生活に立ち戻った時には、人に話せないような事*だった。

＊キャルタンが去って、自分がグズルーンを得る夢想。

　こうして幾つか季節が過ぎ、秋になったときに
二人の義兄弟は馬でブルクフィルス《ボルガルフィヨルド》*に赴き、

＊アイスランドの海近くの町。次行の河は氷河に発するアイスランドの大河。

ホワイト河に着いたばかりの船に乗り込んだ。
この船で二人は、外国の商人と話し込み、
最後にはキャルタンがこの船の客として乗り込み、
ヒャルザルホルト邸に戻るように船長に命じたのだ。
船長は全く嫌がる様子もなく彼とともに赴いた。すると今、
この邸では、ハーコン王が殺害され、その令息が
国から追放されたという、大きな報せが話され始めた。
そしてノルウェイは、オーラヴ・トリグヴァソン王の許で
見事な平和のなかにあるという。船長はこの王について
多くの話を語る事も忘れなかった。
耕作機を握った農民、槍を投げた兵士全てのなかで
最も高貴な人物であると王を讃えたのである。
キャルタンは熱心に聴いてはいたが、話が続くあいだ、
まるでほとんど、眠っているように見えたのだ。

こうしたあと、今、バスステッド邸に彼が赴《おもむ》いた時には
耳を傾ける恋人《グズルーン》に向かって、以前ほどには
諸外国を見たいという話題を話さなくなった。
折を見て彼女が、外国の事を彼に話しかけてみると
彼は軽くこの話を受け流して、笑顔かキスかで
二人の話題を平凡な、大きな幸せの言葉に切り替えたのだ。
また彼は、以前ほど彼女の事をボッリに話さなくなった、
ボッリは（彼女が美しいからだと内心では思っていたので）
グズルーンの事を喜んで聴きたかったのに。
ボッリの側では、時世があまりに早く移り変わるような
苦痛を時として感じていたのだ——これまでの日々には
おそらくは、キャルタンの心から魅力的な称讃の火花を
必ず打ち出していたボッリの言葉を
気がつかなかったように聞き流した時には。しかし今、
ついに冬至祭《ユール》*の時期が来て、遠くまた近くから

＊ユールはクリスマスの時期を指すが、アイスランドはこの時はまだキリスト教化されていなかった。ユールの語源は、異教の「冬至祭の時」である。

人びとが隣人たちの宴に出かけ、習慣通り、
バスステッド邸の人は皆、ヒャルザルホルト邸に出かけた。
宴は長々と続き、客たちは皆、心から欲していた土産を
貰ったのだったが、グズルーンは、ヒャルザルホルト邸の
女主人のそばの高座に坐していた。

　だが今彼女の疲れた耳は、新たなノルウェイ王*の名が
口から口へと語りかわされているのを聞いた。

*前出のトリグヴァソン・オーラヴI世（964頃–1000頃）。

また南から来た初めて会う人びとの話も耳にした。
すると彼女の心配だった心に鋭い苦痛が走ったのだ、
キャルタンの顔をじっと眺めて、ある事に気づき始め、
溜息を吐《つ》いた。なぜなら彼はデスクの上に身を乗り出し
熱心な顔つきで坐って一言も聞き漏らすまいと努め、
一言も喋《しゃべ》らなかったからだ。そんな時、飢えたような眼で
彼女は彼を見つつ坐っていたが、口許には一つの言葉も
浮かんでこなかった。そしてこのあいだじゅう、
ボッリは唇に、今にも消えそうな笑みを浮かべて
二人を凝視していた。その眼は次第に、なお一層、
困惑した表情を浮かべ、ついにボッリは、自分の傍《そば》に
誰がいるのかも朧気《おぼろげ》になった。ヒャルザルホルト邸での
冬至祭《ユール》の時期はこのように過ぎ、冷たい日が続き、
ついに春も過ぎた。そしてグズルーンは喜びでいっぱいの
多くの日と共に、多くの心配も経たのだった。やがて夏。
今、私たちはこの夏を語っているのだが、そのある日に
キャルタンが陽気な様子でバスステッド邸に
やって来たのだ。非難される覚悟は全く見えず、
ボッリを伴っていた。彼《ボッリ》は悲しげで押し黙り、疲れた様子。
そのようにグズルーンは感じた。彼女も実際、いつもより
賑やかげな話ぶりでキャルタンに負けなかった。
しかし時間が夕べに近づくと、キャルタンはこう言った、
「恋人よ、最大の幸せを今夜は得ようではないか、
というのは、我々二人がこのように会うのは、実際、
今が最後の日ではないけれども、まもなく君は
僕が戦闘の服装を身につけるのを見る事になり、
角笛が我が国の《行かざるを得ん》を奏でるからだ。
つまりホワイト河に」——「まぁそうなんですか」と
グズルーンは割って入り「私のこの足をあとに残して？
男たちは私を薄情と言う、でも貴方は優しいと知っている、
彼らは私の美を褒めるだけ、でも貴方には体《からだ》を預けている、
彼らは私を優美だと言う。でも貴方がそばにいて下されば
塩辛い荒海が好きなように私を扱ったっていいわ！*

*武勇談《サガ》によれば、北欧の女性は航海する男性に同伴した（Boos II 319）。

貴方と栄光を共にさせて下さい、貴方が投げ捨てる恐怖を
私に受け取らせて下さい！」。彼女は祈る時のように
手に手を取って、身を震わせて立っていた。
唇は開いたまま、顔は青ざめて疲れ果てたかのよう。
だがボッリは剣をがちゃがちゃ鳴らし、眉を顰《ひそ》めながら
広間のなかをあちらへこちらへと歩いていたが、その顔は

彼女にほとんど劣らず青ざめていた。低くなった西日が
広間の細い窓々から射してきて
彼女の胸の金の飾りを輝かせ、
握り締めるすらりとした手を金色に染めた。キャルタンは
奇妙に揺れる気持で彼女を眺めながら立っていたが、
今は彼女を胸に抱きしめたい、二人が絶対に別れないよう
彼女に懇願したい、と切に願うかと思えば、
今は、まるで剣を使って愛を断ち切るような言葉を
語り出しそうな気分になるのだった。自分に驚嘆する
世界全ての愛を（と彼は口にはしなかったが）
得たいという自惚《うぬぼ》れと、彼女への愛が心中で闘っていた。
最後には、彼は床石に眼を落として
あたかも何かを言おうとするかのように眉を寄せた。
その時、彼女は伸ばしていた手をふりほどき、叫ぶように
「駄目、止めて。話す必要なし。貴方にはこの贈物、
良き贈物を受け取って賢明であれと二度頼みたくないの。
自分の心は判っています。貴方には判らない。さよなら、
北欧吟遊詩人は、貴方の偉大な業績とは別の話を、多分、
歌う事になるでしょう」。なおも彼女の顔は青白かった、
溜息とも嘆きともつかぬ声音を発しながらボッリの横を
袖ふり合うように通った時にも。ボッリは驚愕して、
口を開けたまま、無意味に手を差し伸べて立っていた。

だがキャルタンは一、二歩、彼女のあとを追ったが
そこで立ち止まり、突然の悲しみに心乱れていた。
だがそんな状況で、彼女はドアの近くまで来ていたのに、
突如後ろに向き直り、全身を震わせながら
真っ直ぐに彼の横に歩み寄り、流れる涙のなかで
「今言った私の言葉を、男性の言葉と同じ重みに
感じないでね！　おお美しい恋人よ、お行きなさい、
そして私のこの心に、もはや価値のない姿にされて
帰って来てね。でもその方《ほう》が貴方の値打ちを見る力のない
世間に対して、より大きな価値を持つかも知れないわね。
お行きなさい、そして貴方のお噂が
太陽の下のあらゆる国に広がるようになさって。
だって私には判らない、実際、貴方が貴族や王の手で
勝ち得る事になる全ての事が、貴方が今私のもので
あるようには、最後に確かに私のものになるかどうかは！」

　それから彼の首の周りに両腕を巻きつけて、心底から
泣いたのだ。すると、愛と恥ずかしさに心を動かされて
キャルタンも名声への希望と、高貴な生活への希望を
置き土産にせずにはいられなかった。彼女は涙のなかで
頬笑んで、「お行き、私の恋人よ、女の涙で
心弱くなっては駄目。私はほんの愚かに喋ったのだから。

この北国の我々《おんな》は、我が国の男を真綿でくるみはしない、ついには男衆を絞め殺さないように。駄目、心揺らいでは。意気地のない馬鹿女を愛してきたのだと思ったりして！」

彼女がこう言ったのは彼も涙を流したからだ。彼は言う、「愛する人よ、船が出るまでに、暫くのあいだまた会おう、さよならを言うためだ、そしてそのあと、僕が人びとのあいだで地位を得て帰って来た時には君にも名誉となるんだぞ——今考えるだけでも、それは何と美しく、素晴らしく、幸せの絶頂である事か！」

筆では書けない、幾つかの小さな言葉を彼女は言い、白い、指という指を彼の顔に当て、そのあとキスするあいだじゅう、彼の髪を撫でていた。それから涙のなかで笑顔を作りながら、彼女は去った、ボッリには全く構う事なく——人びとの話では、この二人、キャルタンとグズルーンは、愛するかたちでは二度と会わなかったという。二人の眼は互いにもはや《死》の暗い岸辺のこちら側では優しく輝いた事がなかったそうだ。彼らの入り組んだ人生のなかで、二人の唇が重なった事を死に至るまで、忘れなければならなかったと言われる。

キャルタンが来るつもりの日、そして恋人にもう一度、彼女の館でキスするつもりだった日より前に、これまで船の出を抑えていた南西の風が、変化して今は北西の風*が吹き始めた。

*ノルウェイに向かう風。

船長のカールヴは水夫たちに出航を命じたのだ、この時期の風は、北から吹く事を嫌っていたからだ。それに永らく出航が遅れたために、年は暮に向かっていた。船長が声を発したのは夜だった。次の日の夜明け前、人びとには見えなかった、ヒャルザルホルト邸のドアロに、武装して鞍に跨《また》がった一団の立派な人影を。キャルタンは眼を輝かせ、顔を紅潮させ、そわそわして見慣れた風物を眺めまわしていたが、それでも出発を喜び、絶えず笑みを浮かべていた。誇りと希望と愛が、彼の魂を満たしていたからだ。その間、これからの生活を考え、やがてやってくる日々全てのなかに、何の危惧《きぐ》も抱かなかった。彼の周りには仲間がいた——その当時、それに匹敵する人はいないとされた十人の強者《つわもの》だった。彼の横には義兄弟ボッリが乗馬し、漫遊の騎士の手が初めて抜いた刃のように忠実な姿だった。彼の父は喜びと誇りで顔を紅潮させて見送っていた——息子《キャルタン》が満足な栄光を身に帯びて帰国し、

人びとの前で花嫁を迎えるまで
待ち永らえるはずの、美しい彫り物のあるドアの横で。

今や船長カールヴは《孔雀》《キャルタンの父》の贈り物である衣裳を着て
金細工のある槍を南に向けて持ち上げ、キャルタンは
腰を屈めて、父親にキスをした。家の子郎党は
叫び声を上げた。一行は彼らから向きを変えて
草深い小山を下って、鈴音高く速歩《はやあし》で進んだ。
暫《しばら》くキャルタンは黙って進み、やがて彼の魂は
多くの考えで満ち、言葉となって溢れ出た。
彼の横に馬を進めるボッリに向かって、
二人が今目指している美しい国々で
なすべき事の全てを語り始めた。ノルウェイだけではなく、
また西の国々だけではなく、将来には他の国々も
我々の手を知る事ができようと彼は言った——
もっと美しい場所、より大きな名声を得ている民族、
ローマ帝国の名が、なお影を落とす場所、ギリシア王が
血に汚《よご》されぬ剣を持ち、金の衣裳を着て坐する国へ行くぞ。
だがキャルタンが語るあいだ、ボッリはここで一言、
あそこで一言喋ったが、その言葉の意味を意識しなかった。
いや、どんな奔放な思いが自分の頭を満たしているのか、
自分の心に、どんな憧れが、絶えず勢いを増す炎のように
燃えているのかにも気づかぬ様子。こうして夜に彼らは
ブルクフィルスに到着し、さらに、用意のできた船の傍《そば》に
幾つものテントが張られている海岸に着いたのだった。
ここへきて彼らは祝いの宴を張り、その夜は眠った。
だが次の朝、朝の光が射し始めると直ちに
彼らは乗船し、全て出発の準備がなされた。
低く垂れた雲が朝日を隠し、激しい北西の風が
雨を叩きつけてくる下での準備だった。
彼らはタラップを船に再び引き上げ、
オールを突き出した。キャルタンは船長カールヴの
横に立ったが、カールヴは舵柄《だへい》を手にして
持ち上がる船首の操舵の指揮をしていた。だがついに
灰色の空に向けて濡れたオールの刃が向けられた時、
そして船尾と陸との距離が今や広がってゆく時、
キャルタンは大声を出して船首へと駆けつけ、
綱と滑車がまだ混乱してぶつかり合っているあいだに、
黒灰色の海の上に、引き抜いた剣を振った。
するとボッリが、彼の後ろから一歩また一歩と近づき、
同じ意図から、自分の剣の柄《つか》に手を触れたのだが、
それから溜息にとてもよく似た、深い呼吸を
一つしたあと、刃を再び柄《つか》に突き戻した。
彼《ボッリ》の顔は突然の苦痛で鋭い表情になったように見えた。

彼は回れ右をして、船を推進させる装置《スカッド》に顔を向け、胸を波打たせ、足場のなかでよろめき、強そうな両腕を、低い呻きとともに、隠された丘へと長く伸ばした。その丘の連なりの下にこそグズルーン、彼の恋《ボッリ》の対象が坐っていたのだ。その時、船首は波の窪みのなかへ落ちこんで行き、オールを漕ぐ歌声が響いてきて、灰色の波間をこの立派な船は南へと向けて航行を続けた。

オーラヴ・トリグヴァソンのアイスランド人への扱い

今や話はこう続く――キャルタンと仲間の全てはドロントハイムに到着し、オーラヴ・トリグヴァソン王の偉大な名声を初めて直《じか》に耳にした、町の人びとが船で来た一行にそれを語った時の事だ。だがそれとともに、別の話も彼らは聞いたのだ、その話は彼らの一人残らずに、重苦しい言葉に聞こえた。つまりこの王が、これまでの習慣に背を向けて大変な熱意で彼の新たな信仰に心を燃やしている話でその信仰によれば、他の何物も王には善と思われず、全人民が十字架上のキリストに頭を下げよと考えている。キャルタンのここへの到来が、潮に乗って河口に達した時アイスランドの三隻の船がニド河の港に碇泊し、船内には十分頑健な乗員がいて、上陸したなら王を喜ばせ、そして財貨を保ち、それとともに多分命も永らえる事を大層楽しみにしてきたのに、話を聞いてうなだれた。だがどうして自分たちの祖先が皆、永遠に、永久に地獄へ行く罪人とされるのかには納得できなかったが、彼らは言う、今やこんなに急に事態が後へ引けなくなったので我々は王に出会うぞ、その時王は顔を背《そむ》けて通り過ぎるか、でなくとも眼に脅しを見せて睨みつけるだろう。「王からは「そして冬至祭《ユール》が来れば」彼らは言った。「王からは決まった日にちを知らせてくるだろう、その時に我々は信仰を変えるか、でなきゃ最悪を我慢するかだ」。

「だがね」とキャルタン。「この王が最初ではないよ、世界が自分のためだけに作られていると考えた人物は。全てやってみないうちには事がどう運ぶか誰に判ろう？神のみぞ知る、だが王と同じく俺の意志も通したいね、俺は王を嫌いはしない」。この言葉にヒャルザルホルトの乗員たちは陽気になって船から降りた。夕日の輝く夕方で、立派な町は、薄く青い煙を空中に向けて立ち昇らせていた。というのもそれまで雨が降っていたらしく、男も乙女も幼子も、町の人は皆、出歩いていて、街路が埠頭に接する場ではバイオリンにひと群れの人びとが聞き惚れ、しかし同じほど熱心に例の一行《いっこう》に眼を向け、西に傾く陽の光が、一行の鋼《はがね》や深紅の出で立ちを燃え立たせるのを凝視した。皆様もよくお判りの通り、この一行には、けちん坊の手が着付けをしたのではなかったからだ。こうして長い街路をあちこち眺め、じっと眼をこらしつつ一行は進んだが、町は良い眺めだった。しかし一行が進んで、その街路が尽きて、角を曲がったちょうどその時、近くの空に高々と、チャイムが鳴り響き始めた。その甘美な音色は、この甘美な時間に、二重の祝福を与えるように感じられた。キャルタンは自分の頭上に鐘の音が響き始めた時に、仲間の足を留めて、微笑みながらそれを聴いたが、そのうち自分の近くに溜息を聞きつけ、ボッリの彷徨《さまよ》うような眼に出遭った。ボッリは眼を伏せた。キャルタンは優しげに語った――「この麗しの音色を聴くために、グズルーンがここにいてくれたらなぁ！　こんな美しい音を聞いた事がない」。

　こうして一行は先へ進み、街路を曲がると巨大な教会が、美々しい町の低い屋根の上に、影法師を投げかけているのを見た。しかし、少しの間《ま》、彼らは自分たちの驚嘆を押し留めていた。その時、背後に、甲冑《かっちゅう》の音が響くのを聞いたのだ。振り向いて見ると、正装をした一団の人びとが歩いて来るのが見えた。だが最も勇壮に見える人物たちが教会にやって来るのを見たのだ。彼らが近づいて来るとキャルタンには、まるでそのなかの一人を知っているかのように思われた。一団の人より頭一つ背が高く、赤い胴着《チュニック》に身を包み、腰には剣を帯び、左手で剣の金の柄を触り、そのあいだ、右手を、彼の正面から照りつける明るい太陽から両眼を遮《さえぎ》るように庇《ひさし》としていた。一方で彼は、アイスランド人の一団もじっと見ていた。肩幅の広い男で、見るからに壮麗で、その輝く顔を、まるで怒《いか》ったように赤く照らし出す太陽は彼の赤い顎髭《あごひげ》のなかに縺《もつ》れるように光っていて、そのため薄灰色《ライトグレイ》のきりりとした眼はより激烈に見えた。すっかり近くに来る前に、彼は横向きに身を傾けて横にぴたりと付いて歩いていた男のほうを向き、そして向き直ったが、通り過ぎる時にキャルタンをさらに一層熱心に眺めた。その時二人の眼が合い、キャルタンの心臓は高鳴り、顔は輝き、両眼は、今が戦闘中であるかのように注意力に満ちていた。

けれども、男が通り過ぎた時には、彼《キャルタン》の唇には笑みが浮かんでいた。信頼に満ち、憎しみのない表情だった。
しかしボッリは言った、「今日の日がすっかり過ぎぬ間《ま》に
ここを立ち去ろう、もし今でもまだそれが可能ならば。
あれは王だぞ、そうだとすれば、あんな男相手に、
弱くて少数の我々に、何ができるというのか？」

しかしキャルタンは傲然としてボッリに向かい、
こう言った、「待ち給え、僕はアイスランドへ帰る前に
死ぬと思っていないよ。君も知るとおり、国《アイスランド》のなかに
苦悩であれ幸せであれ、それを通り抜けて、僕の魂に
世を去るのを止めさせる人がいる。だから行ってみよう、
そしてこの人びとの礼拝の仕方に注目しようよ」。

そこでその夕には、教会の近くにたむろして
開け放たれたドアから、美しい調べが歌われるのを聴き、
薫香の匂いを嗅いだ。そのあと船に帰ったのだ。

だが翌朝には、王は使者を遣わして、キャルタンに
王室へと来るようにとの勅命を送ってきた。王室では
彼にも一行にも善以外の何も生じないというのだ。
この言葉をその使者が伝えた時、キャルタンは
船の近くの、陽の当たる埠頭に
輪になったアイスランド人たちに混じっていた。彼らは
まだ陸揚げしてない品物の梱《こり》の上に腰掛けていたのだが
これを聞くと彼《キャルタン》は立ち上がって、この男に言った――

「貴様のやつれた手でできるのなら、その上衣を脱げ！
そして王の鎖が擦《す》りむいた首筋の傷跡を見せよ。
だが貴様の祖先が呼ばれていた名を我々に語るな、
ここにいる何人かが顔を赤くすると困るから。帰って王に
こう告げよ、私は王を喜ばすために（我が民族の死者を
皆呪うためとは全く別の目的で）アイスランドを
あとにしたのだとな――憂鬱そうな顔をするな、
なぜなら以上のほかに貴様には王への良き報せを語らせる、
この私は王への奉仕を十分に、誠実に行うであろうと、
自由な人間にできるとおりに。それが嫌なら、王には
彼の神のために、私から取れるだけのものを取れとな」。*

*信仰は自由だ、命を取られてもよい、の意。

この言葉とともに彼の周りには沈黙が漂った。例外は
ボッリが顎髭《あごひげ》のなかでぼそぼそと次のように言っただけ。
「今や確かに我々は良き報酬を得たわけだ、
幸運が我々に与えてくれた物を捨て去ったという点でな。

だが疑いなく、我々が死んだあと、我々の名は遠くまで
言いふらされるだろうな。その時にはまた、我々が
得られなかった事への願望も消えているさ」。使者は
来た時どおりに帰り、キャルタンさえも性急な言葉への
非難を浴びた。「お前ら何を望むのか、仲間よ」彼は言い
「王は賢い、王の怒りは十分に考慮に入れる事にしよう、
王は我々が何も得ないまま陥落しはしないと判っている。
私は優しく話すべきか？ それじゃなぜ、我々が一人一人、
宴が終わった時に、おそらく武装を解かれ、無力となって
司教の前に連れて行かれる必要がある？
何だと、カールヴ！ 乗船して抜錨しようというのか？
そうなんだな、王の巨大な船の横で、日の暮れる前に
点検して船の向きを変えるんだな。駄目だよ、全て大丈夫。
最悪の場合でも、全てが終わるまでには、聴きでのある
物語にはなるさ」。一行は耳を傾け、少しのあいだ恐怖を
振り払った。このような人びとが死神に眼を向けるには
死神が近くに来ている必要があったからだ。

こうして時が経ち、王は彼らに何の危害も与えず
あれ以上、何のメッセージも伝えてこなかった。一行は
市内に宿を借りて、来る日も来る日も平安のうちに
あちこちに出かけた。そのうちに冬至祭《クリスマス》が近づいた。

すると今や人びとはこう言ったのだ、
王の手によって、古い宗教についての
紛争なしには祭りの祝いは為されぬだろう、天使たちが
あの神聖な生誕を歌った地上の平安の季節のまわりに
戦闘と嫌らしい死とが近づいてくるだろう、と。
こんな噂に仲間がどんなに憂い顔になろうと
キャルタンは平然。とは言え彼も用心はしていて、
仲間の話を十分尊んでいた。そしてある日彼は、
あれやこれやの男が言う事を思い出して
アイスランド人全てを一箇所に呼び集め、
広間に彼らが結集すると、こんなふうに
述べたのだ。「良き仲間たちよ、この諺《ことわざ》を君たちも
知ってるだろう――《賢者は殴打《わざわい》をもって殴打《わざわい》を制す》を。
この地で我々の心にこんなに重くのしかかるこの王は
偉大な人物だ。この国《ノルウェイ》の人民は彼を高く評価している、
彼らに何の物惜しみもしないからだ。だがご存知の通り、
この王の権力がハーコン王の運命に降りかかった時、
大いなる敵を彼は生きたままに残し、彼らはなお生存。
彼は高潔な王だが、自分の敵に良き運命を与える馬鹿が
どこにいようか？ 我々の善意にもかかわらず、王は
なお我々の敵であるに違いない。*
私はこれを恨みはしない。なぜなら麗しい名前を促進する

*彼らは王から見て異教徒。

この機会はすばらしいと思うからだ。
だから友よ、我々はこの国《ノルウェイ》から、美髪王ハラルド*が
*ノルウェイ王（在位八八五―九〇〇頃）。圧政の為人びとが国を脱出。
この国に課した長期の暴政を解放して、むかしの通り、
全ての人びとが正義の諸法律の下に
生きられるようにする事が、ひょっとして
できるかもしれんぞ。間もなく我々は
頃合いを見はからって、オーラヴ王に見せてやろう、
死は死を呼ぶ事を。私は今夜とは言わない、
だが君たちはいつも戦闘準備を整えていて欲しいし、
蜂蜜酒に酔い痴《し》れないで欲しい。冬至祭は間近だ、
すると王の側近はぐでんぐでんに酔うだろう。
その時にこそ松明《たいまつ》を灯《とも》して、研ぎ澄ました剣を抜け！
王は確かに大人物。だが私は、王付きの司教が
語った言葉に注目した。司教は正しく評価すれば
ちっちゃな事に多言を弄《ろう》しはしたが、こうも言った――
「死するは収穫《ゲイン》」だとな。この王も私も、それに君らも
死するには若すぎる。しかしここにいる我々の幾人かは
良くやったと名を残す事になるぞ。
白髪になって我々が死んだなら、人びとが我々を語る時、
どうなると思う？　名誉は見棄てられ、
誠意は見失われ、善意は朽ちる――巨大な苦痛と混じった
ほとんど喜びのない一日を捧げてもな。
だから我々は神に向かって不平を言わない事にしよう、
愚かな憎しみで口をへの字に曲げないようにしよう、
この王と私が、《運命》の手の下で
剣と剣を突き合わせる事になってもな。もう一度聴け――
この新たに見つかった宗教の長《おさ》が自分の信者に
かつてこう言ったそうだ、《私がこの地上に平和を
もたらすと思うか？　だが剣ではなく――》おお王よ、
お前の剣に見合うようにされた剣を見るがよい！」

　この最後の言葉とともに彼の輝く剣が引き抜かれた、
すると幾つもの剣がまわりにぎらぎらと輝いた、
そして屋根が、彼らの雄叫《おたけ》びでまたしても震えた。
しかしボッリだけは黙ったまま、思いに耽って立ち
あたかも、言葉にしろ行為にしろ、その善も悪も、何一つ
気にしていないふう。だがキャルタンは顔を赤くして喜び
ボッリを見もしない、彼《ボッリ》がどんな考えを持っていようと
最後には、自分《キャルタン》が進む道のあとから
喜んで付き従うだろうと思っていたからだ。
それがどうだったにせよ、今、仲間は一体となって
キャルタンが命じた通りに事を運ぶつもりになり、
王が自分たちを攻撃する前に、王に襲いかかる事にした。

そこで食事にありついて、たらふく食べたのだった。
しかし翌朝には、キャルタンが命じた事を、どうすれば
最善のかたちで行えるか、偵察が為されねばならなかった。

翌朝がやって来て、それとともに新たな報せも来た。
王は使者をよこして、アイスランド人たちを
宮廷内の協議会に呼び寄せたのである。よく注意せよと
王は命じていた――貴殿らがいかに勇猛であっても
もしその必要が生じた場合には、貴殿らの最後を
生じさせるのは容易《たやす》い事であるぞよ。「だが」と王。
「余は喜んで貴殿らに平安を与えるつもりである、但し、
今回は二つのうちの一つを貴殿らは選ばねばならぬ、
ほかならぬ命そのものを失う事にするか、さもなくば
王宮へ出向して、余が貴族たちに謁見《えっけん》を許している
大ホールにおいて、余の言葉に耳を傾けるかだ」。

これを聞いた時、キャルタンは辺りを見まわし
渋面の下で笑って見せたが、その顔は怒りと恥辱とで
赤く火照っていた。「ふふん」と彼。「引っかけられたぞ、
君ら、どう思う？　我々の家で予定通り宴を張るか？
聴き給え、客人たちは来るつもりだ。来させるか？」

というのも彼が語るに合わせて、巨大な角笛の音が
風に乗って彼らの耳に達したからだ。
すると使者は笑みを浮かべ、また角笛の音に続いて
あの聖堂から鐘の大音声が響いてきて、谺《こだま》を生み出し、
これと混じりあった。ここでボッリが語った――
「義兄弟《いとこ》よ、君と僕は、我々の名誉のために
死ぬことに満足しても良い。だがこの二つの条件はどうだ、
君の役割は、もし可能ならば、我々に平安を
もたらす事だぞ。その上で、もし最悪が生じたならば
アトリ王の館でニブルング家の兄弟が死んだように*

＊『ヴォルスンガサガ』第39章（谷口593）参照。グンナル、ホグニ兄弟が死ぬ。

我々もそこで死んでもいい。こんな死に様だったとなれば
我々が地下に埋められて、墓の上で我々のグズルーンが
この話を聞いた時にも、犬死によりも
悪くは響かないだろう」。

キャルタンは、ボッリの青ざめ、こわばった顔を
暫く眺めていたが、それから、押し黙る一行を見て
彼らが、今ひとたびの生きるチャンスを
渇望しているのを見た。「行け、使者よ」彼は告げた、
「お前の王にこう言え、我々は王の意志に従うであろうと。

但し、王の所へ出かけるという事だけに従うのだぞ、
王に命じよ、鋼でもって、頭、胸、手足を護れとな。
なぜならおそらく、我々は来たとおりの姿で帰らぬから。
それに言い始めた言葉の結末が誰に判ろうか？
おい、仲間よ、戦闘のための装備を身につけよ。恐れるな、
だって選ぶ事のできる、あまりにも嬉しい二つを得たぞ、
和平か、さもなくば名誉の死だ！」　すると使者は
両耳に鎖帷子《くさりかたびら》の金属音と槍の触れ合う音を
詰めこまれるようにして帰って行った。
賢者が語る話では、王は密偵を用いて
キャルタンがその夜、どんな忠告を仲間に与えたかを知り、
そんな偉大な両手に、生か死かの偶然《チャンス》を、成り行き任せに
放置しておく意志はなかった。さてついに武装を整えると
アイスランドの人たちは長い街路を通り抜けたが、
そこにはほとんど人通りがなく、人妻、子どもたちが
ドアの前で見ているだけ。あるいは、フードを被った
老人が、彼らの通りすがりに、もごもごと呟《つぶや》き、
悲しげな目つきの乙女らが、憧れるように彼らを見ていた。
こうして一行は王の巨大な館にやって来たが、
正面入り口の周りには、背の高い男たちが輪になって
立っていた。皆、恐れられている名の連中だった。
一行が近づくと輪を開いて通り道を作ったが
そのあと再び輪を閉じ、一行を取り囲んでしまった。
ヒャルザルホルト邸の人びとがすっかり押し黙って
ドアの支柱のそばを通っても、彼らは話も笑いも止めず、
彼らのあいだでの騒ぎはうるさく響いた。
それから広間の薄闇のなかをキャルタンは見渡し
自分の一行が王に近づく事のできる僅かの空間を見た。
というのもそこには兵士がぎっしりと詰めていたので
彼らの丈高い槍は魔法使いの森のようだったからだ。
今一行は王の玉座から少し離れて立たざるを得ず、
王は玉座に坐って、彼の右手には
ドイツ人の司教がいた。しかし王は我々の一行に
何ら注目せず、その時には、王の司令官が
広間の先まで沈黙を命じ、騒音が
すっかり静まると、良く通る静かな声で
司教は信仰の有り様《よう》を述べ始めた。
だが、《死》の門口まで近づけられた一行には
今や、司教の言葉の善悪を評価する事は至難の業で
説教は単調で長々しく感じられた。
　こうしてとうとう司教が説教を終えると
王は立ち上がって、ホール全体に向けて
強力な声で「さぁこれで皆の衆、この信仰を聞いたのだぞ、
天の神が、その代行者を通じて話される事を。これは

余の信仰でもある。皆の衆はこれを聞いてどう思うか?」

　オーラヴ王の臣下からは強烈な叫びが上がった。持ち上げられた槍の音も響いた。ボッリはその手を剣の上に置いたのだが、一方キャルタンは、なお、じっと立ち、笑みを浮かべつつ、王を見た。そして王は騒音が静まると彼《キャルタン》に向かって「皆の衆、何と申す、何と申すか、アイスランド人よ。とりわけ汝は?余は汝が、死ぬには一年早すぎると思うがの、余と同じ名の男《オーラヴ》の息子よ。また汝は、北欧神オーディンを信じすぎている輩ではないと見えるぞ。北欧のトール神に長い祈りを捧げる奴にも見えんぞ。まだ汝の剣が脇腹に下がっているあいだは」。王の最初の言葉の時からキャルタンは腰を屈《かが》めて、靴ひもを締め始めた。そして言葉ではない唸《うな》りが人ごみのする広間に、空が晴れている時の遠雷のように聞こえていた。だが彼が再び立って、背を伸ばすと王は叫んだのだ、「この護衛兵のなかで、誰でもないこの余を殺せと汝に進言したのはここにいるどの男か?」　キャルタンは少し前へ出て「まさにこの通り。貴殿はその人物に、自らの意志で全ての人間が恐れるあの事、速やかな、確実な死と向き合えと命じるのだな——王よ、その男はここだ、自分の国ではキャルタン・オーラヴスソンと人びとは呼んでいる——彼の命脈が尽きるのは残念無念、なぜなら美しい乙女たちが彼を愛したから」。こう言うと彼は鞘《さや》のなかから漫遊騎士の剣を少し炎のように輝かせ、ボッリがその横に立った。するとホールは壁から壁まで、激怒の声で満たされた。ヒャルザルホルトの一行は背と背を合わせて立ち、各々《おのおの》、自分の武器を手に輝かせていた。

　その時、騒然とした音を制するように王の声が聞こえた。「静まれ、我が国の人よ、お前らは急いで動きすぎるぞ!お前らには見えんのか、この男と余だけは、この場の全ての男のなかで、なお、鋭い剣をまだ鞘に収めている姿が?　偉大な人間間《かん》の物事がいかに厄介な事態に発展するかを知る男は賢明だ。語れ、キャルタン・オーラヴスソンよ、余からの提案はこうだ——余のこの宮廷に汝が客人として留まり、好きなように信仰するがよい。だがこの汝の仲間には彼らが余の命《めい》をどう受けるかに従って、災いなり、幸せなりを与えて進ぜよう」。「王者ぶったな」キャルタンは言った、「私の仲間について語るとは。

全く、大地を知らず、どんな事が我々地上の人に
苦悩や喜びをもたらすか知らない愚か者のような言葉だ、
ここにいる男のなかで私を味方と呼ばない者はいない、
そうだ、この真実以外の全ての真実が絶滅してもだ。
そして父も、恋人も、全ての者も私を裏切るとしても
なお私は自分の右手に、ソルェイクの息子ボッリを
見出すだろう――それなら来い、《死》よ、
お前《（死）》の相棒になるからな」。そして鞘のなかから
彼の剣が飛び出した。そしてちょうどそれと同時に
広間のなかにはアイスランド人の叫びがはっきり響き、
この話はあっという間に終わっていたはずだったが、
ところがこの時、オーラヴ王は再び、この騒ぎを鎮《しず》めた。
笑いながらこう言ったのだ、「汝は怒《いか》っておるな、おい。
満足し給え、この争いを起こしたのは貴殿だぞ、
そして今、貴殿は争いに勝ったのだ。だからここへ来て
余の傍《そば》に坐れ。貴殿と貴殿の良き仲間は
安楽に暮らすがよい。ただ、良く考えて貰いたい、なぜ
役立たずの詩人が語った嘘*を信じねばならないのか？
ぐずぐずせずに余の手を取り給え、
貴殿が余の下に立つのは相応《ふさわ》しくはないぞ」。

＊北欧神話。

最初は死の思いで青ざめていたキャルタンの顔に、突如、
赤みが射し、次には、固く結ばれていた唇も
皺になっていた眉間も、穏やかになり、両眼には
最初は大きな驚きの表情が浮かんだかと思うと
次には目つきも優しくなり、恥じ入ったように笑み、
彼は少しのあいだ、王を眺めたあと、
ゆっくりと剣を降ろし、鋒《きっさき》の方を
自分の手に持って、王が坐っている場所へ
進んで行ってこう言った――「いや、王様が勝ったのです、
陛下はどんな男もまだした事のない事を私にして下さい、
そして私の剣を取り、私を武器のない人間にして下さい。
そしてもしキリストが、地上の人間に福を与える事さえ
できるのなら、そもそも人間を少しでも構いつけるのなら、
私の上にもまた、彼の愛と祝福を与え給え。
しかしキリストもオーディンも助けにならないなら、
それなら我々人間の子は最悪に瀕《ひん》している事になる、
それでも我々は希望を持たねばならぬ、そうではないか、
そして知られざる幸せを手探りで探さねばならぬ、
知られた事実は我々を裏切るからだ、長老が言うとおりだ。
もっとも本当は、悪の日を経験していない私にはこんな
事は全てただの言葉だが」。「貴殿の剣を収めよ」と王。
「そうする事によって余は報いられる事になる、貴殿が
そんな形で剣を余のために扱うならば。さあ来給え、

余の国と館をまさに自分の家庭と考え給え、と言うのは貴殿のこの笑顔は、男からも乙女からも、心の慰めを得られるに違いないと余は確信するからだ」。

　王が語るうちにボッリはその場に近づいたがそれとともに奇妙な表情が彼の顔をよぎった。次には何が起こるかと恐れながらそこに侍《はべ》る人のようだった。だがキャルタンはほとんど喋らず、ただ王に感謝を述べただけ。彼は周囲の者がこれまで見た事もないほどに陽気になり始めた。すると王は命令を発し、まもなく争いの全ては、祝宴の楽しさのなかに呑み込まれた。そして大きな歓楽のうちに時間が過ぎて行き、騒然としていた一日は麗しく終わった。

キャルタンと王のあいだには大きな愛が育ち、その時から先には、両者のあいだで、数多くの高貴な計画が持ち上がった。クリスマスの時期が終わらぬうちに聖堂のなかでキャルタンは白衣を身につけ、彼も彼の仲間も洗礼盤の前で聖別された。

　さて語り手の私が思うに、習俗や慣行、周りの人びとの表情、多くの顔が被《かぶ》っている仮面などはおそらくは下劣な人間を高める一方、賢明で高貴な者をある程度劣悪にするらしい。ちょうどそのように事態は日に継ぐ日が過ぎるうちに、キャルタンの頭上を過ぎた。彼が最初に夢見た多くの事物よりも、王の宮廷と宮廷の流儀が、価値あるもののように思われて来たのだ。そして彼は人間の常態を凌いで、陽気になっていった。

　さてちょうどその頃、王の妹インギビョルグが王と同居していた。未婚で、顔も美しく、人に愛され知力も優れ、精神にも肉体にも優雅さに欠けるところがなかった。何度も彼《キャルタン》と彼女が出会う機会が生じ、心からと言う以上に、彼女は彼を愛するようになり、彼は彼女が愛するがままにした。彼はそれとともに、いかなる事も決して、自分の心をグズルーンから引き離せないと言っていた。確かに彼はこの言葉を護り得ただろう。だが悲しい事にまた彼には言葉では言えない、優しい感情のために誰にも叱責されないまま、彼女《インギビョルグ》の優しげな眼に親切な態度で応えた。そして疑いなく王には二人の愛は非常に幸せな事に思えたのであり、王は楽しい日々が来るものと期待していた。そして心のなかでは、キャルタンの身分を向上させてやがて彼も王にしようと考えた。しかしその間ボッリは悲しげに変化した顔に笑みを浮かべる事なく、朝から晩まで押し黙って日を過ごした。
今はしばしば、人の多い広間を離れて、ボッリは
海際ぞいに歩きに出かけ、半ば怖れながら
このアイスランドの一行を帰国させるという
何らかの報せを待っていた。ボッリにとっては
毎月全く無意味な日々が足を引きずるように過ぎた。

王がサングブランド司祭の言葉に応じてアイスランド人が
キリスト教に改宗するかどうかの報せを待っていたから。*

*『ラックサーディルサガ』（谷口376）参照。王は司祭をアイスランドへ派遣。

この司祭は、原　典《ラックサーディルサガ》の語るところでは
好色漢で殺人者でもあった。*

*同上サガ第41章（谷口376）。

夏が真盛《まさか》りとなって燃え立つ頃に、報告が来た。
報告してきたのは例の司祭。確かに彼は、剣で刃向かった
二人を殺害したが、彼《サングブランド》はほとんど為す術《すべ》を持ち得ず、
アイスランド人民の心を聖なる信仰に向けられなかった。
但し原　典《ラックサーディルサガ》によれば、サイドのハル、白髪のギツル、
ヒャルティ・スケッギャソンの三人が、
他の僅か数人とともにキリスト教へと勝ち得られたが。
人民の大部分はこんな信仰には何ら心を向けず、
獰猛《どうもう》な異教徒もいたので、実際のところ
命からがら、司祭は逃げ帰らざるを得なかったという。

この報告を聞いて王は激怒し、今度はアイスランド船の
出航を禁じるつもりになった。だがキャルタンは故国に
帰りたいとはほとんど思いもしなかった。なぜなら、
故国での日々を或《ある》いは忘れていなかったかもしれないが、
彼は称讃の言葉や、《愛》と栄光に満たされた生活を
送っていたからだ。こうして時が過ぎ、
白髪のギツルとヒャルティ・スケッギャソンは
アイスランドを逃げ出して、秋の頃に
ノルウェイにやって来て、翌年の夏まで、王とともに
暮らす身になった。その夏この二人*は、もう一度、
美しいキリスト教の真理を説きに故国に行く事になった。

*『ラックサーディルサガ』第41章（谷口377）ではあの司祭と同行している。

これよりずっと前からキャルタンは、グズルーンや
彼女にまつわる事、そしてやがて訪れるはずの
グズルーンとの幸せな日々の事を、親友《ボッリ》にも
話さなくなっていた。今、ボッリは陰鬱・不決断となり
幸運を待ちあぐね、自分ではほとんど意識していない
ある事*を隠しておくのに疲れ、なお生き続けるためには
確かに日々の成り行きが変化する必要があった。

*グズルーンに恋している事。

新たにこちら《ノルウェイ》に来た人は、ラックサー谷《デイル》についての情報を
ボッリに語ったが、グズルーンの事は軽々しく扱った。

そのため赤く熱した鉄のように、この話はボッリの心を苦しめた。グズルーンは美しく、元気だという——そしてなおバスステッド邸に居て、キャルタンが速やかに帰国する希望を待っているという。この一言、二言と彼女の名が、ボッリに強く働きかけて、ついに彼は自分の憧れと意図を意識した。ボッリはただ一人、日々が過ぎて行くのを持っていたが、良心の呵責《かしゃく》と心配に苛《さいな》まれた——今もなおキャルタンがこの国《ノルウェイ》での奇妙な成り行きを忘れて、過去の故国での日々を心に留めて、彼と彼女《グズルーン》が幸せだった過ぎにし日へと顔を向けるのではないかと思ったからだ。だがこの心配には根拠がなかったのだ。彼《キャルタン》のアイスランドの友《グズルーン》がそう願っても彼《キャルタン》が帰国する可能性はほぼ無かったから。王は今回の改宗の件についてのアイスランド人の反応を聴くまでは、他の三人と共に彼《キャルタン》を人質にしておく意図だったからだ。また先に述べたとおり、彼《キャルタン》にどんな力があったとしても帰国の熱意は無いのだった。なぜならインギビョルグとの間柄は大きく進んでいて、人びとは異口同音に、彼女を彼《キャルタン》の、この先の花嫁だと名指しし、これ以上に高貴な男女の組み合わせは一度も無かったと語ったから。こうして時が過ぎ、波止場に、アイスランド行きの船が待ち受ける日がやって来た。

そこでボッリは友《キャルタン》にさよならを告げに行った——
顔を赤くし、眼を輝かせて。なぜなら、真実を話せば、
奔放な希望が恥の感覚と競いあい、恋を照らしたからだ。
ついには、頭上にこれまでより美しい空が、
周りにはより美しい大地があるように見え、さらには
ボッリの心が今向かっている故国へと彼を運び出す
新鮮な緑の海はこの上なく美しかった。「おぉ嬉しそう！
嬉しそう！」とキャルタン。「喜んで去りゆくのだね。
今の顔は、我々の黒いオールがボルガルフィヨルド海を
初めて漕いで以来、君の上に見た最上の顔だぞ」。
　だが彼がこう語るうちに、黒ずんだ赤面と渋い表情が
ボッリの笑みを完全に呑み込んだ。彼は地上に真剣な眼を
落として、「僕が去るのを喜んでいるのと同じほど君は
どうやらここに留まるのを喜んでいるようだね」と言った。
「何を考えてるんだ、僕が君に悪事を企てているとでも？
君は人間様のなかでも最悪に奇妙な男だな」と
キャルタンは当惑した顔つきで言った、「さあ、なぁ君、
謎めいた言葉は止せ。困ったような顔を明るくしろ。
かつていつ会っても、非常に陽気だった
過去の日々の君を僕に思わせてくれ！
悪事の企てなんて、なぜ思うのかね？　僕は君の事を

真実で忠実な友だと思っている、ちょうど君が今、脇腹に
ぶら下げている剣ほどに証明済みの鋼《はがね》だ。我々のどちらも
我々の大事な願望の邪魔はしない。事態がどう進もうと
常に僕は君を信じるよ」。彼自身の顔も深刻になった、
心の上に突然、以前の様ざまな思いが波のように
押し寄せたからだ。しかしボッリは言った、「おぉ友よ、
僕の顔が嬉しそうだったり機嫌が悪そうだったりは許せ、
僕は血縁の者、祖国の許に帰るのだ、だから嬉しいのだ、
一方、海を隔てたここに君を置き去りにするわけだから
悲しいし、機嫌が悪いのだ」。この言葉のあいだ、
ボッリは眼を上げず、キャルタンが彼に向けた眼差しを
見ようともしなかった。やがて再び口を開いて、
「オーラヴ叔父には、君がこの国で得た素晴らしい地位を
全て話す事にするよ。君のきょうだいは君が
全ての人びとから大きな名誉を得た事を喜ぶだろう。
賢者のオズヴィッフには疑いなくすぐに会うだろう。
彼には何を話そうか？」するとキャルタンは
じっと眼を据えて彼を見て、「グズルーンには君の知る
全てを話せ、僕が得た栄誉と幸せの全てを。
我々また会おうねと言い給え！」＊二人はそれ以上を語らず
キスをして別れた。どちらの心も少しのあいだ、
以前の日々を思って痛んだのだった。
それからボッリは未来に眼を向け、
不幸せな、良心の痛む思いを得た。何が起こっても
自分の生活がどんなに悪化するかが判っていたからだ。
あとに残されたキャルタンは、運命の全ての変転にも
心配や悲しみと折り合う事のできないたぐいの
そんな男であったから、変化やもめごと全てにも
不満を抱かずに生き続けていた。

出航した船はキリスト教の希望と悲しみ、哀れみなどの
真理を載せていて、順調に進んでいった。
船首にはキリスト教徒となったボッリがいて、
世界が抱えている多数の国々全ての事を、深く
考えこんでいた。そこに住む人びとの事にも思いは及び、
なぜそんな悲しみ、怒り、罪過が生み出されるのか
不思議に思った。しかしあらゆる事のなかでも特に、なぜ、
そんな荒々しい感情が自分の心にも起こるのかと訝《いぶか》った。

ボッリがバスステッド邸に旅先《ノルウェイ》での事を伝える

さてたまたま、夏も終わりのある日に
オズヴィッフは息子たちを連れて西の地方に向かった。

＊原文では我々が彼とボッリのみを指すのか？彼女への伝言の依頼とも読める。

そしてグズルーンはけだるそうに、家族の出発を見送ろうとして入り口のそばに立ち、丘の縁が彼らの姿を隠すまで見ていた。そのあと振り向いて長いあいだ別方向を見た。その間、心はヒャルザルホルトと南とに憧れていた。「一年も終りのほうに向かっている」
——彼女はこう言い、「冬は心配と、絶望的な希望への夢を伴ってやって来る。あぁ、私は変わってしまう、私の心も頑なになる！　キャルタンは私のこの顔をついに見た時に、私が変に変わったと思うかしら、それとも私たちの恋が、過去の長い年月を軽視して二人がそれぞれに見た光景を焼き滅ぼし、あの恋の姿がこの世になかったかのようにするのだろうか？　あぁ！人の世は何と苛酷な事か！　全く確実なものと期待して待っていた私はそんな日々に耐えられそうもないわ。絶望的な希望と断ち切れぬ愛を抱いて待たざるを得ない女たちの場合はどうだったのか？　そのうち、嫌悪の念、語られ聴かれた悪意の嘘の種子《おおもと》である嫌悪の念が最後に残った愛の絆《きずな》を叩き切り、絆全てを投げ棄ててその絆に、何の喜びも価値も残さないようにするのか？おお恋人よ、帰って来い、帰って来てちょうどこの私の心が貴方を痛切に恋するように、私を痛切に恋する貴方の痛む心を楽にしなさい！　財宝や称讃は、幸せな日々を全く知らない人びとが勝ち取るに任せなさい。帰って来て！　貴方は真実の人、でも帰国が遅れるのを気にしないなんて！　帰って！　私の心は、貴方の日々、孤独な全ての日々を慰めようと熱く燃えていますから」。

このように彼女は語り、なお南のほうを眺めながら暫《しばら》くは静かに立っていた。その間彼女の灰色の眼は群れなす思い出のために、これまでより優しげになった。そのうち、風のなかに馬の蹄《ひづめ》の音を聞いたように思った。そこで希望と心配のあいだで身震いをして、遠くのその音がさらに明瞭になるのを聞き、それがヒャルザルホルト邸からこちらへ近づくと感じた。そこで今は、その音を出迎えようと最後には外へ歩み出た。ついに彼女の眼は、丘の頂点をじっと眺めるうちに灰色の道の上の空を背景に、槍の先が立ち昇るのが見え、そのあとやがてその槍の下から、金に塗られた兜が現れた。この時にはもはや、震える身体《からだ》を震えが制する事ができず前へ進めなくなった。生きた心地もせずに立っていると血潮のように赤い服に身を固めた男が丘の頂《いただき》の上に現れ出た。男は頂上を極めると灰色の道の一番高い位置に来たので手綱を引いてその場所から、下に広がるバスステッド邸と、朝の大気にきらきらとして輝く風見鶏を眺めようとした。

彼女は喘《あえ》ぎながら男を見た。男のほうも今は彼女を見たらしく、自分の馬に拍車を打ちつけた様子。そして、彼女の小刻みに震える顔が固く厳しくなる間に、男は勢いよく、彼女の立つ場所へ乗りつけてきた。そしてがちゃがちゃと音を立てて地上に降り立つと、彼女の苦しみに歪《ゆが》み、青ざめた顔に出会ったのだ。男の両眼は悲しげで懇願するようなボッリ・ソルレイクスソンの眼だった。すると彼女の心に恐怖に満ちた心配が湧き起こった。なぜなら彼女はそのような表情をボッリのなかに見た事がなかったから。やっとの事で力を振り絞り、「それじゃ彼はどうなの、貴方の義兄弟は東の国《ノルウェイ》の人びとのなかでどうしてるの？」

すると彼《ボッリ》は何か巨大な突然の痛みに襲われたように悶《もだ》えて言う、「グズルーンよ、心配無用。僕は彼がね、幸せに過ごしている良い報せを持って来た。元気だよ！」

「全部話して！」と彼女。「そのあとの話は何なの？彼はヒャルザルホルトに居るの？　今日ここへ来るの？」

この言葉とともに彼女はそっぽを向いた。憧れに満ちた悩みという、苦楽入り混じった顔を恥じたからだった。

彼女の唇には赤い血潮が戻ってきた。

だがボッリは自分の手で彼女の手を掴もうとするような仕草を見せ、悲しげな両眼は彼女の眼から何かの表情を求めていた。彼には見えない、見えないのだわ！

そして彼《ボッリ》が話を心に浮かべるか浮かべないかのうちに彼女の両肩が、まるで啜《すす》り泣きのように波打つのを彼は見たと思った。そこで彼が言うには「確かに彼をノルウェイに残しては来た。国《ノルウェイ》では皆に讃えられている、貴女にこう告げよと彼は言った、生活に満足している、希望でいっぱいだ、そして貴女に再び会うのを楽しみにしている、とね。神よ僕に優しくあれ、誓ってこれが彼の語った言葉だ！　と彼《ボッリ》が言ったのも今、彼女は涙も見せず彼のほうを向き、両眼のなかに激しい怒りを燃え立たせていたからだ。「おお信頼すべき伝達者様、疑いもなく貴方を通じて、まさに彼の声を聞きました！確かな、でも軽い考えと、どもりがちな声は彼独特のもの、彼を喜ばせるのが常だった私に、これを無駄遣いしたの。貴方は彼に忠実な友！　あぁ、これで貴方の人柄が判った、偉大な人びとの後ろについて行くのね、
彼らが蒔《ま》いた場所で刈り取るのね。元気でピンピンだと！吟遊詩人が歌う事になるような立派な事をしてるだと！

ああ、私のためにどんな素敵な日々を重ねているやら！
さぁお願い、貴方の嫉妬が邪魔しない限り、
彼の事をもっと話して、そして私の心を喜ばせて！」

そこでボッリは言う――「いや、僕は役割を終えました、
ほかの人から残りは聴いて！」と彼は立ち去ろうとしたが
なお足を留めたので彼女は大きく叫んだ、「帰っちゃ駄目、
私の恋人の友よ！　もし私が口汚く喋《しゃべ》ったのなら、
許して頂戴《ちょうだい》！　だって鬱積《うっせき》した恋の想いのために
私の心は痛むんだから」。彼女は彼に手を差し伸べた。
彼は振り向いてその手を取り、自分と彼女のために、涙で
眼が潤《うる》んでしまった。暫《しば》くは自分が幸せな生へと
生まれ変わり、天も地も新たに作り替えられたという夢、
まるで、あれほど多くの甘美な夜に見た夢、そして、
あれほど多くの朝に苦悩とともに目覚めて破れた夢が
実現し、やって来たように思われた。
しかしゆっくりと彼の握りから彼女は手を引き抜いた。
そして後ろに下がって言った――「話して、私は恐れない、
だってあれほど信義深い心を私の恋人は持っているから
何事もその心を変えられません。話して、いつ彼は帰るの、
彼が私について語った素敵な言葉を教えて頂戴《ちょうだい》、
しょっちゅう、貴方にだけ私の事を話すのだと
過ぎ去った日々に、彼は私に言わなかったかしら？
いやそれより、彼のした事を話して。だって本当に
彼と私のあいだには、言葉なんて必要ないんだから」。

そこでボッリは、困ったような声で
あの国で生じた事の真実の話をし始めたのだが、
インギビョルグには触れなかった。グズルーンは震えて
立ったまま聴いていた。「判った、ええよく判りましたよ」
彼が言い終わると彼女は言った。「でも貴方の言う事は皆、
まるで私たちが夢を見ているような話だと思うわ。それに
貴方はこんな事だけを言いにここに来たんじゃないわ。
なぜキャルタンはまだ海の向こうにぐずぐずしてるの？」

ボッリは真っ赤になり、酷《ひど》く身を震わせつつこう言った、
「おおグズルーン、こんなに天国的な貴女が、一人の
男だけのために死ぬべきなのか？　どう話せばいいか？
貴女は長生きに違いない、でも絶対に、キャルタンが
この国に帰ってくる日を見る事はないでしょう」。

彼は彼女を見つめた。だが彼女は身動きもせず、
一言も喋《しゃべ》らず、美しいその顔を、どんな苦しみのためにも
歪めはせず、ただ再び死人のように青ざめてしまった。

その時ボッリは手を差し伸べて「でもそれが僕のせいだと
言う人たちは嘘つきだ。この連中は僕がこれを願ったと
言うんだが、胸の奥の奥でさえそう考えた事はないんだ。
でも貴女は、グズルーンよ、聞いて。彼は坐りっぱなし、
インギビョルグの傍《そば》にね。日にちが過ぎるにつれて
彼女の立ち去ったあとには、だんだん悲しげになる。
何！　僕が恋する人の目つきが判らないと言うのか？
なぜ僕が貴女に、人びとの噂を話さねばならないのか？
彼《キャルタン》が彼女と結婚し、王にされるなどと喋《しゃべ》くる噂を？
彼と王《オーラヴ》がデンマークと英国を支配下に置くだけの力を
持つ事になるだろうなどと噂している事を？
あぁ悲しや、悲しく哀れ、大馬鹿者のこの僕が
一人の人の心に幸せな生の全てを賭けるなんて！
あぁ悲しいかな、グズルーンよ、貴女の美しさ故に！
あぁ僕の愚かな眼と、欲深い心のために、今後の生の
全てが、僕の魂から抜け落ちなければならないのか？」

　彼は彼女に手を伸ばしたが、彼女はそれを払いのけ、
ガウンのスカートを急いでたくし上げ、
低く唸《うな》る風のような声で、風のなかに向かって
大声で言った、「いつだってあの人は、
その美男子ぶりに相応《ふさわ》しい女性を見つけて当然よ。もし
結局私が彼と結婚した場合に私が尽くしたのと同じほど
その女性がキャルタンの日々を幸せにしますように！」

　こういい終わるとボッリの震える手の傍を通り過ぎて
彼には一目もくれなかった。だが彼は眺め続けた、
彼女のガウンが遙か彼方《かなた》の丘にひるがえるまで。
身を苛《さいな》む苦悩で人が変わったように、彼女の恐ろしげな
表情を一瞬前まで見ていた空間、今はもぬけの殻の空間に
凝視する眼を据えつけていた。打ちのめされた心のなかに
燃える炎で眼も眩《くら》む思いで自邸のほうに向き直ったが
その丘の斜面にもまた、誰もいなかった。
まるで恐るべき罪を犯した人のように
ボッリは馬に跨《また》がり、どこへ向かうかもほとんど意識せず、
ヒャルザルホルト邸の玄関口のそばで
手綱を引いたのだが、それは昔、傍《そば》にいたキャルタンが
恋人を褒め称えていたあの時と同じ仕草だった。

　極めて暗い絶望のなかで、三日間ヒャルザルホルト邸に
ボッリは引き籠もっていた。やがて人びとは、ひそひそと
あの信仰を変えた男《ボッリ》は死んだんだ、と噂を始めた、
自分は生きているらしいのに。彼らは彼が出入りする姿を
亡霊を見るような恐れで眺めるのだった。

四日目には、希望というもののいつものやり方で、
希望が、彼の苦悶をある程度処理し始めた。
最初は、自分の将来の日々がどんな恐怖をもたらすかを
真実、見据える事のできたボッリだったが、
今は、人を嘲《あざけ》る運命の手によって先が見えなくなり、
災厄のなかからも幸せが生まれるかも知れぬと思って、
もう一度、喜びのほうへ眼を上げてみた。
すると今や、彼の希望を励ますように、この四日目に
グズルーンからの使者が来て、すぐに彼女を訪れて
会って欲しいと祈るように言うのだった。
まるで聞こえないかのようにボッリがただ眼を瞠《みは》るので
使者はあっけにとられたまま、三度メッセージを
繰り返さねばならず、その時やっとボッリの青ざめた顔に
笑みが浮かんだ。またボッリは返答として
一言も喋《しゃべ》らず、すぐさま出立して、野を越え
山を越えてバスステッド邸に向かったが、自分の馬が
どんな地面を踏んでいるかさえ判らなかった。

　ああ、彼が、自分の高鳴る心に向かって、昔、三人が
皆、喜びあっていた日々におけると同じく、彼女が
上品な服装で、暗がりの館から、背の高い細身を見せて
降りて来るのを見た時、喜びを期待していたのだろうか？
ひょっとして彼は、海の向こうの男《キャルタン》を忘れてもよいと
考えたのであろうか？　彼の眼は涙で濡れていた、
これほど孤独にされたあの女心への同情の涙で。
しかし唇には嬉しさから生まれた笑みが戯れていた、
語り手の私が思うに、彼女が近づくずっと前から、
彼女が近づくずっと前から、彼自身は気づいていない笑みが。
彼は手を差し伸べていた。だが今、彼女が
すぐ近くに来て、それとともに彼が熱を籠め、
震え、眼を大きく見開いて彼女の顔を見、その顔が
その時なお、その場全てを輝かすと考えた今、
彼女の両眼に結集している悲しみの前で
彼の心は空白となり、全ての希望が彼のなかで消え、
自分の愛の苦悩でさえ、朧《おぼろげ》気なものに替わり、
自分の愛は貧弱で、僅かな価値しかないものに思えた。

　だがこの哀れな男がなお震えつつその場に立ち、
彼の血を凝らせる低い声で彼女が喋ったあいだ、
情景は完全に擦《す》りきれた遠いものに思われた。「判って！
私が貴方を呼んだのは、かつて私に真実の愛を誓った
彼の心を誰よりも良く知ってる人だからよ。
つまりキャルタン、オーラヴの息子、海を渡って
貴方の言うように、大きな名声を得たあの人の心を。

貴方なら、私たち二人が将来得るはずの幸せな日々を
なぜ彼が惜しげもなく捨てるのか話してくれると思って。
だって私たちには死があっというまに訪れる、また墓は
私には何も判らない薄暗い場所じゃないの」。
ちょうど灰色の鳩が網に捕らえられて
すこし羽ばたき、次にはまたじっと静まり、
そのあと、最後のあがきとして激しく翼をうち振るように
彼女も、話の最中に一、二度、激しい感情を
喉元にまでこみ上げさせながら、最後の言葉に至るまでは
激情を吹き出させないようにしていた。その時になると
傷口をさらに傷つけられたように彼女は両腕を振って
声を出して嘆いた。だが涙もなくボッリは立っていた。
死体のように青ざめ、自分が破滅させた女に地獄のなかで
初めて出会った男のような、そんな憔悴《しょうすい》した気分、
そんな無力感、そんな惨めさのなかに彼は居た。
それでも少しのあいだに彼女の嘆きは治まり、そのあと
恐ろしい啜《すす》り泣きから沈黙に至り、昔の日々には
それ故に人に讃えられていた、礼儀正しい居ずまいの
微かな名残と言うべき一つの微笑みが
青ざめた唇に立ちのぼり、再び彼女は語り始めた。
まるでそれは、その苦しげな嘆きによって、

これまで吐き出した激しい言葉を綺麗に忘れたかのよう。
「おおボッリ・ソルレイクスソン、いつも貴方は私に
役立ってくれたし、今だって、この苦しみの家へ
あっという間に来てくれたわね。
だって私は不安だもの、彼をよく知っている貴方から
ぜひ聞きたいの、なぜこの期待すべき年をキャルタンが
常に避けるのかを」。彼《ボッリ》は返事の仕方が判らなかった。
しかし彼女は昔どおりの仕草で手を伸べたので
冷たい形で掌《てのひら》が掌に合わさった。それから彼女は彼を
座席へと案内し、彼の横に坐って、こう言った——

「そうなの、喜んであの話をもう一度聞きたい、
不面目と嘆きの話を。それで大きく傷つきますけど。
そう、ボッリ、貴方から聞きたい。私が信頼していた彼は
あまりにも貴方を信頼し過ぎていたのかも知れないけど」。

あまりに大きな重荷が精神にのしかかってきたので
彼には彼女の最後の数語に注意を向けられなかった。
しかし控えめな低い話しかたで、キャルタンが得た
名誉と利得の話を、そして今は彼の日々がどのように
過ごされているかの話を、彼は再び始めたのだった。

彼女はそばに坐ったまま、うなだれて
聴いているふうでもあり、聞こえないふうでもない。だが
全てを話し終わった彼は、黙ったまま壁を睨《にら》み、
惨めさで心が満ちた。するとグズルーンが言った——

「でもどうして判る？　貴方の作り話じゃないの？
だって今、貴方がたが出かける前のいろんな瞬間を
思い出すの。つまり私たちの幸せな日々を裏切った彼《キャルタン》が
もし今ここにいたならば、私が彼《キャルタン》を見るに違いない眼、
そんな眼で貴方が私を見た瞬間をね」。

「小さな事にすぎないよ」と彼は言った。
「僕は虚しいと判っていて運命と相競うかね？
それとも虚しくも貴女に憎まれぬようにと祈るかね？
僕が嘘つきならいいのに！　彼《キャルタン》の船が今も今、この国《アイスランド》の
ホワイト河の砂地に触れていればいいのに。
おおグズルーンよ、やがて貴女はこれが本当だと判るさ。
あぁ神よ、一体どんな事を僕がこの先できるというのか？」

こう言って彼は立ち上がり、館の玄関ドアを通った。
彼女が身を曲げて床に敷いた涙で濡れた藺草《いぐさ》の上から
彼を追うように投げかけた声を聴きもしなかった。
ドアを通る時には彼は心乱れる思いだった。
全ての事が疎《うと》ましく、自分の恋も疎ましく、
これらに対して、辛辣な一人言を呟《つぶや》いていた。だが再び
ヒャルザルホルト邸の玄関ポーチに着いた時には
その朝の耐え難い苦痛が、あとにして久しい天国に思えた。
そして一つの願望だけを抱いたのだ、もう一度
恋の相手の近くに行きたいという願望だけを。
名誉と恥辱、真実、虚偽、幸福や災厄などは皆、誰も
その意味を解しない、俗悪な言葉に過ぎないと思われた。
もし自分がもう一度、彼女の眼を覗く事ができさえすれば
不条理で満ちたこの世界なんか、俺には何だというのか？

彼はまた彼女に会ったのだ。今回は二人きりではなく
広間で、彼女の横にはその父親がおり、周りには
多くの人びとも居た。彼女の美しさ以外は全て
事物は夢のように感じられたが、どうぞ皆様、
それらは悪の亡霊であった事を疑わないでいただきたい。
これは彼には耐え難いほど極度に恐ろしい夢だったので
ボッリの力は皆、今は弱体化してしまい、彼は
互いの眼が相手の眼を見つめ、心臓《ハート》が相手の心《ハート》に響く形で
全て世事から離れて彼女と二人だけでいる甘美な休息を
決して知る事はできなかった。
彼女の顔は冷たく、以前のように物思いには耽らず、

客たちのなかで、まさに女王のように
彼女は振舞い、あらゆる来賓《らいひん》に慇懃《いんぎん》ではあったが
優しい表情は何一つボッリの顔には向けられなかった、
その表情を得られれば死んでもよかったのに。時が過ぎ
なお彼はさらに何度もバスステッド邸をなお訪れ、
時には二人だけで、時には客たちのなかで
心では怒りながら彼女の悲しげな顔を見ていた。
そして常に、広間なり四阿《あずまや》なりで
彼女の横で過ごす時間を、それが続く限り、
彼は一日のなかで最悪の時だと呼んだのだ。だが彼が
邸を去った時には、希望の亡霊が再び訪れて
彼の惨めな願望を煽り立てるのだった。最後には
心のなかで、この最も忌まわしい孤独という重荷を除けば
どんな事もそう悪くはないと呟《つぶや》くのだった。
どんなに時が経っても、一瞬たりとも休息が
彼の心を慰めなかった。何事も、死の安息、未知で朧《おぼろ》な
死後の休息さえ、良い事とは思えなかった。

　そしてキャルタンは帰国せず、ノルウェイからどんな
消息《ニュース》が来たとしても、それは人びとの心のなかになおも
漂っていた期待、彼が再びこの国に帰るかもしれぬという
期待を封じ込める墓石のようなものでしかなかった。

今はもはや、グズルーンがキャルタンについて
一言でも語る事がなくなり、人びとは異口同音に
あの二つの偉大なる血統に繋がる王と男《キャルタン》が
同盟を組む事になれば、これは小さな出来事ではないと
言い始めた。「それでも痛恨の極み！」彼らは言った——
「グズルーンがあんな男、ボッリ・ソルレイクスソンが
最近なり果てた奇っ怪な男と結婚する事になるなんて！」*

*このようにグズルーンとボッリは結婚。

　かくて災いが蒔いた種から災いの収穫が生じた。

キャルタンのノルウェイへの告別

　その間、遙か海の彼方にいるキャルタンにとっては
どのように外から見ても、生活は快適に進んでいた。
しかしそれでも、日々の経過は彼の率直な心に
少し良心の呵責のような針を感じさせたのだ。
また彼の記憶から完全には消し去られていなかった
ボッリが出航した時の悲しげな顔と言葉が、キャルタンの
心に、変化してゆく将来の日々への疑念を掻きたてた。
彼の喜びの日々のなかにも、自分が押し黙って
墓のなかに横たわる時まで得ようと期待していた
幸せな年月を見出す事ができなかったのだ。

そして今は、王の妹《インギビョルグ》が語りかける優しい言葉を
ある程度、以前より心乱れて受け取るようになり、
以前ほどには熱を籠めて彼女の眼を覗かなくなり、
彼女が近づいて来る時にも、以前ほど世間を忘れなくなり、
彼女の柔らかな手が彼の手に触る時には、ぎくりとして
周りを見廻し、まるで幽霊が彼の近くに立っているように
感じて、その幽霊が話しかけてくるのを恐れ始めた。
　インギビョルグのほうでも、あまりに気力が衰え
キャルタンに恋する気持に逆らう事もできず、
だがやはり、無駄に過ごす自分の生を、この先の日々が
どこへ向かわせるかも判らなかった。できるだけ頻繁に
彼に会い、二人が同席した時には
愛らしく優しく話すのだった。笑みもまた見せたのだが
この魅力的な時間はあっという間に過ぎ去り、
一人だけの時間を長々と泣いて過ごし、
彼の灰色に澄んだ眼と、疲れ果てた彼女の涙のあいだに
荒れ狂う海が、波を逆巻かせる事になる日、全ての事が
これまでになかったような姿となる将来の日への思いを
心のなかから追い払う事ができなかった。
　しかし彼女が、愛の消えた未来の年月を思って
うなだれ、自分に残された僅かの喜びを得ているあいだに、
驚くべく大きな報せが舞い込んだのだった。
というのも、ボッリが出航した夏の終わりに、今やついに
アイスランドにおいてキリスト教が流布したという
情報がやって来たのだ。アイスランドの民会《法の丘》が
澄んだ空気のなかに何度も脅しの歌を聞いた事、
武器類が戦いのために集まってくるのを見た事、
スノリの策略、ハッルの英知、ギズールの力が働いた事、
そのため多数の人民の恐れと、国が悪化する事態への
動揺する疑念が、今や、キリスト教の信仰を全ての人の
法とすべしとう結論をもたらしたというのだ。*

*上記三人は実在の人物で旧来の北方宗教の神官を含む (Boos II 348)

学者の言うところでは、寒い冬の夜に羊飼いたちが
天使たちの溌剌とした喜びを見聞きして以来、
一千年が経った時の話だそうだ。*

*キリスト生誕後千年。

　オーラヴ王はこんな報せに胸を膨《ふく》らませ
直ちに、人質として留めていた四人を呼んでこさせて、
彼らに、もしそうしたければ、立派な贈答品を抱えて
好きな所へ行ってよい、または留まってこの国で
称讃と大きな名誉を得ても良いと言い、キャルタンを
一目見て話す時には、そして王らしい表情に笑みを
浮かべた時には、こう言っているように見えた——
「貴殿は少なくともこの国を去るつもりはなかろう」と。

だがキャルタンは笑みを返しはせず、深く考えこみ、
気分を乱してそこに立っていた。やがて
残りの三人が、全員を代表して返事するようにと促す
表情をしているのを見て、やがてこのように答えた——
「王様、感謝を捧げます、私たちにして下さった全てと
この国で私が、王様のお陰で得られた大きな栄誉への
感謝を。しかし王様、どうぞご立腹なさいませんように、
私たちがこの一事に、すなわち私たちが意志に反して
ここに留め置かれない事に最大に感謝しているとしても。
血は水より濃く、他より身内と常に私も考えています。
私が血縁の者、祖国——そして故国にある他の事どもを
私があとにしてから、今は三年目に当たりますので」。

王は沈痛な面もちになり、鋭く短い言葉で
こう答えた——「いいか、余は貴殿に一つ贈物を与えたが、
取り返すつもりはない——去れキャルタン、それならば。
そしてできる事なら、貴殿の国で、この国の者より
もっと優しく忠実な人びとと、より愛らしい女を見出せ!」

だがキャルタンは言う——「王様、誤解なさらないで!
ご存知の筈です、常々申し上げていたとおり
私は、いつかは海を越えて帰らねばならない身です。
おそらく潮時に私は戻ってきて
地上が提供するなかで最高の、いや天上にも居ないような
驚くべく素晴らしい花嫁をお見せできると思います」。

「神よ、貴殿の夢に良き結末を与え給え。
だが余の心は叫ぶ、もし今、貴殿が余の許を去るのなら
貴殿の感じの良い顔を余は二度と見る事はないだろうと。
では楽しくやるがいい、運命が楽しさを与えるあいだは!」

この言葉を最後に、彼らは大祝宴へと向かった。
そしてキャルタンは王の隣に坐し、その日は
陽気な言葉と悲しみの思いのなかに過ぎ去った。

今や船の支度は整い、何ヶ月もの前に
高地での市から手に入れていた品物類が
船に積み込まれた。カールヴは今なおキャルタンの船の
船長だった。彼は決してキャルタンの傍《そば》を離れるつもりは
なかったからだ。今、キャルタンは落ち着かず、
この最後の日々が過ぎてしまうのを心から願っていた。
というのも彼の心には火花のような恐れがひそんでいて
信仰の新たな変化を伝えて来た人びとから
グズルーンの事を一言も聞く事ができなかったからだ。

私の話《オリジナル》では、この人びとは南の地方の《入江》の近くに住んでいて、ラックサー谷で近頃、どんな事がたまたま生じていたかを全く知らなかったからだ。

今や船群は荷積みを済ませて架橋の横に碇泊したので最後に一目、インギビョルグの唇が二人の別れのために青ざめるのを見る必要があった。彼は心のなかで苦しんだ、なぜなら、本当の事として彼女の悲しみを大いに恐れたからだ。その上彼は過去や未来に関係なく、彼女を奇妙な愛情で愛していたからでもあった。そこで彼は最後の日、朝のうちから、宮殿広間の賑わいのなかを抜けて彼女の私室へと出かけて行った。

彼女は一人だった。その顔は、壁にもたれてうつむいていた。その両眼は、彼がドアロに立った時には重たげに閉じられていた。彼の武装が音を立てたので彼女は気づいて静かに立ち上がり、彼の手を取った。そのまま唇を震わせながら、暫《しば》く彼をじっと見て立っていた。だが彼は男らしさをほとんど見せず熱い涙が頬の上を流れるに任せていた。

ついには彼女のほうが語った、「それじゃお泣きなさい！全ての男性のなかで最も優しい貴方《あなた》が、私のために悲しまずにいられないとしても、この最後に当たって貴方が私の私室から楽しげに去って行くのを見るほうが私には嬉しいでしょう。貴方に悲しみが襲ってきて私の事を考える時に、私のささやかな愛が、永遠に貴方を苦しめるからといって、この愛を咎めないで欲しいからよ。恋人よ、もう一度こう呼ばせて——貴方は偉大な人になり全ての人から愛され死んでも決して忘れられないでしょう。さよなら！　さよなら、さよなら！　この年月のあいだ、貴方の帰国を待ち続けたという女性を、私が心のなかで何かしら憎しみ続けるなんて考えないで。うんざりする待ち方だわ——今ほぼ終わったとは言え、三年という長い長い年月。憎みません、彼女が私の事を聞いたとしても、私を憎まないで欲しいわ。ご覧なさい、ここに頭巾がある、ミクルガース《コンスタンティノープル》の人びとが、絹と金糸で織り上げた品です。その人びとは貴方や私を全く知らず、商人たちがその地から持ち帰った宝物《ほうもつ》頭巾で、おそらくは恋をした事がない人びとでしょう。グズルーンさんは美し過ぎてこんな品お嫌い？　女王も被《かぶ》りたがる品よ。貴方《あなた》が彼女と手に手を取って、ベンチの上に坐る日が来たら、美しいその頭にこの頭巾を被《かぶ》せて、いつどんな風《ふう》にこれを貰ったか話してね。あぁ、さよなら、貴方が今思っているより悪いふうに、私の眼の事を

語らないで欲しいから！」　こう言うと彼女は眼を背け
頭巾を取り上げた。頭巾は多様に姿を変える絹糸のため、
金がきらびやかではなく、布地は、白かったが、
絹と金糸の美しさのなかで、ほとんど見えなかった。
少しわななく両の手で彼女は高貴な頭巾を畳《たた》み、
金のためにどしりと重いこの頭巾を
絹製のバッグに入れた。そのあと彼の手に向かって
自分の両手を差し伸べ、一度限りの苦いキスをして
彼の涙を味わった。その間、移り変わる未来がもたらした
かも知れない素敵な事どもへの大波のような思いが
彼女の胸に押し寄せ――彼が立ち去った事に気づいた。
にもかかわらず、それほど孤独になったとは感じなかった、
――過去、数多《あまた》の日々に感じていたほどには。*

*彼との離別を知ってからの苦悩の巨大さを表現する二行。

こうして据わった眼のまま彼女はガウンの裾をベルトに
たくし上げて、長期間の休息を求めて已《や》まない気持で
あれやこれやの雑事に心を傾けた。

　その贈物を持ち、しかしどんなものを持っているかを
気に掛けもせずに、キャルタンは王への挨拶に来た。
王は玄関ポーチで彼を待っていて、高位の者たちも
周りに立っていた。王は言った、「歓迎するぞ、
貴殿に会えるこの最後の日に。高貴な廷臣方よ、我々も
出かけて、貴殿の船が北を目指すのを見送るとしよう。
なぜならキャルタンのような人は滅多に、北の国から
我が宮殿へ挨拶に来る事は、この先、なかろうから」。

　こうして一行は外へ出て、アイスランド人は全て
乗船を終え、船長のカールヴはその時までに
最後の架橋の中ほどに立っていた。その間に王は
キャルタンに言い始めた、「余は宝としていた多くの物を
貴殿をここに留め置くために捧げてきた。
だが貴殿のような人には、どんな場合でも新たなものより
旧来のもののほうが大切に違いないから、
今は、余の厚意によって、貴殿は恋人のところへ行き、
貴殿がいなくなって訪れる悲しみへと、余をここに
残して行け。貴殿の生が麗しく素晴らしい事を祈るぞ、
だが現に生きる日々が意味を持たなくなるまで生き続け
過去の日々の全てが貴殿を苛《さいな》む思いとならないように！
余からのこの最後の贈物を受け取れ、高貴な剣《つるぎ》だ、
もし余の言葉に従って行動するのであれば、この剣を
決して腰から離してはならんぞ。なぜなら誰に判ろうか、
全てが終わる前に、物事がどんな風に展開するかなんぞ」。

そこで彼《キャルタン》は剣を受け取り、この剣と王の手から貰った
全ての贈物に対して礼を述べたが、
軽やかな気分ではなかった。これらを手に持って
タラップを渡ると、船の岸側で舫綱《もやいづな》が引き上げられ
長いオールが波を打ち、乗り込んだ人びとは
最後の別れを叫んだ。白い帆が膨らんで、
ノルウェイと船尾のあいだの海路をひた走った。

王は埠頭に立って、長いあいだ熱心に
小さくなってゆく船を見ていた。そして最後にこう言った、
「キャルタンよ、好きなように進め。なるほど貴君は偉大、
貴君の親族も偉大だ。けれども貴君を待ち受ける事に
対処するに十分な剛胆な心を貴君は必要とするだろう、
もし余の眼が未来の物事をいかほどか見られるのならば」。

キャルタン、アイスランドに帰る。レヴナが物語に登場。

キャルタンとカールヴはボルガルフィヨルドで上陸し
船乗りたちの、夏の風習に従って
海岸に近い場所にテントを張った。
その間《かん》に、彼らが船を降り、
暫《しばら》く夏のあいだはそこに留まるというニュースが
田園地方を貫くように伝わっていった。
ヒャルドホルトにこの報せが届いた時、
オーラヴとその息子たち全ては家を留守にしていた。
だからキャルタンは最初、海を越えてきた彼らのとろへ
群れて来た人びとのなかに親兄弟を見出せなかった。
それでも、この人びとのうち、最初に来た一群のなかに
彼は、自分の姉のスリーズの夫となった男、友人でもある
アスビョルンスネスのグズムンドの姿を見つけた。
彼はスリーズも連れて来ていた。この上なく鄭重に
キャルタンは二人に挨拶したが、だが二人が奇妙な表情で
自分を見ていると思った。まさに同じ日に
カールヴの父親アースゲイルも来て、自分の娘で
顔も姿も美しいレヴナを伴っていた。
レヴナは黒髪で、大きな眼。優しくもあった。内気そうに
彼女は、近づいて来て彼女を歓迎する言葉を述べた彼《キャルタン》を
じっと見つめた。さて彼が彼らに、あれこれ
懐かしい男の消息を尋ね始め、その人が今は
どうしているかと訊いた時、スリーズは弟《キャルタン》の近くへ
心配顔で近づいてきて、彼を一人だけ脇へ呼び、
こう言った、「ねえ、わたしと二人だけで話してね！」
彼は当惑した顔つきで姉の後ろに従ったが
その心は何か良くない事を話されるのだと感じていた。

二人の話を誰も聞けない所に来た時、
姉スリーズはくるりと彼のほうを向いて、こう言った――
「弟よ、お前が話しているあいだ、グズルーンの事を
言い出しはしないかとびくびくしてたわ。
最初に彼女の事を訊こうとしなかったのはなぜなの？」
そこでキャルタンは、身を震わせて言った、「いや実際、
悪い報せは、尋ねなくてもすぐに耳に達すると思ったのだ。
姉様《あねさま》、じゃなぜ心配顔なの？――我が恋人は死んだのか？」
「それどころか」姉《スリーズ》は言い淀《よど》み「元気で――結婚したわ」。
「何だと！」彼は叫んで「しかも孔雀《ピーコック》家も認めたのか？
僕は昔から、弟たちを男らしく勇敢な奴らだと思い、
父《ピーコック》を偉大な人物だと思っていた――それにボッリの剣《つるぎ》、
あの剣はこの恥ずべき行為のなかのどこにあるんだ？」
この言葉が発せられるやいなや、姉の顔を見ながら
振り返って、荒れ狂うようにその場からよろめき遠ざかり、
大声で怒鳴った――「呆然！　呆然！　眼も眩《くら》む思いだ！
僕に対して優しく、愛に満ちていると思われた世界は
どこへ行ったのだ？　おぉグズルーン、グズルーンよ、
二人で話していた栄誉の全てを勝ち取ってここに帰って
来たのだぞ、この僕――君以外の誰のものでもないと君も
よく知っていたこの僕が。じゃぁいったい誰に向かって
僕の成功を話せばいいんだ？　それに君、わが友ボッリ、
死以外の何物も我々の友情を終わらせないと、如何にして
僕は考える事ができたのか？　そうだよ、今でさえ、友よ、
如何にして僕は君を憎む技を覚え込む事ができよう、君が
影法師、嘘の塊《かたまり》に変わり果てた今でさえ。
僕が産まれた日が呪わしい、地も空も穢《けが》れ果てた、
それならなぜ幸せの日々の予測で僕は誑《たぶら》かされたのか、
その結末が常にこのようにしかならないのであれば？
おお俺という愚か者、これ程《ほど》惨めで孤独になる以前の
過ぎ去った日々に幸せだった貴様、
貴様は不幸せそうな表情の者たちをどうして見られよう、
軽蔑と嘆きとで如何にして彼らの後悔に耐えられよう！
ついに今こそ、貴様《わたくし》は地上の実体を知ったのだぞ、
なぜ老人たちが歓楽を猜疑《さいぎ》の眼で見るかが判ったのだぞ」。
彼は姉から少し離れた所によろめき出ていた。
姉は弟の運に見放された気持を恐怖に満ちて見ていた。
姉は弟の名前を呼んだ。彼は振り返って見た。
彼には、遙か遠くから船員たちの叫びと、
寄せ波の砕ける音、また丘からは
雌羊の啼き声が聞こえてきた。この全て、また自分の名、

それに光景の様ざま、太陽の下の緑の丘、
白い砂浜、陰気な色の丘の縁、
輪を描く白い鳥たち、あらゆる見慣れたものが
今は絵に描いた品、あるいは夢のなかの光景に見え、
全て、その意味を失っていた。けれどもそれとともに
如何に自分が心弱く、無力で孤独になったかという考えが
かき乱された精神の上に、新たにのしかかってきた。
それから姉のそばへ温和《おとな》しく歩み寄り、こう言った——
「今は世界が、僕には綺麗さっぱり変わってしまった、
この僅か一分のあいだに。でも実際、僕には判ります、
僕がどんなに苦しんでも世界がこのまま進む事が。
それじゃ姉様、あの場へ戻りましょう。僕は人びとに
会わねばならぬ、未来の生に向き合わねばならぬのです、
そしてできる限り、醜い苦痛の恐ろしい足枷《あしかせ》を引きずって
歩まねばならぬ——我が家の祖先はそんな人たちだった、
どんな心の重荷の下でも軽々しくうなだれぬ祖先だった」。

姉は優しく彼に笑みを見せ、二人は歩み始め
一番大きなテントのなかに知り合いの人びとを見つけた。
彼らは船が積んできた品々を忙しげに見て、表面上は
十分陽気そうにしていた。しかし皆様お判りのとおり
この国全体のためにも、キャルタンがこの悪い報せを
どう受け取るかを、大いに恐れていた。
今はカールヴが女性たちに見せるために、最も華やかな
品々を持ってきたところで、彼《キャルタン》にはすぐに見分けのつく
積荷の梱《こり》の横に膝をついていて、彼の近くに
レヴナが据わっており、優美な細い手を
刺繍飾りのついたバッグに置いていた。レヴナの金髪の
頭の上には、北の国の物語でその後たいへんに有名になる
あの豪華な頭巾《ずきん》*を載せていた。彼がそこに入って行くと
レヴナは深く灰色に澄んだ眼と、半ば開いた美しい口を
彼に向けた。そしてそれとともに血のように頬を赤らめた。

*インギビョルグの贈物。周囲の者に被らされた。「十一月」の扉絵の場面。

心のなかにキャルタンは実際、激しい苦悩を感じて
身悶《もだ》えした——彼の眼が彼女の非常に純情で可愛い顔の
明るく赤く火照《ほて》るのを見た時。その上彼はこの先、
こんな美しい女性的な姿と、出会う巡り合わせも関連も
持つはずがなかったのだから。だが己《おのれ》の心と闘って
彼女には優しく微笑みかけた。レヴナは、火照りが醒め、
今度は青ざめた——まるで本当に、どんな悲哀が彼を
苛《さいな》んでいるかを知っているかのように。「お怒り召さるな、
こんな女王様の贈物を頭に載せられているからといって。
皆に被《かぶ》らせないでと言ったのに」。レヴナの言葉に彼は
面倒臭そうに答えて「確かにお似合いですよ、

貴女《あなた》にぴったり。被らせた人はお見事ですよ。
こんな輝かしい乙女を貰う男は豊かな気持でしょうな、
この輝く宝物頭巾と一緒に！」こう言いながら彼の両眼は
きょろきょろしていた。彼の心は悲痛に苦しんでいたので
長いあいだこんな事に構いつけている気になれなかった。
だがレヴナは、嬉しげな血の色で再び顔と喉を染め上げ、
こう言った――「まことに偉大で名高い方のお言葉、
本当に美しく優しいお言葉！　貴方様に求められて否《いな》と
答えるような女がどこにいるか、名前を知りたいくらい」。
再びレヴナは青ざめた――と言うのは彼《キャルタン》がこの言葉に
突然の苦痛を感じて、身を怯《ひる》ませる乙女に向き直って
荒々しく笑いながら、しかめ面をしてこう言ったからだ、
「私にはどんな女も皆同じ、いや、全女性が結構毛だらけ、
神に誓って、この美しい世界にあらゆる祝福を！」

　その場の全員が黙り込んだ。けれども少ししてから
彼は、女性にも男性にも、普段のとおりに柔和になって
話し始めた。彼らがこのテントのなかに居続けた一日中、
彼はそのままほとんど変わらなかった。彼の父がようやく
彼に声を掛けた時にも、父はそのように思ったので、彼に
ヒャルザルホルトの家に帰れと命じた。二人は馬に乗り、
多くの事を話しながら家路を目指し、全く一言も
グズルーンの名前を出さなかった。こうしてキャルタンは
大きな名声を得た男として父の家に帰着した。暫くは、
幾つかのどんな心が悲嘆の碾臼《ひきうす》に押し潰《つぶ》されているかの
何の特別の報せもないまま、日が日に継いで訪れた。

キャルタンの帰国の報せがバスステッド邸に伝わる

【訳注＝以下、最初の段落は彼《キャルタン》の帰宅直後の描写、次の段落六行目以降は帰国が邸《バスステッド》に伝わる前のバスステッド邸の情景】

そうとも、丘たちはそのまま。ラックサー河も流れて、
海に注いでいた。相変わらず、下働きと召使いは
羊の群や干草緑地から、館へと帰ってきていた。
そして今なおオーラヴの元気の良い、深みのある呼び声が
牧草地の角笛より大きく聞こえ、バイオリンの弓は踊り、
ハープの弦は弾かれて鳴り、また歌の上手な誰かが
古《いにしえ》の戦記や恋物語、悪行の話を語り聞かせる時の
リズム感ある声の調子はたいへん美しかった。
――そしてボッリの顔は館からも食卓からも消えていて
グズルーンの腕がボッリを抱いていた――二人だけで
いる時だったが。その時には全く咎めはなかった、但《ただ》し、
その《朝》が、キャルタンの眠れぬ孤独な夜の悲惨の上に
ちらりと光って、冷たい足どりで夫妻の満足した眠りに

忍び寄り、こう叫ばないならば——「眠り続けよ、
《死》のきょうだいである《時の経過》が
ここに来てるぞ、そして《死》そのものも近くにいるぞ！」

空の向こうから曙の希望のない震えが走った時には
同じ想いが、哀れな失恋の男の心に生じたかも知れない、
そして苦《にが》い想いが彼の心に育ったかも知れない、
夢うつつの幻想を取り払う冷たい灰色の昼の光が
彼の前に赤裸々に示された時には。だが実際語り手の私は
この幻想にも十分に同情の余地があると思うのだ、
もし彼の眼がしばらく前のバスステッド邸での絶頂期、
つまりグズルーンがボッリ・ソーレクスソンの花嫁として
坐っていた情景を見ていたならば！　以前の彼女の顔、
その熱情的な心に変化する思いが生じるたびに、あれ程に
速やかな変化を見せたあの顔は、今笑顔となって固定され、
それは、人類のなかの愚か者をさえ、彼女が幸せなのだと
騙せない笑顔だった。彼《ボッリ》の顔は、昔は過去の出来事を
甘美な記憶のなかへ香気を与えて入れ込むような顔で、
そして彼を、遠方の事物の絵画だと思わせるような
夢に似た幸せで穏やかな顔だったのに、今はどうみても
やつれ、獰猛《どうもう》で、心配に満ち、彼の疲れた心が恐れている
最悪に向き合うような表情を、何時《いつ》でも浮かべていた。

陰鬱な婚礼！　全ての人の耳が緊張して、この先は
どうなるのかの兆候を何か聴き取ろうとしていた。
誰もが、以前の誰かの名前を漏らして、毒を含んで燻《くすぶ》る
薪《たきぎ》の山を燃え立たせないようにと口を慎んでいた。
オズヴィッフの、残忍で愚鈍な息子たちも静かに酒を飲み、
オーラヴは自分のための高座に引き上げてしまい、
疲れて老いたように見え、その間、彼《オーラヴ》の息子たちは
疑いの眼でボッリをちらちら眺めた。何度も彼らの一人が
何かの言葉を口にしようとしてみたが、父親の目つきに
出遭うと、晴れやかでも優しくもない笑いを浮かべて
話を途中で止めざるを得なかった。
そのあいだじゅう、賢い者たちは、こうした情景全てを
見て見ぬ振りをしたり、眼にせざるを得なかった悪の種を
大騒ぎによってかき消そうとしたりした。

しかし仮に人びと全ての眼の下で事がそうであっても、
祝宴の翌朝には、この運の悪い夫婦にとって
事態はどうであったのか？　私はこれをよく知っている、
ボッリにとっては、地獄の最後の門が
ついに閉じたと思われ、もはやこれまでのように
いかに遠くても輝かしい、多分手の届かぬ星のようには
より良い日々への希望が光らなくなった。だが彼は

生き続け、実際間もなく、最悪の事態を乗り越えたので、
またそれとともに、狂おしい快楽の微光も得られたので、
ボッリの魂には一種の静けさが訪れた。それはあたかも
彼が結末を見て取って、それを待っているかのようだった。
しかしグズルーンの上には《変化》が乱れ飛び、
時々、石のようになったと見える事もあれば、
時々は、一見愛に見えるものの発作によって、ボッリに
暫くのあいだ恍惚とした喜びを与えもし、
また時には、この行為を非常に悔いたように
まるごと一日中、坐り込んでじっと眼を瞠《みは》っていたが、
それは何か幽霊が近づく事を、そして幽霊の到来の前に
全てとともに世界を破壊すべき事を知っていて、幽霊が
遠方で偶々《たまたま》漏らす一語も聞き逃さぬ覚悟のように見えた。

　このように遅々として、変化した退屈な日々は
やがて、安らぎか全くの変化かのどちらが支配する館、
この静かな館の入口にまでやって来た。
しかし夏が平和裏に秋に敗北したある夕方、
人びとが広間に坐っていた時、二人のさすらいの下層民が、
老いたオズヴィッフを玄関口に呼び出して、
館で休ませてくれと頼み込んだ。この館が
貧民《さすらい》を無視するのなら、誰もそんな嘆願をしないのだから
間もなく、館の騒がしい下男のなかへ彼らは入れられ、
歓楽と安楽のなかで、運命のおぞましい変転を
忘れようとした。そして常に粗野で下品な冗談で
二人は下男たちを喜ばせ、最善のジョークで笑いこけた。
だが広間の下段が快楽で満ちていたのに対して
いつも以上に、身分の高い人びとは退屈していた。
オズヴィッフは昔の日々を思って沈み込み、
グズルーンの舌は、弟のオースパクが語ったある物語を
ぼんやりと褒めていた。そうしながらも彼女の心は
何度も現れる虚しい希望のため、一座の話から離れていた。
またボッリは心の技を用いても、非常に疲れたその心から
間もなくやってくる隠せなくなった運命を
いつも待っているかのような顔つきをしていた。その夕べ、
それ以外の人は高座にいなかった。だが騒ぎが終わった今、
老いたオズヴィッフは自室へと姿を消したが、
オースパクは少しのあいだ自分の場に坐ったまま
軽蔑の眼でボッリを凝視していた。
というのも、彼《オースパク》には判らない気苦労でうなだれている
彼《ボッリ》の哀れな顔を、オースパクは嫌うようになっていたから。

　ついにグズルーンが話している途中で、どちらの手も
高く伸ばしてオースパクはあくびをし、大声を出して

下方の食卓に居る陽気な人びとにこう言った――
「君たち、さよなら！　今夜は君たち楽しそうだな。そんな喜びを持ってきてくれるのはいったい何だ？
ここでは我々、楽しくないのに」。すると一人が進み出てこう言った、「ほんまや、オースパク様、でも我々の話は値打ちのないものじゃ。でもこのさすらいたちはたらふく食って飲んだんで、奴らから突飛な言葉やおもろい話を引き出すのにロープは要らんわ」。「ここへ連れてこい」とオースパク。「奴らは我々の沈んだ気分を直すだろう」。

そこで下段の端《はし》から彼らはやって来た。衣服も粗末、宿もなし、身体も洗わず。だが嬉しそうだった、僅かのあいだだけではあっても。だがこんな身分の高い人びとと同席する事に、少しおずおずしてもいた。もっとも、酒が入った事は、恐れに対する高貴な盾であった。

「やぁ君たち、世と野原にはどんな素敵な情報がある？」オースパクは言い、「どこから来たのか？」第一の男は横目でボッリの青ざめた面相を見た。すると男の顔の上に狡猾《こうかつ》そうな笑みが浮かんだ。
しかし彼が最初の言葉を言い始めそうになった時、さらに酔いの酷い第二の男、僅かに第一より賢そうな男が多分その賢さの故《ゆえ》に、眼を細く顰《しか》めて
「知っとる事全部吐《は》けちゅうのは警棒で殴られた時じゃ」。

「何も吐《は》かん者は殴られるぞ」とオースパクは応じ、「身分ある者の食べ物で腹一杯の時には苦労せんでも感じの良い言葉を喋るものだぞ」。

「オズヴィッフ卿の息子はん、怒らんで」と第一の男。「おなかが太鼓じゃけ、今夜はどんだけ殴られても、儂《わい》はいいけんど、グズルーン嬢様があすこに見えるさかい――」

「ちぇっ」と第二の男。「お酒いっぱい飲んだにしちゃお前《めえ》は気遣いいっぱいじゃの。さぁ嬢様に言わせろ、儂《わい》らは来たとおりに温和《おとな》しく帰れとな、そしたらすぐに全部話しまさぁ」。オースパクはこれを聞いて、食事を並べた卓に腰掛け、手足を伸ばしたまま、笑った。頬が酒のカップに触れんばかり。だがグズルーンは青ざめ、彼のほうに向きなおった。とは言えその心は新たな欲望にやきもきして燃え、希望と、随伴《ずいはん》する巨大な苦悩が闘っていたのだったが。「お前の話を私に聞かせてちょうだい、そしたら贈物《プレゼント》をあげるから」と彼女は言い、「見て！この金を嵌《は》めたって私の指が美しくなるわけじゃなし！

すぐに引き抜いて！」　こう言いつつその男に向かって
手を伸べた。男は彼女の表情を見て酔いが半ば醒めて
指輪を見ながらそこに立ったまま。
また、指輪に触れようともしない。「このお邸《やしき》へは
ブルグフィルスから来たんじゃ」と彼は言い、「そこでは
港に来たばかりの船んまわりに、市が立ったんじゃ――
船長はカールヴ・アスゲイルソンじゃと聞いたが――
じゃが他《ほか》ん人があっちこっちへ動いとるんを見たんじゃ」。

　なおオースパクはくすくす笑い、酒を飲みつつ寝転がり、
またこれを聞いてもグズルーンは全く怯《ひる》む様子もない。
しかしボッリは立ち上がり、この同じ場所で、最後に
キャルタンと彼、そして彼女が一緒にいた時そっくりに
この広間を歩きまわり始めた。
疲れ切った彼の心は、ほとんどこう思い始めた――
あの過去の一日が夢を見せ始めたに過ぎない、
どうあってもその夢からまもなく目覚めなければならぬ、
あの二人の恋人が腕を組んでいる様を見るために、そして
自分自身を、恋さえ知らぬ純情無垢だと感じるために。
「ほんま、ほんまや、お人《ひと》さんが沢山《たんと》通りおったわ、
その船ん近くを」。ボッリは第一の客が言うのを聞いた。
「その日にゃグズムンドとスリーズの姿も見たぞい、
アースゲイルと娘《レヴナ》の姿もな。こん人たちゃ立っとったわ、
一人の男のまわりにな。男の上衣《カートル》は血みたく赤くて
王様の服みたく立派じゃった」。オースパクはここで
左手をゆっくりと耳にかざした、熱心に
聞き耳を立てる人のように。そして話を聴き、頻笑んだ。
そして今、広間には沈黙が立ち籠めたのだ、男が
こう言った時には――「儂《わい》はそれまでこの背の高い美男《イケメン》を
見た事がなかったばい。剣を吊す帯には見事な武器が
ぶら下がっちょった。宝石入り、金の細工たっぷり。
儂《わい》はあんまりにも下衆《げす》じゃさかい、その場で、この美男《イケメン》の
名前を聞いてみる勇気は出なかったんじゃけんども。
――けんども確かに、儂《わい》はこう思うたんじゃぞい、
もし噂が本当《ほんと》なら、これはあん人に違《ちげ》えねいとな、
人の言うに、海の向こうで花嫁はんを貰うて、そのうち
王様になる人、キャルタン・オーラヴソンその人じゃと」。

　男は話を終えると、少し畏れをなした人のように
自分の周りを眺めてみた。だが最後に言った言葉も
聴き手だった三人のなかに、どうやら何一つ新しい態度を
引き起こした様子はなかった。ボッリはなおも
伏し目になって、時折、その眼をドアのほうに
向けていた。オースパクは食卓の上を手で叩いて

素早い調べを奏でていた。グズルーンは一言も喋らずに
その指から金の指輪を引き抜いて、その語った男に
与えていた。そしてオースパクは気づいたのだ、
その指輪は、ボッリ・ソーレイクソンが初めて彼女から
結婚の約束を得た時に与えた贈物だったという事に。
だがこの二人のさすらいにも、このような場合に
高座に居続けるのは智恵のない者のやる事だと思えた。
もっとも立ち去る時に、一人は肩越しに振り返り
オースパクがグズルーンに寄りかかって、ボッリに向かい、
顎《あご》をしゃくり、そうしながら人差し指で自分の胸を
嘲るような笑みを浮かべて指し示している様《さま》を見た。
だがグズルーンはボッリを見てはいなかった、二人の眼が
合ったにも拘《かか》わらず。いやむしろ、ボッリという思いは
ほとんど彼女の心には達していなかった。なぜなら今なお
「彼《キャルタン》が帰ってきた」事が彼女の魂を占領していたからだ。
「また間もなく彼に会うだろう、大きく変った眼をして！」

　そして今は、《夜》が人間世界の悲惨の上に
暗いベールを引いたのだが、人間どもは盗んだ光で
不安な日中から不安な夜を勝ち取らねばならなかった。
その時グズルーンは身を動かし始め、頻笑んで
少しのあいだありふれた事を話したのだ、というのも、
ボッリがまた自分の座席にやってきていて
腰を降ろしたからだった。もっとも彼に話しかけるのは
努力しても無駄だったが。夜は退屈なまま過ぎて行き
集まっていた人の大部分は、ついに就寝時間が来ると
大いに満足した。この時刻には一人、また一人、
広間から姿を消し、ついに高座には、ボッリ一人だけが
坐っていた。どんなはっきりした考えも彼には浮かばず、
ただ、この先自分にやってくる事は全て、
良くない事だという思いだけが心を占めた。《夜》は
様ざまな変化を経て進み、灯りに次ぐ灯りが衰え、
ついには広間の遙か彼方の灯り一つだけが消え残って、
壁の上に弱々しい円を投げかけたので
見慣れた事物が、《死》と同様に見慣れないものになった。
その時、窓から《夜》の最後の吐息が吹いてきて
窓たちは黄色い背景のなかで青く見えた、
アイスランドの上に晩夏の曙光が近づいた時には。
それでもなお彼は全く何物も見ないで、そこに坐っていた。
やがて背後に、軽い足音が聞こえてきた。
そしてなぜかは判らなかったが、身が震えだした。
また振り返ってみる勇気もなかった。そのうち間もなく
一人の姿が自分の脇《かたわら》に来ているのに気づいた。
去って行く《夜》の薄暗がりのなかでその姿は白かった、

最後の灯火が消えていたからだ。それを知ると彼は大声で叫ぼうと努めたが、声は出ずじまい。舌が口のなかにくっついたからだった。足を踏ん張って立ち上がる力も失せている。どんなに力んでみても、自分の手を剣の柄《つか》に持ってくる事もできなかった。

ボッリには、自分の悲哀と罪過が、肉体を得て眼の前に立っているかのような思いがしたのだ。

けれども、恐ろしい声音《こわね》が今湧き起こった時、彼はグズルーンが語っているのを知った。「また来たわ、眠れずに横になり、裏切り者について人びとが、これまで語った事を考えていたから。そして今夜そんな裏切り者が私にどんな顔を見せるか、見ずにはいられなかったから。《夜》も貴方を隠せない、おうボッリ・ソルレイクスソン、《死》も貴方から、自分がしでかした事を隠せないわ。

——何よ、私が《死》の名を口にしたので恐れているのね？　それで震えているのね、恐れを知らぬ男たちの子孫なのに。恐れる必要はない、私は剣を帯びていない、キャルタンも優しくて、自分が先見の明がなく、昔、貴方を忠実な友と思い込んだからといって貴方を殺しはしないよ。

私の呪いを浴びるがいい！　貴方のした事がどんなに私を孤独にしたか判っているの？　彼が帰ってきた今、どんな苦痛が私の心に燃えているか、夢見る事ができて？

長く待たれた太陽がついに昇ってきて、喜びも希望も皆、消え去ってしまったからっぽの世界を照らす今、貴方がこの館で得たものは巨大だわね！

勝ち得たように見えるだけの、苦い、打ちひしがれた女、嘘っぱちの成果がさらに卑しいものにして行く魂なのよ。

もし貴方が厚かましくもこれ以上私にすり寄るなら貴方の卑劣な情欲が穢《けが》しに穢す肉体なのよ。

今、私は貴方を呪う、貴方のお母様が立派な人びとの間に暮らし、この熱い壁が遮る地獄を私のために打ちたてる事になるこれほど下劣な息子を産んだ事も呪うわ。

善と悪とが私のなかで闘っている今、私は貴方を呪う、でももし私がもっと長生きしたなら、その時には私の呪いはどうなる？　私自身が大いに呪われるので最悪の運命を除いた全てが私から失われるじゃないの、そして神も、私を作った事でご自身を嘲るでしょう」。

息を切らして彼女は語りを止めたが、ボッリは無力にも口を利けるようになるまで両手を伸ばし、やっと低い声でこう言った——「僕は死んでしまっていればいいのに！

だが墓に入る前に、こんな叱責より優しい言葉を一つ、彼《キャルタン》からは掛けて貰いたいものだ！」

「ええ、彼は優しい、優しいわよ！」彼女は叫んだ。「彼は全ての人を愛し、神様とちょうど同じに、親切を広くばらまく人だよ。また神が、地上に這いつくばる私たち人間の一人を愛する以上には、私を愛しもしない。そして如何《いか》に私が彼を愛しているか誰に判ろう？　彼が情け深く見やる全ての人を如何に私が憎むかも！
——神よ助け給え！　私は自分の愛を貴方に打ち明けているのだから！　この一件が全て終わる前に、貴方が裏切ったように、私も裏切り者だと判るでしょう」。

彼女はこう言うと彼から顔をそむけて帰ろうとした。だが彼が喋るのを待つかのようにぐずぐずしていた。朝の光は急速に明るみ、雀たちが軒端《のきば》で目覚め始めた。白鳥のラッパが遠くから響いてきた。朝の冷たい風が広間の掛布の上から結い上げていない彼女の頭髪にまで届き、彼女の寝巻を美しいその身体《からだ》に巻きつけ、彼女の素足の下にある、床に敷いた藺草を揺り動かした。彼女はこの上なく美しい——二人の眼が暫く出遭った。ボッリは奇妙な表情を見せて、やつれた顔で立ち上がり、唇を震わせて、その身体《からだ》を抱擁しようとした、この身体《からだ》に対して永久に和解する力を失っていたのに。

しかし荒々しく彼女は両手を頭上にかざして一度、恐ろしい目つきを見せて飛ぶように去り、暗い夜陰と朝の光のあいだに、善と災いのあいだに、愛と、あがいている憎悪のあいだに、彼を残していった。やってくる不安な苦痛の時間を待つがままに残したのだ。

バスステッド邸での冬至祭《クリスマス》

今はもう日数を経たのに、キャルタンは全く動かず、動きたい様子も見せなかった。あの二人については誰も彼から、貶《けな》す言葉も祝いの言葉も聞かなかった。それでも父親のオーラヴは、いつも心配が絶えず燻《くすぶ》っている火がめらめらと炎を発しはしないかと恐れた。なぜならキャルタンは、暫《しばら》くのあいだ、侘《わ》びしげに日々を送り、そしていつも静まりかえって坐り込み、退屈な太陽の姿が通り過ぎるのを見ていたから。まるで彼のなかの心が死んだかのように見えたのだ。

その秋の季節には何度もカールヴ・アースゲイルソンが妹のレヴナと一緒に孔雀《オーラヴ》の邸《やしき》にやって来ていた。すると、ついに人びとは異口同音に、もし誰かが彼《キャルタン》と結婚して良いのなら、レヴナこそ彼に相応《ふさわ》しい、グズルーンがいなくなったのだから、と囁《ささや》き始めた。
キャルタンがこの噂を聞き知ったかどうかは判らない、
しかし彼女《レツナ》はこれを聞いて、愚かな期待感で心を熱くした。
というのも彼女は、あの種の人物の一人だったから――
つまり、人間のなかには片思いという重荷に耐えて、
目指す目的に近づく事もできず、衝突する多人数の情火の
喧噪《けんそう》のなかでも、ほとんど不平を語る声も出さずに
死ぬ者がいる事を世に示すために、
疲れる地上を横切っているように見える女だったからだ。
確かに苦しい窮地に立っているキャルタンは、彼女の
優しげな眼にも、ほんの僅かしか注意を払わなかった。
それでも彼は彼女が優しい眼で見てくれるのに気づき、
また彼の、女への心遣いの全てが曖昧になったので
完全には彼女を無視できなかった。そしてここから
極めて多くの、人を傷つけかねない嘘が生まれた。

今は再び冬至祭《クリスマス》の季節が近づいた。
オズヴィッフは昔の習慣どおり、祝宴に来るようにと
ヒャルザルホルト邸の人びとを招いた。
どんなに事情が変わっていても、身分の高い人、低い人、
全ての人が祝宴の準備をしたが、キャルタンだけは別で、
その朝には、忙しく動く家人のあいだを、右へ左へ
目的もなくうろつき回り、一言も喋らなかった。
この事を聞きつけた父オーラヴは、彼のところへ来て、
心配げな顔つきでこう言った、「おぉ立派な息子よ、
あの為された事に対して、お前はまだ怒っているのか？
駄目だよ、過去は過去としなくちゃ。お前はまだ若い、
また別の名誉もお前はたくさん得るかも知れないし、
別の恋人だって同じだ」。キャルタンは振り返って父に
こう言った、「ああ確かに、この親切な世界に恋の種は
仰山《ぎょうさん》転がってる！　見よ、ある男は僕が考えていた以上に
僕の恋人を恋したのさ。常にこの有様が証明する通りだ！」

このように彼は冷笑混じりに大声で言い放ち、さらに、
父親の白髪交じりの頭と眉をしかめた顔を見ながら、
「父様《とうさま》、どうなさりたいのです？　見て下さい、
父様のこの館に僕は物静かに坐ってるじゃありませんか、
そして人びと皆に、一番そうしたいと思ってるとおりに
生きて貰ってる。父様は喧嘩を巻き起こしたいのですか？」

「とんでもない、息子よ。お前にも判る通り、この館で
こんなに孤独でいる気分は、お前に何の益ももたらすまい、
悲しみを心に抱くうちに、お前の嘆きは大きくなるばかり、
重荷が増えてゆく間《あいだ》、重荷の下に決してお前は温和《おとな》しく

坐り続けないだろう。そうするとこの昔は幸せだった館に
恐ろしい話がやってくる事になるのだ。むしろ出かけて、
彼らと会う事がお前に安らぎを与える事を示せ。
それはお前にも慰めになろう、あの情景を再現させよ、
いかにお前が今なお偉大な男だと皆が考えている情景を。
活動する世界のなかにありながら
砕けた心で坐っていないで」。するとキャルタンは父を
驚愕したように、長々と見つめていたが、ついには
こう言った、「あぁ、父様のお好きなようにせねば！
確かに僕は、長い日にちがこの苦々しい願望を薄めると
期待していた、もし見える顔、聞こえる声によって
この願望が増幅されないなら。今は長い日にちに
運命的重荷を背負わせよう。父様と一緒に宴に出るよ」。

　こうして夢を見ているような姿で、キャルタンは
かつて【彼女故に】神聖な場所に見えた冬至祭の宴を見た。
会場《バスステッド邸》の入口を跨《また》いで入り、ソールレイクの息子ボッリが
彼のほうに向かって近づくのを見た時にも
激怒の叫びは彼の唇に昇っては来なかった。
最初は屈辱感で血のように赤く、次いで屈辱感で青ざめ、
だが彼の口からは昔どおりの親切な言葉が語られ、両者の
手と手が結ばれた。彼の喋る声は冷たく、こう言った――

「楽しんでくれ、ボッリよ、君は良い結婚をしたな！
君は苦労したんだ、当然の報酬が今、君に与えられたんだ」。
その時、まるで鋭利な刃物で切られたように、
激しい痛みが彼《キャルタン》を襲った――遠くに見えたからだ、
グズルーンの灰色の眼が、嘲りの声を発したかのように
彼自身の眼と出遭ったからだ。二人の男はその場に立ち、
各々《おのおの》相手の気持をある程度理解していた。だがその気持を
解明する鍵はほとんど持ち得なかった。キャルタンは
なおもグズルーンを凝視し続けた。彼の心は絶望によって
耐え難いものになった。だがボッリは、この苦しい仕事を
良く理解した者のように、彼《キャルタン》に近づきたがっていた。
そして今、彼はもう一度、彼《キャルタン》に手を差し伸べたが
暫《しばら》くキャルタンは、身動きせずに立っていて
心のなかでは、もう家に帰らねばならないと考えていた。
けれども意志を強く持って苦痛を抑え込み
ボッリのそばを通り過ぎ、全く彼を見ようともせず、
外見の上では冷静に、その日はこの宴席に
坐り続けた。グズルーンのほうも同様に
激情を表に出す事なく、自分の座席に、比類のない
美しさのまま坐っていた。そのあいだじゅうボッリは
キャルタンの深刻な顔と、グズルーンの笑みとを

ちらちら見続けた。そして熱を籠め、懸命に
苦渋に満ちた真実を隠している苦渋の嘘から成る仮面を
貫いて覗きたいと思っていた。だが常に恐れていたのだ、
この薄っぺらな夢の覆い《ベール》が、真二《まふた》つに裂かれ、紛れもない
地獄に自分が横たわっているのを見せつけられた時に、
宴の騒ぎのなかからかん高い悲鳴を聞くのではないかと。

　噂では、客たちがバスステッド邸から帰る時には
ボッリは多くの人に好もしい品物を贈ったという。そして
最後には、アイスランドでは見られた事のないほど立派な
三頭の駿馬《しゅんめ》を、出口の近くへ連れてくるように命じた。
それから、愁いに満ちた両眼を、キャルタンのほうへ
向けたのだ。彼《キャルタン》の顔は、過去に彼女《グズルーン》に見送られて去った
多くの別れの、辛くて甘い記憶のために厳《いか》めしかった。
ボッリは言った、「義兄弟《いとこ》よ、おお僕の友よ、僕がここに
持ち出したのは、君の偉大な名声に相応《ふさわ》しい品ではないが
でももし君が我々二人の友だった昔どおりの、同じ間柄で
あってくれるのであれば、僕からこれを受け取ってくれ」。
　しかし人びとが、この立派な駿馬を見ようとして
あたりに群がった時、キャルタンは低い声でこう言った、
「運命に逆らうなかれ、君はもう選択し終わったのだから。
君の贈物も、君の愛も、ほとんど僕の心を癒しはしないさ、
親切顔するなよ。神よ、我々を離ればなれにしてくれ！」
　その時にはそれ以上二人は話さなかった。すぐさま
ヒャルザルホルトの人びとは馬で美しい自宅に向かった。
こうして帰途を辿る途中でこんな会話が交わされた——
父オーラヴが最愛の息子にこう言ったのだ——

「キャルタンよ、お前の心がどんなに燃えていても
この出遭いは決して悪いほうには向かわないぞ。
だがあの贈物をお前が受け取っていれば良かったのに！
また出かけるかい？」「どうも眼がかすんでしまって
おお父様よ、苦痛が激しいものだから。
でも僕はまたあの邸に出かけます、疑わないで下さい、
僕が疑わないのと同じです——日々が経つにつれて
あの邸で僕が、新たな惨めさを心に積もらせるのを。
僕の考えている事を皆、そして父様の賢明な手が、いかに、
怖い種を蒔いていると僕が思うかを話したいものだ！」

キャルタン、レヴナと結婚する

語り手の私が思うに、グズルーンは翌朝、
以前にも増して自分が、惨めで希望を失った女だと

感じただろう。キャルタンも目覚めた時に
過去の日々より、この桎梏《しっこく》に耐えるのを、さらに
難しいと思ったはずだ――二人の眼はついに出遭い、
優しい数語が取り去り得たかも知れない怒りの表情は
彼らから発せられず、触れ合うだけで喜びに変わり得た
悲哀の表情もなかった。拷問者《恋》を知っている者以外、
誰も知る事はできないのだ、なお恋する者である人びとが
耐え忍ぶ鞭痕《むちあと》を癒《いや》す至福の行為がどんな事であるかを。
もし彼女が、彼の誇り高い表情を、弱気な嘆願の面もちで、
全身に溢れる涙で、迎えたなら話はどうなったか
誰に判ろう？　あぁ、彼女は心から欲していたのに――
心のなかに燃える思いを声にして泣き叫び、
全ての恐れと恥じらいを投げ捨て、かつての日々のように
もう一度、彼の唇を感じる事ができるように
彼の前に跪《ひざまず》きたかったのに！　だが悲しや！　世間体を
恥じる気持と不法な行為と感じる壁が二人を妨げた、
そして過去に生じた事を、元に戻す事ができなかった。

二人各々《おのおの》が相手に優しいと思われる事が、時々は
生じたかもしれない、静かな時間に一人でいる時には――
人の話し声が遠くで、優しげになって聞こえるような
夕方の薄暮のなかとか、あるいは、さらに好適なのは、
海の囁《ささや》きが、二人のそれぞれの心を
穏やかに撫でる時とか。だがついには、海の波が
花々の上に押し寄せるように、反論の余地なく、冷たく、
全てを枯らすかたちで、苦痛と辛辣《しんらつ》な咎めという
逆方向の感情がやって来た、「なぜあなた《キャルタン》は選《よ》りに選って
私にそんな事をしたのか？　他の人たちが齷齪《あくせく》する間に
私たち二人は我らの愛の美しさを保つつもりだったのに、
そう、足許の大地が崩れ落ちてさえ――ところが今、
何と、美しいものが醜いものに変わったとは！　そうよ、
それに貴方《あなた》はこんなに近くにいる、だから常に貴方は
願い虚しい私の心の止む事のない苦悩の種になったのよ」。

ご注目あれ、この間ずっとグズルーンは、世間での
さらに加わった苛立《いらだ》たしい噂の広がりも聞いていた事に。
アースゲイルの娘レヴナが、あのノルウェイの姫の頭巾、
キャルタンに置き去りにされて失恋の憂き目にあった姫が、
彼女《グズルーン》に贈ったはずの頭巾を被《かぶ》ろうと努めているとの噂だ。
その話もまたグズルーンの鋭敏な耳が聞かずには済まぬ。
彼の事を全く疑いもせず待っていたあいだも、
将来の日々がどのように展開するかと夢見ていたが、今、
これを聞くと彼女は、他の世間苦《せけんく》全てを忘れるのだった、
すると過去も未来も全く朧《おぼろ》な姿になってしまうのだ、

この達成されなかった幸せを考えてふさぎ込む時には。
本来、彼とのキスとキスのあいだに、自分が言ったはずの
言葉の数々を思って独り嘆く時には。希望があった頃に
心に描いたとおりに、いかに彼の両腕が彼女のまわりに
巻きつく事になるか、そして全ての幸せを味わった後でも
彼女から愛を隠そうとしない彼の両眼を想像する時には。
――そして彼女はその眼も忘れた。数々の惨めな苦しみに
すっかりどんよりして、あの両眼は今、どんな風かしら。
また彼女は、その運命と時間が、彼女の運命と時間から
突き離し別ってしまった人物の心の悲しみさえ忘れた。
常時、彼女の心のなかで災いが災いを産み、日を重ねると
何か少し残っていた優しさも身からそげ落ち、
ついに心には、赤裸々な欲望だけが残された。
この欲望のみは、消し去る事のできないものだった。
そんな時、身のなかで嫉妬が大きな炎を立てて燃えたので
彼女はボッリのほうに顔を向けて
我を忘れたような愛撫の手を彼に触れ、優しげな
言葉もかけたのだ。ボッリのほうは、努力しても虚しく
過度なばかりにやつれ、いずれ見出す事になる、恐るべき
目覚めの時がどんな風《ふう》か、今なお予見できないでいた。

　疑うなかれ、キャルタンもこれを聞いていた事を、
仮に噂が、家の下僕たちが巻き上げた与太話《よたばなし》であっても。
だがさらに悪しき状況があった。獰猛な心をした愚者たち、
つまりオズヴィッフの息子どもが、この二人を自分たちの
羨望に満ちた嫌悪を満足させる道具にしたからだ。彼らは
日が経つにつれて、さらに醜い心の持ち主となり、
孔雀《オーラヴ》の家の幸運と名声を妬《ねた》むに至ったのだ。
皆様もご存知の通りの状態で、ボッリが彼らの家に
住みつくようになった時、常に彼らが抱いていた憎悪、
ボッリの深刻でやつれた顔への嫌悪と軽蔑の念に
やがて楽しみが混じり込み始めたのだ。これは彼を通じて
彼らのほんの足許で、ヒャルザルホルト邸の嘆きと
不面目を覗き見る事ができるという愉快な思いだった。
そこで狡猾《こうかつ》にも彼らは、この種の手合いの常套手段だが、
この上なく苛酷な行為の種子や、嘘と半真実を、世の中に
広くまき散らすというゲームに取りかかったのだ。

　疑うなかれ、キャルタンは優しい心の持主だったが
彼も変わっていこうとしていたのだ。聞く事になるのだ、
一度聞いた覚えのある事を。噂をもたらしたのは二邸間を
行き来していたある召使いからだった。何の悪意もなく、
だがお喋りで愚かな男。オースパクの手で嘘話をたくさん
詰めこまれていた――あの新婚夫婦《ボッリ・グズルーン》は今、この上なく

愛しあう風に日々をお過ごしだと彼は言い、また間もなく、
ボッリはご自分の周りに船員仲間を集め、南の国々への
船旅にお出かけだと思うと言い、「バスステッド邸では
昨夜、イングランドとエセルレッド王の話でもちきり」。

「で、グズルーンもご機嫌？」　ハルドール*が問う。

＊キャルタンの弟で三男。この物語の第一頁に言及がある。

男の答は彼《キャルタン》の渋い面もちの下で、どもりがちだったが、
彼《キャルタン》がそれでも顰《ひそ》めた眉を和らげ、男が返事するあいだ、
見下す様子さえ見せなかったので、頬笑んだ男は喜んで
自分にも身分ある人びとの事が少しは判る事を示した。

「いやぁ驚きじゃ、ご機嫌でござんした。当《あっ》たり前っす、
間違いなく奥様もボッリ様と一緒にお出かけの様子。
女の方が欲しいと思うておるような名誉を得るおつもり。
それを駄目なんて旦那様言うはずない事、よくお判りで
ござんしょう、奥様が頼みさえすれば。手と手を取り合い、
この国にお二人だけしかおらんと言わんばかりの顔して
坐ってござった」。ここで男は話に詰まった。なぜなら、
彼が笑みを浮かべ臆する様子もなく坐って、毒矢のような
言葉をそこまで言い放った間に、周りの人たちが不審げに
男を見たからだ。キャルタンのほうも男に劣らず、
顔色も変えずに坐り続け、立ち去ろうとしなかった。
そうだ、心のなかで大いに努力してこう言いさえした、
「二人に幸運を祈るぞ！　彼女は私のものではあり得ぬ、
彼女が、この国でも海の向こうでも幸せでありますよう！
なぜ私が、何か災いが二人に降りかかる事を望もうか？」

そうは言ったが実際、この上なく酷い苦汁の潮《うしお》が
彼の心を水浸しにした。我知らず、彼はこう思った――
「では今は、見るがいい、孤独の道へ僕は引き入れられた、
彼女はもう僕が居なくても寂しくない、時の変化はこうだ、
ボッリの愛を籠めた表情とボッリの褒め言葉が
彼女には十分な慰めになろう。僕は一人ぽち、この先も
一人ぽち以外の何者にも決してなれまい――誰も僕を
必要としない場から今は立ち去りたい。多分僕の名声も、
ボッリの名前にくるみ込まれて、忘れられるだろう、
あの唇への僕のキス同様に。あの唇は昔、四季の変化を
ものともせずにいつも、僕への憧れで震えていたのに。
ノルウェイでの年月も、歌からも物語からも
消し去られるだろう――そうだ、人びとは僕やボッリが
あの国で称讃を得たかどうかと疑う事だろう――
僕は何を言うか、だって人びとは、僕がかつて恋人を
愛したのかどうかさえ、疑い始めているというのに！」

広間の騒ぎの真っ直中《ただなか》でキャルタンはこう考えた。
広間では誰も彼の心を知らないのだ。だがむしろ彼は
今は少しばかり、陰鬱な気持から抜け出し始めたように
感じていた。こんな風《ふう》に時が過ぎて行ったが
確かに、ちょうど一日のあとにまた一日が来るように
人間の精神にも、変化のあとにまた変化が来るものである。
初めの頃、傷ついた心に、大切にされているかのように
苦痛がへばりついていた時よりも、彼は異なってきていた。
自分の生を知ってしまった今、時には多分、この苦痛は、
より酷《ひど》く疼《うず》き、自分の事を十分にはに考えてくれない
冷たい世界との、なお残る戦いに対処するに当たって
彼をより非情にした。心のなかの、過去の日々における
優しさは薄らいだ。人びとがあの恋人について非難すると
耳を傾けはした。だが、大切な彼女のためなら
名声は、勝ち取るのに極めて容易なものに思われたのに。
あの友の罪《ボツリ》は、さらに黒ずんだ行為に見えてきた——
その罪が勝ち得た獲物《グズルーン》が、以前より小さなものに思える今。
少しずつ、彼の疼《うず》いて止まない苦痛を隠していた
穏やかさという優しげなベールが剥《は》げ落ちていった。
それでも以前通り、彼はふさぎ込み、憂鬱そうにしていた。
善もあり悪も存在する世界全体が、彼の不活発な
精神を働かすのに相応しいものとは思われなくなった。

彼は初めて悲しみに遭遇して、海岸の縁で途方に暮れて
立っていたあの時以来、今は長かった丸一年が経っていた。
ヒャルザルホルト邸は最近、優れた人を招いて
宴を催していた。そしてこの宴にはやって来ていたのだ、
他の客に混じって、あの優しい乙女レヴナもまた。
気分も穏やか、青い顔をして、うつむき加減で
彼女は宴席に坐っていた。キャルタンが近づくと
彼女が大いに顔つきを変えたのが見えたのだ、
両眼は輝き、唇の上にも、以前より明るい優美さが
現れ出て、赤い血潮がその顔を染め上げた。
彼の姉、スーリッドが彼と二人だけで席に付いた、
日没に近い頃に。今、スーリッドは何かを深く考えていた。
彼がいつもより明るくふるまって
多くの事を姉に話しかけたのだが、ようやく姉は
顔からぼんやりした表情を拭い捨てた、というのも、
彼女はあまり話を聞いていなかったから。姉が言うには
「そうでしょ、弟よ、彼女は魅力的ではないかしら？」

彼はぎくりとして「誰が？」と言い、「見てなかったよ」。

姉は微笑み、「駄目ね、美しい人をすぐに忘れるんじゃ。でも私が男で、老人でもなく賢過ぎもしないんだったら大きな灰色の眼を忘れはしないと思うんだけど。朱色の糸みたいな唇、百合のように白い肌、円い顎《あご》、嬉しくなる黒髪の下の滑らかな額、綺麗な首筋、華奢《きゃしゃ》な手、巧みに隠された優美な手足を忘れるものか、だって大概の男に対して、運命は禁じているのよ、これらを自分の物にして抱くなんて」。彼の顔の上に黒雲が広がった。「姉様《あねさま》、勘弁して下さい」と彼は言い、「僕は女を恋する男じゃないんだ」。姉は彼の顔にもっと近く無意味になってしまったこんなものは自分の顔を近づけて言った、「でももし私が男だったら、レヴナのような女の心に、どのようにして私への愛が動き始めたのかに気づいたなら、そんなに早く彼女の顔は、私の記憶から消えはしないけど」。「駄目、駄目、駄目。姉様は愚か者の言葉を口にしてます」と彼は言い、「その言葉一つ一つが無駄なのですよ、誰がいったい、僕のような破滅した男を愛するものか？」

そしてこう言うと彼は怒って立ち上がり、ぷいと去ろうとした。姉は押し留めて「心からという以上に彼女が恋しているとしたら？　お前、どうする？」

「僕がどうする？」と彼。「差し上げる事のできる心なんて僕にはない。彼女にも僕と同じ境遇になって全く憂鬱な日々を過ごさせ、それでも生きて貰うだろう」。

「私が思うに」と姉。「彼女にはすぐに最後が来ますよ、可哀想に！　間違いなく足早に終わりに近づくわ」。

こう言ってスーリッドは溜息。しかしキャルタン《キャルタン》は姉から、速やかに立ち去った。だがその夜、ベッドに潜りこんだ時には、いつもほど意気消沈していなかった。眠る前にはインギビョルグの事と、彼女《インギビョルグ》と共にいた時、彼女の可憐《かれん》な愛が持ってきてくれた喜びの全てを考えたのだ。するとこの乙女《レヴナ》は、幸せな夢のなかで帰ってきたインギビョルグのように思われてきた。翌朝が来ると、彼の荒涼とした生活のなかで一つの甘美な思いが自分の心をどこか愛撫していたのだ。どんなにこの思いを撃退しても、それは舞い戻ってきてついには形を持つようになり、同情という名を得て大切に心に抱くに値するもののように思われた。

こうして日が経ち、これを思う事ができたので生はそれほど呪われたものでないと感じられ——これは彼の心を痛めつける惨めさ全てと異なると感じられた。

そのうち心地良い同情心が育ち、やがて、ひょっとしたら
彼女《グズルーン》の愛はただの夢だったのではないか、彼女は
恋をしていなかったのではないか、或いは恋をしていても
別の男を求めての事だったのではないか、と考えた。
こう考えると、世界は再び暗くなって行き、
横糸が縦糸を隠すように、古い苦痛の上を新たな苦痛が
横切っていった。　あぁ皆様、どうなると思われます？
これは残骸のなかから、できる事なら、喜びの断片を
幾つか手に入れようとしている男、荒野のなかから
何かの庭園を見出して、そこに住もうとしている男だった。
だが彼は永らくぐずぐずとして過ごし、或いは常に
自分の心に、失われたグズルーンの名と共に、もう一つの
名前も大事にする事もできようと語りかけた。時と情景が
レヴナの愛を、真昼の光のように明らかにしていた。
レヴナが、彼との喜びがなければ、あっという間に
《死》の腕のなかに落ち込むだろうと考えるのは
彼には全く難しい事ではなかった——彼女が、この美女が
こうして死ぬなら神の最新の奇蹟だ！　甚だ甘美な情《なさけ》を
湛えた眼、稀に見る美しさの只中《ただなか》でこれほど悲しげな眼は
こう語っている風《ふう》だった、「貴方に全く相応しくない女が
ここにいますが、できればお助けを！　でも私が死んだら
私の心臓の周りに、香り豊かな防腐剤のように、この愛、
貴方のために抱くこの愛と情《なさけ》が埋められているでしょう。
私を捨て去る前に、もう一度見て下さい！」。

彼女は喜びを得ずに死ぬ事はなかった。二人は結婚。
姿変える月が二十回に亘ってブルグフィルスの暗い波を
照らしたあとの事、グズルーンの愛を信じ切って
あの船から突き出したタラップを越えて、あの誉れ高い
キャルタンが走り出てから、一年八ヶ月のちの事だった。
これほど不思議に、人間の生は僅かのあいだに変わるのだ。

剣《つるぎ》が、鞘《さや》なしのまま帰ってくる

この結婚の報せが紛れもない事実として自分の邸《バスステッド》に
届いた時に、グズルーンは、この日が来るまで、
どんなに大きな希望を心に抱いていたかを
思い知らされた。今、人生の孤立した岩の上の
漂着物としか言いようのない状況の彼女は、どんな事が
やってきても、助けとなる物を持たない身となった。
耳も口も眼も動かない女になって、長時間彼女は、父の
邸のあたりをうろつき周り、やがて人びとは、彼女が
もう一度口を利く事があるかどうか、疑い始めた。
いや彼女はまだ、自分の苦痛についてほとんど考えられず、

その苦痛がどんな物かさえ弁《わきま》えず、ただ孤独な幽閉所の
何か巨大な壁と向き合っているような気持だった。
そしてボッリは燃える心で彼女を眺め続けた。彼は
挫折し、撃退されてはいたが、彼は彼なりに
目の前に、何か希望のようなものが飛び始めたと感じた。
仮に新たな苦痛が取り巻くものであっても、事態が変わる
希望であった。さてある日、グズルーンがあてどもなく
邸じゅうをゆっくりと歩いていて、
何事にも注意を向けていなかった時、キャルタンの名が
語られているのを耳にした。すると動顛《どうてん》した彼女の心に
閃光のような希望と苦痛が走り、意志に反して
足を止めずにいられず、そこにじっと立ちつくし、
振り向くと弟のオースパクが立っていて、
彼が下の弟ソーロールヴに向かって、不機嫌そうに
ゆっくり話しているのが見えた。だが二人は彼女を
眼にしていない様子。オースパクが言っていた——

「お前は若いぞ、ソーロールヴよ、お前の言葉は駄目だ、
これまでも間違い、これからもまたそうなるぞ。
一人の男が、他《ほか》の人は皆自分のために作られたと思い、
彼の偉大さの許では他の名声は影が薄いと思っておる。
やがてある日にはそいつが真の男かどうかを試すのだ*
えっ！　その時何が起こるか——奴にできるなら、
小人相手の雷神トールを演じさせ、ついに彼を捕らえて
奪った剣類を返させればいい」。

「静かに！」とソーロールヴ。「グズルーンがいる！
キャルタンが姉《グズルーン》の心を凍らせたんだ。近寄って話そう！」

するとオースパクは笑った。「まだ聞こえはせんよ、
彼女はすっかり忘れられない希望を持っている、
二度も彼女の愛を振り捨てたあいつが
いつの日か、我が家にいる浮かぬ顔の勝利者《ボッリ》を殺して
自分の花嫁として、彼女を貰いに来るという希望を！
ほんまに、ハウスクルドの邸は立派になるぞ、
我々の生涯が完全に消える前に、アイスランド王を何人も
我々は持つ事になるぞ」。彼女はゆっくりと立ち去ったが
このような醜い憎悪の言葉に、心の奥まで傷ついていた。
それと同時に、どんな新たな考え方が自分の生活を
変えるべく前途にあるのかと考え、一人腰を降ろして
顔を覆い、一つ、また一つと、過ぎ去ってしまった
あの幸せの日々を思い起こそうと努め、まだ誰も幸せを
努力して求めようとしなかったあいだに、なぜ二人が
あれ程幸せに過ごし得たのかと不思議に思った。

＊彼《キャルタン》への襲撃を示唆。

彼女が顔を上げると、開いたドアのほうを一目見た。
すると広間の向こうのほうで、太陽の光線が
筋状になってボッリの頭部を照らしているのが見えた。
ボッリは振り向いて妻を見た。その時彼女は
独り言を言った――「じゃぁ違う、愛は死んでいないね、
ボッリが生きてるんだもの。じゃぁなぜ私は彼を嫌うの、
自分の恋のなかで男の顔に泥を塗る事に気を回すのを
忘れたからといって？ でもかつて恋人だった貴方《キャルタン》は、
私の心を抛《なげう》って愛した貴方は――その弱々しい控えめな
愛を、私の愛と同じ強さにしようと永遠に私が努力した
その貴方は――貴方は、私のために何をしたの？
貴方の魂は救われ、名声は得られ、今は美しい若い女の
両の腕さえ巻きつけて貰っている――その腕は
私の腕ではない――そして幸せなのね。おお誰に判ろうか、
ボッリ・ソーレイクソンよ、地獄に堕ちた時には
我々二人は愛し、愛し、何度も愛しあうかも知れぬ、
永劫《えいごう》の苦痛の最初の波が、我々の愚行を
さっぱりと洗い流した時にはね。そしてなぜ地上では
私が貴方に氷となった一方で、私を愛してくれなかった
弱々しい心の持主をこんなに愛したのか判った時にはね。
おう愛を知る美しい裏切り者《ボッリ》よ」。ぐったりとして彼女は
暫《しば》く口を開いたまま、うなだれていた。
坐って黙っていたのだが、苦々しい笑いが、彼女の顔を
嘲るように現れた。「でも貴方を恋人と呼ぶとしても、
そして偉大な男たちに偉大な仕事をさせるようなキスを
私が貴方に与えても、過度に私を信頼しない事ね、
甘い蜜のような言葉、震える手の触れ方を殺戮《さつりく》する罠《わな》と
思いなさい。もしキャルタンがそこに死んで横たわったら
どんなに彼を愛する事かしら！」 再びうなだれて
長いあいだ彼女は黙って坐っていた。だがついには
ボッリが彼女の私室へと向かう様子を聞きつけて
立ち上がり、冷たく彼を迎えたが、どんなかたちでも
彼女の苛立《いらだ》つ心が、彼の抱く苦しい重荷を
和らげようとする兆《きざ》しさえ見せなかった。

　こんな事にお構いなく、一年は以前通りに闌《た》けてゆき、
また秋が来た。若い者たちの心がお互いに、どんな風に
ふるまっていようとも、オーラヴとオズヴィッフは
目を閉じて、見ようとはしなかった。
耳も閉ざしていたのだ、平安を愛する賢い親らしく。
そして両家のあいだには、何一つ、災いを招くような
事はないようなふりをした。こうしてバスステッド邸の
人びとがヒアザルホルト邸の宴に、少なくとももう一度、
秋の季節にやって来る事になった。キャルタンは

この人びとと会うのを大いに嫌がっていたのだが
父オーラヴが、彼《キャルタン》の偉大な名声で父の邸に華《はな》を添えてくれ、
自分が生きているうちにその姿を、すなわち宴の栄光を
もう一度見られるように座席に着いてくれと
極めて熱心に頼んだので、キャルタンは今一度、
自分の懸念を捨て去り、宴の場で、困惑した眼で、
バスステッド邸から来た群衆のなかに、あの夫婦と
無礼で大声上げる悪ガキ（オズヴィッフの息子《オースバク》）を見、
ボッリの口から挨拶の言葉が聞こえた時には
青ざめたのだ。そしてこの間、引っ込み思案の恥じらいと
心配な心を胸に、レヴナはグズルーンの驚くべき美しさを
見つめていて、自分は厄介な運命を勝ち得たのだと
思っていた。そしてキャルタンは、これに気づいた上、
ほとんど女主人らしくない姿で彼女《レヴナ》が坐っている様を見、
彼女の心を強く動かした恐れを愛が練り上げていたため
彼の眼にはかえって美しく見える彼女を前にしたので
自分に腹をたてた――いまだにこれ程多くの記憶が
自分の心を悩まさずにはいない自分に。そして眼を転じて
グズルーンを見れば、世界の驚異の女なのだ、その顔は
今は冷たく警戒して、人の混みあう会場を注視していた。

この宴では三つの事が生じたと言われる、
燻《くすぶ》っていた恋と憎しみの積山《つみやま》から炎が出るのが、
それによってうまく隠されたと長老たちが考えた事が。
第一は、新たにやって来た客たちが、自分の席へ
案内されるのを待っていた時、女性客についての
案内役のメイドが振り向いて、キャルタンに
こう尋ねた事だ、「今日は、大奥様の隣の高座に
どなたがお坐りになるのですか？」。グズルーンは
非常に輝かしい服装で立ち、常に花嫁《レヴナ》を見つめ、
彼女以外の何物も眼に入らないかのようだった。
キャルタンはこの姿に気づき、それとともに
彼女の両眼に憎しみの表情が光ったと思った。
同時に彼は、レヴナの優しい眼が、グズルーンの前で
伏し目になるのを見た。そこで彼は顔を顰《しか》めて言った、

「決まってるじゃない、馬鹿だね、もし僕が担当なら
僕の妻以外の誰が最上席に坐る事になろうか？」
しかし妻という言葉を口にした時、競いあう悪魔的な
情念が、彼の乱れた心を激しく掻きたてたので
グズルーンを見ずにはいられなかった。二人の眼が合い
彼がこれまでに見た事のなかった程に彼女は青ざめ、
次いで血のように赤くなった。だが彼は怒って言った、

「あぁ君はそれほどの馬鹿だったのか？　メイドさん、
多分、この宴席に来てもらっている女性、
何事にも立派で高価な物を考えるような女性には
名誉と、男たちの心と、女たちの涙が〔高座の代りに〕
独占的に与えられるのだ」。近くに立つ人びとは
耳が痛む思いがした。キャルタンが大股で歩み去ると
グズルーンの冷淡な笑みは、声に出した嘲りよりも
酷薄《こくはく》に見えた。だがオースパクはげらげら笑い、ボッリの
顔の近くに身を寄せて、大きな囁き声でこう言った、

「いやそれでも、あんた《ボッリ》はグズルーンのために闘わにゃ、
レヴナが花嫁のベッドを手にいれたからと言っても。
我が家の姉《グズルーン》が、昔ヒャルザルホルトへ持ってきた
喜び全てを思うのを止められんと奴《キャルタン》は考えているぞ。
義兄弟のボッリよ、貴殿が大胆に闘わん限り、その先、
レヴナが冷たくなって横たわるのを見る事になるぞ」。

祝宴の初めにはこんな事があったのだ＊。

＊この日、グズルーンやバスステッド邸の人びとはヒャルザルホルトに宿泊か。翌日も朝までは滞在している。西欧の大地主間での訪問は翌日に及ぶ事が多い。

その上、翌日にはこんな事が起こった。

人びとが食事の前に広間で戯れていた時、
大奥様のソールゲルトが自分の近くへ
温和《おとな》しいレヴナを呼び寄せて、当然して良い事だが
ギリシア人の作った驚異の品、美しい王妹の贈物である
あの豪華な頭巾を被る人になれと命じたのだ。
するとレヴナは赤面して、その是非を問いかけるように
キャルタンのほうに眼を上げた。だが彼は何も言わず、
彼女の優しい顔も、深く沈み込んだ考えから、彼の心を
引き上げる事ができなかった。そこでレヴナは自室へ行き、
夫のよそよそしく陰気な眼の下であまり嬉しくないまま、
新たに誕生した星のような姿で、輝きつつ戻って来て
薄暗い広間の遠くに見える高座に腰掛けた。
その時オースパクの眼に見えたのは
姉グズルーンが蒼白になった姿。彼《オースパク》は雑種の犬のように
歯を剥いて、こう呟《つぶや》いた――「信じられんこった、
人びともそう思うだろう、姉さん、でもアースゲイル《レヴナの父》は
泥棒の娘を産ませたんだ。だってあの金の頭巾は
バスステッドのものだぞ、もし伝わった話が正しければ」。

これを見てキャルタンは夢から醒めたかの様子、
松明《たいまつ》のゆらめく光のなかでその金が輝いた時には。
彼は広間を横切ってレヴナの脇へ行き、こう言った、

微笑み小さな声で「おぉ妻よ、君の頭に頭巾がないほうが
もっと好きだよ。そうなんだ、それだけじゃなく
君の兜《ずきん》は、奴らの鞘から鋭利な剣をおびき出すかもしれん、
下の方を見よ、オズヴィッフの息子たちがボッリの周りで
顔を顰《しか》めているのを見給え！ 遠くで嵐がもう
唸っているんだ——いや、君は何も心配する事はない！
でも僕の考えを君に知らせるべきだと思ったんだ」。

今キャルタンの手がレヴナに触れていて、二人の頬が
互いに触れ合っているのに気づいて
グズルーンは不機嫌になり、嫌気がさして顔をそむけた。
心からキャルタンの愛を求めているレヴナの両眼と
さらに多くのキスを痛切に願って震えているレヴナの
柔らかそうな口許は、このうんざりする夜じゅう、
グズルーンの疲れた眼の前に長々と懸かっていた、
そうだ、男たちの歓楽が朝の光で終わりを迎えるまで。

次の話を聴き給え。客たちの帰る朝方、キャルタンは
屋敷のあちこちを歩きまわっていた。
栄えある父の息子として、まさに名誉のためにこそ
客あしらいに忙しく、全てを礼儀正しく終えねばならぬ。
そして客たちが馬に乗る手筈を整えるあいだ、いつもなら
脇腹から話さずに吊していた彼の剣、《王の贈物》を
少しのあいだ、ベッドの上に置きっぱなしにしていた。*

*王からは、決して身から離さないようにと忠告されていた。

客たちが勢いよく去っていったあと
寝室に帰って剣を探したが、なくなっている事が判った。
尋ねてまわる作業は邸内のあらゆる人におよび、
甚だしく面倒だった。その間に肌の黒いアーン、すなわち
強健な《お馬方》の男が頬笑んで邸を抜けだした、
老いた父《オーラヴ》が息子《キャルタン》に、こう話し始めた時だった、「息子よ、
憎しみというものは、生まれたばかりでも
遠くまで聞こえるぞ、我々は憎しみを感じてはいないが。
今、私の心はこう言っている、多くの事を忘れよと、
数多《あまた》の言葉を隠しておけと、沢山《たくさん》の情景をお前の眼だけが
見たままにしておけと。もし私が死と生命の終焉《しゅうえん》のあいだ、
お前が長持ちするのを見るつもりであるならば、
そして命が消えて行き、父さんの眼がかすんでくる時に
生きているお前の手を握るつもりならばと。待って望め。
貧乏籤《くじ》を引くために長い素敵な日々を投げ捨てたりせず、
忍耐強くお前がもし坐っている事ができるならば
世間とうまく折り合う技の優れた男になるであろう」。
　こんな事と他の忠告を父は語った。彼《キャルタン》は優しい目で
これを聴いた、言葉は心を僅かしか動かさなかったが。

だがこの件を二人が坐って話すうちに、肌の黒いアーンが
にこにこして、だが息を切らして帰ってきたのだ、
彼の外套には、何か包まれたものを抱えていた。
「どうだ、何か新しい事が起こったのか？」とオーラヴ。

「短い話です」とアーン。「あっしは遠くまで追跡した、
あのバスステッドの酒食らいがどんな泥棒か知ってます。
谷間のまわりで道が曲がっておる泥炭と青苔のところで、
若造のソーロールヴが皆から遅れていたんでがす。
奴が外套から何かを取り出すのをあっしは見たんじゃ、
その何かを突き刺そうとしたんじゃ、小川が泥炭の
一番柔らかいところを流れてる場所に。そしてまた速歩で
馬で行きよった。そこで奴らにあっしが見えんように、
おっほうてなもんで、その場所まであっしは近づく、
あちゃらこちゃら注意深く覗くわ覗くわ、こうやらかして
ついにこの綺麗なもんを引き抜いたんでごわす。
――けど残念、鞘も値打ちの大きなもんじゃが！ 鞘は
綺麗に消えちょる」。こう言って外套から《王の贈物》を
輝く剥《む》き身のかたちで引き出した。オーラヴはこれを
喜んで、肌黒アーンを十二分に褒めまくった。
だがキャルタンは暗い顔になった。「あぁ誰に判ろう、
剣を取り戻しながら彼は小声で言った、「でもこれで
この不穏な、先の見えない騒動は終わらせられるのか？
よし、少なくとも俺は鞘を捨てたままにしないからな、
楽しみを得た替わりに代償を払わねばならないお前ら
あまり嘆くではないぞ、苦痛と惨めな思いに最も良く
耐えた者にだって、最悪が生じる事だってあるからな」。

頭巾の盗難

どんなにオーラヴがアーンに黙っているように命じても
またキャルタンが、両家間にたまたま
生じる事全てに関して、世間には善良な顔を
見せ続けるのを決して止めないと誓っても、
これは確かである――間もなく、遠く広く
この噂は、この田園地帯一面に伝わった事は。
それどころかこれに加えて、オズヴィッフの息子どもが
ヒャルザルホルトに恥をかかせたと思っている事と
彼らが、彼《キャルタン》を最大に尊敬する人びとが近くに居てさえ
彼《キャルタン》を「泥まみれ剣《かたな》」と、あからさまに呼んでいる事が
キャルタンの耳に達したのだ。だがこれまでと同様に
彼《キャルタン》は静かな落ち着きから揺り動かされる事はなかった。
だから秋から冬至祭《クリスマス》の頃まで何事も起こらなかった。

冬至祭が来るとヒャルザルホルトの人びとはもう一度
バスステッド邸に行くのに忙しく、オーラヴは言った――
「息子キャルタンよ、お前はもう一度私の考えの通り、
勇気のある心で、あの邸でお前を待ちかまえる
面倒な事柄に立ち向かってくれるかい?」

「そうですね」と彼《キャルタン》。「もし人びとの運命が自然に
裏返しになるとか、僕に会わないという燃料切れで
愚かな憎しみが消えると思うのであれば、もはや僕は
バスステッド邸のドアロに近づかないでしょう。
でも僕が行く、行かないにかかわらず
あそこでは同じ話が飛び交う事が、僕には
今、よくよく判っているからには、
全ては父様の言うとおりにしましょう。しかし僕ら二人は
おお父様、その先もう二度とたびたび、この楽しみの宴に
馬で出かけない事にしましょう」。

するとオーラヴは溜息。まるで実際、彼の老いの日々が
いまやどんな結末に近づいているかが判ったような溜息。

こうして今や全ての男が準備を整えたが、女性群が
男性群に合流しようとやって来た時、
ソールゲルトがレヴナに言った――「そうだ、今回は
お前きっと、頭巾を持ってるはず。勇気を出して、お前と
お前の夫に冷たい心で接する連中のなかで、花嫁のように
見えるようにしておやり」。するとレヴナは
義母ソールゲルトの厳しい顔を震えるように見て、言った、
「いえお母様、どんな美しい布が私を頭巾として覆うかは
人びとが話題にする多くの事柄、王たちの勃興《ぼっこう》と衰退、
世界の変わり様《よう》などの話のなかでは、
ほとんど問題になりません。私の箱のなかに、頭巾は
しまっておきます」。彼《キャルタン》はこれを聞き、「君と僕とは
そこで一件落着としてもいい、妻よ。でも本当は
僕が出しゃばった子どもだった時、斧やナイフのような
刃のある輝く品を欲しがった時には、うちの母は
その事で僕と、ほとんど言い争いを
する事もなく、僕はやりたい通りに
刃物で怪我をした。だから母がそれでいいというのなら
《王妹の贈物》を持っていこうじゃないか」。レヴナは
恥じて当惑しうつむいた。ソールゲルトは苦い顔をして
キャルタンに食ってかかった。だが彼《キャルタン》は微笑みを返し、
こう言った、「判ったよ母様、赤みがかった金を
バスステッドの灯りのなかで燃えさせよう。僕は母様の

お考え通り、偉大な男だ。だから奴らは僕への嫌悪を
示すのを避けるだろう、心でどう思ってはいても。
さぁ、気前よく、僕らは僕らの役割を果たそう」。

こうして頭巾は持って行かれた。そしてもう一度彼らは
オズヴィッフの美しい住居のドアに到着し
その邸で十分に楽しく宴に参加したのだ。「彼ら」とは
愚か者、或いは次の週に事がどうなるかを
気にしない連中の事だ――そしてこの宴が最も
盛り上がった時に、レヴナは《王妹の贈物》を被《かぶ》って
花嫁として坐っていた。グズルーンは厳しく冷たい表情で
レヴナの優しい顔をほとんど見ようともせず
キャルタンを一目見もしなかった。むしろ彼女は
ボッリの手を愛情籠めた様子で握り締め
全ての参会者のなかで彼にだけ顔を和らげていた。
するとボッリの精神には、苦痛とこの上ない喜びとが
混じりあった奇妙な激情が生じたので、彼は、
全世界が本来の姿から大きく逸《そ》れて
少しのあいだは自分に嬉しさを与えてくれるのだと思い、
自分の旧来の友《キャルタン》の笑みを眺める勇気がなかった。
彼《キャルタン》は再び自分の男らしさへの喜びと、率直で自由な
勇敢な心とを取り戻した様子を見せていた。それはまるで
彼を包み込み、荒涼たる日々のあいだ悲しげに彼を操った
あの悩みとぐろが、ついに綺麗さっぱりと
落ちてしまったかのような態度であり、
最も苛酷な日々を見事に処理して頰笑んでいるかのよう。

かくて最高潮だった宴は終わりとなった。
しかしついに客たちが帰途に就きそうになった時、
そしてレヴナが、女性の持ち物の世話をする係の女から
あの頭巾を受け取ろうとした時、
――見よ、なくなっていたのだ――レヴナは大いに震えて
入口近くの混みあう人の群を通り抜けて、キャルタンの
ところへ来て囁いた。オースパクが近くに立っていて
唇を噛みしめ、熱を籠めてレヴナを見ていた。
キャルタンは横目で彼を見て、オースパクの顔色が
赤くなったり青くなったりしているのを見、こう叫んだ、
「このままでいい、易々と得た物は易々と失せる。頭巾が
地上にあるなら、レヴナよ、見つかる事を疑わないで」。

人びとは顔を見合わせた。義母ソールゲルトはレヴナを
見つめながら言った、「じゃ奴らは偉大な人たちの贈物を
粗末に扱うんだね。私はね、エギールの血縁の者が
これより値打ちのない品の事で一人、二人を殺す日を

見たんだからね」。グズルーンは彼女《ソールゲルト》の怒りに満ちた顔に
冷静に対抗して「あの頭巾は彼《キャルタン》のものだったの？
それなら彼の思うとおりに、この品を扱わせればいい。
夫の昔の恋人が贈った品を頭に載せられなくったって
彼女《レヴナ》が坐ってるのに小さな損失しかないと思うけど！」

ソールゲルトが応戦する前にキャルタンがこう叫んだ、
「馬のサドルへ急げ！　従兄弟《ボッリ》よ、一緒に馬で来い、
海に近い丘を回るところまでだ。
僕は君《ボッリ》に一言、二言、言いたい事がある、
我々二人が出会ったこの数日間、考えようとして
巧く考えられなかった事だ」。ボッリは顔を赤くして
うつむいて言った、「じゃあ、そうしましょう」。
それから口籠もり、青くなって言うには「今日は
我々二人のあいだに、剣は一振りだけで十分だ。
おう美しい妻よ、《漫遊騎士の剣》を預かってくれ*」。

*ボッリは決闘にもなりかねないと思って、剣を持たずに出かける。

グズルーンは夫を見たが、愛らしい顔は多くの思いで
充ち満ちていた。しかしキャルタンの優しげな目付きは
両人にとって今より幸せだった日々の思い出を蘇《よみがえ》らせた。
彼女は素早く自分の私室に身を引いた。

客たちはようやく馬に跨《またが》り、蹄《ひづめ》の音が
固い道の上に鋭く響き始めた。彼《キャルタン》はオースパクのいる
地上のほうに身を曲げて、嘲るように彼《オースパク》にこう言った、
「君を愛してるぞ――君が死ぬのを望みはしないからな、
だから俺にはあまり会うのを止せ、なぜなら時々俺は
疫病にかかるからな、この疫病が、俺の近くに来る奴を
墓場に連れ込むんじゃ。元気で病気せずに生き給え！」

すると負けん気のオースパクの魂が顔に昇った。
ドアロに引き下がりながら彼の手は、自分の剣の柄を
握ったのだ。その間にキャルタンの高笑いが
爽やかな空気のなかに吸い込まれ、彼の一行は
白みがかった海へと向けて、鈴音高く下って行った。

やがてボッリと二人きりで、黙って
馬を進めた時には、彼《キャルタン》は最後の笑顔を顔から消して、
ボッリに向かってこう言った――
「ボッリよ、我々二人が奇妙な流れのなかを
泳がなければならない事を、君も承知だな。
今日、君は剣を携えてはいない、それに確かに
僕の剣も同様に、鞘のなかに温和《おとな》しく
収まったままだ。――この状態がいつまで続くかね？」

するとボッリは叫んだ、「僕の命が終わるまでだ——
僕が愛だけではなく命まで君から奪う事があろうか？」

「いや待て」彼《キャルタン》は言う、「あまりそれを確信するな、
自分の立ち位置を考えろ、君自身のした事によって、
君は、気性の強い女の貪欲な心と、
危険な愚か者《オースバク》の穢《きたな》らしいそねみのあいだに居るんだぞ。
君に味方が居ない事、君は狂おしい恋の操り人形に
されている事、悪から悪が生じる事を疑うなかれ、
それに、事が始まったとおりに事は終わるからな——
いや、お説教のために君をここへ連れ出したのではない、
むしろ、いろいろ悩みはあっても、昔の日々は
懐かしく僕の疲れ切った心に大切だと言いたかったのだ。
だが今、今日限り、昔の日々と君とから別れようと思う、
君が僕の手による咎《とが》、僕が君の手による咎をどんな形で
耐え忍んでいようと、過ちを許さないわけではない。
というのは僕もまた——実際自分を正しく導けるのか、
それともむしろ苛酷な必要に迫られて
常時僕の手が夢のなかに在るような状態になって
一方で僕のなかにある心が、実現させようとはしない
そんな願望をはっきり見ている事になるのだろうか？
だから、もはや過去の月日におけるように、
僕たちの足許に世界が美しく、秩序正しく存在するとは
今は見えなくなったのであるから、僕らが置かれている
この混乱のなかでは、今日《こんにち》、孤立して、良きもの全てを
剥《は》ぎ取られて、それでもなおこう考えるべきではないか、
互いが互いのためにこんな悪しき日を僕らが拵《こしら》えたと。
僕らの一生の教訓が最後に学び取られる前に
真実と愛が僕らのなかで燃えていた時、僕らが語った
良き言葉こそ、それだけ尊重されるべきではないか、
君、どう思う？　将来の日々は許しの日々だろうか、
人びとは、人生の話全てが語り終えられた時に、僕らが
愛した事は記憶し、敵対を今ほど知らなくなるだろうか？」

それから長々とボッリはキャルタンの顔を眺め、何とか
話そうと骨折り、そのあと言った、「どうしてそんな事を？
これまでより二倍、僕はやるべき事をするように思う、
これまでより二倍、いわば夢から醒めようと努力する、
それは昔幸せだった僕が、それほど下劣で苛酷な状況を
決して現実だと思わないようにするためだ。君の剣が
もしこの先会った時、君の言葉より鋭利でありますように。
そして疑念と争いに、はやばやと決着をつけますように。
命を取っても、僕から多くを取れない事を恐れないで！」

ボッリが身を翻してバスステッド邸に向かった時にも
彼《キャルタン》の言葉は空気に満ちているように感じられた。遠くで
呟《つぶや》く海の声は苦痛からの安楽を語っているように思えた。
それから小さな丘の上でボッリは手綱を短くし、
方向を百八十度変えて、丘のほうを眺めると
キャルタンの身体は山頂の向こうに沈んでいたが
彼の槍がなお光っているのが見えた。
だが今は槍も急速に沈んで姿を消し、
これを見てボッリは、やがて来る終末をそこで待つ事が
できるかのように、ゆっくりと家路を辿った。

レヴナが女たちのお喋りを聞く

こうして日々は何も新たに話すべき事もなく過ぎ行き、
やがて春の季節がもう一度、この田園を訪れた。
その頃キャルタンがベッドに行こうとしていた時、
レヴナが今もなお、うなだれたまま坐っていて
身動きもせず、暫くは話す様子もない。キャルタンは
その時、愛情籠めた風に優しい言葉をかけた。
とうとう彼女は顔を上げたが、その顔では
困惑が少し悲しみに打ち勝っているように見えた。

彼女は言う、「貴方の悲しみは皆、私、知っていました。
でも考えたのです、もし常に貴方が私を優しく忠実だと
思っておられるなら、私も
あまり過度な要求をすまいと。でも貴方は遠くない所に
愛を求めずにはいられない事を全く隠せないのでした。
もし貴方に愛が必要なのなら——これによる私の気持全てを
　理解なさったのなら
貴方は完全な愛がどんな幸せかを私に示すのを
惜しまなかったでしょう。実際には、押し黙って貴方を愛し
　ている女に対するように、
時おり貴方は、完全な愛から崩れ落ちた
パン屑のような愛を私に与えるだけでした。
悲しいわ、私！　このように私は、愛には全く関わる事がで
　きないので
他の女が触れていない完全な愛以外には、女の悲しい心の飢
　えを感じる魂に、
いかに他の何物も慰めを与えられないかが判らなかったので
す。
私は敢えて望んだのです、貴方がこれまでより優しくして
　下さる事を。
それじゃ許して、なお私の願いに満ちた心が、こんな風に
不満を感じているのを。判っています、貴方は私が今、

幸せであると夢みたいな事を考えていらっしゃる事が。

そして私のほうも、そんな見せかけを保とうといつも努力をしているのです。

愛する方よ、貴方の完全でない愛《ハーフ・ラヴ》が、私に、貴方を愛するようにと常に励ましています。

それは有難いわ——でも時おりは——」。


彼女はここまで話すと弱々しい震えながらの笑みは愛の苦しさの前にかき消されていった。

表情が変わり、胸のなかで激情がうごめきだしてついには、激しくしゃくり上げるように泣き始めた。

そして両手のなかに顔を埋めたが
苦痛に満ちた涙が、一時だけとは言え、彼女の心に小さな安らぎを与えた。またキャルタンの両腕を身の当たりに感じても、泣声を抑える事をしなかった。そして長いあいだ彼女の唇は
飢えたような願いを露わにして彼の唇に付いて離れない。

彼は言った。「気の毒に、僕を愛する君。僕らは地上に長く生きて、ついには愛する者と愛される者が、お互いにただ一つの欲望で結ばれるようになりますように。

君は僕に『許して』と言うけれども、むしろ僕こそ許してくれ！　僕の生きている短い時間が、かつては人の生涯で最も長い人生になると僕には思われていた、そのなかで年闌《たけ》けた時の愛を実現すると思っていた。

だがもし今死んでまた生き返り、君の苦しみを安楽にさせるために僕の心全体を捧げる事ができるなら、
僕はきっと短い生涯を選ぶ事だろう。

でもこうではないのか、妻よ、君は僕に、最近見たか聞いたかした事を僕に話したいと思ったのではないか？

きっと何かの偶然によって君の大切な心が動揺したんだ、いつもの穏やかさを失うくらい。君の心を慰め給え、僕ら二人のあいだで、君の恐れと嘆きから遠ざかろう！」


そこで彼女は頭《こうべ》を上げ、「ええ、優しいお言葉、私はね、昨日起こった大きくもない事を話そうと思ったのです、そんな事で貴方を悩ます必要があろうか？　でも貴方の名誉——この言葉を使って良いのなら——がそのなかで問われているのです。でもあまり気になさらないで！」

彼は笑みを見せて言った、「いや、その話が僕の死を意味するようなものであっても、包み隠さず話して頂戴《ちょうだい》！」

彼女は、どう言えば一番良いのか、考えるように、暫《しばら》く坐り直して、こう言った、「良く晴れた日だったので

昨日の真昼に、穏やかな気持で
小川のそばを散歩していて、最後には
大きな灰色の岩の蔭で、身を横たえたのです。
そして運命がそうさせたとおりに眠りました。目覚めると
最初は、さらさら流れる小川の水音だけが聞こえました。
でも聞く力も眼の力もはっきりして来た時、
女たちの声を聞きつけました。
流れのなかに二人の女性が見えました。
私たちの邸の人です。どうやら私に気づいていない様子、
私は低く寝そべっていて、二人の顔は上流を
向いていましたから。私は何の夢だったか、半分は嬉しい
夢から醒めたばかりで、二人の最初の言葉を聞くやいなや
心も乱れ、恐ろしくなったのです。
冷酷な悪に満ちた世界を感じたのです。
愛する貴方、自分の生活を扱うのも難しいと思いました。
これを痛いほど見てしまった。まるで一人だけになって
死んだみたいに世界を見ました。灰色の岩の傍《そば》、
浅瀬のなかで、衣類を洗いながら
二人は立っていました。その声は鋭くはっきり聞こえ、
その顔の上には、楽しそうな、美しいみたいな笑みが
輝いていたのです、激しい仕事をする最中なのに。
おお神よ、その時、何と世界は美しかった事か！」

彼女の顔に赤みが射し、何か恥を感じたかのように
彼女は言いよどみ、「そのあと続いた二人の話はこうです、
仕事の合間を縫うように私の耳に達して
起きあがった私が心配し始めた、だって一人が言いました、
『そう、キャルタンは面倒な争いを皆、うまく終わらせた、
これは確かよ、物事を十分、うまく運んで行くでしょう』。
『うま過ぎるよ』もう一方が言い、「お前、知ってるの？」
『何をさ？』一人目が言い『じゃぁあんた何知ってるの？』
『何ってただ、人が話している事だけさ』。
『あたいだって人の話、聞くよ。あんた何言いたいの？』
一人目は『話はね、もう五月の終わりだっていうのに
キャルタンはじっと坐ったきり、何もしようとしない、
バスステッドの奴らがしでかした盗みのお礼参りをさ』。
『阿呆《あほ》らし！』と一人目。『何でも争いになるんけ、
どう見たって自分の生活をそんなに悪くはせん事で？』
『まぁ聞け、そしてレヴナがこの事に何と言うだろう？
暫《しばら》く前なら、物事は違っていたろうに。キャルタンの弟《ボツリ》が
グズルーンの頭から彼女の愛するもんを、まず取ったり
せなんじゃろう。それでも、今時分《いまじぶん》までに首くくったりも
せなんじゃろう。オースパクもきっと悪さをすまいて』。
『あぁ！』と一人目。『あんた、でっかい事言うの！』
『これをあんたに話す時、本当の事しか言わせんで、

つまりもしボッリ・ソーレイクスソンとレヴナが同じ日に
死んで地面の下に埋められたら、グズルーンとキャルタン、
この二人がどんなに喜ぶかっていう事じゃ。
人びと皆の毎日の言葉から、あたいはこれを引き出した、
《古き友が別れるのは最後の最後》と諺《ことわざ》にも言うじゃん』。

「おお愛する夫よ、これが最後に聞いた言葉です。
というのも私は、二人に気づかれないうちにそっと
その場を立ち去り始め、家路を良く知っている
私の足が、私の身体《からだ》を自分の部屋へ、いつの間にか
運んでくれました。でも私はほとんど道を見ていなかった、
むしろ芝土の下を見て歩いたのです。そこには
誰の物とも知れず見向きもされずに、幾つか骨が散らばり、
一方この私の部屋の近くでは、言葉と笑みとのあいだで
私の知っている二人の胸と胸がしっかと抱かれている、
でも暫《しばら》く二人は別れていざるを得ない。だから私、自分の
生と死、役立たずの、痛恨の誕生を悔やまざるを得ない。
おおキャルタン、昨日今日は、この大地があまりにも
我慢できないと思ったの。貴方の家にいて貴方を見るのが、
そして親切気さえなかったなら、貴方は私が死ぬ事を
願うに違いないと思うと、辛《つら》すぎて耐えられない。
——貴方、この間《かん》どんなに私の顔が、悲しみにやつれて
しまったか、気づかなかったわね、だって退屈な待ち方で
時間をやり過ごさざるを得ないから、貴方は口に出さない
悲しみで、時々顔を厳しく冷たくせざるを得ないんだもの。
——あぁ悲し！　こんな事喋って、許してくださいね、
どんなに心が痛むか考えて！」　なぜならキャルタンは今、
キスに継ぐキスをレヴナの戦《おのの》く顔に、浴びせ続けたから。
だが、二人の腕と腕が絡みあっているあいだにも
愛と同情にもかかわらず、過去の年月について彼《キャルタン》は
考えずにはいられなかった。溜息も涙も浪費され、
数々の希望が灰燼《かいじん》に帰し、誓いは果たされないまま。
そして数多くの喜びが自分の生から失せたと思われた。
そして彼の心は痛切に彼を打ちつけた、彼女《レヴナ》の誠実、
かくも純情不変な心、死のように強い彼女の愛、
神のように優しい愛を思えば、地上の全ての見世物が
彼女の傍を通り過ぎるまでは、何事もそれに報いられまい。*

*レヴナが聞いた女たちの言葉から、次節ではキャルタンが報復行為を実行する。つまり、レヴナへの愛情を実行為によって示そうとする。

キャルタンが頭巾の値打ちに相当するものを、
バスステッド邸から取ってくる

そして今は一、二日、キャルタンは浮かぬ顔をして

あちらへこちらへと歩きまわり、誰に対しても
僅かな言葉しか与えなかった。そしてついにある日、
家子郎党《いえのころうとう》に、自分の武装を確かめよと命じたのだ、
というのも真夜中を二時間過ぎたなら、皆の者は
大広間に集まって、彼《キャルタン》の指令を待てと言うのだった。
またこれを喋る者は誰であれ、それを悔いるだろうという。
そこで広間のほうへ、その夜、彼らは武装して終結した。
レヴナは震えながら横になり、その間にキャルタンは
自分が持っている最上等の戦闘服に着替えをした。
壁掛けの隙間からは、槍が覗くのをレヴナは見た。
彼女の耳には、笑い声も恐ろしいものに思えた。
ランプは赤々と燃え、灰色に明るんできた朝の光と
混ざりあった。＊ それから出かけようとして

＊アイスランドでは、五月にははやばやと夜が明ける。

彼女にキスしながらこう言った、「レヴナよ、この夜、
まず確実に、高貴な贈物を君は受け取る事になるぞ、
君はそれを礼儀正しく受け取るという役割を果たせ、
また君にできる限り、バイオリン弾きや吟遊詩人を
この邸に集めてくれ、こうして歌を歌って、君への
不当な扱いを癒す事になるこの良き贈物を得よ」。
今彼女には問いただす勇気がなかった、貴方は今夜何を
なさるの、どこへ武装した人たちが行くの？ と。
彼女は、こんな武器が響く音全てを引き起こした言葉が
何であったかを知っていると思ったので
これを考えて、心配でたまらなくなり、
愛のために力も強くなった美しく白い腕で
キャルタンにしがみついたが、彼は優しい手つきで
鎖帷子《くさりかたびら》の冷たいリングから彼女の手を引き離した。
語ろうとして開いた彼女の口をキスで封じ、キャルタンは
出かけてしまった。そこで彼女はすっかり力が抜けて
ベッドに倒れ、そこに一人横たわって
夫の戦闘衣裳が明るい朝の光のなかに輝くのを見、
彼の陽気な声を耳にした——彼は叫んでいたのだ、
「おーい、バスステッド邸に向かえ！」と。すると
騒がしい群は広間からがちゃがちゃ音たてて去り、
暫《しばら》くのあいだにレヴナには、早朝の自然の音と、
周りにいたメイドがゆっくりベッドに戻る足音の他は
何も聞こえなくなった。そのためレヴナは
ただ一人、嘆き、恐れながらそこに横たわったが
希望の新たな声が、身震いしながら、機会と犯罪の
荒々しい言葉で、ゆっくりした《時》が演じる驚くべき
進展を告げているのを、聞かないわけにはいかなかった。

その朝バスステッド邸では、皆が起床する前に
角笛が何かを指示する音が聞こえたのだ。
彼らが真っ直ぐに入口ドアに駆けつけると、邸の周りに
堂々とした一団の男たちが来ているのが見えた。
オーラヴの息子たちが六十人の戦闘員を連れて来ていて
あらゆる門とドアとを包囲していた*。バスステッド邸の

＊『ラックサー谷のサガ』では、この包囲は野外にしかないお手洗いを使えなくする屈辱を与える嫌がらせとして描かれている。一千年当時、室内に便所はなかった。

人びとが皆、武装を整えて玄関ドアに行ってみると
邸に向かいあった丘の斜面に、派手やかな縞模様の
テントが張られたばかりで、その周囲に
武具を携えた男たちがいるのが見えた。他の仲間より
背の高い一人の男が数メートルほど、より玄関口に
近い場所に立って、燕尾旗で飾った槍にもたれ、
輝かしい鎖帷子《くさりかたびら》に身を包み、首筋の前には盾を持ち、
盾の、金色の地の上に美しく描かれているのは
神聖なる《神の大十字架像》だった。
彼の金をかぶせた兜の下から、金色の頭髪が
波打つように垂れ下がり、眼は、幅の広い庇に
隠されていた。これを見ると、大きな恐怖が彼らの心に
生じたのだ、彼らの燃えるような憎しみにもかかわらず。
なぜなら彼らは知ったからだ、遅れたとは言え、ついに
キャルタンの力が発揮されて、戦場に出てきた事を。
しかしそれをものともせずに、オースパクはそんな恐れに
屈する事がなかった。他の者たちの前に進み出て、
大声で叫んだ――「この美しい邸のなかに
おおキャルタン・オーラヴスソン、貴様の居場所はあった、
そんな戸外ではなかったぞ。どんな悪行をしでかしたのか、
我が父オズヴィッフが昔ここにあった汝の聖なる座席に
坐る事を汝に禁じたのはなぜなのか？」

背の高い男《キャルタン》は動ぜず、その兜の下から
野太い声が聞こえた、「隠されているこの顔の名をお前は
賢明にも正しく当てたな。もっと賢くなれ！　気分が悪い、
少し死神のような気持で近くに来たのだぞ。
余の剣《つるぎ》の鞘《さや》が、余の意志に反して失せてしまったからな、
なら覚悟せい、剣は剝《む》き出しの刃《やいば》で殺せるのだからな！」

オースパクは右手で槍を高く持ち上げ、
うち振って見せた。だが背の高い男は前方に進み出て
兜を後ろへずらして、顔を見せ、
キャルタンである事を示し、草地の空間を横切って
力強く叫んだ――「賢くなれ、後ろへ下がれ！

いつの日かお前らは、戦闘には事欠かないだろう、
だが気をつけよ、もしひとたび、一滴の血でも流されたら
我が父の息子たちは、お前らの誰一人として容赦しないと
誓いを立てたのだからな！　お前らが自分の命に何かの
値打ちがあると思うのであれば、余が命じるまでは
前に出てこぬようにせよ。その間に余がかつて持っていて
今は持っていないもの〔鞘と頭巾〕の替わりに頂いてゆく、
草地と牛小屋のなかから当然の物を」。こう言い終わると
彼は兜を顔の全面に深々と降ろし、
テントのほうへ向かって行った。バスステッドの人びとは
怯《おび》えて不機嫌に激怒しつつも、再び尻込みした。
武装はしたが【入口を塞がれて】どうしようもなく、邸内に
押し黙って彼らは坐り、侵入者どもが草地の上に牛たちを
呼びながら連れ行くのを聞いていた。邸の高座に
ボッリは坐り、過去の日々への悔やみのために、顔色を
やつれさせて悲しげだったが、あたかも優しい考えに
耽っているように冷静で柔和な顔をしていた。だが時には
自分では気がつかないうちに、夢を見るような表情の上に
険しい眼が現れるのだった。その荒涼たる場で、ボッリは
まるで、正しいやり方や生活など全てが失われる前から
その悪辣《あくらつ》な生き様《ざま》のゆえに、彼が何よりも嫌悪していた
そんな人びとのなかで犯した一つの罪のために
地獄で糾弾されている、誰か死んだ王のように見えた。

　そしてその頃、グズルーンは、静かながら震える私室と
静かながら呪いの心に満ちた広間のあいだを、足どりも
落ち着かないまま、何時間も、歩き続け、その心は
二つの、名付けようのない惨めさへと、割られ引き裂かれ、
この心から冷たい絶望が、今は見事に形成されつつあった。
またオズウィフは、その、嘆きと悪行の邸のなかで
誰にも気づかれずに額に皺《しわ》を寄せて、孤立して坐っていた。
だが彼らが屈辱を浴びている最中に、戸外から笑いと歌が
次第に大きくなって、牧草地の角笛の嗄《しゃが》れた音に混じって
聞こえてきた。彼ら《キャルタン》の祝宴は真昼がとっくに過ぎるまで
一時も静まらなかったが、そのあと少し静かになって
それでも彼らの耳には、牛の鳴き声と人の叫びが聞こえた。
次いで丘の斜面から大声。「バスステッド邸の輩《やから》よ、喜べ、
お前らはこの秋の収穫祭を催す必要はなくなったぞ、
なぜなら確実に、お前らは値も高く手に入れにくい食料を
見つけねばならんだろうから！　オズヴィッフの息子たち、
武器を捨て平和裏に出てこい、我々が危害を加えない事を
確信してよいぞ！」　彼らは少しのあいだ、動きもしない。
すると声は叫んだ――「この邸には命ある者はおらぬか？
お前ら、恐怖のあまり皆死んだか？　おい、出てこい、

出てこぬなら邸の屋根の上で赤い雄鶏*が今日は啼くぞ！」
*雄鶏のとさかからの連想で炎を意味する。邸を燃やすぞ、と脅している。

これを聞くとオースパクは悪態をつきながら床の上に盾と槍を投げ捨て、玄関ドアへ向かった。
すると他の者たちも一人、また一人と、同じようにした。ついにはボッリとグズルーンだけがあとに残された。
その時グズルーンは言った、「貴方は――行かないの？我々をこんなに侮辱した男の名が判ってるの？」

「ああ判ってるとも！」　ボッリは叫んだ、「さよなら！僕についても話が残る事だろう、つまり、外へは行くが、剣を捨てては行かないぞ」。

最後の言葉とともに、名指しした武器を引き出し、入口ドアへ突進した。壁を背にして剛健で背も高いオズイッフの息子たちが立っていたが怒り狂いながら為す術がなかった。今キャルタンは、馬のサドルに、兜をつけずに跨《また》がり、輝かしいその頭髪は五月の太陽に光っていた。彼の兄弟は自分の馬の周りに立ち、丘の斜面の下にある道を多数で歩む牛の群から、大きな啼き声が聞こえた。燕尾旗で飾られた、派手やかな槍が何本も美しい陽光のなか、彼らの周りできらきら光っている、キャルタンの一行は、家路へと出発する準備をしてそこに集結していたから。この時ボッリは、一瞬のあいだそこに立って、世界は美しい、しかし自分にとってはそうではないと考え、こう叫んだ――「おう君、オーラヴの息子よ、出てきて僕と向き合い給え、ずっと前から僕はこの地上にうんざりしていたからだ、今僕には、一つの事だけが価値あるように思われる、君のような男の手にかかって死を勝ち取る事だけが」。

そこで輝く刃《やいば》が陽光のなかで輝いた、そしてキャルタンの兄弟は全てを終わらせていただろう、ボッリが走り出てきたから。だがキャルタンの叫びが刃《やいば》と刃の触れ合うのを横切って聞こえてきた「止せ、刃《やいば》を向けるな、彼の血を流すな。お前らは強い盾で垣根を作りボッリを突くようにして、元の場所まで退却させよ、彼は、死を勝ち取るためにさえ、彼の力は全て無力だとは気づかずにいるからだ。なおも生きよ、義兄弟よ、そしていろいろ困難ななかでも、君に得られる喜びと名誉を得ていいのだぞ」。途中でボッリは動きを止め手のなかで重い刃を振りもせずに支えたが、それは

刃を投げ捨てたいかのようであった。そしてゆっくりと
相手に顔を向けたまま、ボッリは退却し、
やがて再び、ドアロのなかに立ったのだ。

その時彼《キャルタン》は言った、「そう、それがいい、義兄弟よ、
僕の手で君が死なねばならんとしても、何か高貴な戦闘、
何か栄光ある刈り入れ時を待つのがいいのだ、
その時にはお互いに、少なくとも美しい名声を得られよう、
その最後の苦痛が来るまで、神よ、少しの幸せを与え給え、
だが聞けよ、賢明な男《オズヴィッフ》の、盗人《ぬすっと》まがいの息子たちよ！
お前ら威張りちらす馬鹿者よ、なお可能なら悟るがいい！
冬至祭から今まで、長い月日を余は与え、お前らが
必ず払わねばならない借財に猶予を与えたのだぞ。
二倍にしてそれを今、余は取ってゆく、あとに残すのは
大概の人から見て、実際、恥に見えるはずのものだけだ。
――これが余からの婚礼の祝いだ、これを良く考えろ、
お前らの畠でこれは増長したのだぞ、草地の角笛の彼方で
悪だくみを練って坐っていた間《あいだ》に。さあ気をつけるがいい、
これからはしょっちゅう、男らしい勇気が必要だぞ、
もしお前らが平和に暮らしたいなら。おお指令の角笛よ、
大きく澄みきって響け、レヴナが家で待っているからな、
今夜は大広間で楽しくやろうではないか、
どんな事がこの先起こる事になろうと！」

ボッリはなおも剣を抜いたままドアロに立っていた、
その間に、武器の衝突音、角笛の大音声の吠え声のなかに
彼は牛の群が埃を立てる道を登ってゆくのが見えた。
またキャルタンが、しばし一行の最後尾に足を止めて
昔はあれほどたびたび自分の頭上に見たはずの屋根、
その屋根の下の灰色の邸を眺める様も眼にした。彼《キャルタン》が
向こうを向くのも見、彼《キャルタン》が溜息を吐いたと想像しても
当然だった。ボッリは呟《つぶや》いた、「あぁ今日、君の手で
僕が死ぬ事になっていれば良かったのに！」こう言って
剣を鞘に収めたが、不機嫌で困惑した仲間が彼を押し、
彼を肩で突いても、先へ進んで大広間に戻っていった。
仲間どもはちょうど壁を見るようにボッリを眺め、
壁を擦《こす》るようにして歩いた。だが彼らの最後の者と一緒に
ボッリも、平安と和解の希望を捨てながら広間に入った。

夕方、ヒャルザルホルトの丘からレヴナが眺めていると
土埃《つちぼこり》の煙が巻き上がって、ヒャルザルホルト邸に向かって
動いてくるのが見えた。彼女の心臓はどきどきとしたのだ、
この土煙のなかから輝く槍の鋒《きっさき》が進んできて、そして次に
男たちの兜、さらには監視されている牛の群が見えたから。

そこで彼女は夫が最後に言った言葉を思い出し、邸の女たちに一番上等の衣服を身につけさせ、職業歌手たちとともに、道の両側に立ってこの新たな一群を迎えるようにさせた。彼らの角笛は、今、邸の庭園の近くで大きく響き、その間に牛たちは庭園の門の周りに群がった。そのうち牛の群は門を通り抜け邸内の畠を過ぎて邸の壁へと近づいてきたが、その世話をしているのが派手やかに武装した連中。彼らは兜の周りにバスステッドに咲いていた美しい花々を巻きつけ、一方牛のほうも、尖った角、巻き毛の額、喉袋のある首、——これら全てが綺麗な花輪で飾られていた。
次には中庭から、大きな喜びの声が上がり、ハープの音、バイオリンの鋭い響きも聞こえてきて、隊列全てから次々と叫び声が走った。
これを聞いて、老いたオーラヴがドアロまで出て来て自分の息子たちが牛の群から素早く身を離すのを見た。やがてキャルタンもレヴナのそばに飛び降りて両腕を彼女に巻きつけ、叫び始めた——

「今こそ《王妹《おうまい》の贈物》の敵討《かたきう》ちを見事にやったぞ、だって牛の群は君のものだから。僕の手と剣と同様に君から全ての心配と、君、可愛い君を煩《わずら》わす言葉を皆、払い落とすためのものだぞ。おぉ愛する妻よ、僕は嬉しい、間違いなく素敵な生活が今日から始まるのだぞ!」

レヴナが彼を見た。だがこの喜びの場面で自分の心がなぜあまり役割を演じる事ができないのか判らなかった。——なぜこれで十分ではないのか——こんな愛の言葉、愛を求める自分の眼の上に見る彼の輝く美顔だけでは?けれども愛を籠めた叫びとともに、彼の胸の上に顔を伏せた。この情景を父オーラヴが目撃して、低い声でこう呟《つぶや》いた——「女子《おなご》の頭巾と引き替えになる品としては確かに立派な物だ! だけどもキャルタンの青春のため、彼の素晴らしい希望と栄光、良き行いの積み重ね、平安に満ちた私の老後のためには、多過ぎるのはいかん、多過ぎるのは禁物だ。あぁ悲しや、生きながらえてこんな晩年の日々を見る事になろうとは!」

ソールハッラがキャルタンの動静を語る

この奇怪なゲームでの、次の動きはどうなるのか?彼《キャルタン》は後ろに僅かな従者しか連れずに、平気の平左で田園に馬を走らせていた。だがこれまでのところ、オズヴィッフの息たちは敢えて彼《キャルタン》に害を加えなかった。

その一方彼《キャルタン》の手は、彼らから完全には、その敵対を控えはしなかった。かくて日々は宙ぶらりんのまま過ぎた。

そしてグズルーンは？　あぁ、彼女の心中のあの黒点、キャルタンの生活のなかであの人物《レヴナ》が役割を得たと初めて知った時に立ち昇った黒点、またこの新たな女への彼の愛を知った時にさらに大きくなり続けたこの黒点は、今や、自分がもはや彼の記憶のなかに住んでいない事を感じるという以上に確信した時、ついに彼女の生活の全体を覆うに至って、終《しま》いには、心に投げ返された欲望、この挫折した欲望から、紛れもない憎しみの火が燃え上がったのだ。なるほど最初はキャルタンよりむしろボッリと、自分自身と、周りにあるもの全てを呪ったのは事実であった。――ところで皆様、どうなると思われます、この気持が起こったのは、希望がまだ墓に沈む前の事、キャルタンの名に、まだ何かの喜びが付着していた時の事。その次にヒャルザルホルトでの宴があり、ついで頭巾の恥ずべき話が加わり、再び不面目への恐れが生じ、キャルタンのレヴナへの愛をあまりに明らかにする多くの噂が相次いだ。次には、あの邪悪な時間、薄暗い広間に彼女が、震えている兄弟に混じってちぢこまっていなくてはならないあの時間。さらに彼女が自分を愛する男《ボッリ》の高潔な死くらいは見る事ができると期待していた時に、キャルタンはこの男を、全くの力なし、そうとも、死ぬ力さえない男として邸に送り返した。常に、事あるごとに、この嫌らしい認識を学ばねばならなかった、「悪行を行う人びとに貴方《ボッリ》は加わったのね、なら彼らと一緒に生き、死ぬがいい、だって貴方の恋人《グズルーン》の心はもう貴方のものではないから！」　だが至るところでキャルタンの面影が彼女には見えた。夏の暖かい風は彼の手から彼女に贈られてきたようにしか思えず、陸地の縁を打ちつける寄せ波は、どんな時でも彼の名声を彼女の足許に届けていると思われたのだ。夏の景色の全て、音のいろいろ、かぐわしい香り、――これらが全て彼の記憶で満ちていた。来る日も来る日も、彼への思いから逃れる極小の術《すべ》さえない。それと同時に、この同じ男の、憎しみで歪《ゆが》んだ様ざまの表情が、歩みの一歩ごとに待ち受けていた。どんな良い事が起こっても喜ぶ事ができないぶつぶつ不平をいう人びとの声がおなじみのものとなり、ついには争いの考えそのもの、それを望む気持、憎しみの現実化――これが彼女の生活になるしかなかったそこから形成されて、何か獰猛《どうもう》な終末がこの劣悪な状況を閉じてくれればいいという、恐ろしい希求が立ち昇った。

さてある日、彼女の三人の兄弟が広間に坐って
話をしていた。グズルーンは近くに立って
この上なく嫌な気持で、彼らの言葉を聞いていた。
「お喋りのソールハッラ婆《ばばあ》が今来ていたところだ」と
オースパクが言った、「誰について喋ったと思うかい？」

「兄貴の苦い顔からよく判らぁ」ソーロールヴが言った、
「絶対にそれは、キャルタン・オーラフスソンの事だ」。

「よしソーロールヴ、お前も賢くなったな、婆《ばばあ》は言ったぞ、
生まれてこのかた、婆《ばばあ》はキャルタンみたいな美男子を
見た事ない、偉大な王様を恋する乙女の夢に出る美男じゃ、
その男はそう見えたと婆《ばばあ》は言う。『そうかね』と俺は言い、
『いつまでその男はもちそうかの？』と尋ねた。
『あぁそれは』婆の言葉だ、『お前さん方が死んだ後まで。
だってこの里じゅうがこの人の噂で鳴り響いておるわ、
賢くなってこの人の前で恭《うやうや》しく、頭を下げるのが一番さ、
だってこの人はとんでもねぇほど親切じゃそうじゃ。
親切じゃったぞ』と婆は言う、『確かにあたいにもな』。
『判った判った』俺様も言う、『これは馬鹿者の言葉だ』。
『いや、話させてよ』婆は続けて『この人はノルへ行く、
西のほうのノルじゃ、あたいはよう知っておる、なぜって
あたいはノルの近くに半マルク貸してある人物の事を
この美男子に言わずにゃいられんかったからな。
判った、おばさん、と言うたわ。近くを通るからな、
おばさんにそれを取り返してあげると。なんて親切じゃ』」。

「神よ、お喋りの阿呆《あほ》女の眼を見えんようにし給え！」
とソーロールヴが言う、「駄目だ」と兄《オースパック》。「今度はお前、
賢くなくなったぞ。反対に彼女に眼を瞠《みは》らせて、神よ！
情報をちくってくれたんだ、奴《キャルタン》はちょうど三日間、
ノルに滞在するんだと。そこから奴は、豚谷を通って
馬でご帰宅。豚谷はここから近いぞ。我が邸のそばを
大勢のお伴は連れずにお帰りあそばすらしいぞ、せいぜい
伴は二人――奴の思い上がりよ、幸運に見舞われ給え、
この思い上がりから我々に絶好の機会《チャンス》が生じる様《よう》に！
ボッリを先導させ、或いは死なせよう」。グズルーンは
嫌な思いで二人から離れた。彼女の心には、何という
望みが燃えた事か！　あぁもし今回彼《キャルタン》が死なないなら
彼の憎悪がどんな結果を産んだか、事を割って話せるのに。
だがその望みを横切って奇妙な憧れが矢のように飛んだ、
もしボッリがキャルタンの手で斃《たお》れたなら、どんな悔いが
生ずるだろうかと考え始めた時の事だ。さてその日は

やっと彼女《グズルーン》を通り過ぎた、数えるにも長い年月のように。
その感じの源は彼女にも判らなかった。だが翌日になると
声に出して叫んだ、「同じだわ、あぁ毎日が、やっぱり
同じだわ、彼《ボッリ》が今、死んだところで！」*
*言うまでもなく、キャルタンがレヴナと結婚している事実は変わらないから。
自分の声を聞きつけてぎくりとし、炎が頭にいっぱいに
なったように感じた。自分の私室に這うように入ると
彼女は来る時間、来る時間、鏡に顔を映して、
それを見つめ、自分が今、何者なのかと訝《いぶか》った――彼《キャルタン》の
唇がその上を覆った、かつては愛された自分なのだった。
一日の終わりには足が重くなった。
心も消え失せそうになりながら、何時間も動きもせずに
ベッドに横たわっていたが、ようやく朝日が
今や、待つべき最後の日が始まった事を知らせに来た。
そこで彼女は、夢のなかの人のように起きあがって
着替えをした。やがて巨大な黒雲が彼女から
遠ざかってゆくように感じられた。輝く地獄、太陽も
影法師もない明るい地獄でのように、これまでとこの先の
自分の生活をたっぷりと見ると、今彼女に見えたのだ、
この夏の一日が、その正体を暴く事になる行為の姿が。
それから歯ぎしりをして、髪を掻きむしり、
胸を叩いてみたが、こうしても絶望感は軽くならない、
彼《キャルタン》が昔、自分を呼んでくれた可愛い名前を
何度も何度も口にしてみたところで。
それからレヴナの、憧れに満ちた両の眼を思ってみると
彼女《グズルーン》の顔には、恐ろしい笑みが確かに浮かんだのだが
笑みは生まれると同時に消えた――素敵な美しい一日《ひとひ》が
終わると昔思った、彼《キャルタン》との、優しい一時の別れの祭の
希望を残した苦痛へと思いがまた舞い戻った時の事だ。
これを思うと、大きな苦悩が身体《からだ》と魂とを引き裂いたので
この悩みのなかで彼女は全ての事を忘れてしまった。
ベッドの上に、身を起こして坐り、その身は
こわばり、死体のように硬直し、叫んだと思ったが、何も
彼女は音を立てなかった。だが全ての意志が、ゆっくりと
今は彼女から褪《あ》せてゆき、気がつけば太陽が
動きもやらぬ彼女の身体を照らして、より高く昇っていた。
この陽光に打たれたようになって、彼女は
尻込みし、ぎくりとし、少しの間《ま》、目を醒ましていると
広間のあたりに男たちの足音を聞きつけた。
それから羽目板に、手が触れるのを聞いた。すると、
武器類が取り下ろされる音が、まさに魂そのもののなかに
鳴り響いたのだ、そしてあらゆるもの、そうだ、苦痛さえ
少しのあいだ、死に絶えたように感じられた。

とうとう彼女は眼を開き、彼女の顔の上にボッツリの顔をやつれた姿で見たのだった。「行くぞ」と彼は言い、「今夕、日が沈む前に、僕が死んだという知らせを、君が聞く事になるよう神に祈る」。彼女は手で眼を覆った、ボッツリが、鎧兜《よろいかぶと》を身につけて、部屋のなか、彼女の前に立っていたからだ。彼女は眼を瞠《みは》ったが返事をしなかった、まるで実際ボッツリの顔をすっかり忘れたような風だった。だが嘆きに満ちた彼の眼が、さらに彼女に近づくのを見た時に彼女の顔は、生気を取り戻した。

彼から身を遠ざけたが、それと共に、突然、ある考えが身を貫いて生じ、怒りの声を発しながら真っ白な素裸のまま、彼女はベッドから飛び起きた。部屋中に洪水のように押し寄せていた輝く日光のなかで彼女の金髪が煌《きら》めいた。彼の片腕を取るとその眼をじっと睨《にら》み、「あんた、何考えているの？」

彼女は言い、「こんな殺人者《キャルタン》と一緒になぜ出かけるの？

あぁそれじゃ、なお彼の命を助けられると思ってるのね、
あぁあんたは、全ての人に優しくできると思うのね、
あんたも愚か者、先も見えないくせに
自分の邪悪な意志を働かせて、自己満足したいのね？」

彼女の激情のなかにボッツリは、妻が自分に、猜疑心《さいぎしん》を抱いている事を知り始めた。低い声でこう答えた——

「この僕の両手の仕業を、どんな人間が予知できようか？

でも少なくともその結末は、今日の日に判るだろう」。

彼女は後ろ向きに倒れ、それ以上何も見ず、ベッドにすっかり身体を丸めていた。その頭髪は白い身体の上のあちこちに、散りばめられていた。

ボッツリが眺め続けると、彼女が泣いているのが判った。

すると激しい情感が彼の心に湧き起こり、両腕を、二度に亘って、差し伸べて、自分の呪いでもあり喜びでもある彼女をかき抱こうとした。また二度、顔を広間に通じているドアに向けたが、そのあと叫びを発しながら、彼女の上に身を投げ出して啜《すす》り泣きつつ、鎧《よろい》に覆われた自分の胸に抱きしめようとし、歪《ゆが》ませている彼女の唇に唇を押し当て、涙で濡れた彼女の頬の上で呻き声を漏らし、眼にもキスをしたが、その眼は彼を見ようとしなかった。やがて彼の心には、今ついに、自分の不面目のなかに闖入《ちんにゅう》して来た栄光、全世界の非難を一身に浴びてみせるという誇りが生じた。彼は神になった気持だった、もっとも、ついに自分の夢はその終末にまでやってきたと思ったのではあるが。

彼女のほうは、彼を意識せず、両腕は

彼を離れてぶら下がり、引きつった口とこわばった渋面は
彼のためのものではなかった。彼から身を引きはせず、
呪いも祝福も口にする為に寝返りも打たなかった。その時、
彼の燃える眼の前に、もう一度姿も朧《おぼろ》に彼女は寝ていたが。
長い髪は、白いベッド・クロスの上一面に乱れて流れ、
不安げな、低い呻き声のなかに彼女は揺すられていたが。
　荒々しく彼は叫んだ、「おおグズルーンよ、君は敗れた、
だが僕を見よ、僕は一度も勝った事がないんだぞ！」
それから彼は部屋から飛び出し、陽光を後ろに伴って
黒髪の下から光の流れをたなびかせつつ、薄暗かった
広間に入った。しかし彼の顔は極めて異常で白かったので
――魔法使いの技で昼日中《ひるひなか》へ引き上げられた
死人のように見えたので――武装して広間で彼を待ち、
最後の盃を酌み交わした仲間たちは
互いに顔を見合わせて、ボッリから尻込みした。

　広間には今、この殺人を志す一団が集まっていたからだ、
彼らはその後ずっとこの国じゅうで長く呪われた連中だ。
彼らはグズルーンの五人の兄弟と、屈強な男たち三人。
オースパクが言った、「間もなく我々の屈辱は晴らされる、
貴殿《ボッリ》と我々は偉大な男として名声を得るだろう、
バスステッド邸に自由が戻るぞ。さあ来い、貴殿は我々の
指揮官《リーダー》に名指しされたぞ、グズルーンの夫よ、先に立て！
なぜなら今日は我々の《怒りの日》と名付けられるだろう、
我々一家の物語を語る後年の人びとによって。*

＊《怒りの日》《ディエス・イレ》は、本来は神の怒りの日、すなわち最後の審判日。

　仲間は、獰猛《どうもう》で騒がしい紅潮した連中だった。
ボッリは彼らのなかに居て、孤立した怒りのなかで
身を震わせていた。しかし彼の《罪の強固な檻《おり》》は
彼を厳格・強固に閉じこめていた。言葉を発する事なく
彼は死を招く《漫遊騎士の剣》を腰に巻きつけ、
兜を被った。こうして彼らは、決着をつけるために
輝かしい朝の光をかいくぐって出発したのである。

キャルタン・オーラヴスソンの殺戮《さつりく》

さてその日ほどなく、キャルタンはノルから馬で出発。
そして宿の主人ソーケルは途中で、十二人の男を連れて
同行した。この人びととともに彼らは、この西の里から
足早に馬を走らせたが、峠道が広々と豚谷のなかに
広がっているところに来ると、キャルタンは一行を留めて
ソーケルに向かって言った、「ご主人、感謝いたすぞ、
ここまでついてきて下さった事に。だが、

お帰り頂きたい。ここからヒャルザルホルトまでのあいだ、何も恐れるものがないから」。「ですが」と主人は言い、「貴殿が無事に帰宅されるまでに、まだ待ち伏せされる間《ま》が十分にあります。我々はさらに馬を進めよう」。

「いや」とキャルタン。「そんな事は仕組まれまい、私がオズヴィッフの息子たちを恐れて、どこへ行くにも背後に一軍を連れていたとなると、勇気ある人びとは、私にそのような勇気がなかったと言うでしょう、ご機嫌よう、ご主人よ、すぐに引き返していただきたい！　それに、ボッリはなお、私の敵とはまぁ言えないのであの兄弟を押し留めてくれるでしょうから、これをもって安心していただきたい。もしこんな連中が私の父の息子【＝自分《キャルタン》】を打ち倒すなんて事があったならあまりに不思議な話ができあがるでしょう。その上、貴殿がおられなくても一人で行くのではないのだから」。

こう言われて主人は帰途に就いたが、こんな言葉全てを聞いてはいても、この日の成り行きに懸念を抱いていた。キャルタンは谷を登って行き、黒肌のアーン、すなわち以前に盗まれた剣を持ち帰ってくれた男が同道し、もう一人、ソラーリンという男も一緒だった。

三人はいまや谷の中腹にまで駒を進めていた。

さて語り手の私が読み取ったところではその朝、この谷に住む牧場主が、羊飼いや牛飼いを連れて飼っている雌馬と仔馬を見ておこうとして出かけてきていた。この人たちはやがて眼にしたのだ、バスステッド邸の連中が東から馬でやって来て、窪地になって深く隠れた小川の流れに沿って陣取るのを。そこではこの狭い山道が、谷から出る事になる入口のところで、少し南に曲がるのだった。

さて牧場主と羊飼いは陣取った人びとを知っていたので彼らが何をしにきたのか、たいへん心配になった。だが彼らがこの連中の居る深い小川から眼を転じると太陽が、また別の鎧と槍に輝くのを見たのだ、三人の武装した男が、西のほうから馬でやって来たのだ。牧場主たちが、三人のうち最も背が高く立派な人をキャルタン・オーラフヴスソンだと知った時、もはや疑いの余地はなくなった。羊飼いがその時言う、「こんな片田舎で、おっ始まる事になる争い事は恐《おと》ろしいこっちゃ、もし今見るとおりの出遭いと合戦が湧き起こった時にゃ。あん人《キャルタン》は偉い旦那じゃ、気をつけいと言うてやろうか！」

「判った、判った！」と雇主《やといぬし》。「儂《わし》らが叫んだところで
運命が死へと連れてくあんな人たちゃ全部、うんとこさ
楽しげに二つの碾臼《ひきうす》【苦況を象徴】ん間で粉々に挽《ひ》かれて
呪われる、その真ん中に儂《わし》らはおるようにせにゃ。
お前《めえ》は馬鹿たれや、偉い人らの杯《さかずき》だの踏み台にならずにゃ
おられんとはな。人生の喜びを空っぽにされた儂《わし》らは
他《ほか》の者《もん》の慰みにされ、お偉い者《もん》が酔っぱらった戦《いくさ》の時にゃ
その戦《いくさ》のとばっちりで蹴られるんじゃ。来い、道ばたで
近くに隠れて、偉いさんの陽気なお芝居を観てやろうぜ！
だってキャルタンは、海のこちら側では
滅多に見られんすごい剣《かたな》使いやさかいな。
その上、今回は勝ちの見込みはキャルタンには薄いからな。
闘うのは偉い奴ばかりじゃ。ええじゃん、儂《わし》らの楽しみに
お偉い躯《からだ》を叩くなり切るなりさせて見る事にしようぜ！」。

　こうして彼らは山道の曲がり角を滑り降り、できる限り
巧みに道路の傍に隠れた。彼らは次のように語っている。

　キャルタンが谷間の狭い場所に達する前に
ボッリは小川の堤の上の高い位置に横たわっていた、
そのため彼の兜は、道のほうから僅かながら見えた。
オースパクは彼の所へ行き、羊飼いたちは道の向こうから
彼《オースパク》の激しい脅しの言葉をはっきりと聴きとった。
「ここで何やってんだ？　お前の友《キャルタン》に完全武装の我々が
待ち伏せてるのを知らせようと思ってるんだな。
グズルーンの気持を知ってるだろう、それとも知らぬか？
だが知ってるだろう、我々はだな、貴様と忌々《いまいま》しい奴《キャルタン》、
高慢な泥剣《キャルタン》、あの泥棒、王のスパイ、ヒャルザルホルトの
色白女《レヴナ》を、今罠にかけて捕まえてしまった事くらいは。
姉《グズルーン》の旦那よ、もっと身を低くして隠れろ！」

　こう叫んだ時、この獰猛《どうもう》な暴漢の唇から
泡が飛び出した。しかしボッリは立ち上がって言った――
「この朝私が武装したのは、貴殿やその伴連れを
恐れたからだとでも思うのか？　もし貴殿が愛や名誉を
よくご存知なら、なぜ私が貴殿らと共にここにいるのか
少し訳を話そう。もし私が、かつての友キャルタンを
今日、救おうという意志を持っているのであれば
何が待ち伏せているかを教えるなどという手段とは
違ったやり方を使える事を考えていただきたい！
私が彼《キャルタン》の味方となってどうなる？」「早く隠れろ、
黙っていろ！　でないと聞きつけられ、見つけられるぞ」。
というのもキャルタンは極めて近くに来ていたので、
羊飼いたちにはくつわのはみが鳴るのが、風に乗って

聞こえてくる程だった。北欧大神《おおかみ》オーディンを讃えて
作られた歌を歌いながらキャルタンは進んできた。
この、日の照る朝、陽気で何の心配もしていなかった。
だがその時、バスステッド邸の角笛が指令を発した。
キャルタンは素早く手綱を引き、あたりを見回した。
この時、待ち伏せていた者たちは溝から飛び出し、
彼《キャルタン》らのほうに向かった。あの三人は馬から跳ねて降り、
キャルタンはあたりを一目見て、素早く先に立って
道ばたにあった岩のほうに向かい、その岩で
彼らを追いつめられた状態に陥らせた。

羊飼いが言うには、彼《キャルタン》はこの上なく高貴に見え、
「これ以上恐れのない人は一度も見た事ぁない、
でも注意深い彼《キャルタン》の眼がボッリを見た時にゃ
表情が、言葉で言えんような変わり方をしたんじゃ、
最初は両手をだらりと下げ、全てはお終いじゃ、
これが最後じゃと考えておる風でござった」。「それでも」
と牛飼いが言う、「間もなく顔が明るくなったんでごわす、
強そうな手から笛みたく音たてて槍が飛んだっす、
するってえとソーロールヴが音立てて道に転がりよった、
彼《キャルタン》が大声で『泥棒め、鎧が重すぎてへたりこんだな、
この話から一人が消えたわけだ！　私は聞いた事がある、
もっと多数を処理して、戦いに勝った話を、な』」。
暫《しば》く沈黙が続き、鎖帷子《くさりかたびら》の音だけが聞こえた。それから
道に土埃《つちぼこり》をたてて敵たちは襲いかかってきた。
「そして」と羊飼い。「少しの間、その場には
めちゃくちゃに縺《もつ》れた剣がぴっかぴか。
そのぶつかる音の合間から時々、聞こえるんじゃ、
槍の先、剣の刃がぐさりと刺さった時にゃ、キャーとか
呻き声とか、息を切らした叫びとかが聞こえたんじゃ。
ところが一人だけ、剣も抜かずに、死神みたく青い顔して
棒と棒のぶつかるのを見ながら立っとったんがおった、
これがボッリ・ソーレイクスソンじゃった。このあと少し
滅茶な試合に小休止があって、バスステッド側は撤退じゃ。
なおもあの三人、儂《わし》の見た限り、傷も負わずに立っとった。
じゃがバスステッド側は何人か血を流しとったと思うわ、
皆立っとったけど。するとオースパクが大声で言うた――

「『おいボッリ、我々にどんな預言をするつもりだ、
だって貴様は預言者みたいに傍に突っ立って、
自分の側が退却するのをただ見てござる。それなら俺も
賢者になって、事がどうなるか預言してみせよう――
もし貴様が今日、血の付かない剣を持ち帰ったなら貴様は、

冷たい夫婦のベッド、恥だらけの食卓を得る事になるぞ、
その上、何日も経たぬうちに、追いつめられた犬の墓も！』

「だがそう言われてもボッリは一言も言わず、
鋼でできたみたく立っとった。そよ風がよう、
ボッリの長い髪を兜の頬に吹きつけて、真っ赤な上衣を
煽《あお》いどった時にもな。『時間の無駄だぞ』別口が叫んだ、
『もしボッリがこんな態度でいる事を選ぶのなら、
この男《キャルタン》を殺したら、ボッリに我々を征伐させようぜ』。
彼らは強情にも、再びこの試合に取りかかり始めたんじゃや、
暫《しば》くやっとったが、今は儂《わし》には見えたぞ、オズヴィッフの
息子たちはソラーリンとアーンのほうに近づき、先頭のが
この襲撃隊のなかからぴょんと抜けだしよって、西に
走り去ったぞ。続いてオズヴィッフの息でない強そうな
二人の男が後を追ったんじゃ。この時、肌黒のアーンが
負傷して死によった、と儂は思うた。だがその上に倒れた、
オズヴィッフの甥のグズラーグじゃ、キャルタンに片足を
剣でちょん切られて。それからまた再び、
この鋼の雨が、少しの間、止んだんじゃ。
次には四人がかりで猛烈に彼《キャルタン》めがけて攻撃じゃ、
暫《しば》く続いたが、結局退却。そして儂《わし》には見えたんじゃや、
高潔なキャルタン様、鎖帷子《くさりかたびら》が破られ、
盾は低く垂れ、剣の刃がぼろぼろに曲がり、
息をはぁはぁ。じゃけんど傷一つ負うておらなんだ」。

ボッリは、何かの魔力に固く縛られて、何事に対しても
自己の意志を持っていない男のように立っていて
待ち伏せ男の一団にも一度も眼を向ける事なく
眼を転じてキャルタンを一度とて見もせず、
自分と向かいあう、草深い緑の丘の斜面を
じっと眺め続けていた。それはあたかも彼が、
その斜面が、恐ろしい夢のなかのように二つに割れて
その内部から何か驚異の者どもを産み出して
彼らが摩訶《まか》不思議な方法で大地を変化させ、この一日を
無に帰《き》してくれると考えているかのようだった。しかし
彼が立っているとオースパクが血で染め上げた手を上げ、
ボッリの顔を叩き、大声で言った、「家に帰れ！
気乗りのしない裏切り者、貴様、来た時と同じ姿で
俺の血をグズルーンのところへ持ち帰れ！」なお一言さえ
ボッリの青ざめた唇からは漏れなかった。漫遊騎士の剣も
鞘に収まったままだった。オズパックは言った——
「彼《キャルタン》が既に得ていた、一番美しい者《グズルーン》を騙《だま》し取るのを
恐れなかった貴様が、今は恐ろしすぎて、彼《キャルタン》の顔を
見る事もできなくなってしまったのか？」彼には聞こえず

あるいは聞こえないふりをした。だが今、大きくはっきり
キャルタンがその高い場所からボッリの名を叫んだ。
この名の最初の一音を聞きつけるとすぐにボッリは
あちらこちらに顔を向け、当惑した、不幸せそうな表情で
やがて林立する槍のあいだにキャルタンと眼が合った。
すると彼《ボッリ》は口許を震わせ、左右に身もだえして
鎖帷子《くさりかたびら》を着込んだ手で顔を隠し、
中風で半身不随になったかのようにわなないた。その間に
勝敗のまだ決しない戦野に、高い場所から彼《キャルタン》が叫んだ、

「そうだ、奴らの言う通りだ！　そんな身動きもしない
態度は止めよ。おぉ血続きの義兄弟よ、昔の最愛の友よ、
今も、十分に許されている友よ！
近くに寄れ、来い、僕の顔が見えるように。それから、
剣を抜いて、君の喜びの日々をあれ程穢《けが》してしまった
この馬鹿者を突き刺して、地上から抹殺せよ、
グズルーンの傍で、長い長い愛の日々を勝ち取り給え！
僕の生は穢《けが》されている、なぜ僕はこれ以上永らえるべきか、
君を悩ませるために、友よ？　幸せな生のために突け！
この争いを、君が遠くから見てはいられないだろうと
僕は言ったのだ。家にいて君を待っている人の事を
考え給え。グズルーンだ。僕自身の恋人だ、さぁ急げ、
かかって来い、真昼の太陽は僕には明るすぎる、だから
僕は、休息に満ちた夜に憧れているから！」

牧夫が言う、「ボッリは今、両手を下ろしていたんじゃ、
顔を全部、気難しそうにしかめておった、心配と恥の
ためじゃったろう。キャルタンがあの最後の言葉を
語る前から、ボッリの手は剣に触れていた。
なお震えながら、ボッリは剣を鞘から抜き、
輝く陽の光が、運命的な死の刃に沿って輝いたんじゃ。
オズヴィッフの息たちでさえ、今は震えていた、
荒れ狂う眼と重い足どりでボッリが、ゆっくりと
キャルタンのほうに向かった時じゃ。儂《わし》の心臓もどきどき、
息もようでけん程じゃった。だって恐《おと》ろしい決闘を
見る事になると思ったからじゃ。真昼の風が
丘の斜面を吹いていた。どこか農家のドアの近くで
遠くの猟犬が吠えとった。灰色の雌羊の啼き声が
その近くに響いとった。けんど、その重い足どりの音と
鎖帷子の鎖の環《わ》が微《かす》かに鳴る音が、儂《わし》の耳に
届くほかの音をみんな消してもうた、
二人のあいだが、次第次第に狭く近づいて来た時にゃ。
儂《わい》は、結末が判っている者のように目を閉じたんじゃ、
けんどしかたなく、すぐにまた目ん玉開けてみたら

その日は何ちゅう厄日《やくび》か！　助けを求めても無駄みたく
キャルタンは周りを見たんじゃ。それから盾を持ち上げ、
大地が沈んで行く時でも、絶対に負けはせんというふうに
剣を構えたんじゃ。だけんどちょっぴりのあいだ
彼《キャルタン》の顔の上に、わななくような笑みが浮かんだ、
ボッリの恐ろしい顔を彼《キャルタン》が覗き込んだ時のこっちゃ。
するってぇと儂《わし》は気が滅入った、呆然としたんじゃ、
二つの剣の輝きが見えたが、二つは交えられんのじゃ、
そして聞いたんじゃ、キャルタンの叫びを。『僕にはな、
このまま生き続けるより死んだほうがやはりましだ、
悲しや！　友よ、やらねばならん事を仕遂げ給え！
おお、見とられずに死ぬぞ、さらば、さらば、さらばだ！』
「彼《キャルタン》の槍も剣も音立てて道に落ちたんじゃ、
槍と剣が、血塗られる土にほとんど触れもせぬうちに
盾を使わない彼《キャルタン》の脇腹にあの剣が突き刺された。
眼を離せずにいた儂《わし》は、キャルタン様が
倒れるのを見て、身を横たえたまま金切り声で叫んだ、
じゃが、誰も儂《わし》の声に気づかん。だがボッリは地面の上に
身を投げ出したんじゃ。彼《キャルタン》の上にうつぶせになり、
彼《キャルタン》の頭部を持ち上げ、それを膝の上に抱きかかえ、
大声で嘆いた、「何と！　君に僕は何たる事をしたのか？

それじゃこの仕業《しわざ》のために僕は生まれていたのか？
これが、今朝僕が求めていた結末だったのか？
僕は言ったのだ、《今日僕は死ぬ、今日僕は死ぬ、
人びとは言うだろう、確かに奴は悪事をはたらいた、
だけど生きていても喜びを得た事がなかった、
だからはやばやと奴の命は飛び去った》と。
僕がこの胸に刺されて、グズルーンのために、また
貴君のために受けるつもりだった貴君の高貴な剣は
どこに行っていたのか――おぅ友よ、僕を忘れたのか？
あと一言を言い給え！」　しかしキャルタンは答えず、
ボッリは言った、「では貴君は許してはくれないのか？
僕がなお生きなければならない苦しい日々を
考えてくれ！」　これを聞いてキャルタンは眼を開き、
立とうとするかのように寝返りを打ったが
立てはせず、ボッリの顔をじっと眺めて、眼がすでに
どんよりし始めていながら、喘《あえ》ぎつつこう言った――
「さよなら、太陽の下《もと》にある、汝、喜びに満ちた生よ、
浪費してしまった汝の贈物――さよなら、グズルーン！」
言い終わると元どおりボッリの胸に彼の頭は落ちた、
ボッリは彼の手を取ろうとしたが、彼は死んでいた。

「そのあとその場には長い沈黙があって、ほとんど儂《わし》らの吐息が互いに聴き取れるほどじゃった。やがて静かに、殺し手は殺された男から身を起こして自分の剣を取り、それを鞘に収め、一行に命令する権限を十分に得た者のように、オズヴィッフの四人の息子に次のように言うたんじゃ——

「『ここに我々は偉大なる人物を大地へと斃《たお》した、この行為には何の勲功《くんこう》もない、本当の話だ、なぜなら、私の剣ではなく、彼の偉大な心が彼を斃《たお》したからだ。この行為からどんな報酬を、今後我々が得るのか、私には判らない。ここに横たわるこの人物は生涯において数多くの人びとに、真《まこと》に大切に思われた。同様に、彼の友であったこの男、彼の命と愛をむごたらしい結末へと追いやった此奴《こやつ》にも貴重だった。私はこの人殺し集団のリーダーであるから私の命令に従っていただきたい、バスステッド邸に帰っていたるところで、私をキャルタン・オーラフスソンの殺害者として名指ししてくれ。またここへ連れてこい、このご遺体を我々の館へ運び込んでくれる人足《にんそく》を。それから各々が彼の顔を隠すようにさせるがいい、なぜならこの災いの日から君たちの生を遠ざけるのは難しかろうから。その間、私はここに留まっている、まだご遺体の傍では、一人になった気がしないからだ』。

「オズイッフの息子たちは家路に向かい、彼らが去ると儂《わし》らはこっそり逃げ出した。丘の上に来て見下ろすとボッリ・ソーレイクスソンがじっと立つ姿が見えたんじゃ。前と同《おん》じ場所に立って、殺した人にまだ顔を向けけんかった。こうして儂《わし》らは、元の仕事に戻ったがの」。

牧夫はこう語った。ずっとずっと昔の事、灰色坂のある谷間のなかで起こった、この悲しい戦闘の物語を。

キャルタンが遺体となってバスステッド邸に

人びとの話——現場から遺体をバスステッド邸に運び込むための人足は、ボッリが、空に向けた死者の白い顔を覆うようにして呟《つぶや》いているのを見たという。一行が近づいてきても彼が注意を払う様子もなかった。そこで彼らはボッリの横に立って、彼の呟《つぶや》きを聴いた。

「ひょっとして貴君はもうすでに、我々から遠く離れているのだろう。今後の日々に我々に降りかかるかも知れぬ事を全く気にかけもせずに――
――あぁ哀れ、哀れ！――だがひょっとしたら、貴君は
至福の生に入ってしまったとしても
その偉大な心の価値ある部分はなお近くに留まり、
僕の弱々しい声を、幾分かは聴く事ができるのでないか。
それでも僕は貴君の許しはまず求めはしない、親友よ、
我々の友愛が、このように終末を迎えたからだ、
だがむしろ今、この友愛は、実際、新たに始まるのだ。
しかし過去の長いあいだ、僕の唇は良き事も真実も
語らなかったとしても、貴君に向かって今、語らせてくれ、
もし天界の黄金門を過ぎたあとでは、貴君は自由で
平安に満ち、幸せだというのが本当であるならば、
そして貴君には、《時》は消滅し、一千年彼女を待っても
その長さを苦にしないというのが本当であるならば。
おお死せる友よ、僕の心に、ある考えが浮かんできたのだ、
貴君は臨終の言葉のなかに彼女の名を語った。だから、
今なら貴君は、僕の魂に、いかにして憧れが生じたのかを
知り得ているだろうから、僕の心に、甘い甘い愛が
貴君への怒りと初めて混ざりあった昔のあの時を
それでも許してくれるのではないかという考えだ。
彼女へのその愛と、僕の昔の退屈な、慣習的生活が
全く弱々しく、全く虚しく闘っていた――貴君は僕ほどに

あの大切な喜びの値打ち全てを良く理解しているかい？
キャルタンよ、彼女は貴君に対して心を変えている、
そうだ、希望が失せたのだから、僕への態度も変えた！
もし、新たな信仰が教える美しい天国でついに我々三人が
互いに相手を許し合って、出会ったとしたならば
我々はどうする？　貴君と神とに僕は祈る、
もし次のようにしか僕が考えを纏《まと》められないのであれば
今日、この事を僕の罪だとしないで下さいと。
つまり、友よ友よ、至福のなかの貴君に僕が出会った時、
貴君は僕の恋人グズルーンを僕に与えてくれないか、
なぜなら、今はっきりしてきた貴君の眼に見えるだろう、
世界中で僕こそが、誰よりも彼女を愛している事実が？」

それから彼の声は低くなったので、少しの間その言葉は
聴き取れなくなった。次いで彼はもう一度、嬉しい夢から
目覚める人のように、こう語った――

「馬鹿な話、地獄に陥るはずの僕が天国を語るなんて！
僕は日々の変化を語っている、悲惨な状況からの変転が
今はいかに望み得ない事かを嫌というほど知ってる僕が。
僕は時間が無となる事を語っている、実際には僕にとって
実世界の分秒は、何年かの経過でしかなくなるというのに。

僕は愛を語っている、僕の生活が今日直面せねばならない苛酷な憎悪に、いかに耐えねばならないか知っているのに。僕は貴君の事を語っている、貴君が世を去ったのを知り、決して帰り来て僕を助け憐れむ事がないと知ってるのに」。

こう言うと彼は顔を上げた。棺台担《かつ》ぎの人たちは見た、彼が立ち上がって、何も見ていない、恥じ入ったような奇妙な眼をして、その人たちの後ろへそっと身を引くのを。その間、人たちはその遺骸を棺台に担ぎ上げた。それから全てが整うと彼らは、バスステッド邸へとまた戻ったのだった。だが、まるで、自分たちと一緒に、アイスランドの心が死んで運ばれているように彼らは哀悼を捧げていた。しかし、畏敬の念と憐憫の情でボッリの顔を眺め、人びとは彼の眼つきを決して忘れられないと思わずにいられなかった。

だが彼らが、日没に近い頃、館に着いた時、玄関ポーチには背の高い黒い人影が立っていた。その厳しい、青ざめた顔は、覆い被《かぶ》さる頭巾の下だったが衰えかかった日光が足許には射していたにもかかわらず、ポーチの影法師のなかで、全く冷たく灰色に見えた。人びとはその先どうなるかと思って震えた、なぜなら、その灰色の顔は、グズルーンの顔だったからだ。それに彼らは広間を通る度《たび》ごと、一日中彼女が怒鳴り散らすのを聞いていたからだ。帰ってきた時、彼らは入口から数メートル離れた場所で足を止め、恐れを感じつつ、次には何が起こるかと待っていた。だが彼女は低い嗄《か》れた声を発してこう言った、「いや、ここへ入って下さい、戸外ではこの夕べ、あまりに変化と動揺があります、だから休息が肝心——大事ですよ、もし少しでも休む事ができるのなら。広間には今、父オズヴィッフ以外には誰もいません。父はあまり喋らないでしょう、私はと言えば——ご覧、私は気弱になっているのよ、父をあまり責められません」。彼女は脇へどいた。彼らが、彼女の表情を見るのを恐れながら薄暗い広間を通り抜ける時には、暗くなった蔭が彼女の黒い衣服を隠していた。全員の一番後ろからボッリが入った。ポーチにはぶつかった。しかし彼は広間の真ん中で足を止め、黙ったまま向きを変えて彼女の顔を探して言った、「君の意志通りにやった、それで十分かね？　君は僕同様に、十分孤独かね？」彼女は全く一言も語らなかった。今や、彼女の顔には憎しみは見えなかった。「君のために僕はそれをやったのだぞ、グズルーンよ。僕の苦々しい恥と苦難が僕の心を押し潰して死なす前に、一言だけ

僕に何か言ってくれ」。彼女は彼が震えながら
立っているところへ手を伸ばしたが、
彼に触れる事はなかったので、彼に向かって何かの同情を
示すつもりがあるのかどうか、あるいは彼女自身の
怒りの心から、さらに遠くへ突き放したいのか、
彼には全く判らなかった。というのも、
今はあの人びとが広間からどやどやと出てきたからだ。
ボッリは彼らを通すために壁のほうに退き
最後の一人が過ぎ去ってしまうと
幽《かす》かな夕明かりのなかに一人突っ立ち、グズルーンの
あとを負う勇気もなく、半ば死人のようになって
そこで聞き耳を立てたが、自分の呼吸と、迫ってくる夜の
小さな雑音しか聞こえなかった。
あまりに長く立っていたので、ポーチのほうから
月がその光を投げかけた。しかしなおも、音といえば
自分の鎖帷子《くさりかたびら》の環が、身をよじるたびに聞こえる音だけ。
「あぁ、彼女は嘆きのあまり死んだか。さもなければ
ここへ来て何か一言くらい僕に声をかけそうなものだ。
だって僕はこんなに彼女を愛し、愛しているのだから！」
呻きに似た声で彼はこの言葉を叫び、蒼白い月光のなかで
鎖帷子の音たてて身をよじった。だがちょうどその時、
静まりかえった広間から、一つの金切り声が突然起こった。
するとポーチへと急ぐ多数の足音が聞こえ、
新たに灯された松明《たいまつ》の赤い炎が見えた。
そこで、名状しがたい恐怖と戦慄に襲われて
彼は月の照る戸外へと、逃げるように出て行った。

殺害の後、ヒャルザルホルト邸での人びとの言動

さて次の朝、オズヴィッフは広間で待っていたが、
その間に、彼の使者たちが、遠い、遙かに離れた所へも
助力を求めに行っていた。その悪運の手が昨日の日を
もたらした他の全ての人も身を隠して横たわっていたが
ボッリだけは別。だが彼について言えば、その朝戸外から
戻って来た時義父《オズヴィッフ》は、やつれ果て面変わりした彼を見て
恐れを感じながら彼の名を呼び、こう言った――

「娘婿《むこ》よ、身を隠さないとはお前も剛の者だな！
だが考えろ、オーラヴは力の強い男だぞ。
お前のこれからの生活は苦しい暗いものにはなるが
――これは当然だが――でもお前にはお願いしたい、
少なくとも私の老いる年月に、我が家の一員で居てくれ、
そのために生きていてくれ」。するとボッリは頬笑んだ、
死人の頬笑みだったが。「私は誘い込まれて早い死を

望んだりしません。カイン*がたいへんな長命だったと
語られているではありませんか？」

*弟アベルを殺した男。アダムとエヴァの長男。旧約聖書「創世記」四章。

　こう言って彼は座席に沈み込み、
顔を隠した。しかしその時、大急ぎの足音が
ポーチに響いた。やがて一人の使者が入ってきて
こう告げた――「オズヴィッフ様、ご機嫌よう！
ホウリフェルから正しい情報を携えて帰着しました。
ずる賢いスノッリは、この問題で我々を助けるような事は
ほとんどしてくれる気持を持っていません。彼が言うには
この行為はこの上なく邪悪だ、貴殿《オズヴィッフ》の息には
この国中で得られる以上の助けが必要になろう、と。
だが同時に言うには、自分は手をつかねている事はない、
金《カネ》で和解が得られるなら、それがお役に立つなら、と」。

「判った、了解」とオズヴィッフ。「これが初めてでは
ないのだ、スノッリが好機を待つのは。彼は誰のためにも
自分に首縄《くびなわ》を巻かれる事には巻き込まれん奴だからな。
ご苦労、向こうで食事を。ところで次の使者よ、貴君は
どこから帰ったのか？　既に憂鬱な顔をしてるが」。

「ホワイト河からの伝言を運んで参った者でごわす。
あそこではアーウヴン・フェスターグラムが
船に荷をほぼ積み終わったところでしたが、こう言った、
自分は深い海を僅かにしか怖がらない人間ではある、
また、悪魔とやらも全然恐れはしない。
だけども地獄の門の前でなら、貴殿《オズヴィッフ》の息子たちより
ましな人びとと一緒に懇願したいな、と」。

「よし」オズヴィッフは言い、「そんなに死を恐れぬか！
私の眼は節穴ではない、奴の真っ黒な船の舳先が、密輸の
シェリー酒を荷降ろしするのが見えるぞ。次の使者は？
どうやらまた悪い知らせか。我が友、ハウスクルドの息は
何と答えているのか？　結局はどうなるんだ？」

「オズヴィッフ様」と男。「お怒りにならないで下さい、
ヒャルザルホルトへ昨夜、公然とは正反対の姿で
入りこんだ事を。物事がうまくいかぬ時に、館から館へ
ちょうど物乞いに出歩くような風にして入ったんです。
館の使用人のあいだに坐り込んで、彼らの態度を知るに
十分な時間、聞いていました。オーラヴは（もう老人に
見えます、今は実際）すっかり参って青ざめていました。
高座に居ましたが、彼の身振りから私が見ましたところ、
赤い、どんよりした眼は、それまで泣いていた様子、

眼はまだ乾いてもいなかった。でも食卓の向こうに
母ソールゲルトが居て、その上衣の下から、剥き出しの
剣が光っているのが見えた。彼女の周りには息子たち。
彼女は息子ハルドールに一度囁いて、
オーラヴのほうを見ました。ハルドールは鞘から剣を
半分、引き抜いていて、それから息をひそめて
何か喋った。するとオーラヴは広間を見渡して
キャルタンの席に眼を転じると
彼の口は引きつり、そのままじっと見てはいましたが。
ビーカーに手を伸ばしたかと思うと、ぐいと一飲み。
そして大声で『皆さん、さぁ飲んで下さい、
アイスランドが産んだ最も偉大な男への乾杯です!
息子よ、お前が今夜、我が家の宴に、嬉しい話を
携えて来てくれなかった事に私は我慢できん。
けれどお前は、あの世で最も気高い人びとのあいだで
きっとうまく時を過ごしているだろう。彼らは身を寄せて
坐ってはいないから、お前の坐る余地はあるだろう。
それに彼らにとってもこの夕べは楽しい時に違いない、
お前が彼らに加わったのだからな――できる事なら、
おぉ息子よ、息子よ、私もそのお仲間になりたい!』
「手は伸ばしたまま、眼が坐ったまま、じっと見る、

その様はまるで、彼が口にした人物の他には誰も、広間に
いないかのようでした。その間に、叫びや盃の音をたてて
全ての人びとが、世を去った一人のために飲んだのです。
そしてこの騒音に混じって、私には見えたのです、
少なからぬ人たちが鞘から、輝く剣を引き抜いたのを。
キャルタンの業績が語られるあいだに聞こえてきたのは
低い声ではなく、叫ばれる数多くの脅し文句でした。
その一方、剣ががちゃがちゃ鳴るこの場の騒ぎとともに
母ソールゲルトの顔に、白熱した怒りが募って来て、
怒りが彼女を長らく黙らせていました。その時見えたのは
女性用の部屋から近づいてきた一つの黒点、顔は白く
手も白い一人の女。女は心配げな顔つきで、広間のドアを
変わる事なく見つめていました。一度か二度、
がっちりしたドアの板が風に打たれて
振り動かされた時には、半ば希望に似た表情が彼女の顔に
現れましたが、間もなくそれは褪《あ》せて行き、替わりに
見えたのが苦悩の跡。まるである人の顔が夜のなかから
現れるのを期待して、その後《あと》全てを思い出した風でした。
これを見ると私の心に、大きな同情が湧き起こったのです、
だってこれがレヴナでしたから。次いでこの上なく静かに
彼女はオーラヴの近くへ歩んで、溜息とともに
義父オーラヴの横に坐ったのです。時々、

館の人たちがキャルタンの名を大声で語ると
熱心に聞き耳立てる様が彼女の忍耐強い悩みを明るませ
その後《あと》もう一度、重そうな頭を垂れてしまい、
泣こうとして泣けなかった。暫《しばら》くすると
彼女は眼を上げて、義母ソールゲルトの、軽蔑に満ち、
獰猛《どうもう》な、そんな笑みを見ました。義母はその時立ち上がり
銀のカップの上に手を載せて、上衣の下から
宝石で飾られた剣を引っ張り出して
音立ててそれを樫材のテーブルの上に投げ、
広間の騒音のなかへ澄んだ声を高々と響かせました。

「『仮に昔の神々が、キリストとミサによって殺され、
或いは追放されたとしても、私は居残っているからね、
弓のエギール*の娘だからね、北欧神話のエギールと同様、
強い心を持っている。それに関して、仮にアサ・トールが
生きていた事がないとしても、またこの国にもはや男が
いないとしても、ここにあるこの《王の剣》にかけて、
またトールが持っていたこのカップにかけて、私は誓う、
あの嘘つきの義兄弟《ボツリ》を、三度の夏がまだ経巡《へめぐ》らないうちに
生かしてはおかない事をだ、仮にもし、私の手しか
奴を、その終わりの日へと斃《たお》す事ができないとしても』。

*弓の名手。次行のトールは北欧神話の雷と戦争の神。

「これを聞くと厳しい叫びを彼女の息子たちが、広間を
横切って送り届けた。そして力強い轟音が邸の仲間中に
湧き起こったのです。レヴナはオーラヴの脇にぴたりと
身を退けていました。だが彼は、最初は何も言わず、
叫び声と武器や剣の鳴り響きが、彼の夢を横切って
過去の日々の何かのイメージをもたらすまで沈黙し、
そして眼を転じてレヴナのほうをじっと見やり、
彼女の柔らかい髪に手を置いて、それから顔を回転させて
酒に酔って赤い顔の騒がしい男たちに向かい、
力強い声で、叫ぶようにこう言ったのです——
『怒鳴り立てる皆の者、忍耐せよ！　今キャルタンは死に、
私もそう長くは生きん。この国に戦争と破滅をまき散らし、
また彼に次いで私が愛している男《ボツリ》を殺したところで
キャルタンを蘇らせる事ができようか？
少なくとも私を平和のなかに残せ！　私の眼は暗くなり
この先、僅かの楽しみしか私は得る事ができないだろう、
私の頭が、墓のなかで休息を得る日までは』。

「それから彼は立って食卓の先へ身を伸ばし、
あの高貴な剣を手に取って、こう言った——
『おぉ剣《つるぎ》よ、善意によってお前は与えられたものだ、だが

私の息子の心臓を救うようには作られていなかったな。
この先は、誰の助けにもなるな！　誰一人をも切るな！
僅かの値打ちしかない、愚かな、ぴかぴかの玩具よ！』

「こう言うと彼は膝に当てて剣を折り、
下へ投げたのです。その時、私が思い出したのは
亡くなったあの方が、豚谷の草むらに横たえられた際に、
なぜその美しい剣を身につけていなかったかという事。
しかしオーラヴはたいへん偉大な男に見えたので、誰も
彼に反対できなかった。彼は言った、『去った者は去った、
またお前らに、ボッリを襲撃する事は許さんぞ。あの世で
全てが整った時には、キャルタンは彼《ボッリ》を求めて叫ぶだろう、
彼を愛していたからだ。だがどうしても何かしたいのなら
オズヴィッフの卑しい息たちに君らが見せてやるがいい、
彼らが虐げた男は、死後に愛の友人《フレンズ》＊を残していった事を。
なぜなら君らには常にこれを心に刻ませたいのだ、即《すなわ》ち、
彼らの邪悪な企みからこそ全てが生じたという事、また、
ボッリは彼らが利用したただの剣に過ぎなかった事を』。
「こう述べると彼は疲れた風に腰を降ろし、再び、
どうやら何も近くには見えないような表情になりました。

＊戦《いくさ》を嫌うオーラヴの家族・一族一門を指す。

「さてオズヴィッフ様、その夜にはそれ以上何も起きず、
私は今日の明け方、彼らの邸をあとにしました。
この有様をお伝えするため」。今、ボッリは、この使者が
語るのを聞き、あの母親の誓いを耳にした時には
心にある思いが掻きたてられたが、話が終わると
彼の頭は、低い呻き声とともに
再びうつむいてしまった。だがオズヴィッフは言った——
「そうだ、オーラヴ・ハウスクルドソンの高貴な人柄を
知っていると思った時、今、何をすべきだろうと、真実、
私の心は呼びかけたのだが？」彼がこう喋った時、
一人の男が息を切らし、興奮して広間に駆け込み、叫んだ、
「急いで武装を整えて下さい。ヒャルザルホルトの者が
大きな集団となって私たちの館に馬を進めています！」
すると当然予想されるとおり、大騒ぎが生じ、
あの死者の押し黙る顔のまわりを
武装途中の震える連中が、あちらへこちらへ走りまわり
情けない思いをしていた。だが老オズヴィッフは玄関へ
武装しないまま足を運び、ボッリは、死んだ義兄弟と
ほとんど同じほど動かなかった。そのうち間もなく
恐れに満ちていた館には静寂が訪れた。なぜかと言えば
敵対者は誰も来ず、来たのはキャルタンを家に連れ帰る
穏やかな一団の人びとだったからだ。

そしてあの朝キャルタンが、侮蔑の言葉を声高に叫んだ
あの緑の斜面に彼らは足を止めていたのだ。
その斜面から六人の男が送られてきた、
彼らは人ごみのする広間へ今は入って、ゆっくりと歩き、
周りを眺めながら、棺台に近づいた。しかし彼らが
そこまで来た時、女性の私室から、黒装束の人物が
出てきたのである。彼らは仰天して立っていた、なぜなら
出てきたのがグズルーンだったからだ。取り乱した眼で
この男、あの男を見た。まるで、そこで起こりつつある
何か恐ろしい事の意味を、言葉に出さずに
問いただしているような目つき。黒装束の裾《すそ》を
彼女は荒々しく持ち上げながら彼らを睨《にら》みつけ、
次いで身震いしながら裾《すそ》を落とし、父オズヴィッフの顔を
探しているように見えた。それから金切り声をあげそうな
表情で顔を上げて、両手を握り締めたが、しかし何の音も
彼女の乾ききった唇からは漏れ出てこなかった。
やがて自分の胸に掴《つか》みかかり、震えの止まぬ手で
ガウンの胸部を破れよとばかりに引き降ろし、
あたかも空気がなくなったように喘ぎつつ叫んだ――
「何よこれ、どうするつもり？　私から愛する人を
また運び去るつもり？　これは二度目よ、おぅ皆様！
長い間をおいて、彼がまたここに帰って来たのを
知らないのですか？　私たちのような愛を
二つに分かとうなんて、皆様には邪悪な心があるのね！」

そして大声で叫びながら彼女は遺体の上に倒れ込んだ。
男たちは純粋な同情のために運び出す気になれず、彼女が
二度と起き上がらないのでないかと思ったとしても当然。
だが多くの人の心は全ての苦痛に耐えて生き延びるほど
強いのである。そして彼女の心もそのようであった。
失神していた彼女を、男たちはそっと抱き起こし、
そのあと、男さえ泣かずにいられない間に、もう一度
キャルタンは、自分の憧れる心にとって、かつては
《楽園》であったドアの敷居を出たのである。でも全く、
ボッリはこの間ずっと身動きもせず。ついには丘の周りを
ヒャルザルホルトの男衆がゆっくりと過ぎて行った。
それから人目を憚《はばか》るように、ボッリは蒼白い顔を上げ、
後ろを向いて、あの棺台が置かれていた、空白となった
場所にやって来た。次いで彼は身を起こして
周りに立っていた人びと全ての顔を覗き込んで
この身震いしているような沈黙が、どんな恐ろしい事を
隠し、何が起ころうとしているのかを尋ねるかのよう。
それからまた彼はよろめきながら壁ぎわに戻り、
啜《すす》り泣き、涙を流し、言葉にならない叫びを発するという

そんな、嵐のような嘆きが彼の心を襲ったので、
男たちは恥じらうように眼を背けずにはいなかったし、
一人の偉大な男の、かくも惨めな姿を見ない様子《ようす》だった。

情欲と虚偽という種から生えてきた
この非情な収穫のなかの、最後の荷物が、今、
荒々しい歌声とともに邸《ヒャルザルホルト》へと帰還したのである。

グズルーン、自分を愛した男たちを思う

これらの死せる人びとについて語り手の私は、彼らの
苦悩多き生活について、まるで彼らの争いのなかに、私が
生きていたように語った。だがキャルタンは殺された。
ボッリの実を結ばない願望、グズルーンの疲れを呼ぶ苦痛、
これらは終わりが来るまで僅かにしか変わらないだろう。
だから私は現在の多くの考えに立ち戻り、大昔の日々に
留まるのを、もはやお終いにしなくてはならない。
けれども船乗りが陸地に近づいて、帆布をゆるめ、
帆全体を下ろすに至る時でも、それと同時に
突然、海に抱かれていた船が、全航路を終えるとは
まずは言えまい。だからこの物語の航路も
いきなり終わるわけではない。話全てを終えるまで
まだちょっぴり、私に我慢をしていただきたい。
孔雀《ピーコック》のオーラヴが生きているあいだは、息子たちは
彼《ボッリ》を襲撃するのを控えていた。オズヴィッフの息たちは
あの災厄日を、金《かね》と法益剥奪《ほうえきはくだつ》で償わなくてはならなかった。
彼らには、この事のほかには、海外に至るまで全ての人の
呪いを浴びる事以上に悪しき事態は何も起こらず、また、
彼らのその後については、人びとは何も知らないでいる。
三冬《みふゆ》が過ぎたのち、オーラヴは年齢の点でも名誉の点でも
十分享受したのち死去した。その時、母ソールゲルトは
息子たちの前で誓った獰猛《どうもう》な復讐を忘れられてはおらず、
あの預言者老ゲストが見透した金の指輪の破損は、
指輪が退屈な年月のあいだに多くの傷が付き、くたびれて
今や打ち叩かれてばらばらになった。ボッリが死んだのだ、
敵たち《ヒャルザルホルト》に包囲されて男らしく身罷《みまか》った。彼の歪んだ人生の
最後を見届けるのをあまり嫌がらない人物は誰一人、
彼の死を嘆くべくそばに付き添ってはいなかった。

少し話をそれ以前に戻そう。彼女の事も語らねばならぬ、
彼女は悲劇の原因を何ら作りあげたのではないのだから
それだけ、その悲しみようは私の心に深く記憶されるのだ、
――柳に縁取られた河が流れるのを見下ろしていた

彼女の父の邸のある《山の背《リッジ》》へと彼女レヴナは赴いた、
できることなら、少し安らぎを得ようとしたのだ。
それは昔散歩した美しい谷間《たにあい》のなか。子どもだった彼女は
武器を抱え、顎髭《あごひげ》をたくわえた男たちの顔を驚きをもって
眺めたものだ。彼らが心に抱く荒々しい戦闘の思いは
遥か彼方のものでしかなかった。希望と喜びに満ちた
彼女の短い生は過ぎ去ってはいたが、この谷間を少しの間、
もう一度散歩してみた。同情する人の眼が、彼女の美しい
顔面に現れた深い悲しみをじっと見た時には
幽《かす》かな笑みで応えないでおく事はなかった。
この谷間で多分、彼女は気強く感じ、虚しい願望の夢へと
全てが化してしまった人生も、なお長く続くと考える事が
できたであろう——谷へ来る以前より幸せだった。
ところが彼女の上には、僅かの時間しか飛ぶ事がなかった、
彼女の顔からあらゆる笑みが褪《あ》せてしまい、憧れた心も
墓のなかに埋められてしまうまでには。埋葬の時には
もはや心は、希望と恐怖のあいだに引き裂かれる事なく、
沈み込んだ絶望で痛めつけられる事もなくなった。

けれども彼女《グズルーン》は、ある人たちが全ての争いの原因とか
呪縛《じゅばく》自体とか呼ぶかも知れぬ事を語るべく残されている。
だが私はそう呼びはしない——なぜならボッリの死後、
この谷はグズルーンが住むには恐ろしすぎたので
ホウリフェルの首長スノリと邸を交換したからだ。
このホウリフェルで彼女は長いあいだ住み続けたが
彼女の高貴な顔には、悲しみの痕跡はほとんど見えないと
人びとが思ったのは事実である。
なお彼女は長々と生き続け、大いに畏れられ、
名声も得ていた。またあのゲストが、運命的に
彼女に降りかかるとした最後の預言も
的中したのである。ボッリの残した息子たちが成人し、
多くの事が生じた後、彼女が四度目の結婚をしたからだ。
彼女の日々には喜びがなかったかも知れないが
さらなる心痛の種をもたらしはしないまま、
日に日を重ねてあの過去の一時期から、狂おしい愛と
犯罪のなかに彼女が置かれたあの時から時間は遠ざかった。

しかしこの夫の最後も、ゲストが先見した形以外の
何ものでもなかった。最後にはこの夫の墓からも
夢見るような眼、うんざりする心で彼女は遠ざかった。
人生の荒野が今片側にあったが、その向こうに燃えたのは
とっくに後方に去ったあの忘れられない、心の痛む、
悔いの残る日々だった。そして石だらけの道を
なお辿る事になり、《死》の黒雲が、近づいては来たが

いつ雷を落とすかは判らなかった。原話の言うところでは
その後、長く彼女は生き続け、できる限り
今は神から少しの愛を得ようと努力したそうだ。
そして激しい願望に満ちた祈りで
歩みの遅い孤独の日々を過ごそうと努めたのだ。
人の語るところでは、地上の常の姿と同じく、
彼女の魂は先が見えなくなり、これまでと異なる希望が
胸に生じてきた。* 肉体的な視力も失せてゆき、
今や、昼の光と暗黒とを見分けられなくなった。

*早く神の愛と《死》の安息を得たいという希望を指すと思われる。

　次にお話するもう一つの場面も、古い書《サガ》は示している。
皆様にお願いして、暫くそれを見て貰う事にする、
仮に皆様の涙を絞るとしても。というのも、この書《サガ》では
ある日ホウリフェルの邸の私室に彼女が坐り、もう一人の
同じ名のボッリ、彼女に心痛をもたらした元夫《ボッリ》の息子が
隣に座を占めていた時の話が語られているからだ。
息子ボッリは広く旅をし、強健で派手な服装をし、
ギリシア王の巨大な壁のなかで、どうやら
数多くの、命知らずの行跡を積んだ男だったという。
時は夏の夕刻で、全てのものが
静かで優美で、軽やかに鳴る鐘が
聖なる丘の高所に建つ美しい礼拝堂から響いていて、
思い出したように吹く南西の風に乗って、
海の波がざわめく音も、慰めをもたらして聞こえていた。
邸の農場のほうからは、邸に帰ってくる雇いの農夫たちが
歌を歌っていたし、干し草の甘い香りが
あたりに立ち籠めていた。日が沈んで一時間経った頃、
息子のボッリが身動きして、溜息を吐《つ》いたが、おそらくは、
人生が、あれこれ沈痛な事柄のなかで、滑るように
過ぎ去るのを、あまりにも明瞭に感じたからだろう。
確かに彼も青春期を過ぎていたのだ。「母様」と彼。
「少し前に頭に浮かんだ事ですが、少しばかり
聞かせて欲しいのです。母様は僕を深く愛してくれたし、
こんな事を尋ねても、多分、母様を愛する息子になら、
話すのは容易《たやす》いだろうと思って」。眼疾の眼差《まなざ》しで母は
愛情の籠もった笑みを見せて息子を見ようとしたが、
何も答えなかった。そこで息子は話し続けた——
「母様の知っていた人で——皆、とうの昔に死んだ人だが
どの人、誰を一番深く愛したのですか？」
　すると母の痩《や》せた両手は重ね合わされて
何かの記憶が彼女には辛い思いを掻き立てるかのように
顔をわななかせ、「あぁ、息子よ！　年月が過ぎるのう。
若い頃にゃ、今年は我々が知り得る最悪の年じゃと

私たちは言うわな。今日という酷い日が呪われる、
こんな日々にはもう二度と我々の心は耐えられんと言う。
でもな、時間がどんどん私たちから剥ぎ落とされてゆくと
息子よ、こんな悪の日が皆美しく懐かしく思われる日が
やがてやって来る、なお生きて耐えねばならぬ事に較べて。
《あとに続く俵によって、先の俵はよく見える》と
諺《ことわざ》にも言うじゃろ」。二人は黙って暫《しばら》く坐っていたが
やがて彼女は話を続けた――「知ってた人について
語るのは簡単。母さんの記憶力はまだ確かじゃや。
偉大な首領ソーケルは、気前も良く、賢かった、
誰から見ても、彼の死は不運じゃと思われた。
お前の父ボッリは力の強い人だった、北の国々を
皆探してもあれほどの力もちはまず見つかるまい。
生きておればお前は父様を深く愛したろう。夫のソードは
偉大な男で、民会では賢明な発言をした、
法律を良く知っていた――ソールワルド、こいつは実際、
向こう見ずな弱い心の持主。引き抜かねばならない
棘《とげ》のある雑草みたいじゃった――あぁ遠い昔だなぁ！」
　するとボッリは頬笑んで「母様は自分の心を僕に
知らせたくないのだな、今聞いた事なら良く知ってます、
年寄りたちはこれらの人をまさにそんな風に話します」。

母は言う、「おぉ息子、お前は恋の事を訊いてるのね、
愚かな恋は長く残るよ。いまでもこの言葉は、母さんの
老いぼれて疲れた心を揺すぶる――一言だけ聞きなさい、
それ以上訊かないで。心をかき乱され、消え去った日々を
もうどうしようもないのに嘆くのは、辛いからね」。
　母は反対側を向いた。やがて母の視力のない眼が
壁や、丘の連なりが皆溶け去って、灰色の薄暮のなかに
ヒャルザルホルト邸を見ているかのように、凝視した。
彼女は叫んだ、声は震えていた、両眼は今後何が起きても
これが最後だと言わんばかりに濡れに濡れ、そして自分が
失った全てを求めるように両手を大きく差し伸べた――
「私は一番愛していた人*に最悪の事をしたのです」。

*モリスが原典として用いた『ラックサー谷のサガ』では、この「人」が複数としても理解できるらしい（Boos II 279）。この一語が、キャルタンと共にボッリを含めている可能性が示唆されてはいるが、モリスはキャルタンのみを指したのではないか？

話を聴き終わって

（この小見出しは原著にはない）

彼ら老人も登場人物《グズルーンなど》同様に、過ぎ去った日々の姿形《すがたかたち》をそこに坐って凝視し、穏やかな自己憐憫のなかで、なぜあの荒《あら》くれた闘争に明け暮れて彼らの生が過ぎ去ったか訝《いぶか》っていたとしても当然であろう、というのも愛も喜びも、いや苦痛さえも、永久に続く事がないからだった。だが彼らは、なお奮闘していた時のあんなに虚しい闘いを今は甚《いた》く悔いていたので、そしてかつては彼らを深くうなだれさせた重苦しい嘆きがきわめて強く彼らの心に刻みこまれていたので、こう考えてある種の喜びのなかに彼らは坐っていた——少なくとも穢《きたな》らしい恐怖によってあまり消耗されずに今ついに、終末が近くに来ている事を考えて。少なくとも、それほど非情な人間にはならずに、他の人びとの誕生と死とのあいだに擦《す》りきれていった愛と憧憬の話を聴く事ができた事を喜び、おそらくは同情を感じながらも気の毒な人びとが、虚しく、或いは成果を得て耐え忍んだ事の赤裸々な真実を、何と奇妙な事柄が形づくったのかと驚きつつ、少なくとも短い生のあいだ、これは聞いて極めて麗しく、地上の縺《もつ》れあう苦悩に対して実に大きく慰めになると思ったのだ。だがその冬の時期は灰色の夕べ、そして止む事のない強い風が、彼らから僅かの歓楽しか求める事ができなかった。だが彼らの愁いを帯びた眼、過去の愚行によってもう慰められない眼という仮面の下に、明滅するどんな奇妙で奔放な希望が言いようもない大きなかたちで隠れていたかは判らない、その夜も更けた時刻が速やかに過ぎていった時に！

十二月

黄金の林檎と、その守護役だった三人の乙女。
（359 頁では乙女たちは素裸だとされているが……）
ロバート・K・ライランド（1873–1951）画。第一話参照。

十二月

死んだように人けのない夜、今は全ての街路が静まり
月面の上をうっすらと、我々に雪をもたらした大きな雲の
最後の部分が、泳ぐように行き過ぎる。
地上には不思議な影法師が雪の上に並んでいる。
薄青い星々、輝く月、足早な雲が、天空を広く見せるので
夜の風が吹き過ぎたあとでは、物音もなく佇《たたず》む大地は
計り知れぬ高みにある天空の下では縮まり込んで見える。

あぁ！　静寂のなか、待たれていた深夜の鐘が響く！
そのあと、鐘の最後の厳《おごそ》かな唸《うな》りが、灯りさえない窓々の
傍《そば》に漂う冷たい大気のなかになお響きを残すあいだ、
様ざまな新たな鐘が鳴り始める、この廃《すた》れた一年の上に、
変化と、優しさの喪失の上に、愛し返されずに残る愛の上に。
やがて、絶望を誘う甘美な響きは、お前に思わせるのだ、
自分も、仮に夢のなかであっても、かつて愛された事を。

おぉ今なお生と愛に執着する君*よ、
何ら良い事ではないけれど、君は神を認める事ができぬ、
それは意味なき事だけれど、君の深奥の嘆きを作るのだ、
君の心の憧れる所を誰も知ってはくれないけれども、
だが、君の疲れ果てた唇は呪いを語る術《すべ》を知り得ないので
君がかつて愛した極小のものさえ棄て去る事ができない、
君の眼は、なお愛の日を見る事があるかも知れないから。*

*自分を指すのだろう。

*この詩の背景には、愛する妻がロセッティに心を寄せている事実がある。彼女はロセッティと共にあり、モリスは別居して『地上の楽園』後半を執筆していた。

十二月最初の集まりを前に

（この小見出しは原著にはない）

十二月がやってきた、人びとは大地がその冷たい鉛の
昏睡《こんすい》によってもたらす空虚な日々や空っぽの余暇を
歓楽によって埋め合わせずにはいられない。そのため
この詩集の長老たちは、ここ、美しい客間に集まったのだ。
彼らは戸外の雪によっても、実際より老けては見えず、
十分に元気だった。耐えられぬほど苛酷なものとなって
棄ててしまった昔の疑念や、身を苛《さいな》むかつての苦痛を
思い出しはしなかった。一《ひと》たびは勝ち取っていながら
その勝利とともに褪《あ》せていって、他の全てのものと同様に
死滅するという昔日の恐れを、今は考えていなかった。
自分たちにはまだ、全てがうまくいっているあいだは
少し喜んでいいような生の時間があるという事以外には
何事もあまり思わなかった。さて、成り行き上、当然、
船で旅したさすらい人も一堂に会していて、冬の海の上で
生じた事のある災難を語り始めた。これを聞くと
これらの人たちのなかに居た年若い何人かの人は
実を結ばずに終わった航海についてさすらい人に尋ねた、
これについてはほとんど知らなかったからだ。今はもう
これに答えるのは彼らに苦痛ではなかった。だがおそらく
さすらい人を招いた長老たちにはこの話は酷《こく》に聞こえる、
なぜならあれほど辛く激しく、刺すように悲痛な
経験を、繰り返し、さすらい人は語ってきたからだ。*

*拙訳『春から夏へ』の「プロローグ、さすらい人たち」参照。

そのためついに一人の長老が言った、「その話はよせ、
若い皆様！　荒れ狂う海について皆様がどうしても
聴きたいというのならば、今は霞のなかの昔、私たちと
血続き*の者が語った物語をお聴きなさい。

*右記拙訳に示された通り、この国はギリシア系の人びとが漂着して築いた。

この祖先が平和な故郷に向かった時には、その思いを
まさに我が国のこの西部へと向けずにはいられなかったのだ、
これも理由のない事ではないと思われる、全てが語られ、
私も年月によって頭が重く垂れるのを思い起こし、
古代の物語にあるような、喪失と災厄に満ちた戦《いくさ》の日々の
困難の事を思う事のなくなった時には」。

金色の林檎《りんご》

あらすじ

この物語は［古代地中海沿岸都市］テュロス［日本ではタイアの名で知られる。今日のレバノンのスル］の船が航行した様子を語る。船は船員の意志に反して、名もない西方の国へとヘーラクレース*を運んでいった――彼《ヘーラクレース》が、運命女神によって課せられていた仕事を成し遂げるためである。

*大神ゼウス（ユピテル）の子で怪力無双。不死を得るために行った彼の「十二の偉大な功業」の最後の一つが、ここに語られる黄金の林檎奪取。

樹木から枯葉が落ちるのと同じほど多くの月日が
世界の命から散り去ってしまった、美しいミュケナイで
あの王エウリュステウス*が
王座に坐していた時代からは。この王の治世の最中に
ある時起こった事だが、静かな入江のなかで
テュロスの船が、岸辺近くで波に揺られ、
船員たちが出航のためにロープとオールを操っていた。
夏の朝は爽《さわ》やかで、静かな風が、連なる崖を覆う斜面、
羊が草を食《は》む斜面のほうからそっと吹き降りてきて
光りながら長々とうねる穏やかな海に細波《さざなみ》を立て、
羊飼いたちと羊や、吠えたてて害獣を追う犬などの
呼び声や鳴き声を吹き届けてきた。
その丘の斜面の最初の窪みのなかに
木々に抱《いだ》かれて美しい羊飼いの家があったから。

*右記功業を彼《ヘーラクレース》に課した王。

昨夜、優しい薄暮のなかに昇ってきた月が
大勢の乙女たちの足の上に輝き、
その足が、哀調を帯びた笛の調べに合わせて、中心が
金色をなす百合に触れながら草を踏んで舞い、その草の
甘い香りが夜露に濡れる花と合流したのを愛惜しながら
船員たちは働き続け、ついに広げられた帆が
別世界に出会う事になる舳先《へさき》のまわりに揺れ動いた。

しかし錨が船に引き上げられる前に、岸のほうから
船に向かって呼ぶような大きな声が聞こえた。
これを聞いて船長は水夫に待てと命じ、何か必要な品を
積み残して出航する事になったのかと危ぶんだ。
その時、見るがいい！　崖の灰色の急斜面が石ころの多い
凹凸へと落ち込む場所から、二人の男がやってきたのだ、
出発直前の船に急いで乗り込もうとするらしい二人が。

間もなく二人は近づいた。最初に寄せ波に近づいたのは
手足の巨大な男だった。灰色の眼をして
黒と茶との中間色の、細かくカールした頭髪。
ライオンの毛皮を着込んでいたが、
金糸で飾り立てられていて、毛皮の地肌は糸と糸の隙間に
やっと見える程。また、手に抱えているのは
鋼の帯を一面に巻きつけた強力な棍棒。

この男のあとから、喘ぎながら白髪の老人が来た。
長い杖を持ち、青いガウンを着ている。
見た目にも弱そうで、頬はこけ落ち、青ざめている。
仲間の男に近づいた時には、弱々しい声で
こう言った、「さぁ、お前の為すべき事を為し給え、
これがその船じゃ」。するともう一人の男の眼に
笑いが浮かび、陽気な声でこう言い放った――

「皆様よう、話では皆様テュロスに向かうそうだな、
そのあとではさらに太陽に近づくそうじゃないか。
《運命女神》が火によって死ぬと思えと命じているから
喜んで私は、世界に生きる日がお終いになるまでに
地上の一番暑いところから何が手に入るか知りたいのだ、
そしてこの老人は私の親戚で、私と同行したいとの事。
どうです、我々二人を海の向こうに運んでくれますか？」

「君の名は何だ？」船長は言う、「よく聞けよ、
我々は商人だからな、何もくれなければ何もやらんぞ。
料金として何をくれる？――きっと大金持のようだが」。
老人は何か呟《つぶや》き、身を屈めて、海岸の砂のなかから
何かを掴《つか》み出そうとした。「そう来ると思ったよ」と
若いほうが言い、「家から出る時にはな――
私の名なら、多分いつの日にかは、皆様に

「知れます――でも気をつけてこの慰《うで》みを受け取られい。
私の事は《豪傑》と呼び給え」。彼が語っているうちに
船長の、深い茶色の眼は喜びで輝き始めた、というのも
男は腕から巨大な腕環《うでわ》を抜き取って
甲板上に投げ、そこの水瓶を打ち砕いたけれども
水に濡れたその破片のなかで、腕環は金色となって
横たわり、一日の夕刻のように輝いていたからだ。

一方老人は萎《しな》びた手を差し出した。そのなかには
極めて大きく美しい二つの真珠が光っていた。
彼は言った、「もしもっと皆様の近くに立つ事ができれば

ここに差し上げる品を見る事ができるだろうが——
また私の名だが——いろんな名で呼ばれている私*だが、
今のところは《岸の羊飼い》と呼び給え、
それ以上の事は、ご厚意にすがって待っていただく」。

*ネーレウスは様ざまに姿を変える事ができる海の神。

船長はこの二人を次々に見やった。
《豪傑》は秘密の冗談を笑うようにふふふと言った。
するとこの船乗りの心には恐ろしい疑念が浮かんだが
これをよく考えてから、二人に乗船を命じて
先の知れない危険な船旅で彼らを休めるだけ休ませるのが
最も良いと判断したのだった——
常に信頼の置ける仲間たちのあいだで休むのだから。

そのあと《豪傑》は何も喋らず、すぐさま両腕に
あの老人を抱え上げて、そのまま、
何ら重さが加わった様子も見せずに
低い寄せ波を真っ直ぐによぎって、大股で船に近づき、
船から、彼の手めがけて投げ下ろされた
ロープを掴むと、それを揺すって船に乗り込んだ。
すると船長は舫《もやい》の綱をはずさせた。

形良き船首は濡れた緑の牧草地【=海面】を割って進み、
水夫たちはこれまでに見た最強の大きな手足を見ようと
驚きながら周りに集まってきた。
多くの水夫は、彼の眼の壮麗さをまともに見るのを
軽々しい事とは思わなかった。もっとも今は何の怒りも、
彼らが恐れるべき何の憎悪も、眼は見せていなかったが。
夏の島々のあいだを彼らが突き進んでいた時の事だ。

風は勢いづいたけれども、常に南東に向けた
順風であり続けた。陸地が視界から去ると
突進する船首に《豪傑》は近づいて
心が休まったと言わんばかりに、黙ったまま
大きく見開いた眼で眺めつつ立っていた。船尾では
あの老人が、一団の水夫たちに混じって腰掛けて
そこにいた誰もが忘れなかった物語を語った。

実際に見てきた者のように、語ったのである。
歌が上手だったために、海豚《いるか》たちが、窒息死から
救い出したという素敵な歌手の話や、
海の真ん中で困り果てた船で、酒神バッコスが目を醒まし、
船の上に葡萄蔓が突如現れた話*。

*酒神は葡萄酒の神でもある。

キプロスの近くで、寒い海がいかにして、六月に愛される

庭園と同じほど、薔薇の花で赤々としたかの話も。
　別の話では、花咲く陸地で命を持つ全てのものが
何かの喜びの誕生を肌で感じて気が遠くなり、
ニンフたちが震えながら、その誕生の素晴らしさに
喜んで歓迎の意を表しようと待っていたという。*

*ウエヌス（ヴィーナス）の誕生を指す（Boos II 434）

老人はここで話を中断したが、再び口を開いて、かつて
善良だったのに最悪の下劣さに陥っていた国に、大海が
白い大波を立てて、呪われた民族を滅ぼした話をした。

　それから老人は微笑んで言った、「だが君らは勝った、
このような破滅の日々に震えるではない、
またプロメーテウスの子孫*【＝人間】が、どんな気持で
高山パルナッソスから、割れて倒れる木々の最後のものを
見たかという事も考えるな。
今、海を滑り行くから、青海の光を透して下から見れば*
君ら人間がどのように見えるかを全く考えもしないのだ。

*彼《プロメーテウス》は人間を拵えた巨人神。

*老人ネーレウスは海神だから、海底から死と隣りあわせの人間を見られる。

　この最後の言葉が語られた時にはもう日暮れだった。
水夫たちには、老人の顔も僅かにしか見えなかった。
だが彼らの心には、なぜかは判らなかったが、幽かな
悩ましい恐怖が忍び寄ったのだ。しかし常に音もなく
その夜は航行が続き、また、次の朝ほどに美しい朝は
あり得なかったかも知れない。そして彼らは、目的通りに
定まった海路を辿り続けた。

　四日目の日の出の頃、不寝番の男がマストから
フェニキアの陸地が見えたと叫んだ。
これを聞くと《豪傑》は老人を横目で眺めて
すぐさま、船首の近くに足場を固め、
かざした手の下から、まだ低い太陽と
ほとんど視界に入って来ない岸辺をじっと見た。
やがてちぎれ雲が出て、集まってきて空一面を覆った。

　その朝は寒くなり、小雨が降ってきた。
風もぱたりと止み、船乗りの心は沈み込み、
彼らの舟は頼りなく微小なものに思われた。
その時、風が再び唸《うな》り始め、
帆がはためき、索具《さくぐ》は左右にぶつかり合った。そのあと
東から大風が襲って来た。すると船は歪《ゆが》んで、
変わり果てて青ざめた海を、すっかり傾いて走った。

海も空も見分けがつかず、夜とも昼とも判らないなか、
西に向かって彼らは走ったが、《豪傑》は強力な手で
働いたので、救いの神のように感じられた。
しかし船尾では、荒れる天候をものともしないで
老人が立ちつくし、支えさえ探そうとしない。
船の、のたうちに合わせて身体を揺すっている。まるで
漂着物の上でバランスを取っているような様子。

なおも西へ向けて彼らは疾走した。船が暴走するうちに、
どちらかの側に陸地が見えたとしても、それはちょうど、
夢のなかで人びとの顔が近づいて来たかと思うと
褪《あ》せてしまって、あとに何も残さない程度でしかなかった。
船乗りたちは、心に重い恐れがのしかかり、苦しい絶望に
瀕していた。彼らはそのまま疾走を続け、世界のはてに
行き着いて、何もない虚空に達するだろうと考えた。

だが《豪傑》の眼が見ている許《もと》で、彼らはできるかぎり
努力して先へ進んだ。その間《豪傑》は風に合わせて歌い、
デッキの上に白波が転がって、潮水のために水夫たちが
眼も見えない時にも、彼は両手を広げて
白波を迎えるのだった。また何ら怖がる事なく
雷光を凝視する。そして水だらけの荒野の上に
ユピテル《ジュピター》の稲妻がごろごろ炸裂しても、眉を顰《ひそ》めもしない。

そして船乗りたちは、ついに船に乗せた二人が
まさしく神であると考えるに至り、恐れ全てを用いても
彼らの良き船が、この嵐のなかで沈むとは、おそらく
思わなくなったが、むしろ、この嵐の最後の呻きを
聞く頃には、嵐は灰色の大海の風のない流れのなかへ
彼らを運んでゆくだろうと思い始めた。その風なき海に、
毎日が死でしかなくなるまで漂うのだと思ったのだ。

しかし彼らは恐怖に欺かれた。十日目頃に
嵐は止み始めた、だがなおも西へ西へと
彼らは驀進するのだった。まもなく朝が、晴れて
静かに明けるのだった。休息を得ている最中でも、
長い悪しき彷徨《さまよ》いが、今望み得る最善
ではあったけれども、彼らの恐怖にもかかわらず、
なお、静かな海は心地良く、輝く太陽の

有難味がついに再び戻ってきたのだ。
日々が経つうちに、確たる理由はないとしても、恐怖は
次第に薄れてゆき、彼らの苦痛全てが褪《あ》せるまでになった。
彼らは改めて客として乗せた二人に眼を向けたが

自分たちの上に、この災難がどんな結果をもたらすのか
尋ねる勇気も出なかった。また帰途についても語らず、
彼らは幸せだと感じたが、物憂く、疲れて弱っていた。

長老は今も、初めに行ったとおりに
腰掛けて遠い昔の物語を語り聞かせた。
けれども《豪傑》は甲板をあちらへこちらへと
歩きまわったり、一人で船首に立ったりして
西のほうを睨《にら》んでいた。そしてなおも彼らは
美しい夏の海を渡り続け、こうした日々が
無に帰した時にどうなるのかを考えなかった。

今二十日がたっぷり過ぎ去った時に
彼らは新たな陸地を認めたのである。雲の懸かった高山が
最初は海から聳《そび》えているように見えた。次には緑の浜辺が
山々の下に綺麗に広がっていた。彼らが近づいて行くと
砂利が斜面を為している浜辺は見当たらず、
岸に寄せる波も見えず、彼らが滑るように航行してきた
広く青い海も、潮の流れに押される様子もなかった。

彼らの足が、待ちこがれていた陸地を踏みしめる前に
暗闇が落ちてきた。だが船は深い川のなかに居るように
馨《かぐわ》しい花々の匂うそばに碇泊していた。
花々は決して咲き止む事のない草むらに点在していた。
しかし筋雲の懸かる東空が昼を持ち帰って
西の山頂の連なりを金色に染めた時には
船にいる水夫たちは新たな恐れに捕らわれた。

なぜなら全てが夢に思われたからだ。死なねばならぬ
彼ら人間にとって美し過ぎたのだ。その上、二百米《メートル》程先に
林檎の木と薔薇の茂みに囲まれて真鍮《しんちゅう》の壁が
朝方の太陽に照らされて、見事に輝いていたからだ。
その壁は、極めて長いように見えたのだ。
この素敵な場所を見た今は、縮こまっていた彼らの心に
これまでに知った全ての不思議が思い起こされた。

しかし眼を転じて、乗船させた名無しの二人を見ると
岸のほうに張り出した船板の上に二人は立っていて、
《豪傑》が、老人に、ここではないかと問いかけるように
ちらと見たその両眼に、熱烈な光が燃え立っていた。
そのあと《豪傑》は大きな叫び声を上げて
花の乱れ咲く草地に、船から飛び降りた。谺《こだま》たちは
いつまでも耳に痛い、大胆不敵な叫びを丘から轟き返した。

老人もゆっくりと彼を追ったが、船員たちは
なお下船するのを躊躇《ためら》った。彼らには今、海を越えて
この二人の不思議な人物の目的を達するために、ここへ
連れてこられたのだと知った。心のなかでこう考えたのだ、
「夢みたいな事に干渉せずに、二人が帰ってくるまで
船のなかにいるなら、或いは生きて帰れるかも知れない、
覗き見する眼は火傷《やけど》しないで済む事はめったにないから」。

とは言え彼らのなかには大胆で若いのが二人いた。
二人は顔を見合わせて、その心を
未知の危険に出会うために昂揚《こうよう》させて
上陸を果たし、穏やかな歩調で
二人の不思議な人物を追った。人物たちはあの壁が
光っていた場所へと航路を転じていた。追う二人の心には
壁に近づくにつれて、平穏と願望が混じるようになって、

恐怖は薄れてきたのだった。壁は、
真鍮の煉瓦でできたかのように美しく細工されていた。
そして壁に刻まれた映像は、ずっと昔に生じた
物事についての物語を絵解きするものだった。
それればかりではなく――ちょうど鏡のなかで見たように
壁を飾った職人は未来に起こるはずの物語を知っていて

鳥や獣に見せるかのように、それらを浮き彫りにしていた。

二人の船員はなおも進んだ。花咲き乱れる茂みを貫いて
頭上から、数多くの鳥が可愛い歌を歌った。
名も知らぬ花々が、二人の足許に頭《こうべ》を垂れた。
灰色翼《つばさ》の鳩がかき乱す空気そのものが
甘い香りで脈打ち、二人の魂を愛撫した。
ゆっくりと歩くうちに、あの客二人は
奇妙な飾りのある、鋼《はがね》で覆われたドアの前で足を止めた。

船員も立ち止まった。やがて《豪傑》が鉄帯を巻いた
あの棍棒を振り上げて、堅牢な鉄扉《てっぴ》に一撃を食らわすと
風と鳥、落ちてくる花びらの上に
豪快な叫びが鳴り響いた。彼が何度も叩きつけると、
かんぬきもリベットも舞うように空中を飛び、
ついには大きなドアが、打ち砕かれて地に落ちた。
すると、警護されていた庭に陽の光が流れ込んだ。

《豪傑》はなかに入ったが、連れの老人は留まって
船員が木の幹だと思ったものに寄りかかっていた。
船員の二人はたじろいだが、全ての事を考えた末に、
また近づいていった。老人の姿は夢だったに違いないと

思ったのだ、なぜなら今や陽の光が彼の寄りかかっていたあの木の上にたっぷりと注いでいたのに、また老人が立ち去るのは見えなかったのに、いなくなっていたから。

見えたのはただ、細い緑の蜥蜴《とかげ》が枯葉のなかをよぎる姿だけ。老人は影も形もなくなっていたのだ。震えながらそれでも、ドアロから覗き始めるといつまで経っても奇怪な恐ろしい物は何一つ見えず、全く考えもつかないほど美麗な庭園があるだけ。そしてこの庭園の陽光と木蔭を縫って《豪傑》が、何か長らく求めていたらしい目的に心を集中して歩いていた。

船員たちは狭い道の向こうへと歩を進めた。道は、その上に百合の花々が揺れている緑の芝生だった。その上には薔薇の花びらが幾重にも重なって散らばる。だが大きな驚愕が彼らの上に痛くのしかかり、自分らはもう帰れないだろうと彼らが思っても当然の事。でもそれは苦痛ではなく、自分たちが死ぬ前に不思議で美しく、甘美な物に出会いたいと期待したのだ。

この間なおも《豪傑》は、花をつけている枝々を左右に投げ分けながら着々と前進し続けたが、それはまるで自分の勇敢な心を十分に信じているかのよう。やがて間もなく彼は喜びの叫びを発して、目的に近づいたかのように足どりを早めた。船員二人はこの時、女性の声を聞いたかのように思った、声には、愛欲を恐れに変えるような雑音も混じっていたが。

それでも心地良い香りと音のなかを、喘ぐ心を抱えて、二人は歩き続けると、小道は今や尽き果て、それに続いて緑の広場が現れた。大理石製の噴水盤から澄みきった小川が流れ出していてそのすぐそばに、幹の細い樹木が一本立っていて、冷たい流れの上に低く垂れた枝には赤みを帯びて金色の林檎が三つ、垂れ下がっていた。

この豪快な男性の来訪を待ち受けていたかのようにこの木の周りに、ちょうど今立ち上がった姿で、三人の乙女が立っていた。頭の先から足許まで素裸《すはだか》。肉体を覆うのは輝かしい頭髪だけ。頭髪の上には日光と木の葉の陰が揺らめいていた。その間、頭上では、風が灰色の木の葉を走り抜け、地面の草を揺すっていたが彼女らの足許には、さすらう蜜蜂が飛んでいた。

しかし彼女らの優美な手足に混じって、また木の根の
周り全体に、一匹の巨大な蛇のとぐろが黒光りするのを
二人は見て取ったのだ。蛇は滑らかな木の幹に巻きついて
冷たく光る眼と持ち上げた鎌首で威嚇するように、
三乙女の爽やかな頭髪の上方から
こちらのほうをうち眺め、三人が囁きあっている
優しい言葉を、かき消すほどに大きくシューと音を立てた。

さて《豪傑》は緑の芝生に足を止め
大きな棍棒に凭《もた》れながら、両眼には力を籠めて、しかし、
眉間《みけん》には皺を寄せず、今もなお親しげな声でこう言った、
「おお賢者ヘスペルス老＊の嬢様がたよ、
これまで巧みにこの聖木を護ってくれたな。だが《時》は
神々の意志をさえ試しにかけ、今日この日、皆様の国の
金の果物＊を私の手に必ず手渡すようにと迫っている」。

＊宵を支配する。
＊女神ヘーラー（＝ユーノー）に対する、大地からの結婚祝い。夫はゼウス《ユピテル》。

するとその第一の乙女が言った、その美しい声は
夏の真昼の西風のように涼《すず》やかだった——
「何を仰《おっしゃ》います！　この庭園は、人間や神々の
変化してばかりいる心とは全く無縁です。ここでは
長い時代が次々に去って、この草を踏んだ貴方《あなた》や、果実の
源《もと》である地面に埋もれる貴方の遺骸を完全に忘れる手筈。
毒に晒《さら》されて速やかに訪れるご自分の冷たい死をご覧！」

彼女の声の間《あいだ》に、不気味な色のとぐろは、花々を隠し、
彼女の手足に近づいた。この時第二の乙女が言った、
その声は、朝が鳥たちを目覚めさせる時のような
爽《さわ》やかさ。「終わりに来てしまった世界が、最後の呻きを
発し終わった時にも、なお私たちだけはこの枝の下に
居続けるでしょう。地上に生じる、偉大だと思われている
出来事について、語る言葉も持たないでしょう」。

すると第三の乙女が、初夜を過ごしたばかりの新妻を
目覚めさせるフルートの音《ね》のような声で言った、
「仮に何らかの神が、万一私たちの黄金の果実を得ても
その呪いは、死を免れる生を侘びしいものにするでしょう。
それなら貴方は、生まれてきた事を嘆くのが肝心《かんじん》、
でも全てのものは喜びや喪失、苦痛によって、最初の姿と
似ても似つかない物になって、変化しさらに変化します」。

「そうなるがいいさ」彼は言う、「私を促す《運命》は
私を殺すなり生かすなりするだろう。林檎を得たあとに
続いて起こる幸せなり呪いなりは、今、

私の仕事を良くもしなければ悪くもしないだろう、
仮に世界の心が、私に憎悪を抱くに違いないとしても、
そうだからと言って林檎を取る、取らないの選択なんか
どうして私にできよう？　恐ろしい召使いを放ち給え！」

ちょうどこの時、黒い煙の柱のように
大蛇は素早く、常に形を変えつつ、彼をめがけて突進した。
何物も破ることのない死のような沈黙のなかで、とぐろは
幾巻きにもなって彼の胴体と手足の周りにのたうち
その陽光のなかでさえ、彼の棍棒は幽《かす》かにしか光らず、
そのあいだじゅう、二つに割れた蛇の舌先、尖った口は
彼の頭部、脇腹、胸を刺そうと試みた。

とぐろはさらに近づき、さらに素早く割れた舌先は
彼の全身を突き刺したが、彼は断固として立ちつくした、
その様は樫木《かしのき》が、年月を経た幹を、ゆらめく麦藁一本が
舐めようとして舐められない姿を見ているのに似ていた。
やがて彼の精神に在る、神のような激怒が、彼の心から
一つのもの凄《すご》い、万物を粉々に砕く叫びとなって爆発し、
巻きつけを緩めたとぐろは、音たてて地に落ちた。

すると蛇の、裂かれた喉、潰された恐ろしい頭から
草地を這うように血液の流れが溢れ出た。
死んだ蛇の上に、陽を浴びて輝きつつ、喘《あえ》ぎながら
彼は立っていた。それでもいつものとおり、
間もなく怒りを治めて、彼は
幸せげな微笑みを浮かべて、くるりと身を転じ、
小川の上に燃えるように垂れている林檎のほうを向いた。

三人の乙女は全く音も立てず、動きもせずに立っていた。
彼が、その神聖な木に高く手を伸ばした時にも、
彼女らの顔には何の変化も現れなかった。
彼女らは尻込みもしなかった、彼がそんなに近くに立って
彼女たちの輝く頭髪が、薫《かおり》高い庭園の風に煽られて
軽く彼の上になびき、触った時でさえ、また、
彼の金《きん》の衣服が彼女らの胸と手足を撫でて過ぎた時にも。

彼は風に揺れる大枝を引き下ろして、そこから
林檎をもぎ取った。大枝を跳ね上がるに任せると、
彼の額から黒髪を後ろへはねのけ、
こう言った、「おお可愛い、美しい皆様、この日は
これから先、私の人生への呪いとなるでしょうか？
この日だけか？　未来の月日をある程度、
私は予測できると思う、失うもの、争うものに満ちた時を。

「でも少なくとも私は知っている——世界は己《おのれ》の道を
歩むだろう、そして喜びと悲しみを集めるだろう、
様ざまな事を行い、最後に至るまでそれを耐え忍ぶだろう、
世界はこのように進むが、私は昨年の木の葉が
夏の木の下に在るのと同じく、少なくとも、この先
行き過ぎる生を受け取ってそれを蓄える、生きている人が
諍《あらが》いだとか、間違い、苦痛と呼ぶ良き経験と共に蓄える。

「だから私の考えでは、呪うより祝福したいのだ、
この運命の島も祝福したい、島に良い事が起こるように。
この恐ろしい大蛇が死んでも島は不幸せになりはしない、
金の林檎がなくなっても不幸せにはならない。なお皆様は
ここに坐って、雛菊の上を燕が飛ぶのを眺めるだろう、
なお皆様の散歩が、一日の終わりが来る前に
沈み行く太陽に曙を望ませるだろう。

「そして今度は、見て下さい、私の行為の記念として
皆様、この帯を受け取って下さい、帯は擦りきれて傷《いた》むが
その正反対に、皆様の美しさと幸せは褪《あ》せないでしょう、
帯を差し上げるのは、この先、花々の下に横たわって、
皆様が、もはや無に帰した日々や人びとを話題にする時、
思い出していただくためです、いかにしてテーバイの男、
ユピテルの息子*が青海を越えてやって来たかを」。

*自分を指す。ヘーラクレースはユピテル（＝ジュピター、ゼウス）の息子。

彼女たちの顔はこれを皆聞いても全く変わらなかった。
まるで全ての事が完全に終わって語り尽くされたように、
言葉を発する事もなく、彼をじっと眺めているだけ。
毛皮に包まれた林檎を彼が携えて、人びとの
語りぐさになる事をさらに行うべく立ち去る時にも、
あぁ！　優しさへの懇願、希望、愛を籠めた気遣いさえ
今の彼女らをさらに美しくは多分できなかっただろう。*

*それほどにまで極めて美しかったの意味。

さて帯が地上に投げ落とされると
あの船員たちは向きを変えてドアへ急いだ。
壊されたドアの破片を横切って走った時にも
彼らは、以前のとおり、例の老人を眼にしなかった。
だが大いに驚いた土竜《もぐら》が眼の見えないまま地上に出て
餌も得られず目的もなくそこに動いていても
船員たちの大いに満足した眼はそれを見もしなかった。

客二人は、心配していた仲間の許へ速やかに帰ったが、

水夫たちがこの客二人の帰ってきたのを見た時には
客二人は時を移さず、ただこう言った、「元気を出し給え、
我々の国に帰れば、我々はもっと幸せになれるのだから」。
そしてあの二人の船員は、老人の姿を見て
仰天したのだった。その上、彼らは、夢よりも不思議な
情景をさらに見る事になると思わずにはいられなかった。

皆が乗船した時に、あの老人が叫んだ、
「皆さん、帆を揚げ給え。今、順風であるから。
それにここにあまり長く留まるのは良くない、皆さんが
解きほぐせないものが魂を縛りつけるといけないから」。
彼がこう言ううちに、立ち初めた陸風に
煽られる背の高い木々を後ろに見て、乗組員たちは
出航を心で喜びながら、錨の太綱《ふとつな》を船へと引き上げた。

船は高速で走った。船員たち皆は心で喜んでいた。
《豪傑》も残りの船員と共に陽気に過ごした。
また老人の口からは、全て最善を約束しないような
言葉は一つとして漏れては来なかった。
けれども一種の畏敬の念によって皆は圧倒され、
心の奥底が剥《む》き出しにされたように感じ、
各船員の秘密にしている本音が空気に漂っていた。

今なおしばしば、老人は船員たちと共に坐って、昔話を
語っていたが、それは往路におけると同じだった。
そして今は、老人の顔を船員が見続けていると
顔が変わったように思った。彼の上にのしかかっていた
年月は消えてしまった様子で、彼はもはや老いてくすんだ
顔色ではなくなり、燦然《さんぜん》と賢《かしこ》そうで力も強そうで、まるで
どんな時間の経過も、長いとは思わなさそうだった。

ついには、六日のあいだ穏やかな海を滑るように
船が進んだ時、彼は言った、「さぁよく聴いてくれ、
こんな時代になっても、物事は不思議なふうに
展開する事がある。そこで一つの話を聴いて貰いたい、
君たちが、息子さんがたに話すならば、未来の年月に
不可思議な物語として残るはずの話じゃ。
よく注意して聴き、家に帰った時にこの話を伝え給え。

「この世界になお一人の男が生きている、人びとは彼を
アムピトリュオーン王の息子と呼んではいるが
ひょっとして彼の父はもっと神がかった人かも知れぬ。
しかし確かに彼の幼い口はアルクメーネの乳房に
吸い付いていたのだ。この男は偉大な功業を既に為した。

というのも彼の名はヘーラクレースだからだ。
君たちアジアの人もこれらの名前*を聞いた事があろう。

*アルクメーネはアムピトリュオーンの妃。ヘーラクレースはユピテル《ジュピター》（ゼウス）の息子とされるが、母親は確かにアルクメーネだ。ユピテルは人間の女と交わる事が多い。

「今晩満ち欠けの最後に来ているこの月が、まだ生まれて
いなかった時に、エウリュステウス王*の奴隷にされた
このヘーラクレースは、すぐさま、命令された——人間が
踏み込んだ事のない陸地から贈物を得てこいと。

*ヘーラクレースの敵。ユピテル（ゼウス）が彼《ヘーラクレース》をミュケナイ王にしようとした時、ユピテルの妻ユーノー（ヘーラー）の進言でその王となった男。

そこは未知の海原に立つ霧の壁のかなたにある陸地じゃ。
愁いに沈んでヘーラクレースは、自分の苛酷な生を
深く考えつつ、海沿いに出かけたのじゃ。

「そして明け方にある入江にやってきた。
そこでは潮がはるか遠くへ引いて、砂の荒野が剥《む》き出し。
緑の地からは巨大な灰色の崖が壁となって隔たっていた。
彼が眼を上げて見ると、驚きのあまりそこに立ちつくした、
なぜなら砂地には、不思議な者たち皆が眠っていたからだ。
硬い大地が有しているのと同じ形の者たちが、
疲れた彼の行く手に散らばるようにして眠っていた。

「海のライオン、海の馬、海の雌牛、
海の雄豚、それに奇妙な肌と驚くべき髪をした海の人間。
そのなかに変化しない老齢ゆえに神だと思われる
一人の人形《ひとがた》が居た。またその周りには美しい女たちが居て
透き通ったガラスのような海の織物を着ていた。
頭上にも帯にも、手にも胸にも、宝石類を飾りつけている、
大地には、その最善の女のなかにもこんな美女はいない。

「一瞬、この美しい、不思議な光景を彼は眺めたが
根は善良な心の持ち主だったヘーラクレースは
そのあと注意深い静かな足どりで歩きまわり、最後には
眠っている《海神》の上で立ち止まった。
通りすがりに、仮に白い足の乙女たちが彼の血を
踊らせたとしても、《海神》の顔を見た時には
彼の心に別の考えが湧き起こったのじゃ。

「というのもこれが海神ネーレウスだと判ったからだ。
この海神は何でも知っている。彼は独り言として『もしも
この神に勝ったなら、神の助けを借りる鷲の翼に乗るより
私は強力な助けを得る事になる』。そこで叫んだ、『おい、
ネーレウス！　姿を変える丘と谷の主よ！

起きて私と相撲を取れ。私はヘーラクレースだ！
すぐには貴殿を、波の背の立つ海に帰さないからな』。
「そして力強く彼は海神の上に身を投げかけた。
ネーレウスは金切り声で叫んだ。するとすぐさま
眠っていた群れ、半ばしか隠していない手足の美女、
不思議な海人、緑の髪をした獣などは、いち早く
灰色の大波のなかへと滑って行き、
綺麗な海に抱かれて、消え去ってしまい、
一方あの二人だけが、この岸辺で相撲を取った。

「海神は間もなく、自分の肉体の力はユピテルの息子を
相手にするには何の役にも立たないと知った。
そこで海神は彼の得意な魔法の技を用い始めた。
敏捷な豹や、前足で人を抱え込む熊に姿を変え
次には、ヘーラクレースが両腕を力いっぱい使って
捕まえなければならない極小の鳥に成り変わり、
それからさらに泥で生まれ、のたくる冷たい鰻《うなぎ》になった。

「しっかりした彼の両手がこれを掴むと、突如として
周り一面に、押し寄せる大波が現れて、眼も見えず
息も詰まるようにさせたのだ。お次は、金色の眼をした
細い緑の蛇になった。これに次いで、貝殻の撒かれた砂の
上空で、眼に見える限り最小の羽虫がそっと飛んだ。
それから大地も天も、巨大な炎に包まれたかのようにした。
しかしそのなかから、一つの声が聞こえたのだ。

「『同族の者よ、頑強な心の持主よ、君の勝利だぞ、
勝利を妬んでいないぞ。君は私にどうして欲しいのだ？』
この声と共に、唸りを上げていた炎は、小さくて白髪の
老人へと早変わりをした。老人は疲れたふうに
砂地の上にへたりこんで、こう言った、『これでいいんだ、
お前の身の上は知っているぞ。役に立つ男じゃの。
さあ、来い。ここから近い港から出港する帆船に

「『テュロスの船で南の海に向かうのがある。
さぁそれに乗り込もう。船の航路は、この私の
思い通りになるぞ』。そこで嬉しげな顔をして
ヘーラクレースは立ち上がった、汗をかき喘《あえ》いではいたが。
だが美しい夏の日があらゆる喜びで彼の心を
いっぱいにしていた。こうしてこの二人は出かけて行き
全て、金《かね》になるものなら喜ぶ人びとを見つけたんじゃ」。

「あぁ、これら商人である人びとについては――彼らの

帆は少し破れ、船は古びてはいるが、縁者や知人は
彼らを待ちわびている。けれども《困った時の味方》を
得る事ができるであろう、もし、船旅が終わった時に、
野生の山羊が塩水に洗われた石を舐めに来る最後の岬に
親切なネーレウスを讃える神殿を金で飾って建てるなら*」。

＊こう語っているのが海の神ネーレウス。困った時には、この神殿で祈れば皆さんを助けてあげようとの言葉。

　息を凝らして船員たちはこの最後の言葉を待っていた。
その言葉は、募ってくる夜の、静かな風のようにか細く
なっていった。マストの周りでは、鳴き声をあげながら
長くて白い翼を空中に留めるように、舞っていた。
そして今は、彼らの緊張した、心配げな眼の前で
老人の姿は次第に薄くなって空中に消え、
彼が居た場所から、美しい鴎《かもめ》が一羽飛び立って行った。

　彼らは次にアルクメーネの息、《豪傑》のほうへ
憧れる心を傾けて言葉を待っていた。するとやがて彼は
静かに語った。「私が探していた物を見つけるために
助けを与えてくれたのは、全く悪い事ではないぞ。
私によって改善された世界は、私の手や心が
弱いかどうかを知っている。だが今は舳先《へさき》に火を起こし
あの白髪の老人を崇《あが》めようではないか」。

　彼らはその通りにした。そしてそこに持っていた贈物を
ネーレウスに捧げた。そうだ、本当の事を言えば
嬉しくなった彼らの心の騒ぎのなかで、全く同じ気持で
彼らはヘーラクレースを讃えたのだった。
だがヘーラクレースは彼らを笑い飛ばし、こう言った——
「駄目だよ、まだ最終目的を達していない。また私は
虚しい憧れと後悔とに、屈してもいないぞ。

「こうなるかも知れない——出てきた国に私が帰り、
見下ろした時に、その国が、かつて熱望に燃えていた
私の心を失ってしまったのを見た時、そして
私の願望の数々が死んで冷たく横たわるのを見た時、
それでも私が心のなかに、勇者の希望の数々を
抱くだけの力を持つかも知れぬ事が、誰に判ろう？　だが
前途には先《ま》ず、変化と間違いに満ちた長い生があるのだ」。

　こうして一行は幸せな気持で、波の道を速やかに走り、
帰還の目的を果たさずに終わる事もなかった。また、
古代からの都市テュロスの道をしっかり歩む事を怠らず、
話を聴きたがる人になら誰にでも経験を語り、最後には、

犠牲の獣をネーレウスの神殿に捧げる事も忘れなかった。
神殿は、船が最後に到達した岬の上、野の山羊が
来る場所に、輝く夕日の沈むほうに向けて建立《こんりゅう》された。

訳者より 9

次の図版は古代のモザイク画であり、もちろんヘラクレースと黄金の林檎を描いている。今読んだ物語が、どんなに古い時代から知られていたかを示すために、PCのPDから借用してこれをここに掲げる。

話を聴き終わって

（この小見出しは原著にはない）

語り手は話し終えて、年老いた顔の上に
十分に安堵の表情を浮かべて一座の人びとを見まわし、
微笑みを浮かべた。しかし何人かの聴き手にはこの物語が
何か楽しい夢の最中のように感じられた。
この夢が破れると、そのあと、悩み多い老いの胸には、
もし朝が、夢の終わりまで見る十分な時間をくれていたら
その後ろにひそむ何かの凶事が生じたように思われた。

それでも女性たちが動き始めて、フラスコ、ビーカーを
食卓に持ち歩いて酒を配り、彼女たちの優しげな衣服の
良い香りが、この宴に集まった人たちに届けられると
少なくとも、秋の季節の、丘近くの太陽が
彼らの冬場の宴席に戻ってきたような感じを与えた。
過ぎ去った時間を半ば思い出しつつ、彼らは安らぎを得た。
確かにある程度、この物語は幾分かこの安息に貢献した。

訳者より 10

次の「アスラウグの養育」を読むに当たっては、予め《あらかじ》北欧伝説『ヴォルスンガ・サガ』の一部を知っている必要があるので、ここに記す。シグルズ（モリスではシグルド、ゲルマン神話とヴァーグナーではジークフリート）は英雄シグムンド王の子。龍《ファーヴニル》退治で有名。旅の途中で女性武士《ヴァルキューレ》でもある少女ブリュンヒルドに出遭い、その知性に打たれて結婚を申し込み、彼女も直ちにこれに応じる（Morris *VII*, 341; 谷口 566）。しかしシグルズがギューギ王の許に身を寄せた時、王妃グリームヒルドはシグルズの有能さに心を打たれ、彼が自分の王女グズルーン（本書十一月第二話の同名の女とは別人）と結婚する事を熱望して忘れ薬入りの酒を彼に飲ませ、薬の即効性によって、それまで熱愛していたブリュンヒルドを忘れさせ（Morris *VII*, 350; 谷口 572）彼《シグルズ》は王女《グズルーン》と結婚する。またギューギ王の王子グンナルはブリュンヒルドに近づく炎を超えられなかったが、王妃に術策を与えられたシグルズがグンナルに姿を変え、炎を超えて彼女《ブリュンヒルド》に近づいたため、彼女は不承不承、炎超えの勇士と結婚する誓いに従って王子《グンナル》（実はシグルズ）を受け容れた。だがのちに奸計に気づいた彼女《ブリュンヒルド》（アスラウグを懐妊）はシグルズへの愛を忘れられない。彼女の処女を奪ったシグルズをグンナルが殺させた時、彼女は火葬の積山を用意させ、シグルズとともにそこで焼かれた（Morris *VII*, 375; 谷口 586）。王女《グズルーン》はアトリと再婚した（Morris *VII*, 375–9）。

十二月第二回の集まりを前に

（この小見出しは原著にない。またさすらい人とは拙訳『春から夏へ』で、不死を求めて世界を彷徨した人びと、長老とは彼らを厚遇したこの都市の長老）。

私の話の長老たちが居た広間の外では、
十二月の末、西に向かう太陽が輝いていた、
ほとんど終わりに近い一日の、霜のような霞のなかで。
室内では暖炉の火が美しい衣裳に照り映えていたが、
さらに美しい顔にも輝いていた。なぜなら若者と娘たちが
祭壇の前で、真冬にも希望を語る言葉を
捧げていたからだ。若い男女は、最後にやって来ていた、
自分たちの美しさを年取った人びとに見せるために
雪に埋もれた道路をものともせずに、また
頬や額に吹きつける東風を寒いとも思わずに。
ダンスと歌が終わると、日の暮れ方に
毛皮にくるまれて、老人たちは聞き耳を立てた。
以前にも楽しく語られたような、音声や語り手の姿から
物語の慰めを得ようとしたのだ。揺らめく炉の火は、
そしてなお霞を貫いて流れて来る夕日の明かりは、
この広間を、極めて長い日にちを経た物語に
相応しい雰囲気を与えていた。陽気な炉の火近くに
さすらい人の一人が坐っていて、長い日の光が
彼の膝を照らし、次いで暖炉の上にも照り輝いた。
その場の沈黙のなかで、細くなった褐色の両手を
互いに握り合わせて、また顔には
消えそうな笑いを浮かべて、暫《しばら》くは坐ったままだったが
やがて眼を輝かせて少し上に向け、彼の民族に
最も愛されている人*の名前を口にし始めた。

＊『ヴォルスンガ・サガ』の主人公シグルドで、以下の物語のアスラウグの父。なおモリスはこのあと、『ヴォルスンガ・サガ』を英訳している。

アスラウグの養育

あらすじ

龍退治をしたシグルド*（シグルス）と、彼が愛したブリュンヒルドのあいだに生まれた娘のアスラウグは、家族および縁者の全てを失い、極めて悲惨な境遇で育てられた。けれども最後には、彼女の運勢と、その栄光、その美しさが力を発揮し、彼女は力のある身分になった。

*三六八頁参照。ブリュンヒルドとの恋と、彼女ののちの悲しみ、シグルドとの悲痛な別れは、とりわけモリスの心を惹きつけた。

私はあなたがたにシグルドの美しい話を語る事が
できなくもない。彼は、人びとが龍に殺されて
荒廃していた荒地で、その龍を退治した人物だ。
また私は、喜びと苦痛とが入り混じった奇妙な形で
いかにして愛が、彼を死に追い込んだかも語れよう。
そのあと、皆様は、もし私が話の全てを
正しく話す事ができれば、人の日々のなかでも
最も悲しい時期のなかから、いくらか喜びが得られて
当然と言うべき話をお聞きになれようが、
しかし今夕は、眠ったまま埋《うず》もれた大きな悲しみ*を
呼び覚ます勇気は持ちあわさない。

*ブリュンヒルドの悲しみ。

あれ程に麗しく、あれ程に強く深い愛は、
この驚くべき話が、いにしえの、力強く簡潔な
言葉で語られるのを聞いたならば、
世界全体が二つに引き裂かれる思いと、愛の心が、
別の愛の心から裂き滅ぼされる思いとが生じるだろう。
しかし世界はなお生き続けている。そして今日《こんにち》でも
緑のライン川は、眼には見えない金色の呪いの上を
経ながら、その流路を流れ続けている。
この呪いは、主人公を次々に悪しき災いへと引き込み、
あの最後の夜明けには、アトリの邸で*
ありとあらゆるものの上に燃え上がった赤い炎が
陽もまだ射していない鉛色の海さえ赤々とさせたのだ。

*モリスが参照したサガでは、グズルーンが夫アトリの邸に火を放つ。

けれどもこれだけはお話しておかねばならない、
つまりシグルド［サガではシグルズ］にはまだ青春が輝いていて、
何の穢れもなく、彼はブリュンヒルドの愛の
最初の喜びに浸っていて——この愛が、全ての喜び、
全ての悲しみ、破滅そのものの源だったが——
ブリュンヒルドから女の子を得た事だけは。

希望を抱いて彼女はこの子を抱き、この子の父を
思う時には微笑みを浮かべたものだ。
だが時の変化が悲しい日々をもたらしていた。
彼女はグンナルの家に行かねばならなかった。
あの愛に満ちた夕べと、甘美に過ぎる翌朝の
思い出をいかにして残す事ができようかと
彼女は考えて、この子をヘイミル＊の許へ
預けたのだ。ヘイミルは彼女の老いた養父で

＊『ヴォルスンガ・サガ』ではブリュンヒルドの姉の夫。姉の名はベックヒルド。

権力ある地主だった。そのあと、過去の愛が
火のようにまだ燻《くすぶ》るうちに、また、
数多くの事を思いあぐねるうちに、
彼女は自己の生活と死に入っていったのだ。先にも
述べたとおり、元の物語は
彼女の足どりを行方不明にした災いと
愛との事情を、何ら述べていない。
今や二人は一緒に、葬式を終えた積み山の上に
死んで横たわっている＊。

＊三六八頁参照。

そして今や、あの預けられていた幼子《おさなご》は、
その苛酷な最後の事実をヘイミルに告げに来た武士——
金ぴかの武装をした男たちに、無邪気に
微笑みかけている。

この人びとが広間の暖炉と食卓へと去るまで
ヘイミルはものも言わずにじっと眼をみはっていた。
それからポーチのそばに、一言も口にせずに
長いあいだ坐っていた。ようやく彼は立ち上がり、
剣を抜いて、薄っぺらに磨《す》り減った刃先を見てこう言った、
「滑らかな頬よ、美しい手の持主よ、お前は死んだのか？
お前の眼を、もう一度見るものと思っていた——
おお華麗なる女！　何と悲しいことか！
お前がまだ独り者の生娘で
十八の夏を過ごしたばかりの
三年前に、私が立ち帰る事ができればいいのに！」
こう語りながら、彼はすぐに藪のなかに入っていった。
家の近くのいばらの藪だった。
もう一度冷静になって家に入った時には、ある者たちは
彼が泣いていたのだと思った。しかしこの義妹の事には
それ以上何も言わなかった。数日が経ったあと、
今は一人だけで何度も
自分の鍛冶場へ出かけたのだ。用心深く
鍛冶場を見張り、誰一人、そこへ入れなかった。
人びとは驚かなかった——「だってご主人は
鍛冶の技でものを作る事ができるから」と彼らは言い、

「以前にも何日もかけて鍛冶場に籠もるのが
ご主人の習慣じゃった」。このような日々が続き、
長いあいだ、一人だけの作業を続けたのだ。
しかし十日《とおか》目には、三冬を過ごしたばかりの
可愛らしい女の幼児アスラウグを
鍛冶場に抱いて入った。この時にはこの様子が
家人たちを少しばかり驚かせた。
けれども彼らは、主人の見張りをする気には
なれなかったのだ。そのまま一日の終わりに
近づいたというのに、なおも家の広間に
主人はやって来なかった。すると家中に
恐れが漂い始めた——何かの災いが
自分たちの静かな生活を粉々にしはしないかと。
そしてアスラウグの姿も、もう見る事ができなかった。
鍛冶場のドアは大きく開け放たれ、
鍛冶炉は冷たく、鉄槌《てっつい》のたぐいは
床に置かれ、その横には木工職人の物指し。
堅い木材の切り屑と鉋《かんな》屑もそこに散らばっていた。
その上、主人を探したほうがよいと
彼らが考えた時には、何もできなかったのだ、
原話の言うところでは、あらゆる道筋が
とっぷり闇に包まれたので、誰の眼も
緑の草地と、白波立てる川を見分けられなかったからだ。
そこで悲しい思いをしながら家人たちは帰途に就き、最も
あり得る事は、北欧主神《オーディン》がヘイミルを呼び寄せた事だと
思われ、また、可愛いあの子も彼と一緒だという事も
何の不思議でもないとある者たちは思った。なぜなら、
母ブリュンヒルドの大きな愛は、これ以上に大きな
事だってしでかすだろうと彼らは語ったからだ。
ブリュンヒルドが地上にいた時の幸せ全ての証である
あの小さな、金の巻き毛の幼子の顔に、この母親が
天上の神々の館《アースガルズ》で触れてみたいと思うのは確かだから。

　白髪交じりの男にもその子どもにも
二人が夢見た休息の場までは
考えた以上に遠かった。
なぜならヘイミルは今まで長々と
人に踏まれてはいるが荒れたままの道を辿ったからだ。
彼は顔幅が広く、頬はこけ、年取った鷲そっくりに
鉤鼻《かぎばな》をしている。つば広く、目深《まぶか》に被った茶色の帽子から
彼の髪の毛は垂れ下がり、
白い顎鬚《あごひげ》と白く重なり合っている。
大概の人が恐れてきた幅広の剣が、茶の色を見せて
腰に下がっている。また背中には

巨大なハープが負われていて、それは確かに
美しさを欠いてはいるが
極めて大きなものなので
その重みに耐える者は僅かしかいないだろう。
実際、ヘイミルでさえ、その重みの下で
今は少しゆっくり歩き、
辺りを見まわして、まもなく足を止めるのだ。

　静かな、日の照る午後だった。
森の、木を伐採した空間に、
大柄な老戦士は、ついに立ちつくし、
心配げにあたりを覗いた。
山毛欅《ぶな》が高く広げる大枝のなかに
青い翼のカケスがおり、毛の柔らかな栗鼠《りす》がいて
草のなかに隠れて用心している野兎がいる以外には
生きている者は何も見えない事を確かめると
ヘイミルはハープを下ろして、その傍《そば》に
ひざまずくと、ほんの暫《しばら》くして
奸智に長《た》けたかのような笑いを浮かべて
ハープの胴体を操った。すると見よ、ハープは
開いたのだ、まるで秘密のバネ仕掛けのように。
そしてその胴体のなかに横たわっていたのだ、

金糸の縁飾りで見事に作られた服を着た
アスラウグ、金髪の女の子が
薔薇色の顔をして眠っていたのだ。だがヘイミルの
褐色の手が近づくと、幼女は微笑み、
何の心配も見せずに目を醒まして
両手を彼の顔に向けて伸ばした。
　緑草の生える場所にヘイミルは、この小さな子を
優しく両腕に抱きしめながら腰を降ろした。
やがて幼女は、すっかり目覚めて
太陽に眼を向け、何か呟《つぶや》いて、まだ窪みのある
懸命な両手を彼の胸に押し当てた。
老いた彼の唇は少女の眼に触れたが、その眼は
父シグルドの希望であり、また生まれた最初の春にさえ
母ブリュンヒルドの悲しみの涙を誘った眼だった。
その時、花々の咲き乱れる草地に降ろされた
幼女アスラウグのくすくす笑いが
あたりに響き、ヘイミルは彼女が
この上なく喜びながら、花から花へと走るのを見た。
これを見て彼は、よく考えた挙げ句、
両腕をハープに当てた。
ハープは最初、極めて不思議な鋭い音を
静かな昼間を縫って響かせた。すると幼女は

走るのを止めた、その荒々しい音に驚いたからだ。
しかしハープの弦には変化が訪れ、
甘く響きつつ、楽しい事を歌うように
奏でられたので、あちらへこちらへと
アスラウグは踊りまわり、ついに調べは
より大きく強く響き、より甘い音を立てた。
森じゅうがその調べで満たされたのだが、
調べは今、陽気でも悲しげでもなく、
甘くて、心を引き立てるものとなった、
その美しい一日の声を、拍子の揃った旋律のなかに
集めたかのようであったからだ。幼女の
花々での遊びは次第にゆっくりしてきて
音楽も悲しげになってきたが
さらに甘い響きをたてていた。この響きを聴くと
幼女アスラウグは老ヘイミルの腰掛けているところへ
近づき始め、ついには
互いの眼を見つめあうようになって
ぴんと張った弦からの音は皆、静まった。
それから彼はこの年幼い者を抱き上げ、
優しげに膝の上に載せて
円い彼女の頬を、憐れむように
自分の頬に当ててこう言った、「実際、災いの多い日々が
とっとと消えて無くなるまでは
この爺《じい》のような者がアスラウグちゃんには要るんじゃ。
だがの、爺《じい》が生きておるのはそう長くない事を
爺《じい》はよぉく知っておるのじゃ。
悪い事をする事によって
悪い事を直そうとする人たちが*
アスラウグちゃんを殺そうとあちこち探すじゃろう。
あぁ今も今、多分爺《じい》の大事な家に馬で来ているじゃろう。
なぁに、来ても誰も居ないよね、もぬけの殻と言うんじゃ、
爺《じい》はあんたのためにこれだけの事をしてみた、
あんたとグリュンヒルド母様《かあさま》のためじゃ、あぁ平気だぞ、
貧しい男のふりをして、どこか知らない村へ
毎朝出かけて、この爺《じい》の顔を
見せるのだって――だってあぁ、誰に判るものですか、
どんなそよ吹く風に乗って、グリュンヒルド母様《かあさま》の
たましいが飛んでくるか、判るものですか、
そんなに長い日にちが経たないうちに、母様《かあさま》と我々が
会う事のできるそんな道を、さあ歩いて行こうね」。

　再び、年幼い子を自分の顔の高さまで
抱き上げた。というのも幼女は地面のほうへ
滑り落ちていたからだ。彼女の楽しげなお喋りは

*戦争批判である。

彼の低い、深い言葉つきにこれまで混じっていた。
だが今、彼女が彼の顎髭に
手を伸ばそうとし、お喋りをなおも
続けようとしていた時、彼の顔に変化が生じた。
というのは、風のない日だったが
遠くで大きな角笛*が高鳴ったからだ。
すると彼は外套の下から
薬を入れた金色の小瓶を取り出し、これを
大急ぎで子どもの唇にあてがい、彼女は
少しのあいだ怖そうに彼を眺めていたが
それは彼が何かを恐れているのを察知したかのよう。
しかし黙ったまま彼は、ハープの空洞のなかへ
アスラウグを置いたのだった。なぜなら今はもう
幼女は、強い眠り薬によって
眠そうにうなだれていたからだ。大急ぎで
彼はハープを閉じた。そしてそれを高々と
肩に担ぐと、剣を手許に
準備して構え、一言も言わずに
森の空き地沿いに、歩いて行った。
だがやがてこう呟《つぶや》いた――「怖いというのは
私が言うには奇妙な言葉だ。
しかし短い時間のうちに、全てが変わり、

*戦闘開始の合図。

世界が死でいっぱいになるように思われる。
おそらくは傍で全ての人が死に絶えたのち
私一人が残されて、昔は
私の愛した人びとをあんなに活気づけるように
思われた幸せな生活を、夢に見る事になるだろう。
あぁ、強力な願望【＝祈り】によって心を動かされて
世直しをしてくれる存在【＝善き神】はないのか？　そうだ、
私の知る限りでは、ちょうど酔っぱらった時に私が
将棋《チェス》をさすのと同じように、あっちこっち、でたらめに
地上の馬鹿どもを突き動かす神々そのものを支配できる
そのような存在はこの世にはいないのか？」*

*千年前とされているこの嘆きは、二一世紀の戦乱の世界にも当てはまる。

彼の頭部は長いあいだ、胸の上に
伏せられていたが、そのあと再び
こう語った、「私の人生は衰えつつある、
この事についてはさらに、やがて間もなく
知る事になろう。それでもアトリ*の国に到達して
安らぎを得たいものだ。なぜなら、
アトリの力強い手の許でなら、確実に
この子は、ニブルングズから安全に保たれるだろう、

*『ヴォルスンガ・サガ』ではアスラウグの継叔父。一領土の支配者。

また《賢夫人》と呼ばれるグリームヒルド、*すなわち
災いの鋳造者からも逃れるだろうから」。この名前は
彼には突き棒のように働いた。さらに足を速めて
黙って歩き続けた。しかし昼の光のほうも
同じほど早く、彼が通り抜けようとする
白い木の幹と幹のあいだで薄らいだ。おそらくほとんど、
自分が凹凸のある道、滑らかな道のどちらを、そして
暗い道、明るい道のどちらを歩いているのかも判らぬ程。
やがてついに、正真正銘《しょうしんしょうめい》の夜が、
急ぎながら通り抜けようとする森の木がまばらになる頃、
彼をすっぽりと包み込んだ。
灰色の丘の先端に達した時には
今や海風が吹きつけてくるように感じ、
渚《なぎさ》の上にリズム正しく打ちつける、低い波の音を
聞いたのだ。足を止めて
黒々と募ってくる闇を透かして
目を見張ると、丘の尾根沿いに
火花のようなものが見えた。彼はそちらのほうに
足を向けて、常に用心深くあたりを見、
誰かの家のドアロに辿り着いたが、
家はどうやらぽつねんと建って、貧しげだった。
ノックしてみると、入っていいとの返事。

*→三六八頁。

用心しながらかんぬきを上げて、
なかに入ると、まばゆい思いをしながら
揺らめいている暖炉の火の前に立った。

一人の女性がただ一人坐っていた。
十年くらいで老婆になる年頃だった。だが十年経っても
ほとんど彼女の感じは変わらないだろう。
だが顔は苦労で痛々しく衰え、
気むずかしく、薄い唇をしていた。その眼は、
家鴨《あひる》の足にそっくり。肌の色は
白みがかった青色で、眠っている時でさえ
大きく見開かれているように思われた。

　立ち上がった彼女は、背の高い男に負けないほどに
丈高い女性で、松明《たいまつ》を持つ痩せ衰えた手は
重量感に満ちていた。
ヘイミルはポーチの真ん中で
深い灰色の、厳かな感じの眼を
驚いているこの惨めそうな女性に据えつけた。

　「ところで」と彼女。「どのようにしたいのかい？
あんたの袋を満たすようなもんは、ほとんどないぞえ、
泥棒する気でここさ来たんであれば。

けんど、主人が家を留守にしておるさかい、
あんたらがこの女房《にょうぼ》を攫《さら》っていく気になったとしても
誰も駄目じゃと言うもんはここにおらんと思うがの」。
ちょうど、雨を含んだ天空から、
燃えて冷たくなった家屋の上に
射している陰気な月のように、今彼女は
唇と額に皺を寄せて笑ったに違いなかろう。

「泥棒ではないぞ、女房殿」と彼は言い、
「今夜一晩、頭を横たえる場所を
お願いに来たのだ」。「ふん、旦那様、坐りな」と彼女。
「あんたのかっこ悪い歌詠《うた》いの道具《ハープ》は
あんたのみすぼらしい身なりにぴったりじゃぞ、
道具も身なりも、きっとあんたの音楽にぴったりじゃろ」。

こうして彼は暖炉の脇に腰掛け、
彼女も腰掛けた。彼女が紡ぐと
粗雑で茶色の糸が、身体を揺するたびに出てきた。
この広間にあるものと言えば
何もかも値打ちのないものばかりだった。
さてヘイミルは寒さのなかから着いたばかりで、
あのハープを自分の横に置いた。

そして灰色の大きな眼を彼女の眼から離して
帽子の庇《ひさし》をさらに深々と
眉毛の上にまで降ろして、両手を
暖炉のほうに伸ばして坐っていた。
しかし、もし彼が、彼女のどんよりした眼のなかに
くるりと回る光を見ていたならば
立ち去ろうとしていただろうと
私には思われる。なぜなら彼女よりは
森の野生の狼のほうがまだましな相手であったろうから。
というのも、この身分の高い男が粗末に変装していた
鼠色でしかない粗羅紗《あららしゃ》のなかから
赤みを帯びた金色が、光って覗くのを
幾たびも彼女は見て取っていたからだ。
これを知ると彼女は立ち上がって
広間のあちこちを歩きまわり、
あの大きなハープの近くに寄った。
すると金色の衣裳の小さな縁飾りが
ハープから垂れているのが見えたのだ。――その上、男も
衣服と靴の継ぎ接《は》ぎにもかかわらず、
また飾りのない剣を持ってはいても、何かに困った
偉大な王とほとんど変わらない身分に、実際見えたのだ。
彼の風采は、それほど完全に高貴だったのだ。

こうして、こんな事を見て考えると、
彼女の心には残忍な意図が芽生えたのである、
その間、彼女は広間を歩きまわり、
最後には櫃《ひつ》のなかから、
粥《かゆ》とケーキの材料を取り出し、
調理の火に向かったが、
フライパンと鍋を、忙しそうに操りつつ
さらに綿密にこの男を眺め始めた。
そして彼の片腕に
金の環があるのを疑わなくなった。
というのも、やがて通《は》りすがりに
彼から外套を剥がすように少しばかり彼に触れ、
決して見間違いではない金が光るのを見たからだ。
もし人間が自分の運命を形作れるのなら、女の眼のなかに
もどかしげな貪欲とどんよりした憎悪を
疑いもなく彼は見て取る事ができたであろう、
そしてこの物語は出来上がらなかったろう。
だが彼は何にも気づかなかった。彼の思いは
遠いところにあったからだ。こんなふうにして
彼女は食卓に食事を並べ、こう言った——
「これで食事も飲みもんも、十分に揃えたつもりじゃ、
さぁここに並べたぞい、立派なお殿様、

——そうは言っても、ちょっこし詰まらんご馳走じゃが。
さぁ食うてくだしゃんし」。心のなかで笑いながら
哀れっぽく語り、罠《わな》を仕掛けた人物のように、彼女は
《お殿様》の言葉を聞いて彼がぎくりとするかどうか
注視していた。だが彼の老いた唇からは
何の言葉も聞こえてこず、疲れたふうに
食事に取りかかった。彼女は近くに立って
彼に飲み物を注ぎ、こう言った——

「うちの旦那は重労働から疲れ果てて帰ってくると
話しかけるのも災いの源《もと》。そんな男と
あたいは結婚したんじゃぞい。
実際、あんたは、名を挙げるような事を
何度も仕遂げて、うちの旦那を恐れるような
人じゃないとあたいは思うけんど、旦那と喧嘩になって
あたいらの幸せを台無しにするのは
たいへんに残念じゃ。もしお殿様が旦那の帰りを
待っておったら、喧嘩になるかも知れんからな。
我が家の麦の倉庫が近くにあるんじゃ、
そこに疲れた人なら横になって、
明け方まで眠ればここに寝るのと変わらんぞ」。

「分かった、女房殿」と彼は言い、「連れてってくれ！
もっと酷い宿にだって私は泊まった事がある、
狼が蝙蝠《こうもり》に向かって咆《ほ》える宿、
森の小川が血染めになって赤く流れる宿にもな」。

彼女はぎくりとして尻込みした。彼は死者のなかから
蘇《よみがえ》って来て、彼女の邪悪な頭や
意地悪な、悪しき生き方に罰を与えに来た
男かもしれないと思ったからだ。だがその様子を見ても
彼は注意を増す様子がなかった。「先に立って歩き給え、
今夜私は、怒った顔に出会いそうもないし、
愛用の剣を引き抜く事もあるまいから」。

そこで彼女は一言も言わずに外へ出た、とは言え、
彼が慎重な身振りであの重いハープを
背負った時には、貪欲な眼と
邪悪なしかめ面をしてハープを見ていたが。
そして何も言い出しもしなかった。
だが間もなく納屋のドアに着き――彼は振り向いて
凹凸激しい地面の向こうに眼を向けると
昇ったばかりの月の下で白々としている
遙か向こうまで伸びる海が見えた。

すると暫《しばら》くは顔が輝いて、
静かな夜に向けて頬笑みつつ
暗い納屋のなかへ入っていった――
もはや灰色の荒野も彼には見えず、
海も空も、翌朝の太陽も見る事はなかった、
もし、ひょっとして、世の全てが終わって
悪神たちが創り出した人間の悪事の全てが
その神々とともに無に帰した時に*
新たな天と地を彼が眼にしない限り、また、
平和を愛する人びとと黄金の日々を見ない限りは。
その時には、不死の世界を治めるために
バルドル*の再来が実現するではあろうが。

*北欧神話で、善神と悪神の戦乱の果てに訪れる《神々の黄昏《たそがれ》》。
*北欧神話で、主神オーディンの息子。光と平和の神。

なぜかと言えばその夜、夫の野人が帰宅した時に
この妻は、できる限りの邪悪な言葉を捻り出して、
夫に、客人が納屋で眠っているあいだに
彼を殺すように唆《そそのか》したからだ。
この男もこの妻に相応しいほどの
悪者で、善悪をわきまえない悪運が
嫌というほど彼を非道な強者《つわもの》にしていたので

本当は臆病な泥棒に過ぎなかったのに
勇気を出して一撃を食らわす気になった。
そこでまだ蒼白い夜明けにこの夫は
納屋に出かけて、入ってみた。
だが薄暗い納屋のなかに、
ハープの爪弾かれる音が聞こえたのだ。すると
この種の人間の常であろうが
幽霊ではないかという恐れが心に起こった。
だが、ぶるぶる震えながら、麦藁《わら》の
長い茎を左右にかき分けて
周囲を眺めると、ヘイミルが
寝入っているのを見つけた。ヘイミルは
抜き身の剣を両膝に乗せていたが、右の手は
ハープの弦と弦のあいだに入れていた。そこから
哀愁を帯びた音曲《おとぎょく》が漏れていたのだ。また、誰かの
名前を呟《つぶや》いているようでもあった。またそれと一緒《いっしょ》に
昔の悲しみを、くぐもったふうに
低く口籠もる子どもの声のような
不思議な音も彼には聞こえてきた。
恐ろしいものは何も夫には見えなかったが、それでも
髪の毛が恐怖のために、こわばり始めてしまった。
時には二度、彼は顔をそむけて

別の技でパンを稼《かせ》ごうかと考えた。
だが最後には激しい貪欲が、
ちかちかと幽かに光る恐れと憐憫に
打ち勝った。この貪欲は彼の心のなかに
全てを終えたならどんなに安心か、
そして昼間と騒音と輝く太陽が
また来たならどんなに良いかと
思わせただけだった。足音を立てずに忍び寄り、
太い柄のついた強力な槍を、右手に
高く上げたが、床を踏み越えるあいだ、
さらに心臓は速く打ち続けた。
そして恐ろしさから肩越しに、
幾たびも振り返った。ヘイミルの手がなおも
弦を握っているあいだに、彼は槍を高く上げ、
ヘイミルの高貴な胸を貫くように突き刺した。
そして向きを変え、逃げたのだ、背後には
荒くれる風のような音、
半ばは呻き、半ばは吐息のような音が聞こえた。
しかし大きな恐れが彼の心を満たしたので
家の広間に入るまでは
一休みもせず、妻の名前を
高い声で呼んだのだ、グリマ！　と。

「あぁどうした」妻は言った、「そんな声出す事ぁねえ、
ここにあたいがいるの見えんのか？――でどうだった？」

「妻よ」と彼。「あの男は
人間じゃなかろと思うんじゃ。おそらく
俺が打ちつけたんは、オーディン大神《おおかみ》じゃったろう」。
　妻は邪悪な笑いを発して、「ふふん」と言い、
「ただ死んでるだけじゃったら、どうする？」

「死んでるように見えるだけじゃったら、どうする？」
夫は言った。「夜が近づいてきて、今までより
二倍の大きさになって奴がまたやって来て
昨夜《きんの》食うた処《とこ》でまた食いよったらどうする？
なんでかと言うと、妻よ、確かにあのハープは
この世の楽器と違《ちゃ》うんじゃ、
あの男が眠っとる最中に、
ひとりでに歌い出したんじゃからな。
ほんまや、ほんまやで。人間の声で歌うた、
どうやら小鬼があんなかに、入《へえ》っとるん違《ちゃ》うか？」

「格好《かっこ》悪い、下手くそな造りのハープやんか」と妻。
「お前《めえ》はん、阿呆《あほん》違《ちゃ》うか、弱虫の屑男《くずおとこ》！
何か風が、納屋んなかを呻《うめ》いて通ったんじゃ、
それにあん畜生の手がハープを掻き鳴らしたんじゃ」。

　そう言いながらも彼女は小刻みに震えた、
まるで何かの畏れに取り憑《つ》かれたように。
そして太陽が高く昇るまでは
二人とも、納屋の近くにさえ行かなかった。
それから二人して入ってみたが、老人は
麦藁のなかに横たわったまま。
心臓のあたりに槍が深々と刺さったまま。
床のあたりには赤々と血潮が染みついたまま。
それからグリマが進み出て死人の指から、思いのまま
金の指輪を抜き取った。夫は先ほどのまま、
離れて突っ立っていた。次いで妻は、ほしいまま
ハープに触り始めた。なかの宝を勝手気儘、
取り出そうとしたが、ハープは閉じたまま。
そのため夫に命じて、この忌々《いまいま》しい楽器を
こじ開けるための刃物を持ってこいと命じた。
夫はわななきながら刃物を持って来た。
そして二人は仕事を始め、間もなく目的を達した。

だが震えつつ後ずさりしたのだ、幼子《おさなご》を
見出したからだ。その子の澄んだ灰色の眼は
大きく開かれ、恐れも見せない。だが妻は
自分の苦しい生活を嫌というほど知っていたので
この世以外の世界をあまり恐れなかった。
だからすぐに、この少女の金の衣裳を
引っぱって奪い始め、最後には
こう言うだけの勇気を得たのだった——

「安心しなされ！　あたいらは死にゃせん。
この着物は、人の見た事のない国でできたもんじゃぁねえ、
フン族の女王の着物じゃないか。
これは金じゃぞ、お前さん、ほら見ろ宝石じゃ！
確かに良い仕事をしてくれたもんじゃなぁ、お前さん。
じゃがこのちびっ子にゃ、生きてけるよに
食いもんをやらにゃなるめえ。
だって今こそ、口のあるもんが増えたんじゃが
だんだん大きくなったら、あたいら二人の手伝いを
うんとこさやらせる事になるからの。
そうとも、一番嫌な仕事をさせりゃええんじゃ。
それをこのアマの仕事にしょうぜ、
お嬢様部屋で金の糸を織るような
幸せな生活はさせんからな。
それにまた、だんだん日が経つにつれて、
強い子になるさ」。すると夫が言った。
「この子に喋らしてみんかいや、きっと必ず
どんな生活したお嬢かを、少しは喋るじゃろうけ」。

しかし夫や、その邪悪な連れ合いが何を訊《き》いても、
また、脅されても、何かを約束されても、
一言さえ幼女は喋らなかった。
ついに夫婦は、この子は聾唖《ろうあ》者だと
思ってしまった。こうしてやがて幼女は
納屋から家へ連れてこられた。しかし
皆、金の糸で織られていた彼女の衣裳は
剥ぎ取られてしまい、鼠色のぼろ切れを
着せられてしまった。そしてこの粗野な夫は
ヘイミルの亡骸《なきがら》を陽の光から隠してしまい、
全ては、単調で愚劣な生活へと陥っていった。

少女はこうしてこの夫婦といっしょに住み、
日に日に美しく育っていった。
しかしどんな事が起ころうとも
つねに変わらず唖《おし》のままで押し通した。

すると雷婆《かみなりばばあ》は彼女を《カラス》と呼ばずにはいられない。
「これはお前には良すぎるほどの名前じゃぞい、
あたいの母《かあ》ちゃんも昔、この名だったんじゃぞい」。
こんな暮らしだったので、少量の食事と
大量の殴打で育てられたわけである。
それでも彼女はどうされても泣かず、そんな時は
歯を食いしばっていた。そして自分が
しなければならない仕事に立ち向かい、
いつもこの上なく気丈に振舞《ふるま》った。
そのうちついにアスラウグは
もはや子どもではなくなって
昔はあれほど醜い顔が住んでいた家は
今、見た目にも輝いていると言えるほどになり、
この家の全ての物が輝いて見えたかも知れない。
そうだ、この家に、この変化をもたらした
あの彼女《グリマ》を除けば、全てが輝いていたのだ。
と言うのも年月は、あの鬼婆を全く善良にはさせず
いかなる時にも、どんなぼろ切れだろうと
《カラス》に着せるには十分だと語っていたから。
アスラウグが一人前の女になると
鬼婆の憎しみは募りに募った。
彼女はしばしば殺人の思いを抱いて、長いあいだ、

アスラウグが眠っているあいだ手を刃《やいば》に近づけて、
坐っていた。心のなかでは貪欲と
あらゆる憎しみが競いあっていたのだ。
だがそれと共に畏れのようなものが彼女の心に
落ちてきた。そしてあの畏敬を呼ぶ美しさが
重くのしかかってきて、これが彼女の手を
剣の取っ手を握り締める事から遠ざけた、
それは善行への思いが漏れたという以上に強力だった。
とは言えこの気持は酷い言葉や打擲《ちょうちゃく》を止めさせなかった。
なぜならこんな悪行は、この鬼婆にとって
求められていなかった分秒、過ぎ去れば忘れられる分秒に
似通ったものに過ぎなかったからだ。
そして殴られても殴られなくても、どんな時でも
《カラス》《アスラウグ》は速やかに自分の意志通りに働いた。

アスラウグが十七歳の時、春の季節に
家の近くにあった丘の斜面に
彼女は出かけた、山羊を見張るためだった。
その日は《愛》が、眼には見えないまま
優しい空気のなかを漂って、私たちの心に
憧れる思いを多すぎるほどに注いで、それを
形もないまま希望に変え、あらゆるものを

これから来るものの故により美しく見せる日だった、
《愛》はその美しい両腕に、どれだけ多くの
悲しみと怖れを持っているかは
誰にも判らないけれども。こうしてアスラウグは
ぼんやりとした、名付け難い思いに心を集中した。
その思いは彼女には十分に甘く美しいものに思われた。
そして常に希望は膨らみ、彼女には、
なぜかは判らなかったが、人生は嬉しく
良いものに思われた。森のなかに入って行って
黒々とした木の幹のあいだを
ほっそりとした美しい姿で歩いた。奇妙で珍しい姿だった、
頭巾もなく、花の冠もないのにこれほど優美なその頭部は。
顔の下には汚れて黒い衣服があった、
それが彼女の美しい身体を覆っている様は、
百合花の咲き誇る丘に黒雲が懸かっているようだった。
彼女の足が森の野花に触れながら進む時には、
野生の獣たちが心ゆくまで眺めてもおかしくない姿、
四月の末が捧げてみせる釣鐘花《ブルーベル》に、その足が出遭い、
瑞々《みずみず》しい野生の菫《すみれ》に軽く触れて行く時、彼女の唇が
頬笑んだ時には。赤い喉をしたカケスが
かん高い声を上げたのも理由のない事ではなかった、
道々、彼女は何かの思いのために魅力的に笑ったから。

山鳩が嘆いたのも故なき事ではなかった、なぜなら、
彼女はあまりにも足早に山鳩から遠ざかったから、また
一面に若芽を吹く小枝のために、山鳩に見えた姿が
ほんの朧《おぼろ》でしかなかったから。ついには
森を出て広々とした野を歩んだが
その近くには、広くて浅い湖が水をたたえていた。
湖では水鳥たちが安らいでいた。
藺草《いぐさ》が泥にまみれているあいだに生える
固そうな草の上を、足早にアスラウグは越えて
水辺に近い砂の堤に、
やがて彼女は立ってみて、
風のないその水面を見下ろすと
自分の顔が映っているのを知った。
それをじっと見ながら、音楽のような声で
何度も笑ったのである。彼女は迷い出す山羊も
気にかけず、声を上げたのだ、その声は、
ヘイミルがあの惨めな納屋のなかで
最期を遂げて以来、誰も聞いていなかったのだが
次のように語った——この語りを男が聞いたならば
綺麗な唇が自分のために震えるようにさせるために
その男に、自分の土地も縁者も忘れさせていただろう。

「春は愛を持って来ます」と彼女。「全ての人に」。
まだキスを受けた事のない唇から、この可愛い声音《こわね》が
漏れると共に彼女は溜息を吐《つ》いた。「あらどうして、
こんな素敵な言葉が私の口をついて出たのだろう、
あんな恐ろしい二人のなかに住んでいる私の口から？
だってあの二人はいつも罪深さを抱えて
生きているのに――共にいて私の人生を始めて下さった
あの年老いた方、二人が殺したあの方が
私にこんな言葉を教えて下さったに違いない、
そして、鎧《よろい》を着た小娘の私が、どんなふうに
火炎が渦巻く戦乱のなかで眠っていたか、
眠りつつ《愛》が来るのを待っていたか、その《愛》とは
私の父《シグルド》だったかを教えて下さったのだ。その事については
多くの夢を私は見ます。そうすると、いつの日か
私はここから連れ出されるように思えてくるのです。
どこかで私の人生は楽しくなるに違いないと私は思う、
だってこの花々は二人の殺人者のために
造られてはいないんだから」。こう語るうちに
両の手は自分の衣服を触っていた。
その衣服はとうとう、滑り落ちてしまい、
彼女は裸体となって、影法師さえない
真昼の明かりのなかで白々としていた。

金の館のなかの北欧女神フロイア*のように、
暫く彼女は自分の手足が、足許の湖面に
くっきりと映し出されているのを眺めていた。

*愛と美、そして豊饒の女神。

それからゆっくりと、身震いしつつ一息入れて
冷たい湖水に歩み入ったのだ、そして遊んだ、
自分が拵《こしら》えた細波《さざなみ》と戯れながら。そして再び
喋り出した。それはまるでこの人気のない場所に、
自分の心を知って貰いたいかのようだった。
「確かに」と彼女は言い、「恐れていたなら
こんなところで遊んでなんかいないだろう、
でも確かに、あの老婆は、この数ヶ月のうちに
どんどん眼が見えなくなっていき、
私が反抗的か温和《おとな》しいかも見分けられなくなった、
でなければ、あの二人の汚らしさのなかで
勇気を出して身を清く振舞おうとすると
これまでのように見つかってしまって
痛い鞭痕《むちあと》を残されるようになる事だろう。鬼婆は
自分が憎む人に、世界の喜びが訪れると
それを嫌がるのだ――でも、時間はどんどん経つから
私は災いを得るために造られたのではない。
仮に私の眼が、ほんの僅かにではあっても浅ましい前途が

持ち上がらない事を見て取るのであれば、確かに、
私がさらに大きな災厄を待ち受けるなんて誰に判ろう、
私を下劣にしない、神のような絶望に瀕するとしても。
絶望のために、顔こそ石のようになるとしても
実際、私の心は、世界の誉れのために運命づけられて
隔離される、見事な細工の宝とならないとは
誰に判ろう?」　こう言いながら彼女は
滑らかな堤のほうへ水のなかを進んだ。
そして、裸ではあったけれども、全く恥ずかしがらずに
暖かい、花の咲く草むらへと
登っていった。この場所へ近づくかも知れない
何物も恐れなかったのである。
そして実際、ある狩人がさっきから
この近くにいて、彼女の美の全てを見たのだったが
仙女を眼にしたのだと多分思ったのであろうが、
震えながら、大急ぎで立ち去ってしまった。
しかし日の光と花々の喜びを、十二分に
味わい尽くした時には、確かに長い時間をかけずに
身体に衣服を纏《まと》い付け、そのあと
彷徨《さまよ》い出た山羊たちを再び、
奇妙な、言葉にならない声で呼び戻したが、まるで
山羊たちの心と気持を知り尽くしているかのよう。
なぜなら山羊たちは多くの啼《な》き声を上げながら
彼女の足許に寄り添ってきたからだ。
そこで家に向かって歩み始めたのだが
脳裏には不思議な幻想が押し寄せていた。
それほどにまで心も身体も軽やかで、リズミカルに
しかもゆっくりと歩調を整えていたのに
一歩一歩が、彼女にはダンスでしかないように思われた。

　今は密に木の生えた森を抜けてしまい、
荒野の果てに、海を望む事ができた。
そして驚いて、突然立ち止まったのだ、
というのは、手すりには楯を吊し、
大鴉《おおがらす》を美しく染め抜いた帆をはためかせた長大な船が
金色の龍を象《かたど》った舳先を見せながら、入江の真ん中に
バランス良くオールを突きだして、細波《さざなみ》のないうねりに
ゆっくり揺られながら碇泊していたからだ。
自分でもなぜかは判らない不思議な希望が湧いてきて、
彼女の眼は岸辺のほうを眺めた、するとそこには
綺麗に塗装された大船付きの小舟が、岸に乗りあげて
小舟近くの砂利浜の上に
三人の、青い服を着て斧を持った人物がいた。
この船の仲間で、多分、食物を蓄えるために

岸に送られてきた人たちらしかった。

あまり長くは見ていなかった。いつもより速く打つ心臓と、大急ぎの足どりでもって彼女は家のほうへ向かい、入口の近くまで来ると、深い、荒っぽい、男たちの言葉を聞いた。

すると声のかん高い鬼婆はこう言った――「昔ある時、あんたがたには十分な仕事をしてやったがの、じゃがあたいの生きとる時間は、少しに《ちょっこ》なってもうた、身体《からだ》も弱っとる。まぁ待ちなされ、もう昼間も終わりに近いさかい、うちの娘の《カラス》がもうすぐ帰ってくるさかい」。

「いやいや」船員の一人が言う、「心配せんでいい、おばぁや、そんなに早《はよ》う死にゃせん。まだ強そうなばあさんじゃないか、とはいえ、少し待ったほうがいいだろうな」。

これを聞くとアスラウグは、不思議な微笑を浮かべて、森のなかでの水浴びで瑞々《みずみず》しくなった姿で、歪《ゆが》んだドアを押し開けて、黙ったまま上がりがまちに立った。

帽子もなく、足に靴もなかった上に、ぼろ服は、左右がきちんと重ならなかった。けれども船員たちは、おしゃべりを止めてぽかんと口を開けて彼女を凝視した、輝く眼と、美しく紅に上気した顔をして、彼女が立っていた時の事だ。頭に美しく結ってある髪束のなかから乱れ落ちた一房の金髪が腰帯より遥か下まで垂れ下がっていて、形の良い頭のまわりには野生の菫《すみれ》やアネモネでできた頭飾りを彼女は飾りつけてきていた。

彼女の粗末なホームスパンのぼろ服が円くてしなやかな両腕から脱ぎ落とされてドアの支柱に掛けられた事も、また柳の細枝だけが彼女の唯一の帯である事も、実際、ほとんど傷にはならないと彼らは思った。彼女を見ているうちに、各々の船員は何か贈物を与えられたように感じたのである。

ついに一人の船員は不平を言うように「どう見てもおばあや、この子はあんたの血の繋がった人の子じゃあるまいて、こりゃ明らかじゃ」。

グリマはアスラウグを睨みつけて
怒りのあまり言うべき言葉を見出せなかった。
「とんでもねぇ、正真正銘、血続きじゃ。
六十五年も経ちゃ、人の顔は変わるわ。
この娘《こ》がどうであろうと
枯木のようにおし黙ったままじゃが
人の二倍は働いてくれるがの。
だから、あんたがた、小麦の袋を開けしゃんせ、
そしてパン作りを始めしゃんせ、薪《たきぎ》なら仰山あるからの、
保証付きじゃ」。こう言って老婆は、全身を震わせて
そこに立っていた。アスラウグが彼女に触れるように
傍を通り過ぎた時には、
食卓からナイフを掴《つか》み取り、
すんでの事で、全てを終わらせようと
鬼婆は思うのだった。男たちは実際、彼女《グリマ》にはほとんど
眼を向けずに、パン焼きの仕事を進めようとし、
また、アスラウグがあらびき粉を捏《こ》ねた時、
彼女の手から捏ね玉を受け取る役目が
回ってきた男は、男たち全てのなかで
最も幸せな者となった。彼は幾度も
口をぽかんと開けて立っていて
彼女が長柄のパン乗せ器具に触った時には、彼が
オーヴンからパン乗せを引き出すあいだじゅう
震えが感じられると思ったものだ――実際のところ
その日拵《こしら》えられたようなパンは
一度も見られた事のないような不出来。その程度とはいえ
仕事は終わり、男たちは船のほうに向かったが
帰る途中、タイム草匂う荒地は詰まらないものに見えた、
太陽に金色にされていたのに。龍の形の金の舳先《へさき》を
長い潮のうねりに浸している船さえ、価値なき物に見え、
彼ら自身も、すっかり楽しみを失って
話し言葉のなかでも吃《ども》ったりつっかえたりして
しょっちゅう振り返って見、自分たちお互いの姿が
どんな場所にも見られる醜男《ぶおとこ》のように
格好も悪く不細工で、粗野で下衆《げす》っぽいと思われた。

さて話の語るところでは、このパンが切られてみると
ちょうど鉛《なまり》のように重みがなく*
ちょうど胆汁*のように甘く美味しく
焼きが足らず、べとつくと誰もが思った。一人残らず
そんなパンは要らないと言った。ついには
この噂が彼らの主君にまで伝わって
主君は彼らを呼び寄せて、なぜこんなパンができたのか

*反語的表現。次行も同じ。
*苦いものの代表。

彼らに説明を求めた。
彼らはにやりと笑い、吃《ども》ってばかりいた。
「私どもは何かに捕らわれた時にやらねばならぬように
働いたのです。もし殿下がパン焼きをなさったならば
今ごろはオーヴンが冷たくなっていたでしょう」。

　「お前らは謎を語っているな」と主君は言った。
「そんなにまで塩水を食らいたいなら
甲板の向こうにいくらでも
お前らに食らわせる塩水があるぞ」*。
　*たぶらかすような事を言うと、海のなかへ抛り出すぞ。
「私どもはある家に行って」と一人の男。「見つけました、
全ての《事物の欠乏》だけがそこにはたくさんある事を。
黄色い顔をして眼のかすんだ老婆が
煤《すす》けた広間に、一人、坐っていました。
でもこの人と喋《しゃべ》っているあいだに、そしてこの婆が我々に
意地悪な悪賢い話をしているあいだに、
開けてあったドアから、驚くべき良い香りが
部屋一面に漂ってきたのです。
鳥も皆、近寄ってきて歌を歌い、
夏は押しのけられて春になりました。
そのうち我々の目の前に
惨めな服装をした乙女子が立っていたのです。
これは間違いなく神々の縁者だと思いました、
それほど綺麗だったからです——お聴き下さい、この
真夏の夜に現われる女神フロイアの夢と言うべき乙女子、
この、地上に生きている愛と美の女神、見てしまった姿が
我々があらびき粉を捏《こ》ねるなかを歩きまわって
我々全てから考える力を皆盗み取ってしまった、お殿様も
唖然とならずにいられたろうか？」「なるほど」と殿様。
「お前らはたわごとを喋っているようじゃ。
だがお前たち皆が、異口同音でそう言うのだから
お前たちにはある程度、話は本当だと思われているだろう。
遠慮なく申せ！　亡くなった余の妃《きさき》、
善と美のかがみであったソーラ妃《ひ》——
お前らの言うこの女は妃《きさき》に近いほどなのか？」

　一人の男が、これまでに見た最も美しい女性だという
返事を口から漏らした。すると主君は、「もしも
そんな驚くべき女を二人も神々が造ったのなら
神々は極めて良い仕事をした事になるぞ」。
——こう述べて、「今はもう、その女の
姿を見る事以外には、余の意に適う事はないぞ、
そしてその女の可愛い声を聞く以外には」。「ですが」と

一人が叫び、「その婆さんが言うには、その女は
生まれながらに唖《おし》だとの事」。しかし主君はよく考えて
こう語った――「どうやらこれには何か不思議が
あるように思える。よく聞けよ、
余は冬至祭の乾杯の際に行った誓いによって
ミクルガース《コンスタンティノープル》に行くまでは、そして
そこで少しばかり戦闘に加わってくるまでは
もう二度と、どんな陸地にも足を
踏み入れない事になっているから、お前たちが
明日一番早い時刻にここへ出かけて行って、その日が
終わるまでに余は彼女に会いたいのだと伝えよ。
この良き船が、あたかも彼女の父の家で
あるかのようにして、また余が
実の兄であるかのようにして
彼女を行き来させよう。主神オーディンは
何かもっと優れた方法で事を進めて下さるだろう、
お前らの言葉が嘘に過ぎない場合を除いて！」

そこで次の朝、彼女は彼らの
主君であり王である人のところへ来るように言われた。
彼女は返事をしなかった。だが男たちの意図が
十分に判ったようなそぶりを見せて
同意したのである。鬼婆はそこにいて
なおも横目でアスラウグを睨んでいたが
憎しみのなかでも、これからどうなるのかと
恐れが募り、一言も口を利かなかった。
この話をお聞きの皆様も推察なさるとおり、
廷臣たちは老婆にはほとんど眼もくれず
アスラウグを眺めてばかりいた。その間彼女は
広間の柱の、油染みた、黒くなった木材の横に
立っていたのだが、昨日よりさらに美しくなっていて
ふくよかな胸は波打ち、大きな瞳は
遠くの事柄への夢のなかで、さらに知的になり、
糸巻き棒は、利き腕から左手へと落ちていた――
その場で廷臣たちは呆然と少しの時間を過ごしたのち
船へと帰って行った。こうして太陽が
熱く照り、また衰えて、昼間がほぼ終わる頃には
船の側面に光を輝かせた。この時、船は
入江の最も深い位置近くに碇泊し、
どちら側にも金を吊したそのブリッジは
堅くて白い砂浜に広げられていた。
その間、舷墻《げんしょう》の上には多くの船員が集まって
岸を眺めていた。また偉大なる王は
苛々《いらいら》して機嫌を損ねて待ったが、ついに船首の上方、

低い崖の上に、彼らはアスラウグを見つけた。
彼女は一瞬立ち止まったが、船が夕陽に照らされて
金色に輝いているのを見るためだった。
それから海に面した茶色の崖を、険しい小道を通って
ゆっくりと下り始めるのが見えた。
やがて突然、低い陽射しが崖の麓《ふもと》へ射してきて
彼女は金色の雲のなかにいるように輝きわたった。
なぜなら彼女の金髪の華やかさのなかでは
その貧しげな衣服はほとんど見えなかったからだ。
最も長い髪は、はだしのままの足許に達していたから。

というのも、彼女がこの出会いのために歩いていた時、
船にいたあらゆる人が、やがて生じる
一時《いっとき》を熱心に待っていたからだ。
だがその間に、海と船からはちょうど見えない場所で
彼女は少しのあいだ歩を休めたのだ、
そして穢《きたな》らしい自分の衣服を眺めて
かっと赤面して、こう呟《つぶや》いた、「誰に判ろうか、
私はこの偉大な君主に恋をするかも知れないじゃない？
そうだとしたら、こうした初めての時に、穢い服ゆえに
その方が嫌悪の眼を私に浴びせたとしたら
それは災いの源《もと》になるだろう」。

それから、頬をなお火のように燃え立たせつつ、
彼女は金色の頭髪に手を触れた。すると
数多くの細波のような巻き毛が
身体中に広がった。どんな偉大な女王も
これほど栄光に満ちた姿で見られた事はなかった。
このようにして彼女は進んでいった。

今、この乙女が砂浜に足を踏み入れるのを
船員たちが見た時、こんな荒くれた海の男たちから
力強い叫びがあがったのである。
ただ一人、君主だけは、甲板の上から静かに、
彼女がブリッジに達するまで
巨大な眼で見守りながら立っていた。
それでも常に彼の顔は、紅潮したり
醒《さ》めたりしていた。だが彼女の足が
初めて踏み板に乗った時には、彼の心の根本まで
甘い苦痛が貫いたのだ。なぜなら彼女は眼を円くして
まるでその思いが全て彼に向けられているような
真剣な様子で彼の眼を見つめていたからだ。
そして今、彼が自分の手を伸べて
彼女の手に触れた時、何か全てが霞んで

見えたのだ。そして二人は、互いに相手の
息づかいを聞きながら立っていたのだ。
しかし今、王の声を聞いた時には
彼女は変わってしまい、死のように青ざめた。

「美しい乙女よ、貴女《あなた》がここに来てくれたからには
今夕を、十分に二人で楽しんで当然だろう。
このくすんだ色の、もの侘《わ》びしい岸辺が
より美しい日々が生みだすかも知れないものより
さらに大いなる美しさを持っている事を、しかも
その美しさを余が持っている事を喜びたい。でも来てくれ、
少しのあいだ、ただ一人で余が住んでいた住処《すみか》、
海風に吹き曝《さら》された住処に入ってきて、
貴女《あなた》の話で何時間も余を楽しませてくれ」。

というのも、廷臣たちが、彼女は唖だと
告げていた事を王は、何一つ、
覚えていなかったからだ。彼女は一度も王の眼から
瞳《ひとみ》を逸《そ》らさなかった。船尾楼へと、黙ったまま
王の傍《そば》に従《つ》いて進んだ時には、低く垂れた太陽が
風になびく彼女の髪のなかで燃えていた。だが
ふらつくような足どりで従いて行ったのだ、
なぜならこの夕べの時間はあまりにも甘美に思われ、
王の右手が片時も彼女の手を離さなかったからだ。

しかしついに二人が、金の飾りがぶら下がった
天蓋の下に二人だけで立った時に
王は言った、「貴女は、恋をしようと思えばできる
そんな女性だと思われる。まるで私たちのあいだに
恋が生まれるのを望んでいるかのように
私を見ているではないか――青ざめているね、可愛い人、
私たちの唇と唇が合わせられれば素晴らしいだろうに」。

そして二人は唇と唇を合わせて長いあいだ立っていた。
二人が離れた時には真っ赤な血潮が
彼女の頬に燃えていたし、また唇も
優しげに震えていた。そしてその唇は再び
王の唇に近づいた。だが突然、早口で
言葉が唇を突いて出たのだ、彼女はこう語ったのだ――
「美しい方よ、私が現に幸せであるのと同じくらい
あなた様も今、幸せだと思って下さっていれば
嬉しいのですが」。喜びの叫びを上げて
王は大急ぎで彼女を抱き寄せた。
そのキスのあいだに、太陽は沈んで行き

暗くなった世界は寒くなってきた。
もう一度二人は身を離した。「あぁ、僕の恋人よ」
王はこう言って、「君が今、口にした言葉ほど、僕の心を
これ程の喜びにまで感動させたものを僕は知らなかった」。

彼女はもう一度、王の唇に近づきたい様子を見せたが、
唇が触れる前に、まるで
新たな恐れに打たれたかのように
身を退けてこう言った、「いけない！
暗くなってきます、どうしても
陸《おか》に上がらなくては。その時には
この喜びを頂かなかった場合以上に悲しくなるでしょう。
そしてあなた様も――淋しく思われるでしょう。
そうなる事で私を哀れと思って下さるでしょう」。

「明日の朝になれば、昼間が戻ってくるよ」と王は言い、
「仮に僕たちが今別れるべきだとしても、美しい乙女よ。
でもなぜ僕が、この夕べと明日の朝のあいだを
孤独な姿に残されなければならないのか？」

こう言いつつ、王は彼女の足許にひざまずいて
彼女は自分の周りに、王の力強い両腕が伸びて
自分を引き寄せるのを感じた。そして言うには
「君の言葉にしては奇妙な言葉だぞ、おぉ乙女よ、
その素晴らしい愛の唇が、、こんなにも早く
冷たくなるものか？　でも君は僕の腕のなかにいる、
それに僕の心が燃えているのも確かだ。
どんな奴の助けを借りて君は僕を遠ざけるのか？」

二人はお互いに頬を寄せ合っていた。
その時、彼女は震える声でこう言った――
「誰の助けも借りていません。あなた様は私にとって
こんなに大切で、あり得ない程のご身分なのですから。
あなた様は見聞が広く、私より遙かに賢いお方です、
でも不思議な考えが、今、私の胸に浮かんでいます、
――もしそれをお話ししてもよいのならば、
ある、半ば語られてしまったような事柄が
胸にうごめいていますけど」。突如、彼女は立ち上がり、
王を押しのけた。「あぁ今は、あまりに近づきすぎた、
そして明日は、あまりに遠ざかりすぎてしまうのです！
――心も空ろになってしまい、
時が経てば経つほど悪くなっていく日々、
先が見えなくなった生活の数々が、捕獲できない呪いと
格闘する事態！　私の顔をご覧下さい、なぜかと言えば

私という女は、そのような苦しい物語を
あまりにもよく知っている種族の一人だと思うからです。
でも私たち二人についてそんな物語が
できあがるのなら、それはそのままにさせましょう、
この恋を、二人が知る事なく終わるよりは
まだましです——あぁ辛くても、私の恋を慎め！
あなた様の苦痛も自分の苦痛も、私は恐れません。
でもこれ以上の事のために、私たちは努力しましょう！
今日、人生初めての幸せを与えて下さったあなた様、
お許し下さい、私が幸せのお返しに
あなた様の心に苦痛が燃えているのを眼にしながら
助けの手を伸べられない事を——なぜなら神々によって
私の眼は明るく開かれたからです。恋を得たために
私は賢明になり、未来の幾多の時代が称讃して下さる
そんな日々を望むようになったからです」。

暫《しばら》く彼は彼女をしげしげと眺め、情熱のために
身を震わせて外套の裾を両手で持ち上げて
今にもそれを引きずり下ろして裂きそうにした。
しかし額からはすぐに顰《ひそ》めた皺《しわ》は消えた。
そして言うには「そうだ、もし僕が父の子らしく生き、
偉大な業績を挙げる希望を抱くのであれば、
どうしても僕の心を満足させるために必要な
そんな人だよ、貴女は。
そして確かに、偉大な生涯を貴女と共にする事を
妨げる事は何物にもさせはしないぞ。
貴女が僕にして欲しいと思っている事を言い給え」。

「何か名声を得るお仕事に取りかかって下さい」と
彼女は言い、「だって間違いなく偉大な方なのだから。
ではご自分の道を歩まれますよう。そしてもし運命の
定めによって、もう一度この淋しい郷《くに》へ
いらっしゃる事ができる日がくれば、
そこにあなた様はこの私をご覧になるでしょう、私は
運命が与える、いかなる日々にも耐えて生きます、
いつか幸せな日がやって来て
あなた様のオールが再びこの入江を白く波立たせるまで」。

「もしあの事を今思い出してよければ」と王は言った。
「昨年の冬至祭に僕は誓いを立てた、
どこか遠い国で勲功を立ててみせると。
可愛い人よ、もっと近くに寄ってくれ、立ち去る前に
僕の名を聞いてくれ、もし《死》が僕と僕の愛を
貴女から奪い去るような事が生じた時に

僕が誰であったか、思い出してくれるようにするためだ、
貴女が誰か偉大な王と結婚している時にも
僕の記憶が皆、消えてしまわないようにするためだ、
その時に貴女は言うだろう、『ラグナール王が亡くなった、
シグルード・リング*の王子だった人だ、　　*デーン人の王。
デーン人のなかでも特に強大な王の。
あの人は私をそばに召されていたかも知れないのに』と。
そのあとこう言うだろう、『あの時に王は亡くなった、
私の心は打撃を受けたが、王の心は不変だった』と。

「嫌なお言葉、辛《つら》すぎて別れられなくしないで下さい」、
もう一度、繋がれていた唇が別れ別れになった時に
彼女は言った、「深海の真ん中に沈没した
黄金を積んだ船のように
大部分の人の恋は、沈んでしまったっきり
跡形も残りません。でも神もご照覧あれ、この私の心は、
何が起こってもあなた様を忘れる事はありません。むしろ
あなた様とこの幸せの時間を祝福するでしょう。
そしてもしこんな時間がもう一度来るとしたなら
苦しい憧れと大きな苦痛の後ではあるでしょうが
どんなに素晴らしいか、素敵だろうか！　おお愛する方、
お元気で、違った話が生まれませんように。
でも私のような者に誠実を尽くすという事が
あなた様にとってあまりに苛酷な事だと、後になって
思われないように、よくお考え下さい、これだけは――
私はどうやら、今ご覧の通りの女です、
山羊飼いの女、貧しい農民の娘、
朝から晩まで、貧乏で薄情な老婆を
恐れてばかりいる小娘です。朝のあいだだけ夢に溺れ、
世にあり得ない物語にうつつを抜かす女ですけど、
今申し上げたとおりの者です、どうかあまりに大きな
愛情を私の心に注がないでください、もしもあなた様が
偉大な方のお姫様と結婚せずにはいられない
そんなお方であるのなら」。

王は彼女から身を引いて頬笑んだ、
そしてランプの下に身を屈《かが》めて、
大きな箱から、高価な品物を引き出した――
どこか、海の向こうの遠くの国で
見事に織りなされた絹の肌着だった。
「これは、できる事なら貴女の肌に触れさせたい
多くの品のなかの一例に過ぎないが」。
王は言い、「貴女が全てを貰ってくれればよいが」。
しかし、彼女の立派な心根に怖れを感じ始めたかのように

王の声は、口籠《くちご》もった低い響きをたてた。
彼女は、この遠方から取り寄せられた品の近くへ
綺麗だが強そうな手を近づけたが、微笑みつつこう言った、
「死ぬ定めの人間が、そんな綺麗な品物を作れるなんて
不思議です。そしてあなた様は、私の事を
あらゆる幸せを得る価値のある女とお考えのようです。
でも私の郷《さと》の荒れたままの丘、煙だらけの家は、
そんな豪華なお品には相応《ふさわ》しくありません、
仮にあなた様がもう一度私のところへ見えるとしてさえ。
もしお見えにならなければ、失せた愛の形見を眺めるのは
より大きな苦しみです！——私は何を言ってるのかな、
そんなお品を全部、この郷《さと》へいただいたところで
きっとうちの鬼婆が、皆、身につけてしまうでしょう」。

王は顔を真っ赤にして、屈強な右手で
剣の柄《つか》を握ろうとした。「いただきません」と彼女は言い、
「正しく考えてみれば、そんな事は皆、何でもない事。
帰ってきて下さるのなら、希望と願望がその日その日を
過ごさせてくれます」。彼女の表情は深刻で
震えていた。王は溜息を吐《つ》き、「それではこれを、
この最後の贈物を、僕のためだけに受けてくれ」。
そしてもう一度二人の唇は触れ合い、さらには
共に密着し合った。「おぉ、こんな事が数多く起きよう」
と彼女は言い、「もし《時》が裏切らなければ、
また私の心もまた。何の役に立つでしょうか、
運命の手を相手に闘ってみたところで？
私には自分の生活を始めさせて下さい、
うんざりする足どりの生活に違いないけれど」。

彼女の顔に、ちょうど波の震える海を照らすように
月が皓々《こうこう》と栄《は》えていた。今は、黄金でできた
低い覆いがランプに照らされているところから
もっと新鮮な空気のなかへ足を踏み出し、
王は彼女に同伴した。驚いている船員のあいだを
二人はゆっくりと進み、やがては
ブリッジに着いた。それからさっと身を翻《ひるがえ》すように
彼女は向こうを向いて、金細工を吊した欄干《らんかん》を過ぎ、
月が白々としている砂浜の上を
ただ一人、幽《かす》かに光りながら歩いていった。王のほうは
彼女の軽やかな足どりが着実に
暗い崖の真上に登って行くまで見送っていた。
しかし彼女は今、一度として振り返りはせず、
夜のなかへと、王からは姿を消した。
なお彼は見守っていた。だが、ついには宵の光が変化して

彼がこの先耐えねばならない憧憬《あこがれ》の潮《うしお》が
始まった事を彼は知った。
その時、王はオールと帆の準備を大きく叫んだ。
すると明けの明星がまだ薄らぎもしないうちに、
また、明星に付き従う鳥をその崖が見もせぬうちに
風の下で幅広い帆が膨《ふく》らんだのである。

しかしアスラウグはと言えば、自宅へと
入っていったが、何事に出遭っても、彼女の決意を
変えはしなかった。獰猛《どうもう》な老婆から
どんな怒りの言葉を浴びせられようとも
一言も喋らなかった。老婆はこの態度に接して
あの不思議な畏れが、さらに重くのしかかったのだ。
これは当然だったろう、なぜならアスラウグは
少女らしい軽はずみなところを過ぎてしまって
美しく真剣な威厳を備えるようになていたからだ、
それは他のどんな世界でもまず見られない姿だった。

やがて春が過ぎ、夏が来て
去って行き、また、森じゅうが秋の季節の
紅葉で燃え上がった。それはちょうどあの昔、
ヘイミル老がゆっくりと、陰気な丘の縁を
思いもしなかった死に向けて登った季節だった。
次には最初の寒気の、風のない息吹と
湯気を上げる海、一面に白い雪景色、
ちかちか光る朝と物音一つしない夜、*
あの幼かったアスラウグが生まれて初めて、世界を
寒いと感じた冬がやって来た。だが常に彼女は
あの最初の恋の火花が、巨大な変化をもたらした時以来、
全く変わる事なく生きていた。その変化はそれほどまでに
彼女の心を完全無欠な愛らしさに育て上げていたのだ。
短い人生というものは、喜びが得られる時には
あまりに早く過ぎ去るものだが、この人生の虚しい浪費の
毎日が、彼女の心を過度なほどに
苦しめはしなかった。このために彼女の心が
何かを思ったとしたら、それはむしろ
このような考えだった――「あぁ長すぎる、
災《わざわ》いがやってくる時の、変化や苦しみを
くよくよと思う時間は！　もう一度我が恋人の
眼を見られたなら、そしてもう一回、その唇の喜びを
感じられたなら、また短い夏の夜に
恥も悔いもなく死ねたなら、
私には良い収穫だ！　でも仮に私が、
その後の日々に、惨めさという重荷に

*場面はアイスランド。

耐えねばならないとしても、その時でさえ私は
まだ生まれていない未来の人びとに、甘く麗しい
物事の味わいと、世界を生き甲斐のあるものに
見せるような物語を、そしてあらゆる苦しみのなかでも
なお力を持つ物語を、残せるのではないだろうか？」

　このようにして北国アイスランドの冬は過ぎた、
そして再び春が訪れていた。
すると彼女は時折、芽吹いてくる藪や
花の咲く草地の上を散歩に出かけるのだった、
足どりは遅く、顔はうなだれたまま。
仮に、花々の上の歩みが遅かろうとも、
また、自分のまわりに束縛が巻きつく思いだったとしても、
血潮は今、激しく早い動悸を打ち続けていた。
だが春の季節は遅々としながらも過ぎて、
やがて五月も遅い時期となった。その朝、
静かな眠りが過ぎ去ったあと、初めは、
輝く嘴《くちばし》、美しい歌声を持った鳥の鳴き声以外には
藪のなかに彼女は何の音も聞きつけなかった。
しかし、あまりにも甘い願望の最初の波が
心のなかに打ち寄せたちょうどその時、
五月のそよ風に飛び乗ってくるように
力強い角笛の吹き鳴らしがもたらされたのだ。
どきどきする希望が彼女を襲った。
だがそれを聞いても、彼女はベッドから飛び起きると
着替えをして、いつもどおりこまめに
仕事にとりかかった。まるでそれは疑いもなく
以前に起きたとおりの事が、今日の日に生じる事を
信じて疑わない落ち着きだった。こうして彼女が、
鬼婆の怒りに満ちた小うるさい言葉が
険悪な驚きを表すあいだに、火を起こし、
食事を並べると、あの養父が、
肩に斧を抱えたまま、足早に
斜面を駈け降りて行った。だが養父が不機嫌になり、
息せき切って駆け戻って言うには、「あぁ奴らが来たぞ！
もっと悪い事をしに、戻って来たんじゃ。
この唖の女が、儂《わし》ら二人に何かの呪いを
仕掛けたんじゃ」。「そうかの」と鬼婆。
「誰が来たんじゃ？」「去年の春、この家《うち》んなかで
パン焼いたあの連中じゃぞい」と彼は言い、
「何回も儂《わし》は不思議じゃと思うとった、なんでこいつが、
この魔女めが、あの晩に、海岸さ行ったのかとな」。
「何を言うかいの、ひょっこり幸運があたいらに
舞い込むかもしれん」。鬼婆に答えて「黙っとれ、糞婆《くそばばあ》、

あの嫌らしい夜から、どんな幸せだのカネだのが
舞い込むもんかいや？　それどころか
この十五年の殺人の因果が、今こそ
嫌っちゅうほどやって来るんじゃと思うけどな。
見とれ、一番悪い事が、もうすぐここで起こるさかい。
奴らの声が聞こえるぞい」。アスラウグは少し青ざめたが
黙ったまま、竈《かまど》の火から
食卓へと足を運んだ。まるで養父のそんな言葉が
何を意味しようとも、聞いていないかの様子。
それでも今は、実際に
鉄製の衣服の上の剣の響きと
船乗りたちの数多《あまた》の声が
極めてはっきりと彼女の耳に届いたのだ。
また、ドアロに人影がさすまでに
長くはかからなかった。一人の廷臣が、竈《かまど》の火の
明かりの前に立って叫んだ――「この住処《すみか》に挨拶申す、
我々が海を越えて探しに来た
栄光ある美しい女性は、今なお
ここにお住みかな！」　アスラウグは燃え立ってくる火の
前にひざまずいて、食材を
ポットのなかに落とした。彼らの言葉を聞いても
仕事を止めなかった。ただ、片方の手で
美しいその顔を遮《さえぎ》った。すると養父が震えながら
立ち上がって、「そりゃもう」と言い、
「たんまり褒美貰わにゃ。儂《わし》らは養うたんじゃからの、
この唖の娘を、ただもう親切気だけからじゃ」。

「くどくどと述べる必要はないぞ」と廷臣は言い、
「貴様の嘘八百を聞く耳は持っておらぬ、ただ、
そのお嬢様が貴様を絞首台送りにするかどうかが問題だ。
――ご機嫌よう、我々の貴婦人、我々の女王様！」

　声を掛けたのは彼女が立ち上がっていたから。堂々たる
物腰で彼女は食卓に歩み寄り、粥《かゆ》の椀やそのような物を
男たちが立っているところを通り過ぎて
運んでいたからだ。一行のリーダーは
身を震わせて、彼女に近づいて、
椀や皿を運ぶ手伝いをしようとしたが、彼女は
彼の力強い手を優美に払いのけて
彼に微笑みかけて通り過ぎ、椀と皿を
並べ終えると、再び彼らのほうを向いて
次のように語った。この薄暗い家屋が、
初めて彼女の声を聞いて喜んだとしても
おかしくなかった。「おぉ船でいらした皆様、

きっと貴殿《あなた》がたは、あの立派な王様からのお言葉を
伝えに来られたのだと思います。あの方は
昨年、貧しい娘には信じがたい
優しいお言葉を掛けて下さいましたので」。

彼女が語った言葉以上に、思いも掛けなかった
美しい声音《こわね》を聞いて養父母は身を震わせた、というのも
家の空気のあたりには、死があるように思っていたから。
だが廷臣が言った、「伝言はまさにこの通りです、つまり、
これまで、どんなふうにも死を恐れなかった自分だが、
今朝ばかりは恐れたのだ、貴女《あなた》を捜しに出かけて
貴女が亡くなっていたり、居なくなっていたりしないかと
貴女の賤《しず》が屋《や》を訪れる事を。なぜなら
貴女ほどの素晴らしい女性は、自分に見つかる事は
まずあり得ないだろうから、と。『だがもし生きていたら、
そしてなお彼女の愛を余に与える事ができるというなら
一刻も失わずに急がせて欲しい、愛しあうための日は、
この日以外には訪れないのではないかと
恐れるから』と仰ったのです」。彼女は答えて「それじゃ
よろしいですか、全ての男性のなかで王様を、どなたより
愛している事は恥じていませんが、皆様は
この養父母が大切だと思うような金品をお持ちで？
二人の生活はただでさえ生きて行くのが難しい、
その上、私がいなくなったなら、苦しい貧困と
どうしても闘わざるを得ないからです」。

廷臣は答えた――「心がけも立派な方よ、
高価に買い取った品々をたくさんここに持参しています、
我々の主君が、貴女のための女王に相応《ふさわ》しい衣裳を
持って行くようにと命じられたからです。主君はまた
美しいお体《からだ》に似つかわしい装いで
船に乗り込んでいただきたいとお考えで。しかし我々の
持ってきた物全ては、貴女の物になさろうと他の方に
与えようと、お言葉次第です」。「皆様、私には不要。
もしあなたの主君が私の美しさを愛して下さるのなら
王様が全てを自分のものになさった時の飾りとして
自分の顔と体《からだ》というかたちで有しているものだけを
王様のおそばへ持ち運びたいと思います。
私にとっては、今着ているこの着物、これが
極めて十分であると思いますので。
でも実際、恵み深いお心から
王様は与えてもよいと私に下さったのですから――
お二人、この金貨をお取りなさい、そして
可能な形で生きて下さい――あなた方の浅ましさを

祝福したり呪ったりする必要はないのだから、
なぜなら、こう思うからです、新たに呪わなくても
やってくる毎日が常に、これまでの生活より、
苦しいものになろうから。そして全てのなかで最悪の
最後の日が、お二人に降りかかるでしょうから。*
*彼女の咎めの言葉は、過去の殺人を念頭に置いての事であろう。
それでも、できる事なら、お元気でお過ごしを、
だってあなた方の家で、幼い日々を
何とか過ごしたのですから」。

こう語る只中《ただなか》にも、彼女の栄光に満ちた顔は
この住居の上に、これを最後と輝いた。
そして軽やかな足どりが、玄関の外の
雛菊を踏んで進んだ。しかしあの養父母は
気前よく与えられた指輪、宝石、輝く金貨などの
獲物の上に、驚きながら立っていて
長いあいだ、ただただ畏れと驚愕のために
金品に手を触れる事ができなかった。

一方アスラウグは、足の周りに白々と
蝶が飛ぶあいだに
五月の小さく可愛い花の上を
廷臣たちと共に丘を下った。
やがて海の波が低いところで寄せる音と
長大な船の乗員である人びとの呟《つぶや》きを
耳にしたのだ。その時に彼らは
灰色の荒地の頂上に姿を現していたのだ。
そして碇泊している船のオールと船縁《ガンネル》のあいだから
今は船員全てが彼らの歩みを眺めていた。
彼らの叫びは空に向かって大きく響いた。
だが彼女が岸辺に来た時、
太陽のなかから、輝くものが、
陽と船べりのあいだに炎を上げ、また海は
誰かが、滑らかで波に洗われる砂の上を
足早に歩行《かち》渡ったかのように泡立った。
一瞬、彼女は息を呑んで立ち止まり、
脈拍は激しかったが、その時、
廷臣たちは右と左に退いて道を作った。
よく覚えていると思った声が聞こえた。
過去の退屈な日々のあいだじゅう、待ちこがれた声だった。
そして彼女のまわりに力強い両腕が投げかけられた。
しかし彼女の震える赤い唇が、その天国的なキスから
離れ出た時、そして眼と眼が
出会った時、彼女は王の眼に

新たな誇り、新たな希望、新たな愛を見て取り、また、
長い嬉しい日々がなお前方に伸びているのも見て取った。
そして今、彼ら自身が手に手を取って
その岸の向こうへ歩んでいるのだった。

次の朝、二人が目覚めて
互いの手を愛情籠めて、それぞれが自分のほうへ
引き合っているのを見た時、暫《しばら》く二人は
黙って横たわっていた――まるで夜が過ぎ去った事を
大いに嘆いているかのように。やがて王は
彼の胸に安らいでいた幸せそうな金髪の
頭に向かって言った、「愛する人よ、どんな思いが
暗闇のこの数時間に、君の心に
湧き起こったかね？　なお続くであろう日々、
変わってゆく未来の日々の輝きで
夢が、君の愛を籠めた眠りを不思議なものにしたかね？」

彼女は、なお夢を見ているように答えた――
「少し前の夢のなかで
私は、星に明かるむ雪の世界を
歩いていたのです、すると突然、ほんの近くで
渦を巻く炎が高々と燃え上がったのです。
そこへ行ってみたの、まるで夏の川水を
浴びて進むように、火傷一つなく
火のなかを潜り抜けると、そこに見えたのは
美しい金の宮殿でしたが、その宮殿は
まわり一面を轟音立てる炎で環のように囲まれていたの。
開いていたドアに行って
その横にある大きな広間に入ってみると
天蓋の下に、王と王妃が坐っている場所が
眼に入ったのです。お二人は
世界の他の場所には見られないほど美しかった。
するとその、全ての人のなかで最も善き男性と
全ての女性のなかで最も愛らしいお妃様に対して
私の心が頬笑んだように思います、本当に。
それから戸外で、角笛が吹かれたように
思ったのです、すると王はこちらを見て仰《おっしゃ》った――

「『何でもって広間の柱が揺れるのだろう、
おお妃よ、おお恋人よ？』　お妃様は王様のほうを向いて
音楽のようなお声でこう言われた――
『これはラグナール王の名声のせいです、
王の生涯の日々が費やされる
栄光ある努力全ての息吹のせいです』。すると王は

『広間の向こうに見える影法師は
いったい何だ？』 これを聞いてお妃様は仰る、
『あなたの眼が私の眼ほどにはっきりしていれば
間違いなく、あなたが見たのは私たちの娘です、
そしてラグナール王と娘は結婚するのです、
あなたが死んで以降の、最善の男性です、
わたしの王、わたしの恋人、わたしのものであるあなたが』。

「それからお二人*は、玉座の上でキスをなさった、
そして夢は終わり、眠りも終わりました」。

*この物語の始めに言及される、アスラウグの父母、シグルドとブリュンヒルド。次の部分に出る百合の花はアスラウグ。二人の話に出る炎は戦乱を意味する。人骨も同様に戦争による惨禍を意味する。

これを聞いて王《ラグナール》は、さらに引き寄せられるものなら
彼女をさらに引き寄せて、こう言った——
「僕にも不思議な夢がやって来たのだ、
暁に僕は荒蕪地《こうぶち》に出かけた、
谷と荒野を越えてさまよっていた。
いつまで経っても暁のままだった。
僕の身のまわり一面には、どこまで行っても
人骨が散らばっていて、戦争に使った武器が
粉々になって錆びていた。その時、遠くで
炎が燃えた。そこへ速歩で駆けつけたのだ。
ついに現場まで来た時には
炎は恐ろしげで、通り抜けそうもなかった。
けれども僕は、この国について
どんな事でも知り得る事なら何でも語りたかったので
炎の周りを巡り、上へ下へと歩いたが
この同じ炎を通る事ができなかった。
だがやがて、夢見た限りでは、炎が一番高く上がっている
まさにその場所の、ちょうど真ん中を通ってくる二人、
一人の男と一人の女が僕に近づくのを見たのだ、
まるで花咲く森を通り抜けるように。
こうして二人は僕の立つ所へ来たので
僕の心は嬉しくなった。というのも
この二人は僕が見た事もない
美しい二人だったから。次いで男性のほうが叫んだ——

「『挨拶を送るぞ、ラグナール君！ この暁に善き事が
起こりますように。君の手を伸ばしなさい』。

「彼が命じるとおりに、僕は立ち止まって
何が起こるかを待ったのだ。だが彼は
その女性のほうを愛情籠めて眺めて、

彼女の胸の嬉しくなるほどの美しさから
白く咲き誇る百合の花を一本抜き取り、
それを僕の手に握らせて、そのあと、
再び炎を通って、二人とも立ち去っていった。

「そこであとになってから、この百合を
僕は地面に植えたのだが、それが萎《しお》れるのを
優しい気持で残念がっていた。だがその時、
巨大な光が世界の上に落ち、
太陽が美しく地上に昇った。
そこで僕は元気になり歓喜に満ちた。
そしてもはや荒野に僕はいなかった。
緑の世界にいたのだ、そこでは草が
百合の花々をほとんど隠さんばかりだった。
遠く広く、丘の上、谷のなかで
百合の花々は暖かい風のなかで揺れていた。太陽は
あらゆる人の上に輝いているように思われ、
人を愛している様子だった。そこまで見て
僕は目覚めたのだ。そしてベッドに坐って
君も目覚めるのを見たのさ、おお僕の可愛い妻よ！」
その最後の言葉とともに王と彼女《アスラウグ》の唇は合わされ、

喜びのあまり、輝かしい五月の新鮮な朝にさえ
二人は気づかなかった。

それはそれでめでたい――昔の物語によれば
時が経つうちにラグナール王は
全てを知るに至ったという、このアスラウグこそ
足早に去った幸せのなかで、この驚嘆すべき二人から
生まれた愛子《まなご》であった事の次第を。
この王《シグルド》と王妃《ブリュンヒルド》は、そののち、世の変転と苦痛のうちに
別々に生き、死の世界で相見なければならなかった。

しかし、皆様がこの物語の言っている事を知りたければ
古デーン語によって、ラグナールの事情について
極めて多くが語られている――
最後に死が全てを終わらせるまでに、
この恋人たちが通り過ぎた日々の事について。
しかし北欧の人びとにとって、ラグナールの栄光は
非常に大いなるものであったので、ノーサンブリアの
蝮《まむし》の穴から、彼《ラグナール》への弔《とむら》いの歌が湧き起こった時に
ラグナールの死に対して、イングランドは何の償いも
為してはいないと多くの北欧民が考えた――
ハロルド・ゴドウィンソン英国王の死体が

敗残の旗の傍《そば》に打ち倒されるまでは――
血潮が染み渡るサセックスの地にその死体が冷たくなり、
激戦地センラックの丘*の破滅の上に
灰色の嘴をした大鴉がたらふく死肉を食って舞うまでは。

*一〇六六年、ウィリアム征服王が、古代イングランド王ハロルドII世を打ち破るヘイスティングの闘いに勝利した。しかしそれ以前に、北欧のヴァイキングの王ラグナールは、イングランド・ノーサンブリア王エッラに殺され、蛇の穴に遺骸が放り投げられた。なおウィリアム征服王はフランス系であって、北欧を代表しているわけではないが、古代イングランド王を打ち破った王として、北欧民には尊敬された。

この写真はヘイスティングズの砂利浜［訳者撮影］を示す。ウィリアムI世はこのヘイスティングズに陣地をこしらえ、センラックの戦いに臨んだ（上陸地点はこの写真の奥）。

訳者より 11

アスラウグが結婚したラグナール・ロズブローク王は、歴史上の実在の人物としてはヴァイキングの首領である。彼は古イングランドを侵略しようとして、ノーサンブリア王に殺害された。だがそののち、ウィリアムI世（ノーマンディ公ギヨームI世）が、古イングランド王ハロルドを斃《たお》したので、北欧民は胸のすく思いがした。I世はヘイスティングズに陣地を拵え、戦場《センラック》はこの地《ヘイスティングズ》の近くにある。訳者が今夏イングランドを訪れた時、ちょうど（七月一四日）BBC放送がこの戦場とイングランド兵の墓石をTVで見せてくれた。この都市《ヘイスティングズ》はモリスの妻が『地上の楽園』執筆の頃、夫と別個に住んだ都市でもあったので、急に訪れたくなり、駅《ヘイスティングズ》に降り立った。駅員さんは親切だったが、古戦場への行き方を尋ねると「あんたがあの丘へ登るのか！」と私の老いた顔を見るので、古戦場訪問は諦め、「替わりに海岸《シー・フラント》に行きなさい。三分先だ」という助言に従って、十分かかって砂利浜に辿り着き、薄茶色の小石を一つ拾ってきた。ウィリアムI世の上陸地点はこの地《ヘイスティングズ》とイーストボーンの中間にあるが、後者の海岸も同じような淡褐色の砂利浜だ。一〇六六年にウィリアムI世が上陸直後に砂利に躓《つまず》いて倒れ、味方が青ざめた時、立ち上がって「見ろ！　上陸直後にこの国の土地を手に入れたぞ」と小石を見せた故事と、この物語詩の結末とを、しみじみと思い出した次第である。

話を聴き終わって

（この小見出しは原著にはない）

太陽がもう射しこまなくなった薄暗い部屋で
話し手は、物語を全て語り終えると立ち上がり、
老いた眼を床に落として、長い広間を
あちらこちらへ歩き始めた。まるで他の人が
そこにいないかの様子。ついには顔を上げて
暖炉で明るい、元居た場所に戻っていき
そこに腰掛けた。無理に笑顔を作って、聴き手のなかの
若い人びとのほうを向くと、彼らのなかから
語り手の陰鬱な表情が封じていた囁きが湧き起こった。
すると若やいだ声音《こわね》で広間は満ちたのである。
それは四月の朝ぼらけに、木のまばらな森際《もりぎわ》から
斑点のある卵の上を越えて
泳ぐように聞こえてくる鳥の声にそっくりだった。
そんな時、柔らかな羽毛のあいだから、鳥の輝く眼が
朝露を載せた草原を見ているものだが、草原も新鮮で
愛らしい足しか通ってはならないほど美しいのだが。

冬の夜長よ、いつまでも続くがよい、この夜の心臓、
悔恨の培養所にも、息を殺している春がなお生きている。
続くがよい、おぅ多様な夢を呼ぶ長夜よ！　恐怖の夜よ！
過ぎ去った年月の、数多くの夏に養われてきた夜長よ！

一月

バーン・ジョウンズの描いた「ウェヌスに与えられた指環」。
左がウェヌスの彫像。第二話 479 頁参照。

一月

訳注＝同居する女性の愛の薄らぎを懸念する男の歌として読める。

この単調な、雨を含んで低く垂れる黒雲と
太陽を一度も知る事なく、鉛のようだった昼間の
陰鬱な終わりがけを見ていた貴女《あなた》、この半ば溶けた雪と、
募ってくる夜の暗闇の鼠色を背景に、幽《かす》かにしか見えない
揺れる黒い木の枝を見ていた貴女が、愛らしくも
黙って眼を転じ、私の願いを慰めようと、薄暮を貫く
滅多に見られない優しい笑みを送ってくるとは！

ここでは灯りが揺らめく、だが外は全くの暗闇！
突如、部屋の様子が変わって私たちの眼が会い、戸惑う、
おお愛する女よ、もう一度私を見よ！　その時には
数にはならない一瞬の閃きで、疑惑のベールが失せた！
おお天の眼たち、その星ほどに澄んで美しい貴女の魂は
一時《ひととき》、私の魂の上に輝いた！　おおもう一度来てくれ、
長く単調な苦痛のなかの、不思議で大切な安息よ！

駄目、駄目だ、去ってしまった！　ここで彼女は静かに
極めて率直で奥深い大きな灰色の眼をして坐っているが。
我が心よ、耐えるがいい、あの眼はなおもお前の日々を
全き安息で満たすだろうから——ほら今、眼はお前の苦を
祝福し、世界を正す最後の希望をお前に与えるのだから。
おお見えなくなった飛ぶ雲よ、唸《うな》っている冬風よ！
君たちは今夜、どこへ行って安息を見出すつもりなのか？

訳注＝モリスの妻ジェーンは、この頃、自分を絵画のモデルとして使っていたD・G・ロセッティに心を奪われていたと言われる。本訳書のタイトルページに掲げた「プロセルピナ」は、ロセッティがジェーンをこの女神として描いたものだが、ほかにも多数、ロセッティの絵画にジェーンは描かれている。

一月最初の集まりを前に

（この小見出しは原著にはない）

最後の物語が終わって以来、年の名前が変わった。
この変更は全く、幽閉されている春の解放には役立たない。
雪の下に深く、この国は埋もれている。
深山鴉《みやまがらす》は、輪を描いて舞う雪に朧《おぼろ》な姿となって
風に吹かれて南西に飛び、南に面した丘の上も
正午というのに、真夜中のように静まりかえっている、
丘の斜面は、葡萄蔓《ぶどうづる》の上に羊毛に似た新芽が現れて以降、
極めて多くの大きな人声を聞いてきたというのに。
農場の門近くを漂うように飛ぶ大鴉《おおがらす》は
輪を描きがら新たな死骸が現れるのを見張っているが、
牛のひしめく畜舎からのくぐもった声と、塀のまわりを
吹き抜けてゆく風の音しか聞こえない。半ば隠れた市街を
見渡せる尖塔の上高く昇っている見張りの人には
自分の下に、チャイムの音色が響いているのが
聞こえはする、けれども鐘の音は極めて鈍く、生気なく
聞こえるので、番人は、音が聞こえ、また途絶える夢の
なかにいるような気持にさえなるのだ。そんな《時節》が
なお見出すのだ、静まりかえった戸外では働く人の姿が
絶えてしまったのに、我が老人たちがなお生きていて
窓際に雪がちらつくのを見ながら坐っている姿を。
それは正午と夕暮れの合間の時。やがて今、
長老*の一人が額の皺を拭うようにして
こう語る、「さてお聴き下さい、どんな場所に行っても
呪われる運命だと最初は思われた人物の物語です。
この人の不運をお話するのが私の役目です。
この冬がすっかり終わりきらないうちに、おそらくは
別の方が、この人の幸運をお話するのではないでしょうか。
但《ただ》し、第三の話は存在しません、この人が地位を得たあと
その凶運の人生に何が起こったかについては判りません。
ひょっとしてその後の人生は、彼にも、また私たちにも、
そんなに悪いものではないでしょう。この人が死ぬ前に
得る事ができた安らぎと勝利感を喜んで、私たちは
起立してもいいくらいですから。今はもうその眼が見た
悲しみと喜びの全てを忘れて、彼は言葉もなく
十分な名声と共に土中に眠り、今日この場では
冬場の一時を私たちが過ごすのに役だってくれますから」。

*ここまでの拙訳をお読みの方にはお判りの通り、長老とは、不死の国を探しあぐねて漂着した《名もない国》の親切な高齢者で、町の運営に当たっているが、元はギリシア系の人びとなので、常に古典古代の物語を紹介する。

アルゴリスにおけるベレロポーン

あらすじ

コリントス王グラウコスの息子ヒポノウスは、自分では知らぬ間に弟ベレルを死に至らしめ、自国を逃れてアルゴリス王プロイトスの許にやって来た。プロイトスは彼の罪を清めた。それ以降、ヒポノウスはベレロポーン*と呼ばれるようになった。彼は長期に亘《わた》ってプロイトス王の館《やかた》に住み、王には大いに愛され、王の手から多くの贈物を得た。しかし、王妃ステネボイアの奸計によって王の愛顧を失い、妃の父であるリュキア王イオバテースの許へ遣わされたが、秘《ひそ》かに悪意が籠められた書状を持参しての事であった。

*ベレール殺しを意味する。

アルゴリス王プロイトスは、ある日の事、
枝縺《もつ》れあう森のなかで猪《いのしし》を追いつめ、
さらに幸運にも恵まれた。というのも真昼が終わる頃、
その日彼の刃《やいば》が討ち止めた三頭目の巨大な猪を
征服したからだった。それから休息を欲して、
枝を伸ばす樫の木の下、緑の草地に足を踏み入れ、
王者らしく、周りに廷臣たちを配して食事をした。
森の宴《うたげ》には音曲《おんぎょく》のリズム正しい音を欠く事もなかった、
食物と飲物で、一行《いっこう》の願望がある程度満たされ、
彼らの疲れた手足が十分元気を回復した時に
年取った狩人《かりゅうど》とその息子が、遠い昔にこの森のなかで
為されたという栄光ある行為について
歌物語を始めたからだ。酒神《リヤエオス》の贈物であるワインと
韻律正しい物語が、一行に日常の生活を忘れさせ、
心を高めた。また、お互いが高貴な存在であるかのように
思われていた時、遠くのほうから、日光をを受けて煌《きら》めく
武具の姿が見えてきた。そして歌い手の言葉に混じって
巨大な馬のゆっくりした足音が間もなく聞こえたのだ、
やがて森を貫いている樹木のない道から
馬に乗った一人の男が近づくのがついに見えてきた。
すると猟犬たちは吼えたて、武器をじゃらじゃら鳴らして
輪の外べりにいた狩人たちがさっと立ち上がり、
槍に触ったが、なおプロイトス王は横になったまま。
やがてこの車座の近くで一人だけの男が馬を停《と》め、
荒《すさ》んだ眼をして群れなす狩人を見下ろした。
男は疲れているふうだった。その強そうな黒馬は
何マイルもの道に汗と血を置き残してきた様子。
今は馬も、速く走る心からの喜びをすっかり忘れて
息づかい激しく、首を傾けて立っていた。
馬上にあった男の貴族ふうな衣服はずたずたに破れ、

破損した刀《かたな》のさやには、刀自体がなくなっていた。
輝かしい甲冑《かっちゅう》一面に、錆《さび》が点々として現れていて、
彼の頭を覆う黄色い頭髪は、櫛を入れた跡もなく
縺《もつ》れあっていて、兜《かぶと》もそこにはなくなっていた。
乙女子の顔のように美しく、赤々と輝いていたはずの顔は
死人のように蒼白かった上に、
やつれ、憔悴《しょうすい》し果てていた。灰色の眼は睨《にら》むようにして
他の人には全く見えない何かを、心底から
恐れている表情を見せていた。だが今は狩人の一人が
大声で尋ねた——「おおい、貴君は誰だ？　どんな神に、
或いは人に、追われているのか？　留まって語れ、
また我々の王の休息を、故《ゆえ》なく乱す事は許さんぞ」。
男は振り返って、怯《おび》えたふうな表情を見せ、こう言った、
「私の近くに立って取り囲み給え。貴殿らの王には、
お会いしてよい時がくれば、一切をお話し申し上げる、
但し実際、その間に私の命が絶えなければの事だが」。

　こう言い終わると、ほとんど力を無くした人のように
男は、疲れた馬から降りた。
彼らは男を王のところへ連れて行くと、王は木を背景に
今はすっくと立ち上がり、新参の男に会おうとした。
男は王の前に出ても、眼を合わそうとさえせず、
夢を見ているふうに取り乱して、突っ立って眼を見張った。
やがてアルゴリス王《ブロイトス》は、快活な声で呼びかけた。
「おお友よ、貴殿の悲しげな疲れを、少しばかり休め給え、
腰を降ろして、食べて飲み、余の客人となるがよい。
貴殿が不幸だとしても、余は貴殿に害を加えはせぬ、
神々や人が、復讐を遂げるなら遂げさせるがいい、
わざわざ余の助けを求める必要もない、余は平和裏に
白い城壁のアルゴリスと爽やかに戦《そよ》ぐ木の間に住む男だ」。
　男は、王の述べた言葉が、何を意味しているのかを
問いたげに王のほうを向き、まるで今なお彼を追っている
何か恐ろしいものから安全に逃れていないかのように
苦しげな顔つきであちらを向き、こちらを向きして
ようやく腰を降ろし、餓死寸前の人のように食べた。
けれども食べ物を手に取りながら震えた、そして
カップのなかを覗き込んだが、あたかもそれは、人間を
親切な言葉や歓喜へと元気づける大地の血《ワイン》ではなく、
人の血がカップに入っていないかを確かめる仕草だった。
　だが今、餓《う》えを満たし終わってから
髪を後ろへ振り戻して、男は王を眺めながら
くぐもった、嗄《か》れた声でこう言った——
「おう皆様、これで私が死なずに済んだのがお判りだ、
だが王様、何とお名を呼べばよいか教え給え、なぜお名を

知りたいかと言えば、心のなかに祈りと感謝を有する者は
名も知らぬ神々に謝意を表するわけにはいかないので」。
「プロイトスに向かって貴殿はして欲しい事を祈れ」
王は言い、「アルゴリス国の名にかけて祈り給え、
何でもない事については、余は否とは答えないからな、
なぜなら余の心が与えるのだから。貴殿も名を名乗れ、
そして何によってこの災いが生じたかも語り聞かせよ」。

　次第に優しげになる目付きでこの放浪者は
プロイトス王の快活な顔をじっと見て、蒼白かった顔に
血潮を戻した。「陛下はご親切だ」と彼は言い、
「だがさらに親切な眼も知っていました。今それは永遠に、
死者のなかに探さねばならぬのだが。喜びは去りました、
こんな運を失った者を放擲《ほうてき》なさるのが最善でしたのに。
なぜなら私は愛する者を殺す男、憎む者を
《運命》の手から救い出そうと手を尽くす男ですから。
私が喋《しゃべ》くるのをお聴き下さい、あの時以来、私が見たのは
大きな緑の木の葉、木々の幹と森の聖なる生物だけです」。
　それから暫《しばら》く黙り込んで、過去に起こった事をくよくよ
考えこむ様子だった。しかし王が、男の語るべき事を
男に思い出させるかのように言葉を挟《はさ》むと、
うなだれていた男の口からゆっくりとした単語が
流れ出た。まるで恥を告白する人物の様《さま》だった。
その間、プロイトス王は男の口許に身を近づけた。

「ヒポノウスと人に呼ばれていました、私が神々の
憎悪と人間の怖れを知る前には。私の生活は、コリントス、
災いを呼ぶ戦《いくさ》から遠く離れたその国で過ごされました。
父であるグラウコス大王が、海岸から海岸までを
治めていましたので。そして母、麗しのエウリメーデが
もう一人の男子を父に儲けたのでした。
この弟は、心も顔も手足も、皆、私にそっくりで
ベレールという名前でした。この上ない真実を話せば、
それがどんなに遠い昔に思われるとしても
私は弟と、長いあいだ、愛と幸せのなかに生きたのです。
喜び溢れる勝利のために、どんな計画を二人で立てたか！
耕作されていない愛らしい国々を勝ち取る事を夢見たか、
そしてそこで世界の怪物を退治して、
神々のように共に暮らす事を考えたか！　また二人で
どんなに熱心に、老いた人びとから、大海の流れの横に
存在する陸地についての話を聞き出そうとしたか！
だがその時、老人の熱のない言葉、疲れ切って希望のない
彼らの眼が、何と愚かしく思えた事か、だってこの時、
全ての事のなかで、この事だけが賢明な事と思われたので。

この事、つまり人生がいかに楽しく、地上がいかに大切か、羽ばたく希望だけが現在の歓喜を抑えているかを知る事。あぁ、何と私は喋る事か！　人間とは何というものか、大きな幸せのなかから悲惨のなかに落ち込むと、新たな智恵こそが、努力する人びとの多くの道を閉ざす唯一の障害でしかないと考える人間というものは！

「夜になると二人は同じ美しい部屋で眠りました、私と弟が、です――その部屋で私は三夜連続して夕の光と朝の光とのあいだに、夢を見たのです、夢のなかでも私は、実際の通り、なおベッドに横たわっていましたが、その時、冷たい手が私の上に触れました。そしてある物影がベッドの頭《かしら》のほんの近くに立っていたのです。灰色の服を着た女で夜と昼の境の、はっきりしない時間のような朧《おぼろ》な姿。女の顔も、背の高いやつれた身体もベールで覆われていた。女は、暖かい安らぎのベッドから私を引っ張り出して身震いする私をはだしのまま、床を歩ませせました。ついには、心臓を高鳴らせながら私は弟のベッドの前に立ち、自分が為すべき事を知りました。というのも女は陰のような衣の下から、立派な鋼《はがね》製の矢羽根付きの矢を抜き出して、それを私が、他の事一切を放擲《ほうてき》して、力いっぱい握らざるを得なくさせました。そしてなおも女の意志に背く事ができないまま、女のベールに包まれた手が指し示す通り、狂ったように母が産んだ紛れもない弟の心臓へ突き刺したのです、この悪事を為すと同時にかん高く叫ぼうと努めつつ。

「叫び声はあがりませんでした。だが突き刺すと同時に気分悪く、気絶しそうな思いで目覚めそうになりましたが夢が再び私の上にのしかかってきた時には、部屋も、知っている全ての物も消え去ってしまい、女の幽霊も見えなくなりました。私はただ一人、見知らぬ国に立っていて、そこは樫木《かしのき》の森の横、丘の上高くでした。私の足許の遙か下方では素晴らしい都会の白い防壁が、黄色の砂浜と船が集結する青海とに出会っていました。こんな全ては、私には玩具のように思われたのです、夢で私はこの都の王で、十分偉大な存在でしたから。

「しかしその丘の、緑の絶壁上に立って大いに喜びながら、なお私の心にどうしても必要なこの喜び以上の何かを、実際大いに期待していますともう一度、全てが変わったのです。風の強い海際で

誰か英雄が世を去った事を弔《とむら》うために
人びとが大いに厳かに、記念の競技会をしていました。
英雄の亡骸は、巨大な荼毘《だび》の積薪《つみまき》の上にあって
松明《たいまつ》の火を待っていました。遠く、また近くから来た
参列者が岸辺で、私の知らない名前を叫びながら
彼らの王であった人物の死を嘆いていました。
だがそれほどの嘆きが、風に乗せて投げかけられている
その死人の顔を、私が見てみると
私にはその顔が自分自身である事が判ったのです。

「冷たい苦痛が我が身を貫き、私は眠りの縛りを解《と》いて
恐怖に震えながらベッドで目覚めました。
物を考えられるようになると、恐怖の重石《おもし》が
心にのしかかって、絶え間なく大きくなるのでした。
ですが次の夜、また次の夜が来て
なおも眠りのなかで同じ夢を見た時には
もはや、この不思議を心のなかに
留めておく事ができないのではないかと思いました。
恐怖に捕らわれたからです。最初は、こんなに奇妙に
訪れた夢を弟に話すほうが良いように思われました。
そのあと、恐れたのです、弟が、その話を聞いて、
私の邪《よこしま》な心に何か秘密の欲望が働いて、
夢のなかにその舞台劇を見せたのではないかと疑って
これまでとは異なった眼で私を見るのではないかと。
或いは、私たちの血筋を、何か呪われた手から
救おうとして、弟が国外に逃れるのではないかとも
恐れたのです。どちらにしても夢を明かすのは難しく、
だが話さないでおくと、それは魂を地獄にしました。

「ですがある長老の事を思い出しました。
私たち兄弟に、愛について多くを教えてくれた人です。
私たちを愛してもくれました。ディアーナの神官でした。
荒れた森のなかで、この女神に敬虔に仕えていました。
数少ない付き人とともに森の神殿に住んでいたのです。
コリントスからシキュオンに向かう途中で、人の眼に
丘の斜面からこの神殿が輝くのが見えたのです。
「こんな事を考えるうちに夜もほぼ終わりに近づき、
暁が仄《ほの》かに光りました。こんな苦しい思いを
この老神官に話したいものだと心が燃えました。
そこでベッドからそっと起きあがって
できるだけ急いで衣服を着込むと
玄関ドアに向かったのです。でも美しいポーチを
通って行く時に、真鍮で飾られた最後の支柱に
矢羽根付きの投げ槍が突き刺さっているのを見たのです。

これを見ると新たな恐怖が心に生じました。というのも、
私が夢に見た投げ槍が作られていた通りに、
この槍も作られていて、緑と赤の鳥の羽根で
槍の末端が美々しく飾られていた上に、
矢柄《やがら》の周囲には銀白色の帯が巻かれていました。
なお夢を見続けているのかどうか、ほとんど判らない始末。
ですがこの槍をよく見て、これを持参するほうが
良い事のように私には思われたのです、
老神官が、いかに私の夢を事実として、本当だとして
それだけ良く理解できるようにし、それだけより良く
私の困り事に助言を与えてくれるようにしたかったので。
「こう考えてその槍を手に取り、森を目指しましたが
ほとんど、太陽があたりを昼間にしてしまう前に
森のなかに入って、急いで馬を進め、
老神官の邸に到着するまで、心が燃えていました。
そして眠りながら歩く人のように私は進み、
強い目的意識のために、何も眼に入りませんでした。
「ですが森の小さな神殿に着いてみると
私の努力は無駄でしかなかった事が判ったのです。
というのは、神官の付き人がこう語ったからです、神官は
前の晩、たった一人でコリントスに行ってしまった、
何か重大な仕事のようだったと我々は思う、
なぜなら常に計り知れないほど悩んでおられたから、と。
神官の悩みは私を悩ませました。なぜなら神官には、
私の上に降りかかりそうな何か大きな危険についての
確かな報せ《しら》がもたらされたので、彼はコリントスへ
私の顔を見ようとして出かけたのだと思ったからです。
私が会いに来たのと行き違いでした。こう思うと
巨大な怖れと重苦しさが私にのしかかり、
かつては素晴らしいものと思っていた人生全てが
今は悩みの種となり、処理しにくいものに思えたからです。
「そこで再びコリントス市のほうへ顔を向けて
森の、木を伐採してある道に急いで馬を進め、
夜明けと正午の真ん中に、森の末端へと
もう一度近づいたわけです。
すると今、風に乗って、入り混じった人声が
間近に迫って聞こえるような気がしました。
これを聞いて馬を停め、耳を澄まして叫ぼうとしましたが
乾ききった喉からは、弱々しい声しか出ませんでした。
そのあとで聞き耳を立てると、あの人声は
もう聞こえず、私の空ろな心は怯《おび》えてしまい、
森の人びとが語った怖い物語が困惑した心を占めました。
でも立派な手綱を再びうち振ろうとしたちょうどその時、
あの人声がまた、以前より近くに聞こえたのです。

そこで一旦《いったん》握った手を手綱からはずしました。
するとまさにその時、茂みのなかから、巨大で灰色の
狼《おおかみ》が、私の進路の方へのっそりと現れて
黄色い両目で私を睨《にら》みつけて立ちふさがりました。
私も睨みましたが、愚かにも私には狼は見えなくなり、
その存在のなかに何か恐ろしい神が見えたのです。
この神もどきの唸《うな》りが私の心を打ちつけてくる間《かん》、
手も足も震え戦《おのの》いてはいたものの、
指はいっそう強く、恐ろしいあの槍を握り締めました。
そして何とか、鐙《あぶみ》に足を踏ん張って立ち、
震えていた槍を、手放すように投げたのです。
その時、私の周囲全体に火柱が立ったように見え、
茂みのなかから恐ろしいわめき声が響いた時、私の心を
苦痛が圧倒しました。神なる《父》の顔に突然出遭った
そんな人さながらに、私にははっきりと見えてしまった、
狼なんか居なかった、草むす道の上を走っていたのは
よろめき、顔青ざめて、血だらけになった人間だった——
左手で刺さった槍を持っていましたが、鏃《やじり》の手前にある
縞模様の木製部さえ彼の胸のなかにめり込んでいました。
彼は私に向かって、右の手を挙げたのです、私の馬の
蹄《ひづめ》に近いところで彼が倒れる時の事でした。はっきりと
私に判った、これは弟の最後の別れの印になる事が。

そしてこの先、この姿で弟を思い出すであろうという事が。

「そのほかの話？　どうでもいい事です。神官の姿を見、
武装した男たちが茂みから近づくのを見ました。
怯えた眼で私を見据えていたのです。私は剣を抜き、
鞍《くら》に坐り、恐ろしい言葉を待ち、
多くの男が一斉に襲いかかってくるのを覚悟しました。
だが彼らは静かに私の周りを取り囲み始めました。
この人の環《わ》がまだできあがらないうちに、
死なり呪いなりを待ち受けつつ、最初はこうして留まった
この私は、生命への愛着を感じてしまい、
希望と闘争へと向けて、我が心を再び元気づけたのです。
そうです、その時、私は恐ろしいあの夢の、最後の最後を
一つの輝かしい光のなかに見てしまったのです。*

*先に見たとおり、夢の最後で彼はある都会の君主となってから死ぬ。

そこで、叫びながら、馬に強く拍車を当てました。
愛馬は後ろ足で立ち、急発進。私には、武器と叫びの
入り混じった騒音が聞こえ、うつぶせになった頭の上を
槍が飛びました。狙いの正確な矢が、私の兜を
頭から吹き飛ばしました。だがその時、叫びが起こった、
『生捕りにせよ、偉大なる王家に、二重の恥を
もたらすなかれ！』　その叫びと同時に、私は強大な

騎乗者に衝突されました。大波が大波とぶつかる様《さま》と同様。
私の右手は後ろへ飛ばされ、握っていた剣は失われた――
それは投石器から波に洗われたすべすべの小石が飛ぶ様。
愛馬はよろめきはしましたが、相手はすっかり転がって
人馬一体、私の前に横たわり、今はもう進路を妨げる
何物もなくなり、私は激しく拍車を当てて走り続け
こうして少しのあいだに、レースに勝ったのです。
だって堂々と馬に乗っていましたから。私が思うに、
こうした追っ手の大部分にとって、私が逃げおおせた事は
悪い事とは感じられなかったのではなかろうか。

「おぉ王様、私にはこれは昨日起こったと思われます、
そして今すでに、死なないように懸命になった事で
決して良い事をしたとは思われなくなってきました。
なぜなら私は疲れ果て、神々は私の将来を、人間界の
全てのあいだで良き運を得られない者になさったから。
私は神々の意図を覆しても気にしません、
だって今は、事態がそうなる事を疑わないのですから。
ところが私という人間はこう造られている、命があるから
人生の闘いに常に打ち負かされてもなお、どうしても
常にあまりにも生命に執着して、全てのもののなかで
最善のものである安息を得られないようにできている、
ですから王様、私を殺して下さい、この事をお願いします、
蓄積しておられる幸せの最小の分け前も欲しません。
殺して下さい、荒れ狂う冬のあいだじゅう私の遺骨の上で
樫の大枝に語りたいだけ語らせて下さい。
殺して下さい、なぜなら、幸せも悲しみも語られる事の
全くない場所へ行きたいと思っているのですから」。

「阿呆」と王。「貴殿はほんの今、餓えに追いやられて
食ったり飲んだりしたではないか？　そうだろ、余の臣が
貴殿の胸をめがけて槍先を向けた時には怯んだだろう？
忍耐、忍耐。実際、安息なら貴殿も必ず得られる、
だがその前に、多くの事柄がやって来ずにはいない、
だって全ての者は死ぬ、貴殿も他の死者の群のなかで
味方を得た事さえほとんど思い起こせなくなるんじゃ。
この終末に至るまでに、最悪の場合でも貴殿は
喜びを得、また悲しみを得る。それゆえに来給え、余と
ともにあれば運のない住処《すみか》に居る可能性は極めて低い、
神々を恐れるな、そんなに長い時間の経たないうちに
我々は貴殿の魂から全ての罪を清めて差し上げよう、
そうすれば重い呪いは貴殿にのしかからないであろう。
それどころか神々の怒りがこれを生じさせたのだろうか？
ひょっとして神々は天上で貴殿の幸せに頬笑むだろう。

――見ろ、暫《しばら》くは身を焼くような苦痛、
次には少しのあいだ、成就できない願望の苛立ち、
次に、心から愛した顔への優しい思い出、
静かな時間に、だ。そのあと――忘却さ――。
そうなる替わりにむしろ我慢して、自分が愛したものを
次第次第に愛しなくなり、ついにはその愛の対象が
忘れるべきものと化し、そのものを愛したために
人生を浪費したと考える恥を得たいのか？　でなければ
来い――貴殿は夢が預言した王国の獲得の事も
語っているぞ、ちょうどあの恐ろしい夢の預言が実現した
その通りに、王国獲得もまた、実現しはしないか？
馬に乗れ！　アルゴリスに帰ろうではないか、
余を友として、貴殿の新たな生活を始め給え。
世界は広いのだ、また、まだ多くの日々に
広い世界のなかの人びとに傷をもたらす全ての悪事が
すっかり取り除かれるわけでもない。
こうした悪事を制圧する事から生じる歓喜を
貴殿のような人こそが勝ち得る事ができるのは確かだ。
なぜなら貴殿は王侯の血統に連なる事を無駄にはすまい、
貴殿の顔が偽っていない限り――いや、これ以上は言わぬ、
突然に幸せの死滅を味わって、心の傷がなお痛む人に
なぜ余が、虚しい言葉を連ねる必要があろうか？　だが
乗馬して、我々と共に来たれ、我々の愛らしい住処《すみか》へ」。

ヒポノウスは王の言葉に何の返事も語らず、
悲しい思いに耽りつつ、そこに坐っていて
耳を傾ける様子もなかった。そしてアルゴリスの廷臣
彼の戦闘馬を再び彼の許へ連れて来ると、
誰が居るのか、どこに居るのかもほとんど判らぬまま
彼は馬に乗り、眼の据わった、疲れた顔つきで
廷臣たちの命じるまま、王の左手に付いて馬を進めた。
枝の縺れあう森から一行が現れ出て
美しく良く耕かされた田園の風景が現れても
彼の悲しげな気分を和らげるのに何ら役立たなかった。
またアルゴリスの防壁が野面の果てに現れてきても、
力強く、町に危害が訪れるのを防ぐ良き設備を見ても
彼は憂鬱を晴らしはせず、見るからに優美でありながら
重くて巨大な麗しい城門さえほとんど見なかった。
街路に整然と建ち並ぶ家々も、彼の眼を惹きつけず、
南の国からほこりまみれになって、なお輝きながら
列をなしてくる情景も、感嘆もせずに彼は眺めた。
噴水のあたりを通る時、水のなかから滑らかな腕を抜く
ほっそりした乙女たちや、彼女らが大きな音を響かせる
角笛のほうを眼に庇《ひさし》を作って見る姿にも彼は魅せられず、

当時の王侯が持っていた邸のなかでも驚異であると
全ての人が認めていたプロイトス王の居城の偉容も
彼からは苦しげな渋面しか引き出さなかった、それは
あたかも人間どもの愚かな労苦を知り始めたかのよう。
饗宴《きょうえん》の間に浮き彫りにされた神々や、その壁面を
飾り立てている絵物語の掛け布を眼にしても
しょっちゅう描かれる戦苦の話をまた絵にしているので
画工たちの虚しい努力に、彼は心を痛めるだけだった。
乙女が、湯気を立てる風呂場に彼を連れて行った時に
強そうな手を握られても、彼女の手が掌《てのひら》に冷たかった。
また別の乙女が、自分は気に入られないと思ったため
うなだれた姿で、彼のために衣裳を持ってきた時、
刺繍された金糸が美麗な線のあいだから
貝紫《ティリアンパープル》が仄《ほの》かに顔を出す豪華な衣であったのに
彼は喜ばなかった。彼が広間にやって来て、
ついに高座の脇に座を与えられた時、
プロイトス王は温和な眼から笑いを見せて、
今は櫛の通った彼の頭髪に手を置いて、こう言った――

「確かに、こんな美しい金髪と、この美男子ぶりが
アルゴリスにやって来たのは、我々には不運であるわい、
これまでは十分いい男ぶりだった我々が、宮廷の侍女連に
ゃ、男のおかちめんこに見えるからじゃ。美男《イケメン》が戦《いくさ》に出払い、
邸のなかには乙女と子どもだけが坐っている時、せっせと
邸のドアで働く醜男《ぶおとこ》たちと同じにしか見えんからの」。

だがヒポノウスは王の言葉に何の反応も見せず、
向こうを向いて、王の手を荒々しく頭から払いのけ、
苦い顔をして何か呟《つぶや》き、さらに遠くへと身を引いたが、
まるで夢のなかで身体《からだ》に触られた人の仕草であった。

事実、彼は夢を見ていたのだ、彼の夢は淋しかった。
彼には世界が苛酷なものに思われた。彼は、
やがてやってくる空虚な世界に、軽蔑の眼と
鉄面皮《てつめんぴ》たちを住まわせる想像をした。
一つまた一つと人間嫌いらしい話を拵えてみた、
この世界では、嫉視に満ちたからかいが世の褒め言葉で、
善行は悪名をもたらして、真実は存在する事ができず、
憎悪は記憶され、友愛は忘れられるのだった。それは、
一旦《いったん》手に入れられると、全てが価値を失う世界だ。
心狭く、人を助けず、友愛を持たない事が世の慣《ならい》となり、
その結果、希望のない日々のなかでも最も希望のない日へ
これが連なり、この日々は縺《もつ》れ合い、苦しみを産む。
このように彼は考えた。やがて眼には涙。なぜなら、

彼はまだ若いのに、希望が死滅していたからだ。
　だが彼の、眼の据わった、疲れ切った顔を
アルゴリス王は少しばかり眺めていたが
やがて王の眼は、唇にまだ残っていた諧謔《かいぎゃく》の微笑を
消して行き、今は宴席に向きなおって
とうの昔にその仕事を身につけていた王者らしく、
周りにいた身分高き男たちに語りかけ、
陽気な宴の人びとの、陽気な王に早変わりした。

　こうして宴は終わり、全ての廷臣が眠りに就き、
ヒポノウスでさえ、少しの時間、甘美な忘却のなかに
魂を浸す事ができたのだった。
次の朝、目覚めた時には、爽やかな早朝が、ある程度、
彼が宝のように貯め込んだ悲哀を慰めてくれた。
これまでより、自分が孤立している気持が薄れたのだ。
王も彼を忘れずに、すぐさま、神官のところへ
人を遣わして、自分の意図を伝え、邸にやって来た客人を
清めていただきたい、なぜならこの客を、
名誉を得た姿で邸に泊まらせたいからだと理解させた。
　こうしてユピテル《ジュピター》の神殿は、この浄《きよ》めの儀式を準備し、
ヒポノウスは、様ざまな歌とハープの演奏のなかを
白衣を着、素足で、この神殿へと誘われた。
ヒポノウスは、木の枝を手にして、この神に平安を祈った。
金の帯を締めた、熟練した神殿の犠牲献納担当者の
一撃のもとに白い牛たちが、呻きもなく倒れた。
薫香《くんこう》の煙は、屋根にまで達した。
今は低音、今は高音となる人びとの合唱する祈願は
巨大なドアの、真鍮製の羽目板を縫って震え通った。
床の上には、薬草がうず高くばらまかれ、
その真ん中に、ついにヒポノウスは、
一族の血を流した罪を浄められて立った。
すると神官頭《がしら》が、高声で述べた、「ベレロポーン*よ、
この新たな、拙き運を意味する名前を貴殿は得たのである、
前へ進め、自由に進め、再び幸せになり給え、
しかしもはや人びとからヒポノウスとは呼ばれないぞ」。

*すでに施注したとおり、この名はベレール殺しを意味する。

　これ程多くの祈りが彼を解放したにもかかわらず、
ベレロポーンはうんざりしたふうに前へ進んだ。
それでも少しばかり、忘れる気分にはなっていた、
そしてなお在るかも知れぬ日々へ顔を向けたのである。

だが彼がプロイトス王の玉座の前に来た時、

王は新たな名を叫んで彼を呼び出し、
「おお美しきベレロポーンよ、世を見習って賢くあれ、
貴殿の目の前に勝ち取るべき善きものを並べ給え、
土地、名声、財宝、そして人生を。
黄金時代は、話に言う通り本当にあったとしても、
過ぎ去ってしまったのだから、人生は来る日も来る日も
人びとを幸せにするような努力の積み重ねだから」。

「おう王様」と彼は言い、「陛下は人生の真昼におられ
人生の夜についての思いを隠すように努めておられる、
私とて今なお人生の朝を過ぎてはおりません、
ところが、世界は極めて広いと思っていた私は、今、
世界が縮まって、小さな、悩み多き場所だと感じて、
そこには助けもないので、呆然自失の態《てい》で、やがて来る
時間のほうへ顔を向けます。そしてどんな喜びや希望が
自分に与えられる事になるかを全く知り得ません。
王よ、我慢して見ていて下さい。或いは暫《しば》くのあいだに
私は宴《うたげ》を損なう人間ではなくなり、生を大いに愛される
陛下のように、頻笑む事を覚えるかも知れません。
嘆きといえど喜びと同様、ちと触っただけで消えないとは
誰に言えましょう？　それに死はまだ遠くにあります。
人びとのなかには呼吸する事さえ喜びと思う者も居ます」。

「そうだとも」と王。「ご理解の通りだ。だって実際、
余も、大概の人間同様、生きていたいからだ――だが
まだ熱のある病人にワインの話をする必要はないな。
余のような心になれば、貴殿の心も人生を愛するだろう。
だがここから出よう、価値多きどんな品々を神々が余に
与え給うたかを貴殿に見て貰いからじゃ。
破損した弦を爪弾くのは良い事ではないからな。
貴殿も、こうして数多くの愛すべき品々を見れば
疲れ果てた苦悩を少しは目立たなくできようから」。

こう言いつつ、プロイトス王はその場から
ベレロポーンを連れ出して、今は王者らしく
正装をした。それから、その構内を出て
美しい彼の宮殿へとベレロポーンを
案内した。そこへ来るとベレロポーンに
厩《うまや》を見せた。そこには戦争に備えた駿馬《しゅんめ》たちが、埃っぽい
飼い葉のあたりに、一列になって立っており、次には
武器庫に行った。そこには剣、槍、楯などが
血をまだ見ぬまま下がっていて、運命の戦場を待っていた。
宝物庫も王は見せた。そこへは金目《かねめ》豊かに細工された品が
一緒くたにされて、管理厳重に持ちこまれていた。

それ故《ゆえ》、神から牛たちを盗んだ輩《やから》でさえ、神そこのけの
彼らの奸智をもってしても、この床へ踏み込んで
捕らえられずに済みはしなかったろう。それと共に王は
金糸で刺繍された衣裳が光る部屋も見せたが、そこには
香料もあり、薫り高い軟膏――女王ウェヌス《ヴィーナス》の肌に
触れるのに好適で、この女神の肌を輝かせる軟膏もあった。
象牙の椅子の数々、象牙のベッドの数々も王は彼に示した。
また疲れ果てた彼の眼に、真鍮のドア上に
浮き彫りにされた物語類を見るように命じ、
四阿《あずまや》の木材に彫り込まれた荒削りの花や飾りを見せた。
昔の話、近時の話、未来に生じる話、近々生じそうな話を
描いた彩色の壁もまた、見せて回った。

　だがそのあいだじゅう、ベレロポーンの深刻な顔と
すぐに消える笑みはその場に相応しいものではなかった。
するといつもプロイトス王は、恐怖の痛みを感じた――
まるでそれは近づいてくる時世を予告しているかのよう。
その時、王のものである財宝と美の全てをもってしても
一時間の幸せを買うにも役立ちそうもなかった。
王がベレロポーンの落ち着かない眼差しを見、
どもりがちの言葉を聞いた時、王の心には、憎しみに似た
感情が湧き起こり、この感情が、運命にこれほど
押し潰された男への軽蔑に入り混じるのだった。
どんな時にも、富める者は貧者を憎まずにはいないのだ。

　今、最後になって二人は銀の装飾のあるドアの
外側に立っていた。ドアは貴重な珍木で作られていた。
その時プロイトス王は高笑いをして言った、「おう客人よ、
君の気分は扱い難《にく》いのう。余ほどに貴殿の病んだ心を
癒そうと力を尽くした医者はおるまいて。
余のほうが疲れて、医薬の助けを得にゃならん」。
　こう言いつつ、ドアの錠に王は触れた。
ドアを向こうへ開けると、二人は
ありとあらゆる通路のなかで最も美しい廊下に達し、
ここの壁と壁のあいだを通って行くうちに
美しい声をした女性たちの、リズム正しい歌声へと
彼らは近づいた。この時、王は語った――
「毒をもって毒を制すと賢者たちは口を揃えて言う。
ここでは、君にもはや過去の日々を考えさせる事なく
未来の日々を思わせるような、そんな女性を
眼にするだろう。というのも、ここでは実際我が妃が
織物の部屋の乙女子たちを見まもり、或いは
遊園に腰掛けて、彼女らの遊びを見ている場所だから。
余の眼が、寄る年波に曇ってしまったのでなければ

そう遠くない日に、間違いなくここで貴殿のような男性が
自分に相応《ふさ》うと思うはずの女性たちを余は見ておいた」。
　追放の身の男の顔には、渋い表情が浮かんだ、あたかも
自分の悲しみがそんな事を恥と思わせるかのようだった、
だがおそらくは、歌がさらに大きく聞こえ、二人が
その部屋に近づくにつれて、彼の眼は輝いたであろう。
しかし王は微笑み、以前より足を速めて客を導き、
ついには女性たちの広間のドアに着いたのだった。

さてその広間は気品も高く、極めて美しかった。
並べて立ててある縞模様のあるすらりとした柱と
花咲く木々のように装飾された格子のあいだから
陽射しで明るく映え、多くの船で賑やかな
夏の海の爽やかな緑が見えていた。
船の黒い船首は波を割って滑らかに進んでいた。
昔の物語が絵解きされた幾つかの鉢には
格子を通ってそっと吹き寄せる海風のなかで
輝かしい、薔薇を思わせる月桂樹が揺れていて、
その周りを何匹かのうろたえたような蜂が飛んでいた。
　長い年月の労働によって細工された舗道の真ん中に
一本の樹が植えられ、金の林檎の守護者ヘスペリス乙女に
不思議な果物をもたらした木のような金の葉をしていた。
根元からは多色に彩《いろど》られた蛇の彫り物が
幹に巻きついて上方に昇り、正方形の水盤の上にまで
首をもたげて、真鍮でできた口許から
明るく輝く水を噴出していた。
水盤の四隅には真鍮製の雄鹿が据えられ、
今にも水を飲みそうな姿勢に作られていた。
舗道の真ん中では狩の女神ディアーナが、森の下の
緑の芝生を足で踏みつけていたのに、技に長《た》けた職人は
四頭の鹿を怯《おび》えたふうには作らなかった。この女神の
腰帯付きのガウンは茨《いばら》からはずされて太股《ふともも》まで下がり、
恐ろしい、輝く眼は厳しげにあたりを見張っていたのに。
　だがあの支柱群とこの驚異の舗道のあいだに
二人が今も今、歌うのを耳にした乙女らがあちこちにいた。
彼女らの歌声はもう低くなっていて、呟《つぶや》くような声音《こわね》が
機織り機がたてる鋭い金属音や、泉水の
水をはねかす音と混じりあっていた。噴水では一人の娘が
片手を真鍮の鹿の上に載せ、もう一方の手で
自身の足のあたりを握り締め、膝をつき、真鍮の水瓶《みずがめ》が
さらさらと落ちる噴水のしぶきを捕らえる様を見ていた。
それとともに羊毛のなかの梳《す》き器具が音を立て始め、
この織機が、音を大きくし、そしてゆっくりと小さくし、
やがて、何度も新たな羊毛を補充されてまた音をたてた。

織機の傍には年取った女が立ち、
織布の出来栄えに不満を述べた。床の上には
十本の紡錘《つむ》が回転し続けていた。高い支柱の破風際まで
高めて置かれた糸の貯蔵器から、
一人の乙女が急勾配の梯子を降りて来て
つまみ上げたガウンの広い襞《ひだ》のなかに、できたての糸の
輝かしく染め上がったのを抱えて、織機まで運んできた。

　しかし一つの玉座の、綿毛入りのクッションの上に
美しい王妃がただ一人、これら乙女を見下ろす位置にいた。
だが仕事には注意を払わず、何事にも気づかなかった。
事実、彼女の波打つ胸のなかに、何かの思いが
あるようには見えなかったのだ。そして王妃は、男神すら
愛してもおかしくない手足を全く動かさなかったけれど、
またその口は安らかに眠る女の口のようだったけれど、
そして彼女の、奥深げな両眼のあたりには
色白な眉間《みけん》に悩みの皺を寄せる陰は見えなかったけれど、
それでも今、王妃には何らの安らぎもないと見えただろう。
むしろ倦怠感のあまり、喜びのない愚劣な人生が、自分の
そばを行きすぎる事に溜息一つ漏らす元気もない様子。
　このような場所へ、王はベレロポーンを導き入れた。
ちょうどその時、織機の横で紡いでいる細身の乙女から
先ほどの歌が再び始まったのだった。
だが歌声が十分に大きくなる前に、ドアの間近にいた
一人の乙女が突然歌うのを止めて、隣にいた乙女の
腕をつついた——どんな新参の人びとが
入ってきたかを見せようとしたのだ。これを見ると
王妃の両眼から怒りの一瞥《いちべつ》がこの乙女に向けて
投げかけられた。だからベレロポーンは
王妃を初めて見た時に、残忍な顔つきを
眺めざるを得なかった。王妃はその愛の庭園に、整然と
結った髪の乙女らの上高く鎮座《ちんざ》ましましてはいたが。

　女たちが王が来たのだと知った時、
彼女らはお辞儀をして、へりくだった心遣いで
王の通り道を開けてくれた。その間、あちこちの娘は
労働のために剥き出しにしていた手足や胸を
急いで隠した。王は皆のなかを終始笑顔で通り、
時々、その彷徨《さまよ》う眼を一番美しい娘に向けて、
一瞥《いちべつ》をくれるのだった。こうして最後に二人は
可愛い娘の群れのなかを抜けて、王妃の許に着いた。
王妃《ステネボイア》は立って、美しい玉座の横で彼らを待ったが、
この時にもその眼からは、人生と人生がもたらすものへの
関心は全て、元どおりに消えていた。そして王は言った、

「おぅステネボイア、ここへ連れてきたぞ、
この男は幸せな生活から蹴落とされて、
病んだ眼でこの幸せな世界を見ているんじゃ。
我が宮廷に留まるか去るか、それも判らん始末じゃ。
傷ついた心に苦痛を忘れさせ、再び健全さを与えるために
どうすればいいかを、お前も余も知ってはいる、
だが過ぎ去る苦痛も、やはり苦痛である事に変わりはない。
「この男は我々と同じほど位の高い人物であるし、
人を助ければ自分への助けが生まれる、同時に余には
立派な王の友となる値打ちがあるように思えるのじゃ、
さあお前も、こんな重苦しい彼の気分を終わらせるために
力を貸してくれ。というのも、こんな優美な宮廷が
彼の難儀を、どうしても治癒してくれないとしても
親切な言葉は彼を、自分に対して親切にするのに
役立つかも知れぬ、親切な眼は、彼を、醜く縺《もつ》れた
人生の渦巻きに眼を向けないようにさせるかも知れぬ、
でなくても、現実の人の努力が秩序正しいのを見て
自分が喪《うしな》った事物を忘れるようになるかも知れぬ、
他の人びとのように、運命の波から波へと
揺すられ続けなければならぬという考えを棄てるだろう」。
深刻な顔つきで王妃は、王の言葉が終わるのを

待つ事にしていた。彼女の心にどのような類《たぐい》の軽蔑が
あったとしても、全てを軽蔑して見る妃の眼を
外面上、どんなふうにも変えはしなかった。
とは言うものの、快活な王が絶え間なく話を続けるあいだ、
この亡命者の立つ場所へと、この妃は
最初、軽蔑を籠めてちらと眺めて驚いたのだ、なぜなら、
彼女は、その顔を優しく気遣いに富む顔だと感じたから。
驚いたとは言え、彼は美男子で、妃は――妃は何としても
彼の大きな澄んだ眼に己を近づける何かが欲しかった。
やがて何か巨大な驚きに撃たれたかのように
彼女の心臓はどきどきし始め、甘く湧き出る苦痛を心中で
押し潰そうとしたが、無駄に終わらざるを得なかった、
なぜならこの苦痛を彼女は、賢者が決して眼を向けない
最悪の暗愚だと自分も考えている《憐憫》だと考えたのだ。
なぜなら苦痛は通例、彼女の憤激を惹起《じゃっき》し、また彼女は
傷ついた仲間を残酷にも殺してしまう野獣に
似ていたからだ――彼女は真実を信じず、
愛を喋《しゃべ》くる連中を殺してしまいたいと思う女だったから。
彼女の解釈での正義とは、死の夜が全てを終わらせる前に
自分の欲望の邪魔をする可能性を持つ邪魔者であり、
希望というものを彼女は知らず、どんなに人生が
悪しき姿になろうとも、恐怖も知らなかったからだ。

妃はこの種の智恵を、大部分の人びと以上に有していた。だから虚偽という彩色豊かな雲のなかから飛び出して彼女は暫《しば》らく、自分に快楽をもたらすものを得ようとした、人がそれを無意味だとか邪悪だとか呼ぼうとお構いなし。また彼女は、自己の快楽のなかに生まれた激しい苦痛に哀れな嘆き声を挙げるような作りではなかった。

だが妃は、愚かな男たちにとって、その暗愚にこの上なく苛酷な鞭打ちとなるように、神々に造られた女の一人だったのだ。たいへん優美に造られていたので彼女の身体《からだ》を見てしまった男は、まずはかならず心中に、善と悪との闘争を呼び覚まされずにはいられなかった。そして彼女の美しげな静かな声は、男たちの心を不思議な欲望で満たしてしまい、また彼女の大きな眼は、冷静で賢明な男には、彼女のありのままを忠実に示すのに、ある種の男には、胸のなかにどんな知恵が隠れていてもそれを脇に棄てさせてしまい、またいかなる場合にもどんなに長い災いの日があとに続いたところで彼女の物憂げな憎悪を、恋の霊魂だと彼らは呼んだのだ。

しかし今、眼に立ちのぼっていたあの炎を彼女はしばしのあいだ、心の傍にできるだけ近く押し戻していた。豊かな彼女の唇は震えず、頬からは深紅の血潮は褪《あ》せていった、最初はそこに次第に色を増していたのに。「王子様」妃は言った、「貴殿の見事さを取り戻すよう努力なさいまし、人生は早く飛びます、命がまだ絶えないあいだにも我々の愚かしさが多くの良き物を隠されたままにします、でなければ我々の心を喜びで満たすでしょうに、神々の意図全てに逆らっても、徹頭徹尾の喜びで」。

ベレロポーンは驚きつつ彼女を見た、なぜなら再び、あの生まれたばかりの希望と甘辛《あまから》両様の苦痛が妃の滑らかな頬を赤らめ、眼のなかに輝き、彼女の唇にも変化を与えていたからだ。だが彼女は奸智に長《た》け、彼の青ざめた、驚きを隠せない顔をじっと見据えると率直な彼の両眼に、次第に募る憎しみに似た心の惑乱があるのを見逃さなかった。これは、彼がまだ意識しないのに、妃が期待したもの。それからもう一度、妃はその炎を封じ込め、冷静になって、唇から偽りの声を発した——

「そうです、お考えを。貴殿は潰された者を再起させ、孤独な人を救うためにこそ生まれたのかも知れぬ、

悲しみの替わりに歓喜を生ぜしめるためにこそ、驚きを
もって眺める大地じゅうに偉大な名を得るためにこそ。
貴殿の話を私に聞かせるために我が主、我が王が
貴殿をここに連れてきたのは確かに良い事でした。
ではいらっしゃい、近くには、大概の人が至福の場だと
考えるような、四阿《あずまや》があります。
この四阿で、私が聞きたい貴殿の話が終わった時には
甘く麗しい音楽が貴殿の苦しみを和ませるでしょう、
宴の最中に。或いは、ここにいる侍女の一人に
神々が地上に住む我々哀れな人間に対して
行った悲しい物語を何か音読させましょう。
そうです、私は読み手をたいへん上手に選びますから
物語が哀れを誘うように語るヒロインが
読み手その人であるように思われてくるでしょう。
話が全て終わって、物語の哀れによって
貴殿の心がまだ疼いている時には、お聞かせします、
リディア旋法のフルートの音が近くへ、さらに近くへ響き、
やがて金銀の輝く衣裳がその場に現れて、
貴殿はすらりとした娘たちのダンスをご覧になる、
それは十月の半ば、雨の近い時に、ここを歩く頃、
大理石の庭へ舞いながら落ちてくる木の葉の環のように
ひらひらと不思議に舞い踊る娘たちです。

こんなふうに極めて繊細優美なので、啜り泣くフルートが
あたりの空気から聞こえなくなってしまった頃、
そして踊り子たちが激しい息づかいで壁や、美麗な装飾の
支柱にもたれている頃には、耳に達するのはただ一つ、
彼女らの深い呼吸だけになります。それほどに全ての人は
押し黙り、その心はこの美全てに満たされてしまいます」。

王妃が話し始めた時には、冷酷さと虚偽が裏にあったが、
この言葉全てを語り終える前に彼女の心は暖かくなった。
それどころか最後には、声のなかに何か優しさが籠もり、
我知らず妃は、彼の魂の周りに自分の投網《とあみ》を仕掛けようと
努めていた。彼は心動かされる事なく、立っていた。
ただ一つ、彼の疲れ果てた気分のなかにある思いがよぎり、
そのため眉間に皺《しわ》を寄せた。するとこの新たな思いゆえに
恥じ入ったかのような赤みが彼の表情に走ったのだ。
しかし妃の言葉が終わると、彼はこう述べた――
「愛だとか友人だとか、そんなものが私に
どうして役立つでしょう？　私は、この先も神に嫌われて
どんな方にも不幸以外には何も差し上げられない身です。
そして貴殿、王者なる陛下、また女王なるお妃様、
これまで最高の幸せと喜びのなかで過ごされたお二方、
私の話をお聞きあれ。もし私がお二方と起居を共にすれば

お二方の頭上には間違いなく、この私から
あらゆる災いが降りかかります。ですが疑わないで下さい、
お二方は愛情で、誰の助けも得られない男の心を掴《つか》まれた、
このお二方のこのご親切を私は決して忘れません。
そしてこれ以降、私への凶兆が現実とならないように
できる限り努力するつもりでおります」。

彼が語るあいだ、何か隠された思いに喜んだように
王は微笑み、妃と彼に奇妙な眼を向けて
音楽を聴いている人のように、衣裳の金でできた裾を
撫で下ろした。そして言うには、
「おおステネボイアよ、祝祭を催すように
命じてくれないか？　だが客人よ、余と共に来て
大海の際で、話は少しだけにしながら、一休みを
楽しもうではないか」。そこで妃は、自分の金の玉座から
為さねばならない事を行うために下へ降り、
この、暴政のように襲ってきた新たな意図に夢中になって、
しっかりとした足どりで侍女たちのあいだをすり抜けた。
この意図は妃の心に大きく膨《ふく》らみ、もうほとんど彼女は
世間体に耐える気になれなかった。この間あの客と王が
大理石の階段を降りて褐色の前浜に行くのを見ていた。
午前中はこうして過ぎ、太陽が三時間ほど
西へ下り始めた頃、角笛の音に
呼び戻されて、二人は道を辿り
西向きに建てられている四阿《あずまや》にやってきた。
西向きではあっても、薔薇を這わせた格子垣が蔭を作り、
熱い夕陽を僅かにしか四阿は浴びず、ライムの木の
蜂蜜のように甘い香りと、この木の幅広い葉、
風に大きくなびく葉が告げる心地よさだけが感じられた。
その葉は今、午後の輝く陽光を背景に、金色となっていた。

前触れにフルートを響かせて、美しい王妃は、四阿《あずまや》の
部屋へとやって来た。また彼女は労を惜しまず、
リュキア女性独特の滑らかな肌を、その襞《ひだ》のなかに
包む幸運を得る前に、幾多の海を越えて取り寄せた
衣裳に身をくるむのを忘れなかった。
しかし女王ふうに、確かな傲慢な足どりで、また、
半分だけ隠した胸の美しさの上に、何食わぬ眼を見せて
その部屋に入ってきた時に、一瞬だけ、
その眼は、あの亡命者に向けられたのだ、
そして眼は、柔和な、懇願するような優しさを湛えた。
――一瞬だけの事。彼の眼が、大きな驚きとともに
彼女の眼に何があるのかと訝《いぶか》りつつ眺めた頃には
全ては消え失せていて、妃がこれまでそうしたとおりに

あらゆるものを傲慢に、空ろに見る眼差しだけが見えた。
　こんな姿で妃は王の横に腰掛けた。
宴は大きな楽しみのうちに過ぎたが、それはこんなふうな
楽しみ――幸せな人には世界を輝かしいものに思わせ、
不幸な人からは憎しみと嘲りしか呼び出さない楽しみ。
なぜなら神々は一つの世界に幸せと悲しみを
並べて置いたからだ。その各々《おのおの》は互いに
虚しい非難や、苦々しい記憶となるからだ。
　だが妃は約束を守った。昼の終わりまで人びとは
音楽が歌われるのを聴いた。
踊り子たちが、背後に甘い、蜜のような香りを残し、
自分の手で、飾りの薔薇を、頭から、
或いは細い腰から、剥ぎ取って去ったあと、
急ぎの足音とともに、書物の読み手の女性と巻物が
広間に入ってきた。彼女は可愛らしい眼をしていて
俗世間の騒音のなかに混じった、何かの愛すべき記憶――
そんな記憶に似て引っ込み思案。ウールのガウンを着て、
リュキア女性である妃の傲慢な足の近くの
背もたれのない椅子に腰掛けた。
そしてすぐさま、そこに誰の姿も見えなかったかのように
ほっそりした手で自らの金髪を後ろへ振り、
美しい羊皮紙から物語を朗読し始めた。

低い声だった。初めのあいだは身を震わせながら
残酷な神々と、人に無配慮な愚か者とに
呪われた恋人たちの生涯を語り聞かせた。
その声は優美な音楽のようだった。そして彼らが最悪の
困難に出遭いながら誰にも助けられない様を読む時、
胸の底から彼女が溜息を吐いた時には、あの客人は
変わる事なく優しい眼を彼女に向けずにいられなかった。
ついに少しの間、彼女は朗読を止めた――恋の破綻と
無駄に終わった恋の至福、そして最後に、
キス一つにも恵まれない死の箇所に近づいたからだ。
声が出なくなり、彼女は巻物のなかに顔を埋《うず》めて
自分自身の過去を思っている様子。だが彼女の美しさと
その物語が、ずっとこれまで聴衆の心を釘付けにしたので
彼らは息を凝らして、再び彼女が読み始めるのを待った。
その美しい物語が全て読み通され、彼女の声が
もはや空気のなかで震えなくなった時、場の雰囲気は
楽しみと苦しみの中間の何物かであった。
　その時、この乙女の首に、プロイトス王は金の首飾りを
投げた。乙女は、なお困惑した恥ずかしそうな様子で
部屋から去っていった。というのもお妃が、
最初は客人である王子の眼が乙女に注がれるのを
見ていたのに、その後はもう見ようとはせず、

大理石の床ばかりに眼を落とし続けて、
話を聴いていたのに、今は頭《こうべ》を上げて
乙女が金の賞品を受け取ろうと身を屈めた時に
冷酷な軽蔑の眼で乙女を見たからだった。
そしてその間、乙女の優しい美しさを讃えるような
喜びの微笑みがこの亡命者の顔に表れたからだった。

しかし乙女は、人生が彼女のために用意している
幸せなり恥辱なりへと帰って行ったのだった。
なぜなら今はもう、夏の真夜中だったからだ。
高く昇って、細波《さざなみ》立てる海を照らしている大きな月は
まばらに植えた菩提樹《ライム》たちの隙間から、ほの暗い
灰色の庭園を疑わしげに照らしていた。海からの風は
生垣が編み為された小道に、しゃがむように吹いた。
丈高い木々は長い屋根の上に、さやさやと鳴る葉を揺らし、
軒下に休む雨燕《あまつばめ》の目を醒ます事もなかった。

今やあの美しい夜から時が移り、
数多くの静かな日々と、心を湧き立てる月日を
経たのちに、ベレロポーンは、人生への愛と
喜びへの希望を勝ち取るに至った。
自分の年齢を超越して彼は常に真面目で賢明で、
快楽を掴み取ろうとする点で、嬉々としている同年配の
人のなかにいながら、全く熱心ではなかった。全てが
甘美に過ぎる虚しい欲望で己《おのれ》の魂を騙さないようにした。
人生の道筋を歩む、用心深い人物だった——それはまるで
花でいっぱいの庭へ、武具を用意せずに出向いた男に似て、
美しい花々のあいだに凶悪な者が棲《す》み、己《おのれ》の暗愚の代価を
傷を負う事で支払ったかのようだった。だが再び傷が癒え、
どうしてもあの花咲く庭に出向かざるを得ず、
庭の甘い花々を捨てる意志がない時には
あの葡萄の吊るし棚の蔭に隠れた獣に、或いは
林檎の木々の灰色の幹のあいだに潜む害虫に
十分な武具を備えて、用心して歩く人に似ていた。

だが彼の心底には（心の根元のところには）、
奇妙な考えがあって、楽しい時にはこれが目の前に
手で触れる事のできるもののように飛び出すのだった。
それは、混乱する世界を、そこに住むあいだ、良きものに
見せる希望だった。そえゆえ、彼は男にも女にも
親切に接し、全ての人の心を、愛の絆で
結んだのである。というのもあがき苦しむ人びとや
悪行を行い、騙されてうんざりしている
偽金作りや、罪を負わされた人びとのあいだでは

彼は、天の光を浴びた人のように感じられ、
この事は彼を、まだ地上に生きる神と化したのだった。
　しかしこの国の全ての人びとのなかでプロイトス王は
彼に大きな贈物をした——つまり彼への大きな信頼だ。
どんな時でも彼を見れば、王は喜びを感じた。
なぜならあらゆる事が、彼の手にかかるとうまく行き、
力にしても美貌にしても、この国のなかには
彼ほどの者はいなかったからだ。さて彼は王の用事で
この国のあちらこちらに出向き、アルゴリスには
あまり留まらなくなった。これは彼には嬉しい事だった。*
というのは、他の全てが
*妃にも会わずに済むから。
より良くなっていったその間、やがて皆様お判りのとおり
あの夏の夕べに彼の心に生じた恐怖が
さらに大きく心を悩ましていたからだ。
時には妃は彼を無視している振りこそしていたが、
——いや実際、時おりではあったかもしれないが、王に
彼が謁見を求めて来た時には、そっと立ち去るのだったが
——しかしこれは時おりに過ぎなかった。翌日になると
妃はほとんど、自己の恥と協議せずに感情を露《あら》わにした。
　晩秋のある真昼の事——ほとんど終わりに近い一年を、
いや去って行こうとする一年を、
太陽が六月初旬のように熱く照らしていた時の事だった。

夜明けから一時間が過ぎた頃、大きな遊園にある、
チューリップの花壇沿いに、櫟《いちい》の木の下をくぐって
コリントス人ベレロポーンは歩み、最近自分に与えられた
ある大きな仕事*を、どう処理しようかと考えこんでいた。
武装していたので、胸と手足の上には
*彼は戦《いくさ》に出る。
鋼が光っていた。とは言え、まだ頭に兜《かぶと》はなかった。
だが顔にはこの仕事《いくさ》はやり遂げねばならないという事を
示しているらしい十分な関心が現れていて、
見事になし終える事への懸念は僅かにしか感じず、
少しのあいだは気を配るべき仕事だと思っていた。
歩くあいだ、常に足を止めて頬笑んでいた——
物思いの切れ端を投げ捨てて
輝かしい秋の日と、愛らしいこの庭の
喜び全てに敬意を表するように見えたのである。
　しかし後になって、陽の照る庭園の
向こう側に眼をやると、彼には見えたのだ、
妃が、草深い、広い道を通って
うなだれつつ、地上を見つめながらやって来る姿が。
あたかも喜びを殺してしまう思いに耽っている様子。
その歩みは遅く、二人の侍女が付き従っていた。
二人は繊細でほっそりした手に抱え持っていた——
一人はギターのような弦楽器と古い詩集を、

もう一人は白い柳細工の籠を。この柳細工は、
一年の暮近い寒い気候を怖れ、疑いながらも
なお持ちこたえているような花々を摘み入れる籠だった。
　三人は、歩いているうちに、この王子《ベレロポーン》に近づいた。
すぐさま、乙女二人の眼は彼の美男子ぶりを見て取り、
互いに顔を見合わせて、頬笑んで喜びを表した、
ベレロポーンへの仄かな愛情を心に抱いていたからだ。
だが二人は何も言わず、妃は彼のほうに顔を向けなかった。
なおも地面に眼を落としたままなのである。
こうして歩くうちに三人は、葉のまばらになった
林檎の木の生えるところへ来た。木には、血のように赤い、
また金のように黄色な、小さな実が今も垂れていて、
気を失いそうな太陽の最後の光線を受けようとしていた。
木の下には、冷たい灰色をした、背だけが高い秋の花が
塊《かたまり》になって咲いていて、昼の暗い見込みに逆らっていた。
この花々には、運の悪い蜂が一、二匹停まっていて、
一匹の蝶が、太陽に向かって、物憂げに翼を広げていたが
太陽はもうほとんど、この蝶姫を温められなかった。
　そこへ来て妃は、ゆっくりした足どりを止めて
ほっそりした手を花々のほうへ向けた。
だがなおも眼は下へ向けて立ったまま
思いに耽っていた。まだ居残るこの一年の終末の
メロディと平安が妃の周りに満ちていた。
まだ甘い香りを放つ不思議な香辛料の香りが匂い、
妃の金靴を履いた足のあたりの草は緑で、
暁に訪れた白い霜の記憶は失せていたのだった。
この風のない時の鳥たちの歌は大きく響き、
山査子《さんざし》の茂みが密集している中心では、
宿《やど》り木鶫《ぎつぐみ》の鋭い叫びは不可思議な音色《ねいろ》だった。
遠方の深山鴉《みやまがらす》の甘く騒がしい声も不思議に聞こえ、鴉は
楡の高木のなかで今も嬉しい様子で、なぜ嬉しいのかを
知らなかった――平穏が終ってもなお平穏だった。
　この間、妃の燃える心は決して止む事なく
その願望を言葉に表していた、自分の栄光が皆、
速やかな破滅に近づいているのを意識しながら。
「あぁ！　私の人、私の人、私の人！　暫くでも！
あぁ！　僅か一日でも私の人にしたい、将来の年月が
私の心にもたらすものが全て災いであっても！
あぁ！　今晩だけ私の人に。明日の朝は別れるとしても！
私の人と、ついに私が素晴らしい時を知る事ができれば
全ての歓楽がどんなに速やかに過去のものとなっても！
あぁ！　私の人、私の人、私の人！　暫くだけでも！」

　こう思いつつ妃は立ち、開かれた唇は笑ってはいたが

記憶の数々が半ば悲しませている女のような笑いだった。
胸は波打った——それは誰か軽薄に得られ、すぐに忘れる
唇を合わせるためだけの、思慮のない恋人以上のものを
求める真の欲望を抱いた事はなかった女のような激しさ。
指先で支えた花の茎は潰される事はなく
金でできた靴のなかの足は
草の上を軽く踏んだだけではあった。
優美な身体《からだ》に戦慄が走ったわけでもなかった。
そして健康な命だけが頬を染めていたのだった。
なぜなら、何に自分が心を向けているかを意識する前には
最初は確かに心弱い気持でいたとしても、
今ついに、あらゆる疑念が無くなった時、
搦《がら》め捕る彼女の綱に彼が陥ったと思われるまでは
この獲物に向かって綱を投げるつもりはなかったからだ。

　軽い溜息とともについに妃は眼を上げた。
我知らず、突然に赤い血潮が顔一面に現れ、
そのあと、顔じゅうが蒼白となった——
というのはこの時彼女はベレロポーンに気づいたからだ。
もっともちょうどこの時、太陽の光が
彼の、鎧《よろい》を着込んでいた腕が上へ伸びたところへ射しこみ、
妃には眼が眩《くら》む思いをさせた地上の太陽を見せたのだが。

しかし彼女は身も震えそうな希望と心配を、心中深く
押し戻して、以前と同様にゆっくりと
少し頭を伏せ気味にして歩み続けた。
しかし数メートル進んだところで
再びこの王子に向かって顔を上げたのだった。
もう一度歩みを止めて、向きなおると、全ての情熱が
死に絶えているかのように見える唇からこう言った、
「侍女たちよ、邸へお帰り。お前ミシアンは
私の部屋の近くの、お前が知っている宝の小部屋へ
この鍵を持っていって、星々による運勢を述べている本、
あの古い預言者の本を、私に取ってきてちょうだい。
なぜかというと、ベレロポーン王子様にこの本を
お見せしたいからなの。王子様は今、私を待っておられる、
あの島の人びとをもう一度、プロイトス王の
平等の支配に浴するようにとここから出征される前に。
またお前レウキッペよ、邸で私たちが帰るのを待っていて。
そして人びとに、できる限りに素晴らしい宴を
準備させなさい。少しあとに私たちが、詰まらぬ考えの
慰めのために、お前の弦楽器《シターン》を聴けるように」。
　二人が邸に向かうと同時に妃は、何食わぬ顔で
王子のほうへ向かい、二人が去ったかどうかも

振り向いて確かめなかった。だが実際静かな空気のなかに
彼は、妃のはっきりした言葉を聞きつけていたし、
侍女が去るのも見た。彼の気持は、先駆けて来た伝令の
言葉を聴いたあとで、研ぎ澄ました槍を
下へ降ろせと命じる言葉を待っている男の気持だった。
だが妃は、細い手をガウンのなかにたたみ込み、
露が乾いていない草を越えて彼の立つところへ来た。
血潮のなかでは火が燃えさかっているにもかかわらず
冷静に、彼に向かって笑みを見せた。だからついには
自分の怖れは皆、自惚れで無意味に違いないと彼は思った。
　妃が近づくと彼はお辞儀をしたが
妃は右手を差し伸べて、澄みきった可愛い声で
大きくこう言った、「おぉ麗しのベレロポーン様、
既に勝利が得られたのであればいいのに、そして私たちが
貴方に楽しいものとしたこの貴方の家に、もう一度、
帰って来られるのであればいいのに。見て下さい！　私は
さよならを言うために来たのです――でも少しあちらへ。
ほかの事も、本当に私は言わねばなりませんので」。
　そして彼の手を握って離さなかったが、手に入れた宝を
握り締めるほど力を籠める勇気はなかった。
　それから二人はある場所へと向かった。

そこは草の生えた一画の周りに櫟《いちい》の木々が立ち並び
この季節、幽かな太陽の光もほとんど届かない場所。
燃えるような夏の日には有難い木陰だったが
今は淋しく暗かった。そこにある大理石のベンチに
腰掛けるよう、妃は命じた。妃は落ち着かない足どりで
あちらこちらへ歩いていたが、近くの櫟《いちい》の小枝から
這っていた黒鳥が怯《おび》えた鳴き声をあげて飛び去った。
だが彼は、眼を地面に落としたまま、自分の戦争なら
これよりは簡単に勝ってみせるのにと思っていた。
こうしてとうとう、妃は彼の横に腰掛けて、
こう叫んだ、「運命の盃は絶頂にまで達しています、
だって貴方は殺されるかも知れない処《ところ》へお出かけです、
だからお話しします――悲しや、無駄なお喋りでしょうが。
貴方の冷たい眼が無駄だと語っている――私への呪いが
私に愛するようさせた、貴方の冷酷な石《フリント》の心をどうやって
動かせましょう？　だって他の女は、私ほど美しくて
愛する男性が目の前にいる場合、どうしたでしょうか？
目つき一つで十分でなかったか、人声で聞きづらいなかで
低く囁かれた一つの言葉で足りはしなかっただろうか？
こんな女たちがした事で、私がし残した事がありますか？
おぅ石の心の方、私にどうして欲しいのです？」

情熱に息を詰まらせて妃は暫《しばら》くそこに立っていた。彼は驚愕してベンチから跳び上がり、妃のほうを向いて話しかけようとした。すると妃は素早い動作で彼の前に倒れるようにひざまずいて、大きな声、あたりをつんざく声で言った、「駄目、駄目、駄目です――言おうとした言葉を言わないで下さい、立ち去らせて下さい、そうすれば事は今のままになります、私の夢が、これまでと同様に、甘く美しい情景を見せてくれるように――目覚めればこう考えられるように――『私が愛する彼が、愛の表情から遠ざかるとしたら、それは彼が知らないからだ、一国の女王である私、愛のない生活しか知らなかったこの私が、愛する彼の前にひざまずいて、ひざまずいたまま、私の初めての喜びを、私の初めての平安を、与え給えと祈る事ができる事を』。貴方は知らなかったのです、そうだ、今も知らないのです、両眼で怒り、眉毛までひん曲げている貴方は！――間違いなく私はこれ以上、倣い覚えた言葉を使いません、だから貴方には判らない、私が貴方の憐れみを懇願し、この我が身を丸ごと、貴方の愛人、奴隷、そしてやがて棄てられる女として貴方に与える心でいる事が。聞こえましまして？　棄てられる女としてです！　私の愛の笑みに、貴方が飽き飽きしてしまった時の事です！

おお私を得て！　狂おしい男よ！　一年、二年すれば貴方がまた恋をしても邪魔だては致しません、貴方が冷たくなっても怖い眼で見は致しません――それとも貴方は、勇敢と呼ばれている男ではないの？恐れているの？　それなら今以上に絶好の時期があるでしょうか、私たち二人が至福の生を始めるための？貴方の船は待っています、貴方の味方は貴方に耳を貸す、王座にあるあの惨めな卑劣漢には耳を貸しませんよ、――駄目、お話しにならないで！

私の葦の茎のような細い希望を折らないで！――立ち去らせて下さい、貴方は恋を知らないのだから、どんな物も動かせない、男の形だけした貴方は！おう賢明な、賢い人、ご機嫌ようと申し上げます、さらに賢明になって、私の地獄を想像して下さいな」。

妃は飛び退くように立ち上がり、震えながら向きを変え、彼のほうは、嘆きであれ憐憫であれ、一言たりとも妃に言う事ができなかった。妃は、躊躇《ためら》いがちな足どりでゆっくりと少しばかり遠ざかったが、それから向きなおって、もう一度、当惑している彼の前に立ったのである。手を手のなかに入れ込んで心が張り裂けそうに思えるほど、今は啜《すす》り泣いた。

彼が、深く悲しむ魂から、何か語りたいと思った時には
涙の真っ直中《ただなか》から、再び妃は叫んだのだ、「駄目、駄目、
貴方が私にどうして欲しいのか、私に判らないと思うの？
でも許して下さい！――貴方は賢明で善良です。
確かに何か邪悪なものが私の血を濁らせたのです。
今も今、私はそれを殺したいと思っているのです、
でも今日まで、このものを、他のどんなものより
愛してきたのです。あゝきっと貴方は殺されないだろう！
帰ってきて下さい、そうすればもう一度、どんなに深く
私が貴方を愛しているかをお話しし、貴方の心を動かす
かも知れなかったような事を忘れずに語ります。
今それをお話しできていれば、貴方にも見えたかも知れぬ、
貴方を愛するこの唇の、あり得たかも知れない姿が。
――さよなら、貴方にキス一つ、願う勇気もありませぬ！」

これを口にしながら彼女はさらに彼に近寄った。
しかし語り終えると、また向こうを向いて
それでも、全てが必ずしも無駄ではなかったと望むふうに
少しの間《ま》、なお去りがたい様子だったが、その後ついに
逆巻く心を抱えて、その場から足早に立ち去って行った。

しかし彼女がすっかり姿を消した今、ベレロポーンは
宮殿のほうへ、ただ一人で、ゆっくりと歩きながら、
今起こった事どもを考えていた。ちょうど眠りのなかで
悪事をはたらいた正義の人のように、彼は恥ずかしく
思っていた。妃の祈願も涙も、その全てをもってしても
彼のなかに愛を産み出さず、むしろ怖れを揺り動かした。
なぜなら彼は常に、賢い男のなかでも賢明な男だったから。
妃が振り返って優しい言葉をかけた時の、彼女の願望を
彼は疑いはしなかったが、なお将来起こり得る恋への
希望を交えてあのように語った事も理解していた。
だが、味方を持たない男が恐れて当然であるような
別の種類の言葉も妃が残して行った事も知っていた。
このために自分が孤立して、呪われた挙句《あげく》最善の事が皆、
最悪へと転じずにはいない男、甘い恋でさえ苦々しい
憎悪に変じる運命の男になったと感じたのである。
しかし彼は運命に軽く押し潰される男ではなかった。
そしてついに戦闘の兜を頭に載せ、
戦の船に向かう途中、人びとが「ベレロポーン」と
叫ぶのを聞いた時には、世界は善きものに思えたのだ、
そして彼が時として驚かした優しげな乙女の
優しい澄んだ眼が彼自身の眼に据えられていた時、
また彼の神に似た両眼が、他の多くの女より美しい女に
向けられて、その女の胸と顔を燃え上がらせる思いへと

火をつけた時には、自分の恋はそう遠いところにはないと
実際彼は思ったのだ。このようにして彼は出で立ち、
ついには海の際に到達し、そこに待ち受けた
闘いの船に乗り込んで、暫《しばら》くはこの地を離れるのである。

　しかし妃のほうは、あの草地を離れたあとも
なお遊園の小道を歩み続けた。
自分の意図が実現しなかったため、心が惑乱していたので
最初のあいだは、夢を見ながら歩いている人以上には
自分がどの場所を進んでいるのかさえ
判らなかった。だが希望と恥じらいという二つの助けが
ついに妃の精神を落ち着けた。
そうだ、彼女の輝くガウンがあの秋草で汚れている事も
何が起こったのかを彼女に物語っていたのだ。
すると、自分を愛していない男の前にひざまずいた
あの場所に対する憎悪が心に生じたのである。
それと同時に、彼が草地で見せたとおりの彼の表情が
目の前に見えた。そこで妃は激しく叫んだ――
「あぁ馬鹿者！　反逆者！　私の笑顔一つで恋に狂う
男がいっぱい世界にはいるというのに、
私はお前を愛せずにはいられないのか？――だって私は
男どもがあれほど欲しがる物が何であるかを知っている、
これらの物のどれを私が有していないというのか？
お前はこれを感じる心、見分ける眼を持っていないのか？
ならお前を死なせてやる、少なくとも死なせてやるぞ、
人生の華やかな饗宴に私なしで出席させるもんか、
二人でなければ私は悪しき状態から最悪へと陥る――
あぁ哀れ！　わめいてやる！――お前の愛らしさが
それ一つで私をこの悩みへと沈み込ませたからといって、
愛する人を呪うなんて、何という愚かしさだろう！
私には正邪の区別は判らない、でもこれまでずっと
神々なら彼を正しい人と呼ぶだろうと判っていた。
それどころか初めて彼を見た時に、正義の人と知っていた。
それで私の心にあの素晴らしい渇望が噴出したんだ――
不正の人じゃないのだから、突然私に降伏していいものか、
そして最も下劣な男として、私を愛してもいないくせに
私の与える全てを取って、自分の生活を皆、
縺《もつ》れた、卑劣な争いのなかに投げ入れたりするものか？
とんでもない、あり得ない事だ――でも今は本当のところ、
私への憐憫で彼の心は少し血を流しているかも知れぬ、
だって善良な人だから。そして私の事を思うようになろう、
日に日を継いで、夜に夜を継いで眼に浮かべるだろう、
ひざまずいてくれたこの女の容姿を。この女を
この国の男たちは女神たちに擬《なぞら》えるくらいなんだから。

そして必ず彼はこの国に凱旋《がいせん》してくるわ、
この次の私の言葉はあれほど虚しくは終わらないだろう」。

彼女は笑みを浮かべ、邸に向かって、意気揚々と足早に
歩いた、恋愛ゲームに勝利したと言ってもいいほどの姿で。
なぜなら、彼の顔が見えなくなった今、恋で盲目となって
妃は、彼の心を自分の餌食として堕とす前に彼の正義感を
高所から引きずり下ろさなければならないと
考えたからだ。それはちょうど、全ての兵士が
町を思い通りに荒らす前に、先ず、
多数の石で城壁を打ち破るのと同じだった。

さてベレロポーンについて、これを語らねばならない、
彼は、英知によって、また大胆さによって、敵を平定する
仕事を終えたのだ。それによって大きな称賛を受けた。
こうして春の早い時期に、人びとの歓声と吟遊詩人の
音楽に迎えられて、今一度、宮殿に向かった――
歓迎の人で混みあう岸辺に上陸したあと。
プロイトス王は道半ばまで出て彼を迎え、全ての人民の
目の前で、すぐさま彼を少しのあいだかき抱き、
ベレロポーンを自分の息子と呼び、
彼が成し遂げた全てについて神々を讃えた。

それから王と彼は手をつないで町を練り歩き、
二人の頭上には、可愛い春の花々が人びとから撒かれた。
幾つもの群なす乙女らが、二人が進んで行くたびに
喜びの歌と、優美な行列ショーで二人を迎えた。
これは皆、勇敢なこのコリントス人ベレロポーンのため。
彼の帰国はこれほどの喜びを全ての人民に与えたのだ。

というのも、かつては自国から追い出されたこの男が
これだけ愛され、これだけ価値ある人と見なされたからだ。
彼は、道中、これを嬉しく思ったし、人びとの眼には
ほとんど人間とは見えず、何かの神のように
思われたのだが、でも彼の心のなかには以前と同様、
なお少しばかりの重苦しさが残っていた。
そして心のなかから、あの、日の照る夏の日と、この日が
もたらした恐怖の記憶を消し去る事は、ほとんど
できないままだった。このほかの恐怖は
彼にはなかったので、二人が王宮へ
近づいた時には、ちらりとあたりを見舞わしたのち、
その事ですこし口籠もりながら王に尋ねずには
いられなかった、リュキア人《びと》であるお妃様は今、
どうしておられますかと。王は低い笑い声をたてて
こう言った、「いや、確かに元気いっぱいだ、

いつものとおりだよ、だって、本当を言えば、
妃はいつも、自分のためだけに祈りおるからな、
そして他の人の嘆きや苦しみには何の気もまわさない。
我が息子よ、確信するがよい、この手の人間は長生きで
甘い人生を堪能するんじゃ。だが他の男や女が
どう生きているかを常に考え、どんな敵でも目の前から
追い払う事に躊躇《ためら》いを感じるような人間は、
こんな人は——いいか、自分自身のほかに、他人の生を、
しかもその大多数が惨めな、そんな人の生を生きる人間は、
とかく、自分の生から安楽を剥ぎ取られて、短命に終わる
場合が多いのじゃ——聞き流してくれ、余自身はと言えば
確かに他の人びとの苦しみにも涙を流すが
自分自身の苦しみにはもう少し多くの涙を流す、
だからこうして、帰って来られないあの岸辺へ
ゆるゆる歩いておる——貴殿、お笑いだな——とにかく
余は天国のためにも地獄のためにも造られてはおらん、
ただ地上のための人間じゃ。だが貴殿は、おお息子よ、
天国のための人じゃ、そして全ての人の心を貴殿は得た。
そうだった、今朝は妃の奴、いつもより機嫌がいい、
これも貴殿が帰って来ると知っているからじゃ」。

王の言葉を聞いて、彼は微笑み、前より嬉しくなった、
だが以前からの恐怖は幾分か、そばに棲《す》み付いたままで
名誉を得た最中に恥ずかしさを感じた。だがそれでも
歓声と音楽のなかを、二人は広間に入っていった。
そこでは大宴会が行われた。しかし人びとの歓楽に
夜が終止符を打ち始める前に、
一人の侍女が急ぎ足で広間に入って来て、
うやうやしく王に挨拶をしたあと、ステネボイア妃が、
このめでたい宴の喜びを全うし、ベレロポーン王子に
ご帰国の歓迎を述べたいと仰《おっしゃ》っていますと告げた。
こう言ううちにも王妃はドアのところまで来ていて
やがて広間を横切って、自分の周りを
常に見まわしながら歩を進めた。
その態度はあたかも、侍女たちがいかに美しかろうとも
普通の人の眼にいかに愛らしく映ろうとも
彼女らは妃とは異なった作りの女に過ぎず、侍女たちは
一時のための、自分は永遠のための女だと言わんばかり。
こうして、畏《おそ》れと驚きを抱く人びとの間を妃は通ったが、
哀れなほど誇り高く、栄光に満ちながら人に愛されず、
自分の恋人以外、全ての人間を嫌っている様《さま》だった。
ベレロポーンの姿は、彼女の憧れる眼に一瞬示され、
そのあとで、彼女の心が素晴らしい一日を勝ち得る前に
奪い去られて行く影法師のように妃には感じられた。

宴席の人びとは、彼女を残酷で幸せな女だと思った。
彼女は残酷だった。だが、恋によってその時も
苦しんでいたが、それでもこれまでより幸せであった。
　今ベレロポーン王子に会った時、女王がするとおりの
振舞《ふるま》い方で、見事な偉業*を成し遂げて帰国した
自分の夫君の友人に挨拶をした。

*他の島で暴政に苦しむ同族を暴政から解放したとされる。

妃の言葉は率直に思われ、ベレロポーンが
跡づけられるような、彼女の心を荒れ狂った
あの嵐の名残《なごり》は全く見られなかった。だがそれゆえになお
喜びのなかでも彼は彼女をいっそう恐れたのである。

　こうして時は過ぎて行き、妃はいつも同じだった。
やがて彼は、恥多き贈物を投げ返された屈辱を
彼女は忘れたのであろうと考え、愛し返されなかった恋は、
耐えるに軽い重荷なのだと思い始めた。
実際、彼女が以前に見せていた陰鬱な態度は
完全に率直で嬉しげな生活に変わったように思われた。
今はしょっちゅう、妃は彼に会い、時には二人だけ。
それでも、親切な言葉と微笑みにもかかわらず
恋の言葉はもはや、彼女の口から漏れなかった。
　しかし瑞々《みずみず》しい若緑の春が過ぎ去った今、
そして百合花の緑の蕾が白さを覗かせる今、
ある日を選んで、花の香りのする遊園で
娯楽と歓楽のために宴が催された。
何時間ものあいだ、宴は喜びのなかに滑っていった。
遊園ではウェヌス《ヴィーナス》が拝まれた。この女神の彫像が
苦しい生の思いから解放された人びとの上に輝いたのだ。
整然と隊列を組んだ少女たちが女神のまわりを巡って、
花のような彼女らの手から花々を撒《ま》いたのである。
可愛らしいがかん高い娘たちの熱心な声が
重たげに花をつけた木々のあいだの空気を満たした。
或いは娘たちは、優美な手足に何が当たろうとも
帯も締めず、靴も履かずに、木々のあいだを、速やかな
足どりで抜け、冷酷なディアーナ*の侍女の真似をした。

*月と処女の女神だが狩猟も司る。処女性崇拝の親は娘たちを、この女神の神殿にあずけた。「冷酷」というのは、処女の女神は恋を許さないから。

そこでは長く伸びた草や酢漿草《かたばみ》が彼女らの膝にキスをし、
そこは隣にある農場の縁《ふち》なのだった。
また娘らは、庭園のなかで、太陽に身を任せて
満足したり、また、噴水の近くで
喘ぎつつ、恋による、募る倦怠《けんたい》に耐えたりしていた。
　確かに女神《ウェヌス》は、暖かい風のなかで息をしていた、
確かに女神の指は、彩られた格子垣に花輪を作っている

花々を細工していた——女神の精神はその手にも顔にも
さらなる優雅さを加え、またそれは
彩り豊かな箱の糸杉の蓋の下に隠されている
長くたなびく女神の衣裳にさらなる薫香を加えていた。
あの、二人を惑乱させた日より前に見せた姿よりも
温かい脇を締めている女神の腰帯はさらに美しく、
帯の下に垂れる上品な襞飾りもさらに美しく、
胸の上の黄金もさらに美しかった。あの日には
地上の二つの支配者である恐怖と羞恥が、僅かにしか
続かない歓喜の迷路のなかに目隠しされて潜《ひそ》んでいたが。
数々の歌が大気を劈《つんざ》き、歌のなかの力乏《とぼ》しい言葉が
今はすっかり忘れられて、蜜のように甘い淫行《いんこう》を歌詞とし、
情熱的な言葉は火と感じられ、かつては厳粛な意味だった
そんな言葉が変化を蒙《こうむ》り、聴き手の心に、
口に出す事のできない様ざまな思いだけを思えと命じた。
羞恥は強烈な情欲に変じ、その一方欲情は羞恥と思われて
震えていた。これまでは、昼が来て自分の恋が本当には
誰への恋かを明るみに出すのを恐れて、不安に満ちた
真夜中に、独り言として低い声で、一人寝のまま
僅かに囁《ささや》くのが常だった、そんな言葉を今、恋する人は
自分が声高《こわだか》に喋るのを聴いた。かつては羞恥の赤い血潮を
胸と、大真面目だった顔に、隠す事なく立ち昇らせて
憧れを伝えようとした眼は、見たいものをたっぷり見て
今は、伏し目でいれば良かった。*
熱を帯びていた心は慎ましやかとなり、冷酷は取り除かれ、
愛を得たい者が先方から言い寄られ、恋する者が恋された。

それなのに実際、賢明なベレロポーンは
ウェヌス女王の手管《てくだ》から全く少ししか影響されなかった。
彼は陽気にしていたが、自分の生涯がまだ長く、
変化もするだろう事を少しも忘れなかった。
また遊園の恋の爛漫《らんまん》と係わりあう必要はないと考え、
彩り豊かなショーとして、この光景をやり過ごしたのだ。
だが妃はおそらく希望を持ったらしく、その朝には
美神ウェヌス像に数多くの祈りを捧げたのである。
日が闌《た》けるにつれて、時折彼女は黙り込み、
青ざめていき、笑顔は、沈んだ、皮肉っぽいものだった。
自分の口が何を言い出すかさえ、彼女には判らなかった。

その日はこうして、移ろう時間を経ながら先へ進み、
ついに娘たちは沈み行く夕陽を歌った。
歌ううちに、昇り来る月を眺め、また町が、

*この前後は、ウェヌスの守護による恋の解放と、一人悩む恋の消失を描く。それなのに、理性的なベレロポーンが女神の影響を受けない様を述べる序論だ。

今は淋しく澄みきった夕べのなかでざわめくのを聞いた。
その頃には愛する者も愛された者も、活気なく疲れて
ゆっくりとした足どりで、彼らに得られるような
休息の場に向かった。まもなく雛菊たちは、今まで
何度もキスされた足、喘《あえ》ぎ波打つ脇腹に押されていたが
今は夕露に、次第に満足するようになった。
もはや、心乱れた先も見えない情欲は、多くの労働者の
忍耐強い労苦によって美しく整備されたこの遊園を
汚す事ができなかった。そして夜が更けて行くと
ベレロポーンは心も軽く、気持よく、今は眠っていて
明日の事も夢に見ていなかった。だが王妃は
ベッドから起きあがって、眼に見えぬ《罪》のように
邸からそっと抜けだし、裸足《はだし》のままだったが
美々しい宴が行われた遊園をぐるりと取り巻いて
風に囁《ささや》く木々の、暗いベルトのあいだを通った。
王妃がベレロポーンの横たわっていた場所だと信じる
遊園の一点へとやって来た時に、彼女は
そこに身を沈めて横たわり、苦しんでいるように
呻き声をたてて、露の上に頬を置き、
頭《こうべ》を上げてこう叫んだ――「今なら語っていいわね、
愛の神《クピドー》よ、貴方以外には誰も聴いていない今なら
語っていいわね、おぉ神《クピドー》よ、恐ろしい弓を持つ貴方。*

*クピドー。この弓の矢に射された時に見ていた異性に人間は恋をする。次行に出るキュテーラはウェヌス《ヴィーナス》の島。ウェヌスの別名をキュテレイアという。

ご覧にならなかったの、キュテーラ生まれの女神《ウェヌス》の子《クピドー》よ、
人間どもがベレロポーンと呼ぶ貴方の生き写しを？
生き写しだけれど、石の心と火の眼を持つ男、
その眼は災い全ての作り手ですよ。私は、貴方が与えた
重荷を全く一人で背負わねばならないの？
静まりかえった場所で、低い声の呻《うめ》きを立てながら？
駄目よ、もう一度試してみるから――私を助けてね、
でないと貴方は、とんでもない行いを地上に見るわよ、
さぁ見て！　貴方は私の意志がどうだったか知っている、
来る日も来る日も彼の美貌を見たのに、貴方《クピドー》に何の合図も
しなかった――していればすぐに彼を勝ち得ただろうに。
でも貴方だって、恐ろしい太陽、残忍な月だって、
いい匂い、花と花、奔放な娘らの、ベールも薄い半裸体、
これらが私の心をたいへんに刺激するものだから
抑制の鎖は今、切れたのです――彼が残忍な顔を私に
向けた時に、笑った様《さま》をご覧にならなかったの？
彼は笑った、そして私の心を見ようともしなかった――
彼は笑った、挙げ句の果てに、私がなくても
楽しい生活で一役演じられると思ったの。ここで、まさに
ここで、彼は飲み、大いに楽しみ、この阿呆の考えでは

こうして富と名声とに、常に近づいているつもりなの。
青ざめたやつれた頬で私の邸に彼が来た時の様を、
貴方が思い出すなら、こんな男を貴方の力で破滅させる
おつもりはないの？――あぁ、彼は見るも美しかった、
だから恋したのよ――今、どうして彼を愛し得よう、
あんなに変わって、変わり果てて？　でも貴方は――どう
なさる？　貴方への神殿が多くの惨めな国々に、豪華な
供物を捧げられて建っているのをお忘れですか？
太陽の下、この地上でも、貴方の助力を得ようとして、
どんな奇妙な儀式が為されているかお忘れですか？――
お忘れなら眠ってるんだ！　眼を醒ませ！　世はお終い、
貴方が眠ってる限りでは*――今も今、人の世は、
全ての歓楽の、悲しむべき終局に向かっています。

*恋の神クピドーが働かなければ人間の子孫が産まれないから。

昼間は黒くて暗い、夜は皆、鈍い灰色です、
もはや夜は恥ずべき行為を隠さず、昼間はもはや
薔薇が撒かれた部屋への道を明るませていません。
人びとは貴方を呪って言います、『愛の神は去った、
地上は、岩ばかりに覆われて、灰色になるだろう。
なぜならどの世代の人も死に絶えるから。
地上は灰色になるだろう、人気《ひとけ》もなく、人間たちの呻きの
雲のような記憶だけに包まれて』。

このように、このように呪ってます。私も呪いましょうか、
私を苦しめる貴方、私をほったらかしにする貴方を、
ご自分が為した事全てを一度も考えない貴方を？――
ご勘弁を！　どんな残酷な神が、人間に、話す言葉を
与えたのか？　全て、善を得るためには力にならぬ言葉を、
全て、破滅のためには強力な言葉を？――貴方はこれを
ご存知、愛らしい神よ、私から、幸せへの希望の全てを
奪わないで下さい、だって私の熱を籠めた祈りが
呪いみたいになりますから。おぉ偉大な、美しい神よ、
少しは耳を傾けて下さい、明朝に私は、もう一度彼に
愛を告白しなければなりませんから。でなければ死にます、
貴方は、私にたびたび、今も送って下さったような夢を
彼に送る事はできないのですか？
眠りが暗いベールを彼の眼から取り去る時に
私がしたように、いわれもなく泣く事を、彼には
させられないのですか？　或いは、目覚めた時に
極めて優しく素敵な、愛らしい映像を見させて、
すっかり映像を忘れた時でも、そのあとに、輝く眼と、
親切な肌の触りを大いに求めさせられないのですか？
あぁ悲し！　貴方は私の眼を変えられないのですか？
でなければ彼の、冷たく賢《かしこ》すぎる眼を変えられませんか？
おお愛の神よ、彼は私の心と、心が何を思うかを知っている、

――私のような者のために自分の幸せを捨て去るような
愚かな彼ではありません。いいやむしろ、彼のためにこそ
彼を愛する、誰か澄んだ眼の娘を得る事でしょう、
利己的に男を愛する女ではなく――彼は私を知っていて
だから私は、彼が寝ていたこの場所に転がって、なお一層《いっそう》、
彼を求めて燃えるしかない。彼は私を知っている、貴方も
私自身以上に、私が何をしでかすかをご存知です。
おお愛の神よ、貴方は全てをご存知です、でも私が生きて
いる以上、少しばかりの喜びの希望をお与え下さい、
お聞き届けの徴《しるし》を何か、今お与え下さい、おお愛の神よ、
この暗い空を赤々とさせるとか、或いはこの頑丈で固い
城壁を動かすとか、この真っ暗闇の静寂のなかで
斑点のある大鶫《おおつぐみ》を啼かせるとか、して見せて下さい」。

彼女は語り終えて、ひざまずいたまま身を反らせ、
すっかり弱り切り、喘ぎつつ、震える指で自分の胸から
下着を破って、目を閉じた姿で
何か驚くべき証《あかし》が現れるのを暫《しばら》く待った。
しかし何も不思議な事は聞こえず、木の葉のそよぎより
大きな音は現れなかった。一続きの長い雲が
低い南の空に懸かっていたが、鼠《ねずみ》色の空のなかでは
僅かにしか見えなかった。妃はとうとう
眼をかっと開いて凝視し始めたが
眼に映じた最も異様なものとて
空に戯れる夏の稲光《いなびかり》だけだった。
彼女は顔に垂れ下がっていた髪を後ろへ振り、
激しい、耳障りな声でこう言った――
「おぅステネボイアよ、この様《ざま》なら、神の存在を
恐れる必要があろうか？――善良で正しい人の家庭が
地獄になった時に、その人のところへ神が訪れた
例《ためし》があったろうか？ 私は神ならぬ自分自身を相手に
祈っていたに過ぎない。私には全てのもののなかで
ただ一つ私が大切。その私を助けよと祈ったのだ。
そうだとしたら私は自分自身をさえ、どうしても
恐れざるを得ない――おぅ惨めな私。常に助けを得られず、
明日の朝早くには、きっと惨めさの限りを舐《な》める事に
なるに違いない――そしたら――その時こそ――
私は悲しい女ね！ 男のなかでも最も残酷などんな男が
私をこんな女にして、このように放置したのか？」

荒々しい、悲しげな眼を空のほうに向けて
妃は再び歩き始め、慣れている道を無意識に通って
先ほど出て行ったあの入口にまで帰ってきて
忍び足になる事さえなく、全てに対して

無関心な様子で、ベッドに辿り着いた。
ベッドでは、嘆きと悲しみにもかかわらず
世界がもう長時間、夜を忘れてしまうまで眠った。

　翌朝、ベレロポーンは、かつて悲しみに満ちていた
男ではなかったように目を醒ました。
眼は輝き、陽気な気分だった。まだ彼の周りに
まつわりつく怖れは、喜びを大切なものにするだけだった。
これまで経てきたどんな日にちよりも
なぜだか、この朝には希望に満ちていたのである。
朝の爽やかさがまだ漂っているうちに
幸福感のあまり、落ち着かず、
プリウスの近くの小さな入江に、外国へと出帆するために
碇泊している船を目指して、馬で行こうと考えた。
この船の、フリギア人の船長に、王様が
多くの品を買ってくるようにと命を発していたからだ。
順風に変わっていたために、まもなく出航するはずだった。
　しかしベレロポーンがこんな気分でゆっくりと
大理石でできた回廊の壁沿いに歩いていると
人声が自分の名前を呼んでいるのが聞こえたのだ。
振り返ってみると、トラキア人の美しい侍女である
レウキッペーが、駆け足で彼のほうへ近づいて来る。

彼に追いつくと足を止めて、休憩する人のように
深く息を吸い込んで言った――「私が仕えるお妃様が
ちょっと貴方様とお話ししたいとの思し召しです、
海へお出かけになる前に。そして今、
ご自分のお部屋で、貴方様をお待ちでございます」。
ベレロポーンは侍女に軽く話しかけ、二人はあい並んで
その部屋に向かった。彼はそのあいだじゅう、
機嫌の良い笑顔で、このトラキア娘を見やっていた、
彼の怖れが眠っていたから、或いは良き事も悪しき事も
全て自分の意志に従うだろうと強気《つよき》になっていたからだ。
だが優しいトラキア娘は、この日、青ざめていた、
そして彼に向かって、常に、何かを言いたそうに
見えたのだ、その何かを彼女の唇は言い出せなかったが。
妃の私室のドアに二人が着いて、彼が
ドアの向こうへ通り、ドアが閉まったあとでも
なおトラキア娘は立ち去らず、細い身体《からだ》じゅうに
身震いが走り、青ざめていた顔が一面に赤くなり、
唇二つは、まるで何か、大声で言う勇気の出ない何かを
語ったかのように動いた。それから裸足《はだし》でいた足許と
身分の低い女のウールのガウンを見下ろして
その日の労働へと、真っ直ぐに立ち去った。

さてプロイトス王はその日、裁判官役を演じ、
詰まらない事柄、奇妙な事柄の聴き手だったが、やがて
夏の真昼が、一時間ほど過ぎた頃に
食事に行き、その場でベレロポーンの
素直な顔を見るものと思った、彼はいつも
王の横に座を占めていたから。だが彼の席は空いたまま。
彼に会いたいと思っていた王が
どこへ彼は行ったのかと尋ねると、一人の男が答えた——
「王様、二時間前に、あの勇敢なコリントス人《びと》を
お見かけしました。宮廷の外へ出るドアを抜けてお出かけ。
ですがお顔には重苦しい悩み事がおありの様子で、それ故《ゆえ》、
どうなさったのかとお尋ねせずにいられませんでした。
でもお歩きのあいだ、私をじっとご覧になりながらも
黙ったまま過ぎて行かれた、私の声が聞こえないかのよう。
歩いてお出かけで、武装もしておられませんでした」。
　王の顔は曇った。だが食事が終わったので
美しい花馬車に乗って、あの港まで
連れて行かせる事にした。港では例のフリギア人の船が
出航を促す王の最後の言葉を待っていたので。
王は落ち着かず、夜が来て欲しいと願ったほどだ。
だが宮廷の優雅なポーチを出る前に
伝令を妃に向けて遣わして
今、どこへ行くかを知らせるとともに
妃にも同行を願ったのだ。しかしまもなく
伝令が戻ってきて、王に言うには
妃殿下はご気分が悪い、自分の部屋にいたい、今日は
出かける事はできないかと思う、との事。
　妃のこの言葉を聞いて、アルゴリス王は
そのまま出かけたが、何かを呟《つぶや》いていた、
彼の心には次第に重苦しい思いが募ってきたからだ。
王が、出航の準備の整った船の碇泊所に
やって来ると、輝く眼をした船長がいたので、
少し話をした。船長は順風に恵まれています、
用意万端整いましたと述べた。だが王は言う、「友よ、
明日の正午に、君がこうして待っているのを
終わらせるからな。君のところへ
余の最後の願いを正確に伝えるための
伝令を送るつもりだ、伝令には、君に金貨と
今、君が余の指の上に見ているこの指輪そのものを
確実な証《あかし》として持参させよう——
では恙《つつが》なきよう、君の良き日が長く続くように祈るぞ」。
　王は帰路へ顔を向けたが、また暫《しばら》く振り返り見て
溜息を吐《つ》いた、口許には微笑を浮かべてはいたが。

マストにへばりつく半ば挙げられた帆や、
船の黒い側面に打ちつけて小さな音を立てる細波《さざなみ》、
船尾楼から立ちのぼる幽《かす》かに青い煙、
索具《さくぐ》の交わるあいだでうたた寝をしている北国の犬、
好奇心を持って半ば反抗的に
王を見ながら仕事に励む
裸足《はだし》のままの船員たち――こうした全てのものが、王に
流浪したい思いを起こさせた――常に頻繁に心に湧いた
次のような願望、この時は幽かながら、それでも明確な
この流浪の旅なら我が生活は豪奢《ごうしゃ》過ぎまいという思いを。
今、灰色の海に沿って、アルゴリスに向かう途中、
低い寄せ波が岸を打つ音に混じって
王の耳をも打ちつける、とぎれとぎれの船員の歌は、
ひょっとしたら虚しく生きる事にはならない
自由と生へ己を呼ぶように感じられたのである。

だがそう思いながらも、宮殿に着き、
単調な、物憂い一日は滑るように夜となった。
そして燻《くすぶ》る悩みをできる限り押さえつけながら
ベッドへと赴いたのだ、そしてそこで
美しい天蓋の下で、半ばうとうとして横たわり、
低い音のフルートが、リュキア女性である妃の
神々《こうごう》しい足が部屋に近づく徴《しるし》を奏するのを待っていた、
というのも、慣習に従って、妃は、新婚の花嫁のように
このようにして常に、部屋に導かれて行ったからだ。

その綺麗な楽の音《ね》を、王は全く聴いてはいず、
真っ直ぐに、短い眠りへと陥っていた。
そのあと、今はどの一時間が過ぎ行くのも
しっかりと確かめる事を知る者のように、また
朝日がまた昇るまで眠りはしない者のように目覚めた。
このように目覚めると、部屋のなかに
苦痛の叫びを聞いたのだ。これに怖れをなして
王が振り向いてみると、妃が正装して、身には
高価に飾り立てた衣裳を着込んでいるのが見えた。
だがその正装は、苛酷な運命が王宮のなかに
王侯たちの破滅を持ちこんだかのような姿だった。
この破滅とともに、妃の、遙かに並はずれた優美さに
だれか外国の敵の粗野な手が触れたかのような様子。
なぜなら宝石いっぱいの帯は斜めに引きずられ、
フェニキア産のガウンは破られ、乱れ果て、
下着は彼女の両肩から引きずり下ろされ、
両腕と見事な胸は半ば剥《む》き出しにされていたからだ。
その上、着付けに手間取る侍女の手より屈強な

男の手が、そんなに古くない時間に触れたかのような
恥辱と言うべき痕《あと》がいくつも、腕と胸に残っていた。

この姿で部屋のなかを端から端まで
妃は歩きまわったが、今は立ち止まり、薫り高い部屋に
低いが、苦痛に満ちた呻き声を放ったのだ。
王の心のなかを激しい怖れが貫いた。
彼は動く事もできなかった——王は妃が欲情に冷淡で
快楽の手から自己を引き離す賢明さを有していると
信じていた、快楽が心を唆《そそのか》した時でも。だが今、
この数分は、何と恥ずべき事態を見せたというのか？

今は歩を進めながら、斜めからの視線を王に送り、
ついにはくるりと向きを変えて
奇妙な目つきで王のベッドに近づいてきて
両手を組み合わせて、王の前に立ち、こう言った——
「じゃぁお目覚めね。この姿に驚かれまして？
私の考えている事を皆、口許まで引っ張り出すような
言葉が教えられない限り、お話しできないような
そんな話を今夜、私は話さなければなりません——
私の言葉に驚かれます？　では尋ねて。尋ねて下さい！
尋ねて下されればそれだけ早く私の重い荷が降ります！」

王はベッドに上半身を起こし、疑念と、募る怖れに
青ざめていた。右手を伸ばして
妃の手を取ろうとしたが、妃は手を引っ込めて
身震いした。王は真実を知ったと、半ばは思った、
なぜなら王の眼の前で、蒼白かった妃の顔と胸の上に
あたかも恥じらうような赤みが射したからだった。
「何か喋らないの、決着をつけないの？」妃は叫んだ。
それから王はやおら語った、「なぜお前は今夜、
余のベッドの外で待っているのか？　なぜ呻くのか？
これまでお前は恋の病には無縁の女と思っていたが」。

この最後の言葉を聞いて、妃は顔を覆った。
妃の脚がガウンの下でもがいたので、リンネルの
ガウンの厚手の襞《ひだ》さえ揺れ動いた。妃は何も言わず、
言うべき言葉を思い出せないかのようにしていた。
そして王も、最悪の言葉を聞くのを恐れて
暫くは言葉を発する事ができなかった。

ついには言葉が見つかって、「なぜ今夜、お前が
余の遊び相手とならないかを尋ねてくれと言ったな、
お前は何をしたのだ？　早くその事を申せ！」

彼女は両手を引いて叫んだ、「おお、我が王よ、
私のこの恥ずべき姿が貴方の眠《ねむ》そうな眼に
奇妙に映らないなんて、まだ眼が醒めていないの
これやあれが裂けているのはなぜだか、尋ねないの？
なぜこれが傷ついているかも！　見て、とっくに過ぎた
朝からずっと、この姿でいたのよ、貴方に見せるためよ、
どんな狂気が私のなかに荒れたか尋ねさせるためよ。
この姿で坐っていたのよ、昼間を長引かせる神、夜を
なかなか来させない神を詰《なじ》り続けていたのよ。
「尋ねて！　貴方喜んでいたじゃない、処女だった私が
明け方から夕闇まで、リュキアの土をしょっちゅう、
疲れも見せずに踏みならし、リュキアの森で
震えもせずに野獣の前に立ちはだかった事を。
私のこの右手があれほど頻繁に槍を投げた事を――
私のこの指が、金色《こんじき》の縫い針よりも、灰色の弓を
操った事を。ちょうどそのように、もしも私が今日、
真の男性と争ったのであったならば、実際、
女の力以上のものを私は必要としたでしょう、
だが王様を辱めたこの男は、鞭打ちされた女のように
去って行った――であれば、お許しになるでしょう？
剣を下に置きなさい――剣は男らしい男のためのものよ」。

妃がこう言ったのは、こう言ううち、妃の眼に憎悪の
火が燃えたからだ。王の顔は厳しくなり
妃の辛辣な言葉がすっかり終わらないうちに
王は立ち上がっていて、床の上から
百戦錬磨《れんま》の剣を手に持ったからだ。そして熱を籠めて
震えている妃のそばに立って叫んだ――
「止《よ》せ、黙れ！　なぜなら余は間違いなく推察できる、
お前の口が今夜語るはずだった話が何であるかを。
だから余に剣が相応しいのだ、数多くの厄介な問題に
決着をつけてくれた、信頼できる友である剣こそが。
だが怖がる事はない、もう一人の味方が余にはあるからだ、
この新たな悪行を征伐するのに手を貸してくれる味方が。
それは誰あろう、神のような男ベレロポーンだ、
だから一言言えば、お前の重荷に始末をつけられる。
――おおステネボイアよ、この悪事をしでかした男の名を
語るがいい、そうしてその名前をお前の心のなかで
幽かなものにするがいい、やがて名は死に、過去となろう。
なぜなら間違いなく昨日の夕、彼の悪運の眼は、
沈む夕陽の最後の姿を見た事になろうから」。

この言葉を聞くうちに、王妃は死体のようになり、

石の冷たさになった。王からの最後の言葉が聞こえた後、
少しの間《ま》、ステネボイアは黙っていたが
とうとう小さな声でこう言った——
「そうか、この行為のために彼は死なねばならないの？
私から名誉と、平安、愛を奪い去ろうと努めたために
この男のほうが平安を得なければならないの？
偉大な王がそうしなければならないの？　それとも貴方、
この力あるアルゴリスの国に、光の入らぬ牢屋はないの？
そこなら、未来の日々にどうしたいかについての記憶を
何物も実現させる事なんかできないじゃありませんか？
なぜかと言えば、この男は偉大な人物で、地上に住む
どんな人にも劣らず、生まれも立派だからです。
——貴方はお忘れです、死者たちは、地上でどのような
最悪の事、最善の事をしても、ただ休むだけだという事を」。

　しかし王は彼女を陰鬱に眺めて、こう言った——
「駄目、駄目——その男には間違いなく死んでもらおう、
彼の望みは彼と共に死ぬ、それで十分ではないか？
余はお前のような考えは全く持ってはおらんぞ。
お前は偉大なる王妃が語るように語ってはおらん、
むしろ希望が先延ばしになり、愛が拒絶されて
惑乱し、気弱になって、自分の言葉が何の力もない
言葉に過ぎない事を弁《わきま》えない娘っ子が喋るかのようじゃ。
満足するがいい、お前はなお愛され、名誉を保持するから。
——この悪事をはたらいた男の名を早く言え、
なぜなら余は、ベレロポーンに会いたいからだ、
我々二人で、為すべき事をやり遂げるためじゃ」。

　王はこう語ったが、妃の心は乱れに乱れていたので
王の言葉を聞きとれず、自己の心の外にある全てに対して
聴く耳も見る眼も持ってはいず、自分の足が踏む床が
冷たい大理石なのか、赤く熱した鉄なのかも判らぬ始末。
動きもせず感じもせずに立っていたが、唇からは
音声が出てきて、ゆっくりとした苛酷な言葉が、その場の
空気を打ちつけた——「あら、それなら今、二度も貴方は
地上の人びと全てのなかで選りに選って、その男の名を
口になさった——ベレロポーンです、人民が皆愛し、
今朝ほどは男らしいふうに私に挑みかかった男です！」

　王妃が王の横に行き、新たな惨めさに心乱れた時、
妃は思った——あぁ世界は何と変わり果てた事か、
あぁ何と時間は僅かしか経過していない事か、
自分の暴露全てがまだなされていなかった時から数えて、
まだ、彼のためなら死んでも良かった時から、死んだ私の

孤独な墓の上を風雨から護る小さな愛の庇《ひさし》を、彼の心に
生じさせたかもしれなかった時点から――まだ生じる
可能性のある多くの事が存在していたあの時から数えて。
そして今――語ってしまったあの言葉は今、私の一部で
あるしかなくなった――これは熟慮を欠いた悲惨な状況、
生の全てが終わるまで自分に安らぎを与えない状況、
それどころか暗黒の冥界《めいかい》にも安らぎを与えない状況だ！

　にもかかわらず、ゆっくりと妃は部屋から出て、
女王が為すべき通りに、彼女の足は、規則正しいリズムで
床を踏んだ。また全く気を失いそうにもなっていなかった。
壁と壁のあいだにあるドアへと真っ直ぐに進み
もし誰かに遇っていたならば、無理にも微笑みを
作って見せていただろう。そしてこのあいだじゅうずっと
人間には名付けられない大きな苦悩のなかにありながら
思考が可能だったとすれば、自分の周りの全ての事物が
以前にあったとおりの姿でいる事を思って驚いたのだ、
邸は倒壊していない――地上で最も惨めな女が立った
場所の上にも、自分を運んだ呪われた足は
何一つ、血液の痕を残していない――
自分の周囲には、なおも自分の衣裳が垂れ下がっている、
何ら突然の大きな苦痛が、自分の肉体を襲ってはいない、
心の炎も何ら、偽りの純白を保つ自分の手足を燃やさない、
また、自分の美の全てを恐怖へと変じない――
なおも夜の優しい物音が、以前に聞き慣れていたとおりに
聞こえている――葉が密生した木々を軽やかに通る
風の音も、開け放った窓の横を通ると、聞こえている。
また夜に啼《な》く鳥の声も遠くから聞こえる。
頭の上で、か細い笛を吹くぶよの羽音も以前のまま。
蝋燭《ろうそく》の火に飛び込んで死ぬのが遅れている蛾も
輪を描いている――そうだ、確かな事だ、
自分の周囲の事物は、以前のとおりにあり続けるだろう、
そしてこの事自体が今、苦痛となったのだ。

　それでも蒔《ま》いた種は、刈り取らねばならなかった。
引き返そうという考えは彼女の心に一つとてなかった。
あの過去の日々に自分はもはや関わる事ができない、
いや、それ以上だった、灯りがちかちかする自室に戻ると
薄闇のなかで口籠もった――「私はやりたいとおりに
してしまった――だから再び、やりたいとおりにするぞ」。

　見よ、このような想像さえできないほどの苦痛のなかに
今は妃を残して、王のほうへ話を戻す事にしよう。
王は、寄りかかっていた友が突如なくなって

喪失感に圧倒されながら立っていた――育ちつつあった
大きな喜びを剥《は》ぎ取られてしまった生を前にして。
自分がこのような毒杯を飲まなければならない事に
激怒して生じた嵐が、心に吹き荒れていた。
王が何かを疑ったとしたなら、その疑いはこうだった――
妃の話は前後全てを語ってはいないのではないか――
ベレロポーンに対しての、妃の大きな軽蔑と嫌悪の情は、
生まれたばかりのものでしかないのではないか、
これは今なお、《運命》の手の許では、この上なく
熱い愛に変わり得るのではないか。こう考えて王は呻《うめ》き、
よろめいて後ずさりし、ベッドの上に坐った。
輝く剣は、あの最後の恐ろしい言葉が投げつけられた時に
既に手から落ちてしまっていた。
そして今は、両手のあいだに頭を垂れて
自分をぐるぐる巻きにした辛い思いの帯から
脱出する出口を探した。「私が彼を殺さねばならないのか、
地上のどんな人よりも愛していた彼を？
見るがいい、今ここで眠って、明日の朝、
昼らしい記憶力がまだ、寝ぼけを脱して、完全には
戻っていない時に人びとが来てこう言うなら――
『王様、コリントスの方が近くまで来てお出でです』――
その時の私の最初の思いは、彼が来てくれた喜びであろう。

とは言え、私は王であるから、私の邸を
人民全てに見える淫売窟にするわけにはゆかぬ。
死を招く毒を飲んだ者は放っておいても必ず死ぬ、
そして彼は毒を飲んだ、最後を待たねばならないのだ。
だが彼のイメージは私の味方だったじゃないか――
私はどうすべきか？　それに人民のこの事に関しての
声だって、軽々しく聞き流す事はできない――
『王は彼を信じた、王は、人の口許、眼を通じて
人の心を覗き込む賢明な名人だと自惚れていた、
――どうなるか見物《みもの》だ――』。そうだ、この上なく確実に
私は彼の顔を再び見るのに耐えられないだろう。
それに彼が浄《きよ》めを受けた国で
草にしろ大理石にしろ、彼の血で汚すわけにはゆかぬ、
どのみち彼は逝かねばならぬのだから。多くの物の
不毛の死から、春の枝が緑となって生まれるのだから。
それは不毛とも呼べぬ、それは毒の実をつけたのだから。
見よ今は、かつて自分の人生を愛した私が
生まれてこなければよかったとうんざりし始めている。
だがこのままにするがよい――むしろ善人に嘆かせよう、
地の塩である偉大な人びとは、二度と帰らぬ日々に涙を
流しながら、彼らの生涯を磨《す》り減らしてゆくのだ。
私のような者には、全てがこれで十分に良いのだ。

「でも悲し！　何という真実が君にはあると見えた事か、
私はどうすれば良い？　戦争で彼を死なせる？
とんでもない、彼のお蔭で国境は安全に保たれている、
彼をこの国で死なせてはならぬ――深い海なら
抑制の利かなかった彼の血の物語を隠すのに良いだろう、
或いはさらに――おぉ俺様は馬鹿だ、一人の女のために
自分の生活をこれほど詰まらないものにするとは！
それではあの国に君の遺骸が休むように仕向けよう、
彼が崇拝した我が妃の踏んだ芝土の下に眠らせよう。
リュキアでお前を死なせよう。妃の父親の手が
剣を抜くだろう、もしくは父親の口が、君の終末を
命じる事だろう――こうする事にして
出航準備を整えているあのフリギアの高速船に、君を
この国から連れ出させよう――君を知らねば良かった！
君は新たな苦痛となった――私の人生の夜明けには
重苦しい運命だと私には思われたものだ、
あの頃は、全てが夢に過ぎないと夢見ていたものだ、
そして目覚めて、現実と孤独な生とに向きあったものだ。
「成り行きに任せて、今は君を虐《しいた》げる隠れた剣を
鋳造しなくては。そうして一件を落着させたいものだ。
君はそうしても死なないかも知れぬ。君は神々が愛する
その類《たぐい》の男だから――君が何をしでかそうとも。
神々は我々のような者のなかの、虚偽や真実に僅かにしか
注意を払わないかも知れぬ。だがランプの芯が低くなり、
夜が更けてきた、東の空が鼠色に明るんできた。
君の事は忘れなければならぬ。貴様、さよならを言うぞ、
私の足を孤独な地獄から向きを変えたかも知れぬ君に！」

こう言いながら、悲哀と災いが生み出す仕事を
せざるを得ない人のように、ゆっくりと王は
起きあがって、書き物用の道具を引き寄せて
朝の明かりが蝋燭《ろうそく》を暗く見せる前に
自らの手で二通の手紙を書いた。
一通は封をしなかった。そこにはこう書かれていた――

「賢明なるベレロポーン君へ――
神々が君をリュキアへ呼び寄せている、おぉ私の息子よ、
だからこの手紙、落掌《らくしょう》次第、
誰か君に復讐する人物から逃れる時と同じほど
もはやアルゴリスに留まる事をせず、
あのフリギア人《びと》の高速船に急いで行き給え、
あの人は南の国々に向けて、まさしく今日出航する、
行く先々の費用と滞在のためにこの金子《きんす》を携えよ、
またこちらの金子は、船を操る船長の報酬だ、

そして、証《あかし》のためにこの余の印形を見せよ、
またリュキアの王《イオバテース》のために、この箱を持参せよ、
箱のなかには大きな価値あるものが入っておる、
イオバテース王の両手に、金貨が輝くまでは、貴君以外の
誰もこの箱に触れてはならぬ、
そして、王に思い出すように促して欲しい、
前回王にお会いした時に、余の手にあるのと同じ
この箱を開ける合い鍵をお渡しした事を――」。

こう書いたあと、王はしばし手を休めて
次第に明るんでくる朝の薄明かりのなかで
長いあいだ眼を閉じて、何も見ず、淋しい気持で
そのあと再び手紙の続きを書き始めた。

「この異国の人のあいだでうまく生きて行くように。
貴君は余の顔を再び見る事はないだろう、
或いは、貴君の愛する生は僅かにしか残っていない
かもしれぬ。貴君は、自己の生が失せて行くからといって
あらゆる人に呪いを浴びせる人ではなかった。
かの国で貴君に災いが降りかかっても、なお考えてくれ、
余は以前に、貴君の幸せを与えた人間である事を。
さよならを言うぞ！　先ず、余に会おうとは考えるな、
この国では生活は悪化している、やがて最悪に至る前に。
できる事ならユピテル《ジュピター》に助けを求めたい、放浪する我が民、
先も見えず、弱っている我が民を助け給えと」。

さらにもう一通の手紙が王の傍《そば》にあった、しかし
閉じられ、封印してあった。こうして灰色の薄闇のなか、
王は立ち上がり、その近くで眠っていた侍従を
間もなく呼びつけて、この侍従に、宝物庫へ案内せよ、
そして手紙を携えた使い走りのために
二つの皮の袋を取ってくるのを手伝えと命じた。
そこで二人はその黄金の場所へ出向いた。
だがその部屋に入っても、王はずっと
愁いに満ちた男の顔が見えるように感じた。ちょうど
部屋から部屋へとその男、今は自分を裏切ったあの男を
連れ歩いた時のように。すると金《きん》も光を失って見えた。
なぜなら王の悩める心が強烈な苦痛を王に感じさせ、
流した事のない涙で、王の賢明な眼を満たしたからだ。
しかし群なして押し寄せる思い出を押し殺し、
最初に書いて持ってきたほうの手紙を
鋼と金とでできた小箱のなかに収め、
すぐに小箱に鍵を掛けた。次には侍従に命じて、大きな
金の山の一部を、彼が持ってきた二つの袋に詰めさせた。

それから朝寒《あささむ》の自室に戻ったのである。
気分を変えて何か早く事を為したかったので
侍従に命じて狩の衣服を持ってこさせ、
すぐさま、一番速い駿馬に鞍をつけさせた。
そして、王は言う、あの王子が起きあがる前に
目覚めた彼の眼に、こちらの手紙を見せよ、
またこれらの品を彼の手に持たせよよ、
急いでやれ、余には時間がないのだから、と。
　こう語ったものの、ベレロポーンを追い出す前に
彼がここへ連れてこられるのではないかという考えが
次第に大きくなった。そう思ううちに
低い太陽が庭園の壁の上までついに昇ってきて、
朝露の降りた芝生に長い影法師を投げたので、
新たな着替えを済ますと、急いでポーチへ向かい、
その支柱が並ぶあいだを勢い籠めて通り抜けると
とうとう馬係の少年の元気な叫びが聞こえ、
立派な蹄鉄《ていてつ》をつけた駿馬《しゅんめ》の鋭い足音も聞こえた。
王は走り出て、機嫌の良い馬に出会おうとした。
跨《また》がると、どこへ向かうかの当てもなく馬を走らせた。
やがて町を抜け、美しく六月らしい緑をなす
小麦畑のあいだで、手綱を引いて、
汚され、虚しいものとなった自分の生を思った。

　だがベレロポーンがその朝目覚めた時、
まるで長いあいだ、何か重い荷物を運んできたように
けだるく感じたのだ、そして困惑した彼の心は
自分が関わってきた生を叱責せずにはいられなかった。
新たな苦悩をもたらす今日の昼間に、彼が出会おうと
ベッドから抜け出す前に、あの侍従が、
うんざりと道を辿りながらやって来て、手紙を読ませ、
他《ほか》に何か必要なものはございませんかと問うた。
　彼は手紙を読み、思いに耽って心配げに眉を寄せた。
なぜなら手紙は彼の心に、今なお自分は王と、良き関係に
あるのだろうかという大きな疑惑をもたらしたからだ。
疑惑とともに、眼にはまだ見えない様々な危険への
暗い想像も心に生じ、彼の魂には
巨大な憤激が大きくなった——まるで、あり得る事として
想像したなかの最悪が実情であるように感じたのである。
つまり自分が去れば、信義に背いたという辛辣《しんらつ》な世評を
あとに残す事になりはしないかと心中で思ったのだ。
この間ずっと王が派遣した侍従は、彼が怒っているのを見、
ついに彼が手紙を三度読むまで眺め続けて
不思議そうにしていたが、彼は侍従に何も言わなかった。
　ようやく彼は口を開いて、「ご苦労1　王の命に従って

私はぐずぐずしないつもりだ。
ちょうどアルゴリスに来た時と同様、そのとおりの形で
見送る友もなく、何も持たずに、去って行くよ。今日は、
さよならの言葉も僅かしか言わないのが最善だろう、
私を愛してくれる人びとから、追放された人間のように
見られたくはないからだ。二人で出かけよう、
王様には、ご希望の全てを私が行うだろうと伝え給え」。

そこで二人は馬で出かけた。二人のうしろに
道が長々と後にされた時、そして夏の昼間が
愛らしい、実りを産みつつある大地に暑く火照《ほて》った時、
爽やかで優しい大気と、自然が発する歓喜の音と景色が
ベレロポーンに働きかけて、ついには、事態が最初に
考えたほどには悪くはないかもしれないと思われてきた。
「今、俺は何を考えている？　俺は王の手から
贈物を貰ったではないか？――俺が弱り切っていた時に
王は喜びを与えてくれたではないか？　だから俺は今、
名誉を穢《けが》さぬよう、状況のなかにある機会を甘受しよう。
いや、それ以上だ。このなかには王の友情もあるのでは？
王は俺を、恥辱と罪、そして悪しき運命から解き放って
追い出すのではないか？　なるほど、どうあるにせよ、
このなかに俺は、悪意をほとんど見出せない。

そうだ、やがてもう一度王の顔に接する事もできよう、
名誉を頭に被《かぶ》って、この国に帰ってくる事もできよう。
だって俺には恐れる事は何もない――仮に王が、実際には
ありもしない悪を俺のなかに見たと思っていたとしても
いつの日か全ての真実が明らかになるだろうから。
このままにさせよう、運命の戯れを経験した場所から
再び俺は出て行くだけじゃないか、
この国で思い通りにならなくても、世界は広いし
俺は若い。今や俺は一人で出て行くぞ、
人生のなかで俺がやり遂げねばならない事を為すために。
それに俺の運命は、俺自身の手のなかにあると思うからだ、
俺が飲むべき《運の盃《さかずき》》に、俺の手が調合する酒を盛ろう、
このようになるがいい、こうして世界はより楽しくなる、
そうすればここにいるよりも俺は立派な男になれるぞ」。

こう考えながら船の待つ場所に着いた。
するとこの、新たに胸に萌《きざ》した願望はさらに高く
燃え上がった――海の波が、自分の乗る船の
黒い脇腹に、愛を籠めて跳ねているのを初めて見た時に、
また、幾つもの帆がはためく音を聞き、彼を見かけて
人びとが、自分たちも一緒《いっしょ》に旅立ちたいという熱を籠めて
突如、大声を挙げてくれたのを聞いた時に。

そして今や、為されるべき全ての事が為され終わった——
金貨は譲り渡され、王の証《あかし》、あの指輪は示され、
船長に、王の意図は残らず語られたのである。
そしてコリントスの男《ベレロポーン》は甲板に立った。
大きな鐘がいくつも、鳴り響きながらマストの上に昇り、
碇泊用の大綱が船の上に引き戻されて、
舵取り係が舵柄《だへい》を握り、ついには
船首がぐるりと回って、巨大な帆がぴんと張りつめ、
幅広い舳先《へさき》が魚たちの国を貫くように進み、
海神への赤いワインが、騒がしい波のあいだへ音もなく
注がれたのだ。そしてそれから、立ちのぼったのは
神に捧げる薫香の煙。少したなびいたあと、船首から
なびき返されて、白い波の飛沫《ひまつ》と薫香は混じりあい、
群がっている白い波頭に、少し霞《かすみ》をかけた。
その時、海の男たちの大きな歌声が立ち上がった。
その間《かん》ベレロポーンは船尾にじっと立ちつくし、
過ぎ去った人生の一部に告別の意を表しつつ、
物思いに耽《ふけ》りながらも、長くなってゆく船跡《せんせき》に見入り、
野や丘、森と高原、そして白い城壁に囲まれた
アルゴリスの都が船尾に小さくなるのを見て頬笑んだ、
神々の意向を知り得るのではないかと思って。

しかし王の廷臣は、腑《ふ》に落ちないまま笑みを浮かべて
少しのあいだ、去ってゆく船を見送っていたが、
やがて向きを変えて、心のなかで様ざまな事を
思い巡らしていた。王侯たちの心の弱さも考えた。
なぜなら王子《ベレロポーン》の栄光は幽《かす》かなものになってしまったし、
このような別れ方はどう見ても壮大ではなかったからだ。
「だって一日全てを費やして告別の会が挙行されるべき
だったのに」と彼は不平を言い、「金色の船の近くで
壮大な食事の会が催されて当然だったのに。
見事な犠牲の獣が、その近くで、神々のために
捧げられて当たり前なのに——このベレロポーン殿は
王にとって、あまりに大きな名声を得過ぎたのか？
私は身を低くしていよう、だって少なからぬ幸せを
アルゴリスで得ている私だ、良い国だからな、
そうでなかったなら何が起こっていた事か？」 事情が
どうだったとしても、廷臣は再びアルゴリスに帰った。
そしてその日に彼はあちこちで
ベレロポーンが、ひょっとして二度と帰らぬ人となって
どのように去っていったかを話して回った。
心を痛める人びとがいた。彼らは、弱々しい希望を
生かし続けるあの顔をまた見たいと憧れたに違いない。
彼が助けを与えてくれたと思いつつ、常に多くの困難と

闘わなければならない人びともいた。彼がどこに行っても
いつも幸せに生きて行けるようにと祈らなかった人は
実際僅かだった。多くの日数が過ぎ、変わりゆく夜が
過ぎ去ったあとでも、彼をすっかり忘れる人はいなかった。
だがステネボイア妃は、その朝、自分が悲しい恋を
失っただけではなく、自分の心に恋を育《はぐく》んだ人物をも
失った事を知ったのだった。
だが最初のうちは、外から見た限りでは、冷酷に
この事に耐えていた。彼の眼が初めて彼女の眼に
出遭ったその時そのままの姿で、ステネボイアは
侍女のあいだに坐っていた。「この愚者の国では
彼と私についての噂話は、この先、起こらないだろう。
彼は去った――死んで、忘れ去られるがいい、
昨日まで熱かった私の心は、今はもう冷たい、
昨日の熱烈な炎は、消されてしまったのだから。
もし彼に命じられたら、妃の名も、名声と全ても
かなぐり捨てていただろう時は昔の事になってしまった。
今やこの馬鹿馬鹿しい世界には、運命の定め通りに
事が生じればいいのだ。どんな偶然によっても、私は
もはや心を掻き立てられぬ――希望、憎悪、恋は終わった」。
朝、妃はこのように語った。その時にはなお女王として
恐れられ、愛されないまま、これまでと同じように
侍女たちのあいだに坐っていた。だが時間が経つと
まるでこの苦悩の昼が決して終わらないように感じて、
今は、落ちつきなく歩きまわるようになり
海のほうへ行きたげに、そちらへ顔を向け始めた。
だがすぐに引き返して、宮殿のなかを徘徊《はいかい》し、
自分は彼の事を考えていないと考えた。侍女たちに何かを、
悩んでいる者のように語りかけたとしても、その言葉は、
言い終わる前に、荒っぽく、とぎれとぎれになるのだった。
そして彼女がそのあたりを常にうろついている時、
彼女が近づく足音を聞き分ける目下の者に対して
これまで以上の冷たさを、彼女の存在は投げかけた――
そうだ、妃が誰かの傍《そば》を通る時、その人たちの眼に
憐憫《れんびん》に似た表情が浮かぶように妃には感じられさえした。
そんな時に妃は、渇望に満ちた苦悩の直中《ただなか》で、憐《あわれ》みを
受ける事への怒りで真っ赤にならずにはいられなかった。

今、夜が来ると、冷酷さと誇り高さという仮面を
ステネボイアは投げ捨てざるを得なかった。
うんざりする夜は、昼間よりもさらに長くて
夜と共にやって来た物思いを、さらに忘れがたく
させるのであった。語り手の私は、どんな言葉を話せば、
王妃が我と我が身の魂が創り出したあの地獄の

責め苦を表現する事ができるだろうか、
この生き地獄からの、安息の地への
出口は一つとて存在せず、より幸せな罪*への希望の輝きを
覗き見るための窓さえ、そこにはなかった。
灼熱《しゃくねつ》の火を噴《ふ》く壁が、彼女の近くに燃えさかり
そしてあの願望、あの恐ろしい恋に心を集中させて
ただ一個の絵姿だけを常に見つめ続けた——
物皆を焼き尽くす火で、自分にとっての災いの源《もと》をも
自分の空疎な生活の網に落ち込む全てをも、断ち割る心、
自分の残忍な心——この心の重苦しさを見つめ続けた。

*彼との恋。

次に昼の光は衰え、これに夜が続き、
闇と、薄明かりと、暁を経て、また光の時間になった。
ついに太陽が高く昇り始めると
侍女たちが為すべき仕事をしに、妃の部屋へと
やって来た。沐浴するための湯水を
先ず持ってきて、次にはウェヌス《ヴィーナス》が持つような品々——
金の櫛、刺繍された衣類、真珠が連なる帯紐、
人間の船が滅多に行く事のできない
海に通じる、不思議な構造の洞窟を潜り抜けて
人目から隠れた河が産み出すような軟膏《なんこう》、
幾多の年月をかけて織り上げたインドの編み物、
砂漠に一本だけ生える、樹液を血のように流す樹木から
取り出したという香料など——そうだ、同時に恐怖も
持ってきた。その日が、自分の仕える妃から浴びせられる
新たなお叱りへの恐怖も。なぜなら今過去となった昨日、
妃の歪《ゆが》んだ口は、荒々しい言葉と奇妙な脅《おど》しを語ったから。
だが侍女たちが部屋に入ってみると
彼女らの心に新たな希望、いや新たな恐怖が生まれた。
というのも、金色の天蓋の下には、ベッドが空になって
横たわっていたからだ。一人の侍女が近づいてみると
夜具とシーツには、その夜に限って、寝た跡が
全くないのだった。そこで、その黄金の邸のなかで
誰一人、リュキア女性《ステネボイア》の顔を見た者も
彼女の通った徴《しるし》を見た者もいない事が判ると
その時には、この館《やかた》内の
他の人びとを訪れて
女王の消息を知っているかどうかを尋ねたのだった。
そして、妃が昨日の終わりに寝室に退いて以来、
妃は誰にも見かけられていない事が判ると
侍女たちは、心のなかでこの事を考え尽くしたあと、
最近はちょくちょく、ご自分の部屋の下に当たる庭園で
日の出を待っておられた癖を思い出し、
他の人びとと、侍女だけではなく従僕たちも呼び集め

困惑した目つきで階段を降りて
そこにある裏口のドアに着いたあと、
常に入れるようになっていた遊園に皆を連れ出した。
するとその近くの地面の上、そして
這っているぎざぎざの葡萄蔓の上に
金の糸を見つけたのだ。見事な絹の刺繍も見つかった。
彼女らには、一見してそれが妃のガウンからの物と判った。
それが判ると、その緑の庭園の外部に通じるドアと
妃の私室のドアのあいだに横たわっていた
夏の花々の花壇が、多数の急いだ足によって
踏みしだかれた――どんな乱暴な踏みつけで
花々が最後を迎えるかを全く意に介しない足によって。
そのあと、門の近くで、ほっそりした野薔薇《スイートブライア》が
遊園の端にこんもりと茂っているところで
誰か一人の人物が無理やりに通り抜けた跡が見え、
そのために優美な薄物の衣裳が、断片となって
軽く吹く風のなかで、薔薇蔓に引っかかって揺れていて、
彼女らは、誰がそれをここに運んだかを疑い得なかった。
　だが遊園の門を通り抜けた時、
最初こそ、壁の下に残る露が深い一区画に
足跡をはっきりと見分ける事ができたけれども
やがて影法師が彼らの眼を惑わしてしまい、
密に刈り込まれた夏草は、暁の前にその近くを
たまたま通ったかも知れない足の跡を
彼らに示してはくれなかったので、彼らは足を止めて
多くの言葉を交わして、あれやこれやの推測の正しさを
議論していた。それから捜索隊を分割して
ある一団はよく耕された農地のほうへ向かい、
ある一団は海のほうへ、別の一団は森のなかへ
向かわねばならなかった。だがどの一団も
それ以上の痕跡を見出せず、ある者はこの謎を
すぐにも解こうと向きを変えた。だが馬に乗った人びとも
遙かな広い野を駆けてみたが、全ては無駄な捜索だった。
探察犬の熱意も試されたが効果がなかった。
――リュキア生まれの妃は失踪した。賢い輩《やから》が沈黙こそ
最善の策だと考えるような形で姿を消したのだ。
しかしアルゴリスには噂好きの人たちがたくさんいて、
金《カネ》で禁じてもこのような事態を語らずにはいなかった。
なかには、妃が王妃らしい優雅さで街路を通った時の
妃の顔を思い出して、こう話す人《おんな》びともいた――
誰だか神様が、俺たちと同じ眼でお妃を見て、もはや
死ぬ運命の人間どものなかにお妃を生かしておく気持を
なくしてしまって、お妃を自分の家に連れてったのだ、
「俺たちゃ後に残されたんじゃ」と。だが妃の近くにいた

別の連中《れんちゅう》は、だれか慈悲深い神様に心を奪われて、
人の世界を愛し、アルゴリスを愛したお妃だったのに
気持が変わり、人から遠く離れた処《ところ》に住もうとして逃げ、
いや実際、もう女神になっているかも知れないと言った。
だが他の人びと、妃の残忍な心をいつでも忘れるつもりで
妃がこれまで、心配で満たした変わり果てた自分の生を
十分満足して耐え忍ぶつもりの人びとは、にたりと笑い、
良い話にも、悪い話にもそうだと相槌《あいづち》を打ちつつ、
しかし心のなかでは、妃がこの地上で無関心に聞き流した
人民が心の深奥から発した多くの呪いは、その呪いの
発生源である人びとに呪い返されてはいないと思った。*

*妃が不幸に陥り、妃への憎悪を口にした人が罰を受けはしなかった、の意。

神々は親切であって、人間に、地上での短い生を
生きる事ができるという希望を与えて下さる、また
短い生に怖じ気づかせもしない。神々は親切であって、
人間が捜し求める全ての事を与えては下さらない。
また人間が知りたいと思う全ての事の奥底を覗かせても
下さらない。ステネボイア妃に関しても、まさしく
そのとおりだった。というのも、ちょうどその日
老いた漁夫が、妻の田舎者に話を聴かせたからだ、
それは次のとおり――「昨日《きんの》の夜、儂《わし》が漁船を
あの高い崖の下まで漕ぎつけた時じゃ、そして船の全てを
きちんとして陸に上がり、お前はんも知ってのとおり、
お前はんをここに置いたまま、捕《ま》まえた鰡《ぼら》をアルゴリスへ
運びにかかっておったんじゃ。初めは何事も
起こらんかったけ、こりゃ話す事ぁねえじゃろう、
けんど夜がのぅ、爺《じじ》くさく老《ふ》けに更《ふ》けた時じゃった、
儂《わし》のいつものとおり、勇気さもりもり出したんじゃ、
輝く朝の陽《ひ》いさんが戻って来よって、森や海の
悪霊《あくりょう》どもを追っ払うじゃろうと考えておったんじゃ。
小道が続くとおりに、あの山毛欅《ぶな》の森に入《へえ》っていった、
古いあの、王様の城の近くの森じゃ、
崖っぷちを覆っとるじゃろ。用心して入《へえ》ったがの、
悪さする者を見る事にゃならんと思うて入《へえ》ったんじゃ。
森んなかは、真っ暗な夜と同じほど暗かったぞい、
森ん外《そと》は、昼間が夜を、あっつう間《ま》にやっつける頃じゃ。
で、儂《わし》はてくった、おい、よう聴け。恐ろしゅうはなかった、
夜明けが近《ちこ》うてな。けんど森ん真ん中まで来た時じゃ、
そこは海に向《む》いとって木もまばら、陽もまだらに射したが
儂《わし》は口笛を止めた、風があっちゃならんほど強く呻《うめ》くんで。
だって森の外《そと》じゃ風はおおかた吹き止んでいたさかい。
儂《わし》が足を止めると、呻きも止まった。儂《わし》が動き始めると
またぞろ、呻き始めるんがはっきり聞こえるようじゃった。

身ごと震えて、また足を止めると、こっぴどく苦しむ人の
嘆きの声みたく、音が本当《ほんま》に聞こえてきたんじゃ。
岸に寄せる波の音よか、もっとはっきりしよった、
波の音はそん時、崖っぷちのこんもり生えた芝草で
弱《よお》うしか聞こえんかったさかい。恐ろしゅうなって、変だな
——こう思うて、ほの明かりを透かして儂《わし》は見たんじゃ、
海のほうを見ると、心臓がどきんと沈んだぞい、
その海際《ぎわ》の堤に一番近い木の横に、白い者《もん》が
立っとったからじゃ。良う見てみると、儂《わし》らのなかの
不幸せに巡り会《お》うた娘さんに、良う似ておったわい。
けど、そんな人じゃとは思わなんだけどな——儂《わし》はそん時、
そっち向いて飛んでく気も力も出なかったんじゃ、
今は白い者《もん》は、呻きに呻いて、長くてしなやかな躯《からだ》を
木にすりつけて、もがいとるように見えたんじゃ。
長い事、儂《わし》は見とった。そのうち、まだ色もない霞《かすみ》みたく、
だけんど、どんどん、夜明けの光が近づいて来たんじゃや。
身動きもでけんまま立って震えとると、ついに聞こえた、
低い声で、これから言うような言葉を白い者《もん》が言うのが。
「『貴方《あなた》、何と仰《おっしゃ》る？《なお生きよ、生存中、僕は
貴女を愛さなかった、貴女からは死の源《もと》を得ました、
では貴女、人間という者に意志も力も無くなる所でなら、
僕は貴女を愛する事ができると思います？》ですか？
私には判りません。貴方はなお私を憎むかも。でも私は
貴方のために私の手が作るあの新たな家のなかで
貴方を見る事ができるようにと逝《ゆ》くのです、もし神官が
真理を語るのなら、あの世で変化した眼で裏切りの妃を
見た時、貴方の新たな心が憐れみで動かされるようにと。
私がそう在った悪の塊で苦しめられた貴方であるが——
仮に、書物の言うとおり、この探索済みの地上、墓の
こちら側と同じやり方があの世にもあるのなら、そうとも、
その時貴方は私の苦悩に同情して下さるかも知れません、
私がもはや貴方に、悪さを為す事ができなくなる時には。
この地上に居ては、泣いても泣いても泣き足りませんし、
貴方も私を常に女王と見、ご自分の女主人、恐怖の的と
見なさざるを得ないでしょう。この長い長い夜の
私のくたびれ果てた姿を貴方が見て下さればいいのに。
明日の新たな情景を、貴方が見て下さればいいのに、
明日になれば、この木の周りに人びとが集まってきて
王の妃であり、王の娘でもあった女が、自らの手で命を
断ち切ったのを見るでしょう。それもこんな具合に——
おおかつて私が憧れた貴方、もし貴方の眼が、孤独な私を、
助けもなく、初めての恐怖に戦《おのの》き、やがて生じる
不面目に打ちひしがれ、私の身分を飾っていた衣裳と帯、

優美な飾りつけのぼろきれの派手な揺らめきに嘲られて
ここでわなないている私を見たなら、その貴方の眼は
和らいだのではないでしょうか？　私の惨めな胸の上や、
今夜が破った裾の上の、金と真珠、宝石に嘲られる私を。
どうみても絞首刑執行人の役目には相応しくない
この飾りで光る腰帯に嘲られる私を。――それでもなお
貴方の事を考えざるを得ない私を貴方に見て欲しかった、
その貴方を私が殺した、貴方の眼が見えないようにした、
私が誰にも助けられないように私を探し出す事を恐れて
その足を二度と動かないように、私がしてしまったのだ』。

「妃様がこう言い終わると、夜が明けてきたんじゃ、
妃様が腰に手を当てるのが見えてきたんじゃ、
そして腰帯を抜き取り、それを持って、両腕を少し
木のなかの頭の上に動かして立って居なさった、
そしてそのあいだじゅう、顔をこちらへ向けなんだ、
儂《わし》も動かなんだんじゃ、だって思い出したからじゃ、
海に住む、人間を騙す女の魔物の話をな。
人を殺す魔物をな。じゃが今は妃様の両腕はだらりとし、
低い声でこう言った、低いが儂には良《よう》く聞こえた――
「『お前、首つり縄よ、かくて私の日を終わらせる綱よ、
お前は全ての人びとから、非難ではなく感謝と称讃を
受けるだろう。私は一人の男だけを愛した、そして
この男に、地上で私が為した悪事全てのなかでも
最悪の事をしでかしてしまった――
私は人びとを呪わない、嘲りと歓喜のなかで彼らが
《喜べ、ステネボイアが死んだぞ》と言うとしても』。

「妃様がこう言った時、儂《わし》は飛び出して行ったんじゃ、
妃様は儂を見た――薄明かりのなかで
顔と顔を合わせたんじゃ。儂は絶対に忘れられんじゃろう、
あの恐ろしい眼をな。だって儂には思われたんじゃ、
天上界に高々と居ます女神様が、世の全てが
変わり果てたのを知って、地上の者へと同じに自分の上に
死を呼び寄せるなら、こんなふうに見えるじゃろうと。
あら悲し！　儂はこれまで人が死んでゆくのを見てきた、
だけんど起こる事に耐えるにはあまりに弱《よお》うなって
老いや重い病気で彼らの心をげんなりさせとったり、
でなくても、名前や名声の希望を持ったまま死んで、
世間はそのままその人を忘れたりした。だが妃様は
まだ熱い血潮と命の力でいっぱいで、絵に描いたように
唇は真っ赤でござった。そして宴《うたげ》どき、犠牲の儀式に
人びとを喜ばせるような、すべすべした柔《やわ》い頬をしとった。

じゃが眼のなかに、とっても恐《おと》ろしい憎しみが見えたし、
神々や人びとのやり方への毛嫌いが見えたし、
積もりに積もった絶望も見えたんで、ほんま、儂の手は
そん時、震えが止まらず、もうどうしても、自分が
持っとった杖も、半分品物の入《へえ》った籠も持てんかった。

「じゃがあっというまに、ゆっくり妃様は向こうを向き、
山毛欅《ぶな》の木と海のあいだの、草が生えて高くなった
開けた土地のほうへ歩いてござった。
儂はな、妃様がどうするお積もりか良う判っていたのに
身動きでけんかった。絶壁の上にお立ちじゃったんじゃ。
涼しい海風が今、森のなかに吹いてきていて
妃様の服をお身体《からだ》に巻きつけた。夜明けの薄闇のなかでも
宝石入りの刺繍が、ぴかぴか光る裳裾《もすそ》の
破れた襞《ひだ》ひだんなかでちと輝くんが見えたんじゃ。
今度は両手をお挙げになって、その両手にも
また宝石が見えた――そん時、眼が見えんようになって
儂は突っ立った、まるで火の手が妃様のやつれた胸に
乗っかったような凄《すげ》え叫び声が聞こえたからじゃ。
左と右に、どうやら、妃様はしばし細いお身体《からだ》を揺すり、
儂も今んなって身体《からだ》が動くようになり、
その絶壁の縁まで、全速力で急いだんじゃ。

けんど儂が緑の崖っぷちに着く前に、妃様はおらんように
なった。そこでぎざぎざの岩鼻から一人で身を乗り出し、
両手を震わしながら儂は見たんじゃ、遙か下のほうで
白い物《もん》が暗い鼠色の冷たそうな波に突っ込んで行くんが。
その高い岬は海から切り立っておって、潮が一番
引いた時でも、崖下には砂地はほとんど無《ね》えからじゃ、
それにその朝は、白い寄せ波を
切り立った岩に運び続けていたんじゃ。

「あぁ、長《なげ》えあいだ儂は見とって、やっと向きを変えた、
その朝、儂は友だちを亡くしたわけじゃねえ、
人びとの噂話で聞く以外は、妃様を知ってはおらんだ。
噂した人らは、この話聞いたら喜ぶかも知んねえ。
それでも俺様の心にゃ、妃様を思う情熱が走って、
妃様の立っておらしゃった場所行って、寝て泣いとった、
俺様自身が心配と苦労と高齢《とし》とで弱ってはおったが。

「じゃがまた立ち上がると、見えたんじゃ、
ごっつい枝に、まだあの腰帯がぶら下がっとるんがの。
縺《もつ》れを解いて、自分の手に取ったんじゃ。
ちょっくらぐずぐずしたあと、都指して歩いた、
初めは、夜じゃか昼じゃかも判らんかった、

それほどこの悲しい話を考え詰めていたんじゃ。
どんな神様がこんな人を無き者《もん》にしたのかと思うてな。
「けども、都の門に来てみるってえと
群がっとる人びとが、ああでもねえ、こうでもねえと
噂で燃え上がっとって、噂んなかでただ一つの事だけを
人びとは真実じゃと認めておった——
いつもの場所に妃様の一かけらも見当たらん事だけじゃ。
けんども山毛欅《ぶな》の森のあそこに、妃様の顔がまだ見える、
俺様から見れば、あっち行きこっち行きする人の噂は
嫌ちゅうほど、詰まらんくだらん話に聞こえたがの——
中身が空っぽの人の集まりが叫ぶ、呪いと嘲りもな、
阿呆らっしゃ、大声で笑う、あんぐり口開けて驚くんじゃ。
なので大急ぎで仕事は終えたんじゃ、
どんな王様、お妃様がこの世からおさらばなさっても、
この男に今日何か食わさんといかんと初めに思い出した
そんな人に俺様の魚を売ってやったんじゃ。
こうやって帰《けえ》って来たんじゃ、腰帯はちゃんと持って——
これ見ろや！——こんなかから取るにしても、お前《ま》はんは
どうするんが一番と思うかの？——俺たちゃ貧乏、この
光る宝石は、一等位の高え人より俺たちを幸せにすらぁ。
でもな、これには危険がつきもの。それに俺様はまだ
死人の躯《むくろ》から生活の糧を取らんならん程、困っとらん。

あきまへん、妃様は長いあいだ、荒波の海に安らいで
沈んだままになるちゅう事もまぁあらへんと思うんじゃや。
——お前《ま》はん、どう思う？　王様んとこ行こうか、
そしてこの事全部を王様に話す事にしようか？
儂の知っておるとおりに」。「駄目、駄目、恐ろっしゃ」
と妻。「あたいが死人を恐れていないのは確かじゃが、
お前《ま》はん、帯を自分の物《もん》と思いなさるな。
人が死んでからこんな宝石は輝き始めるんじゃ、
人は先ず死なんならん。だから家におる事にして
王様には、耳に聞こえて来る事ができる話だけを
聞かせておきゃれ。お節介《せっかい》は禁物。そんな人には
口を出すなよ。世の恒《つね》だぞよ、真鍮の壺が
土の壺を粉々にする——貧乏人が牢に入れられる事で
お偉い様は感謝される事がちょくちょく起こるんじゃ。
今すぐお前《ま》はんの小舟を岸に引き寄せて
投網から一番重い重石《おもし》を取り出しゃんさい、
この重石にこの帯を取れんように巻きつけ、そのあと、
緑の入江の一等深いとこまで行って、
恋と怒り、犯罪の種であり実であるこいつを沈めんしゃい、
この一件は、偉大なる《時》に扱わせるこっちゃ、
我々二人は海と、南に向いた丘とのあいだで
いつも苦労が絶えんでも、平和に暮らしましょうぞ」。

妻の言うとおりに為された。そして妃の心のなかに
人を裏切った大罪が秘められ、人の眼から隠されたように
そのように海は妃の心を隠した。これを知っていたのは
老年の、夢のようなうたた寝の全局面を経て、この話を
誰にも話さずに死に至ったこの夫婦だけだった。時が過ぎ、
妃の名は日ごとに幽《かす》かになっていった。
昔、妃の眼が叱責して、笑いを沈黙に陥らせた
美しい宮廷に、今は、満足な生活が流れ行くなかで
もはや妃のした事を記憶に留めていない人びとが
充ち満ちていたのである。
彼女がかつて、嫌悪と阿諛《あゆ》のなかに住んだこの宮廷では
今は、彼女の名は微笑みも、身震いも起こす事はなかった。

訳者より 12

王妃ステネボイアの熱愛を受け容れないベレロポーンについては、今日、若い世代の感覚では理解できないかも知れない。フィリップ・ラーキンの小説『冬の女』の最終場面で、ヒロインは、夜、訪ねてきた旧知の男に、正当な理由があって、からだを許さない。この点を取り上げて、ある有名な二一世紀のイギリス詩人が、ヒロインは他者と繋がりを持たない女だ——つまりそれが《冬の女》と呼ばれる理由だと論じているのを見て憤慨した事がある。また今日は extra-marital fun（婚外悦楽）という言葉が当然のように使われる。不倫を咎めると、咎めた側が袋だたきに遭いかねない世相である。

その感覚で見ればベレロポーンの《冷たさ》は非難の対象になろう。しかし、彼は自分の恩人の配偶者に手をつけるという《非道徳》を、最初から犯すつもりが全くないのである。ステネボイアは、やがて「リュキアにおけるベレルポーン」に登場する彼女の妹ピロノエーとそっくりな美女とされているから、なおさらこの倫理観は堅固であった事が判る。これはヴィクトリア朝や旧世代の感覚であり、今後も当然生き延びるべき考え方であろう。

話を聴き終わって

（この小見出しは原著にはない）

話が終わる前に、日がとっぷり暮れていた。
広間の床の上には、今、蒼白い月が
思い出したように輝いた。雪はもう降っていなかったが
凹凸のある雲が薄白い空をなお流れていたからだ。
聴き手たちは暫《しばら》く坐ったまま、海の波が、ガラスのように
氷の張った崖を絶え間なく打つのを聞く気持だった。
但《ただ》しどうやらその音は、白い雪の吹き寄せで半ばは埋まり、
閉ざされたどこか庭の隅に、行き場を失わされた風の
音だったようだが——それほどに、話され尽くした物語の
哀調は、彼らの心を悲しみで満たしたかのようだった。
というのも、遠い過去の時代に、一つの栄光ある命が
歪《ゆが》められて、争いのなかで押し潰されたからだった。
一方では、この古い物語は、彼らの精神の上に
彼ら自身の死せる希望の亡霊と、埋葬されていた苦痛を
リズム正しい言葉によって墓から蘇らせたと感じた——
このようであった可能性がより強かった。不可能な事への
あの死せる希望の数々に、彼らの心が釘付けになった時、
話の終末がまだ語られ終わっていなかった時のようには*
不思議な、聞いた事のなかった話が、彼らのためだけに
作られたとはもはや考えられなかったが。

＊本訳書の姉妹編『春から夏へ』の「プロローグ」では、この「話を聴き終わって」に登場しているさすらい人（聴き手）たちは、不死の国を求めるという「不可能な事」に心を奪われていた。そして、幾多の失望を経ても、なおこれで終末ではないと思い続けていた。人間にとっての理想的な生き方が押し潰される今回の物語が、地上における人の限界を、墓から掘り起こすように示したのである。

一月第二回の集まりを前に

（この小見出しは原著にはない）

今なお、峻烈《しゅんれつ》な寒気があらゆる物を苛酷にも捕らえ、
いったい誰が今、大地は変化して、いつ、どんな理由で
再び春が来ると言い放つ事ができただろうか。
――春が忘れられていた様はちょうど、遠い昔に
苦痛に見舞われた不幸な男が、決して彼の恋人には
ならない女に、偶然、意味もなく与えられたキス*と、
そして、やがて残酷な真相が現れて、大切にされていた
恋が非行と恥になって女が忘れられる事情とに似ていた。

　*このキスや恋と春の喜びが符合する。次の「真相」は冬の厳しさに符合。

――それでも大地の、死んだような気絶のなかで、日々は
長くなり始め、固く踏みしめられた道には
もはや雪は吹き下ろされなかった。寒さ全てにかかわらず
客を迎える長老*の思いは、死につつあった昨年に
隠しておいた種子に向けられずにはいなかった。

　*本訳書姉妹編に見るとおり、町の長老が毎月二度物語の会を催す。

そして長老は、会の準備に忙しく立ち働いた。
そしてその都市のなかに、真昼の頃、幽かに照る太陽が
光っている時、年老いた人びと*が座を占めた。

　*さすらい人たちと町の長老の双方を指す。若者も集めて物語を聴く。

あたりには若い人びとも、再び集まっていた。
彼らは、東風が息を詰めたように轟くのも気にしない、
なぜなら彼らの大部分には、世に作られた大概の物は
曇る日も晴れた日も、喜び以外の物に思われなかったから。
そして変化は、若者には生命であり、《死》は信じ難《がた》い
作り話だった。《死》は主として、恋を促進させ、
物語を甘美にするために役立つものでしかなかった。

今、老いたシュヴァーベン人神父*の輝く眼が

　*さすらい人たちの一人。姉妹編『春から夏へ』の「プロローグ」参照。

一人の乙女の視線に出遭った。乙女は彼の眼つきに
顔を赤らめ、、それを見て老人《シュヴァーベン人》は嬉しげに微笑み、
自分の合切袋から黄色い書物を引き出して、こう述べた、
「この書物を書いた人、この賢い人は
多くの事を知っていました。あの東の国では
今でも多分、大きな意味を持つものとなお考えられている
偶然の出来事について、多くの言葉を費やしました。
如何《いか》ように王たちが生まれ死んだか、
如何《いか》ように人民が王に嘘を吐《つ》き、王たちも嘘を吐《つ》いたか、
如何《いか》に王たちが善や悪を行って喜んだかを書いたのです。
さて、彼の本に詰めこまれた偉大な話のなかに

一つ面白い物語があり、著者の言では老婆が語った話。
遠い昔に忘れられた大宴会で話されたもののようです。
これは、緑の大地を血で赤く染めた戦闘の話に較《くら》べても
多分ほとんど値打ちを下げないような物語なのです――
人間らしい愚かな行いですが、人びとの名は、皆様には
伏せておいても構わないでしょう、だって皆様は
昔、彼らが生きた頃の人びとの習慣をご存じないし、
彼らの心が何を善とし何を悪としたかをご存じないので。*

＊キリスト教への改宗と、ギリシア神話の神々への信仰、悪魔の力による奇蹟的行為が入り混じる時代をこれから語るから。

訳者より 13

次の物語詩に進む前に、読者に対して、短く注意を促しておきたい。話の主人公ローレンスは、四七八ページ上段から下段にかけて、真鍮でできたくだらないウェヌスの彫像を軽蔑して、それを言葉にしているのを読み過ごす事ができないのである。モリスとしては、キリスト教と、旧来の神々や魔術への信仰がまだ渾然と合い混じっていた時代を描くつもりである。しかも彼は、ギリシア神話の神々への言及が、キリスト教文化への代替物を提供し得る事を時として主張するのだ。『春から夏へ』をお読みの方は、ウェヌスが時には極めて人間に親切であり、時には極めて残酷である事をよく理解されているであろう。本書でも、この傾向は変わらない。黄金の林檎をこの女神から貰って、愛する娘を得る場合もあれば、これからの話のように、恋愛と生殖の女神を冒涜する者には女神が仕返しをしたりする事が生じる。この種の神々は、人間的なのである。これにはキリスト教は対抗できない。だからキリスト教の聖職者が魔術を用いる事になったのだ。

ウェヌス《ヴィーナス》に与えられた指環《ゆびわ》

あらすじ

ある大きな都市に一人の男が居て、この男が婚礼の日に、我知らず、結婚指環を女神ウェヌスに与えてしまった。この事が原因となって、彼には困った事が生じたが、やがて最後には、この指環を彼は取り戻した。

この年代記的物語は
古代の都市を舞台にしている、
見事な海辺に立てられた都市を。
都の背後に伸びている広大な土地は
石油、ワイン、小麦などを産み出した。
大海原はこの都の岸辺に
数多くの国々の優美な品を運んできた。
そこでは抗夫たちの隠れた手が働いて
鈍い青色の鉛だとか、白い銀、
赤みがかった銅、恐ろしい鋼などを
掘り出した。未知の洞窟から
砂金を運んでくる
砂利の多い流れの上で
女性たちの歌声に合わせて濾《こ》し器が振られた。
海が打ち寄せる上には暗い色の玄武岩が立ちそそり
血のように赤い斑岩もまた見えた。
白い大理石の石切場の端から
勢いよく流れる河の菅《すげ》のあいだでは
羊たちが、やがて布に織られる羊毛を産み出し、
深紅の染料*は海の下に横たわり
茜《あかね》*はそよ風に揺れていた。
大青《たいせい》*の茎は、くたびれた帽子を
染めようとする農民の眼を痛めた。
そして常に、善きもの全てのなかにあって
工芸技術家の巧みな手さばきを
何にも増して欠く事が少なかった。
　だからどんな時にも、この町はさらに豊かになり
多くの、善き、悪しき、年月を過ごしていった。
夢を浮彫りで表す多数の工芸家が
飾りつけた真鍮の城門から
都の軍旗を掲げた戦車を、戦争に向かって
白い獣たちが引き出していった時には
十万の人びとがそこから出征し、
彼らの叫びで、怯える大地を揺るがしたものだ。

*貝から採取する。
*染料の源。
*これも染料の源。

　これほど栄えに栄えた都のなかに
悪事や罪がいやほどあったとしても
聴き手の皆様はほとんど驚かれないだろう。
この都に居住する数多くの輩《やから》が
来る日も来る日も邪《よこしま》な生活を送り、
彼らの最悪の欲望をさえ棄てようとしなかった。
だが実際、他の場合と同じように
彼らは神の赦《ゆる》しを必要としていて
この点で他の都の人びとと変わらなかったように
彼らはもう一つ、余分な苦役に耐えなければならなかった、
それは都に、陰険な魔術がはびこっていた事である。
語り手の私は、なぜそうなったかを知らない。この都が
大昔の、人を騙して供物を奪った神々にとっての
住処でもあり要塞でもあった事の
名残がなお漂っていたためなのかどうかも知らない。
そうかも知れなかった。だがこれに今一つの原因を加えよ、
——全ての人類のなかでも彼らが甘美な物を知り尽くし、
《死》というものを丸ごと恐れていたためかも知れない、
だからひょっとして、この《死》をもたらす神の力とは
異なった別の《力》が在るはずだという
そんな希望を彼らが抱いていたからかも知れない。

　それがどうあったにしろ、これは確かだ、
つまり、この国では人の生活がこのようであったので
困った事が起こると、いつも彼らは
罪深く、奇っ怪なものに頼らざるを得なかった事だ。
困窮の例を挙げれば、こちらの男は不信心者のなかに居て
人びとが人身売買して、息子が行方不明になっていたり、
またあちらの男は報われない恋と闘って
生涯を棒に振る事を恐れていたり、また別の一人は
長いあいだ船が帰ってこないで悩んでいたりした。
また都の方針と、死か生かの衝突を
している者もいた。或いは、事によっては
熱病に長らく抑えられて、床に就いている者もいた。
財産がほとんどなくなろうとしている者もいた。
恋の難儀、何かの争いと病、これらが一体となって
これが彼らの最後の拠《よ》り所に思えたのである。
これ、すなわち、極悪の企みを昼の光から隠しおおせる
魔術師の陰気なガウンの、
奇抜な装飾にごまかされた裾を掴《つか》む事が。
　確かに、魔法という言葉はあからさまにされなかったが、
また、数多くの、既成宗教の金に飾られた祭壇から、
毎日のように神聖な聖餐式*の言葉が

*場面は十三世紀頃。

挿絵入りの聖書から読みあげられたけれども、
また、人びとは日々のなかでも重要な最後の審判日が
ついに地上に訪れて、一旦は混乱に満ちて見えた
あらゆる事物を正しく直して下さる様を
全く疑いはしなかったけれども、
それでも《魔の力》は極めて大きいと思われたので
彼らは、魔術の薄暗い、覆い被さって庇護《ひご》する翼の下に
縮こまって身を委《まか》さずにはいられなかったのだ。
少なくとも今、人間は半分神で、半分獣であると
思われているのだから、彼らは神の敵【＝悪魔】との談合を
何かせずにはいられず、また、自分らに理解できない力、
しかし、しばしば、心の底から感じていた力、
そんな力を持った一つの手の脅しに向かって
大胆過ぎる態度は取れなかった。
そしてこの信仰の欠如から、それだけ多くの力を
悪魔的な事柄が持つに至って
やがてある種の人びとの生活は夢のようになり
そこでは何物も秩序正しく考えられなくなり
そこからは魂が価値あるものを全く得られなくなり
事物をありのままに秤量《ひょうりょう》できなくなった。
そうです、せいぜいで、不幸と幸せとのあいだで
何か夢のような日が大部分の人びとに訪れたのだ。

さてこの偉大なる都が自慢にしていた事がある——
都の商人のあいだに、大富豪がいて
自分の富と名誉のために、王侯たちから、鐘でさえ
得てこようとするのだった。語り手の私が思うに
どんな人も彼らほど高価なワインを飲めなかったろうし、
また、あれほど豪華な家にも住めず、華麗な服も着られず、
世界の歓喜全てをあれほど楽しめなかったろう——都の
財産家ほどには。そして都の商人のドアほどには
どんな王のドアも、これ程多数の貧乏人、
パンも得られず、良きもの全てに事欠いている貧乏人の
物乞いの群れを世に示す事はできなかったろう。
まこと、彼らは全ての人のなかの最大の金満家だった。*

*ヴィクトリア朝資本主義における貧富の差への諧謔《かいぎゃく》。そして、今日の大国、新興国でも、ここに揶揄《やゆ》されているとおりの現象が見られる。通時的な諷刺だ。なお一九世紀初頭にも、富者の館の前には物乞いが列をなした。歌劇「チェネレントーラ」でも、物乞いに身をやつした哲学者が人の心を探る。イギリスの詩人もこれを描き、また絵画にも物乞いを追い払う様が描かれている。

さてある夏の日、
風に囁《ささや》く木々に囲まれた楽園と言うべき
この種の人の壮麗な館は
いつも以上に輝いて美しかった。

そこでは華麗な宴が用意されていた、
というのは、この館の若い殿君が最近、
東の国々から帰国していて
この日に愛らしい乙女と結婚するためだった。
若君は、自分がこの晴れの日をあまりに遅らせたので
極めて貴重な珍品を船いっぱいに積んで
新婦の素敵な眼を眩惑《げんわく》する積もりだった。
皆様方がこの館の大広間から新婚夫婦の部屋まで
歩いたとしたら、このように豪華であったろう。
その間に、近くにある聖堂のなかでは
薫香の煙と賛美歌に囲まれて
金の服を着た聖職者が二人を一体化していた。
——あのように歩いたとしても皆様方は
見苦しいものには一つとして出くわさなかったろう。
鸚鵡《おうむ》の翼を彩るような、或いは
五月花、または夕焼け空を彩るような染料が
絹製のタペストリーを輝かせていた。
そのなかには、糸に通した真珠が細工され、
遥か彼方の東国から持ち帰られたエメラルドが
タペストリー中の騎士と王の姿形《すがたかたち》を飾っていた——
新郎の姿形はと言えば、昔、楯と槍とに挟まれながら
神への賛歌を歌い上げたダヴィデ*の面貌。

＊Boos II 577.

或いはトロイア人が恐れたアキレス*の姿。
或いは麗しのカッサンドラー*を描いた
絹絵巻のなかに現れる
小アイアースが、彼女の雪白の胸をはだけた時に
この暴漢《アイアース》が赤いルビーをむしりとった際の顔——
なぜなら絹絵巻のなかでは、悲惨な情景も
この場に相応《ふさわ》しいように、甘く描かれねばならぬから。

＊同上。

＊トロイア敗戦を預言。小アイアースが凌辱。

そんな絵巻が大理石の壁を隠していたのであれば
遥か遠方の国から持ち帰られた絹織の絨毯《じゅうたん》によって
速《すみ》やかに進む大理石上の足音が
静かにしか聞こえなくなっていても何ら驚きではない。
しかもその絨毯には、この都の人びとが見た事もない
獣たちや、木々を描いた
絵画的映像が織り込まれていた。
青色の丸天井に絵模様が付けられた頭上からは
星々が、ダナエー*に降りかかった光のシャワーを浴びせ、
巧みに描かれた木蔭の絵は、この季節の
薔薇を彷彿《ほうふつ》とさせているのも何の驚きだろうか？

＊真鍮の塔に幽閉されたダナエーに、ユピテルが光線となって降下。本訳書の姉妹編『春から夏へ』の四月第一話参照。

全ての人びとが喜びに浸った婚礼の日、

参列者にその報酬として、小さな幸せを与えた
こうした華々しい品を流行させた工人たち、
疲れ果てた昼また昼、心配に満ちた夜また夜のあいだ
絹や多数の宝石、そして金を扱った
まことに多くの工人たちは世を去り、
若かった数多《あまた》の工人の手も年老いてしまっていた。
それでも教会が為すべき儀式を執り行い、
吟遊詩人でいっぱいの街路が
新郎新婦が近づいた事を示した時、
そして広く開け放たれた広間のドアから
花嫁に付き添った乙女たちがどっと流れ込んだ時、
また、熱い愛と、誇りと恥じらいに頬を赤らめて
背の高い、日に焼けた頬の新郎がやってきて
自分の手で花嫁を導いていた時、
いったい誰が、この栄光に満ちた集団のなかで
静寂と夜から切り離された
青ざめた月光の断片のような顔を示せただろうか——
その時には、これら優美な物事の全てが
このような青春の時間に相応しいと思われたのだ。
そんな喜びを制止する言葉は虚しかった。
その小さな一日《ひとひ》は、死にはしないと思われたのだ、
そして過去も未来も、気まぐれで哀れな
夢でしかないように思われたのだ。

歓楽をさらに高めようと、いかに海も大地も
駆け抜けるようにされたか、語る必要はないだろう。
なぜなら人びとは既に喜び過ぎていたから。
何と巧みな野外劇がそこで催された事か、
何と古めかしい物語が繰り返し演じられた事か、
劇中では悲しみと死の真似事を喜びの役者が演じたのだ。
彼らは自分自身の喜びも永続すると思っていた。
女神——昔は恐れられていたのに、野外劇制作者の
イメージに欠かせない役割を担うに至った女神に扮した
美しくて、優しい声の、震える乙女によって
何と古めかしく婚礼の歌が歌われた事か。
ほっそりした手から花々を撒《ま》き、
花輪を持ってきた麗しい一団の乙女を
なぜ長々と述べ立てる必要があろうか？　宴席の
人びとにどんな音楽が聞こえたかの様子も。
音楽はあまりに美しく、荘厳でもあったので
浮かれすぎた歓楽からもう少しで涙を誘うほどだった。
いや好きなようにさせるが良い、そして実際、歓楽全ては
彼らが際限のない喜びを味わう事ができるかのように
自分を騙《だま》して考えるための、彼らの報酬だったと

考えるがよい。また五感の一つ一つが
甘美に過ぎる歓楽の分け前を
代わる代《が》わる得ずには済まないのだと考えるがよい。
その次、暫《しばら》くは、彼らに得られる最善の事は
完全な休息だと思われた。
何かすがすがしい思いが欲しいと彼らは考えて
庭園のなかへ出て行ったのだ、
三々五々、連れ立ちながらそこに育つ
花々のなかを散歩したり、木々の下に坐り込み、
悲しげな考えを身動きできないように追放したりした。

　その一日の早い時間を、彼らはこのように過ごした。
だが今、太陽が低く落ちてきた時、
初めは彼らにあんな高貴な物語を語らせたワインが
今度は彼らを深刻にしたのだった。
乙女たちももはや自由でも奔放でもなくなって
ちらりと言い出された言葉にも顔を赤らめ、
彼女らの周りではリュートに似た弦楽器《レベック》が奏でられた。
この時には宴の主催者たちは、あまりに哀れっぽい思いを
追い出すように力を尽くさなければならなかった。
そして少なくとも地上のこの一点では
喜びのうちに太陽が沈むようにしなければならなかった。

そこで吟遊詩人たちが入ってきて
語り部たちが歌物語を唱え始めた。
すると人びとは寓話のなかの悲しみに心を動かし、
或いは、自分たちの愚かしさが誰か他の人物について
語られるのを聞いて頬笑んだ。
こちらではさいころがテーブルの上を転がり、
こちらでは武具を着込んだチェスの王が将棋盤に立ち
あちらでは若い連中が、のろくさとしていた自分の血を
剣や円形の楯をがちゃがちゃと鳴らして元気づけ、
あちらでは、濠《ほり》の上に咲く雛菊をベッド替わりにして
横たわっていて、鵞鳥《がちょう》の羽根で作った自分らの浮きが
止む事なく、濠《ほり》に輪を描くのを眺めたり、
跳ね上がる鯉の尾ひれが飛び散らすしぶきから
一人の乙女が金糸の刺繍をしたスカートの裾を
護ろうと持ち上げるのを見て爆笑したりした。
或いはこの鯉のびっしり重なった薄黒い鱗《うろこ》に
そっと腕を伸ばして、笑いながら
いつでも引っ込めるつもりの指を近づけたりした。

　こうした騒ぎの最中に、小さな一群れの
若者と乙女たちが、歓楽の回廊から
静かに護られた場に留まっていた。

そこは緑色、白色の大理石で巧みに作られていた。
そのなかの金の壁の上には
トリスタンの物語が示されていて
腕の立つ画家が、人間と獣をどんな姿で描くかを
知り尽くした上で絵に表していた。
煌《きら》めきながら乱れ咲く雛菊の上に
午後の太陽がその一部に投げかけている
夏の輝きからは半ば隠された一区画には
あの美しい男女の群れが集まっていて、
たまたま、この日の花婿《はなむこ》がこのなかに居た。
彼は回廊のドアを通して、時として
陽の光の燃える向こうを眺めずにはいられなかった。
そこは日陰になった草地で
その上に彼が結婚したばかりの乙女が居て
見たところ、昔の恋と苦悩とを語る
歌物語に耳を傾けている様子。
だが彼が、風に乗ってくる美しい調べの
大きめに奏でられる歌の切れ端を聴きとろうとして
耳を澄ましていた時、新たにやってきた人たちが
この嬉しい光景を隠し、音楽も途切れた。
この人たちのなかに、美しく腰帯を締めた一人の乙女が
持ち上げた輝くスカートのなかに

周りを金糸で彩られた美しい絹のボールを持っていた。
このボールを他の人びとが眼にした時、
男たちはマントを地上に投げ捨てて
また乙女らは、自分の衣裳の腹帯のなかへ
ガウンのスカートの裾を挟《はさ》んで、また、
綺麗な胸の上のボタン、細い手首の上のボタンを
こちらでは緩めたと思うと、あちらでは
彼女らの足首の周りのレースを強く締めた。
というのもこの国には、手から手へと
ボールを投げて、その間、極めて整然と
踊りを踊る慣わしがあったからだ。
そこで新郎は溜息を吐《つ》き、
愛が急速に締めつけてくる感情と闘いつつ、
その楽しげな人びとのほうに向きなおり、
この遊びに加わる心の準備をした。

ボールの下で、ほっそりした乙女たちが
落ちてくるボールに眼を留めて
優美にバランスを取りながら
身を反らし、身を揺らす光景は、見るも可愛らしかった。
また一人の乙女が、獲物となるボールを捕ろうと
ボールに負けないスピードで、だがリズム正しい足どりで

金色の髪を輝かしくなびかせて走り出る姿も美しかった。
眼は輝き、若い頬は光るように燃え、
腰帯を締めたガウンの下から、金の靴を履いた足、
円い軽やかな足が、ちらりと覗くのだった。
ガウンは、誰にも咎められず＊触られず、そよ風に
こちらへあちらへとなびき続けていた。

＊ヴィクトリア朝に書かれたこの作品では、女の足が人の眼に触れると、通常ならはしたないとして咎められる事が前提として筆は進められている。

鋭い笑い声が、葉のよく茂った木々に響いた。
はっきりした声で、馴染《なじ》みの名前が湧き起こった。
甘い歌声が止むかと思うとまた甘く響き渡り、
なおも遊戯の輪は大きく大きく広がり続けた、
この見事な遊びのなかへ、他の人たちも
加わったからだ。だがついに彼女らも
この熱心な遊戯を少し止めなければならず、
今は、まさに息を切らしたために
腰を降ろして、踏まれた雛菊の可愛らしさを褒《ほ》めた。
ある者たちは、雛菊のあいだから顔を出す黄色の三つ葉を
見つけて摘みとり、また木蔭に咲いていた
か弱そうな、青い鍬形草《ベロニカ》を手に取った。
ある者たちは喘《あえ》ぎながら坐って、両膝を抱きしめ
顔をそよ風に向けていた。

彼女らのあいだに、新たに来た人びとは立っていたが
その髪は乱れてはいず、血の脈動は激しくなかった。

　新郎のローレンスは、この遊戯が
一休みの時期に達した時、
何の気なく、あたりを見渡して、
灰色の壁に据えられている彫像を見てしまった。
幼い頃から見慣れた像だった。
金色に彩られて彫り込まれたその窪みには
ウエヌス《ヴィーナス》女神の彫刻が立っていて、それは
その時代に生きていた生身の女よりも美しかったが
それでも、真鍮製の手足と体躯《たいく》に充ち満ちている
生々しい生気の故に、奇蹟の彫刻だった。
女神像は、この国で制作されたものではなく
この中世に彫られた作品でもなかった。この像は
当時、既に長い年月、滅びてしまっていた
遙か遠くの都から持ちこまれたものだった。
この美の女王を鋳造した男については
まことに多くの逸話が語られてきていた。
この逸話全てが、聞くも不思議なものばかりで、
その幾つかは恐ろしく、奇怪な話だったのである。
そして今、どんな苦痛からか労苦からかは判らなかったが

長年の昔に世に出たこの美神を彼《ローレンス》が眺めているうちに
新たに生まれ出た怖れが、夏の日の喜びを
損なうように思われた。かつて、その昔、
今は死んだ多くの人の心を幸せにした女神の美は
危険なものになって、ローレンスの精神を
悩み多き読み切れない迷路のなかへ誘い始め、
眉を顰《ひそ》めて、黙ったまま、彼は近づいて
無駄話に満ちた庭園のなかで、
驚くべき女神の顔を覗き込んだ。
やがて突然跳ね上がったように、
自分の彷徨《さまよ》う思いをついに脇へ棄てたかのように
大声で笑い出して、こう言った――

「おう冷酷な、真鍮でできた愛らしい姿よ、
今生きている人びとを、どう見ておられるか？
物語によると貴女《あなた》は、地上、天上、地の下において
貴女の悦楽のネットに全ての人を包み込もうと骨折り、
彼らを悲惨な、語るも恐ろしい状況に引きずり下ろした
と語られる――貴女はなぜだか判っているのか？――
そして貴女が破滅に追い込んだ事物と同様、つまり、
貴女が誘ったパリス、あのトロイアの都、*
多くの男、乙女、町などと同様に
貴女が人間のあいだで今滅びているのは
神が貴女に何を為したというのか？
*この一行については、本訳書の九月第一話とその冒頭の注参照。
いかにして貴女の栄光は地に堕ちたのか、
私、この私でさえ貴女のために嘆かざるを得ないほどに！」

このように彼は語った。その時には吟遊詩人たちが
再び、楽しい旋律を奏し始め、人びとを
もう一度、あの遊戯に呼び込んだのだった。
彼の名前を呼んで振り向くように促した
陽気な叫びに応じるように
語り終わった彼はあたりを見まわした。
しかしちょうどその時、太陽が
新たに得たばかりの結婚指環の上に燃えたのだ――
指環は、見事な出来栄えで、高価で値もつかない品。
その上には、白と赤との桑の実と
緑の木の葉の下に、美しいティスベ*が死んで
*愛する男性ピュラモスが死んだと誤信して自殺した娘。女の絶対的愛の象徴。
亡くなった恋人に添って横たわっていた。今、低くなった
太陽がこの指環の上に射しこんだ。すると彼はこれを見て
最後にはこう言った、「ひょっとしたらあのボールは
ダンスを続けるうちに指環を損なうかも知れない、

そうなったら悪い事の兆しだぞ。
いや、それに気をつけてくださる一柱がここにおられる、
汝、ウェヌス女神よ、ティスベの誓いをご存知のはず。
生きてはおられない眼で我が妻を見ていて下され、
私が自分の指環を取り戻しにくるまで。
貴女に可能であれば、私の妻の侍女となる不面目に
耐えて下さらぬか？　絶対に確信している、
貴女はこの場から動かない事を」。

　よろしいか、この女神像は大昔に
イダ山＊で勝ち誇った時のように

＊パリスの審判の場。美を競う三柱の女神のなかでウェヌスが最も美しいとされた。なお次の部分で左手薬指に指環を嵌めると彼はウェヌスと結婚した事になる。

腕を前に伸ばし、掌《てのひら》を開いて立っていたのだ。
今ローレンスは、この女神の美しく真っ直ぐな薬指に
あの結婚指環をはめ込んで、笑いながらこう言った——
「貴女はこの重さには耐えられるだろう」。
そして再び遊戯の列に加わった。

　彼には時の経つのが遅く感じられた。
だがようやく濃紫《こむらさき》の蔭が
壁と壁のあいだの草地に垂れ込め
彼がこの事に喜びを感じた時、
祝いの客たちにも疲れが見えた。
笛吹きはダンスの曲の演奏をやめて
六月を喜ぶ恋人の歌を歌った。
遊戯の場から客たちは立ち去り始めた——
二人また三人組になって、そろそろとした足どりで
歓楽に満ちた一日が終わった事に悲しげだった。
だがローレンスは彼らから離れて
彫刻にされた女神のほうに向かった、
最愛の妻のために嵌《は》めていた指環を取り戻すために——
まだ昼の光があった。とは言え、夕日は
大きく赤くなっていて、影法師たちが長い線を描いて
草地を歩むローレンスに東を指し示していたのだが——
——昼の光がある、だが何が起こったというのか？

　近くにはなお客たちの、笑う声、無駄話、
ぞんざいな言葉が聞こえていた。
彼の頬には風が冷たかった。
自分の館は、全く姿を変えずに
立っているのが見えた。小さな囲い地からは
踏みしだかれた草の匂いが漂っていた——
これがどうして夢でありえようか？——そこに確かに

動きも見せぬ彫像である彼女が立っている、
ほとんど人の注意を惹きつけずに、常に見られている像が。
だがその手は彼の指環をしっかり握り締めていたのだ。*

*先に語られたとおり、女神は最初、掌《てのひら》を開いて立っていた。

最初は、苦悩と焦《あせ》りのうちに
真鍮の手を引っぱりまわして
狂おしい一分間を彼は浪費した
その手は、一日じゅう、海の波に打たれ続けてもなお
変わりなく立っている岩のようにしっかり閉じていた。
それから眩暈《めまい》がしたようによろよろと後ろへ下がり
改めて、空と大地と木々を眺めたが、
それはまるで、自分が直面した謎を解き明かすための
言葉をこれらに求めているかのようだった。
しかし今、彼の眼にこれらがぼんやりとしか見えないほど
暗くなってきた時、自分の名前が呼ばれるのを
彼は耳にして、みっともない姿を見せかねない恐れが
彼に平常心を取り戻させ、彼は男に成り変わった。
青ざめて物憂げに、彼は客たちのほうへ
向きなおったが、彼らは、彼のこんな姿を見ると
何をいったい悩んでいるのかを知りたがった。
それほど彼は取り乱し、奇妙に見えたからだ。
すると彼はどもりつつ、「なに、何も欲しがってはいない、
本当はワインが飲みたいがね。ジョン、覚えていないかね、
あのセイロンの、湯気の立つ暑い海岸で
何か眼には見えない這い虫に
私が刺された時の事を？　私たちがある夕方、
宴《うたげ》を開いていた時の事を？　ほら、肌の黒い人たちが
原始的な医術で、あの苦しみから、私の命をさえ
救ってくれた事を？　でも彼らはあの時言ったね、
五十年、或いはそれ以上経つまでは
その傷の痛みをしょっちゅう感じるだろうと。
これはあの海岸の思い出ではあるが、
あっという間に忘れてしまうほどの事だった」。
だが自分には心のなかでこう言った、「これが無意味な
夢でないとしても、切れ味の良いやすりが
あそこから私の指環をすぐに取り戻してくれるさ、
この一日の宴が終わって
うんざりさせる客たちがいなくなってからだが」。

今は全ての人びとが夕食に向かった、
そして松明《たいまつ》の下で、広間の赤味がかった金が輝いた。
この日最大に優れた移動舞台の劇が
広間を貫いて通り、演じるべき事を演じ終わると

人の命が消え失せるのと同じように立ち去ってしまった。
ローレンスにはこうした時間が
遅い上にも遅くしか進まないように思われたが、それでも
少なくとも見かけの上では、この歓楽に
自分も参加したのだった。だがついに
全ての客たちが、宮殿の外へと帰っていった。
彼らに今は、夏の短夜《みじかよ》が楽しみのために
静かに残されているだけとなった。
しかしローレンスは、身をくるんで隠れるように
後ずさりするかの歩みで召使いたちのあいだを抜けた。
というのも彼には、なお自分の指環を見出せるはずの
あの神秘の場所まで出かける少しばかりの
時間の余裕があったからだ。
今度は、やすりと鑿《のみ》、それに
重い金槌も携えていた。だがそれでも
回廊の壁に近づくにつれて
彼は自分を愚か者と呼びたいくらいだった、
外套を着込み、鍛冶屋の道具を隠し持ち、
したたかな打撃を自分の夢に加えるなんて。
なぜなら今は真実、先ほどは自分の眼が
見損なったのだと思ったからだ。高く昇った満月の光で
あの回廊にまもなく到着すると

急いで門の外に出た。四方八方から
六月の褐色の鳥、夜鳴鳥《ナイチンゲール》の声が
夜が発する様ざまな音を打ち消すように響いた。
この庭にアーチを掛ける暗い木の枝の下から
震えながら月光の射すところへ躍り出て
そっと歩むと、そこに立つ、古びて頬笑む彫像と
面と向かったのだった。
心配で激しくなった眼を、怯えた様《さま》で
女神の、麗しい指のほうに向け、
取り戻すものへと手を伸ばしたのだが――
彼の眼も、その手も、空を掴んだだけだった。

今も再び、昔、イダ山に立っていた時*そのままに
これから自分のものになる利得を確信して
女神は立っていた。その開かれた掌は
先ほど見たときには指環を握って閉じられていたのに
今は空っぽ、何物も載せてはいなかった。
少しの間《ま》、喘ぎながらそこに立った、なぜなら恐怖が
一つの声を聞いたように感じさせ、女神があっという間に
姿を変えて、人間のあいだから
立ち去る様を見させたからだ。だが勇気を搾《しぼ》り出して
彼は呟《つぶや》いた、「だけど、さっき何を見たのだろう?

*パリスの審判。

閉じられた手が夢に過ぎなかったとしたら
まさに今のとおりであっておかしくないのではないか？
誰だか客の一人を、思ったより悪人だと考えねばならぬ。
愚か者、帰れ。お前自身の愛の人が待っているじゃないか」。
こう言って立ち去ったが、道々、
肩越しにこわごわ、振り返って見たのだ、
恐怖がなおも彼の心に焼きついていた。

　けれどもついに自室に辿り着いた。
床をめがけて、身をくるんでいたマントを
投げ捨てて、ただ一人そこに居て、
今まで為した全てを考えるように努め、
その朝には《欲望》と呼んでいた
憧れに満ちた甘美なもの、喜びと苦痛を
もう一度心に呼び覚まそうとしたのだ、
なぜなら惨めな恐怖が欲望の炎を弱めていたから。
先刻までは、人生とは喜びであり、やがてやってくる
決して終わる事のない遊びだ、
自分の前途にある、麗しく豊かな永遠だと
思っていたのに、今、人生は実のところ
困難な闘争であり、その場で自分には
左にも右にも助けの手が必要である上に、それでもなお、
確実にやって来る夜*を避けられないと思われたのだ。
　＊新婚の初夜ではなく、死を意味すると捉えるべきであろう。

　しかしこう考えるうちに侍従が、小姓に向かって
婚礼のワインを彼のために
持ってくるようにと叫んでいるのを聞いたのだ。
可能な限り心配に満ちた考えを
幽《かす》かなものにしようと努力して、笑顔を作り、
これから現れかねない好奇の眼を撃退する積もりでいた。
彼らは今、入場を終えた。そして彼が金のカップから
猛烈な勢いでワインを飲んでいると
職業歌手《ミンストレル》たちが、彼のワインがまだ尽きないうちに
《イギリス王の皇太子》を歌い始めた。
そして間もなくそのリズム正しい歌詞の最中に
次第に小さくなる足音が聞こえたのだ、
すると歌そのものも、終わらざるを得なかった。
しかし近くにある花嫁の部屋からは
今、少しのあいだ、澄みきった可愛い声で
乙女たちの《麗しのマルグリット》の歌が立ちのぼった。
そしてそれが終わると、全てが静まってしまい、
彼は、不自然な、迷いを含んだ意志を励まして
愛に身を震わせつつ、だが怖れで青ざめつつ、

花嫁の部屋のドアに近づいた。
その間、これまで彼の魂を危害から護ってくれていた
よく覚えている呪文を口ずさんでいたのである。
ところが花嫁の部屋には霧が懸かっている様子。壁面の
織物で描かれた水は、実際に落ちてくるように見え、
描かれた木も獣も、織り込まれた人物さえも
実際に、目を醒まし、彼が近づくと、向こうも
近づいて来るかのように見えたのだ。
花嫁部屋は、何か不思議な香りで満ちているように思われ、
邪悪な歌詞のある旋律を彼は聞いた。
神を否定する言葉が半ば言い始められたのも聞こえた。
彼はよろめき、大声で叫びながら、
自分の新妻を隠しているドアに近づこうと踏ん張った。
自分が部屋に入りさえすれば、全ては再び
静かで落ち着くように、彼には思われた。
だが行く手を遮《さえぎ》るように、彼の目の前に
冷たく、臭みのある、触る事のできない柱──
雲のような柱が立ちのぼるように見えて
一つの声が大きく聞こえた、「私はお前を愛してるぞ、
お前も今夜が来る前に、私を愛してしまったのだぞ、
そしてお前はこの大きすぎる歓喜に恋いこがれていた、
それを願って祈る言葉も見出せなかったのだぞ、
さあ、意志どおりになさい、お前の馬鹿馬鹿しい怖れを、
そしてお前の馬鹿馬鹿しい愛を、かなぐり捨てなさい、
お前はあの指環で、私と結婚したのであるから、
お前は少なくとも私の心をもう動かす事はできないから。
不幸せにふさぎ込む男たちが
七十年という寿命を嘲《あざけ》らずにはいられない際に用いる
希望というものを、さあ捨ててしまいなさい。
さあ、お前は私を嘲ったのだよ！　私は生きているのだ、
お前は私の美しさと、如何にして勝負できますか？
勝負できたなら、お前は不幸せになるぞ！
だって見よ、何という深い喜びが私のなかに在る事か！」

この言葉が終わると彼の周りに霧が押し寄せてきた。
彼の唇がキスされたように彼は感じた。
柔らかな両腕で抱擁されたようにも感じた。
彼の指たちが、愛情の籠もった他人の指に
巻きつかれたようでもあり、そしてついに彼は
暗闇のなかに自分の指環を見たのだった。

他には暫《しばら》く何も起こらず、そのうち幻影が新たな形で
舞い戻ってきた、まるで白い炎の真ん中に
花の帯をした女神が揺らめいているような幻影が。

彼の心は変化を蒙《こうむ》り、その心をほぼ二つに裂いた愛欲が
激しくて、今、自分と女神が
どこにいるのかも判らなかった。それからその炎も
恍惚も、皆終わりを迎えた。
魂は盲目となったが、眼だけが見えるのだった。
空ろになった心のなかから呻きを漏らしながら
彼には、自分が熟知している全ての場所で
幾つもの壁掛け画布が、夜風によって
離ればなれに吹き流され、高い月の白の光のなかで
灯火が赤く燃えているのが見えた。
気を失って彼は床の上に倒れたのだった。

ああ、何と嬉しい朝に継ぐ、何と悲しい夜か！
あぁ花嫁からの侮蔑を受けた何という翌朝か、*
＊言うまでもなく二人は実質上の夫婦になれなかった。
幸せだったはずの愛の何という不幸せな末路か！
何という恥が、他に助けられない男の不面目となったか！
なぜなら、どんな男がただ一人で、
この恐ろしい不面目と、こんな新婚の夜の、
恥多き怖れに耐えられようか？　同時に考えて下さい、
先に述べたとおり、夜には多数の、荒くれた魔物が
隠れているのを見たという類《たぐい》の人びとには

この種の話は、大概の人びとによってよりも
ずっと信じられやすいという事を。
彼らにとっては、魔術は、祈祷《きとう》や聖なる賛美歌と
ほぼ同じほどに正しい事なのだから。

ローレンスが三夜続けて、美しい花嫁を
自分のものにしようと奮闘したあと、
他のどんな事も可能だと思われなかったので
ただ一つ花嫁の父にこの事を知らせて
助言によって助けてもらう事にした。
そこで、やつれて、自分の不面目に疲れ果てて
この花婿は義父の家を訪れた。
二人だけになった時に
花婿は義父に、どのように事が生じたかを話した。
老人は、彼が語った話が真実である事を
全く疑わず、可哀想に思ったが
意味のない悲嘆を示すのに時間を浪費しなかった。

「息子よ」と義父。「お前自身が、このような事態を
招くような事をしでかしてしまったのであれば
名前も付けられない恐ろしい力や神から
これの償いとなるような別の呪いや

名誉を失う源《もと》になる哄笑を求める努力を
したとしても無駄ではないか。こうなったらむしろ今は
誰が君を十分に助ける事ができるか考えたほうがいい」。

「お父様」とローレンス。「僕はそんな力の持主を
気にしません、眼に見えない存在なんかを
ほとんど怖れはしません、僕を造ったのが
神様であるというのであれば、これは話が別ですが。
魔女だと言われる人妻から、以前の話ですが
バグパイプの空気袋を買いましたが、その魔力を
全く信じてはいず、僕の船員たちの不満の声を
鎮めるためにこれを使っただけです」。

「なるほど」と父が言い、「君にしては良くない話だ、
ひょっとしたらこれが今回の呪いの源《もと》かも知れない、
でも一緒に来給え、一人の人物を知っているから。
この人は、こうした事柄に驚くべき力を発揮できる、
年齢の上でも私とだいたい同じくらいの爺様だ、
天文学研究*での私の仲間だ、
その研究も大昔の事になったわい、悲しや！」

*占星術、天文呪術を指す。

このようにして二人は、大きな教会構内へと
出かけて行き、そのなかに入って
端麗な柱のあいだ抜けて通り、
一棟の礼拝堂に来た。そこでは今、神父が
《宗教的祝祭》を執り行おうとしていた。
「静かに！」と義父は言い、「あそこにその人がいる、
君の悩み全てを、この人が治してくれますように！
ひざまずきなさい、あまりじろじろ彼を見ないように、
接触するのが難しい人物だから」。

そこで石製の床の上に二人は坐って
貧しい農民の信者や、海に出た夫の命が無事であれかしと
心を籠めて祈る水夫の妻のあいだに混じって
ミサが終了するまで待っていた。
ミサが最後まで執り行われると、二人は急いで、
聖具室*に通じている
ドアに駆けつけた。聖具室では
義父が、見た目にも極めて美しい指環を下位聖職者に
献呈して、自分たちが怪しいものでない証《あかし》とし、
神父のダン・パルンブス様が少しの時間を割いて、
私どもの話に応じて下さるようにと懇願した。
聖堂守《せいどうもり》はにっこりして指環を受け取ったが、
その態度は「願っても無駄だよ」というふうだった。

*牧師が着替えする部屋。

しかしやがて堂守は帰ってきて
こう言った、「旦那様、ではこちらへお越し下さい、
神父様は、選《よ》りに選った貴方様ならお会いになると！」

　願い事の性質上、深刻な目つきをして
二人は堂々とした礼拝堂から外へ出て
聖堂の敷地に入った。そして壁沿いに
歩いて行ったが、壁を支える
控えの突出部と突出部《バトレス》のあいだで
灰色の鷹がそよ風と合唱するのを聞き、
聖歌《サンクトゥス》を促す鐘が風に乗って走るのを耳にした。
やがてその神父の家を二人は見出したが
その家は巨大で高く聳《そび》える鐘楼《しょうろう》の下に建てられていた。
鐘楼ではお喋りの小型鴉《からす》が
絶え間なく飛び交っていて
その鐘が、夜であろうと昼であろうと
あたりに鳴り響く時には
屋根から土台までがうち震えるのであった。

「お二人様、ダン・パルンブス様はちょうど今、
聖具室からお出ましになったところです」と
堂守は言って、「皆様、ご機嫌よう、
私は向こうへ行く時間なので」。
こう言って堂守は二人だけをドアの傍《そば》に
残して去った。そして本当を言えば
彼は、怖れをなした人のように
去ったように見えた。だが二人はそこに留まり
家のまわりを覗いてみたが
恐ろしげなものを見出せなかった。家は小さく
小さな草地の上に乗っていた。
ドアの両側には月桂樹があって、その葉が
破れて灰色になった樫のポーチを撫でていた。
一メートルほどの幅しかない庭が
壁に沿って続き、壁は強力な柘植《つげ》の古木で支えられていた。
家が鐘楼に出会っている庭の隅には
巨大な櫟《いちい》の木が植えられていて
春の雌黒鳥が坐っていて
輝く嘴《くちばし》をした夫の黒鳥が歌うのを聴いていた
世間を、あまりに多く見てしまった人には、
そして眠り*を待ち受けている魂を
静かに見つめている人物には
この家は平和に満ちた場所であって当然だった。

*もちろん、死。

　だが今、二人は神父が近づく足音を聞きつけ、

彼の丈高《たけだか》い影法師が、風に痛めつけられた
壁の突出した支えを回って現れてくるのを見た。
こうして、これらの支えの最後のものに近づくと
二人と、面と向かいあった。非常に背の高い男で
真っ直ぐな黒髪が肩のあたりまで
垂れ下がっているのだった。強そうな人だったが
眼は、実際に見ているものとは別のものを
夢見ているように、遠くのほうを見ていた。
痩せて蒼白い顔を、不思議な皺《しわ》が
苦悩と恐怖の、固まって激しい表情に
描き出していた。二人に出会うと
古い友人に十分な挨拶をして、
室内に入るように願ったのだ。
彼の部屋は小さかった。そこにはまことに多数の
書物が見えた。見た目には美しい書物の並びだった。
だがテーブルと山毛欅《ぶな》材の机のあいだの
そのなかに何が書かれているのか、誰に判ろう？

　パルンブスは二人に坐るように言い、自分も坐って
少しのあいだ、あれやこれやを語った。
若い客が大声で喋っても気にする様子もなく
彼の話のあいだ、昔の友人が、居心地悪そうに、
咳をしながら笑顔を見せても、注意を払わなかった。
それから義父は外套のなかから財布を取り出し、
最後には、いわば横から割り込むように
言葉を挟《はさ》んだ。パルンブスは、耳の聞こえない者に
生まれついていたかったという表情で、これを聴き、
立ち上がって叫んだ、「君は書類一束分、ものを言う、
書類一束分だぞ！　これが私の悪運だな。
墓掘り人夫が私の墓を作っていても当然だ！」
神父はあちらへこちらへと歩きまわり、
歯は食いしばったまま、名付けようのない事を呟《つぶや》いた。
　ようやく歩きまわるのを止めて言うには、「おぅ君たち、
君たちが私のところへ来る事が判っていたぞ、
そして多額の金貨を差し出す事もな。
何度も何度も、私は助力を売ってきた男だ、
そして今回もそのように為すべきであったろう。
だが昨夜、灰色の石でできたこの山の上に
私は立って、神秘の術を用いていたのだ。
すると私の心を、恐怖と
希望と、大きな有為《うい》無情の念が満たした。
それ故、私は死ぬのだろうと思う。
もともと私は、何を聞こうと見ようと
冷静で大胆な人間だった、

だが昔、私の恐怖を制御してくださった方は
今は遠くにおられ、神が近づいて来られたようだ。
まもなく神のお顔を見る事になるのだろう。
であるから、ほんの暫《しば》らくでも神のおそばに
居たいと願うし、良き行いを為したいと思う、
貴方のためならなおさらの事だ、友よ、
貴方*は素晴らしい日々の一部だからだ、
あんな日々は終わる事がないと思っていたのに。

*ye の古用法。

そして若い方、貴方の眼のなかにも
善良さと希望、真実を読み取れるように思う、
だから貴方と彼とで、私がお仕えする神に
私に代わって一言祈って貰う事ができるだろう——
なるほど私が播《ま》いた種は私が刈り取らねばならぬ、と。
——だがこの金子《きんす》はお仕舞い頂き、お帰り下さい、
そして六日間、断食して祈り、
七日目にここへ来なさい、日の入り頃に。
その時にははっきり判るだろう、
事態がどちらのほうに傾いているかが。
時と場所も、十分に明らかになるだろう、
敵と顔を合わせるための良き防備の仕方も知るだろう」。

こうして疑いの晴れないまま二人は家路に向かい、
ローレンスは長い六日間を
怖れと苦痛のうちに過ごし、ついには
七日目の太陽がほぼ沈んだ頃に
あの陰鬱な人物の情趣豊かな家を訪れた。
日没の光で、普段は灰色の鐘撞《つ》き塔が白く輝き、
小型鴉《からす》は、鐘楼の高いところにある窓のあたりで
夕空を背景に黒々と輪を描き、或いはあちこちで一羽が、
壁板として石材が張られた、眼も眩《くら》む尖塔から
沈み込むように舞い降りていた。
境内《けいだい》近くで遊ぶ子どもたちの騒ぎが
これらの鴉の声と混じりあっていた。
そしてちょうどローレンスが掛け金に
手を添えて、そこに暫く立ち止まっていた時、
麗しいチャイムが、極めて驚くべき明澄さで
夕方の空気を満たしたのだった。
この巨大な鐘の余韻がなお響くなか、家に入り
パルンブスが開かれた書物のなかに一人でいるのを
見出した。「掛け給え」と彼は椅子を勧め、こう言った、
「《時》は君をも私をも欲しがってはいない、
間違いなく私は嫌というほど間もなく死ぬだろう」。
黙ったまま、両手を額にかざして
パルンブスは坐ったが、ローレンスも黙ったまま——

場合によっては何かの魔法を台無しにするのを恐れて。
とうとう神父は一冊の本を取り上げて
そのなかから一通の手紙を抜き出した。
きちんと書かれた上書きとして
ローレンスの知らない文字が書かれていて
厳格な形で封がしてあった。神父は言った——
「ここから二十キロ、或いはもう少し近いところに
船乗りがスント・クレメント岬と呼んでいる
砂地の岬がある場所を知っているだろう、
町の北のほうだが、その南の部分は
今は、侘びしくて不毛の土地として
広がっていて、そこへは海の波が
古びた大砂利をいついつまでも運び寄せ、
毎年毎年、いつの間にか岬を削り取る。
ずっと昔から農民たちは、命の短い土壌、
危なっかしい土壌を嫌って
耕作の労を執らないままにしておいている。
そこへ行って、顔を陸地のほうに向けて
丘の麓《ふもと》に足場を設けよ、
芝生がちょうど大砂利と出遭って
海がこの湿地を浸食する場所に立ち給え。
だが東のほうに君が顔を向けるならば
私が学び得た事を君も知る事になり、
私と同じ報酬を得るだろう——注意して
良く見張る事だ、すると君が立っているうちに
不思議な一団のものが近くを通るだろう、君には
眼もくれずに、な。——ある者は醜くある者は美しい、
ある者は喜び、ある者は悲しんでいる。
心を強く持てよ、君の側でも彼らには全く気を取られないように。
やがて全ての行列の最後に、言葉では言えないほど立派な
駿馬《しゅんめ》に乗った偉大な王侯が見えてくる、
この王侯に大きく声をかけよ、
するとこれを聞きつけて彼は振り向き、
お前の用向きを尋ねるだろう。恐れる必要はないぞ、
私が今ここで君に託す手紙の巻物を彼に手渡せ、
そして読んでもらえ、そうすれば君は
幸せを得て、しかも何の罪を負う事もないだろう。
ただ私に関しては、君、目撃者となり給え——
今、君に渡すこの巻物のなかに
私の《死》が入っている事の。私にはよく判っている、
神に向かって地獄行きとならないよう叫ぶだけだ」。

為さねばならない仕事だと理解している人のように、
自分の言葉一つ一つが相手にどう響くか判っていて、

それには全くお構いなしである人のように
物憂い声で神父は語った。
だがここで暫く話を止めて
もう一度手で顔を覆った。
とは言え、間もなく、優しい声で、
苦痛から逃れるように、また話し始めた――

「君が見る事になる行列の人びとについては
どこからこの一行が皆、やって来るのかに関して
それを不思議がらないで欲しい、これから話す事が
真実だからだ。長い年月の昔、
今、不毛の地となっている場の何十キロも沖に
我が家の石垣より遙かに強固な壁を付けて建てられた
栄光ある一民族の神殿が立っていた。
神殿の周りには風に囁《ささや》く木々が森を作っていた。
そこからこの人びとが来るのだ、かつてあまりに偉大な
ものであったその都を思い出すためだ――
私は言った事がある、『彼らが元あったとおりに
もう一度蘇ってほしいものだ』と。だが全ては終わった。
私が自分の最後の日の最後の数時間を
見たのであれば、現在あるもの、これまであったもの、
未来にあるものなんて、何の意味があるのか？――
出かけ給え――あぁ悲しい、地上で私が持ち得た
こんな力を捨てていく羽目になるとは！
恋する男を、死んだ恋人の顔の上で
喜ばせる事のできたこの私が――少なくとも
少しのあいだは――だが今や、あの小さな
黒と白との書簡とともに、全てお終いになったとは。
神よ、汝の喜びのなかで、私の事を考え給え、*
そして私を救い給え！　そうだ、或いは汝の意志を貫け！
なぜなら汝もまた私の力をご覧になったのだから」。

*キリスト教に帰依した私が、教えに反する悪魔の力を用いる事を許し給え。

ローレンスは巻物を手にして
暫く黙ったまま突っ立ち、
パルンブスを眺めていた。パルンブスは
自分の周りに何があるのか、判らないかのように
眼を大きく開いて坐っていた。
そこで、そっと抜け出すようにしてローレンスは
これから起ころうとしている不思議な事を訝《いぶか》りつつ、
暗さを増してゆく草地に出て
聖堂構内と市街を通り、
茶色の波打ち際まで到達した。
そして勇気を出して、できる限り

大胆に夜のなかを前進した。
最初には彼の左手に、巨大で切り立った崖が
聳《そび》えていて、この崖からそぎ落とされた大岩が
この岸辺を横切って密に転がっていて
歩くにもどかすにも、疲れる仕事を強いた。
だが彼は道筋を熟知していたので
高く昇った星々や、沈んでしまった太陽の残照など
常に夏の夕刻が与える事のできる
そんな光をほとんど必要とはしなかった。
愛らしく麗しい時刻は優しげで
軽い海風は彼の頭髪を吹き上げたが
それは天上界から吹き下ろすかのように思われた。
この素敵な時間が嫌らしい考えを皆打ち消してしまい、
事態が良くなる希望を歓迎していたので
やがて彼は歌を歌い始めた。
もっとも、静かな夜であったのに、常時、
自分の歌声をはっきり聞きとる事ができなかった、
というのも、この岸辺を打つ波音が厳粛な雷のように
大きかったからだ。だが波音は極めて音楽的で
幽かな光のなかでは優しく聞こえたので、
巨大な波が一つまた一つ高く持ち上げられて
泡となって砕け落ちるたびに、この海の荒野は
夢で見ているかのようで、寄せ波の強烈な音楽は
何か未知のものによって呼び起こされていると
感じたとしてもおかしくないくらいだった。
そしてローレンスは、世界の屋根と波に濡れた道が、
出遭うのを記す一線の下に広がる
まるで天空が地上に降りたような景色のなかを
歌いながら歩いて行くと*
　　*地上が空であるように感じられている。
星そのものにしかほとんど見えない灯り、
つまり船の灯りが遠くに明滅するのが見え、
一方頭上では、一面の畠のような薄く白い雲が
星々の大部分を隠してしまっていた。*
　　*ここでも地上の船が星に見え、天空は白い花咲く畠に見えている。

　こうして彼は先へ進んだ。するとあちらこちらに
数人の荒仕事を平気でこなすふうな漁夫が
準備の整った船を海に出そうとしていた。
それは、できる事なら、朝の光が射すと同時に
港の出口に船を出そうとしているかのような様子。
でなければ、夜に飛ぶ何かの鳥が
嗄《しゃが》れた鳴き声をあげて輪を描いていた。
或いは、崖の背丈が低くなるにつれて、遠方に
人の住む家が、大きな宴か何かで輝くのが見えた。

静まる事のない海に沿って行くうち、最初は、
そのような人間の気配を彼は感じたのだが
町から遠くまで来てしまうと
崖はすっかり低くなってしまい、
彼は沼地の縁《へり》を辿る事になった。
この時には、聞こえる音は夜鷹《よたか》が
陰鬱な笑い声を送り届けてくるだけ。
その声を載せた海風は、古い昔に
多くの国々にその威光を響かせていた
水没して久しい国々を嘆いているようだった。

だが月が昇り、筋雲に横切られるその光の下に
広々とした荒蕪地《こうぶち》が見えてきた。
そこには、薄く光り、砂が埋まって葦《あし》生い茂る沼があり、
愚か者を嘲《あざけ》る沼の鬼火が幾つか見えた。
月の下の荒蕪地を吹き渡る海風が
もの侘びしい調べを笛のように奏でていて
それが次第に大きくなり、これを聞くと世界は
もはや人間のために造られたものではないように思われ、
夏は、空虚な名ばかりのものに感じられた。
収穫の時期も、嘲笑の種、恥の根源でしかなくなった。
かつては陽の当たる美しい野だったこの荒れた土地には、
そのような《破滅》が棲《す》みついていた。

だがローレンスには今、海を背後にした
砂でできた岬が、草木のない剥《む》き出しの姿で
よく見えてきて、彼は少しのあいだ足を止めた。
これからやってくる名もない者たち、彼の敵、
恐怖と病の主たちに、いかにして
出会う事にすべきかを考えるためだった。
それから身を震わせて急いだ、というのも物思いが
かつて眼にしながら、嫌悪して捨て去った類《たぐい》の
極めて多くの映像――だがちょうどこのような時宜《じぎ》を
待ち受けて、希望によって増した痛みと、何であれ、
《時》がもたらし得る様ざまな恐怖を伴って戻ってきた
映像を彼に見せたからだった。
こうした思いを皆、脇へはねのけて
彼は大胆な心になって早足で進み、
やがて怪しげな場所に立った。
そこでこそ、海が牧草地の血を吸い取っていたのだ。
海へ背を向け、精一杯自分を励まして
あれやこれやの、十分に感じの良い場所を
思い起こそうと努めた――
陽気な狩の騒ぎの場面や、

兵士や神官による野外劇、
市場の風景、人でいっぱいの祝祭、
女性を護るために刃こぼれした槍など。
そのうちに彼は白昼夢を見始めた——
その時には、いかに努力してみても、なお、
一番幸せな思いの数々がどうしても悪しき姿になった、
熱に浮かされた時の、安らぎのない夢のなかと同様に。
どこか花で覆われた流れを思い浮かべ、自分が
流れの上の黄金色の船に乗っているのを想像してみたが
鉛色の雲が太陽を覆い尽くし、
巨大な波が、堤から堤へと押し寄せるのだった。
或いは、友人たちのあいだで花の冠を被って酒宴をすると
赤いワインのカップを彼が持ち上げる際に
凶悪な毒が、カップから金切り声を発して噴出した。
幸せで胸がいっぱいになって花輪を手に持ち
それを被《かぶ》せようとした相手が肉を失った髑髏《どくろ》になった。
リュートの調べが、葬式の弔鐘《ちょうしょう》に変わった。
金色のドアを通って行くと、着いた先は地獄だった。
彼は、ようやく白昼夢から魂を救い出して
自分自身の困難な状況を考えてみた、
そして心の全てをこの状況に投入してみた、
すると自分の怖れが薄らいだのである。

　それでもこの《時》は実際、心配で満ちたものだった。
勇気、元気を、彼は大いに必要としていた。
以前より大きく唸《うな》る風の音、
他の波より高く岸に打ち上げる波、
彼の頭すれすれに飛んで行く夜の鳥——
こんな些細《ささい》な事が皆、恐怖を膨《ふく》らませたのである。
それでも彼は決心を揺るがす事は全くなかった、
また、起こるかも知れないどんな事にも背を向けなかった。

　月は前より高く登りつめていた。
東風がこれまで強く吹いたので、
天空を悩ます雲を綺麗に追い払ってしまい、
西のほうに、羊の群れに似た雲たちを集めてしまった。
月光の下で、事物はくっきりとした姿となり
暁前《あかつきまえ》がやって来たかのよう。草花の息の根を止めるはずの
高波によって打たれ続ける砂利でできた堤の上で
角《つの》のあるポピーの花々が
ほっそりと、しかし光沢豊かに輝いていた。
その近くには海芹《うみせり》*が生え
その冷たい淡色の葉と、硬くこわばった茎は
地上に、二重の月光*を作りあげていた。

*正確にはエリンギウム、海岸の植物。

＊月光そのもののほかに、海芹《エリンギウム》が月光を浴びて、二つ目の月光を放散。

頭上には丘があり、そこには茨と針エニシダが
斑点様《よう》に生えていて、また、灰色の、短く細い草が
丘を覆っていた。そしてローレンスが覚えている限り、
向こう側の斜面いっぱいに、黒々とした
松林があるのだった。松林の風に鳴る音が
その場に加わったが、ほとんど気づかない音なのに、
変化する音色で、彼の疲れた心をさらに混乱させた。

しかし今は、眠気のために眼が見えなくなり、
再び彼はその足場でよろめき、
げんなりした顔を垂れてしまった。
だが自分の仕事を思い起こして
何度も、ぎくりとしたように目を醒ましたが
再び眠りに陥るのだった。そのあとついに
身震いをしたのち、全ての眠気を投げ捨てたが
自分が生きているのかどうかさえ、ほとんど判らなかった。
というのも、驚き恐れる彼の眼の傍《そば》を
不思議な行列が通ったからだ。彼のほんの近くを
通って行くのに、音も立てないのである。
彼らの衣服は、海風に突然吹かれたように
ひらひら揺れて、彼の傍を撫《な》でて通った。

この時までに彼の眼は大きく見開かれていた。
もう既に、灰色の丘の斜面の上に
二人の人物が彼に背を向けていたのである。
一人は背が高くてほっそりした若い男らしくて
両踵《きびす》には、薔薇《ばら》色の翼が飾られていた。
もう一人は白い衣服を着た女性で
多くの色をした輝く翼をつけていて
常に変化しているので、その姿は誰にも判らなかった。
のちになってローレンスは語ったものだ——
その夜、冷たく白い月光が
人けのない大地を一面に照らしていたのに
この人物たちは、月光の白さにもかかわらず
あたかも太陽が地面の下から、人物の一人一人を
照らしているかのようにはっきりした色を見せていて、
これは見るも恐ろしい姿だった、と。

そこに立ったまま、身を震わせて
なおもこの去って行く二人を眺めつつ、
それでも再び勇気を掻き集めているあいだに
あたりじゅうの冷たい空気のなかに
叫び声の谺《こだま》のような音色が響き渡ったように思われた。

それとともに、遠いかなたで行われている戦争のような
轟音が、幽かに、小さいながら、聞こえてきたのだ。
その同じ一分間に、この上なく恐ろしい光景に
彼の眼は釘付けになった――
戦場で殺されて、初めて倒れた時そのままに
眼が据《す》わり、傷口がぱっくり開いた姿で
戦死した人びとの映像が見えたからだ。
この人びとの死をもたらした敵対する人たちの、
今にも叫び出しそうに開けた口と、
怒りと怖れ、そして決して二度と消える事のない
憎しみに満ちた恐ろしい眼との映像も見えたのだ。
次には、眼のなかに死への恐怖を表し続ける
逃亡者が震えながら通る姿が見えた。
これに継いで、敵の死によって得られた戦利品の列。
血で汚れたコイン、台に嵌められていない宝石、
縁から縁までずたずたにされた黄金の衣裳、
頭部が失せ、砕かれた黄金の神の彫像、
死んだ神官の、砕かれてしまった占い棒。
殴打され傷ついて弱り果てた捕虜たちは
苦労して歩いていた。乙女たちは縛られて
誰に助けられる事もなく、破れた衣服のままだった。
老人の、哀れな最期の日の姿も見えた。

彼らは先へ先へと進み、その足どりは
地面の上に、何の音もたてはしなかったのに
この上なくリアルに見えたのだった。
滴《したた》り落ちる血液は恐ろしい臭《にお》いをたてた。
押し黙った人びとのもがきようは見る者の心を潰《つぶ》す姿、
また、空気を満たしていたのは、音のしない呪いの言葉。
そうだ、この惨めな一団が通り過ぎる間《かん》に、
一人の女性がローレンスに向かって、
恐ろしい眼差しを投げかけ、彼の胸の上に
傷ついて血だらけの手を押しつけていった。

しかしこれらの人びとを追うように
王が通った。夜の暗闇のなかで王は炎のように輝いた、
なぜなら王の甲冑《かっちゅう》は、鋼や真鍮以上の金属を
素材としていたからだ。
甲冑の様式は、言葉では言い表せない不可思議さ。
この甲冑がどこで初めて日の目を見たのか誰に判ろう？
王は赤い馬に乗っていた。彼の顔は、ちょうど
素早く地に落ちる雷光が
夜の暗闇を貫いてみせる栄光以上の
優雅さをもはや表す希望を示してはいなかった。
けれども顔のなかで、王の眼の輝きは

実際、巨大な喜びを育《はぐく》んでいた――
それは、大刀《だんびら》が全ての人に、助ける事も救う事も
禁じている時に*、跳ね上がった炎が
*敗戦間近な時か?
正午の太陽に挨拶するために
家の屋根より高く立ち昇った時のような喜びを示していたのだ。*

*この比喩は判りにくい。敗戦必至と思われた時に、味方の力がなお健在である証として炎を見たのだろう。炎は常に、戦乱の 悲惨な状況を端的に示すイメージである。敗走に際してさえ、破壊と殺戮を喜ぶ戦争当事者の心情を示す五行として読むべきであろう。

だがこの幻《まぼろし》は何の害も彼に加えずに通り過ぎた。
そして幽《かす》かながら哀愁を湛えた音楽が
大気のなかに優美に流れた。するとそのあと
乙女たち、男たちの一群れがやって来た――
若い、美しい、温和《おとな》しい一団だった。
そのうちのなかには手をつないで通る男女もあれば、
手をつながずに並んで歩く者も居て、
幸せな事を語りあっているように見えた。
彼らが彼の傍を通って丘を登る時には
他の人びとと同じく、何の音もたてなかった。
しかし最も彼に近いところを通った女性は
彼の足許に新鮮な赤い薔薇を一つ投げていった。

次の一団が通り始めるまでには
少しばかり間《ま》が生じた――それほどまでに
彼らは、悲哀の故に、幽《かす》かな動きしかできなかったのだ。
この一団も男たち、乙女たちから成っていて
その大半は若く、大半は美しい人びとだった。
少数の者は手をつないで通り、
常に、お互いの深刻な惨めさを
愛情を持って見て取りたい様子。
だが大部分は、ただ離ればなれになって歩んだ、
何か隠された災いのために顔をひきつらせながら、
手を握り締め、唇は、育ってしまった自分らの罪を
思い悩む心から、呪う言葉を呟《つぶや》いていた。
この一団の最後に現れた女は
黒い服を着ていて、通りすがりに
とうの昔に枯れ果ててしまった薬草を束ねた
黒ずくめの花輪を、ローレンスの足に向けて落としたのだ。

この人びとが通ってしまうと、ただ一人、徒歩で
輝かしい男が来た。衣裳は不思議な光で
きらきらしていた。弓を持ち、
恐ろしい矢羽根付きの矢を大量に有していた。
彼には翼が生えていて、この上なく神に似て美しい。

歩みは鈍《にぶ》く、何度も繰り返して
血走った眼で草地を眺め降ろしたのだが、それはまるで、
これから起こりかねない事を待つような態度。
それから時折、再び顔を上げて
まるで痛みを我慢するように歯を食いしばった。
また時には、まさに心から喜ぶように
眼が輝き、唇が開くのだったが
その時の笑顔は、まるで大地が
彼に喜びを与えるために新たに作られたかのよう。
肩越しに男は、海のほうを振り返り
或いは、目の前の、沼地の霞を見透すようにして
長いあいだ、しっかりと眼を見張り、
最後には芝土に、溢れる涙を落とすのだった。
こうして丘の頂上まで男はそろそろと歩いた。

　次には海の呻きを貫くようにして
幽かながら心を揺するような調べが聞こえた。
そのためローレンスは涙を抑える事ができず、
肉体も、一つには怖れのため、また一つには
近づいてくる何かの巨大な喜びを期待するように震えた。
それから彼の驚嘆し眩惑された眼に
もう一度、音をたてない一団が見えてきた。

この光景に彼の心は思考を停止し、
悪も正義も、共に忘れてしまい、
ここに来た目的も何一つ考えなかった。
なぜなら自分のほんの近くに、今は
古風な衣裳を身につけた美しい女性たちが通ったからだ。
大地の肉も骨も老いてゆく今、この大地が
所有できている以上の、より大きな愛らしさを彼の眼から
僅かにしかその衣裳は隠していなかったからだ。
しかしあまりにも素早く、彼女らは彼の傍を通り過ぎ、
木の生えていない丘の斜面を煌《きら》めきつつ登っていった。
こうしてまた一人で、彼は待たねばならなかった。

　それから彼は海のほうへ顔を向けそうになり、
これで死者らしい人物の行列は皆見終わったと思った、
だがその時、彼のまごついた視界のなかへ
白い女性が滑るように入ってきて、
徒歩で、ただ一人、彼を通り過ぎた。
美しい躯《からだ》には衣裳一つ輝いてはいず、
頭髪の束をいくつか、美々しいその肉体の周りに
風が吹き寄せているのが見えただけ。
足にもサンダルの姿はなかった。
だがその足の前方には常に、その国では知られていない

名もない美しい花々が咲き出《い》でて
已《や》まなかった。震えている彼のほうに
素晴らしい眼を向けた時に、
手を高く上げたのだ。そして手の上には
あの恐ろしい誓いの印《しるし》、捜し求めていたあの品、
細工も巧みな、愛らしい結婚指環が燃えるように輝いた。

これを見るとローレンスはさらにいっそう震えた。
恩恵を希《こいねが》いたい者のように
彼は、心の上に巨大な願望が通り過ぎるのを感じた。
熱意を籠めた手を差し伸べてみたが
彼女は、立ち止まってじっと彼を眺めたが
両手を軽く動かしただけで
道草をするけれども先を急がねばならないような様子。
彼女も何も言わず、彼も何も言わずに
この二人がそのように立っていた時、
どんな荒々しい思いの波が二人のあいだに
打ち寄せていたか、誰に判ろうか。彼の緩んだ腰帯から
死に関わるあの巻物が地面に落ちたのだ。そして、
彼の耳には、様々な音が不明瞭にしか聞こえなかったのに
巻物が風に鳴る音だけは、この上なく大きな雷鳴のように
思われたのであった。彼は腰を屈めて
自分の大切な仕事を思い出しながら、
巻物を再び自分の手にしたのだった。
そして様ざまに祈りつつ、再び直立した時、
彼女は立ち去ってしまっていた。
そして彼はもう一度、一人きりに残された。

疲れ果て、混乱し、今は沈み込んだ気持でいると
入り混じった騒ぎが大きくなるのが聞こえた。
それから、輝く衣裳を着た、喋りまくる一群《ひとむ》れが
夜陰のなかをどんどん前進してきた。
群れのなかでは、他人の唇から漏れてくる声や言葉を
誰一人聴こうとはせず、また仲間たちの
眼の表情を見取ろうとする者がいなかった。
そして常時、全ての人の、落ち着きのない顔に
激怒と苦痛、胸を蝕《むしば》む怖れと虚しい願望との
絶え間のない陰影がちらついていた。
この多数から成る苦悩の群れは、誰にも助けられず
穢らしい姿で練り歩いて行き、やがて大地と海は
静まってゆき、そのうち月の光は
ラッパが鳴るように世界を明るませる暁前《あかつきまえ》の明かりに
かき消され、恐怖に満ちたこの群衆のなかから
行列全体の主と思われる男が突如現れた。

どこから見ても、男は強大な王であるらしかった。
冠を被《かぶ》り、王者らしく笏《しゃく》をかざしていた。男の表情は、
石製の顔のように角張り、輪郭がくっきりしていて
白い炎のように輝いていた。けれどもそれは
揺らめく炎であって、肉ある顔でなかった。
顔の上には、臣下の顔の表情と同様の
しかしその十倍も強烈な
激しい欲望と、苦痛と恐怖の影が
一面に現れていた。その上、
驚嘆すべき駿馬《しゅんめ》に彼は跨《またが》っていた――それは
どんな種類の馬か、どんな造りの動物か、馬でないのか、
馬体鷲頭《ヒッポグリフ》の怪物、火を吹く龍なのか、名付けようもなく、
また、これらのどれにも似て、どれにも似ていなかった。
怪獣は、地上の美しい事物を育てる陽の当たる真昼や
爽やかな夕べや朝などを嘲るように造られた、
一つの悪夢の似姿さながらに
明滅するように揺らめいていた。
すると今、嘲りの歓喜のような声が
大群全体から突如湧き起こり、彼ら全員の眼が
不思議な表情を見せつつ、ローレンスに据えられた。
彼は、誰の助けも得られない心のまわりに燃える
狂気を呼びかねない恐れに直面した。そこで顔を
この恐ろしげな王者に向けて、こう叫んだ――
「どんな用向きであなた方は行進しているのですか？
待って下さい、止まって下さい、私は長く待ったのだから。
私のほうへ来て、私の不幸を取り除いて下さい！
貴方の臣下のお一人が、私に返してくれないのです、
その女性に差し上げたのではない品をです、いや、
貴方の首領の身分が命じる事を注意して為して下さい！」

すると気《け》だるそうに、まるで全てこうあるべしと
判っていたかのように、王者《マスター＊》は
こちらを向き、赤い眼を彼《ローレンス》に向かって燃え上がらせた、
言葉一つ発しないまま、あの巻物を受け取った時の事だ。
だが巻物の皮に触れると、怖れに襲われたように
首領は震えて、やがて大声をあげて
こう言い始めた――
「主よ、こんな事が永久に続くのですか？
ご自分の約束を守る気持はないのですか？　このような
善と悪の、表裏二面の人物たちが永遠に留まるのですか？
私の味方ではない、私の臣下ではない、汝の臣下でもない。
主よ汝が彼らを呪うとおりに、私も彼らを呪っています、
主よ、汝の魂たちを善と化すか、悪と化すかし給え！」

＊亡霊の首領。

そう言ったあと、彼は震えるローレンスに語りかけた、
「余が巻物に命じられた事、これを余は実現し得《う》る、
ここで待ちたまえ、すれば君の足許に、君自身の品が
投げ落とされるのを見るだろう。
それから帰宅して、短い命を平和に暮らせ」*。
*ローレンスの短命を預言したのではなく、人間全てが短命な事を皮肉った。
それから首領は冷笑するような笑いを浮かべて向き直り
もう一度、夜は淋しくなった。
皓《しろ》い月光の下で、あたりは色を失っていた。

だが実際、曙が近づいていた。
その間《かん》ローレンスは、期待と怖れのあいだに立っていた。
一団が皆去った今、常に疑っていたのだ、
自分自身の心がこの情景を想像しただけではないかと。
しかし上衣には血の痕が残っていたし、
あの薔薇と花輪が、草の上に横たわっていた。
そこで長いあいだ、彼は疲れたまま待っていた。
やがて曙が空に縞模様を描く頃、
自分が目覚めているのかどうかも怪しげだったが、
その時、白い霧雲《きりぐも》が、灰色の沼地から
亡霊たちに先ほどまで踏まれていて、今は誰もいない
道を通って、彼の近くに近づくように彼は感じた。
そしてその霧のなかから声が聞こえた——

「わたしにもう一つ恥を加えたお前よ、
お前自身の品を取り返しなさい。
そしておそらく、将来の日々に
お前のまわり全てが皆老い込んだ時、いかにして
お前は愚かしい手から、望み得ないほどの偉大な喜びの
贈物を、投げ捨てずにはいられなかったかを考えたまえ」。

東空が輝き始めるとこの声の主は消え失せた。
まだ影法師もない静かな朝のなかに
安心した感覚が彼のなかに生まれ、
足許を見やると、そこに
あの結婚指環を見たのだった。
喜びの声をあげてそれを取り上げ、
懐かしさを籠めて指環に何度もキスを与え、
元どおりそれを指に嵌《は》めた。
先に見た恐怖の映像の全てや
この場に彼を釘付けにした悪霊の姿は
今、夢のように思われ、朧《おぼろ》に、実体なく感じられ、
むしろ今、彼の眼に見えてきたのは、

今や確かに彼のものになる彼女の姿だった。

それからこの恐ろしい悪魔的な場*をもう見ないように
陽気な心持で顔をそむけた。
大海《おおうみ》の上には軽やかな風が吹いていた。
若い一日が爽《さわ》やかに、麗しく明け初めていった。
緑なす大海の水平線の上に太陽が昇ってきて
新たな生と喜びを彼に与えた。
頭上に囀《さえず》る白い海鳥たちは
彼の忍耐力全てを讃え、打倒された彼の敵を
嘲笑っているようであった。
こうして喜びに満たされた彼は家路に向かい、
人目につかない小さな入江で
疲れを全て洗い流して
新たな気持で都を目指した。
道中、漁夫の妻が、赤い小屋から
岸辺へと降りてくるのに出遭い、
漁夫の子どもたちが手に手を取って、何かの
珍しい物を囲んで、波打ち際で水浴びをするのを見た。
老漁夫は、これから訪れる風について
学び取った知識を呟《つぶや》いていた。
間もなく白い帆がいくつも、海に点々と現れ、
漁夫の船、さらに漁夫の船*が
今日も引き上げられて、砂浜に畝《うね》のような模様を描き、
これら漁船のまわりに多数の裸足《はだし》の乙女が
船から肩に担いできた重荷を下ろしていた。
そのあいだに、漁夫たちは休みを取りに行き、
荒くれた喉から、不平を言うような歌を歌っていた。

今や全てが為されたので、彼はついに
疲れてはいたが歓喜に満ちて
再び自分の館の敷居を越えたのである。
今やこの先、夜も昼も彼を喜ばせるのであるから
今経験してきた苦しみも
また恐怖さえ、ほとんど皆、信じがたかった。

パルンブスがどうしたかと言えば、その魂は、
恐怖と疑念*のうちに揺れ動いたとは言え、
その日、教会の巨大な鐘が正午に鳴り響く前に
少なくとも休心して永眠したのであった。
間もなく、彫刻師が、眠りについたパルンブスの
似姿を彫るのに最善を尽くした。
またローレンスは彼《パルンブス》の墓を豪華な壮麗なものにするため

*黒魔術による幽霊登場の場。

*夜間に漁をしていた庶民の船。

*キリスト教に帰依した神父の彼が、黒魔術を用いてローレンスを救ったから。

金貨を用いるのを全く惜しまなかった。
死せるパルンブスの合掌した手の上で
その後数多くのミサが行われた。*

*これによってパルンブスの魂はキリスト教に救われた事を示唆する。

訳者より 14

読み終わった物語詩は一見荒唐無稽に見える。だが四九五～四九六頁を詳しく読めば、これは紛れもない反戦歌である事が明らかとなる。まず、過去の戦争の最前線に出ていた人びとの姿が生々しく描写される——

戦場で殺されて、初めて倒れた時そのままに
眼が据《す》わり、傷口がぱっくり開いた姿で
戦死した人びとの映像が見えた……
この人びとの死をもたらした敵対する人たちの、
今にも叫び出しそうに開けた口と、
怒りと怖れ、そして決して二度と消える事のない
憎しみに満ちた恐ろしい眼との映像も見えたのだ。
次には、眼のなかに死への恐怖を表し続ける
逃亡者が震えながら通る姿が見えた。

その上に、視覚・嗅覚の双方に訴える血なまぐさい描写が続く——「滴《したた》り落ちる血液は恐ろしい臭《にお》いをたてた」。四九六頁下段では、戦《いくさ》の最前線には出ていなかった人びとの様子が、いわば難民となった状態で描かれる——

彼らは、悲哀の故に、幽《かす》かな動きしかできなかったのだ。
この一団も男たち、乙女たちから成っていて
その大半は若く、大半は美しい人びとだった。
少数の者は手をつないで通り、
常に、お互いの深刻な惨めさを
愛情を持って見て取りたい様子。
だが大部分は、ただ離ればなれになって歩んだ、
何か隠された災いのために顔をひきつらせながら……

戦争での偉勲を賛美するヴィクトリア朝中期の、大英帝国拡大の真っ最中の雰囲気のなかへ、主人公が見る幻影というかたちで反戦思想を潜入させる——こんな血なまぐさい状況になったらお終《しま》いだ、いつの時代にもこうなってはいけない、見よこの惨憺たる血の痕を、これは人間社会の何という痴呆状態の仕業《しわざ》であることか！

この詩編はこう叫んでいるのである。そして私たち日本の戦後世代は、七一年を平和のなかに過ごしつつ、この戦禍の恐ろしさを、よく知られた次の歌のなかで歌い続けてきた事を思い起こしたいものである——

こうなったら終《しま》い、永遠《とわ》に遺憾！
惨《さん》た～る血や！　何た～る痴《ち》や！
国全体の痴呆状態は避けたいものである。

話を聴き終わって

（この小見出しは原著にはない）

話がこうしてすっかり終わると、シュヴァーベン人の
老いた神父は暫《しばら》く、微笑を浮かべてあたりを見まわした。
若い聴き手、老いた聴き手が、この遠い昔の不思議な夢を
どう感じたかあれこれ語ると、神父の微笑は大きくなった。
感想を聴きながら、嬉しそうな、想いに満ちた表情で
神父は自分の書物の古びたページを繰り始めた。
章が終わるごとに、黄ばんできた用紙の空欄に描かれた
花々の絵を、最初は見るともなく見ていた。或いは
章の初めごとに描かれた、戦争や平和の時代の
王や貴族の美しい姿を見ていた。やがて少しのあいだ、
彼の眼は、あるページに据えつけられて
そこを読んでいるようだった。その時には彼の眼に
どこかの古い都の名前だったのだろうか、その都へ思いが
惹きつけられたのか？　今もそれが見えるのか？
この一月の夕べ、河に架かった橋が雪で埋まる情景か？
支柱で飾られた市場も、今夕は人ごみがしていない情景、
外套に身をくるんだ主婦たちが、強風に煽《あお》られる聖堂の
ポーチから早く離れようと急ぐ情景。聖堂の窓が
今夕初めて灯された蝋燭《ろうそく》で輝いている情景。その間《かん》、
巨大なオルガンの音が鉛に嵌《は》めた窓ガラスを揺する情景、
或いは尖塔の風見に唸《うな》る風の情景を見ていたのか？――
そこでは何も変わっていないが、彼自身は変化のなかで
変わり果て、次の国、死の国も、今目覚めつつある
彼の眼に何ら不思議と思われない！　あぁ良き、悪しき、
貴方《あなた》の生との闘いが運命の全尺度を満たすのは何時《いつ》か？
縺《もつ》れあった生のベールが引き剥がされ、今は想像できない
あの世の一日の全てを我々に示すのは何時の日か？

訳者より 15

ここには「二月」の二つの詩について書く。まず第一話**「リュキアにおけるベレロポーン」について。**

この詩を読むに当たっては「一月」の第一話「アルゴリスにおけるベレロポーン」での出来事を予め《あらかじ》知っておく必要がある（それをお読みになった方には蛇足めいたお節介だが、そのあらすじをここに記す。モリスは長くなった話を二つに分けて収録したのだと令嬢メイは述べている＝Morris *VI*, xiv）。

（あらすじ）コリントスの王子ヒポノウスは、全く意図せずに弟ベレルを死なせてしまい、そのために自国を追われた。だがアルゴリス王プロイトスによって、罪を清めてもらった。それ以降、ヒポノウスはベレロポーン（ベレル殺し）と呼ばれる。彼は人並み優れた知性と武術を身につけた美男子だったので、王妃ステネボイアは彼に一目惚れして、二度に亘って彼と褥《しとね＝ベッド》を共にしたいと告白した。

しかしベレロポーンはこの《愛情》を受け容れる気持を全く示さなかったので、妃《ステネボイア》は激怒し、夫プロイトス王の前へ、衣服がだらしなく乱れた姿で現れ、自分がベレロポーンによって凌辱されそうになったと訴えた。王は半信半疑ではあったが、人民の噂を恐れて彼《ベレロポーン》を亡き者にしようと決意し、小箱に彼《ベレロポーン》を戦役に従事させて殺害せよとの密書を入れ、これを彼《ベレロポーン》に持たせて、王妃《ステネボイア》の父であるリュキア王イオバテースの許へ遣した（妃はその後自殺）。

次いで「二月」第二話**「ウェヌス《ヴィーナス》の丘」について。**

ヴァグナーの歌劇でも知られるタンホイザー物語が素材である。だがよく用いられる「霊と肉の戦い」という解釈は、この第二話には当てはまらない。ここでの主人公はウォールターという名で登場する。これはもしかしたら『地上の楽園』第一部が発表された一八六八年に、さっそくこの物語詩集の唯美主義的傾向、死の意識の横溢傾向を擁護する雑誌論文（その一部は一八七三年『ルネサンス』の「結語」に採録）を書いたウォールター・ペイターを意識しての名かもしれない（彼《ペイター》はこの傾向に見え隠れするウェヌスなどの異教神の扱いに、キリスト教からの解放を見破っていた）。

確かにウォールターはキリスト教の説く最後の審判日を恐れて《ウェヌスの丘》から脱出する。だが法王を前にして詰問に答えるうちに、《丘》で無条件に自分を愛してくれた女（本文にも施注するとおり、ウェヌス自身ともその分身とも感じられる）が（幻影としてではあるが）来てくれた喜びに圧倒され、法王に見放され、積極的に《丘》に帰る。一方法王も、枯木の杖に葉と花が生じたのを見て、ウォールターの生き方が認められた事を喜んで死ぬ。この結末はモリスがペイターと同様に、キリスト教死滅に替わる価値観を主張した証左である（より深遠な議論が富士川 55ff. の「宝石のような焔」、73ff. の「ヴィーナスの変容」等に見える）。

ヴァーグナーの『タンホイザー』とは大きく異なり、この話での女は誘惑者ではなく代替価値観の象徴である。

二月

ベレロポーンの怪獣退治。神話における怪獣は、頭が獅子、胴は山羊、尾は蛇で、人間界を焼き尽くす炎を吐くキマイラだが、モリスはキマイラの名も、ベレロポーンの乗る天馬ペーガソスも言及していない。第一話参照。画像は PD より。

二月

真昼だ——人けのない道を北西の風が吹き過ぎる。
雨に洗い流された野は、生垣から生垣まで丸裸。
葉の無くなった楡《にれ》の木々の下に建てた貧しい農夫の家は
小さく空っぽに見える。その貧困の暖炉からは、煙一筋、
空中に立ち昇らない。一羽だけの深山鴉《みやまがらす》が、勇ましくも
疾風に抗している。鴉は見つからない穀物の上を捜し周り、
それから諦めて、風の吹く方へ輪を描いて運ばれる。

お前よ、五月のある夜明けに目を醒まして
死せる日々の事を思い起こし、何も明瞭に見る事ができず、
お前の頭上を通り過ぎた全ての日々のうち、選《よ》りに選って
まさにこのうら侘《わ》びしい一日を思い起こしはしないか？
お前はベッドから、風もない東空が朝焼けに燃えるなか、
五月の緑の木の葉を透かし見て、この侘びしい日を
お前の心がなお欲するのに驚くのではないか？

この日がなお生きているのに驚かないだろうか？
実現しなかった希望、甲斐なかった願望の苦悩が、
この日の真昼、冷たい雨が打ちつけるよりも
さらにいっそう、お前の顔を濡らした事に驚かないか？
そしてお前は新たに生まれる喜びを求めるのでないか、
なぜなら一度《ひとたび》生まれた悲しみは、毎年変わりなく変わる
四季の変化を経ても、決して消え去る事はないのだから。

二月最初の集まりを前に

（この小見出しは原著にはない）

変化がついに訪れて、西のほうから
風は勢いよく吹いてきて、雲に休息を与えず、
溶け始めている氷の表面に溜まった
うっすらとした水に細波《さざなみ》を立たせている。
先刻まで雲たちが雪を横切っていたので
日の出も、日の入りも輝かしさを見せる事がなかった。
雨を含んだ西風は、これまで軽くそよいでいた東風より
なおいっそう、骨身に堪《こた》える寒さをもたらす。
極めて地味に、大地の新たな希望が始まっているが、
その希望は、日毎日毎《ひごとひごと》がどんな暖かさを得るかを考えず、
それでいて私たちに、寒い雪解けから眼を転じて
花に覆われる五月の夢を見るように促している。
これはちょうど、悲運の恋人の重苦しい不面目が
時として白昼夢へと沈み込み、昨日の不首尾と拒絶を
もはや考えようとはせず、天空に達するために
藁《わら》を積み重ねるというようんざりする努力を
もはや思いつきもしないのに似ていた。
今はむしろ、許しを求める涙と祈りの最中に
同情を浮かべた顔が近づいてくる感じの季節。そして今は
恋をより優しいものにする物語こそが、この恋人に恋が
これまでもたらした苦痛の全てだった。

しかしこの寒々とした、じめじめとした二月にも
あの老人たちは、なおも暖炉の傍《そば》に集まっていた。
そして今終わった昼間の、楽しかった全ての想いが
雲に溺れた太陽や、病斑のできた大枝からの水の雫《しずく》や、
雪まみれの大地などの記憶を閉ざしてしまっていた。
二月は歓楽のために造られているとはまず思えないが、
彼らの皺だらけの顔に偉大な日輪が輝いていた過去の
月々にほとんど劣らず、彼らは歓楽を得る事ができた。
むしろおそらく、彼らは以前より哀愁に耽る事少なく、
そのため、長い年月の昔の、心を揺する出来事の
物語を聴くのにより相応《ふさわ》しい人びととなっていた。

そんなわけで実際のところ、一人の長老が前置きもなく、
真冬の頃に約束しておいた話を語り始めたのだ。
話は、輝かしい男ベレロポーンに降りかかった
至福と称讃に満ちた物語の後半に関わるものだった、
彼《ベレロポーン》の全てが、名だけを残して夜に没するまでの事だが。

リュキアにおけるベレロポーン

あらすじ

ベレロポーンは、自分では知らないうちに、アルゴリス王プロイトスの、死をなかに含んだメッセージを、リュキア王イオバテースの許へ携えていった。そのためリュキア王は、何度もベレロポーンを死の行為に従事させた。しかし《運命女神たち》は、この行為で彼を滅ぼす意志を示しはせず、むしろ彼に大きな名誉と幸せな人生を与えたのだった。

ベレロポーンが、自分の幸運の全てを失ってアルゴリスを後にした次第については皆様ご承知の通り。その際彼は、理由を十分推察しつつ、憤激よりもむしろ心に新たに生じた一種の軽蔑を抱いて、それを以前から持っていた勇気と希望に交えてこの勇気と希望で、人生の野蛮な縺《もつ》れに対処できると信じ、最後には完全に打ち負かされるものかと意気込んでいた。裏切った味方からどんな苦痛を得たとしても、大地が再び、ただ一人で彼の足が踏む場になったとしても、彼の若さの輝きが、この苦難に直面しても全く失《う》せず、不屈の心が衰える事がなかった事も、皆様ご推察のはず。

こうして今、波止場からリュキアの国に上陸する彼の上に、夕べの太陽が麗しく照り輝いていた。新たに知る人びとの好奇の眼差しを浴びつつ、彼は眼に入ってくる美しい情景全てに喜びを感じていた。イオバテース王の都について人びとが語っていた噂話と同じだけ、都は綺麗であっただけではなく、その噂話の全てに勝《まさ》って、ここは素晴らしいと彼は思った。目新しい不思議な事物、美しく造られた風景のなかで彼はいかなる心配事にも僅かにしか気を回さなかった。

こうして同乗の船員たちに囲まれた彼は王の大広間にやって来た。広間は市場の上高く建てられていた。彼らは、ぐずぐずと遅れる事なく偉大な王からの言葉を得たのだった。なぜならイオバテース王の習慣は、常に、国へ新たに来た人びとから、外国で生じた事を聴き取る事だったからだ。王の眼に信頼できると映った客は、礼遇されたのだ。だから彼は仲間の真ん中に立って広間に入り、そのなかを歩んだ。彼の衣裳は実際、ほとんど華々しくはなかったのに、偶然そこを訪れた神そのものに彼は見えたのだ。
輝く鋼《はがね》の兜を頭に被《かぶ》り、
濃紺の上衣を彼は着ていて、その上に
灰色の外套。彼の巨大な剣の柄《え》は
金と宝石とで、十二分に輝いてはいたが。しかし
それ以外には何らそのように華美な物は身につけず、
逞《たくま》しい右手が大いなる刃のついた槍を持っているだけ。
そして左手には、プロイトス王の小箱が光っていた。
今、彼の顔は真剣そのもの。もっとも、ちらちらと微笑が
その顔には浮かぶのだったが、暫《しばら》く前に、彼が率いる
多くの槍と、敵の多数の眼とが接近した時、ちょうど、
このような微笑を皆様もご覧になれたであろう。
　この姿で彼と仲間は、リュキアの宮廷人の間を通り、
王の居場所まで進み出た。王は、顎髭《あごひげ》と頭髪はともに
雪のように白かったが、六十回の夏も萎《しな》びさせず、
蒼白くもさせていない、そのような男だった。
王は、海を渡ってきた人びとを、覗くような
好奇の眼差しで眺めたが、彼らのなかに
以前にも会った事のある人を見つけると
時折、微笑《ほほえ》んで頷《うなず》くのだった。
だがベレロポーンの率直な眼差しを見つけると
王は、眼をそこに据えつけて、こう言った、「おぉ客人、
お仲間のなかで貴殿の装束がベストではないけれども
もし貴殿が、まさにあのベレロポーンでないならば、余は
どんな男も見分けられんぞ。貴殿はアルゴリス人《びと》のなかで
最近極めて大きな称讃を受けたので、ベレロポーンの名は
二ヶ月も前に、この国にも聞こえて来たのじゃ、
それも貴殿の成し遂げた功績の、多くの話に飾られて、な。
確かに貴殿の物腰、貴殿の顔《かんばせ》は、神を思わせる
男のものじゃ。貴殿、どう答えるつもりかの？」
　彼は「今、人びとに、その名で呼ばれております、
私が最も価値あるもの、私を価値ありとした事の
半ばを失って国を追われたあの不運な日以降は。*
王よ、私の功績については、成し遂げたのは小さな事です、
一日一日を生きて行けるように働いただけです、
雇用料と給金を頂くお礼にと、私にできる事を少し
主君に差し上げたのです。この主君から、秘め事として
書かれた書簡を王様に持参したのでございます。
この小箱に隠れています。私の手から受け取って下さい、
そして私の仲間たちに優しく接して下さい、つまり
私たちをすぐに出発させて下さい、私は私以外の仲間の
良き評判を、広く世界じゅうに広めたいからです。

＊本訳著の「一月」第一話の冒頭部に見るとおり、彼は不運にも最愛の弟の死を招き、アルゴリスで清めを受けたのち、ベレル殺しの意であるこの名を得た。

——また私についても、プロイトス王の心に
極めて大切な人物としてここに留め置かれませんように。
というのも、私はプロイトス王に何か間違いを犯した——
もっとも、私が罪となる事をしでかすとはいかなる事か
知り得ないのですが。王が私に国を出るようにさせたのは
確かです。立ち去る前に、私の顔を見たくないと仰《おっしゃ》った、
それ故、お願いです、王よ、ご留意いただきたい、
厄介な船旅に王様を差し向けたくはないのですから」。

「貴殿の声は魅力だ」と王は言い、「我が国での
最も美しい乙女たちがたくさん、夏の日に貴殿の言葉を
聴く事ができれば、良き報酬を得たと喜ぶだろう。
また余の名誉にかけても貴殿を立ち去らせる事はできぬ、
貴殿の為した事が何であろうと。もっとも十分判っておる、
貴殿については僅かの悪い報せしかあり得ない事が。
小箱を頂こう。良き時を見はからって、アルゴリス王の
この親書を読ませていただこう。そして
その書簡に書かれた良き事を実行に移す事にしよう。
貴殿ら、客人たちよ、腰掛けよ、食事が始まる故に！
おい、式部官たちよ、この方々の席を設けよ。だが貴殿は
ここに坐って、勇気を出し、王者どもの慣行を我慢せよ、
だがその間《かん》、ここで余と共に楽しんでいただきたい、
多くの事を忘れて。なぜなら確かに貴殿の声には
今も今、怒りが混じっていたから。怒りというものは
僅かのあいだの我々の幸せと交わるには不相応だから」。

それからベレロポーンは腰掛けて、最初に運命が
自分の彷徨《さまよ》う足を、あのような別の国に導いた事や、
運命がまた自分に送ってきた終末——どんな終末で
あったかは判らないが——の事を考えた。
だが時は美しく流れたので、日ごと日ごとに
怖れの切れ端をずっと捨て続けた事、
自分についての疑念も常に減らしていった事、
あの輝く巡り会いに自分が元気を出し、喜んだ事、
プロイトス王も、これほど陽気な男を傍に持って
あの美しくも楽しい一時期を祝福した事なども考えた。

だが翌日、客人に敬意を表して、イオバテース王は
全ての部屋を自分にできる最も麗しい姿に飾らせ、
あらゆる人びとを楽しい祭典に呼び寄せて
伝令官を遣わせて、美しい若者を集めさせ、
試合場の矢来のなかで多くの競技を行わせた。
「昨夕、この国へ、皆も噂に聞いている、偉大なる
コリントス人《びと》が来たのじゃ。彼に競技で立ち向かうのは

お前たちには、男らしい力以上のものが必要だろうが、
最善を尽くしてくれ、リュキア人の祖先が昔どこから
来たのか、自分らの祖母がどんな人物を祖父に産んだか
――これを忘れて今はあまりに軟弱に
なっておるという噂を彼が伝える事のなきように」。

　こうして若い男たちが群れを成してやってきた。
祭壇の前では、雄牛たちが犠牲として斃《たお》れ、神に捧げられ、
良く洗われた羊毛が、その持主だった羊の血で
染め上げられた。またその場では
ペルシャの商人が立って、乳香の匂いを嗅いだ。
この乳香を求めて、その昔、彼らは
水のない平野や砂漠を歩き続け、その荒野の
端にある、ライオンがしばしば現れる森に向きあった。
次には矢来の内部で、鋒《きっさき》のない槍が下向きに構えられ、
油を塗ったように滑《すべ》っこい力士《ベレロポーン》が次々に相撲に勝利し、
息を切らした走者は、褐色の彼の顔の前に白い女の手で
捧げられた勝利の冠をほとんど見る事もできなかった。
金も賞品も期待できない馬たちは
心臓があまりに高鳴るので、手綱も忘れ、大地さえ
思い出せなかった。常に競技がこのようだったので、
この英雄《ベレロポーン》と競いあわねばならなかった人は皆、
ベレロポーンを人間にしては強すぎると感じた。或いは、
見かけの上でベレロポーンに勝った人がいた場合には
この人は、優しさから彼がわざと負けてくれた事を
弁《わきま》えていた。この日はこのように過ぎ、
他の日も似た形で過ぎていった。そして噂話は常に
いかにして今なお、こんな事が起こり得るのか、
こんな人がなお地上に残されているのかという話だった。

　だが九度目の太陽が大地から沈黙を破り、
また休息を心労から解放した時、王は人を遣わし、
ベレロポーンに会いたいと伝えた。彼はすぐに出かけ、
イオバテース王が困惑した顔をしているのに出会った。
王宮の部屋のなかを端から端まで歩いていたが
ベレロポーンが近づくと向き直って、
低い声で言った、「貴殿、ここで何をしておる？
ここは数多くの危険が渦巻いている所だぞ、
貴殿は自分の喜びに満ちた命を救う気はないのか？
目の前に広い海がある。立ち去りなさい、
全ての国が貴殿には良い国だが、ここだけは別だ！」

　英雄が王の眼を捕らえようと努めて、
話し始めようとした時に、王は急いで彼の横を過ぎ、

部屋から出て行った。ベレロポーンがそんな言葉から
呼吸を取り戻す事ができた時、彼もまた、微笑と共に
暫《しばら》くのうちに向き直って、こう言った――
「それではプロイトス王の腕は遠くまで届くのだ、
僕が疑った通りだったのだ。だがそうではあっても
全ての王に、望み通りの全ての事が
与えられるわけではない、それに神々は慈悲深い、
リュキア国の草地に僕の血を吸わせるものか――
神々は慈悲深い、彼らは遠くへ僕を追い立てるけれども。
だが東西南北、南、西、東、北、これらは皆、
僕には同じなのだ、だって東西南北どこへ行っても
僕の墓の上で泣いてくれる者は
残っていないのだから。素敵なものを見てくる事にしよう、
また僕には偉大な仕事だって事欠かないかも知れぬ――
あの時、去っていれば良かったのに！」　だが最後の
言葉を発するとともに、軽い足どりが近づくのが聞こえ、
これが彼の眼を上げさせたのだ、
驚きのあまり、よろめいて後ずさりし、壁に背をぶつけて
立ち止まり、夢を見ているのかと驚いた。なぜならまさに
目の前へと、リュキアにも居るらしいステネボイアが
近づいて来るように見えたからだ。
だが、自分の当惑と闘っているうちに
優しげな声が聞こえてきた。彼に判ったのは、神々が
二人を一つの鋳型《いがた》に入れて拵《こしら》え*
二人に全く異なった性質を与えた事だ。実際、声の主は
もう一方《ステネボイア》が以前に彼を見た目つきでは、彼の困惑を
眺めてはいなかったのだ。声の主は思いに沈み、内気で、
こう祈るように見えた、酷《むご》い心で私を扱わないで！　私は
貴方《あなた》に災難を望んだのではない。彼女の柔和な話は――

「おおコリントス人《びと》よ、遠く広く貴方を捜したのです、
さっきまでどうお話しするか心ではよく考えていたのに、
貴方が見つかった今は、言葉がうまく出ないのです」。

彼女は話を止めた。半ば閉じた唇は、そこから漏れて
空気に触れた彼女の声と同じほど美しかった。
ベレロポーンはこんな感覚を覚えたのだ――
春には時々訪れながら、名付ける暇《いとま》もなく消えてしまう
そんな感覚を。それは願望に似ていた、
あっという間に消えて忘れられてしまう何かに対する
願望に。彼女が最初に話しかけた時には
二人のあいだには数歩の距離があった、
しかし今、まるで無意識であるかのように
彼はゆっくりと、少しばかり彼女に近づいた。

*二人は姉《ステネボイア》と妹。

だが彼女は、もう一度話し始める前に
口籠もって、床を見下ろしていた。

「おぉベレロポーン王子様」とついに彼女は喋《しゃべ》り出し、
「昨夜私は、貴方が死んでしまった夢を見たのです、
その時、貴方をもう見つけていたのです、だって祝宴の
最中に二度お見かけしていたから、私は見られないまま。
貴方がどんなに人に愛される方かを知っていたので
こうしてここへ現れ、逃げ出し給えと教えに来たのです、
だって逃げ出す事がまだできますから」。彼はより近づき、
こう答えた、「おお美しき方よ、私は貴女にとっては、
人間が天上の神々にとって名でしかないように、名でしか
ありません。なぜ貴女の心はこんな事をさせたのですか？」

自分が何を言っているのかも判らずに彼はこう言った。
自分の声が奇妙に聞こえた。すると王妃《ステネボイア》に生き写しの娘は
最初は大きく喋《しゃべ》っていたのに、今は青ざめ、口許の上に
戦慄を走らせた。しかし最後にはようやく
彼をじっと見据えながら、このように語った——
「嘘つく必要が私にあります？　貴方のために逃げよと
言うのです、だって貴方は全てのなかで最も価値ある男、
見た目にも最も愛らしい男ですから。なら、話を聴いて！
でも私の話が終わるまでは、貴方は喋《しゃべ》らないで！
だって今、私の心は熱く燃えているのですから。私が
消え去る前に——貴方が私を置き去りにする前にだけ、
私は語る事ができるのだから——私はベッドに寝ていて
リュキアの国を旅している夢を見ました。
すると私の周り一面、どちらの側にも
毒蛇以外の何物も居なかったのです。でも私は毒蛇を
全く恐れませんでした。なぜなら本当を言えば、頭では
こう考えたから——毒蛇は私の同類同質なのだから。
でも夢では貴方が、毒蛇の囲むなかに居ると思ったのです、
そして私のほうにやって来る、そしてこの残忍な毒蛇に
全く気づいておられないような仕草を見せたのです。
それで貴方に話しかけ、海のほうに逃げよと
教えようとして、できなかったのです、というのは
海では貴方のお仲間が、仕事台とマストで待っていたから。
でも夢のなかでは、貴方が早足で私のほうへいらして
私たちは、偉大な王たちの王子・王女を喜ばすような
そんな話題をさえ話すに至ったのです。
私は頬笑んで話し、話して頬笑まずにはいられなかった、
そのあいだじゅう、私は毒蛇が貴方に襲いかかろうと
近づくのを見ていたのですが。次に——次に貴方の唇が
私の唇に近づき、喜びと恥じらいで震えていました、

その間《かん》に、耳許《もと》で恐ろしい叫びが聞こえたのです、
すると貴方は突然、私から離れて倒れたのです、
そして私の足許で死んだのです、それで私は独り言として
『神様、夢から目覚めさせて下さい』と言ったのですが、
目覚めなかった。夢は完全に様変わりしましたけれど。
ただ貴方は近くに、死んでこわばったままでした。
それから私たちはこの宮殿にいるのでした、そして多くの
人びとが立てる騒音が聞こえ、それをかき消すように
巨大な声が幾たびも鳴り響いたのです、こんな言葉です、
《恋をしないベレロポーンが死んだぞ》。
でも私は——私は貴方から離れず、宮殿の美しい窓から
多くの人びとが競技矢来のなかへ
近づくのが見えて、ついには、私があたかも眠ってもいず、
夢見てもいなかったかのように思われてきて
昨日、人びとのあいだで、貴方が神のように競いなさった
あの場所で全ての競技が続いているように思ったのです。
けれども競技全てを貫くように、あの巨大な声が
鳴り響いた——《恋をしないベレロポーンが死んだぞ》。
これが私の夢——では貴方、私の話を聴かれまして？
いいですか、この人びとのなかに居続けないで下さい、
私の心が貴方の心なしには生きて行けないように
世界は貴方の生なしには、栄えられないと思いません？」

彼女の口がこれらの言葉を言い終わらないほどの時に
彼女は熱の籠もった眼を彼から逸《そ》らして
急いで遠ざかった。彼女の足が、彼女の愛らしさを
運び去ってゆく時に、彼は聞きつけたように感じた、
彼女からの啜《すす》り泣きを。だが彼としては
全てが自分自身のものである麗しい天国に自分が住み、
あたかもどんな悲しみも経験した事がないように感じた。
それほど幸せで勝ち誇った気持になっていたのだ。

このような新たな快楽が血液全てを沸き立たせる
そんな気持で少しのあいだそこに立っていると
なぜ彼女がそこに居ないかを考えるに至った。
すると喜びの栄光のなかから心痛が芽生えてきて
極限まで大きな欲情が身に湧き起こったので
今は不思議な、新たな涙が眼に溢れてきた。
涙は喜びの涙か、苦痛の涙か、ほとんど判断できなかった。
他の事を考えようとしたが、それはできなかった——
他の事は意味を失った——王の奇妙な脅し、
それだけではなく彼女の夢も、小さな事に思われて
これらが意味する事をもっと考えるべきだと思われた。
「ここリュキアの国にこそお前の幸せがあるのだぞ、

彼女はお前を愛するあまり、お前が生き続けるようにと
逃げる事を願ったのだ、彼女が一人残されるにも拘《かか》わらず。
でなければお前から離れなかったろう。お前の心全体が
熱く燃え、お前の両腕を彼女に巻きつけて、彼女の心を
お前の心に押しつけ、その孤独を癒したい様を
彼女は見逃さなかったのに」。
　こう考えると憐憫《れんびん》の念が彼のなかに育った。
甘い満足感とともに、燃える恋をそれは養った。
ついには、彼の生命全体がこの恋の炎に呑み込まれ、
怖れや恥は死に絶え、過去のものとなってしまった。
自分は死なないのではないかとさえ考えたほどだ。

　だがついに彼は情熱に満ちた溜息を漏らして
彼女の足を見た場所から離れ、
歩きながら呟《つぶや》いた――「おお素晴らしい、素晴らしい、
お前が呼吸する美しい朝の空気は素晴らしい、
この朝、孤独に目覚めていながら、もう一日、この愚鈍な
先も見透せぬ世界を、貴女の計り知れない愛らしさで
祝福しようとお前が初めて思い始めた朝は素晴らしい」。

　こう語りながら、低いドアを潜《くぐ》り抜けて
小さな庭に出た。爽やかな朝は遠ざかり、
昼間は最も暑い時間に達し、熱気を含んだ空気は
ほとんど停滞したまま。いつも美麗な百合でさえ
茎こそ直立したままだが、生気を失った葉を
地面に垂れていた。空気は、休みなく働く蜂の群れの
羽音で満ちていて、遙か遠くの楡《にれ》の高い並木からは
失われた春の日を嘆く鳩たちの呻きが聞こえていた。
頭上の軒端では、ウェヌス《ヴィーナス》の使いである雀たちが囀《さえず》り、
そこの、気だるそうな木の葉のあいだと
風に吹かれすぎた花々のあいだを少しのあいだ進み、
自分の恋心を育てたが、やがて気弱にもなった、
というのも、一時間花をつけた憧れと恋そのものが
花の近くにある棘《とげ》を見せ始めたからだった。
だが恋は素晴らしい上にも素晴らしく、やがてはあの、
逃げ去るという考えが心のなかに持ちこまれた。
この考えを嘲《あざけ》って、彼は大声で笑いはしたものの
恋の想いを横切って、苦痛と死の映像が
かすめて飛んだ。だがついには新鮮な気持で
もしなおこの国に留まるのならば、以前通りの仕方で
自分が為す事のできる行為の数々を考え始めた。
行為は希望から生まれねばならぬ。嘆きを隠さねばならぬ。
もし自分が神に愛《め》され、常に敵を討つ人間になるためには
自分の恋の憧れを、固い決心にまで冷やさねばならぬ。

そこで宮廷のなかに再び舞い戻った。心に決めたのは
何が起ころうとも、もう一度王に会って
王に仕える許しを懇願する事だった。なぜなら、王が
何を警告したにせよ、恋人がどんな夢を見たにせよ、
自分と若さとは、死を迎え撃つ二人の同志なのだ、
最後にはどちらが勝つにせよ、まだ長い年月同志なのだ。

深く思いに耽りながら歩いていたが、大広間に
近づいてみると、群れを成す人びとがその周囲に
見えたのだ。なるほど彼らは武装してはいた、
だが彼らの闘いの服装は破られ、ずたずたになっていた。
相手をやっつける武器を無くした者もいた。弱々しく
柱に凭《もた》れている者、またあまりにも疲れ果てて
けだるさと痛みで泣いている者もいた。少なからぬ者が
赤い血が染み出た包帯を巻かれていた。
英雄《ベレロポーン》は、この者たちが、昔、自分が揮《ふる》ったアリゴリスの
槍の前に敗れて、彼の足許に、虚しく武器を抛《ほう》り出した
敗残兵たちのように見えると考えた。
こうして彼らの姿にあきれつつ、そのあいだを通り抜け
広間に入った。そこでは象牙の玉座の上に
イオバテース王が坐してあり、顔を真っ赤にして、
身を縮める隊長どもを眺め降ろしていた。それとともに

彼《ベレロポーン》が入って行くと、王の眼は彼を見つけて
最初、王は、少しぎくりとした様子だったが
だが次には、その朝演じた役割を
わざと忘れて、情け深そうな笑みが
王の顔に現れた。次いで王は、間もなくこう述べた——
「この兵たちを見よ、賢明なるベレロポーンよ、
奴らに、どんな手柄を立てたか尋ねてみて欲しい——
或いは尋ねるのはやめて、余の言葉を聴け、
ここから見える山の峠を越えたところに
一つの町がある、その町に住んでいるのは
言葉では言い表せないほどに下劣な悪党たちじゃ。
法律も神官も持たない、神を恐れぬ奴らじゃ。
感謝を知らぬ輩《やから》どもで、祝いの日にも祭の日にも
神々を思い出しもしないのじゃ。そこでは彫像も絵も
人の眼を楽しませず、麗しく描かれた絵巻も
過去を物語る事はないのじゃ。孤立して助けもなく生き、
呪いの言葉以外は、誰にも何一つ与える事を知らぬ。
値打ちのない野蛮な奴らじゃ、彼らを導いて行く
指導者もいないんじゃ——今朝《けさ》方、余は、余自身の国の
弱い民族、奴隷に等しい民族だと言った。
だが今、見ての通り、この同じ蛮族の町から
これらの兵士が、空っぽの手をして戻ってきたんじゃ、

そして今朝もこのソリュモイの町には立派な造りの剣や
絹の衣裳が山ほどあるんじゃ。
七回も続けて、火災を免れた金もあるんじゃ。
「よく見よ、貴殿は再び放浪の旅に出ると語っておる、
むしろ余の臣下にならんか、それ以上に、
もしこの戦《いくさ》で貴殿が活躍召されれば、僅かな称讃しか
受けぬなどとは、夢にも考えるに及ばぬ。というのも、
この蛮族は昨日までに大いなる勢力となったから、
もし貴殿が彼らを征伐《せいばつ》できれば、この勝利の灼熱のなかで、
貴殿は大いなる勲功を成し遂げた事になるぞ、
貴殿の報酬もまた大いなるものだ。どうじゃ、行くか？
貴殿はここで余に仕える心をお持ちじゃと考えておった」。

そこでベレロポーンはさらに王に近づいて
心のなかで考えた――「あぁそれなら、これらの事から
判ったぞ、なぜ王が僕を追放しようとしているかの理由が。
だが、僕の新たな愛に打たれた心が、恋の絆《きずな》によって
この国に繋がれたのだから、今は、リュキアから
平気で逃げ出す事は実際できそうもない以上、
こんな絹の壁掛けや美しげな飾りの宮廷にいるよりも
手に剣を持って、甲冑《かっちゅう》に身をくるんだ方が安全だ、
そのほうが、数多くの毒針を隠させる事がよく判るのだ、
神々は慈悲深い、また僕は、人びとのなかにいて
一度脅されただけで、すぐに死ぬような弱虫じゃないぞ」。

こう考えて大声で言った、「おぉ王様、それでは神々に
私の武運長久を恵んで下さるよう、祈って下さいますか？
なぜなら私が若くて本国にいた時、
人びとは私が、未来に起こる事を知っていると考えました、
そして今、これまで私のために拵えられたどんな危険より
さらに大きな危険を予見できるように思えるからです」。

王はこの言葉に顔を顰《しか》め、顔を血のように赤くした、
まるで*これが自己の意志に反する事のように。

*原神話を受けて、彼《ベレロポーン》の殺害を依頼された王は意図的に彼を危険に晒す。

だが素早く声を優しくして言った、「息子よ、楽に構えよ、
なぜなら神々がベレロポーンを助けないならば
この国において余が、手を握り締めて貴殿への助力を
祈り上げた事を神々は語れなくなってしまうだろう。
貴殿が余から離れているあいだ、この国に祭壇を有する
いかなる神も、その神が愛する薫香を焚かれない事は
あり得ないだろう――だがこれらの兵士は
くたびれてはいるが、できる限り早く、運命神によって
血なまぐさい戦場で、リュキアの名が待っている事を

喜んで再び試みようと思っているのだ。
余の軍事教練場は空っぽではなく、戦《いくさ》の予備軍として
出陣する事のできる、まだ傷ついていない男たちを有する、
その上、余の近衛兵たちも貴殿と行動をともにする、
そして宮廷には女性以外には誰もおらんようにする、
リュキアの楯が、貴殿のお蔭で、あたかもどんな汚れも
付いた事が無かったかのように綺麗になるまでは。
今から二日先までに、ソリュモイに向けて出陣する用意は、
貴殿、できるかの？」

「そのように致します」と賢いコリントス人《ベレロポーン》は答えた。
「そして今日《こんにち》この場で、王よ、私は陛下の僕《しもべ》となります。
神々が我々二人を互いに忠実にしますよう。だが仮に
不忠が生じた時には、不忠を行う者にこそ、呪いの全てが
降りますよう！　さて王様の為すべき事として、
出征する我々が必需品全てを携えられるように願います、
また、あまりに早く勝利の報に接すると期待なさるな。
なぜなら一旦継《つ》ぎ接《は》ぎとなった兵員《スタッフ＊》は、壊れた事のない
杖《スタッフ＊》と同じほど強い場合もあろうが、王様の御足《みあし》が
狭隘《きょうあい》な崖道を踏み越えて、平坦な草の道で
その杖をまた使ってみられるまでは杖を頼りになさるな。

＊Staffの二つの意味を用いて、敗残兵＋予備軍の弱体ぶりを表現。

さて退出させて下さい、私は自分流に王様の兵員を
秩序ある姿で動かしたい、そして王様の名誉の傷口を
いかにして最善の形で縫合《ほうごう》できるかを捜したいからです」。

この時、まず英雄《ベレロポーン》の手が王の手を取った。
だがおそらくイオバテース王はこれに耐えるのが難しく
すんでのところで手を引こうとした。だが手はそのまま。
握手らしいお手振りはなし。王は急いでこう言った——

「神々よ我々二人を祝福されよ。余も貴殿を祝福するぞ、
この難局に当たって、余に良き助力を与える貴殿を！
では出発せよ、勇敢な奴。そして貴殿が最善を尽くせば
運命がどちらに転ぼうと＊、貴殿は余に祝福されるぞ」。

＊王はなお、ベレロポーンの戦死の確率が高いと思い、死を願っている。

ここでベレロポーンは退出し、リュキアの兵たちに
もう一度勇気を喚起させるために、大いに骨折った。
そのうち夜になり、美しい夢と
希望に満ちた目覚めが続き、この早朝の太陽と同じく
幸せな恋の想いも、我が主人公《ヒーロー》の頭に輝いた。
だが翌日の輝く昼がほとんど暮れそうになった頃、
真鍮製のポーチでベレロポーンは、自分の過去の戦功を

全て考え尽くしながら立っていた。
あたりに人はなく、恋する女性への憧れに身を焼いた。
兵士の声、武器のぶつかる音のなかにあって、今はまだ
夢にしか思われない事の真実を証明する何かの行為を
行いたいものだと希《こいねが》っていた。夕方のそよ風が
彼の髪の毛を吹き上げる時に、彼は必要以上に
疲れを感じた。しかし一度だけ見た麗しい映像が
今、彼の心を作りあげていたちょどその時、
夕闇のなか、緑の庭園を横切って、
白い人影がゆらめいた。すると彼女の事が思い出され、
ひょっとしたら彼女が来たのでないかと、彼の心臓は
常より穏やかではなかった。間もなく一人の女性が
近づいてきて、やがて彼と向かいあって足を止めた。
今、よく見ると、来たのは小間使いの少女。眉を寄せて
彼はそこから去ろうとしたが、侍女は薄闇を貫いて叫んだ、
「おおご立派なベレロポーン様、お待ちを、またお聴きを。
――お仕えする姫様がわたしをここへ遣わされたのです、
このお言葉を添えて――「ピロノエーと申します、
リュキア王の娘です。この私から今、手渡します、
美しい剣です。貴方様のご息災《そくさい》と弥栄《いやさか》をお祈りする証《あかし》です、
もう一つ言い加えます。この同じ剣についての脅《おど》かしです、
下卑た男や廷臣の前でこの剣を引き抜かれませんように、
この剣が初めて鞘《さや》を離れる時、人には見られませんように、
とは申せ、この剣の上に生と死が懸かっているのですから、
確信致します、差し上げるこの味方《つるぎ》は輝く顔なのですから
その顔をご覧になるのに、手間取りなさいませんように」。

彼は冷たい柄が、伸ばした手に触れるのを感じた。
侍女は去った。彼は、誰かが近くに立っていないかを
確かめるためだけにそこに立っていたが、すぐに
そこから立ち去って、やがて
自分の部屋に一人きりになった。部屋では暫《しばら》く
魅力的な笑みを浮かべて、壮麗に細工された剣を
眺めながら立っていた。剣は金と宝石で
美しく装われていた。次には、蝋燭《ろうそく》を頼りに
剣を鞘から抜き放った。すると語るも真実な事には
抜き放つとともに、望んでいたものが床に落ちた、
つまり、刃と鞘のあいだに手紙が挟まっていたからだ。
すぐにこれを開いて、熱心に見ようとするあまり
吐息さえ詰まらせながら、これを読んだ――

その文面は「時間は限られています、でも十分あります。
これをお読みになるのは、夜が垂れ込める頃と思います、
多くの人の安寧《あんねい》と幸《さち》の為にまだ生き続けるおつもりなら、

この剣をお身体に巻きつけ、波止場まで行き着かれるなら、
そして波止場で、あちらこちらと歩いておられるなら、
一人の水夫が貴方様にそこで出会う事になっています、
松明《たいまつ》を捧げ持つ二人の男が付き従う手筈《はず》になっています、
その水夫は剣を見て、貴方様にこう言う事でしょう、
「抜きましたか？」と。「間違いなく」と答えましょう、
「傷は治りました」が合い言葉。水夫は船にお連れします、
船は帆の縛りを解いて、貴方様のご到着をお出迎えします、
そして十分な量の金貨を貴方様に用意させてあります、
朝まで待たずにリュキアを離れるのが肝心であります、
さようなら。貴方様にお会いしたかった、でも怖れました、
二つの事です、第一に緑の木、庭の壁の耳を怖れました、
私たちの言葉が誰かに聞かれてしまい、万一の事を
逃れるようにとお奨《すす》めした貴方様に死をもたらす事を。
第一はこれ――でも第二は、これが最後の言葉ですので、
書かせて頂きます――恋の想いが私の理性を弱めたので
お会いした挙げ句、突然の幸せに私の心が卑しくなって
――これを恐れたのです。お怒りですか、お読みになって。
先日お会いした時、自分の眼を貴方様の眼に見たのです、
ひょっとして貴方様が、恋に縛られてこの地に留まるなら
良くないと思ったのです。今、私が悪い事を書いたのなら
私の悲しみの魂が、満杯の悲しみを味わわないだろうか、
罪を文《ふみ》に書けば死がその償《つぐな》いをしてくれないだろうか？」

彼《ベレロポーン》はこの哀感に満ちた文を繰り返し何度も読み返し、
やがて突然の雨のように、涙が文の上に落ちた。
彼は若かったから、また再びこんな恋はできなかったから、
これほどの歓喜とこれほどの甘い苦しみを伴う恋は。
憧れに満ちた、産まれたばかりの鋭い苦悩のなかでも
これほどの願望を伴う恋は。気まぐれな運命の車輪が多分
向きを変えるまで、愛し憧れる事に半ば満足していた。

幾たびも剣にキスを与えて、それを腰に差し、
聴き手の皆様もお考えの通り、リュキアの国で運命を
待ち受けようと、なおも彼は考えたのだ――どんな恐怖が
自分の道筋に待ち伏せしていようとも。
彼の魂は大物になり、全ての障害が脇に除けられて
恋が彼に挨拶を送る日を考えたのだ。冷静だった。死が
自分のほんの近くにあると知っても、また、遠い荒野で
自分自身の発する言葉を待ちつつ、死が炎のなかに
坐していると知っても。剣に手を載せながら
広間のほうへ入って行くと、広間では
次第に大きくなる騒音が鳴り響いていた。兵士たちが、
やって来る翌朝まで飲み明かすつもりだったからだ。

その群衆全てのなかをベレロポーンが歩み抜けると
周りでは歓声がさらに大きくなり、彼の名前が
無表情な《名声》の石の耳を波のように打ちつけていた。
そこで彼はリュキア王の横に少しのあいだ坐って
あれやこれやの話をしたが、力強くなった男のような
話しぶりだった。しかし最後には
酒盛りを続ける兵士たちに少しばかり声を掛けた。
誇り高い声だった。鋭い譴責《けんせき》が自信に混じった声だった。
彼らにはもはや酒盛りを止めて、広間から出て真っ直ぐに、
男らしく死ぬなり生きるなりの準備をせよと命じたのだ。
これが終わると、再び、彼らのなかから
立ち去って、夜の半分を、あちらこちらへと
歩いて過ごし、勝利を引き掴んでくる者に相応《ふさわ》しい
事柄について心を集中させせた。
それから、いかにしてそんな事が達成できるかと訝《いぶか》り、
そもそも、恋以外のどんな事が男を動かせるかと疑い、
そのうち夢のない眠りへと陥っていった。
朝になると、夏の朝日がまだ産まれても来ないうちに
その眠りから、ラッパの音が彼の目を醒ました。
すると、新たに生まれた心の憧れの真っ直中《ただなか》で
その華麗な宮殿から彼は出発して、防備も助けもないまま、
運命と、あい向かわねばならなかった。

この美しい都の、宮殿の庭と門のあいだでは
何事も彼には起こらなかった。そんな早朝でも街路には
心配げに泣く女たち、青ざめた男たちが群れていた。
しかし彼には全ての顔が空虚でしかない。見たいのは
ただ一つの顔。それを今どうしてもそこに見られなかった。
都の城壁の大門を行き過ぎる前に、彼が振り返って
宮殿が巨大な建物を、爽やかで風のある
朝の空へと屹立《きつりつ》させているのを眺めた時にも同じだった。
宮殿自体の壁の下を、数分前に通った時に
眼をそれに向けて上げる事ができなかったものを、、
今になってちらと見えはしないかと求めた時にも。

こうして最後の兵士が大門を大股に過ぎ、
この都では、人民の偉大なる支柱のように思われていた
兵たちも、田園地帯が、彼らのうごめく隊伍《たいご》の
まわりに広がり、もの侘びしく広漠として見えた時、
彼らは一握りの群れにしか見えず、都もまた同様に
全くの無防備に打ち棄てられたように見えたのだった。

七

日という恐怖の時間が過ぎた。王女ピロノエーは

なお起こり得る全てに対して、心を痛めずにはいられず、
彼のような人の死を招いたのは、自分が張本人だとして
しばしば自己を呪い続け、自分の生の全てが
淋しいものになってしまった事に泣くしかなかった。
しかし八日目に、一二時の鐘が鳴った時、
血に汚れ、衣服もずたずたになった少数の兵士が
大門を通って再び都へと入ってきた。
喜ぶ心の者や心配し続ける家族をあとにすると、
石畳を敷いた通路をばたばたと通って
宮殿に入って行った。そこでは王が玉座に据えられ、
年老いた廷臣に取り巻かれているのを彼らは見た。
彼らは叫んだ――「おぉ王様、喜び給え！　ついに今、
悪人どもが地面に投げ捨てた王様の旗が、改めて
立てられましたぞ。ご自分の幸せのためにお建てになった
この宮殿のなかと同様、ソリュモイの町においても
王様は安心してお坐りになる事ができますぞ。
その町のあらゆる物が、この都同様、王様の物ですから」。

　これを聞いて王は立ち上がり、ワインを杯に注ぎ、
こう言った、「神なるもの全てに全的な讃えあれ！
祝いのワインを注ぐ前に、我々の兵士はどうしたのか？
これら驕り高ぶっていた敵を制圧する前に
多くの兵士が死んだのか？　いつ彼らは帰国する？」

「おぉ王様」彼らは言う、「犬死にではございませんが
多くが斃《たお》れました。だが残余の者は今、
帰国の途についています。三日経てば
彼らは戻ります。到着はどうしても遅れます、
彼らは立派な、見せびらかしの品を持っているからです。
分捕り品、武器類、この上なく美しい衣類を積む荷車、
七回も炎に焼かれて生き残った金細工も積んでいます。
王様に頑強に反抗した男たち、女たちも運んできます。
彼らの命を奪う、奪わないは、御意のままです」。

「次にベレロポーンについてはどうなんじゃ？」と
王は言った。「この勝利を彼がもたらしたのか？
まだ生きているのか？」　すると男は青ざめて
こう言った、「生きておられます。人間の武器なんか
彼には役立ちません。城壁に立ったままでした、一人で。
というのもソリュモイの猛攻の前に
我々は後退してしまっていたからです。
だって我々は死ぬためにそこへ連れてこられたと思い、
それには耐えられないと感じたからです。その時まるで
彼の頭上に、はっきりした輝く光が輝いたのです、

投げ矢が飛ぶ喧噪《けんそう》のなかでした。そして彼はその顔を
我々に向けましたが、たいへんな栄光で輝く顔だったので
後方にいた兵たちが、我々を前線へ押し戻したのです。
彼を見殺しにするよりも、苦しんで死んだほうがいいと
我々は叫んで、必死の戦闘の巨大な波を起こしたので
ソリュモイ軍は今回、我々の攻撃から
彼らの町の一番中央にある要塞を救う事ができなかった。
当初彼らは、『俺たち子飼いの奴隷どもが鞭を手にして
お前らを町から追い出すまで、自由の町に今暫《しばら》く
留まるがいい』と威張りくさって
嘲《あざけ》っていたくせに」。男がこう語ると、最初王は
最悪を耳にしてなお平気を装わねばならぬ人のように
聞いていたのであったが、自分の部下が話を
すっかり話し終えると、突然、ワインを注ぎ、
こう叫んだ、「ユピテル《ジュピター》よ、この酒を召し上がれ、
これは我々の幸せの大きさを示す証《あかし》ですから。
我々の名声と我々の高貴な味方をお救い下さった
汝ユピテルが今後お受けになる前金としてのワインです」。
　王は下を向いたままこう語った。おそらく王の心は
口で語った言葉のなかに、幾分か見せかけを混ぜたろう、
しかしながら、昔言い放った誓いに追い立てられて
どうしても嫌悪を感じる事柄を実行した。*

*この四行については、原典としてケルムスコット版やBoos版に従った。王は、義兄弟のプロイトス王からベレロポーンを殺せとの親展を受け取っており、彼が戦死していれば都合が良かった。嫌悪しながら、彼の帰還を喜んでみせた。王はまた、ユピテルの加護を求めるに際して、この主神への恭順を誓ったのだろう。

王に、彼の生存を話した男は、王がさらに言葉を継ぐと
考えて、立ち去りがたい様子だったが、何ら新たな言葉は
彼に向かって出てこず、王は地位の高い男や廷臣と
浮かれたように騒ぎ、ベレロポーンに自分らの名声を
救うようにさせた運命の波と風を讃え続けた。

　だが町の人びとはこのニュースに大喜びをした。
なぜならこの国では、人が幸福と呼ぶ全てのなかに
冷たい恐怖が混じっていたからだ。自分たちは極めて
少数の一団でしかなく、奇妙な事どもに取り巻かれて
野蛮な国の隣にへばりつくしかなかったからだ。もしも
大地がぱっくり開いて、自分たちもろともに喜び全てを
呑み込む事が起こらなければ、良しとせねばならなかった、
或いはもし溝という溝が彼らの血を流し、哀れな生残《いきのこ》りが
鞭《むち》で追い立てられて、獣でしかないという評価を受けて
外国船の昇降口の間に坐るのでなければ、まだましだった。
こうして彼らは、毎日、富を得ながらも身は震え、
神と人、大地と大空を恐れつつ、
なお、この国に住んでいたのだ。それ故に聴き手の皆様、

ご判断を！　自分たちの国に降って湧いたこの男性《ベレロポーン》、
金持ちには名誉のために命を危険に晒させ、
震えて生きる奴隷には自分が人間である事を思い出させ、
貧しい人には生じる可能性のある幸せを望ませる男性《ベレロポーン》を、
喜びをもって考えなかったかどうかのご判断を！
　都の城門が蝶番《ちょうつがい》に音たてて開く昼間がやってきて
自国の兵士が帰還して街路を練り歩き、
この行列のまわりに人びとが群れ、彼らには名付ける事も
ほとんどできない新たな、大きな願望を表しつつ、
熱心に彼を讃える顔が彼の周囲に燃えた時に、
彼《ベレロポーン》はどうしてこのような栄誉を自分が受けるのか、
なぜ人びとが自分を神として眺めるのか、なぜ自分が
歩いた跡にキスしてもよいほどなのか信じられなかった。
困難な状況に抗して戦ったのは、彼には
小事に思われ、自分がこの世の光を今少し
長めに見られて、それを喜ぶ事も小さな事に、
また恋のために、より長い時間を得ようと奮闘した事も
ちっぽけな事に思われた。そう感じながらも
彼は、人びとの叫びや煌《きら》めきのなかで、
夢見るような物思いに沈み、自分がこの日行った事は
どんな事どもだったのかも、ほとんど思い浮かばなかった。
ただ一つ、時間の経過を遅く長く、まだるっこしく感じ、
多くの人びとの立てる騒音は、自分の心を貫いている
恋の優美さを穢《けが》すかのように常に思われたのだった。

　では彼の恋するピロノエー王女が、この祝祭の
騒ぎのなかで、どうしていたのかを考えていただきたい。
なぜなら喜びが希望と恐怖の中間にあるのなら
彼女*には生は憎むべき侘びしいものに思われたからだ。

　*先の彼女の手紙が示すように、彼が国に居続ければ殺される事を熟知。

人間は皆憎むべき存在。自分自身を呪ったとしても
人間はあらゆる物のなかで最も憎むべき最悪の物だった。
もし休息という物が過去化されたもので、記憶にさえ
残らないのであれば、もし自分一人だけが
もはや一体ではなく、全て惨めで闘争に明け暮れる
数多くの物の合体であるのであれば、もし突然の苦痛の
多くの棘《とげ》が自分の居場所から彼女を飛び上がらせる
のであれば、そして奇妙な未知の目標に顔を向けさせる
のであれば、この上なく苦しい呻きを抑えねばならない
のであれば、もし全てこうなら、自分は少しの休息を
得るべきではないか？　今勝利の叫びと、人びとの
狂おしげな騒ぎを、帰ってきた自分の恋人の
まわりに聞きつけた時にも、なお彼女は、一つの怖れが
過ぎ去った事で極めて促進された欲望を、現に感じている

以上に、疲れたふうであっても、より冷静な顔つきで
身を苛《さいな》む恐怖に耐えていたのであった。*
＊一つの怖れとは彼の戦死。なお続く恐怖は、この国での彼の殺害。
ピロノエーはその日一日、自室付きの庭園を歩きまわり、
遅々とした時間の経過を重々しく感じていた。
青くなったり赤くなったりするのだったが、喜ぶ市民が
さらに大きな声をあげると、身震いが生じた。
侍女たちが語る言葉を聞きとる事もできず、
侍女たちの前で、自分を優美に見せる事もし得なかった。
良く知っている歌の、この上なく美しい旋律さえ
彼女には聞こえなかったろう。木陰に涼んでも
永くは続かず、陽射しに出ても、あっという間に
太陽が疎《うと》ましくなった。鏡のような小川の水も
彼女の足をよぎって涼を与えず、氷のように冷たい
泉水も彼女の飢《かつ》えを癒さず、半ば開いた薔薇の香りも
まだ十分に馨《かぐわ》しくなかった。太陽が低く垂れると
極めて幸せであって当然のその日が去って当然。夜には
疲れ果てて身を横たえたが、全く眠れはしなかった。
だが朝には、新しい日輪が、彼女にも喜びを持ってきた
ように思われた。それは休息や平穏より優れた、何か
名付けがたい大切な感情。なぜなら彼女の心のなかで
彼が、彼女の考え全てに関わっている事を知っていたから。

そうだ、彼が呆然と夢のなかのように、自分の栄誉を
馬に跨って無視する様《さま》を思い、祝宴の騒ぎに、どんなに
意味なく接しているかを想像した。今夜は彼にとって
おそらく詰まらない、暑い夜になるのではないか、
夜明けは希望に満ちるではないか？　石壁の下には
正午近くになっても、雛菊を咲かせる草むらが
露を抱いている場所があった。その一角には
大きく円い高塔が、長い影法師を投げていたからだ。
塔には窓もドアもなかったのである。というのも、
塔は古代の学識を持った、とうに死んだ人の設計で
そのどんな一部分も、都を取り巻いている石壁の
一部を成してはいなかった。だから近くに百合が咲いた。
また忍冬《すいかずら》と、香り豊かな仙人草《せんにんそう》が、大量に
その濠《ほり》を巡らせてはいない古塔の周りに群れていた。
遊園のこの部分は、人けなく、静かなのだった。
この一角へ、《恋》は美女ピロノエーを誘ってきた。
王女は彼の性質を良く知っていたので、小さな物音が
するたび、何か見えるたびに、彼女の心ははっとした。
そして常時、誰か他者の手が触ってくるのを求めて
掌《てのひら》はうずいていた。また一刻も絶やさず、軽すぎるほどに
彼女の足は駆け出そうとしていた。だが藪が光った時、
まだ低い太陽が藪の花々を経て流れ込む以上のものが

見えた時、そして黒歌鳥《くろうたどり》の声を上まわる澄みきった声が
聞こえてきた時、その時彼女は恐怖に打たれて
ほっそりと完璧に優美な身体を、灰色の
塔に凭《もた》れさせたのだ。彼女の巨大な喜び*は
困惑にさえ見えたのだ。その朝、彼は緑の衣裳。
脇腹には輝く角笛をぶら下げ、
手には、引き絞っていない強力な弓。
肩の上からは、彼の長い弓の矢が、その矢羽根を
覗かせていた。彼が求めていた獲物《ピロノエー》を見つけたので
彼の輝く眼には、大きな喜びが溢れかえり、
蔭になったところに居るにもかかわらず、突然落ちてきた
陽光の一片のように彼は見えたのだった。

*彼の出現。

こうして憧れに満ちた顔と顔がしばしあい向かったが、
最初はどの言葉も貧弱で詰まらないものに思え、
どの一語も他の一語以上ではなかった。また二人は
周囲に多くの人びとが居る場合以上には
唇に唇を重ねもせず、指に掌を探らせる事もなかった。
二人の愛はかくも奇妙な怖れと恥じらいに満ちていた。

とうとう王女が語った、「では貴方がここへ見えたのは
私がお教えしたとおり、賢明になってこの国を去る事を
言うためですね。確かに餌食《あなた》は網を免《まぬか》れてここにいます、
でも賢い逃亡を！　鳥打ちは他の技もまだ持っています」。
彼は「それは確かだ。でも私が困った時に、自分の身の
振り方を考えさせてくれたのは、やはり貴女《あなた》の言葉でした。
だとすれば、今、去れと仰るのは変ではないですか！
おそらく貴女は一人孤立した人間の事、そんな人間の生が
どうなるかをご存じない、ところが貴女は、親切そのもの、
でも私が貴女以外の味方をやがて得るものと思っている。
だが悲しや、人生は早く過ぎ去り、人生途上の毎日、
人々が両手を広げて我々を歓迎しつつ立っていてくれるのを
見られはしないのです」。「あら」と彼女は言い、
「何て嬉しいお言葉！　でも死者は死んだままですが、
留守の方《かた》は少しのあいだ死んでいるだけです。
だったら悪事と奸計のなかから身を遠ざけなさいまし、
薔薇の美のなかに《死》が潜んでいたりはしない時代に、
もっと幸せな時代に、もう一度お会いできますから——
居続けて私を死なせるのですか？　貴女の唇を知る前は
どんなに私の人生は貧弱で、どんなに私が呪われているか
判りませんでした——こんな新たに生まれた幸の絶頂で
私が気を失いそうになるのはなぜかしら？」

「僕の腕のなかで休んで下さい、最愛の人よ」と彼。
「貴女がこうしている限り、僕は気を失いませんし、
《死》が僕に近づくのを許しません。とんでもない、僕が
百振りの剣で滅多切りにされて、倒れる事態になろうと、
貴女なしにこの国を去る事はしないでしょう」。

「おぉ恋人よ、困った！　愛すれば愛するほど、心が
痛みます」と彼女は言ったあと「私たちは二人きりです、
二人の愛する生は他の誰のものでもなく、
私たち自身のものです――貴方のその唇が私の唇に
重ねられる前に、私が言った全ての言葉を、幾たびも、
幾たびも重ねて言われたと考えて！　この国では貴方の
ぐるり一面、ある憎しみと、いわれのない奇妙な悪運が
のさばるのです、このリュキアでは――なるほど確かに
餌食に飢える剣には二人して我慢できるかも知れません、
でもその後《あと》は？　貴方、そんなに向こう見ずで、怖れを
知らないとは、死者について聞いた事がおありなの？
死者は愛する事ができます？　死者の永い眠りのうちに
今の私たちのように、優しく向きあう時間がありますか？
死者の青白い唇は愛を懇願できます？　じっと目で見て
心を心に誘《いざな》えます？　死者が、退屈な日を重ねて待ち、
貴方が名声を勝ちとるのを、私が今後そうするように
希望を捨てないとでも、お聞きになったのですか？
死者の国では、一つの名前に、一つの記憶にさえ、喜びを
感じられます？　死者の苦悶は喜びになり得ます？
涙が甘くなり得ます？　命も希望も無くなった死の国で
時間をやり過ごす、憧れに満ちた啜《すす》り泣きができます？」
言葉を継いで「私がどうしてこの先孤独であり得ましょう、
私が生きているあいだ、貴方を忘れ得ましょうか？
おお最愛の人よ、説得に説得を重ねても、貴方の心を
動かす事ができませんか？　何と貴方は私に優しいか！
貴方を知ることのない未来の日は何と空虚な事か！」

「怖れは無用」と彼。「僕の生の日はまだ尽きていない、
死が迫るソリュモイの城壁に一人居残り、
裏切る味方の兵たちが僕から遠ざかった時にも、まるで
まずは終わる事のなさそうな命が、僕のなかに棲《す》みついて
いるかのように感じたのです――宜《よろ》しいか、国を去れば
貴女の忠実な心という安全装置を僕は失う事になります、
そして貴女の知らない新たな危険に出遭う事になります、
そうだ、耳を傾け給え、非難なさるな――この我々の愛を。
愛を懇願した唇が老体になってしまう前に、恋という奴は
冷たくなる場合もある事を、聞かれた事はありませんか？
あぁ聞いて下さい、我々のあいだには多くの海、大きな苦、

二度と取り返せない日々の消滅があるでしょう、ですが
我々のなかには希望を捨てない生命と、新たな火が
元の火を消すように、心を更新してゆく欲望もあります。
これが神々の用いる原動装置、我々人間が
不変の愛を通じて神になってしまうのを妨げる装置です。
僅かな苦、僅かな愚かしい後悔、*
僅かな恥の感覚、それでいてなお生き続けるならば
我々より長生きすべき愛が死んで横たわってしまう――」

*他者の生き方に言及。

彼は話し続け、「あぁ愛の人よ、輝く頭を上げて
僕を見て下さい！　時間や死の考えは止めて下さい、
他の一切を無と化して、今日この場の
我々の恋をこそ！　僕の事をこう考えて下さい、
僕は今ある僕のとおりに、永遠に貴女に感じられるように
思って下さい――僕はこの国から逃げません、
また、何だか判りもしない物をいつの日か刈り取るために
僕の愛の種蒔きもしません。陽気に生きて、僕らの愛が、
全ての危険を高く跳び越えるのを、見る事にしましょう」。

というのも、今彼女は泣いていたからだ。だが涙のなか、
ぎくりとして嗚咽《おえつ》を止め、風のなかに危険を聞きつけた
鳥のように耳を傾けた。円い塔の影法師は
雛菊の上に短くなっていて
その場全てに、人びとが動き始めていた。
王女は向こうを向き、緩んでいたガウンを身に引き寄せ、
一つ泣き声を立て、一つ長い時間の忠実な目つきを示し、
眼から溢れ出る涙を振り落とすと
さよならを言う事もなく、速やかに姿を消した。

だが彼は塔の下にこのように残されて
かがみ込み、芝生のなかに残された彼女の足跡にキスして
早い足どりでその場から立ち去ったが
大きな仕事を考えていた。その時初めて、人生がいかに
素晴らしいか、恋は人生の華《はな》と果実だと知ったのだった。

日々は過ぎ行き、このような甘美な時間をこの二人が
共に持つ事はあまり多くはなかった。
人びとのあいだで二人が出会う時には、彼らの心の窓、
つまり彼らの眼から不意に、恋を覗き見されないよう、
用心しなくてはならなかった。しかしベレロポーンには
あらゆる人から愛と称賛を受ける栄光の日々だった。
けれども、彼が素敵な人生、或いは栄光の死を
得る事になる、大いなる終末はぐずぐずと訪れなかった。

さてある日、高位の者、貧しい者、いずれも加わって
女神ディアーナに犠牲を捧げて宴を張る催しが行われた。
その時には市場には人通りがなくなり、
港には商船が入れなくなるのだった。
催しの慣行は、金で造ったこの女神の像を町中に
担ぎ回る事だった。歌と叫び、その上に巨大な角笛が
鳴り響き、それを囲んで、膝まで裸にした一団の娘たちが、
手には引き絞った弓、*
背中には箙《えびら》を携えて行進し、あたかも無理やりという形で
この都のために、くじ引きによって
三人の乙女を選び出して、都のためと称して
両手を縛《しば》り上げて、この三人と共に、まっすぐ
ディアーナの神殿に赴《おもむ》くのだった。神殿では
神官たちがこの三人を美麗な祭壇に連れて行き、
古めかしい歌とともに刃《やいば》を高々と持ち上げ、あたかも、
乙女たち各々《おのおの》から、大切な命を奪うような仕草をする。
するとこの時、王が重臣たちを引き連れて
神殿の入口のドアから入ってきて猶予《ゆうよ》されよと叫び、
身代金じみた品々を奉納する、つまり巨大な金の角笛、
花の咲く山査子《さんざし》を模した銀製品、
枝角に金を被せた三頭の雄鹿、
金と宝石で襞《ひだ》の全てを飾った、女の狩人《かりうど》の着る絹のガウン。

＊娘たちの出で立ちはこの女神《ディアーナ》を模したもの。

それからあちこちで古代の歌が歌われ、こんな奉納品は
女神には要《い》らないのだとその歌詞は人に知らせた。
だが最後には乙女たちは皆解放され、
彼女らの代わりにあの雄鹿が犠牲とされ、美しい銀の輪が
優美な品々を祭壇の上に吊して
祝宴のような形をとりつつ、喜びの歌のなかで
この厳かな祭日が終わるのが常。

この行事全てを人びとはベレロポーンに語った。
それに加えて祭日には、白い足をしてきりりと腰帯を
締めた乙女が、贈られる品々を得なければならない、
なぜなら昔、怖れも疑いも知らぬ猥雑《わいざつ》な宴の男たちが
恋とどんちゃん騒ぎでディアーナの森を穢《けが》したので
初めのうちは三人の清浄な娘以外の命のほかは
女神は受け付けず、都はこの重荷に、長い年月、
苦しんだからだ。「だがこのごろでは
明日の祭りで大きな称讃を我々が捧げる女性が
我々が謙虚になったこれらの証《あかし》を受け取って、
命の犠牲以外の仕方で、都の人びとを解放するでしょう」。

翌朝、祭当日、都は喜びに溢れていた。
人びとはこれまでの年月における と同じ事しか

起こらないと思っていた。だが、見よ！　異変だ！
なぜなら不吉で奇妙な、大きな前触れが生じたからだ。
第一に、緑の枝に飾られた、杉材の山車《だし》のなかに
金で造られた女神が立った時に
白い雄牛たちが、軛《くびき》と引き綱にどんなに力を入れても
どうしても女神をその場から引き出せなかった事だ、以前
この雄牛たちは十倍も重いものを軽々と引いていたのに。
神官たちが正装して、女神に祈るために
入ってきても、女神は少しも軽くならなかった。
人びとは、女神が道の向こう側に神殿を建てて欲しい事を
そして今日の儀式は皆、そこで行って欲しい事を
我々に知らせるためにこんな事をするのだと言った。

そのとおりに為され、暫《しばら》くは、これで全てが大丈夫と
思われた。王が、いつもの身代金の品々を持って来て
男たちが緩めた腰帯を乙女たちから解き放つまでは
取りたてて言うほどの事も起こらなかった。
その時三人目の乙女が王の前に倒れて
処女には相応《ふさわ》しくない、恥ずべき事を、口から泡を
飛ばしつつ叫んだ。怖れをなした群衆から
大きな罵声《ばせい》が湧き起こり、街路は騒然となった。
ある者はその場でこの娘を殺せと大声を出し、
ある者は美しいが奔放な彼女を火刑にせよと言い、
ある者は彼女を海に投げ込んでしまえ、こうして
町は、この禍事《まがごと》からの清めを受けよと叫んだ。

しかし王がこの娘を皆の前に引っ立て、娘が本当に
この儀式に相応しい品格の者であるのか、彼女が生娘だと
いう話が虚偽で根拠のない事なのか裁くように命じると
揺れ動いていた街路は少しばかり元の静けさに戻った。
すると鎮《しず》まってゆく騒ぎのなかへ神官が呼びかけた――
「待て、女神がこれまでの慣わし通り、獣の奉納を
お受けになるかどうか試そう！　だが我々の古い罪を
女神が思い出されて、これまでにない不思議な仕方で
我々を脅《おど》しておられるという事が判れば
それでも恐れつつ、全ての儀式を決められた順序で
行い給え、一つの災厄から二つを産み出すな、都の民《たみ》が
来る年来る年、二重の罰に苦しむ事のないように」。

そこで雄鹿たちが連れ込まれた。最初の鹿は
研ぎ澄まされた刃が喉に近づくあいだにさえ
森に独りでいる時のように、恐れる事なく立っていた。
また二番目の鹿も、命を護ろうとじたばたしなかった。
だが三頭目の、一番大きな鹿がやって来た時、

金に飾られた枝角を激怒したふうに持ち上げ
大理石の床を激しく踏みならし、その間《かん》、
喉からは、唸《うな》るような嗄《しゃが》れた叫びが聞こえてきた。
後ろへ引いた鹿の喉を打ち据える役目の乙女が
うろたえ、青くなって進み出て
揺れ動く手を高く上げた時、この鹿は
枝別れした角を神官たちの手から振りほどいた。
係の乙女が恐れて後退した時、鹿は反対側を向いて
最後の跳躍のために四つ足を一つに纏《まと》めた。
だがちょうどこの時、王の周りに立っていた軍団から
名も知れぬ一人が手を高く上げて
鹿の心臓のなかへ、立派な鋼《はがね》の槍を突き刺したのだ、
そして槍を扱いつつ、怖れを知らない者のように
大声で叫んだ、「愚かなアルテミス《ディアーナ》よ、
人間の作法を知らないのだな。自分から供物を遠ざけ、
献納された贈物を拒否するとは！　我々の事はもはや
考慮に入れるな、我々が哀れな眼をして汝の前で
祈ったり、震える手で供物を捧げたりするとは。
真っ直ぐ他の国へ、なお汝を待っている人びとの国へ
立ち去ってしまうが良《い》い――だって我々には判っている、
汝が天から地へ来るのがいかに遠く、どの程度汝の腕が
届くのかも。もう二度と汝の加護を求めないからな！」

男は身を屈《かが》め、鹿から槍を引き抜き、
振り向いて、恐怖に打たれた仲間のあいだを
彼らの剣が鞘《さや》から抜かれもしないうちに通り過ぎた。
人びとの話では、誰も男の名前を知らず、どこから
男が来たのかも知らなかった。だが集団のなかから
青ざめて呟《つぶや》く塊《かたまり》となって、恐れる人たちが離れた。
仮に神官たちがなお、群衆を宥《なだ》めるための言葉を
有していたとしても、彼らの声は発せられなかった。
神官もこっそり立ち去ったのだ、彼らはディアーナ《アルテミス》像の
近くにいたから、それだけいっそう恐れたのだろう。

さてこの朝は、晴れたり曇ったりで始まっていた。
だが、この恐怖による苦悩の最中《さなか》には
誰にもほとんど気づかれていなかったけれども、
ゆっくりと雲が空全体を呑み込みつつあったのだ。
こうして、太陽がまだ完全には雲に覆われないうちから
大粒《あまつぶ》の雨粒が黒雲の縁から、ゆっくりと落ち始め、
心配する人びとに降りそそいだ。彼らはまるで
恐怖の場から立ち去らねばならないように感じていた。
だが去ろうとしながら、萎《な》えた足の感覚さえ失っていた。
それから街路の上に、稲妻が煌《きら》めき、

雷の怒号が響いた。その音は怖れのために十倍の
大きさに聞こえたのだ。群衆の呟《つぶや》きは皆、鎮《しず》まった。
彼らの膝は幾たびとなく震えたのだった。
ある者は波止場に向かって走り始めた、どこへだか、
なぜだか判らぬまま、その場を逃れたかったのだ。
だがそれとともに、天上界の河が氾濫したかのような
そんな大雨が空から降ってきて
激怒したかのような南風が、道沿いに引き裂くように
吹いて、人びとの濡れた衣服を舞い上げ、
また、雨の、白い飛沫《ひまつ》が、海に向けて
押し進んだ。しかしもはや空からの恐怖は
終わってしまっていた。風は落ち着いた吹き方になり、
雨は、台無しになった祭日の上に激しく降った。
やがてなおも震えつつ、寒さにもわななきながら
人は全て家に帰り、間もなく、黄金製の《処女《ディアーナ》》は
雨に打たれる淋しい道の上に放置される姿となった。
その周りに、この日をもっと喜ばしいものにするための
衣裳や花環などが、雨に濡れたまま転がっていた——
この都には既に、あの《処女《ディアーナ》》が全ての恐るべき災いを
もたらしたのだと考えてもおかしくなかっただろう。
それほどに都は淋しく、人けなくなっていた。

　しかしここでベロポーンを語るとすれば、
この祝祭が終わりになるまで、狩りをして
時間を過ごす事にして、たまたま丘の上に
この日はやって来ていたのだった。
彼はこの国では異邦人だったから、王の傍で
あの女神に顔を向けるわけにはいかなかったからだ。
この理由から彼はその朝、森から木もなく屹立《きつりつ》している
その丘の頂上にいたのだ。そこから東を見ていると
空が黒ずみ、雨が近づくとさらに黒くなった。
帰途につくのが良いと思ったが、向きを変えた時、
遠方で雷光のぎざぎざした筋模様が燃えて
暗い森を、そして傍の岩を、なお照らしていた日の光を
青ざめさせた。これを見て怖れのようなものが彼の心を
よぎったのだ。なおも東空を見続けたが
もう二度と、あの火のような閃光は
空から現れなかった。今は、ある地点にまで達していて
そこからは、美しい野面と、
働く人びとの住居、森、広々と輝く流れが
下方に横たわって見えた。その多くの物が
天頂の輝かしさの下で仄《ほの》かに光っていたが、遠い彼方の
嵐を含む雲たちの脅しのために、さらに輝かしく見えた。
雨の兆しを含んだ空気は澄みきっていた——

そこで再び顔を回してみると
遠い地平線のなかから、火花のように、
黒い嵐雲を背景にして、何かの炎が燃え上がり、
見ているあいだにも大きくなるようだった。立ち止まって
眼を瞠《みは》ると、この昼間の暗い気分を横切って、
最初の炎の近くに、一つ、また一つ炎*を見たのである。
それから、遠雷の脅しが、この田園地帯と
震える獣と人に呪いを投げかけているあいだに、
*遠方の火災は戦《いくさ》の徴《しるし》。「福井の火、小松の夜に見た戦禍の日」――森松。
火花のような三つの炎は、一つの糸に綯《な》い合わされて
高空を突き刺す一方で、左右どちらの側でも
さらに広く伸びたのだ。そして彼はこう独り言を言った、
「あぁなるほど。では何が近づくというのか？
戦乱の幾つかの国土に、間もなく聞く事を僕は予想する、
戦闘と破壊された町の上に軍勢が行進する音を。
僕に信頼を寄せてくれている無力な人びとのほうへ
急いで帰ってあげるのが善い行いであろう」。

　そこで馬に跨り、丘の斜面を大急ぎで
ベレロポーンは駈け降りた。だが早足ではあっても
轟然とした雷雨が、間もなく襲いかかった。
こうして篠つく雨と、咆《ほ》え闌《たけ》ける疾風のなか、
ベレロポーンは再び都の城門へ達して、
そこから宮殿へ引き返し、そこで聞いたのだ、
青ざめた唇から、その恐怖の一日の出来事を。
そして遠くに見えた烽火《のろし》に似た炎について
彼が話し、戦争への準備をするように勧めた時にも
宮廷の人びとは冷淡に聞き流した。というのも彼らは
翌朝、天空に現れるはずの、何か、不思議で
祟《たた》りと言うべき災いの徴《しるし》を見て決めるつもりだったからだ、
戦争という古ぼけた話は全く時代遅れに思われたからだ。

　だがその夜が十二時をまだ越えないうちに
別の話が宮廷の兵士たちの耳に達したのだ、
これは彼らの心に、昔襲った怖れを呼び戻し、
彼らに今届いたこの怖れに較べれば
神々の脅しのほうは、耐えるに気楽だと思われた。
真夜中、灰色の雲は二群に別れ、まだ雨滴の垂れる
世界の上を、月が皓々《こうこう》と照らしていた。彼らのなかには
恐怖に疲れて眠る者もいた。ある者は逃走のために
疲労の濃い手足を戦闘に備えていたが。その時馬の蹄《ひづめ》が
ぱかぱかと東の城門に聞こえた。一人の男が、当直の
門番の名を呼んだ。門番の語ったところでは
蒼白い月光のなかへ出て行ってみたが、何も見えず、

見えたのはただ、背の高い、黒い蔭をなす木々が
そよ吹く風に、雨の雫《しずく》を落とす枝を振っている姿のみで、
それで恐ろしくなって戻った、と。だが少し間を置いて
再び馬の疾駆《ギャロップ》する音を、門番ははっきり聞きつけた。
だが門番も仲間も、じっと坐って口を利かなかった。
恐怖のためにほとんど槍や剣を握れなかった。
音は近づいてきて、ついに都の城門に達し、
門番の兵たちは、門が破壊されて広く開けられ
《死》が奇妙な姿をして自分たちのあいだを通るのを
考えて、運命を待ち受けているあいだに
間を置かない叩き方で門が打ち鳴らされる音が聞こえ、
荒々しい、息を切らした懇願の叫びが、夜の闇を貫いて
立ちのぼった。「開けてくれ、貴様ら、開けてくれ、
のんびり平和に坐ってる貴様ら、惨めな者を入れてくれ、
我々の背後にある赤い空が見えないのか？
大地が皆、静かな場所を皆失った様子を、大地が全て、
無数の軍馬の蹄《ひづめ》の下で震える様を見ようとしないのか？
開けてくれ、あぁ開けてくれ、君らも幸せを望むんだろ、
国の波止場という波止場に船群が帆を膨《ふく》らませ
オールの準備をしているぞ——開けてくれ、疲れ果てた！
奴らが聞こえないのか？　開けてくれ、リュキア人《びと》よ！」

　その叫びを聞いた時にも、眼をかっと開けて門番たちは
坐ったまま、どうしたものか考えられなかった。
樫《かし》でできた城門の扉は、先から先まで、また斜めにさえ
鋼鉄で力強く閉じられているので、彼らの眼には
頼もしく思えた。だが彼らがそのまま縮こまっていると
都の外部から、再び、鉄製の武器が鳴る音が
彼らの鈍重な耳に聞こえた。恐怖がそれ以上募れないほど
募りに募った時、門番の見張る真下に松明《たいまつ》がいくつも
現れてきて、その明かりに照らされながら
甲冑《かっちゅう》を光らせて一人の男が、怒りに満ちた眼を
輝く兜の下にぎらつかせてこう言った、「なぜそんなに
のんびり構えて坐っている、リュキア人よ。皆家に帰れ！
知るがよい、昨日、三隻の船が入ったぞ、
糸巻き棒と、あらゆる女性用の品々満載の船だ、
男にもよく似合う衣服だって積まないわけはない、
——神々は弦楽器リュートも積ませたからな
君ら全部を楽しませる目的で、櫛も、金のピンも。俺は
何を言ってるんだ？＊
実際君たちは女に変えられちまってもいいぞ、
だって神々は賢明だ、節約志向は神々の
お気に召さないからな、贅沢禁止は実際意味がないわい、
男の筋肉や腕力が、お前らが持ってるような心と同盟を

＊戦争逼迫時の女性的贅沢を批判した。

組んでる場合にゃ意味がない、一方賢明で男らしい仕事は
力も弱く、柔らかで白い小娘の手がやってのけとるの。

「(続けて) 塔の一番上まで昇れ、闇を透かして見よ、
晴れた夜空が、全部真っ赤になっとるのが見えるじゃろう、
月光の下で、恐怖の徴《しるし》を掲げて夜空が濁っておるぞ、
出てきてその徴を見ろやい！　何《なぬ》？　神々を恐れると？
神々が何をもってお前らを脅すのか？　命が惜しいと？
あぁ愚《おろ》か！　地上に生きる全てにとって、誕生とともに
死そのものが産まれるんだぞ、それを考えんのか？
常に人間は平和な故郷*に辿《たど》り着くために
ある者は二十年だけで死んで行き、
ある者は四十年、涙だらけの病床に
横たわらなきゃならん。ある者は八十年じゃ！
あぁ誕生に《死》と名付けるがいい、そして気長に
運命の打撃を待つ勇敢な心をむしろ持つがいい、
お前ら、産まれた時に死を貰ってるんだから、死によって
《死神》からさよならできると望んだほうがいい――
――君たちがこの日を生きるとしたら、次の日は
死のない生を贈ってくると君たちが思わない限り。

*冥界。

「(続けて) なら頼むぞ！　俺の後ろに続く者どもは
惨めな形で生き続けるよりは、名誉ある死に方か
怖れを知らぬ栄光の生を得るか、高貴な生のなかで
さいころを投げて決める方がましだと考えている連中だ、
なるほど、開けないとなれば敵が我々を襲っていいのか？」

というのは男がこう語るうちにも、門番たちは再び
ドアへのノックを聞いたからだ。また最後の言葉と共に
この敗残兵の鞘から剣が抜き取られる時に
分厚いドアのために不明瞭になった叫び声が、彼らの
耳に達したのだ。「リュキア人《びと》よ、いないのか、君らはもはや
守備堅固な都に住んでいないのか？　ある声を聞いたぞ、
我々に恐れるなかれと諭《さと》すような声を――
どうやら彼は神らしい、もはや君らの都には
人間はいないのか？　あぁ、なら、門を開けてくれ、
風に乗ってくるあの戦の音が聞こえないのか、そして
もし我々の赤い血が君らの古式豊かな門を穢したなら、
君らは美しい日々を迎える事ができると思うのか？」

その時、この人びとは何かの悪運に狂わされたように
破る事のできない樫のドアを、豪雨のように打ちつけた。
怖れをなした番兵たちは、ベレロポーンが連れてきた
人たちの後ろに怯《おび》えて身を隠した。するとベレロポーンは

輝く剣を鞘《さや》に収め、素早く鉄製のかんぬきの重みを
力強く抜き去って、そのあとすぐに
脇へ退いた。両開きの城門は蝶番《ちょうつがい》の上で
後ろへ開き、騎兵、歩兵から成る一群、
惨めな姿の一群が、煌《きら》めく槍を林立させて
怯《おび》えて息を切らして入ってきて、肩越しに眼を向けたが、
それはあたかも、開いた門の彼方の静かな道に
敵兵のいないのを確かめたい様子。だが今、少しばかり
彼らが秩序を取り戻して、門が再び堅固に閉じられた時、
ベレロポーンは大声でこう叫んだ、「おお兵たちよ、
大急ぎで逃げたらしいな！　君たちを震わせる敵は
いかなる者か？　君らは濡れた葉を持つ木のように＊、
また穂が出て揺らぐ広漠たる麦畠のように震えているぞ」。

＊原文の at を as の誤植と見た。木や畠を見ただけで震えるのなら at で良い。

　すると群れのなかの老兵が語った、「貴殿、男らしく
話をなさるのぅ。貴殿の言葉は希望に満ちている。
じゃがこの敵ども相手じゃ、貴殿も太刀打ちでけんぞ、
奴らはライ麦の穂一本一本に相当する多数の槍を掲げ、
楡《にれ》の木が持っとるほどの恐怖心や同情心しか
持っとらんのじゃ。神々が奴らをけしかけて
やがて、幸せだった世界を奴らが手に入れて
奴らの軍隊の前で、幸せだった命を失った人びとの
幽霊だけが棲《す》む砂漠に世界を変えちまうんじゃ。
でなくても恐怖と惨めさのなかでちょっぴり生きて
神が死なせてくれるまでそこにいる人だけが住むんじゃ。
——奴らは悪魔。だが我々はどんな軽蔑を受ける事か、
奴らは女＊どもじゃと貴殿がお聞きになった時にゃ！
じゃが軽蔑し続けなさるがいい、奴らの恐ろしい追撃を
浴びなさる前に、貴殿が奴らと一分だけ対決するまでは」。

＊原神話では、この蛮族はアマゾーンという女武者の軍勢。男を殺戮。

　ベレロポーンは大声で笑って言った、「よく見ておけ、
先ほど私が、兵士の役割を女性と交替せよと言った時に、
どんな先見の明が私にあったかを、な、震える兵たちよ！
恐れおののく心の兵よ、城門を広く開けて
我々を出陣させよ、一言二言の命令で、この場合に
必要な事を我々が行えるようにするために！」

　あの老兵が言った、「笑うなら笑え、貴殿の眼が
この数日が我々にもたらした悲惨な有様によって
まだ打ちのめされないあいだは。——いいか、もし私が
戦《いくさ》で起こった恐ろしい事の半分でも語ったところで
貴殿は耳を貸すまい！　もし私が口を開けて地獄が待つ

この残忍な怪物どもの姿形《すがたかたち》を語ったところで、貴殿らは
私にそれを語らせるのは恐怖心だと言い張るじゃろう、
——じゃがこれを聴いておかれよ、というのは
貴殿らがあい対する敵は間違いもなく
恐ろしい誓いによって団結しているので
貴殿ら自身だけでなく、その妻たち、子たちも殺し、
お日様が漂泊した貴殿らの遺骨で自分らの神殿を建てて
奴らに力を与えている名も知れぬ《神》に捧げる連中だ」。

するとベレロポーンは憤激して言った、「馬に乗れ！
馬で進撃、リュキアの兵よ！　月が沈まないうちに
夜明けが来て我々を照らすだろう。おお隊長よ、君は
都に留まって、城門と城壁を護ってくれ、
我々については、運命から落ちてくる偶然に任せよ！
我々はこの人数で十分。ここにいる臆病者どもには
口を慎まない限り、もう一つの死に対して恐れさせよ、
また王にこう告げていただきたい、
私がまた戻って来た時には、我々の唇は極めて多くを
語らねばならないだろうと。そしてその間、
神々はしばしば、下劣な奴らを強大にし、
偉大な人を零落させるのであるから、王は注意召されよ、
この都が、どんな事があっても、兵と食料、それに武器を
欠く事のないようにされたい、と告げ給え。言いたい事は
もっとあるが、今、夜の顔は昼に向けられているようだ、
月はどんどん沈む。だから我々は遅れる事なく、
東の空に、あのように赤くなって来るところを目指そう、
夜明けには血煙で太陽の光を薄暗くさせるためにこそ」。

彼の、最後の明澄な言葉が終わると叫びが湧き起こり、
この叫びは彼の背後で、武器の金属音と混じりつつ
轟くように道の彼方まで響いた。なぜなら、真実を言えば、
暗い夜が来る前に、ベレロポーンが懸命に動いて
彼を熱愛している男たちを集めておいたのである。
彼らは、都のアルテミス像《ディアーナ》が、何か未知の、姿も判らぬ
恐怖によって、至福を都に与える希望を全くなくすまで
この都に留まっているよりは、
恐怖が支配する戦場で《死》の顔を見るほうが
より美しい生き方だと感じるような屈強な男たちだった。

今彼らは、立派な蹄鉄を履いた彼の軍馬を連れてきた。
彼が、もう一度鞘《さや》から剣を引き抜いて
一声叫ぶと、城門はまた内側に開いたのだ、
そして熱意溢れる眼をして彼は、暗闇の波のなかへと
馬を進めた。多くの槍と大刀《だんびら》が、

先頭に立つ彼のまわりで、背後にした冬の森が
上下に動くのと同じように、揺れ動いていた。
名声か死かの、どちらかを求めて進むのだ。
もう灰色に明け初めた夜は、月の入りと日の出の間の
暗い時間帯のなかで、世界を極めて広く、
また極めて茫漠《ぼうばく》たるものに見せていた。

やがて日が昇った。昨夜あの民族に降りかかった怖れは
近づいてしまった死への、よく意識された
確実な恐怖へと変化してしまった。
今はこの臆病な人びとは、空のなかに
移り変わる世界の恐ろしい兆《きざ》しが現れるのではないかと
空を見続け、その眼を下方に向ける事がなかった。彼らは
もはや、人が地獄の、炎を枝にした木々を想像するような
意味のない彼らの虚像に似ても似つかぬ奇妙な事物を
神が投げ降ろしてくるなどと予想しなかった。
昨夜はまだ、自分らを押し潰す無力感と迷妄《めいもう》を
どんな戦争、或いは疫病とでも
喜んで取り替える気持だった。だが今、この朝には
新たに生まれた噂話に苛《さいな》まれたので
前日の漠然たる恐怖は軽いものに思われ、神々の手も
あの残酷な敵たちに較べればあまり酷くは感じなかった。

葡萄は根こそぎにされ、畠は踏みしだかれて泥土になり、
家屋の周りに輪を描いて集まる槍の群れは、刃《やいば》か炎か
死に方はいずれにせよ、脅して燃える。時間が消失し、
肉体が、どうしても死なせてはくれない魂に向かって
苦悩の上に苦悩を重ねる以外には
力を持たなくなる拷問《ごうもん》の時――この拷問時のように
強烈なのだ――孤独な絶望というものは。
国が滅びる不面目、名前の穢《けが》れ――こんなものは実際、
耐え忍ぶには小さな事柄になってしまう、
最高位の人さえ、民の困窮に何の助けも提供できず、
この地上に、哮《たけ》り狂う地獄が昇って来る時には。

今、このような恐怖がこの都を襲った時、
最初は金持ちどもが、筋力の強い子飼いの奴隷たちに、
背負せ得る限り、宮殿に似た彼らの館から取り出せる物を
運ばせながら、騒然とした波止場に群れて来た。
地位の高い貴族たちも、波止場をうろうろ歩いて
水夫がにやにやする下で、難しい取引をしていた、
貴族は、最後の一航海をして、安楽な生活を得たいと
切望していたからだ。まこと、あっちでもこっちでも
冷酷な船員たちが、甲板に積み重ねられた
銀糸の高価な衣裳の山のなかで

不思議そうにする乳児の遺産相続人を手荒に押しのけ、
繊細な白人の女奴隷や、高慢そうな令夫人を小突き、
彼らの生命を救うために働きつつ不平を鳴らした。
あっちでもこっちでも、船が港を出て行った。
罵《ののし》りや叫びのなかで白い帆が膨《ふく》らみ、
その間、船の長いオールが重たげに波を打ち、
船首には、海に憧れ、またその先の他国に憧れて
誰か、身震いを続ける貴族が立っていた。
しかしやがて王がこの様子の報告を受けた。
王が、事態がここまで進んでいる事を知ると
信頼できる軍の隊長と、武装した屈強な男たちを
波止場に派遣した。彼らは波打ち際に居並んだ。
だから市民は誰も彼《か》も、無理やりにそこに留められた、
今は全ての城門が閉じられ、護られていたからだ。

　だがもし、優美なる王女ピロノエーが、やがて訪れる
運命の恐怖のなか、縮こまる心で困難に満ちた事態を
見ようと決めて、どのように過ごしていたかをお尋ねなら
どんなに皆様、驚かれる事か！　恐怖の噂話を彼女は
軽《かろ》んじる眼をして聴いたのだ。そして怯《おび》える侍女たちを
熱を籠めた言葉で叱責した。輝かしい赤みを帯びた顔と
光る両眼を見せながら、あちこちを歩きまわったが、

それはまるで、全ての悲しみを貫いて訪れる、来《きた》るべき
喜びを予《あらかじ》め知っているかのよう。彼女を見た者のなかには
「お気の毒に！　災いの日が王女様を狂わせた」と言う者、
「あの世からの伝言をきっと貰ったのですよ、だからもう
死ぬように運命づけられたんですよ」と言う者が居た。
しかしある者たちは怒りの眼で彼女を眺め、
こうべを垂れて、災厄をじっと考えながら
王女が、平和時におけるのと同じに、日常を過ごし、
衣裳を風になびかせているのを眼にしていた。

　このようにして、全ての日のなかで最も長い一日が
緊張の続く恐怖のうちに過ぎ、道という道は
家を失った田園の人びとでいっぱいになり、惑乱した眼を、
あれこれ熱心に質問攻めにする町人に据えていた。
あれやこれやの貧弱な家庭用品を載せた大八車や
やつれ、侘びしげな、被災した女性たちが
東の城門近くの道を塞《ふさ》いでしまった。
その日は都の城壁沿いに、怖れのあまり立ち去れず
常に、最後の恐怖が来るまで見続けなければならない
青ざめた顔また顔が群れ集《つど》っていた。
彼らは日没が空を恐怖の光で満たすまで、少なくとも、
炎の上に立ち昇る煙を見ざるを得なかった。

そして常に恐怖と驚愕の噂話の数々が
さらに大きくなり、この苦しむ都は常時、
富が重荷となり、戦うか逃げるかの意志決定を
為し得ず、或いは口を閉じて、都の黄金のなかで
運命による災厄の日を待つしかなかった。

ついに夜が来たが、あらゆる種類の不穏の夜だった。
門や波止場に居並ぶ武装した男に今は人びとが押しかけ、
ついに彼らも譲歩せざるを得ず、
人と荷を満載した数多くの船が、緑の港を照らす
月光を浴びながら、ゆっくり、よろよろと出航した。
その間、鋭い音を立てる夜風の息吹が、小さな入江に
調べを奏でると、それは大きな恐怖の音に聞こえ、
夕空は、常より赤々として見えた。

恐怖の夜。ついにある者たちは、これまでに飲んだ
恐怖以上の恐怖を、もはや飲む事ができないと
考えざるを得なかった。そこで恐怖に押されて、
勇敢になり、幾人かの男は楯と槍を掴まずにはいられず、
司令官もいないままに、全ての眼が向けられた戦火の方へ
出て行かずにはいられなかった。だが朝の光が見えると
その灰色の明かりとともに丸裸の《死》もまた近づいた。
すると人間のやる事は皆、不名誉で虚しいと思われた。

都の城門は全て半開きにされたままになり、
あちこち街路を通って、番兵たちが戦争の装いで
希望もなく歩きまわり、各人によって全ての状況が
値踏みされ、全て重要な防備が欠落していると見られて、
王は無価値となった。誰のなかにも助けはなかったのだ。

だがこうして昼が終わりに近づいて、
しかも敵が来なかったので、あまりに疲れ疲弊《ひへい》して
新たな怖れさえ感じられなくなっていた人びとの心に、
もう一度希望が蘇《よみがえ》り、この時には都の防壁は立派で
巨大な城門は鉄と樫材という以上のものに思われた。
希望が生じると共に羞恥の感覚も蘇《よみがえ》り、
人びとは、自分の使っていた名前を思い出し、
女神たちの怒りが、この都の上にどのように
のしかかっているとしても、槍と槍を交える戦《いくさ》も、
悪い遊びでないかのように思えた。それと共に実際、
彼らの名誉に必要な、新たな噂話もやって来たのだ。
そして彼らは、自分たちのあいだで、こんな大事業を
成し遂げたからには、また以前に、恐怖そのものの情景を
あんなに気軽に馬に乗って我が眼で見に出たからには、
自分たちは神に似た存在だと考えるのだった。

そこで日没の頃には、もう一度男たちが

秩序立った集団に編成された。女たちの手も要塞へ石を運んで行き、もはや要塞は、あの青ざめた心配げな顔の群れの避難所ではなくなっていて、今は兜と槍の矛先の集合所になった。王が廷臣に囲まれて現れ、今は再び、並の市民よりも値打ちがある人物に見えた。そしてなお怯《おび》えながらであったとしても、ある程度の秩序を得て

リュキアの兵士は夜中、待ちかまえていた。空は以前ほど、敵が近づいている色に染まってはいなかった。だから希望が大きくなった。夜が明け初めると王はディアーナ《アルテミス》の像の前へ、高価な捧げ物と、燃やすための犠牲の獣を捧げるように命じた。その煙は街路に群れてきて最敬礼しながら祈りを始めた人びとの頭上に渦巻き、この祈りで女神が上機嫌になった様子は何ら見えなかったけれども、また人びとは、女神をそこから引き回す勇気はまだ出せなかったけれども、彼らには、今はもう最悪の事態は避けられたという気分が次第に感じられるようになった。そして正午になって王がトランペットの調べに合わせて宮殿にちょうど入った時、一人の伝令が、訝《いぶか》る群衆のなかを貫くように駈けてきて、イオバテース王に近づき、丁寧なお辞儀も抜きに、また何も語る事なくいきなり王に、持ってきた巻物を差し出し、次いで馬の鞍から大きな音たてて飛び降り、身をこわばらせたが、長らく眠っていない様子だった。その間に王は巻物を読んだ。王の横にいた廷臣たちは期待を抱く静寂のなかで、王がこう叫ぶのを聞いた――「神々を讃えよ、長い怒りは示されなかった神々を！汝らは皆聴け、神々がいかに我々の災いを鎮めたかを」。

「（巻物の内容）リュキアの王とその人民に我が心より健康と弥栄《いやさか》を祈り、望まれていた全てを、この巻物により我・ベレロポーンは希《こいね》いつつ、次のごとくに奏上仕《つかまつ》る、死の蔭深き谷間より抜けて、まさに今、陛下に伝え奉《まつ》る、我は陛下に歓喜をもたらさんために出で来たるがゆえ。何となれば、我らは悪しき旅程《りょてい》を経ずして闘いしゆえ、今や貴国は、かつて例を見ざりし災厄を一掃せしがゆえ、陛下を初め、全ての方々、欣快と休息を得られたし。七日のちに、我が軍は帰国するものと思量《しりょう》されたし。その理由は、陛下と諸公の怖れの源《もと》を断たんためなり、女どもの残党征伐《せいばつ》に、なお数日を要すればなり」。

その最後の言葉のあとにしばし沈黙が続き、次いで、常に幸せに暮らしている人が知り得ないような

心の底からの喜びの、沸騰するような歓声が上がった。
それから都のあちこちに向かって行き、様々な声で
人びとはあらゆる場所で喜びを語った。
やがて疲れ果てて、喜びが消えるほどだった。だが常時、
老いも若きも、男も女も、神殿に賛美のしるしを
満たし続けた。やがて大地が、彼らの歓喜のうちに
夕べの薄暮に包まれてしまった時、祈りと賛美の歌を口に
彼らは大きな眼をした、白くて歩みの遅い牛たちを
募ってくる暗闇をものともせずに連れてきて、
その牛たちをディアーナの車に再び繋《つな》いだのである。
今回は牛たちに軛《くびき》をかけても車が動かない事はなかった。
角のある獣は街を練り歩き、車を曳くあいだ
車の柄と心棒は軋《きし》り、人びとは車輪が
くるくる回るのを見た。望み得なかった喜びによって
人の心は他の心に開けっぴろげに触れあい、憎しみは去り、
羨みや悪意は、より世俗的な他日を待つ事になった。
ディアーナ女神が進み行く時の光景だ、
松明《たいまつ》に照らされ、花々が撒かれ、喜びに包まれた街路を
女神は彼女が立つべく建てられた神殿に収められた。

しかし大きなお祭り騒ぎの大音声が
夜を埋め尽くすなか、ピロノエー王女は、希望や怖れを
解放された都の上を時間が通り過ぎて
超越した恋の海のなかで眠り続けた。
そして朝、目覚めた時には、騒音はもはや聞こえず、
聞こえたのは、まだ太陽が歌を鎮める前の
鳥たちの歌声だけで、それは葉の茂る木々から響いてきた。
鳥たち同様、彼女も喜び、こうした成り行きの全てを
自分の愛がもたらした事が、不思議とは思われなかった。
起きあがって彼女は言った、「今日貴方はこれを成し遂げ、
多くの人に生命と幸せを与えています、
明日以降が来ます、その時には多分、貴方に
私の忠実な心をお見せできる時間も私に訪れるでしょう」。
それから王女は独りで、衣服を身につけた、
まだ眠っている人びとのあいだを、これも独りで抜けて
庭に出で立ち、花から花へと見て歩き、
その素晴らしい時間をさらに素晴らしくした。
そして彼女のひらひらそよぐガウンの柔らかな襞《ひだ》が
彼女の身体《からだ》の美しさを示したり隠したりするのと同様に
ちょうどそのように彼女の魂は素朴なままでいて
全く隠されてはいないが、神々が与えた地上の美という
衣裳の下に、ベールを掛けられて見え隠れし、神々は
その意図を実現するために長い年月その美を用いるのだ。

この平和を達成した人びとの帰国のための
予告されていた日が近づいた。
今は、愛すべきベレロポーンの名前が
この乙女《ピロノエー》の耳に響き続けた。そして彼女は
夢の最中の光景として、都を俯瞰《ふかん》できる美々しい塔に
今は青ざめて、侍女たちのなかに彼女が置かれて
自分の心に、新たな願望の苦を味わわされる時間への
準備の全てを都が行っているのを見たのだ。

　夢のなかには、自分が得たわけでもない栄誉のために
顔輝かせて急いでくる使者の夢もあった。
長年の昔に虚しく過ごされた朧な年月へと
心を再び戻してくれる音楽の旋律も聞こえた。
それから、常に心を感動させる夢——金の衣裳の夢、
この平和をもたらした血染めの墓土によって汚されない
甲冑の夢も見た。雪のように白い衣服に身を包んだ
高貴な少女と、彼女に憧れる若者の夢も見た。
戦に疲れた兵団を迎えるための、掻き鳴らされるハープ、
きらきら輝く宝石で飾られた手、そして金の靴を
履いた足また足の夢もあった。
優美な人びとのあいだにありながら、兵団が少数となり、
疲れている様《さま》は、この夢を現実から遠ざけるようだった。
——荷車に山と積まれた奇妙な武器の、ぞっとさせる夢、
破れて汚れ、嫌らしくなった粗末な仕立ての衣服の夢、
車の心棒のそばに居る、いかにも夢らしい人物たちの夢、
——これは女か獣か？　そしてこれらの人の手のなかで
木管や、法螺貝《ほらがい》などのラッパの夢。それとともに
着飾っていた都の住民たちを黙らせたラッパの警笛、
そして集合合図の騒音は、夢のなかでも恐ろしい、*
なぜならこの合図とともに戦争による捕虜が来たからだ。

＊王女の白昼夢は、後半から、戦争の悲惨の描写に転じている事に注意。なお次に老女が出るが、敵は女性軍団員《アマゾーン》だった事を想起されよ。また行列をなす人びとを描いて、戦争や生の残酷を浮き彫りにする手法は詩（例えば本訳書一月第二話）や絵画（例えばプーサンの凱旋行進）に多用される。モリスは反戦思想を夢や幻想の形で描いて、ヴィクトリア朝の好戦傾向を間接的に批判。日本のプロレタリア詩は、あからさまに反戦的で、当局の好餌となった。なおこの夢の行列は、本当に夢なのか実際に王女が見たのか判らないように書かれている——これも意図的な曖昧化だが、実景として理解すべきだろう。

恐怖すべき夢！　一人の老女が真鍮の車に乗せられ、
極めて珍しい戦時服に身を包んでいるものの、
手に汚れた頭髪が、白髪である事が判った。
茶色に萎《しな》びた顔のなかから、白目がちに
この地の珍味を食べたそうな様子を見せた。
だが怒りや怖れはもはや眼には浮かんでいない、
なぜなら彼女には死が近づくようであったから。斧の柄を

なお彼女は、鎖に繋がれた手に持っていた。重量豊かな巨大な金冠が、痩せて茶色になった足のあいだに転がり、これは戦闘で彼女が、自分の忠誠心の徴《しるし》全てを隠そうと急いで逃げた時に、かなぐり捨てたままだった。

非現実的な夢――老女のまわりには女たちの人影が居るように感じられ、彼女らは戦闘用の出で立ちだった。真鍮の鱗《うろこ》、獣の皮、様ざまな色に染めた衣服など、もともと不格好で粗悪だったが、泥と血で汚れていた。身の毛のよだつ夢！　男が美しいと思うようなものは何一つ彼女には見えない、若かろうが老いていようが。ある女どもは手足が巨大で、力も強そうに見え、その髪は黒く、眉は獣の眉で、低く垂れていた。ある女たちは、禿げて老い、皺だらけで行進する、だが皆、金の飾りを付けている。こちらの女は、誰か殺された女の豪華な衣裳を着込み、眼を伏せて進んだ。あちらの女は、甲冑が僅かに破れ残り、それでもベルトには、亜麻紐で吊されたリュキア兵の生首をいまだにぶら下げていた。こちらの女は老いて腰も曲がりもじゃもじゃの眉毛も白髪混じり。奇怪な眼差しだったが女たちの手足から人びとが尻込みするとにっと笑った。だが大半の捕虜は、苦痛と恐怖の盃《さかずき》を飲み干していた、以前この盃は、彼女らが眼で何らかの合図さえすれば敵に飲み干せと幾度となく与えたものだったが。彼女らがどんな慈悲を人びとから与えられたとしてもその野蛮な心を救ういかなる希《のぞ》みもあり得なかった。*

*次の段落は、これまでの「夢」が実景であった事を明確に示す。

恐ろしい夢！　ピロノエーのほっそりした両手はこの奇天烈《きてれつ》な集団の姿を見まいと眼を覆った。それでもまるで夢のように、心はなお彼女らを見続けずにはいない。神についての、また善と悪についての新たな考えのうちに、彼女の眼は涙で溢れた。だが今突然の幸福感で彼女の心を打ちつけてきながら、なお心を願望するままに残したこの感情は何物なのか？　美しい頭部を上げて眼を大きく開いて街路を見下ろしていたのだ、だが彼女は叫ばなかった、もっとも叫び全ては、喜びの声のなかで聴き取れなかったろうが。この時月桂冠を被《かぶ》り、手に剣を持って、ずたずたになった衣服をまとって彼《ベレロポーン》が黒馬に乗ってやって来て、彼女の心が一刻も忘れぬその眼を彼女に向けたのだ。いや彼女は全く動きもせず彼が彼女の真下に来た時にも、腕を差し伸べなかった。彼はあまりにも　はやばやと通り過ぎた。街路の向こうの方へ歓喜の叫びが遠ざかった時にも彼女の両手は、開いたまま誰の手も握らず、優しげなその眼にも涙は浮かんでいなかった。
人びとが向こうへ進み去るのを、一目眺めた時に、
ただ唇が優しげに動いただけだった、人びとは、
他を押しのけつつゆっくりと最後の輝く槍を追った、
この槍の折れぬ鋒《きっさき》が、人びとの恐怖を突き返したのだが。

　しかし人びとの眼のある、沈黙のなかで、
この日、再び二人は出会ったのである。
それは大広間で、宴が開かれた席でだった。
王の臣下たちは一人残らず、女も男も、
ここへ来ずにはいられず、そして彼《ベレロボーン》に
歓迎の言葉をかけずにはいられなかったからであり、
彼《ベレロボーン》のお蔭で彼らは栄えるからだ。おそらく彼の眼には
彼女の姿以外の全てが、ぼんやりとしか見えなかったろう。
おそらく、心配によって輝きを増した王女の眼には
不思議な光が見えただろう。だが手と手は結ばれなかった、
二人は互いに、極めて近くに並んでいたのに。
また彼女が、この麗しの日を何とも思っていないと
語るのを聞いて、広間全体が静まりかえったのだったが。
だが、彼女の優しげではっきりしたスピーチが終わり、
男たちの口が柱のあいだに力強い叫びを上げた時、
なおもピロノエー王女の唇は動いていた、それはまるで、
二人だけがそこにいて、愛の言葉を、誰にも聞かれず、
彼にだけ感じ取られるような仕草。こうしてその日は過ぎ、
他の日も夜もはやばやと過ぎ去っていった。
だがこの巨大な戦役が消え去ってしまい、
彼の力強い手のなかにもはや為すべき仕事が
なくなったように思われた時、王女は再び父王の
悪だくみを恐れ始めた。日々は悲しいものになり、
来る夜も来る夜も長すぎた。彼に会う事ができても
人けのない場所で語らう事ができなかった。
希望は時折薄らいでしまい、その間に彼女は
大いに恐れていた運命が二人に近づくのを感じた。
そのあいだ彼女は手をこまねいていなければならず、
そのあいだ彼は彼女の為を思って平和な場所を離れた。*
そのあいだじゅう、その朝をもたらす、最も暗い時間が
ついに産まれ出されなければならなかった。

*のちに判るとおり、海賊の暴虐を断つために国を離れていた。

今や日数が経ち、王は宝物室へ
よく足を運んだ、プロイトス王の贈物を見るために。
眉を寄せて贈物を眺めながら、様々な思いが
王の心をよぎったのだ。
　ある日王はこう言った、「我々の命と幸せを救った

あの男を殺すには、まだ時間を待つべきだ。
私はかつてあの男を死のなかへ投げ入れたのだ、しかし
彼は死のなかから、完全な勝利を得る事しかしなかった、
神々が破滅と恐怖とで私を助けて下さった別の機会も
この宝物が私に義務を課している目的には
全く近づけてくれなかった。とは言え、
駄目だったといって努力をしなくなり、誓いを破った者と
気弱な愚か者に降りかかる天罰を蒙《こうむ》る前に、
もう一度、試みを実行しなくてはならぬ」。

　そのあと王は都の裁判所に出かけて
廷臣や有識者のあいだに身を置いて
人びとの裁判に当たった。時折王には
言い争う原告被告の騒ぎさえ、
自分のなかに生まれて心を取り囲む
我と我が身の生への思いに圧《お》されて霞《かす》んだとしても
それでも裁判席の彼は、偉大な王に見えたのだ。
王の心は神の心のように人民には思われた。

　さてその夏は見事な平和と喜びのうちに過ぎて行き、
人びとは、昔なされていた預言――未来には
リュキアの国に、三つの巨大な危険が押し寄せるという
預言の中身にさえ、無関心になった。
災厄への怖れは、今や空虚な名前でしかなかったからだ。
夏の酷暑はいつか、美しい秋へと滑り込み、
例年より稔りが豊かだった。納屋も中庭も
大地の恵みで溢れかえった。
波止場の荷も混みあっていたが、どの商品にも、
美しい刺繍付きの布や薫り高いスパイスにも、
その秋には、疫病の源《もと》は含まれていなかった。
人民は遠く広くに亘って、平和と健康に恵まれて生きた。

　葡萄はゆっくりと色づいた、緑から赤、濃い黒へと。
この、道を縁取る葡萄の房の上に、今や
道路の塵が積もっているのがはっきり見えてきた頃、
そして穂を立てていた穀類が耕された農地から姿を消し、
だが、鋤《すき》の刃が休閑地に騒音をまだ持ちこまない頃、
夜が涼しくなり、真昼はなお暑かった頃、
そして風の絶えた森にどんぐりが落ちた頃、
この国について語るべきさらなる話が生じた。

　というのは、ある日イオバテース王がこの裁判所に
席を占めて、あれこれの訴訟に口を挟《はさ》んでいた時、
裁判所外のドアの付近に、人の騒ぎを王は聞きつけた。

新たに来た人びとの声と、ドアの前に立たせておいた
護衛たちが答える声が入り混じっていたのだ。
そこで判決を下し終えると、ドアに群がる人びとの一人を
連れてくるようにと命令を発した。
象牙製の王座の前に、田園から来た庶民が一人、
連れてこられて、怯《おび》えているような様子を見せた。
眼を見開いて王をじっと見た時、彼の顔は
災いのために、濡《ぬ》れてふやけたように見えた。

「どんな用向きかの？」とイオバテース王。「余の力で
取り除く事のできるどんな悩みが、君にはあるのかの？
この裁判所では、今日の日、神々はご機嫌であるから」。

語ろうとして二度、男の口は開いたが、
声は出てこなかった。三度目には嗄《しゃが》れた震え声が
唇から飛び出しては来たが、いったい何を訴えたいのか
訝《いぶか》る関係者に判らせるような言葉は全く聞こえなかった。
すると王は言った、「この男は恐怖で混乱しておる、
行って男にワインを持ってこい。聞いておく必要がある、
どんな新たな事態が、太陽の下で今生じているのかを。
元気を出せ！　君は安全なのだから！」そこでワインが
持ちこまれ、男は震える手で容器を取り上げ、
ワインを飲んだが、それでも暫く、沈黙が支配するなかで
沈黙を続けた。それから弱々しい声で
語り始めた――「儂《わし》は確かに、貧乏《びんぼ》で働きづめの
男でござる。じゃけん、儂の悩みはちっぽけな事に
王様には見えるじゃろうが、だが王様、気をつけなされ、
世ん中は変わるちゅう事に。考えもせなんだ事が起こって
どんどこ、でかい物になりそうなんでござる。
「(続けて) 夏の初めっ頃、儂はとっても元気で、
どんな年でも、刈り取る前に種蒔かにゃならん人、
食う前にゃ刈り取らんならん人に混じって働いとった、
《時》の奴が儂に持ってくる脅しなんかを
あんまり気にせんとった。じゃがそん時、酷《ひで》え悪をする
女どもが、あっちでもこっちでも掠奪《りゃくだつ》しとる噂が来てな、
儂は自分と女房《にょうぼ》、細《こん》まい子を救うたんじゃ、
他の品物《しなもん》も、平和になるまでは、この国の石の上には
何一つ残さなんだ。そん時、儂は西に行ったんや、
西には儂の弟が平和にのんびり暮らしよってな、
そこ行って我々四人で、恐《おと》ろしい目に遭わず、うんとこさ
働いて、たぶん物惜しみせん手からパン貰《もろ》うて
食わにゃならんかった。弟はそこに葡萄園持っとった。
三月には花咲いて、そこらいっぱい、綺麗のなんの。
五月の霜もそこには届かん。七月の雹《ひょう》も

まだ緑の葡萄にゃ、あんまり酷え事はでけんかった。
綺麗な丘の上まで、葡萄園続きよった。お日様当たる
南向きの斜面は綺麗も綺麗じゃった。丘の上にゃ確かに
樫木《かしのき》が少し《ちょっこ》生えた森があっての、森んなかにゃ、我々と
酒神《バッコス》様が手に汗して育てた葡萄で宴会をやりたがる
獣《けもの》が隠れておったけどの。だけんど、その三方に
石でうまく建てよった垣根が、この葡萄園を獣全てから
護っておってな、丘の麓《ふもと》にゃ
水いっぱいの小川。こいつが粉ひきの水車を廻した、
水車も弟のもんじゃや。水車の粉だらけの暗がりは
ひもじい儂らん心に、望みと幸《さち》を呉れたんじゃ。
水車を廻す水んなかにゃ、形の良い魚《バーチ》がよう肥っての、
反対側にはのっぺらぼうに草地が伸びて
干し草の源《もと》じゃ。今は草、刈られとる。地面掘る豚が
生垣の樫木《かしのき》ん下でぶうぶう不平を言うとるがの。
長い草んなかにぴったし捉《つか》まって鶉《うずら》がおるわ。
頭ん上にゃ、とんびが輪をかいておるし。
山鶉《やまうずら》は長え事、草刈りが来るなんて忘れとったがいや。
緑の堤のある小川から丘に登って来よるのが
鉢植えにする草花、花環にする花々。
丘の一番上にゃ、粘土と樫の梁《はり》ででけた家が
建っとったんじゃ、家の丘の側は、のぅ、

葡萄蔓に這い昇られて、梁《はり》なんか見えもせんのじゃ。
――いや王様、話が逸れたんじゃねぇ、よう気をつけて
始めから終わりまで順番に話さんといけんのじゃ、
我慢のしどころじゃ！　昨日《きんの》はこの家は綺麗じゃったぞ、
元気な若者《もん》や、ほっそり軽やかな乙女子《おとめご》が
近くのちっこい村から集められての。
小川のほとりから、かなきり声の笑いと叫びが来ての、
土手の上で乙女子らが網を張ったんじゃ、
朝露が綺麗に洗いよった乙女子らの裸足《はだし》の上に、
冷たい魚が跳ねたんじゃや。そん朝は葡萄集めの日で
遠くから広くから、いろんな人が
手伝いに来て呉れよった、じゃけんご馳走せにゃならん、
いいもん、綺麗なもん、全部手伝い人《びと》にあげたんじゃや。
「（続けて）王様、うるせえか？　王様は冠被《かぶ》って、
金の服着なさって、林檎の木の下で、長い机の上座で
嬉しそうに坐っていなさった事じゃろうが――
今はのぅ――そこ行って、あん人たちの一人の骨見つけて
この先偉いもんじゃと呼ばれてくとんせぇ。最後の客が
来て、こん人の名前を呼んだ最後の声が消えた時じゃや、
家の玄関口に輪を作っとった人びとが
動き始めて、乙女子はもう、魚泳ぐ桶を
見続けはせんかった。彼女らは腕振って乾かして

足に靴を履かせて、綺麗な姿でやって来よって
新しくやってきた別の乙女らに加わって
葡萄入れるバスケットを抱え、小刀も持ったんじゃ。
主婦たちゃ、良く消毒した白い葡萄絞り器から
最後の雀蜂を追い払ったんじゃ。その旦那はんは
神々や、特に酒神《バッコス》に祝福を祈り、長いあいだ地下に
仕込んでおいた年代物《もん》のワインを、玄関口に
注いだんじゃ。儂らが葡萄園の門まで歩《ある》っておった時にゃ
歌が湧き起こったんじゃぞ。
「(続けて) 王様、お聴きなされ、これからの話聞いて
儂を気が狂ったとか、神が送ってきた悪夢に憑《つ》かれたとか
言わんといて。でないと全てが起こった様を話せんさかい。
あきまへん、口挟まんでや、最後まで言われんさかい。
「(続けて) そや、ここに儂《わし》が無事に来とると仰《おっしゃ》るんか?
でも彼がこれを聞きつけて、儂を連れにくるか知れん、
仮に儂が地下深う潜っとっても、海ん深うに隠れとっても、
王様に刃向こう人びとを入れる苦しみのための牢屋に
入っとっても、それでも今、儂の安全を保つがに
役立つんやろか? おお王様、儂の話の終わりまで
待たんといて! 家来の方々に、都の城門を
強うするために出かけて貰わしゃんし!――王様の
高い壁を低いと思いなされ、お日様を壁が隠すまでは!」

そう語ると男は何か怪しげな音を聞いたかのように
振り向いて耳を傾けた。だがなおも王は
男がなにか巨大な事物を恐れている只中《ただなか》にも静かに坐り、
言葉を挟まなかった、話を聴き損じる事のないように。

次いで男はこう言った、「王様の力がどのくれえ
役に立つんじゃか儂には判らん、だって風に乗って
何《なん》か変てこな物音が聞こえたように思うたからの――
じゃけんど今は聞こえん、話を続けまっせ――
どこまで話したっけ?――皆の口から、古い時代に
作られた悲しげな歌がはじけて出たんじゃ、
ワインを作る国では長い昔から歌われた歌じゃ。
歌は長くなかった。歌の終わりが終わらんうちに
儂らは葡萄ぶらさげた葡萄蔓の列にどっと押しかけ、
まるで遊んでいるように楽しく働き始めた。
男の笑いも乙女の笑いも、さらに楽しげになった、
その朝は、薄織りのバスケットがいっぱいになった、
そんな人の集まりんなかで、何で恐怖やら死やらの
考えが浮かぶもんかいの! こんな仕事の最中に
儂は一番高いところに近づいておったんじゃ、
ちと淋しかったがの。そん時じゃ、聞いたんじゃ、
鶉《うずら》クイナの声みたく叫ぶような、そんな声を聞いたんじゃ、

じゃけんど、儂《わし》は聞き流しただけじゃ、
儂の役割と決まっとったように、働き続けたでごわす、
えれんな事考えて。けんど、その声は大きくなりよった、
今はもう、鳥の声どころじゃなくなっておった、
凄くでかい発条《ばね》が急にはじけたような音になってもうた。
儂はバスケットを降ろして、振り向いて他の人を見たら
仲間は皆、その物音を気にする様子もなく、
自分たちの労働を喜んでおるがじゃった。
じゃが音はもっと大きくなったようで、儂は暫《しばら》く震えて
背を伸ばして、振り向き、森の姿が
もともと知っておった森のようでもあり、ようでもない
と思った。見ていると空全体が、緑っぽい煙で
汚されたように見えたんで、びっくりして、さらに眼を
丘の下に向けて、何が燃えとるんか見ようとしたんじゃ、
下では仲間たちが葡萄蔓のあいだを、まだ歌いながら
通り抜けとった。儂はびっくらして、自分が急に病気か
それとも近づく死かに取り憑《つ》かれたんじゃと思うたが、
そう思うた途端に、一息つくかつかんうちに
仲間から恐ろしい悲鳴があがり、儂の眼は、
儂から人間らしさを全部追い出すような姿の怪物が
葡萄園の壁の上に現れたのを見たんでごんす。儂は倒れ、
低く身を伏せたんじゃ。儂が見た者《もん》がどんな者《もん》じゃか

言う言葉もござんせん。儂にそん時、判ったのは
足んとこから、固い地面が無《の》うなるような感じだけじゃ。
その美しいはずの田園が夢のように見えたんでごんす。
そして田園風景は絵空事《えそらごと》になって、儂の上に降りかかった
恐怖の人生の背景としてずっとそこにあるしかない物に
思われたんじゃ。美しいはずの秋の空気も、今は
幽《かす》かな、胸の悪くなる煙で満ちとったんでごんす。
鳴き声以外の音は全部、きれいに消えとったんでごわす。
そや、死を怖がっとる仲間の声さえ、音の無《の》うなった
この空気のなかに聞こえるはずじゃったのに聞こえん。
他には気を惹く物もあらへん。おぉ王様、聴いて下《くだ》んし、
今から儂《わし》はそれがどんな怪物だったか、言うさかい。
――そうじゃ、ライオンみたく見えたと言おうか？
その歯が自分の首に近づくのを見た仲間にはライオンに
見えたじゃろう――森の猛獣じゃとでも言おうか、
形は山羊《やぎ》じゃが、淋しい森のなかで怪物が自分の恋人を
襲うのを見て、眼を覆いも、逃げもでけんかった人には
山羊型猛獣に見えたじゃろう――
蛇に似とったとでも言うか、波も静かな、誰もおらん海、
霞《かすみ》のかかった海んなかで一人で浮いておった時に、
真っ白な頭した海蛇が自分の周りを輪を描いて泳ぐんを
見て、起きて叩く事もでけんかった人にゃ蛇じゃ――＊

＊この「二月」の扉絵を参照。

いんやそれより、世界にゃこれに似た者《もん》はおらんわ——
人の命を無に変える奴、呑み込む力持った恐ろしい者《もん》、
悪魔の技で、呪いの言葉が姿のある者《もん》に変えられた奴。

「（続けて）そこに長えこと寝とったらしい。何一つ
考えられん、死も、未来のあの世で幸せになる事もな。
だって何もかもが苦しみに変わっておったからじゃ、
葡萄使うて金儲ける事も頭に浮かばんのでごわした——
人間の命いう物《もん》は摩訶《まか》不思議なもんじゃ、おぉ王様よ、
意志は弱いくせに、こんだけ沢山《たんと》の恐ろしい事に
耐えられるちゅうんは——ほら儂の命はまだある。儂は
どんだけんあいだかは知らんが、この最悪の日に
死んだんと同じに力も失せとった、じゃがこれだけは別、
つまりな、今までの生活がどんな幸せじゃったか思うと
苦しみがなお酷うなったのは感じた。ついに何してだか
儂は助かったんじゃ。じゃけ、何も覚えとらんだ、
頭真っ白になってな。そいでもう一回眼が醒めてな、
初め何《なぁ》も判らん。そのうち凄《すんご》い恐怖から生まれて来よる
むかつくような痛みが動き出し、そーっと立ち上がって
半分死んだ眼で葡萄園を眺めわたしたんじゃ、
心にゃ、恐怖んほかは何も残っておらんだでごんす」。

男は少し話を止めて、うなだれてしまったが、
それはまるで何かを思いだしたかの様子。それから王に
もっと近づき、こう言った、「この話はほんまやで、
信じなさらんじゃろうが、葡萄園は葡萄なしの荒野じゃ、
まるで火に焼かれたようじゃ、消えかかった最後の火はな、
鼠色の灰の山ん上を走って、綺麗な家に向かっとったわ。
水車小屋もあとかた無し。堰《せき》切った流れも留められん、
自由気ままに、砂地の上で浅瀬を造りよったんでごわす。

「（続けて）儂の家族が殺されたんか逃げたんか
判らんかったが、何一つ無《の》うなったん見て、儂だけ残って
ちと嬉しかったんじゃ。じゃが分別と恐怖が心んなかに
動き始めて、ゆっくりと儂はあたりをうろついたんじゃ、
けんど、人間らしい物《もん》は影も形もあらへんかった——
儂が勇気出して近づく事もでけんあちこちの灰の山が、
ひょっとして、儂の仲間の人間でない限りはな。
今どっかへ逃げ出せればいいのに！　流れの浅瀬まで
儂は降りてったが、土手ん上にまだ長い事、坐ったまま
心も乱れに乱れておったが、とうとう最後に
勇気出して叫んだんじゃ、『人間、全部消えたんか？
地上にゃ誰も残っておらんのかいな、儂だけかいな？
儂がこの話を伝える人間も、もうおらんのけ？』

「(続けて) そこで儂は走りに走り、とうとう自分が人間様のあいだに来とるんが判った。こん人たちゃ儂の心が話しとるのに、口がどうしても喋れん事を、恐れながらも、ちょっぴし聴いてくれたんでござんす。ひょっとしたら儂は食い物《もん》、飲み物《もん》、貰うたかも知れん、ひょっとしたら儂はそこでやっと話ができたかも知れん、そりゃ判らん、じゃが風を肌で感じたのは知っとる、歩いたらしいんじゃ——あん人ら、儂《わし》をここに連れて来てくれたに違いない、王様んとこへ——今周りにいる家来やないで。これで何も言う事あらへん、もう眠る事もここから出る事もでけんと思うわ、でもな、我《わい》は疲れてござりまする」。最後の数語はゆっくりと語られた。そして男の眼は、どろんと光り、空ろになって閉ざされ始めた。よろよろ歩きはしたが、最後には地面に倒れて、深い眠りに入ってしまった。人びとは彼を起こそうとはしなかった。その場から男を抱え出し、死に捕らえられるか意識が戻るか、それまで寝かせたのだ。

こうして次に王は、男をここへ連れてきた人たちにこの災難について彼らが知っている事を話せと問うた。人たちは自分の恐怖について、答えられる事を話した。というのもある者は昨夜遅く、火事を見ていたからだ。ある者は昨日の朝、黄色い煙を見ていたし、我が身が燃やされる人たちの悲鳴を聞いた者もいた。ある者は完全に素裸になった男が、流れの縁に沿って走って逃げる姿を見た上に、この男は逃げながら血を流していたと思った。この男の肉体には恐ろしい傷跡、焼きごてで、ほんの今烙印《らくいん》を押されたような傷跡があるとその人は思ったのだ。ある者はまた、恐ろしい大蛇《だいじゃ》がその乾いた鱗《うろこ》を、夏で陽に焼けた道路の上に引きずりつつ丘の下にある池に入るのを月光のなかで見たと述べた。ライオンの吠え声を聞いたので、怖くなって一晩じゅう、ドアに閂《かんぬき》を掛け、武装して眼を瞠《みは》っていたと語った人びともいた。話を聞いた人びとの顔が大きな恐怖で青ざめた頃、この裁きの広間に、さらに多くの人たちが次々と来て同じような話を必ず述べ立てるのであった。新たな死や火事の話だったが、どの人も、この恐怖をもたらした怪物について話す事はできなかった。

さて聴き手の皆様にペロポーン王子が、暫《しばら》く前に高速船で、エトルリア族の海賊*退治に出ていた事をお話ししよう。

＊Boos II 667 は水の吸引器と施注。海賊を示唆?

この連中は、この海域を目指す平和裏に航行する商船に
当時、多大な損害を与えていたのだ。そこで王は
力ありと認めたもう一人の隊長も別個に送り出し、
この事の真偽を確かめるために、十分に武装した
八十人の戦闘員を一団として遣わした。

この別隊は日没時に都から船出した。
彼らのうちの誰もが、勇気を欠いていないと思われ、
戦闘についても懸命な人びとだった。だが太陽が
翌日の全ての時間を走り終えた頃に
この別隊中の一人だけ、一人の老いた勇士だけが
帰国したのだ。手に武器はなく、
首には楯も失われていた――但《ただ》し、彼の鞍に付属した
容器のなかに息子の遺体を運んできたのだ。これは、
美男で、力も強い、十八の冬を過ごしたばかりの若者。
だが人びとが何故《なにゆえ》そのような災《わざわい》が生じたのかと尋ねても
老人は何も答える事ができず、うなだれたまま
亡くなっても武具をまとったままの遺体の横に坐り続け、
まるで記憶喪失の状態だった。しかし人びとは
死の元となった傷を探して若者の遺骸を精査した時、
全く一つの傷さえ、躯《むくろ》のどこにも見出せなかった。
こうしてずっと老人は絶望の眼差しで坐ったまま。

この老戦士は元気そのもので身体も健全に見えたが
また、差し出された物を食べ、飲みはしたが、
何も語らないまま三日間生き続けたのち、
音のない国へと旅立ってしまった。

今また、以前にお話せざるを得なかった、あの夏の
恐怖に匹敵する大きな恐怖が、都には落ちてきたのだ。
日に日を継いで都の城門には
逃げてきた人びとが押し寄せ、どんな夢を見て恐れたか
大地や天空のなか、ミルクのなか、パンやワインのなか、
或いは、最近神に捧げた犠牲の獣のなかに
どんな凶兆を見たかを、恥ずかしげもなく語った。
そして再び、家を失った人びとの足が
道を踏みしだく事態となった。田園地帯は
遠く広く、荒れ果てて、人の気配が失せてしまった。
どんな戦闘部隊を王が送り出しても
ほんの暫《しばら》くしか彼らが道を辿らないうちに
彼らは怖れをなして帰ってきたのだ。荒廃のベルトは
次第に都に迫ったのだが、こんな災厄を
醸《かも》し出すのが、どのような悪の塊《かたまり》なのか、
最初にこれを語った男以上には誰も
知るには至らなかった。

その間にも、人びとの眼は海に向けられていた。
ベレロポーンを乗せている船の舳先《へさき》に
燃えるように描かれた海鷲の絵を見つけ、接岸用の
大綱を投げる事ができるまで見続けていた。
彼がなかなか現れない間は、彼らに長く感じられた。
だが全ての事に終わりがあるように、ある日が来て
海鷲《うみわし》船の大きなオールが緑の波を打ったのだ、
そしてこの船の長い三角旗が風に靡《なび》くのが見られた。
真昼に近い頃、船は波止場に向かって進んできて
角笛と歌が聞こえてきた。マストには海賊の
美しい楯と楯が、互いに触れ合うように掲げられ、
この船がたてる大きな音の上高く、
中檣《トップマスト》の先から、大きな三角旗のついた槍先に
航海者の恐怖の的が運ばれていた、すなわち
商船の人びとを震わせていた海賊首領の生首が。

今、喜びの歓声を上げて、月桂冠を被った船員が
舷門通路《ギャングウェイ》を渡って、岸を踏む時、人びとの心のなかで
あの凱旋《がいせん》時の音楽を、《希望》が奏で始めたのだ、
そして今また、一柱の神として
懸命なベレロポーンは彼らのあいだを通った、
父神ユピテル《ジュピター》の神殿へ、彼が向かった時の事だ、
海賊から分捕ってきた品の十分の一を捧げるために。
だが彼が、神殿の建っている、一番大きな広場に
やって来てみると、そこには巨大な群衆が集まっていて
裁判所の入口ドアに向かう上の段に
金の衣裳を付けた、声の良く通る布告係が、槍が
何本も並び立つ前に立っていて、大声で叫んだ、
耳を傾ける群衆が頭《こうべ》を上げた時の事だった。

「聴くがよい、リュキアの人民よ、イオバテース王の
布告じゃ。『我々の上に《死神》の影が横たわっておる、
余の手には余る影が。余は年取ってしまった、
せいぜいで余は、一人の人間にすぎぬ。
だが今なお、この不分明な、眼に見えぬ人の死の影を
追い払う事が可能であると希望を持つ人たちがあるから
そんな幸福な結果を実現させる人は
その労働が、余の手によって、全く何の褒賞も
受けないようにはさせぬ。これは神々に、余が
あまりに富に執着し過ぎると見えぬよう、また人全てに、
余が下劣な生まれで吝嗇《りんしょく》だと思われぬようにするためだ。
よってこの布告により、この禍《わざわい》を終わらせる人には
ピロノエーと名付けた美しき我が娘を与え、

この国の統治と富を余と分かちあう事にするぞ。その人物が、ピロノエー王女を妻としたがらない場合、余に替わって、自分の好きなように、他の男に王女を与えてもよい、或いはそれが余から彼が受け取る高貴な褒賞ではない、満足ではないという場合も同様——だが神々よ、なお我々を救い給え、麗しい平和のなかに、この恐怖を忘れさせ給え！』」

布告者は語り終わった。そこに集まっていた人びとは船から来た人たちに気づき、彼らをじっと見やった、その眼には希望と懸念とが入り混じっていた。だが最後には、叫びの影法師めいた声でベレロポーン王子への歓声を上げた。ベレロポーンはそのドアロに一瞬黙ったまま立って、不思議の感に打たれた。というのも彼が、海の波の峰、波の底を潜り抜けつつ、海賊の王たちを追うているあいだにこの国に生じた事を全く知らなかったからだ。なぜなら彼が父神ユピテルに為すべき事を行い、分捕り品の十分の一をその祭壇に捧げる前にその禍《わざわい》について教えるのは、縁起が悪いだろうと考えたからだ。それでもベレロポーンは、何かの事で人びとが悩んでいるに違いない事を見逃さなかった。極めてやつれた眼、極めて熱に悩まされた顔が、彼の傍《そば》にあったから。そうだ、彼を迎えた騒ぎと彼への歓声は、死神の口と顎《あご》に捕らえられる前にどうしてももう一度希望を抱きたいと思う人びとの苦痛の故に、熱を帯びていたのだった。

そこで布告官が語るあいだ、彼は息を呑んで心臓の拍動を早めた。彼の両眼には、やがてやって来る勝利の明かりが燃えたのだ、その時彼の眼はその場から続いている街路へと向かい、急坂になっている道の上で、死を前にした人びとの熱っぽい恐れにもかかわらず、王宮が変わりなく優美で、それを照らす陽光も、大理石の城壁に静かに落ちていて美しい事を見て取った。一瞬彼はこうして立っていたが、笑みを漏らし、次いで剣を高く上げて、林立する槍を神殿のなかへと導き、やがて祭壇に向かったのである。

しかしユピテルへの儀式が滞りなく終わるとベレロポーンは海での仕事を報告するためにイオバテース王を訪れた。斑岩《はんがん》でできているという一室のなかで、イオバテースは

かつてベレロポーンにソリュモイ人を征伐に行けと
命じたあの日のように、部屋を行きつ戻りつしていた。
ベレロポーンは「おぉ王様」と声を掛け
「万歳と申し上げる！　海賊の首領は死にました、
彼の船は、海に住む魚類の子たちの
遊び場になっています」。

「余のほうには、君ベレロポーンに聞かせる話がある。
よく耳を澄まして聴け！　神々はこの美しく広い世界を
たいそう愛しておられるので、我々のこの狭い国土に
恐怖と死、それに地獄を全部持ちこんで閉じこめた。
なのに君は、せっかくこの国を離れる幸運を得たのに
何でまた帰って来ずにはいられなかったのか、まさに
生き地獄のここへ？　世界は広いんだよ、君、それに
君は若い。だから海賊船の舷檣《げんしょう》の上に、初めて
賊どもの怒った顔が見えた時に、戦争の叫びなんか、
それを最後に、抑え込んだほうがずっと良かったろうに。
そのままなら君と隊長は、互いに助け合って強力だから、
どこか美しい町を得て、そのなかで平和を得たろうに。
なぜなら余の国では、屈強な男は死だけを得るのだから」。

今テーブルの上には、ベレロポーンがよく覚えている
あの小箱が、王の右手の傍《そば》に置かれているのが
見えたのだ。その傍には一通の書簡があったが、これは
その日以前には、彼が見た事のないものだった。
気づいた時、彼の顔には嘲りの薄ら笑いが浮かんだ、
というのも、王の眼が彼の眼と出遭うと
恥に似た表情が王の瞳に現れたからだ。

愉快げに彼は語った、「王様、私は陛下の手のなかに
投げ込まれています。だから幸も苦も喜んで
この美しい都とともにするつもりです。
確かに私は若い、でも人びとに心配がなくても、或いは
恐れが満ちていても、どのみち死は彼らにやって来る事を
聞き知っています。私は人びとが、天国や地獄についての
際限のない、不思議な話をするのを聞いています。
それでも、幸せの住処なり、苦しみの国なりへ
通じる道を知っている人が一人といない事も
知っています。このどちらの門にも、
私は触れるのを、過度に望みも恐れも致しません――
王様と私の二人が、この地上に天国か地獄を
本当に創り出せるような人間でない限り。
それに、もしそんな国が地上にできたとしても
《死》が天国的で歓喜に満ちた国を終わらせ、

地獄的で苦痛に満ちた国を終わらせるでしょう。
そうです、そんな話を皆、無駄話に終わらせず、
私は手のなかに——金で飾ったこの剣の鞘に——希望を
完全に失墜させたりしないような生を勝ち取る可能性を
持っていると言いたいのです、やがて私が
死ななくてはならなくなり、それが不要になるまでは。
ですが時は矢の如く走ります。先ほども
ユピテルの神殿に達する地面に私の足がほとんど
達しないうちに、都の人たちが私の耳に、激しい言葉で
一つの噂話を聞かせたのです。また私は
王様の布告者が、どえらい事を告げるのも聞きました。
王者たちの誓いの言葉を、陛下はどう思われます？」

　王の眼はぎらりと光った。「おおコリントス人《ベレロポーン》よ」と
王は言い、「愚かな人民を治めたり罰したりしながら
息を吐《は》く度《たび》に嘘っぱちも吐き出さねばならぬ王がいたら、
その王は三倍も呪われよ、その王が困難に捕らわれた時、
彼の祈りの全てを、神が無意味なものとされますよう！」

　「ではこんな場合はいかがです？」とベレロポーン。
「まず一人の男に誓いを立て、次いで
別の男に別の誓いを立てて、この二人の誓いが
両立しないような場合、つまり片方の誓いが、かならず
他方の誓いを無効にするような場合は？」　すると王は
眼を伏せて「息子よ、何を言うか？　君のその言葉には
どんな謎が隠れているのか？　城外に出て我々を縛る
この鎖を断ち切れ、そして戻ってきて、当然の報酬を
受け取るがよい——どうも余には思われるのだ、我々の
こうした苦悩が、君の幸せの為に作られているのかと」。

　これを聞くとベレロポーンは大笑いをして言った、
「私の考えでは神々は人間に恵み深い！
だが神々は私に対しては、確かに飛び抜けて恵み深い、
そのため一度ならず、私は死なずに済んでいます。
それに私自身がおおいに自分に恵み深いので
いつも寝る前に輝かしい明日が来るという
素敵な話を夜は語ってくれます。だが王様は
第一の誓いと第二の誓いを同時にお考えになる！
なぜかと言えば、あらゆる困難にもかかわらず、私が再び
帰ってくるからです。そうしたら王様、どうなさいます？
悪事を行って、そこから陛下とその国土に、幸運が
訪れるかどうか、私のいない間にお考え遊ばせ！」

　この最後の言葉を言い放つとベレロポーンは立ち去り、

王は、心が混乱したまま、一人残された。
腰を降ろして、考えようと努め、ようやくこう言った――
「次の三ヶ月が過ぎ去ってしまえば良いのに。その時には
あらゆる人間が恐れる全ての終末のほうに、余はさらに
近くなるけれども、それでも今より幸せになるだろう」。

それから従者を遣わして、親衛隊の隊長を呼び出し、
彼に命じた、「今はこれまで以上に厳重に
城門を閉ざすように見張らなくてはならないぞ、
なぜならこの都を、何が襲うか知れないからな。
そしてベレロポーンが出かけてくれるだろう、
こんな驚くべき事態の真相を究明するためにな。
だから誰一人、尋問無しに入らせてはならぬ。但しここへ
この都に対する災いや恐怖の話を語れる者は連れてこい、
誰でもじゃ、余は全てを知りたいからじゃ――
待て、語れ、どんな事が起こりそうだと思うかの?」

「おそらくは」と隊長。「彼はまた戻って来るでしょう、
私がお仕えする年老いた王とともに我々を治めるために。
今入ってきた時に、彼が傍を通りましたが、
どう見ても死ぬような男には見えませんでした」。

「駄目だ」と王。「お前は一人の男の事だけを言うが、
奴は、逞《たくま》しい、百戦錬磨の多くの仲間たちを
青ざめた死体の塊《かたまり》にした怪物に勝てるだろうか?」

「思いますに、王様、まさに勝てそうでございます」
と隊長は言い、「彼は私たちと造りが違うようで。
私たちのあいだで見られた態度とは全く異なった態度で
彼は怪獣に刃向かいに行くのです、また私には
彼の事を、死ぬ事になるただの人間と呼ぶべきか、或いは
半分神だと言うべきか、判りません。死を恐れないのです、
彼の心のなかには生命への願望が燃えているのです、
生命を軽視しません、でも私たちの臆病な惨状やら、
落ち着きのない人びとの自業自得の災いなどを聞くと
彼からは、高らかな笑いが聞こえてくるのです」。

「あぁ」と王。「ではお前は彼を愛しておるのか?」

「それどころか、恐れているのです、王様」と彼は言い、
「彼が死んでいたほうが私は気楽に暮らせるでしょう、
その上、どうも私には思われてならん、私たちの災いは
この神のような男が私たちの街路を通り始めた時に
始まったように。彼には私たちの恐れは笑止に見えます、

私たちが弱虫に見えるので彼の輝きが増す――
神々はこのようになさったと私には思われます」。

「この男がリュキアの人民にとって栄誉ある記憶となり
担ぐのも苦しい軛《くびき》を彼らの肩から取り去ったなら
その時にはお前、どうするつもりか？
自分の仕遂げたい事を十分にやり終えて、彼が
やって来た時と同じように生きて去った時、どうする？」

「いや王様、何を仰《おっしゃ》る、彼がどこへ向けてこの夜、
出発するかをお忘れで？　いや、聞こえませんでしょうか、
彼の馬の蹄《ひづめ》が、ちょうど今、街路に響いているのが？
外をご覧下さい、外を！　陛下の眼が彼の眼と合うはず、
そして太陽が彼の甲冑に輝くのをご覧になるはず！
でも金色の日没も、暗い夜をもたらします、
赤々とした暁も薄暗い鼠色の雨に消されるものです」。

　これを聞くと王は素早く窓に駆け寄り
下方にベレロポーンの姿を見たのだ、
そして確かに彼の頭部には、西空からの栄光が
輝くのを見た。これを見て王は叫んだ――
「おお偉大なるコリントス人《ベレロポーン》よ、幸せに馬で進め、そして
我々に平和を取り戻してくれ！」　英雄《ベレロポーン》は振り向いた。
金髪のあいだから、なおも夕日が燃えていたが
顔の、陰になった半分は鼠色だった。疾駆《しっく》する馬を
しばし制して、彼が王を見上げた時には、
口のあたりに奇妙な笑いが戯れていた。
彼の光る鎖帷子《くさりかたびら》は、鎖と鎖が触れ合って鳴っていた。
王がベレロポーンの眼差しから怯《おび》えて身を引くと
彼は左手で大きな刀を、しばしのあいだ高く掲げ、
それから鞘のなかへ、またもとどおり
音立てて剣を収めて、こう叫んだ、「生か死かです、
だが私には、生のなかの死はあり得ません、おお王様！」
こう言ってまた前方に向き直り、砂塵を舞い上げる翼で
激しく早い人と馬は、王の眼前の街路を駆け抜けた。
宮殿の入口で休む疲れた放浪者は、驚いて立ち上がり、
不思議そうな表情で、より良い日々への
この金色の希望をうち眺めていた。

　それから王は向き直って、少しのあいだ、
隊長が奇妙な微笑を浮かべる下で坐ったまま、
虚しく去った年月全てを心に思い巡らせていた。
長い間《ま》のあと、王は言った、「そうだ、確かだ、余はな、
もし彼が、こうして余の命と名誉を救う事ができたなら

彼には半分とは言わず、全部を譲り渡したいと思うのだ」。
「そうです」と隊長。「では賭《ゲーム》が面白くなります、
そうすれば王様は宿無し人のなかの最底辺に沈むから。
だから名誉なんてもう仰《おっしゃ》らないで。酷い事を申します！
でもこのままなら、今日が来るまでは神に近かった王様が
疑いもなく僅かのあいだに殺されるでしょうから！
気楽になさって下さい、彼《ベレロポーン》と命とを繋ぐ道筋には
まだ多くがありますから。そして今申し上げた言葉を
飜《ひるがえ》すなら、過度に恐れる必要はありません、
彼はまた帰ってくるでしょう。神々はどうやら
我々ごときを打ちのめすおつもりはあまりないようです、
我々を悩ませるのに飽きてしまうでしょうから。
なにしろ我々人間は頭《ず》を低くして、哀れな眼をして
神々の殴打《おうだ》を受けますからね。王様が職業詩人《ミンストレル》の話を
お聴きになる時、もし詩人が、惨めで下劣な人びとを
語るのを良い事と考えているならば、大きな貴重な品を
褒美として詩人に与える事はしないでしょう。
ですが神のような人物が逃れる事のできない敵の剣の
真っ直中《ただなか》にある時とか、世界と生命を造った神々を
非難する辛辣な言葉が、闘争に敗れた賢人の
口から漏れる時とか、或いは、

誰かこの上なく美しい人――その熱烈な愛が、この世界を
悪しき行く手から脱出させるほど強いと思われる美女が、
死の入口のあたりで戯れる空疎《くうそ》な夢を抱きながらも
胸も冷たく、両手も空になって坐っている時とか――
こんな事が耳を貫く時、どんなに陛下は感動されるか！
このように芸術を愛されず、愛した事もないとしても、
鈍感な心で毎日を、ちょうど木の枝同士が擦《す》りあうように
過ごされるとしても、また陛下が、弱々しい考え方で、
運命が目の前に置いてゆくどんな事が偉大で、どんな事が
矮小《わいしょう》であるかを、見分ける力をお持ちでないとしても、
いかに陛下は感動なさるか！　そんな時我々は驚かない、
仮に神々が、人間を巡る他の事柄で人を嘲るようには
（その点神は嘲ると我々は思うが）嘲る事がないとしても、
神々が人の悲喜劇を見て、泣いたり笑ったりするとしても。
神々は天上の長い、長い日々を、貧弱な心根や下劣な躯《からだ》と
メロディにもならない歌でやり過ごすために、こんな物を
受け容れる事はあり得ない――平和時のこんな事柄、
人の困難や喜びが、いかに大きくなろうと小さくなろうと
神々は全く気になさらない――あぁ私もそんな苦楽の
あいだにあって満足です！　絶対に私は神々に向かって
天上界に引き上げ給えと叫びはしない、なぜなら、
私の足許の大地は麗しく、柔らかいから、

転んでもほとんど痛くもないのだから。王よ、ご覧あれ、
獣たちは決して泣かない、彼らの恐怖も
短命です。また獣たちは、何世代生きても
過去を語りはしない。身分低く生きている私も、
少しばかり、彼らの同類だと感じます。私の僅かな日々が
さらに多くの喜びで満ちれば、全く不満はありません。
それ故に私はこの世の全てとともにその助言を採り入れ、
私の苦も恐れも、激しいとしても短いものなのです。
「（続けて）さて地上の神であるベロポーンが、
我が国から出て行ってしまうほうが私は嬉しいでしょう、
すぐには帰国されないよう私は心から願います——
それは誰に判ろう？　だがもし何らかの理由で、彼無しの
静かな生活を陛下が希求されるのであれば、大事《おおごと》のために
私は大きな賭《かけ》に出て、彼が再び帰国した場合にも
彼を始末する試みを成し遂げる人物になってみせます、
これは我々の平和な故国を新たな世界とするためです。
けれども王よ、これを為したなら私に何か地上的褒賞を
当然ながらお願いする事になりましょう。
もしベロポーンが再び帰国した場合には
そして生き続ける場合には、暫《しばら》く陛下と共に統治して
間もなく陛下に替わって、玉座に坐るでしょう、
そうとも、彼にその意志がなくてさえ、そうなります。
だったら彼に*与えられると同じ褒賞を私は要求する、
＊「彼を亡き者にして、王の希望通りの平和が得られれば」を意味する。隊長は王が現在の災厄を脱する事、彼を殺す誓いを全うする事の二つを同時に実現したがっているのを見抜いている。次の九行は彼の狡猾さを表現。
但《ただ》し陛下の王女ピロノエー様を腕のなかに
抱く願望を抱くほど図々しくはありませぬ、冥界の王《プルートーン》が
意図を実行した、あのシチリアの緑の野《エンナ》で花を摘む彼女《ペルセポネー》を
抱く願望や、生と死、運命の鍵を握っている女性を
妻とする夢を自分が持ってはいないのと同様です。*
＊冥界の王《プルートーン》はペルセポネーを拉致し、彼女を冥界の女王にした。本書扉に掲げたロッセッティの絵画は彼女《ペルセポネー》が冥界の石榴《ざくろ》を六個食べ、毎年、六ヶ月しか地上に戻れなくなった悲しみを、モリスの妻ジェーンをモデルとして描いたもの。
——但し実際それも*要求するかもね、時間が経つうち、
王のベッドの空気は、暖かい外国の空気ではないと
私に思われる時には。私の父は荒れた山の住人で、冬が
どんなに寒いか、肌を刺す寒さの表情を知っていたから」。
＊王女を妻とする事。一旦そんな図々しい要求はしないと言っておきながら、自分が王になった時には、それを変更し、ピロノエー王女を妻にすると言い直す。狡猾な男や政治家は徐々に段階を踏んで目的を達する寓意を含む。
隊長の狡猾な両眼が、くるくると光るのを
王は長いあいだ見ていたが、ついに王自身の眼がかすみ、
考えも纏《まと》まらず、独り言としてこう言った——
「恐れというものが常に意味のない面倒でしかない人物——

どんなに何度も、こんな面倒な男を我々は殺す事か？」
　ようやく王は声に出して言った、「昼は速やかに去る、
こんな事を夜に話すのは良くない。
余を休ませてくれ、だが明日夜が明けたなら
余の許へ来て、全てについての余の言葉を受け取れ」。

　隊長は、脱ぎ落としていた尊崇《そんすう》の仮面を
自分の顔に被《かぶ》り直して、
微笑みを見せながら、孤独な場所に王を残した。
王は、昼の光が完全に失せた時、使用人たちが外部で
集まってきて、低い声で話しつつ、ドアの隙間から
蝋燭《ろうそく》の燃えるのを覗いている様を聞いていた。

　ところで、王と隊長が話しているあいだ、そして金色の
落日がなお世界を照らしていて、落日が背負う薄闇の翼を
暗い隙間に投げ拡げないあいだに、
美しいピロノエー王女は、侍女に囲まれて
顔を大地のほうに伏せながら
宮殿の中庭を歩いていた。この頃の月日が自分に
もたらしていた事どもを考えて、悩んでいたからだ。
乙女の可愛い静かな精神には似つかわしくない冒険、
黙るしかなかった驚愕、自分の内部と周りの世界に
見出す事になった不思議な世界。かつては大切だったのに
今蔑《さげす》みつつ執着している自分の命。恐怖と恐怖への軽蔑。
苦痛の中心部にこそ、人生の喜び全てがあるのでないかと
心配で、努力しても捨て去る事のできない苦痛、現在と
未来全ての喜び。大広間の入口ドアまで
彼女は来ていた。夕日は炎のように
背後で燃えていた。考えこみながら歩むと
自分の、細くて薄黒い影法師が立ちのぼって、
夕日を浴びる大理石の壁を黒く染めるのを見た。
やがて彼女の歩みは遅くなって、芝生の上に達し
最後にはほとんど動かなくなった。その時宮廷内部から
心から愛している声が忙しげに呼びかけるのが聞こえた。
顔を上げてみると、ドアロに、空から落ちたばかりの
一つの星が見えたようだった。そこからは大きな光輝が
発しているようだったが、眼が眩《くら》んだ彼女には見えず、
けれども彼女の心は、喜びの驚きで満たされて、
まだ見ぬうちから、彼の顔が近くに来ていると判った、
悲しみの教訓を経た老人のように賢い、高貴な顔、
ある神の、若々しい、穢れのない青春ほどに美しい顔が。

　しばし二人はこのようにして立っていた、互いの心に

相手の苦しみに対する同情を呼び集めながら。
心には、なお虚しく踏み越えねばならない日々への怖れと
二人とも自覚している、近づく死への驚愕と
二人が死んだ場合の、別れへの信じがたさと
なお今、このように並んで立っている喜びもまた在った。
それから、愛が短調の調べへと沈ませた声を用いて、
ありきたりの僅かな言葉ながら、彼女が口を開いて言った、

「王子様、どうなさったの？　兜なんか被《かぶ》って、
剣までぶら下げて、こんな美しい秋の夕べだというのに。
まさに今日の真昼にお帰りになったこの地から
出発なさるのに一日だけ早過ぎはしませんか？」

彼は答えた、「この非常事態に、リュキアの男が
背中に甲冑を付けるのに早すぎる事なんかありません、
いや実際、貴女のような方でも、ひょっとして鋼鉄の衣が
相応《ふさわ》しいのかも知れません、王女様。次にはどこから
この災厄の話が聞こえてくるか、誰に判るものでしょう？
この宮殿は美しい、でも或いは今日のところは
秋の夕風が、宮殿の滑らかな部屋部屋から、
憂いと涙を運び去ったかも知れませんが、また再び
同じく運び去る*でしょう。死は恐怖を殺す、今、僕は、
死が恋をも殺すものかどうか試しに出かけるのです」。

*言外に、また再び憂いと涙がこの宮殿を穢す事を示唆した言い方。

すらりとした手が一つ、彼のほうへ動き始めたが
それはまた、美しいガウンの襞《ひだ》のあいだに隠れた。
彼女は語った、「さようなら、貴方は立派な方になられた、
恐怖も虚偽も知らない方に。ですからご無事にお進みを。
この人間世界に、神々は最も価値ある物を残さない事は
事実だとしても、でもその記憶はその方の背後に残ります、
私たち二人はいつの日か別世界で、かつて夢見た
虚しい夢の結末を見る事に、多分なるのでしょうね、
その夢が覚めるのが全く希望のない苦悩に思われたのに」。

この言葉を言い始めた時には、彼女の顔は青ざめていた。
しかし言葉が終わる前には、日没以上に、
赤く火照っていた。だが彼は口を開いてこう言った——
「さようなら、さようなら、神よ貴女に頑健さと
日ごと日ごとに大きくなる喜びを与え給え！」

それから、開け放たれた門へと彼は進み、
振り返りもしなかった。また彼女も長くは彼を
見続けはしなかった。もっとも彼女の心は

終わりが来る前に、少しばかり地上の愛の喜びを、痛切に
得たいと願っていたのだが。だが彼があいだを通ると
侍女たちは、海に向かって吹く軽い気まぐれな風が
梢を渡る時の木々のように
一人また一人と揺れ動いた。侍女たちの眼は、
こんな男が生きている不思議と、そんな仕事が
為され得る事への驚きをもって彼の姿に注がれた。
だが今や彼の軍馬の蹄が石の上に響いてきて、
彼はひらりと鞍に飛び乗って、もう一度
大広間のドアへと素早く一瞥を投げたが
彼女の姿は見えなかった。彼女は一人邸内に立ち、
得るべきどんな事物への希望が、自分の生から
逃げ去ったかを考えていた。ポーチの内側での
侍女たちのお喋りは、混乱した彼女の耳に達したが
彼が、その美しい宮殿の白い壁沿いに
馬を駆る蹄の音は彼女には聞こえず、また
王に向かって、もう一度投げかけた彼の叫びも
彼女には届かず、窓ガラスは皆、黒々となり、
彼女は侍女たちがそこで喋っていると思ったらしかった。
自分の口から何かの返事が漏れたとは思えなかった。
自分がその場から動いた事は自覚し、眼には光の輝きが
痛かった事も覚え、過ぎ去った事どもが眼に浮かんだ事も
よく覚えていた。ベッドに横たわって、長い時間のあいだ、
朝がくるのを待っていた事も忘れてはいなかった。
しかし自分が何を考えたかは忘れ、人生が終わったと
彼女は思い、神々と戦って神々が勝ったと感じられた。

翌朝、決められていたとおりに
隊長はイオバテース王と秘かに話し合った。
隊長が王宮から退出した時には
勝利の笑みが顔に浮かんでいて
まるですでに競技の勝者となったかのようだった。
自分の幸運に心を奪われて大門までやって来た時、
悲しげな声音が彼の耳を打ちつけ、
幸せな気分を消して、突如、彼に恐怖を与えた。
というのは今、五人の女が街路を歩いていて、好奇心を
抱いた人びとでさえ、彼女らに向きあわなかったからだ。
彼らはそちらを振り向いて激しく恐れる眼を向け
震えながらこの悲痛な叫びを聞いたのだったが。彼らは
女たちが女神パラスの聖なる巫女《みこ》だと知っていたから。
さらに近づいてくる五人は、眼も狂おしく呻き声をあげ
僅かな衣服しかまとわず、血の流れる足で
よろめき揺れる歩みで家や館を通り過ぎ
怖れで行く先も判らぬ様子。この女たちはこれまで

その手にこの都の安全を握っている
貴重な存在として大切にされてきていた。都から
四十五キロ離れた神聖な森に、この上なく美しく
立っている神殿のなかの彼女らの周りには
遠い国々から持ちこまれた優美な品々が飾られていた。
人びとは、彼女らが、神殿で驚くべき教義を沈思黙考し、
死の恐怖は知らないまでも死後の希望を知る点を除けば
女神になっていたのだとこれまで考えていた。

隊長の顔はこの五人を見て蒼白となったが
怖れのなかでもこう呟《つぶや》いていた、「おお、誉れあれ、
自分自身を守る心配のない神々に誉れあれ！
おそらくは神々の皆様も、善なるものに飽きたのだろう、
それなら俺に注目せよ、俺なら皆様を飽き飽きさせない、
もし皆様がそうあるべしとお考えなら、俺は偉大な大事《おおごと》を
為したいとかつて思った男だ――なら、俺を祝福し給え、
皆様は善良な人間どもにうんざりなさったのだから！」。
隊長は人びとに向かって、パラス女神のために
この巫女たちを捕まえて、誰か親切な
年嵩《としかさ》の女性にいたわって貰うよう連れて行けと命じた。
そのとおりに行われ、巫女が沐浴し着替えをした時、
隊長は彼女らから話を聞き出そうとしたが無駄だった。

なぜなら女たちはその日以前の事を全く覚えておらず、
判っているのはただ、最近彼女らが巨大な呪いに
打たれた事だけで、さらに悪い事が起こるのを恐れて
日常生活を放棄して逃げたという。悲しむ巫女たちは、
痛切な恐怖と喧噪《けんそう》のせいで躯《からだ》より先に
心が死んでいたから、巫女からは他に何も
知り得ないと思った隊長は、ひょっとしたら
他のニュースを聞けるかも知れないと思い、
大門に行って、そこで機会を待っていた。
だがその日は語る値打ちのある事は何も起こらず、
報せのない夜がやってきて、暗闇も息絶えた。

だが太陽が昇る僅か前に
大門を叩く音がして、そこには灰色の馬に跨った
輝かしい甲冑に身を固めた男のいるのが判った。
若くて強そうな体格の男。顔は、疲れのなかでも
喜んでいるような様子だが、過去の驚異の事項を
なお夢見ているようなふうに見えた。
隊長は急いでこの男のほうを向いて言った――
「立派な男よ、私に従《つ》いてきなさい、
王様が貴君の話を聞くまでは、一切の良い事、悪い事、
喋ってはならぬぞ」。こう言われると怪しむ様子もなく

男は隊長の横に馬を進ませ、二人はやがて
暫《しばら》くのうちに宮殿の門に着いた。
隊長が口にした合言葉で門は開き
半ばだけ目覚めている番兵の横を通って
二人は王の前にやって来た。王は眠っていたが
金のベッドの上には白々と朝の光が射しこんでいた。
しかし隊長は静かにそこまで行き着き
眠っている王の顔に自分の顔を折り曲げて
囁きかけた。すると耳のなかに死神の声を
今聞きつけた人のように、王は
飛び起きたのだ、眼はかっと見開き、
不思議な朝の光が何を隠しているのか、なお見えなかった。
上半身を起こし、しばし激しい息づかいをして
ようやく隊長の笑顔と、低い、へりくだった声に
気がついて、笑顔を返してこう言った——
「隊長と君、ようこそ！　君らが来る前、余はな、
自分が死んだ夢を見ておったから。眼が醒めても実際、
死んだんだと思っていた。人間が喜んでは口にしない
そんな物が近づくと思った。君たち、何を言いたいのか？
リュキア人《びと》は、今度はどんな新たな苦難を味わうのか？」
「王様」と隊長は言い、「ここに連れてきたのは
武人でして、私には、喜んでいるように見えます。
それ故、何か良い事が起こったように思います、
なぜならこの何十日というもの、都のどんな顔も
嬉しそうな表情さえ見せた事がなく、全てが終われば
良いのにと考える以上の顔つきしか見せませんでした。
ゆっくりと拷問される希望、重苦しい恐怖しか。
良き友よ、申し上げよ、王様は君が持ってきた話を
喜んでお聴きになるから」。すると男は語った——
「このように私が王様とリュキア人《びと》を喜ばせる事が
できるというのは、まことに嬉しい巡り合わせです！
だが決して私がこの幸せを勝ち得たのではありません、
思うに、何か人間ならざる不死の者の仕業《しわざ》です——私は
二人の者とともに、死か、栄光ある生かを
この国で試みようと決心したのです、
恐怖から安息を勝ち得るか、多くの日数の喜びを得ようと
大いに望んだのです。そこで私は、今ご覧の
父が使ったこの鎧《よろい》を着込んだ、正直に真実を
お話するなら、これは長い昔に呪いを受けて
今はぼろぼろの鎧ですが。それから我が家の近くの
ディアーナ神殿で別の二人と出遭いました。
夜明けに出発したのです、二日前の事でした。
悪者の居場所への道を知るのは簡単でした、なぜなら、

一時間経つごとに恐ろしい死の噂を聞いたからです、
常に、逃げてくる人にも会いましたし。彼らは酷《ひど》く恐れて
不審そうに眉を寄せて我々を見ずにはいられない様子で。
そこでついに我々は結論したのです、この恐ろしい奴は
時々は、どんな他のところで死をもたらしているにしても
その主たる巣窟を、女神ミネルウァの地、つまり女神の
立派な神殿が野育ちのオリーヴの森のなかに
建っているところから、岩肌の山の、木のない麓まで
続いているあの地のなかに有しているに違いないと。
我々はそちらのほうに向かい、一日の終わりに
ミネルウァ神殿に着き、時を移さず
神官たちを探しだして、我々のもくろみ*を話しました。

*底本の our of rede は、他の版本と照合し of our rede の誤植と見た。

「(続けて) 神官たちは自分らの困難が苛酷だと答え、
来る日も来る日も、恐ろしい死がやってきて
この美しい神殿の真っ直中《ただなか》から自分らを連れ去ると怖れ、
手短に言えば、真夜中が過ぎた頃には
自分らはこの神殿に居て命を危険に晒す事はもはやせず、
立ち去るのだ、『全て手は尽くしたのです』と彼らは言い、
『この神殿の境内以外で昼を見た事のない聖なる巫女も
今は、真夜中の月が道を示してくれるまでの
一分、一分を数えている始末です。海を越えても
行けるように、貴重品は十頭の馬の籠一杯用意して、
これまでの生活をある程度救えるようにしています。
ですから、美しい若者たちよ、皆さんは
食事も宿も、惨めな物しか得られませんよ、なぜなら、
どこかの丘の斜面のように何もかも失せていますから。
それに命を愛しておられるのなら、ここにはあと一分も
居てはなりませんよ、私たちのほうは実際、
パラス女神からの返答がありさえすれば良い、これが
得られれば、私たちをここに留める物はなくなります』。

「(続けて) 神官たちの顔はやつれていました。
喋るあいだも眼がきょろきょろしていたのです。
また彼らは神殿のあちこちを、目覚めている人のようには
動きもしなかったのです。神殿の強力な石壁は
全てが無くなるのを待っているように見えました、
残るのはただ一柱《ひとはしら》、《恐ろしい女神《ミネルウァ》》の姿だけ、
誰が喜ぼうと誰が恐れようとお構いなしの女神様だけ。

「(続けて) 手短に我々は答えて、朝が来るまで
ここに留まり、この境内でどんな事が起こるのかを
見たい、そしてなお我々が生きているなら、人間の
このような死を、さらにその先まで究明すると言いました。

彼らは驚いたように、蔑むように我々の話を聞きましたが、
しかし、たまたまあり合わせたもので我々をもてなし、
我々は疲れていたので、食事をしてから、この大神殿の
北壁に近い一室で眠ってしまい、
私はこんな夢を見たのです——
私がほんの幼い時に話に聞いた事のある
町に違いないと思われた場所の隅から隅まで
良く聞こえる歌を、嬉しげに整然とした
美しい人びとが歌っている夢だったのです。
過去、数多くの年月のあいだ
これを忘れていましたが、今ただ一つ
名も知れぬこの町が夢に現れました——おぉ王様、
宜しいか、多くの人が幸せそうに歌っている
そんな夢を見たのです。でもそんな幸せな夢のなかにさえ
巨大な叫びが聞こえたのです。
だがその言葉は判りませんでした。すると人の顔全てが
夢のなかのその町中、完全な恐怖に替わったのです。
でも歌声が高く舞い上がったのに、全てのメロディが
途中で絞め殺されたようになり、間もなくかん高い悲鳴に
歌が変わりました。私はベッドに身体《からだ》を起こし、
すぐに目覚めて、恐怖で大口を開けたまま。どうして
怖いのだか判りません——でも周りじゅうに、実際、

鋭い悲鳴が聞こえました、人びとが恐れている声でした、
それに混じって、竈《かまど》から急に飛び出す白い炎のような
吠え声も聞こえました。私のベッドの下で
大地が震えていて、窓の外へ眼を向けると
真昼の陽光を灰色に見せるような
そんな光が燃えていたのです。
床の上には、私の仲間の一人が横たわっていて、
甲冑は半ば壊れ、負傷した人のように呻《うめ》いていました。
もう一人はぐるぐる輪を描いて走っていました、
恐怖で狂気に追い込まれたように口から泡を吹いて。
「(続けて) 何が近づいたのか判らない私は
恐怖のあまりほとんど考える事もできなくなり、
少しのあいだ、震えながら坐っていましたが、やがて
希望もないままのようでしたが、死と恐怖への
突然の軽蔑が、死神の口許から生まれ出たように
私に生じたのです。なぜなら私は最悪を知ってしまい、
真実だった物の多くが嘘に思われ、かつては
さもしい汚い地上を全く穢れのないものにしていた
多くのものが、今は価値なきもののように思われたから。
「(続けて) そこで顔をしっかり落ち着け沈着になり
私は武装したのです。そして寝室を離れて
そこから出て、その神殿の大きな広間に

やって来ました。広間では壁から壁まで
白くて硫黄の匂いのする煙が渦巻いていました。
そこでは、逃げ出す勇気のなかった
神殿に仕えていた人びとの残りが
死にそうな人のように床に倒れていて、何人かは
実際に死んでしまっていました。その衣服の上高く
黄金色のパラス女神が立っていて、磨かれたその槍は
煙の明かりのなかで、煙の雲から覗くように輝き、
煙の光は奇妙な日中を作り、その夜を不気味にしていた、
パラスの動きもせぬ静かな顔は、笑いも知らず、
下を見もしないのです、まるで女神が、悶え苦しむ人の
手足をあまりにも下劣と思っているように。周りに寝転ぶ
人びとの、死に際の、胸の悪くなる呻き声や、言葉では
表現できないほどの苦しみのために柱にしがみつく姿も。
しかし今私は、死の姿を見慣れた眼を、少しのあいだ
この美しい神殿のもう一方の端に転じてみました。
そこには磨かれた支柱が何本も、その恐ろしい光を背景に
黒々として見えました。光は脈打つように輝き、
変化したと見ると、また元の姿に戻るのです。
こうして柱のあいだを私は歩き始めたのですが
私が進むうちに、煙の雲はさらに濃く重たげになりました。
だが私は死の顔に心を奪われ、この先にやって来る事にも

心を向けていたので、歩みを留めず、やがて
四メートルほどの白い舗道が、自分と草地のあいだに
続いているところにやって来ました。恐怖の光に木々は
照らされて、軽い夜風のなかで連続砲火のように光り、
空を暗黒に見せ、木々の居並ぶ幹のあいだから
森の奥にある木々の深々とした黒さを見せていました。
恐怖の光で、森から飛び出してくる小川は液体の炎に見え、
向きを変えて、森の縁沿いに走っていました。
小川と私の間には——それをどうお話しすればよいか、
厳しいお叱りと辛辣な軽蔑を、いかに逃れられようか？

「(続けて) 先ず言わせて下さい、その大音声《おんじょう》は
恐ろしく声音《こわね》を変えて続き、恐怖の光同様、私の一部で
あるかのように感じられました。死によって私が
安息を得ない限り、地上の平安は長い年月失せたと思われ、
地上の希望全ては、ほとんど価値のない玩具に思われ、
そのため私は引き返さず、地面に伏せもせず、
なおも手のなかに剣を握り続けていました。そして今、
立派な王様を見ているのと同様、この全てを見ていました。

それからこれを見た——一つの塊《かたまり》です、この塊から
あの恐怖の光が、炎の核心から発せられるように出ていた、

ですがこの光輝の真ん中に、この塊は黒々としていました。
塊からは黒い爪のような物が、長くなったり短くなったり、
出てくるようで、また、恐怖の光が発する内部からの風で
灰色の毛の群れが塊の上に揺らいでいました。
しかし私の正面に、変化し続ける巨大なもの、
暗い大きな図体《ずうたい》が、もたげられるのが見えたのです。
私の精神は、これが怪物の頭だ、我々の恐怖を創り出す
残忍な心の中枢《ちゅうすう》であると私に教えました。
そしてこれらの最中に、私が最初に来た時、赤い炎の玉が
二つ輝いて、それからまた消え去り、
そしてこの怪物が動くにつれて、また輝くのです、まるで
暗い海に明滅する明かりのようでした。これらのほかに
私が気づいたのは、私の心の芯まで届き、大地を揺るがす
恐怖の音にもかかわらず、この恐ろしげな顔は
音を発してはいないという事でした。我々が深い眠りに
落ちている時、時たま、我々に襲いかかりそうになる
巨大な蔭、我々の魂を暗闇の静寂のなかで押し潰す蔭、
この蔭と同様に黙ったままなのです。また私には、
この恐怖の音がどのように出てきたのかも判りません。

「(続けて) しかし、この時立っていた場所へ私が
初めて来て眼を瞠《みは》った時には、この怪物が動くのかどうか
良くは判りませんでした。だが自分と怪物のあいだには
二十メートルあると思って良いと考え、また私と怪物間《かん》の
その真ん中に、一人神殿の神官が、顔を正面に向け、
武装して手には槍を持って横たわっていると見ました。
眼をそこへ据えたまま、私が動きもせずに立ちながら
怪物にどう立ち向かうかを考えようと努力していた時、
あの大音声のなかに、神官の甲冑が、何かに叩かれて
鳴るのが聞こえたのです。次には、あの恐怖すべき図体に
神官の躯《からだ》が近づくのが見えましたが、
何が神官を引き寄せているのかは見えず、ついには
あの巨大な塊のなかへと、神官の躯《からだ》はゆっくりと入り、
怪物には変化が見られません。但《ただ》し、どうやら私は
前よりも怪物の近くに来ているように感じられたのです。
なおも眼を怪物に据えていました。後ろへ引いた剣に
手を添えながら私はじっと立ったまま、
恐怖の国々で、恐ろしい物に一人で出くわして
ゆっくりと石に変わった人びとの事を考えていました。
なお立っていると、熱っぽい呼吸は速くなり、
生と死とのあいだにある時間が長く、長く思われました。
こう思うと、私はよろめき始め、
最後には、大声で叫ぼうと口を開いたものの、
音が出て来ませんでした。それから私の太刀《たち》は

力が弱くなった手から、音立てて転がり落ち、
再び安息が恋しくなりました。一歩だけ後ろに下がって、
神殿支柱の濃く黒い巨大な蔭に身を潜《ひそ》めようとしました。
それから、落とした剣をただ虚しく眺めましたが、
腰を屈《かが》める事さえできません。その時でした、新たな音が
響き渡ったのです。トランペットの音だと思いました。
私の目の前には鈍い、分厚いベールが被《かぶ》せられたようで
両膝は曲がって地に落ち、私自身も死んだ躯《むくろ》のように
地面に倒れ、死や地獄が、以前のとおり
再び苦痛の種となり、またも恐ろしいものとなりました。
死と地獄は、隠されていた教義の恐怖すべき知識を私に
教え込み、孤立した私の魂に奇妙な絵姿を見せました。
これは私が生まれた惨めな日を呪うものでした。

「（続き）そこにそのまま、うんざりする時間横たわり、
自分が生きているのか死んだのかも判らない状態。
他の人びとと同様、全くの恐ろしさで死んだかのよう。
その時私の耳に、新たな声が聞こえたのです、でも
何を言っているのか、初めのうちは判りませんでした。
やがて眼を開いて、神殿にある大理石の支柱が
灰色に優しげな姿となって見えるように思いました。
この支柱のあいだから、美しい森林地が、あたかも澄んだ
緑の水中のように、遠くに見えました。次に聞こえたのは、
『元気を出せ！　大地は再び大地となったぞ、
神々はこのリュキアの禍《わざわい》の源を、貴殿が完全に殺す事を
欲しなかったようだが、貴殿はこの禍《わざわい》の源にあい対する
勇気をお持ちだった。だが今は、できるようであれば
立ち上がって手伝ってくれ、というのは私は血だらけだ、
何かの医術を今、必要としているからだ、もっとも
私から流れている血は、命にかかわるものではないが』。

「（続けて）すると私の眼は以前よりはっきりしてきて
一人の武装した男が私の上に立っているのが見え、私は
この声に応じて立ち上がり、よろけながらも突っ立って
あたりを見まわし、あの凶悪な光が完全に消えたのを
見たのでした。夜は急速に白み、若やいだ暁が
低くなった月と幽《かす》かになった星々と競いあって訪れると
涼しい風が吹いたのです。そして全てが
静まりかえっていました。だがその新たな人物は
蒼白い薄明かりのなか、私の傍《そば》に立っていましたが、
死と苦痛から完全に解放された新たな地上を造るために
再来した神のように見えました。
その方は背が高く、その時の私には、人間から生まれた
男性の美しさを凌《しの》いでいるように見えました。
だが我々の眼が合い、私の眼が、恥ずかしく弱々しく

彼の眼の前で伏せられた時、もう一度彼は語ったのです、
『恥ずかしがる必要はない』と彼。『周りを見給え、
貴殿が恐れた相手が地に伏しているのが見えるでしょう、
もはや神的でも恐怖でもありません』。よく見ますと
毛と鱗《うろこ》とかぎ爪の、縺《もつ》れあった塊がもがきのたうち、
踏みしだかれた灰色の草の上に横たわっていました。
確かに巨大でしたが、私の怖《お》じる心が常に、戦《おのの》いていた
私の心に語りかけていた、あの光のなかの恐怖の塊とは
似ても似つかぬ哀れな姿。また夜明けの薄闇のなかでは
この怪物の姿かたちをはっきり見定める事はできません。
でも喜んで私はこの姿から眼を転じて、この方に向かい、
こう言いました、『貴方様は私の眼に
何かほかの姿も見せるおつもりですか？
つまりこれは、神々が私を死へと駆り立てていた
残酷な嘲りの一部に過ぎないのですか？
それとも貴方様は、死者が初めて死んだ時に
先ず出遭う夢なのですか？』『私は生きている男です、
貴殿と同じです。私が生きているのなら貴殿も生きている、
ある神様が私にこんな力を下さって
私の父の父が用いたこの剣が、リュキアの人びとに
この神がかりな恐怖の種からの解放を
もたらしたのです——だが日盛りになった頃もう一度
ここへ来ましょう。息詰まりそうになっている喉の渇きを
癒したあとで、また、貴殿の手が、ここに見える
私の傷に、清潔な白布で包帯をしてくれたあとで。
今は少し気が遠くなってきたので』。そこで二人して
神殿支柱のあいだを通って、やがてついに
私が昨夜眠っていた部屋に行き着き、そこで二人とも
水を飲み、それから私が、清潔な水で彼の傷を洗い清め、
傷に包帯を巻いたのです。その時までに昼の光によって
床の上で私の仲間たちが、死んで横たわる様を
示したのです。だが傷を負った痕がない様子。支柱のある
広間に私たち二人が再びやって来た時には
この広間に横たわる遺体を一つまた一つ
調べて歩いたのですが、彼らの場合にも
傷の痕がなかったのです。新たに現れた英雄は溜息を吐《つ》き、
こう言った、『どうやらこの方々は、恐怖のために死んだ
らしいですね。でも蘇生していただきたくはない、だって
彼らは、死ぬ事を恐ろしいと既に昨夜思ったのですから。
でもこの情景を私は喜んで見はしなかっただろう、
なぜなら夜、時折、この姿を思い出し、そして全ての生は、
こんな苦痛を感じる値《あたい》のあるものかと思うでしょうから。
でも今は、仕留めた獲物のところへ参りましょう』。

「（続けて）そこで出かけましたが、怪物が横たわる
現場に来た時、怪物の残りの部分の上に、低い朝日が
風に靡《なび》く草を斜めに越えて光を投げていました。
残りの部分というのは、踏みしだかれた大地の上に
黒い血潮が、恐るべき腐敗を見せつつ流れていたからです、
その血の中央に、怪物の残骸が潰《つぶ》れていました。
それはまるで、砂地の入江が干潮たけなわの時に
打ち倒されて遺棄された船にそっくりでした。
だが私が勇気を掻き集めて、全ての恐怖の主に
触ってみようと近づいた時、見るがいい、
怪物は何と変わり果てていた事か！　骨の周りに
ぴったりくっついた鱗《うろこ》と毛だけのある皮膚以外には
何一つ残っていなかったのです。肉、強い筋肉と
この巨大な悪の生命を担《にな》っていた内臓など全ては
命と一緒に消え去っていました。この立派な英雄の
剣の刃で深々と切り裂かれた怪物の頭部には
槍のような三本の歯が残っていましたが、残りの部分は
地面に落ちてしまい、今は、彼の血が拵《こしら》えた血の沼に
半ば隠され、埋もれていました。
怪物の以前の姿をなお恐れつつ、私が手を握り締めて
叩いてみると彼の躯《むくろ》の脇腹は、太鼓のように空《うつ》ろな
音を立てました。こうして一分間ほど我々は
驚きつつ立っていましたが、やがて相棒が言うには――
『昨夜貴殿は勇気をもって振る舞った、
だから怪物から頭部を切り落として、仕遂げた事を
王様に示すために、出かけて貰いたい、そして王様に、
この証拠によって私が御前に現れると告げて下さい。
私はこれまでコリントスでもアルゴリスでも
落ち着く家庭を持った事がないのです。
私は明日までここに留まって、まだやって来るかも知れぬ
新たな事情に耐えるつもりです。なぜならこの事は全て
私には不思議に思われる、また私が目覚めているのか
まだ眠っているのかも判らないからだ、もっとも、
私の魂は大きな幸せを味わう予感は少し抱くのですが。
だから仕事に取りかかって下さい、出かけて下さい。
これからの日々は実際、私の手が成し遂げた事の
真価を示してくれるだろう』。この方は疲れたふうでした、
そして実際、夢を見ている人のように語りました。
ですが私は彼の言葉に逆らう勇気はなく
あまり苦労せずに怪物の頭部を胴体から切り離し
うやうやしく、深い地獄から神のように私を救った
この方に別れを告げたのです。

馬を連れ出し、サドルに怪物の頭部を縛りつけましたが、
その頭に生えた髪の毛は、地面をなぞるほど長かった。
頭部の重さは、今なお、馬が運ぶに軽い物ではなかった。
こうして浮き浮きした気分で道を進みました。
そして都を目指したのです。都へは日没の少しあとに
着くはずだと考えていたのです。
ですが実際には、荒れに荒れた田園を通り過ぎる前に、
人びとがなお住み続けている場所に
今やほとんど近づく前に、
たいへんだるい気分が私の精神に落ちてきて
最後には、進む事も立っている事もできなくなりました。
そこで、なお手綱を右手でしっかり捕まえたまま
日の照る草むらに身を横たえてしまったのです。
道ばたでした。ちょうど真昼の頃でした。

「(続けて) 私が再び目を醒ましたのは月の現れる頃。
馬は、だらりと垂れた手綱の傍で、草をはんでいました。
だが馬に声を掛け、馬が私のほうを向いた時に
馬の背中に、例の荷物が見つからなかったので
不思議に思いました。なぜならしっかりとこの荷を馬に
結びつけてあったからです。それから多分荷は転げ落ち、
こうして馬から荷の重さを取り除いたのではないかと
周りを捜しました。私の眼が灰色の月光に
慣れてきましたので、馬が彷徨《さまよ》い出て
緑がより濃い場所から場所へと動きまわった跡、
白っぽくなった草地を跡づける事ができました。
しかしその気味の悪い頭部は影も形も見当たりません。
私は大いに驚き、恐怖心が大きくなりました。
そして世のためにあれほど大きな事を仕遂げた
あの栄光ある力強き人《ベレロポーン》が来るのを、そのままそこで
待っているべきではないかどうかと考え始めました。
しかし最後には、彼が命じたとおりに
都に行くのが最善であると考えたのです、
彼の言葉には私を押し出す力がありましたから。
道中、今お話すべきような何事も起こらなかったので、
これで私の話はお終いです。王様にお見せする、どんな
証拠の品も持っていませんのですが、
イオバテース王様、疑わないで下さい、もはや神々は
これまでのようにこの国土を、このように苛酷な
災厄で苦しめる事はないという事を。その上、もしも
この大事業を成し遂げた人が神様でないかぎり、
まもなく彼はここに帰ってくるでしょう。ですから、おぉ
リュキアの王よ、どんな最大の仕方で彼に報いるか、
お考えにならねば——ですが私に関しては、お願いです、
今日以降、従者として私を、彼にお与え下さい。

彼にお仕えして、彼の仲間になるなら私も全き下衆《げす》にならずに済みますから」。

王と隊長は少しのあいだ、お互いを見つめあっていた。秘かな醜い笑いが隊長の口の周りに潜《ひそ》んでいた。一方、王は悪運が自分に向かって突き進んで来るかのようにぼんやりと隊長を眺めていた。すると再び眉を寄せて、ニュースをもたらした男は、王と隊長を睨《にら》むように見た。なぜ二人が一言も口にしないのか、大いに驚いたからだ。だがついに王は男に眼を向け、隊長はこのように語った――

「おお王様、もしこの男が真実を語っているのなら今日の日は輝かしく明けた事は確かです。また私はこれを為したのはベレロポーン以外には考えられぬ、そして確かに大いなる名誉を陛下は彼に約束なさったが彼のために王様の栄光が薄れる事はございません。そして実際、この地上には、王様が彼にお与えになる褒賞ほどの、驚くべき価値のあるものは存在しないのは事実ではありますが、このような剣の技、このような勇気、また人民の真の味方に与えるに、大きすぎる事はございません」。

隊長はこう語った。その言葉が終わる前に、王は、隊長の見慣れた表情をついに見届けたので、男に向かってこう述べた――「余は話を疑いはしないぞ、お前の話は真実と思われる、またお前はこの国にいては自分を栄光ある者にはできはせぬ――きっとお前はこの国に居るなら重苦しい運命を忍ぶ事になるぞ――だからこの功績を為した男の姿を余が見るまではお前はここに留まるがよい。そのあとお前にはたっぷり褒美を与えよう、お前は人間にしては、誠実、かつ勇気ある者だからだ。というのも彼は人間とは思われないほどだから。我が国のあれほど恐ろしい悪夢を終わらせたあの男は、人間である余の味方ではあるが――ところでお前の話は、語り初めは見事でそのあとも明瞭だったが、お前が見たという怪物の姿形《すがたかたち》は明瞭には話さなかったぞ」。

「そのとおり」と男。「私が怪物の傍に立っていた時、その姿形は私の心のなかに、いついつまでも残ると思われていたのに！　でも今、どう表現したらいいか？　おお王様、今日以前にお聞きになっていませんでしたか、

怪物は三種混合であると？　私が実物を見る以前に
人びとはそう言っていました。すなわち、
正面から見れば怪物はライオンに似ていて、
山羊に似た、毛深い胴体のうしろに
自分自身が拵《こしら》えた荒地にのたくる大蛇《ドラゴン》の鱗《うろこ》の襞《ひだ》が
くっついていると。とは言え、今まで何度も黄色い獣《ライオン》に
出くわし、山羊を野に追い、自分の栖から
黒い毒蛇を振るい落とした私ですが、全くのところ
怪物がこれら三者に似ているとは申せません。
私が思うに、昨夜私が目覚めた時に、
ちょうど朝の光で消え失せる夢そっくりに、
怪物の記憶は私から消えたのです。もっとも、実際、
私の恐怖の困窮の全ては、全く忘れていませんが。
王様、私が最初にお話しした事でご満足いただきたい、
なぜなら私が怪物の姿を思い出そうと努めると
私の心はまた力を失い、眼もかすんでくるからです。
また怪物の死んだ姿も、どう覚えているかを言えません。
——お聴き下さい、近づいてくるのは何でしょう？」

この時、外部から喜びに満ちた叫びが響いたからだ。
叫びは大きくなってなおも近づき、ついには三人に
叫びのなかから聞き覚えのある言葉——すなわち
ベレロポーンの名が聞こえたのだ。すると王はベッドから
立ち上がって、着替えを済ませ、こう言った——

「隊長よ、行け、ベレロポーン王を
遅滞《ちたい》なく王座に就けよ、そして彼に
こう告げよ、王がお願いに参上するとな、
長いあいだ余は王座に坐しておった、
従って王の仕事以外には何の仕事もできぬ故、
彼がその寛大な心から、既に与えてくれた幸せに
もう一つを付け加えて、余にも彼とともに
統治させてくれという願いに来るとな。侍従長を呼べ、
見事な格式でベレロポーンに敬意を表するために
まさに相応《ふさわ》しい衣裳を着込むためじゃ」。

王の唇はこう語ったが、眼はこう語るように見えた——
「この日の終わるまでにまだ長い時間がある、
夕方までに多くの事が起こってくれるだろう、
最も長いあいだ、じっと我慢が一番上等」。

そこで隊長は、今秋の朝が輝きに満ちている時、
御前から辞去して、宮廷の中庭に
着いた時には、熱気を帯びた人民が

大広間のドアの周り一面に
群がって、各種様ざまにこの勝利への
喜びを表しているのを眼にした。
だが広間には、ベレロポーンが
高座の近くに立っていて、朝の日光が
彼の両腕をきらきら輝かせ、取り巻いた人また人が
熱心な声音で質問を走らせていた。
そして常に笑顔で、ベレロポーンは各人に答えていた。
だがなお、人びとの円陣は話の一部しか得られなかった、
なぜなら彼は興奮していて、なかなか現れてこない
一人の人の顔を見たいと待ちこがれているように
見えたからだ。だが隊長の共連れが
人びとの熱心な言葉と笑いを掻き分けて通り、
それに続いて、昨夜、魁《さきがけ》となるように頼んだあの男を
見た時には、ベレロポーンの顔は
良き結末を見る人のように輝いた。彼らが近づくと
これを見て彼は言った——「王は怪物の頭を見たか、
何の証拠か判っておられるのか？　だって、見よ！
貴君が私より先に出かけたあの時、すなわち
あの日の太陽が冷たくなる前に、あの塊は皆消えたのだ、
貴君はあそこで見たよね、毛も肉も骨さえも。
だから今日の明け方、良き馬に跨《またが》った時、
貴君が私のした事を示してくれるようにと期待した、
全てが嘘の話、或いは夢のように思われないように」。
「お頭《かしら》」と男は答え、「貴殿の意志が私に与えた物を
私の意志が保ち得なかったとお考えになっても当然です、
貴殿のお話と同様に、私の話も申し上げねばなりません、
恐ろしい奴の何一つ、見て貰う物が残っていません」。

彼がこう語るうちにも人びとは王を見て叫んだ。
今、群衆は右へ左へと道を開いて、
彼らが造った道を通って金色の王の衣裳が輝いた。
そして銀のトランペットの音が屋根を打ちつけた。
この時、隊長が言った、「確かな事だ、これ以上の証拠を
王様は必要とされぬだろう、貴殿が貴殿にしかできない
栄光ある大手柄を立てた事を証明するものを。
喜ばれよ、貴殿の日が来た、全ては良しなのだ！」

しかし英雄の左手は剣の上に降りた、そして
彼は下を向いて、息を潜《ひそ》めてこう呟《つぶや》いた——
「信頼は数多くの人を殺す、と賢者は言っている、
だがやむを得ず僕は信頼するのだ」。彼は立って
喜び溢れる人びとの、多くの声からなる言葉が

歓喜の叫びに変わるのを聞いた。彼に近づく人びとはその足をさらに近づけ、また近づけたが、急に騒ぎが鎮まって、広間には沈黙が支配した。その時、優しげな声が彼の耳に聞こえた。それは彼が憧れている思いを谺《こだま》として繰り返す言葉のようだった。

「顔を上げて、上げて見て！　日々の変化が私たちの願望に麗しい結末をもたらし、貴方を私のものにした！」

彼は眼を上げた。金の衣裳が、低い陽光のなか、彼の目の前で輝くのが見えた。だが衣裳の上の顔は囁きに満ちていた群衆の場を静まりかえらせ、淋しくさえさせた。というのも本当に、彼女《ピロノエー》が立っていたからだ、彼の困難に満ち、辛うじて保った生の最後の栄冠と報酬が。彼女の唇は震えていた。懐かしいその眼は、落ちてこない涙で潤《うる》み始めた。この時彼への挨拶として片手は彼に向けたが、もう一方の手は少し上げただけで躊躇《ためら》いがち。そして眼は彼の眼を覗き込んだ。彼女の物腰は全て控えめだった。しかしピロノエーは少し上体を前へかしげた、まるで突然ぴったりと抱き寄せられるのを期待するふうに。だがその場に集まる人たちの好奇の眼を恐れたのだ。

だが心は完全に蕩《とろ》けてしまったベレロポーンだったが少しピロノエーに近づいて、その手をとる事しかせず、そして言うには、「僕の幸せの頂点を飾るために、これほど美しいものをもたらすとは、今はどんな時か？僕が初めて産まれた国から遙か遠い、ここはどんな国か？なお何らかの苦痛が貴女と僕に降りかかるのでなければこんな幸せが真実の事であるとどうして思えようか？むしろ今の時間は永劫《えいごう》と呼ばれる時間だ、この国は天上の国だ、そしてついにこのように僕ら二人があい並んで歩けるとは、僕らは死んで天国に来たのだ、永久に、花が散りばめられた幸せの場所に来たのだ」。

こう言いつつ彼の赤く輝く顔は、前より彼女に近づき二人の唇は触れ合わんばかりだったが、王《イオバテース》が叫んだ、「コリントス人《びと》よ、おめでとう、貴殿は死ななかったから。もし神々がなお貴殿の大切な命を救い続けるなら青ざめていたこの国には貴殿が得る幸せ以上の物はない、だが実際、なお恐れてよい、なぜなら貴殿は剛の者だから神々は地上ではなく天上で、貴殿の役割を演じるようにさせるかもしれぬから――だが今はこちらへ来て余のこの王座が、貴殿の偉大なる心には低すぎるかどうか

見定め給え。今日は余と共にここに坐り給え、そして
《不死の神々》の様ざまな神殿に、多くの供物を捧げて、
祈り給え、これは神々が貴殿を妬《ねた》む事のないようにする為。
そして明日はピロノエー王女と結婚し、
その後、生涯を生き給え」。王はこう述べて
頬笑んだのだが、率直に頬笑んでみせたつもりだったのに
不安げな表情が笑みをよぎって現れるのだった。
しかしなお英雄は少しのあいだそこに立ったまま、
ピロノエーが背を向けて広間の向こうへ去る姿を
眺め続けていた。次いで心の底から、溜息を一つ
漏らしたのだった。彼は、王のまわりに何一つ狡猾さが
あると思っていない者のような顔つきで
王に向かってこう言った——「おぉ王様、私から
破滅を得たなどとお考えになりませんように、
私は王様から、決められた報酬はいただきますけれども。
なぜならなお王様のために、私の手は剣を握りますから。
また下さるもの以上に、褒美を求めはしませんから。
頂き物は巨大です、私はある王の子息ではありますが」。

こうしてベレロポーンは玉座に坐した。
頭の上には兜の替わりに、王者としての冠が
戴《の》せられたのだ。彼は、あたかも半ば空腹の獣のなかに
据えられたような、ちょうどその程度の安全を感じた。
だが外へ出て、群衆が彼を讃えて叫び続ける
街路を通り抜けた時には、また、秋とともに気を失った
良い香りの花々が頭上に散り落ちて来る時には、また、
神殿の階段にうち拡げられた絹のカーペットを
踏みしめた時には、そして神官たちの神を賛美する歌が
薄暗い神殿で、彼の周りに響いた時には、
彼は一度か二度頬笑んで、こう語った——
「あれほど多くの危険。なのに僕は死なないでいる、
あれほど多くの恐怖。なのに願望は美しく育っている。
なぜなら明日の朝、僕は自分の愛する人を得るから！
あれほど大量の願望。そして今、一夜が存在するのみだ、
僕と、幸せの完結のあいだには！」

こうして騒がしかった一日は、祝祭騒ぎの夜となった、
なぜなら、解放された人びとの新たな喜びを鎮めるのに
眠りはなかなか来なかったからだ。王宮のなかでも
飲み騒ぐ人の声は大きく、騒々しいとさえ言えた。
だがこれもまたとうとう、最後を迎えずにはいなかった。
羊飼いたちの眠りが浅くなるほんの暫《しばら》く前に
宮廷人たち全ては眠りの場所へと向かったのだ。
この騒音が移り変わるのに耳を傾けながら

ピロノエー王女はベッドに長らく横たわっていた。
気持ちの良い眠りが頭を休めてはくれなかったのだ。
駄目だった、全てが静まりかえった時にも。なぜなら
新たに見出した幸福感にむしろ圧迫されて
生と死、そして変化という考えに王女は陥ったからだ。
疲れ切った想像力は、奇妙な国々を次々と巡り、
平安を持ってこなかった。それ故、皆静まりかえった時、
とうとう起き上がって、窓のほんの近くに立ったのだ。
その夜の窓外の光景はこんなふうだった——
幽《かす》かな風が、庭園の草を靡《なび》かせていて
木々の枝に残るすがれた木の葉を静かに落としていた。
そよ風のなかには確かに雨を予感させるものがあったが
空はまだ、すっかり雲に覆われてはいなかった。
なお高く懸かる月の上を、白っぽい浮き雲が流れたが
時として月は、水のような光で輝き、背高く伸びた秋草の
花々が揺れる花壇の上に、不思議にちらつく枝影を
投げかけて行くのだった。
そして月は、白い庭園の壁の暗さを、
天空に向きあうもう一つの国のように輝かせるのだった。

ピロノエーはやがて窓から離れて
再び優美なベッドに向かった。

しかしベッドの絹に触った時、心配する心に
変化が起こり、聞き耳をそばだててなお立ったまま
熱を帯びた自分の血潮が脈打つ音を数え続けた。
だが夜独特の幽かな音以外、何も聞こえなかった。
その時声に出して囁いたのだ（弱々しく優しい自分の声が
彼女には嗄《しゃが》れて大きく聞こえた）——「やっぱり行こう、
パラス女神の神殿へ、だって知りたいのだもの、
物事が皆、異常なく進んでいるかどうかを。このままでは
心が萎《な》えてしまう」。何も見えない暗い夜のなかへ
自分の囁きを追って、目的を果たす心が衰えたかのように
顔を半ばベールで隠して、彼女は愛らしい姿を見せた。
それから寝室に戻って、黒い外套を取り出し
稀にしか見られない彼女の美しさを外套の黒い襞《ひだ》で
覆い隠して、またドアに向かった。
だが大理石の上がりがまちを踏み越える前に
考えに耽って立ち止まり、こう言った、「あぁ悲しいこと！
明日には、皆あれは昨夜存在し、今は存在しない事だ
と言わなければならなくなるに違いない、この甘い願望は。
人の言葉では、初恋というものは、一度訪れたっきり、
二度と訪れないのだと。初恋が死んでしまった時、大地は
その円い圏内に、値打ちのあるものを
なお保っているだろうか？——そしてこれがその一部か、

この、飛び去るという計り知れないほど甘美な憧れ、
全てが勝ち取られると、二度と訪れないという憧れは。
最初の愛への願望は、薔薇と同じく早々と滅ぶのか、
初夏の頃、昼も夜もずっと、光に出会おうと
ずっと努力を重ね、ある六月の真昼に
鞘を破って咲き出でて、夕方が来る前に
枯れて死んでしまう薔薇の蕾と同じなのか？
恋も、他の生命体と同様に、死滅するらしいのか？
——それとも、争いや恐怖、悲しみと相交わるまで
恋は眠るのか？——その時我々はこんな恋を苦痛と呼び
虚しくも骨折り損であったと恋を詰《なじ》るのか？
「（続けて）甘美なる苦痛よ！　私に優しくあれ、私を
見棄てるな！　嘆き全てを忘れた冷たい躯《むくろ》にするな、
死が日々を数える行為全てを無意味と化するまで
人生の変転する困難な日々を満たすだろうと私が考えた
消費された喜びを皆忘れた躯にしないでくれ！
「（続けて）そしてお前、死よ、お前が私の生を
網に捕らえた時、時間の経過が除去できないものと
今の私が考えている私の恋を、どう扱うつもりか？
おお死よ、私自身は、私であった他の全てと共に、境を
踏み越え、無に帰したように多分見えるとしても
なお、かつて私の一部だった恋は生かしておいてくれ、
そしてお前の力にもかかわらず、彼の心に保ってくれ、
私を彼の一部と呼んでくれ、世間が死ぬ事に関して
言うとおりに私が死んでしまっても」。このように彼女は
言ったが、自分の声はほとんど聞こえず、寝室のドアを
通って外へ出た。ゆっくりと様ざまに思いを巡らせながら
宮殿構内のまさに中央に位置している
パラス女神の神殿へ歩みを進ませる時、
床の上を静かに、彼女の白い足は
踏みしめ、柔らかな衣服は衣擦れの音を立てなかった。
しかし、ほんの近くの部屋のなかで
彼女は知らなかったけれども、これまでの彼女の恋人、
これからは夫君となる男性が、その夜眠っていた。

　黒々と支柱が立ち並ぶなかを、音を立てずに
彼女は歩いたが、時折、何か聞こえないかと
立ち止まった。しかし人間の声はほとんど聞こえない、
遠方の丘の斜面に見える住宅のあたりで
目覚めた鳥類が啼《な》き、動きまわる乳牛が声を立てたが、
また、港からは、水夫たちが帆を高く上げる時に
入り混じった奇妙な声が漂って来はしたが。

だから進むうちに、彼女自身が夜一人だけ歩く恥じらい、

また、世間をこのように遠ざけている熱烈な恋への
恥じらいが彼女の心をよぎった。そして今は前より速い
足どりで神殿のほうへ向かい始めたが、何が自分の
静かな足をそこへ向けさせるのか、ほとんど判らなかった。

　開けた場所に神殿は建っていた。
そのあたりには黒い幹をしたオリーヴの木々が草地から
生えていたが、約十メートルの大理石の道が
回廊から神殿のドアまでの空間に
伸びていた。ここまで来て、道の端に彼女は足を留め、
回廊から、黒い木々が夜風に揺られるのを
眺めていた。ちょうど海水浴をしにきた人が
波から尻込みするように、彼女は灯火一つない夜から
少し身を退いた——風が回廊の壁のなかで呻《うめ》き、
雲が幾つか、月のまわりに薄くかかり始め、
夜は終わりに近づきつつあった——
それから、再びスカートの裾を持ち上げて、足を前方に
伸ばしたちょうどその時、武器の衝撃音が耳に入った。
怖れと恥じらいが心を大いに当惑させたので
彼女は支柱の後ろに隠れた。すると多人数の足音が、
固められた地面を踏みつけるのが聞こえ、
神殿の白い階段を背景に、木々のあいだから
背の高い黒い影が、神聖な御堂に近づくのが
眼に入ったのだ。それと同時に今、
月が雲から走り出て、月光が、輝く兜の上に
降りそそいだ。彼女はその時震えたが、
最初に考えたのは、人間の事ではなかった。
むしろ武装した女神の姿だと思ったのだ。
王女は隠れ場所に、さらにぴたりと身を縮めた。

　その時、月光は再び鈍くなってしまったが、彼女は
武装した男たち十人の姿が、階段をそっと昇り、
夜から消え失せるのを、ようやく見分けた。
激しい痛みが胸を貫いた。だが彼女は今、神々を
恐れる感情を抱かず、低い声で呟《つぶや》いた——
「この祝宴の夜の今、これらの武装兵たちは何をするのか、
神よ、助け給え、私たちは真鍮の網に
捕らわれました！」こう思うと
もはや遅れてはならじと、彼女はガウンを腰に
縛りつけて、速やかな足どりで
大理石の階段の下まで降りて、木から木へ
漆黒《しっこく》の暗闇全てを通り抜け、音を立てずに
神殿の真鍮のドアの、暗い側に着いた。
ドアの隙間から大理石の床が見えたが

そこは彼女には見えない何らかの灯りで
ほんの僅かに弱々しく照らされていた。
また、白い甲冑の輝きも見えた。
自分は先に影として見た男の近くに来たと知ったのだ。

我々が夢で聞く音が、大きく、さらに大きく響くのを
聞きながら、実際には何の音もしていないのに似て、
彼女は壁にぴったり身を寄せて、心臓の高鳴りを聞いた。
懸命に耳を傾けても何も聞こえなかったのだ。だがついに
彼女は気弱な心を全てかなぐり捨てて
恋の想いと——近づいた死の想いと——に心を寄せた、
するとそれとともに低い人声が聞こえた、誰の声だか
判ると思った。「コルキス人《びと》ミロ、居るか？」
声はこのように問うた、すると別の男が
「へぇ居るぞ」と、嗄《か》れた低い声で答えた。
最初の声が言う、「《岸辺の屑捨て人》、居るか？
ほか名では呼ばれないという話だが、
お前もここに居るか？」　新しい声が「居《お》るわい」と言い、
再び最初の声が、「私の話は先に伝えたとおり。
何も付け足すべき事はない——君らはなに故にここに
集まったか承知の筈《はず》だからだ。今夜は話が短いのが最善。
《白の間》という名の象牙の部屋に、悪の怪物を
虐げた男が居て、おそらくは眠っている。
最悪の場合でも、戦うための剣を帯びず、
身を護る楯も持たない。この男の習慣どおり
夜、彼に侍《はべ》る従者は少数。この祝宴の夜には
この少数者も、夜に摘む麻酔草入りの酒を食らって
少しの間、死んだように眠っておる。
だから仕事は簡単。だがこの仕事をする勇気のない奴は
今、この瞬間にずらかってもいいぞ、
但《ただ》し気をつけよ、彼の剣によって死ぬ危険以外のリスクを
ずらかる奴らも、加わる者と同じだけ冒《おか》す事になるぞ、
この先どんなリスクを我々が冒す事になろうとも」。

男は暫《しばら》く間を置いた、すると低い囁き声が、「覚悟はでき
ている」と言ったらしかった。続けて男はこう言った、

「彼を殺した時には、お前ら彼のベッドを、神殿へ
運び出し、燃やす事のできる物を、短時間のうちに
燃やしてしまえ。だがお前《岸辺の屑捨て人》よ、お前は
二人仲間を連れて、深い海のほうへ、彼の死骸を
運んで行け。——で、皆の者、都が目覚めて、
救い主が居なくなったのを知った時には
何と言うか覚えているか？　こうだ——『人間は愚かで

先は見ぬ。神々は全知全能。この人間は不思議な偶然から
地上に生まれたが、あまりに巨大な価値ある人だったので
地上に生き、普通の人間のように生きる事ができなかった。
それ故、彼にあの征伐《せいばつ》を行わせた神々は、
征伐が終わると、彼の頭が白髪になるのを
もはや見る意志はお持ちでなかった。或いは人の弱さから
心を燃え尽くすのも見る意志はなく、彼が老年を呪うのを
聴きたくもなかった。最後には人である彼は、次第に
悪から悪へと落ち込むのだから。それ故神々は彼を
地上から連れ出し、神の全知全能を分かち与えたのだ。
そして彼らの不死不滅を冠のように与えたのだ。
だから諸君は彼の肉体をもはや見る事はできない。
諸君の恐怖を取り去った神のような彼の手足（今はまさに
神の手足）が、先頃まで着込んでいた織物のこの灰、また
この炎で汚れた金《きん》（焼けていなければ、神でさえ決して
所有できない金）が、確かな証拠として残されている。
であるから諸君は、彼のための神殿を、大門の近くに
建てるがよい。そして供え物を運んでくるがよい、
諸君が死と地獄の入口そのものにまで
追いつめられた時に、無事解放をもたらしてくれた
この英雄の神殿に対して供え物を捧げるがよい』。
「（続けて）仲間たちよ、この話をそれとなく広めよ！
だがお前クレメスよ、仕事が終わったら、まっすぐ
全く一人で森に行ってくれ、そして
何か殺された獣を引っぱって帰ってきてくれ、
人びとはお前を森のさすらい人だと思っているからな、
そうして、真夜中にお前が聞いた不思議な声また声の
適当と思われる嘘話をでっちあげてくれ。こうすれば
我々の言葉は生きて、全てがうまく行くだろう。
「（続けて）さぁ仕事に。夜の姿が変わってきた。暁の
最初の光が、ここに我々の居る事を見出さない方がいい！」

このように彼は語り、次いでドアを大きく開けた。
すると全てが、元どおりに淋しい場所になった。
こうして忍び足で、一人また一人と、石段を降り、
不安げな顔を《白の間》という目的地に向けた。
だがピロノエー王女は？
足先まで美しく、手つきも優しい王女はどこにいたのか？
心配に包まれた彼女の心が、彼らの語った名前と場所を
聴き取るやいなや、悲しみにやつれた顔を
冷たい真鍮のドアから離して、話のあとを聴く事なく
以前と同様に音も立てずに逃げ出して
全て勝負の決着が付くまで、恋を封じ込めた。
何を踏みしめているのかも判らなかったが、やがて

彼《ベレロポーン》の部屋のドアを喘ぎながら通り抜けた。
薄闇のなかを素早くひと眺めすると
彼の従者たちの寝ているのが見えたが
本当に眠っているのか、死んでいるのかも判らなかった。
ちょうど速い流れに押し流された人が
茶色の枝切れを掴むような、必死の手つきで
王女は、急いで壁から剣と楯、それに槍、鎖帷子《くさりかたびら》と兜を
取り外して、彼のベッド近くにすり寄り、
もう立ち止まりも考えもせずに、眼前に裸で横たわる
彼の胸の上を軽く手で触れ、
彼女の手を感じ取って、彼がベッドのなかで
急に起きあがると、彼のほうに身を曲げて言った——

「喋っちゃ駄目。恋人ピロノエーの言う事を聴いて！
貴方とピロノエーのためにご自分の命を救って！
敵が狙っているのです！　貴方は賢いのだから
ぐずぐずしないで！　私は立ち去るしかない、
自分の役割を果たします——一分後には判るでしょう、
私たちは生きて愛するか、死のなかで愛するかが」。

　自分が目覚めたと感じる前に、また彼女が去り
どこへ去ったかも判らぬうちに、彼の唇は震えたが、
それでも恋の憧れで彼の心は疼《うず》いた。
この欲情を抑え込むと、裸身の上に
武装をその場で整えて、大急ぎで
武器類を取り上げ、あたりを見て
どんな助っ人がいるかを確かめた。従者たちが
死んだように床に伏す姿を見て、自分の《時》が来たと
十分に覚悟はしたが、世を去るのが難しいかどうか
ほとんど判らないかのように彼は感じ、ついに今
終わらねばならない生の全てが、実に短いと思われた。
だがそう思っても希望を捨てたわけでは決してなかった。
金色のベッドの上に足場を整えて
見事な鋼《はがね》でできた槍を右手で構え、
耳を澄ませて待っていた。秋風に追われて地を転がる
落葉の群れが立てる音に混じって、
忍び寄る男たちの足音が聞こえるように思われた。
しかし生涯一度も怖いという言葉を口にした事のない
この男には、その一分も全く恐怖を教え込む事がなかった。
口許には冷静な息づかいがなおも生まれていたし、
ほとんど笑みさえ浮かんでいた。眼はかっと見開かれ、
まるでまもなく眼前に展開される生の神秘の数々を
見ようと期待している様子だった。暗い部屋の向こうを
眺めていると、軽い掛け金が持ち上げられて

ドアが動くのが見えた。ちょうどその時、
白い月が羊毛のような雲から走り出たので
一筋の輝く光が空から射してきた。
すると兜を被った彼の顔は、微笑みかつ峻烈《しゅんれつ》。人の顔では
ないような面もちで、黒い影法師の映る床を見下ろした。
その顔は不思議な恐ろしいものに見えた。象牙のドアが
よく油をさした蝶番《ちょうつがい》の上で静かに開いた時の事だ。

なお一瞬、静寂が支配したが――その時、彼の口から
大音声《おんじょう》の叫びが突然発せられ、次いで部屋中に
恐怖の悲鳴が響き渡り、武器が次々に落ちる巨大な音も
鳴り響いた。今度は彼《ベレロポーン》の手に、長い槍の替わりに
明るく輝く剣が構えられていた。
彼の敵はどうかと言えば、上がりがまちを跨ぐように
彼らの首領が殺されていたので、殺し屋一味は
ドアの近くで浮き足たってうろつき、夜を怖れ、
神のような男を怖れていた。彼らが後日語ったように
ベレロポーンは実際、人の姿から変わってしまったように
見えたのである。彼らが青い顔をして、
槍をごちゃごちゃ並べてそこにたむろしながら、この男は
神か人かと思ううちに、彼の口から再び、大音声の
叫び声が聞こえ、風のある夜をつんざいて、巨大な角笛の
巨大な轟きが響き渡った。その轟きは
嗄《しゃが》れた、音高い、長く続く節回しだった。殺し屋は
こちらへあちらへと逃げた。追っ手は彼ら自身の恐怖だけ。

だがその恐怖の夜について、後日、彼らは不思議な話を
したのだった。宮殿の外部に出る大門を通っている時に
人間の女より大きな姿の女性が
全身武装して兜を被っているのを
見たと言う者もいた。彼らがドアに着いた時に、
あの英雄《ベレロポーン》の周りに輝く炎が光っていたと語り、
剣よりはむしろ、英雄の一喝《いっかつ》が
自分らの首領を殺したのだと言い張る者もいた。

ベレロポーンがどうしていたかと言えば、暫くドアの
近くに立ってはいたが、やがて怒りが
嘲りの念に変わった。次いで灯りをつけて蒼白い月光を
補いつつ、既に彼の槍が突き刺していたあの男を
屈強な両腕に抱え上げてみた。
だが死人の睨《にら》み方で彼を凝視する男の眼を見た時、
ベレロポーンはそれが隊長の顔である事を知った。
「愚か者」と彼は言い、「恐怖がお前をこんな様《ざま》にしたな、
俺のために長生きしたものだな――だがこれが全てか？

ステネボイアの声が緑の海を越えて、
死せる恋人たちの亡霊に呼びかけるのではないか、
花婿の花冠が僕の頭をまだ飾らないうちに？」

＊「一月」第一話参照。この王妃《ステネボイア》の虚偽によって彼は殺されそうになった。なお暫く前の記述や次の数行とともに、右記の三行は、ベレロポーンが既に、あの小箱中の手紙に王妃《ステネボイア》の奸計が記されている事実を見抜いている事を示す。

　こう語るうちに、あの角笛が再び聞こえた。
それから浅い海岸に波が砕けるような音がして
次いで、膨《ふく》らんでくる叫び声が
大きくなり続け、ついには彼自身の名が、叫びのなかから
跳び出してきた。彼は頬笑んで叫んだ――

「プロイトス王よ、貴殿の小箱は、素敵な花嫁と
高貴な領土を与えてくれたな！　おお恋人よ、今行くぞ、
疑いなく貴女の心が僕に美しい家庭を勝ち得てくれた、
この僕の眼が貴女の素敵な心を喜ばせなかった場合に
僕が住む事になっていたはずの窮屈な家［墓］の替わりに」。

　言い終わって剣を鞘に収め、死体が邪魔していた閾《しきい》を
踏み越えて、巨大なドアに向かおうとした、このドアへと
今は、目覚めた家の人びとが群れなして走っていたから。
武装した男たち、非武装の人、子ども、また老人も。
大きな角笛が鳴らされるのは死への警告だったからだ、
但しそれは危険な戦争において、王の手によって角笛が
持ち運ばれている時の事だったが。今　彼《ベレロポーン》は大門のさらに
近くへと歩み寄り、その隙間から覗き始めると
松明《たいまつ》の入り混じる光のなかで、剣と槍の先が上下に
動くのが見えた。明け方に近づいた夜の、そよ風が
数多くの人びとの音を運んできた。だが支柱の多い広間は
まだ薄暗かった。その時、彼のほんの近くを
ぴたりと外套に身を包んだ細身の女性が来て、こう言った、

「出て行って語りかけて！　私たち二人は死ななかった、
私たちはいつまでも死なないのでないかと思う、今は
ご機嫌よう！」　まるで影のようにはやばやと、彼女が
脇を過ぎ、自分の部屋に入っていった時、彼は、魂が
身体を抜けて彼女を追う気持だった。無意識のうちに
彼は大門の台座に進み出ていて、町中の人が集まった
その騒ぎを見下ろしたのだ。
そのあいだに、群衆の背後から黒い一団が、兜を被り
槍と弓を持って、今は群がってきていた。そこで彼は
実際的な考えに戻って、足を踏ん張りこう言った――

「良き人びとよ、この夜明け前を、昼間以上に騒がしくするなんて、何のおつもりか？　何をするの？皆様のうちのどなたか話して下さい、安心を得るために！」

一人の男が進み出て、輝く甲冑を着て嬉しそうに大声で叫んだ、「おぉ、この夜に万歳！　私たちから貴殿ベレロポーンを消し去らなかったこの夜に！間違いなく何か恐ろしい事が起きたのだと思いました、神々が貴殿を私たちの手から奪い去ったと考えました、なぜなら遠い国々で恐れられるあの角笛、海神の贈物のあの角笛が鳴るのを、聞いたと思ったからです」。

そこで英雄は言った、「あぁそれでは、あの神がかった怪獣がもたらした恐怖がまだ残っているのですね！皆様、どうやら夢を見なさったのだ——皆様だけではない、不思議な夢を見たのは。私も夢を見ました。完全武装の連中が私の命を奪いにドアロまで来た夢だ——なぜなら今しがたドアロから出てくると、何と立って歩きながらまだ夢を見ていたのです——というのも部屋の閾《しきい》に、殺されたばかりの男が寝そべっていたらしいので。おお皆様、安心して下さい。もう一度、夜が明ければ気持ちの良いベッドに戻って下さい。

皆様、救われた家々の故に、神々を讃えて下さい、大喜びをして。そして私と、私の恋の女のためにも祝宴の最中に、手を上げて下さい」。

彼が話し終わると、大きな歓声が夜明けをつんざいた。そして一人一人が自分の家へ帰っていった。

それから王子《ベレロポーン》は宮廷の警護隊のほうに向いて自分の右手に、今にも語り始めたそうな顔つきの一人の男を見て、すぐに彼が、今殺された怪獣を待ち構えるだけの勇気を持っていた男だと気づいた。この男に微笑みかけて、ベレロポーンは言った、「何だ、怪獣がまだ死んでいないと思っていたのか？収穫の取り入れが現に終わっていて良かったよ、でないと人びとが、先週作物が良く実ったのに、それを野面で腐らせるままにしていると思うだろうから！」

「いや」と男。「おお先生、夢を見たんじゃありません、あそこの側面に立つ塔のなかで、眠らずにいて見たんだ、影法師みたいなものがあの大角笛に近づいて大きく吹き鳴らしたのです。そして完全に消えたのです、人間とは思えませんでした、夜のなかに消えたのです」。

それから白髪交じりの老人が言う、「そうだ、この事を
吉兆だとお考え下さい、おおベレロポーン様、
素晴らしい事の来る兆しです、いずれご覧になるはずです、
貴殿の統治がいかに偉大な物になるかを示すものです。
疑うなかれ、これはパラス女神です、この女神様は
いかに大きな賜物をこの都に下さるかを見せたのです」。

　再びこの人びとから喜びの叫びが起こった。
しかしベレロポーンは首をかしげた、まるでこの新時代が
自分だけが隠している秘密*から始まるのを疑うように。

*角笛を吹いたのは「自分の役目」を果たしたピロノエーだと彼は知っている。

最後に彼は言った、「友よ、太陽が星々をすっかり
消してしまわないうちにお帰り下さい。どんな事が
起こっても、神々は私をお守りになりますから、
少なくとも今夜は！」　そこで皆は邸内を通って
自分の部屋に戻った。夜はもう終わりそうだった。
だがベレロポーンが自室のドアに来てみると
隊長の遺体は綺麗に片付けられ、毒草の影響で
寝ていた部下たちが目覚めるところ。彼はこう考えた、
「僕の目の前で起こった種々《くさぐさ》は、実際、
夢だったのか？　いや僕の唇は、あの甘い触れあいで
まだ震えている。僕の胸はあの纏《まと》い付いた手を忘れるより
鎖帷子《くさりかたびら》の重さを忘れるほうが容易だろう。
僕は夢を見なかった。そしてこの変な敵の来るこの国《リュキア》は
善も悪も、無限のかたちで僕にもたらす国だ。
成るがままで良い、新たに帰ってくる昼は
僕の困難の多い道筋に新たな方策をもたらすだろう。
神々よ、良き日々の始まりを与え給え！」

　それからベッドに坐って、ピロノエーの事を考えた。
だが薄闇の時間がまだ終わらないうちに
頭は横に転がって、彼はぐっすりと眠り、
輝く太陽が昼をもたらすに任せた。

彼はついに目覚め、部屋を出た時には、爽やかで
嬉しい気持だった。この朝には、腰帯に剣は
下げていなかった。鋭い槍も持ってはいなかった。
金色の、王者らしい服装を身に纏《まと》っていたのだ。それは
サートゥルヌスの治世*に王が着ていた衣裳だった。

*ユピテル以前の、理想とされる平和な黄金時代。

そのような出で立ちで、彼は大広間にやって来た。
そして象牙の王座に腰を降ろし
兜を被り慣れた頭には、
王冠の金の環が、未だ軽いと感じていた。そのあと、

この新王の前には、これまでにない人びとが現れた。*
　＊サートゥルヌスの治世を思わせる、万民平等主義の王に彼はなった。
領土の遙か彼方からきた猟師たちも来た。
異国の訛《なま》りで彼に繁栄を祈り、優美な大切な品を
彼に献上する商人もいた。
それでも彼は飽き飽きし、彼らの言葉を忘れ、
なぜもう一人の王がやって来ないのかと訝《いぶか》った。

　しかし朝が終わる前に、彼自身の手が
かつてこの国へ持ってきた小箱を
一人の廷臣が持ってきて、こう述べた。
「イオバテース王が貴殿に、おおベレロポーン王よ、
このなかに入っている物をお取り下さいとの事です。
そして仰《おっしゃ》るには、貴殿の統治が今日始まるのだから
次の事を貴殿がどう判断されるかが適切と考える、
すなわち一人の男《イオバテース》が、自分の誓いを守ろうとした事が
全くの誤りであったかどうかを判断されるのが、と。
同時に、昨日王が貴殿に差し上げたものを受け取られるか、
受け取られた上で、この一年を駆けめぐった悪夢の数々を
お忘れになるつもりがあるかどうかお答え頂きたい、と」。

　そこでベレロポーン王は下を見て、見覚えのある
あの小箱から一通の手紙を取り出し、
それを拡げて読んだのだ。すると次のとおりに
手紙は、半ば推測していた謎を解く鍵を与えた。

「プロイトス王よりリュキアの王イオバテースに
心から挨拶申し上げる――貴殿は余がライオンより
貴殿をお救い致した事をお忘れではなかろう。あの時、
貴殿は、今もって余を喜ばせていない贈物をくれた、
貴殿の王女《ステネボイア》だ。もっとも彼女は食卓でも寝所でも
女神でさえそれほど美しくないと全ての者が言うが――
あの時、もう一つ貴殿は余に与えた――誓いの言葉だ、
貴殿にとって良かろうが悪かろうが、一度だけ余の命《めい》に
服するという誓いだ。今や、この誓いに決着を着け給え、
つまり本状持参の者を殺すように――かつての友だが
彼の謀反の血が余の夜着《よぎ》の裾を汚したという事が
余の記憶にあまりに密着して離れぬのだ。
だが気をつけよ、余自身が時折語る言葉だが
『神々は虚偽と、誘惑の笑みとに充ち満ちている。そして
信義を弁《わきま》えない』のだ。そしてこのベレロポーンは
神かも知れない。だが人間の常態を超えて
親切に見え、正義感に燃え、洞察力に富むと見え、
人びとの心が恐怖で戦くような時に

勇敢に見える神なのだ。見よ、彼はそのようである、
だが怪物なのだ！　彼はひょっとしたら生涯、貴殿と
生を共にするかも知れぬ。そして一度か二度、欲望が
これらの良きもの全てを、火のように焼き滅ぼし、
自分の親切心を足許に踏みしだき、
心の根もとから嘘つきに変わるだろう。
惨めな愚か者と化すだろう。そうだ、何と言おうか、
死ぬのを嫌がる、ただ震えるだけの卑怯者になるだろう、
この良きもの全てになるよりは。それならば、この男が
死すべき人間の第一人者だと貴殿に思われているうちに
彼を捕らえて、戦争の最前線に送って死なしめよ。
或いは、可能であれば、敵の槍に取り巻かれた城壁上で
ただ一人戦死させよ――彼が死後に、ある人たちには甘い
味わいを残させるのだ、或いは、まだ生きているうちに
地獄に投げ込まれたという悪評を防ぐのだ。

「（続けて）このような忠告をプロイトスは友に与える、
残念な事だが。貴殿は忠実に信義を全うするであろうから
幸せに生き給え。元気で恙《つつが》なく生き給え！」

　手紙の最後の部分を彼《ベレロポーン》ははっきり読まなかった、
数多くの記憶が心を駆けめぐったために
どうやら眼が働かなくなったからだ。最後に彼は
頭を上げて、使いの従者にこう告げた――
「イオバテース王に伝え給え、そう命じられた男《イオバテース》は
このような人間たちにできる限り誓いを守ったと。
こんな人たちは神々を恐れるあまり、神々にどんな供物を
届けているか、判らなくなるのだ。全て了解と伝えよ、
与えて下さった贈物は頂きます、また《世界の願望》の
実現を見るよう心から願っていると伝え給え」。

　こうして使者は去った。残されたベレロポーンは
物思いに沈んだ。自分をこのような状況へともたらした
遠い昔からの日々を思った――彼の幸せな恋は
彼の心を残念という感懐へと導いたのだ。
彼は思った――「あぁ悲し！『貴女は僕に申し分ない』
と傲慢にも言えるような事が起こり得るだろうか？
そう言いつつ、一方の僕が――貴女は耐えられないのでは
ないか、僕が場合によっては貴女に申し分ないほどに
なるまで、少なくとも貴女の足許に坐っている事に？
悲し！　悲し！＊　一つの心が懇願に懇願を重ねて
虚しく終わるという事が、およそ起こり得るだろうか？」

＊この段階で彼が悲しむのは判りにくい。以下に続く部分との整合から見れば、

苦しむ人びとや戦死者を思って嘆いている事になる。或いは過失による致死罪を思い出したのか？　いずれにしてもベレロポーンは、自分が優れた精神を有していないと内省し、より優れた王になる事を夢見ている。

このように彼は呟《つぶや》いたが、その時、陽気な音楽の
メロディが聞こえて、彼は顔を上げ、
苦しむ人民や死者への思い全てを捨て去った。
初めて《楽園》の土に足を踏み入れる、新たに神とされた
人間のように、また、喜びに包まれた生きた炎になった
かのように感じた——今ピロノエー王女が来たからだ。
ついに見事に勝ち得たピロノエーが。自分の短い命を
少し価値あるものとしてくれる地上の全てである彼女が。

語り手の私の心は挫《くじ》ける、そんな命さえやがて終わると
考える時、この物語を語る私の唇はたじろぐのだ。
ちょうど蒼白い水が石を腐食するように、
一つまた一つと落ちてくる摩滅、また永く続く日数《ひかず》が
人間たちの願望と、その願望がもたらした物を変化させ、
その間、彼らの心たちが、不快なほどの憧れを抱いて
その心が常に不変だという思いに縋《すが》りついていながら
心たち全てが、やがて空虚な名になる事を考える時には。

おぉ《生の中に在る死》、確実な追っ手《変化》*よ、
親切にしてくれ、親切に。私に触らないでくれ、やがて
君の顔も変化して奇妙に見える時まで、君の友《死》が
私の乱れる呼吸を凝《こご》らせるのをもう先送りせぬ時まで！

＊《　》のなかに示した二つは同一物扱いである。後続の「君」と同一。

訳者より 16

ベレロポーンの二つの物語詩は原話としてホメロスの『イーリアス』等を有する (Boos II 499)。そこでは王が「奸計を織りめぐらして……伏兵を仕掛けておいた。しかしその人びとも二度と家には帰ってこなかった、……ベレロポーンが、かれらを皆殺しにしてしまったので。こうして……国王は……（彼に）自分の娘をめあわせようとし」（呉 240–1）というふうに淡々と書かれている。ピロノエーの名も出てこない。つまり彼女の人柄と知性、彼女を取り巻く筋書きと描写は全てモリスの創作なのだ。

グリンカは、作曲家は旋律を作る以上に既存の旋律を拾い集めて芸術と化するのだと語った。モリスもシェイクスピアに似て、既知の物語を芸術化している事が判る。「さすらい人たち」を除く全二十四話が、筋書きだけの原話を美しく増幅したものだ。作曲家が歌劇（但し彼《モリス》は歌劇を憎悪 =Lindsay198）やバレエ等で美を表現する行為に似ている。

「あとがき」への追記も参照して頂けば幸いである。

話を聴き終わって

（この小見出しは原著にはない）

語り全てが終わるずっと前に、重苦しいその日は
夜になっていた。蝋燭《ろうそく》と、赤い暖炉の火が
壁に美しく描かれた画像の上に、聴き手のなかの幾人かと
高座にいた老人たちの影法師を揺らめかせて映していた。
その下の若い聴き手のなかに、今、動揺と囁きが生じた。
ある者は、話が全て終わる前に、ベレロポーンの事を
もう少し詳しく聞きたかったと言った。
ある者は、この男が生き続けたなら、彼の幸せなんか
間もなく終わりを告げたろう、なぜならこの男は
賭け金の一部を隠しているからだ、と語った。
ある者たちはこの話が、自分らの思いをアルゴリスと
そこでの出来事、またあれほど明快にステネボイアの足が
最初の物語から消えた結末に逆戻りさせると言い、妃《ステネボイア》の
自死には称讃する者もいようと彼らは言った。ある者は、
プロイトスがどんな日々を送ったか知りたかったと言い、
神のようなベレロポーンとプロイトス王（臆病者らしく
自己の喜びにへばりつく王）が再会したのかどうか
知りたかったと述べ、話がそこに来れば、二人が何を
忘れ、何を覚えていたか、知りたかったと語った。

だが一人孤立して坐っていた、悲しげな若者が
（他の若者は友人や恋人を傍に従えていたのだが）
人びとの話の途中で立ち上がり、その近くで燃えている
数多くの蝋燭の光がほとんど届かないところに向かい、
その薄闇のなかを暫《しば》く歩いた。
彼が帰ってきた時には、悲しげな顔に震える笑みを浮かべ、
人生をあと少しで終えそうな、その場の長老や老人を
見やったのだった。すると若者のなかの
一人か二人が顔を上げたが、あたかもこの悲しみの男の
悩みが判ったかのようだった。多くの人の住む大地よ！
愚かしい怒りや、愚かしい歓喜のなか、
決して目的を持つ事のない、原因不明の戦争のなか、
あなたに恥をもたらす王侯への崇拝のなか、
胸に激怒を隠している虚偽がばら播《ま》かれるなか、
短命な安息の日々を、かなぐり捨てる状況のなか——
——この全てのなか、大地よ、お前の住人は関心を寄せず、
いかに彼らは互いにくっつきあい、愚かしい事を育て、
喉と唇のあいだに軽く横たわり、それでも災いを招く
何の価値もない、無意味から発生する物を育《はぐく》む事か！
その一方、万人に訪れる恋においては、大地よ、
お前は常に各人を孤立したままにし、

名付けようもない人の苦しみに助力を与えはしない!
大地よ、これは多分、人間どもが集まって、互いに
恋の苦しみがどんなものかを、そして人生のうち、ほんの
数分だけ得られ、やがて穢《けが》される事になる幸せが、いかに
僅かにしか公平ではないかを語りあわせないためなのか、
変化する一年の嵐と日光こそ存続しても、
人間どもが死に絶えて、お前大地を、争いさえなく、
人間の憧れも恐怖もない場にしないためなのか?

次の第二話で主人公の前を通り過ぎたウェヌス国の人々。
バーン=ジョウンズ画。

二月第二回の集まりを前に

（この小見出しは原著にない）。

二月も終わりの日々。今はようやく
冬の災いが過ぎ去ったと考えたくなったかも知れない、
それほど空は明るく、それほど風は優しい。
何かが間もなく起ころうとしている今、
幸せそうな鳥たちがこちらへあちらへと急いでいる。
生垣《いけがき》は新芽で赤らみ、庭々では、多くの木の枝が
大胆過ぎる蕾を付けている。実際、素敵な日々だ、
道路にも、橋の上にさえ、森や牧草地にも
褐色の水が足早に流れ、草の周りでは渦を巻くけれども、
また丘の斜面の洞には、雪がまだ残っているけれども。

集会所は、都会の物音が聞こえる範囲の、
しかし白い壁が隠している森の一角に
建っていた。今回はここに長老、老人たちが集まり、
若者たちも招いていた。若者のなかには、森の奥から
急いでやって来た者もいて、スカートやガウンの襞《ひだ》に
森からの宝物を持ってきたのであった。
若者と娘たちは、間もなく、花環作りのために
腰を降ろした。その時シュワーベン人《びと》が頬笑んで言った、
「私はこんなに老いて白髪で、しかも神父だけれども
それはそうとして再び私は、恋の女神ウェヌス《ヴィーナス》について
また話をしなければならぬ。乙女の皆様、ご批判を。
実は私、とうに過去となった若かりし日、彷徨《さまよ》ううちに、
今からお話する場所にやって来たのです。
曖昧な話の集積ですが、若くて夢見がちだったので
十分、信じる気になった話なのです。何度も聞いた話だが
その洞窟の前ではちょっと恐ろしくなりました。もっとも
そこに一人でいたのではなく、またその朝は、今日の朝が
そうだったような朝だった。私の友人は薄くなった白髪の
老いた森の住人でした——白髪の様子は
見て下さい、今の私そっくり。でも奥深いその眼は
皺《しわ》のなかでも輝いていて、とても知的に見えました——
乙女の皆様、私もそう見えると良いが——その場所の
物語をたくさん、彼は知っていた事がやがて判ります。
なぜならその洞の近くで彼は、幼年、少年、成年時代を
生きてきたから。こうして伐採《ばっさい》されていた樫木《かしのき》に
腰掛けて、その、古びた洞窟の入口近くで、その間に、
私が聞きたいと思っていた次の話を聞いたのです」。

ウェヌス《ヴィーナス》の丘

あらすじ

この物語は、不思議な冒険によってウェヌス《ヴィーナス》の力のなかに陥った男の事をお話する。男はウェヌスとの生活を悔いて、世間に復帰し、行い全てを改めたいと思ったのだが、それは実現しなかった。というのは、彼の改心は人びとに拒否されたからだ——誰に受け容れられたとしても。

ある夏の午後は、嵐になるのか晴れるのかどっちつかずのままだった。大地は待っているようだった、——朝方からのこの日の歓びと、その朝の良い日を期待させた爽やかさ——この二つが皆、恐ろしい暗闇と、雨に打たれる木の枝の衝突、そして旅人を迷わす雷光の衝撃に終わる前に、南東に懸かる雲が広がってくるのを、大地は覚悟して待っているようだった。

そんな空模様が古びた森の上に静かに懸かっていた。あたりには荒涼たる荒野と、手入れされない荒れた木々。森は、キリスト像が持ちこまれるずっと以前にはドイツの人びとに、神聖な場所と思われていた。実際、人びとは、なお森のなかに不思議を見ると思い、森のなかの暗闇は、他のどんな荒地より醜く、より恐怖に満ちていると常に考えていた。

その日、太陽が葉の少ない木の枝のあいだから晴れて輝く時、特に森は不気味で、陽光は何かを脅《おど》すかのように感じられた。梢に幅広く葉を茂らせる樫木《かしのき》にそれほど巨大な静寂があり、昼を待ち伏せる夜のような恐怖が潜《ひそ》み、草地をいっそう輝くように見せた。その間、密集した堅牢な雲が音もなく広がって遠方にのみ残っていた青空を消していった。

さて木々のあいだを一人の騎士がゆっくりと馬を進め、物思いに耽る様子。品性高く、美しい男だった。若者ではなかったが、多年月の重みを、まだ背負ってはいなかった。三十回の夏を経ていたとしてもおかしくはなかった。何故《なにゆえ》そこを旅していたのかについて、物語は何も触れてはいず、名がウォールタだったとだけ記し、ドイツ皇帝の宮廷から来た男だと述べている。

重たげに眉を寄せて、この騎士が木から木へと進む時、想いは極めて重苦しいもののように見えた。
眼は、森の下に生える草をじっと見つめ
呼吸の合間に何度も、低い声で呟《つぶや》くのだったが、
一度は、顔を上げてこう言った、「大地は日増しに
どうやらいっそう、詰まらない場所になるようだ、私が
発すべき言葉もなければ、打ち倒す敵もないのだから。

「(続けて) 昔はこうなると思っていなかったのに
こうなった。さらに悪化するなら、最後はどうなるのか？
私の古い家柄の館とその愚鈍な壁は、何と忌々《いまいま》しい事か、
古くからの呪いの下にある岩だらけの野も忌々しい！
死んだ絶望に手当を受ける誤りだった希望も苦々《にがにが》しい！
世間の偽りの愛、口さがない憎しみも白々しい――
おお人生よ、空虚で貪婪《どんらん》で、冷酷なる人生よ！」

こう語りつつ、彼は辺りを見まわし、
思いに耽るうちに馬が、密な森が少しばかり後ろへ引いて、
見事に草の揃った平原を、樹木もなく
残している所に来ている事に気づいた。
平原の先には、緑の草のなかから、
崖が切り立っていて、崖の上にはさらに
黒く密集した樅《もみ》の木に覆われた丘の斜面が見えた。

崖の近くには小さな川が流れていて
丘も草地も、太陽で輝いていた。もっとも既に
遠方では、嵐の兆しがごろごろと鳴り、
嵐を持ち上げる雲がゆっくりと
天空の三分の一を覆って立ち上がっていたが。
だが空の中心ではなおも、嵐の騒乱は足を留め
未だ、世界が恐れるがままにして満足していた。

そこへ来て騎士は手綱を引き、その眼は
切り立つ崖の側面に見える暗い一点に注がれた――
それは洞窟の入口。これを見るとある新たな考えが
彼の心に生じたのだ。騎士はこの事をじっくりと
考えずにはいられなかった。なぜなら確かにこの場所は
遠く広く知られていて、しかも評判が悪かったからだ。
ここは《ウェヌスの丘《ヴィーナス》》という名前を得ていたのだ。

そしてどんな悪魔的世界かという多くの話が、なお
忘れられずに存在した。この世界は夢のようだが現実で、
洞窟の入口を踏み越えた軽率すぎる男を罠にかける。
年取った人びとは、こんな冒険をした男たちが
魂を失った事を嘆きながらも、帰っては来られなかった

話を知っていると語ったものだ。また他の人びとは
自分たちが若くて大胆だった頃に、真夏の日に一日中、

眼を見張っていた話をした。しかもその甲斐あって
その小川の堤の上や、花の咲く草地の上に
二度と話す事のできない光景を見たと言ったのだ。
この男たちの心に、夜が、荒々しい多数の欲望と
必死の欲求の種を蒔いてしまい、そのため
何物も満たす事のできない憧れを抱いたまま、男たちは
その生が悲しみに包まれ、やがて死に至ったと語ったのだ。

こうした噂話は次の点で同じだった、すなわち常に、
最初の何分《なんぷん》かは、聞いた事もない幸福感で
見事に餌付けされた罠がある、という話が出るのだった。
そのあと、これを貪欲に掴み取ると、哀れな愚か者は
存在さえ不確かな地獄ではなく、地上の悪の巣に落ちる。
それでも、こんな噂話が幽《かす》かに頭をよぎったものの、
騎士の顔は緩み、噂話は素敵だと彼には思われた。

こう呟《つぶや》いたのだ、「なるほど末は地獄と死であっても
また中間部は隠されていても、最初は《恋》なのだ、
あぁ堪らぬ！　最悪の《恋》が脅しているとしても

それでも俺はこの《恋》のスカートを掴んで離さぬ、
仮に《恋》の悲しみが常に俺の心を永遠に
支配する事ができるのだとしても――王者のご馳走を
一舐《ひとな》めしたあと、俺の食卓が完全に、空っぽになり、

（続けて）荒野になる。だが新たな客が急いで来て、
飢えた目つきで、自分の順番を待つだろう、
それでもってさらなる飢えを勝ち取ろうと思って。
堪らない！　死ぬる恋に憧れるにはどんな技が必要か？
だがおぉ俺の憧れる心よ、その薫り高い恋の炎を一分《いっぷん》だけ
我が物にしたあとなら、俺の心が燃え尽きて灰になり、
軽い羽のようになって、あちこち漂ったたって構うもんか」。

呟《つぶや》いたあと再び彼は頭を垂れた。
《恋》の名はそのような思いを掻き立てていたので
自分の生が少しばかり甘美なものになったのだ、
今は自分の呼吸も、優しい溜息のように聞こえた。
心臓は、心配する恋人の心臓のように激しく打ち、
昔自分が見た美しい女たちの名前を
心で唱え、それぞれの女がどんなふうだったかを思った。

だが女たちを一人また一人と数え立ててみても

彼女らの姿をほんの幽《かす》かにしか眼に浮かべられず、常に何らかの欠落、何らかの冷酷が彼女ら全てを呪い、どの女も彼のねじれた心の空白を満たしてくれなかった。なぜならいつまで経っても、まるで意志に反するようにより愛らしい映像に化けた古い記憶の言葉はこれらの女の姿をぼんやりとさせてしまうからだった。

長いあいだ彼はこんな思いに耽っていた。馬は彼の手から手綱をもぎ取ってしまい、ゆっくりと前方に進み、今はその平原の美味な、短い草を食べていたけれども。だから馬上の騎士が再び眼を上げて見た時には背後に樫の林が黒々としているのが見え、昼間はもう終わりに近づこうとしていた。

彼は首を回して、まず西空とあの小川を眺めた。そこでは全てが輝いて陽光を浴びていた。また彼がパラス女神の微笑みとユノ女神の渋面の許で、ウェヌスの白い姿が金色の宿からゆっくりと滑り降りたそんな古い昔に、女神の衣裳で、草原が優美にも撫でられていたのを見たとしても、彼は自分が深い夢に陥っていたとは思わなかった事だろう。

だが草地の美は今、全てこんな姿を欠いていた。そこで溜息を吐《つ》いて、一回転し、東のほうを向き、堅牢な入道雲が、嵐が近づいている世界の静寂のなかで、黒く、さらに黒くなるのを見た。するとにわかに彼のなかには突然、こんな思い出を自分自身の心がこれほど美しく仕立てた事への、鋭い嫌悪と絶望の念が突き刺すように、痛烈に生じたのだった。

美しく仕立てなくてもよかったのに。彼が眺めるうち、また空気がもっとむしむしとしてきて、静まりかえった時、東空低く、折れ曲がった赤い一線が輝いた。そして間もなく雷が夕べの静寂を打ち破って満たした。低い轟きだったが、神の意志のように強く継続的だった。彼は大きく叫んだ、「世界は壊されるために造られたのだ、苛酷な生は苦痛と無意味のあいだを揺れ動くだけだ!」

こう叫んで彼は身を屈《かが》め、手綱を取り上げ馬の向きを百八十度変えて、丘のなかのあの洞窟に向きあう事になった。そして言うには、「あぁ虚《むな》しや、愚鈍な世界が望みもなく急ぎ過ぎ行くなかで日々永続する至福を俺が憧れるのは虚しや、

この世界では過去の利得を新たな利得が損失に変え、
昨日の黄金の恋を、今日の日が無価値な屑に変えるとは！」

こう語るうちに、馬はゆっくりと歩み始め
丘に向かった。「明日と今日《こんにち》よ、なぜ俺は
お前たちの名前をこう名付けるのか、こうして俺は恋人を
俺の胸にしかと抱いたからか？　他の奴らが離れたのは
奴らの魂のなかに、なおも何らかの希望が
あったからだ。奴らの恋が皆過去のものとなっても、
欺瞞的な世界と最後には折り合う望みがあったからだ」。

こう考えると彼の心は、不思議にも軽やかになった、
なぜかは判らなかったが。だがさらに彼はこう言った、
「今日この日、詩人どもや老婆どもが拵《こしら》えた話を
俺が信じざるを得ないとは、何とも驚くべき事だ！
こんな話を皆、しかるべく理性で秤量《ひょうりょう》した時もあった。
だが、おおわが心よ――この鈍い空気が何と甘い事か、
こんなに新鮮で美しい希望が育つのはどうした事か？」

するとその時、雷がもっと大きく轟いた。
世界は暗くなった。夕日が沈んだからだ。
発作的に吹く風が大地の上に揺らめき、
森の木々が恐れたように呻《うめ》き始めた。
あっという間に黒雲が空全体を飲み尽くした。
だが彼の眼は輝いた――奇妙な笑みが顔をよぎって
光ったのだ、まるで幸せな夢でも見ているかのように。

再び彼は叫んだ、「俺を呼ぶのだね、行くよ、行くよ、
おお愛らしい君よ！　おぉ、君は近くにいるのだね。
まるで馨《かぐわ》しい香水だ、君の住居が近い事が、あたり一面に
知らせられるのだ。君の住居は神の天空を明るませる――
あぁ嬉し、君の栄光だ！」　こう言うと同時に、突如、
雷光が、募ってくる暗闇を横切って流れた。
彼の馬は驚いて、サイドステップで飛び退いた。

彼は構いつけず、馬を先へ進めた。
まるで敵を見かけたように、剣を抜いたのである。
あの小川に達するまで、狂ったように先へと駆けた。
そして嵐が大きく音を立てて吹き始めてもなお
また、大粒の雨がばらばらと落ちてきてもなお、速度を
落とさず、小川を駆け抜け、向こう岸の堤を登り、
甲冑《かっちゅう》をじゃらじゃらさせながら地上に飛び降りた。

そして激しい、白いしぶきの雨と風の唸り声、また

不思議な色をした、素早く広範囲に煌《きら》めく稲妻、
がなり立てる雷に向かってこう言った、「もう二度と
私はあなたと関わらない、助けにもならず残酷なあなた、
また虚偽の世界が真実と呼ぶ事物を信じない。
もう確かに私の眼は、あなたに逆らって、《恋》の
愛に満ちた腕が完璧な平安を包み込むのを見るのだ」。

それから頭上に輝く剣を振りまわして、
その剣を暗闇のなか、遠くに投げ飛ばした。
それから向き直り、あとは一言も言わずに
損なわれた昼の荒々しい騒ぎから去って
自分の目の前にある洞の暗闇のなかへ
先も見ないで飛び込んだ。その間、雨を含んだ寒風が
彼の背後で唸りを立て、嵐がそのあとにぶつかった。

黒い闇のなかを数歩だけ進んで
向きを変えて止まったが、両腕を広げて
少しのあいだそこでよろめいた、だが、まるでなお
引き返したいかのようだった。嵐のなかで聞こえたならば
幾つか言葉を口にしたが、倒れ、長いあいだ死んだように
横たわって動かず、どんなに間もなく
雫《しずく》を垂れる枝の上に月が輝いたかにも気づかなかった。

彼は頬に涙を流しながら目覚めた。
それはあたかも、何か恋愛の夢から醒めたような様子。
五感がはっきりしてくるにつれて、奇妙に気弱に感じ、
眼を開こうとも、動こうともしなかった。なぜなら
幸せだったし、この新たな幸福感を試してみるのが
怖かったからだ、目覚める事によってこの恋の夢が
朧《おぼろ》になり、幸福感が褪《あ》せるのでないかと思ったからだ。

不完全な静寂があたりにはあった。まるで獣も鳥も、
地を這う動物もそれぞれ思いのままに振舞《ふるま》いながら
甘美な恋に満ちた日々を崇拝する気持から
彼らの声を静かに、低くしなくてはならないかのよう。
この上なく天国的な香りが彼の横たわる場に漂っていた、
それが何の香りであるにせよ。そして、
終わりのない五月の風のように空気も優しかった。

ついに彼は地面を見つめながら立ち上がったが
その時には、彼の甲冑が立てる金属音が
あまりに大きく、全く場にそぐわないように思われた。
彼は身震いした、今なお多分夢を見ているのでないか。
とは言え不思議な希《のぞ》みが、驚嘆する心に流れたのだ。

上を見ると、美しい花いっぱいで葉の茂る木々のある
森の最も深いところに彼は立っていたのだ。

振り返って眺めてみた。最近の自分の記憶、愚鈍だが
願望に満ちていた記憶に促されて、自分の背後の
近くにあるはずの、洞窟の入口を
見ようとしてみた。だがそれは無駄だった。
なぜなら薫り高い野薔薇と薔薇が密に生えた藪のなかに
彼は生まれ変わった男として立っていたからだ、
今は捨て去る行為も、選び取る行為も無くなっていた。

新たに生まれ変わった人が、最初は、過ぎ去った人生の
囁く声が、耳のなかに聞こえはするものの、
また一瞬のうちに過去の日々、その苦痛と快楽、争いが
皆密集したかたちで、しかも映像を和らげるベールも嘘も
全て取り去られた姿で、鮮明に見るのと同様に、
そのように今、彼は物を見聞きして、僅か一分のうちに
過去の生全てを生きようともがいて、無駄に終わった。

彼がこうもがくうちにも、眠りのように強い忘却、
死のように速やかな深い忘却がやって来て、同時に
名付けようのない新たな欲望も生まれ、新鮮な希望で
心は跳ね上がり、また、新鮮な怖れがこの新たな喜びを
圧迫した。そうでなければこの喜びは、この未知の空気の
変わる事のない優しさと、今自分のまわりに茂る
香り豊かな枝の縺《もつ》れを、大声で祝福しただろう。

震えながら、不思議なものを見るだろうと思って
縺《もつ》れあう枝葉を開いてみた。それから、まるで
眠りが世界を支配しているかのように、また、その眠りを
目覚めさせる事のないように、音を立てずに枝のあいだを
通り抜けて、自由な空間に出た。だがなぜここに来たのか、
どちらへ向かうべきなのか、また、なぜ自分の心が
このように燃えているのか、全く理解できなかった。

それから森のなかを彼は進んだ。長いあいだ
聞こえるのはただ、木の間に幽閉された風の囁きと
頭上を彷徨《さまよ》っている森鳩の鳴き声だけだった。
だが時折、遥か遠方の木々が織りなす暗闇のなかに
素早く飛び去る幾つもの映像が見えたと思った。
これを見て彼は、今背後に捨てた日々の、昔の事物を
思い出そうと努めたのだが、これは虚しかった。

ゆっくりと彼は進み、常にあたりを、不安な眼をして

眺め続けた。やがてついに、聞こえたのだ、
音とも言えない幽かな音の発作的な囁きをよぎって、
遠方での小声ながら、歌唱の響きが
人けのない空気に流れるのが。歌声は過ぎ去った、
呻くような風に乗って、優しく消え去った。
しかし新たに産まれた昼間を、遠雷が驚かすように、

そのように彼の夢はこの歌声に驚かされた。
そして彼の唇は何か忘れていた名前を言おうと努め、
心には不思議な不満が訪れたのだ。すると、
甘美この上ない奔放な欲望がそこから燃え上がった。
その時また、風に乗って、大きくなった歌声が
聞こえてきたのだ。そこで彼は足を留め
喜びつつ恐れつつ、熱心に歌声に聴き入った。

再び歌声は消えていったが、また聞こえてきて
小さくなり、大きくなり、さらに甘く強くなるのだ、
彼の心を喜びと苦痛とで包み込むのだ。
ついに彼の耳は音曲《おんぎょく》の極めて近くまで来たので
歌声のメロディに漂う歌詞そのものを聴き取れたのだ、
この幸せに向かって、彼は大きく腕を伸ばした。幸せは
まだ名付けようがなかったが、確かに自分のものだった。*

*次の歌を歌いながら通った男女の姿が、五九四頁の図版に示されている。

その歌詞

私たちの女王《ウェヌス》が地上に現れる前に
喜びも快楽も僅かしか無かったのです。
船人も、大海の玉江《たまえ》に、
重い心を抱いて彷徨《さまよ》っていたのです。
冬の河の波が逆巻《さかま》く手前に
疲れ果てた漁師が手をこまねいていたのです。

娘たちは織機を置いた部屋のなかにいたものです、
ただその前に坐って終日機を織り、
歌も歌わず、遊びさえできなかったものです。
明け方から暑い日中までただ一人、
日中から夕方まで野面《のづら》をただ上がり降り、
農夫は働きづめで、歌一つ知らなかったものです。
彼らはただ人間と神についてだけ考えており、
貴女《ウェヌス》の御足《みあし》が波間を歩く*以前は淋しかったものです。

*言うまでもなく、ウェヌス（ヴィーナス）は海の泡から産まれたとされる。

商人は心配な品物を抱えて、キスを知らず、

騎士たちは戦いに出て、接吻には関わらず、
船乗りは帰国してなお口づけするに至らず、
吟遊詩人は徘徊《はいかい》してベーゼには面《おも》も振らず。

乙女子が流れの面《おもて》を眺める事は無きにしも非《あら》ず、
だがなぜ彼女らが美しく造られたかの訳知らず、
彼女らの金色の髪、純白の胸も男性の為ならず、
歓楽の為に造られた手足の秀麗にもかかわらず、
その手足はただ死を待つための愚かな恥知らず、
希望無き様《さま》は花々が人に見られぬ淋しさに劣らず、
その頃の人生は激情を欠き甘美な物も露知らず。

それ故に、おおウェヌス《ヴィーナス》様、我々は讃えて当然、
大海の緑の波がしらに感謝するのは必然、
この波の上に、ある幸せの日、ウェヌス様は
我々の不面目を除去せんとしてお生まれになった。
あなたの足どりが神々の花々を咲かせた様は
また貴女の御足《みあし》が、その渦からお生まれになった
大海で凝固した泡立ちを我々が賛美してこそ十全。
海と陸のあいだの黄色い砂に御足はキスをなさった。
蜜蜂の群れるよく熟れて種を育てる草々のあいだ、
貴女の御手と御足は、先ず初めにお通りになった。

紫の粉をふいた蝶が、何よりも早く、僅かのあいだ、
貴女の震えていた太股《ふともも》に吹き寄せられる事になった。
貴女の脇腹に触れる事ができた最初の赤い薔薇、
やがて大きく咲きすぎて気を失った今は枯れ茨《いばら》。
オレンジの緑陰《りょくいん》、揺れ動くその葉陰《はかげ》、
貴女の最初の眠りの場となったその木陰《こかげ》。
貴女の薫り高い吐息を初めて捕らえた大気、
貴女の誕生日の素敵な誕生と日暮れの空気。
そうだ、これら全てを、我々が讃えて当然、
だがどんな言葉で、貴女を讃えればよいか、
おおウェヌス様、生命在る愛である貴女は婉然《えんぜん》、
頑張る人に平安を与える誕生をどう伝えればよいか？

歌は最後に至るまでにさらに大きく聞こえた。
歌の高まりに合わせて、香りも不思議な甘い物になった。
そしてそれとともに、衣擦《きぬず》れの音を彼《ウォールター》は聞いた。
まるで柔らかい衣服が、優しい空気に出会ったようだった。
そして森のなかを、多数の足が踏みならす音も聞こえた。
やがて森の暗闇は、歌を終えて静かになった
美しい人びとの群れでいっぱいになった。

彼らは彼の通った道を横切って流れ込んだ。

若い男性と乙女らで、薄い衣服と花環を身につけていた。
あまりに愛に満ちた姿で、言葉では言い表せず、詩で
詠《うた》うしかなかった。頭と頭をもたれさせ合う様は、
白と赤のポピーが野のなかで触れ合うようだった。
手と手を組む様は、薄い色の野薔薇同士が、夏の庭の
草木の静かな豊潤のなかで揺れ合うようだった。

彼らは、静かに通り過ぎた。速やかでなかったとしても
あまりに数多く、また滑るように通っていったので
彼らの美しさが、希望と熱意で、彼の心全てを奪っていた
にもかかわらず、彼の眼は、全て彼らが遠くの闇に隠れて
朧《おぼろ》となる前に、ほとんど見分けられなかった、
最初の驚きの縺《もつ》れに捕らわれていたので
その群れのなかで、美しい顔、姿、手足一つ一つを。

瞬時、森は実際、以前以上に美しくなったと思われた。
彼らの恋の情熱に満ちた眼が、木から木へと巡って
愛する相手の眼を探していたからであろう。
また咲きすぎていた花、葉が重すぎた枝が
恋する者の心配で動き回る足に触れた
優美な裾の下で、生気を失って散らばっていたかも知れぬ、
恋は、夢に見る最善にまで、彼らの近くまで来ていたが。

少し間を置いて、彼はまた道を辿った。
あの群れなす恋人たちをすっかり忘れていたが
彼らが、歌の波打つなかで名前を挙げた彼女《ウェヌス》の名は
忘れなかった。彼の心は生への新たな考えで熱くなった。
人生の事はただ、痛切な嫌悪感で横切った荒野としてしか
覚えていなかったが、その挙げ句、現に辿り着いた一つの生が
あった——現在の生は、なお至福なのだ、仮に孤独で
満足感のないこの欲望と、未知で、見た事もない女性の
名《ウェヌス》だけしか得られていないとしても、なお至福なのだ。
そしてもしこの不思議な新世界が広すぎないとすれば
いつの日か自分の手は彼女の手に触れられるだろう、
彼女には許されないキスから顔をそむけても
彼女は全く冷酷ではなく、自分も全く不幸せではなかろう、
あの失った旧世界にはそれ以上に良き物が有ったろうか？

彼がこんな事を考え、自分のまわりの様《さま》にあまり眼を
向けていなかったあいだに、その場は変化して、樹木が
植えられた庭園のようになっていたが、そこには雑草も
冬も、末枯《うらが》れも、訪れた事がないようだった。
頭上の鳩は、もはや一羽だけ悲しみの歌を歌う事はなく

疲れを知らない声を張り上げて、多数の鳥が
木の葉と花々のあいだで嬉しげに鳴き響《とよ》もしていた。

太陽と風も、地上に到達するのに、もはや虚しく
努力してはいず、遠くまで続く平原の花々のあたりで
輝き、或いは爽やかに戯れていた。
平原では柔らかな陽光と、ちらちら揺れる木陰のなかに
多数の野生の動物たちが見えたが、彼らはお互いを
怖れはせず、さすらう人間を怖がる様子もなかった、
そうだ、彼の輝く武器を見てさえ怖がらなかった。

平原のなかを小さな川が、うねりつつ流れていた。
そして平原の全ての上に、灰色の山々が聳《そび》えていたが、
平原をすっかり取り巻いていると言うよりは
山々の真ん中に道が通っている様子で、道は、
何であれ愛らしい山間の事物に続いているらしかった。
だがウォールタは人には全く出会わなかった。実際、
森を通ったあの男女が夢だったかどうかも判らなかった。

だがさらに進んで、夢かどうかを確かめようと
頭上から良い匂いの果物を一つもぎ取り、
紫色の果肉を開いて食べてみた。

次には、百合の花々、数多くの薔薇が咲く
驚くべき花々の道を辿って、あの小川に行き着き
小川の冷たい細波《さざなみ》に触れてみた。その時には
小石の替わりに金塊そのものが散らばるその浅い流れを

彼はゆっくりと歩行渡《かち》っていたのだ。だが足を留めず、
丘の連なりに向かって歩み続けた。どんな怖れも
また苦痛さえほとんど、彼の心にのしかからなかった。
ただ憧れが自分の生を、以前より大切に感じさせた——
それは近づいてくる喜びへの憧れだった。
そして今はほぼ、心に満足が与えられたように感じた。
だからただ、一箇所に留まってはいられなかった。

そこで休む事なくさすらい続けたのだが
やがて丘と丘のあいだを通る小道が鮮明に見えてきた。
影法師が長くなり、太陽が低くなり、まるで
あの愚鈍な世界を、今なお通っているような気がした。
あの旧世界では一日中、人びとが働き、夜は夜で
労苦と災いの夢をもたらし、目覚めてみれば
希望のない人間の眼に昼の光が冷たく射すのだったが。

その世界についての漠然とした思いを心に抱いたまま

今は、日没と月の出をそこで見たあと、
丘の斜面と丘の斜面のあいだを通る狭い谷間に
彼は入っていった。遙か彼方に、夕空が金色に栄えるなか
もう一つの美しい谷道が横たわっていた。
小さな谷川は、夕日の残照に赤く染まって流れた——
あぁ素晴らしい！　夢で見るあの場所のようだ、

　すなわち、別れていた二人の男女が、全てを知り
全てを過去の事として、互いに許し合って会える場所。
無意味で虚しい人生のなかにありながら、唯一天国的な
そんな場所、そんな時間。——ふらつく足のまま
少しばかり足を止めた、全てがあまりに甘美だったから。
彼は眼を覆った、そんな夢におけるように、昼間が
またやってきて、全てを虚しい空白にしないようにと。

　小道のほうから風が来て、彼は震えた。
この風の吐息と吐息のあいだに長い時間があるのか？
今頃は、花咲く草地に、夜の闇がゆっくり這い昇ったか？
朝のような光が世界を蘇らせ、俺の恋を殺さないようにと
俺がじっと動かないでいられるのは長い時間か？
きっと太陽はもう沈んだろう、流れは静かになった、
風は丘の向こうへ沈んでしまったろう——

　いや違った、指のあいだから赤い夕日がまだ光った、
彼の心臓の早い脈動に拍子を合わせるように、今また、
新たな風が打ちつけ、流れの向こうへ落ちて行く——
そこで眼から手の覆いを落としたが、それでもなお
彼女*がそこにいるという幸せな気分が、彼の魂のなかに
大きく膨《ふく》らんだのだ、彼の言葉を彼女の言葉とし、
彼の恋心に満たされ、恋そのものによって言葉を失って。

　*ウェヌスなのか、ウェヌスの分身なのか。彼だけを愛する絶対的愛の化身。

おお何と近くに、何と近くに、丘の鼠色の蔭のなかに
彼女は彼に向かって立っていた事か！　見事な眼を
完全に彼の眼に据えて！　彼の心の思い全ては褪《あ》せて
驚きさえ感じない至福感になってしまい、
記憶も、希望も、恐怖も無くなっている
そのような生へと変貌した。それは欲望全ての生、
その恐怖は死、その望みは身を焼く熱烈な火。

　素裸で、一人だけ、笑いもせずに彼女はそこにいた。
大地から雲が彼女を持ち上げてはいなかった。彼女の足は
彼の足が触れている草地に触れていた。彼女の血液は
麗しい胸のなかで、彼の血と同じように脈打っていた。

両の手は、彼が差し伸べた両手を迎えるように
少し伸べられ、両唇はしっかり結ばれ
彼の愛を求めていたが、言葉は発しなかった。

　彼は倒れも、跪《ひざまず》きもしなかった。その瞬間には
彼のなかで生命が強く働いた。自分は決して死なないと
彼が思って当然だった。羞恥も罪悪感も
過去の時間、未来の時間も、皆消え失せていた、彼が
前方に飛び出して、彼女の両手を捕まえた時には。
そして《恋の王》のキスがこうだろうと思われる仕方で
彼女の滑らかな頬に触り、彼女の唇に自分の唇を重ねた。

　この俺の恋を、地上の、また天上の人間が、どんな名で
呼ぼうと、何を構うものか？　彼女は息づかい激しく
愛しつつそこに立ち、彼に身を寄せた。彼ら二つの心に
一つの恋が生まれた、と彼はこう言った——二人の唇が
離れた時には、日の光は爽やかな夜の空気を暖めては
いなかったが、景色全てが美しかった。手を取り合って
もう黄色い花が陽に燃えてはいない場から離れたのだ。

　二人が谷道を登って暗闇のなかに入っていった時には、
流れの音は前より大きかった。風はばたりと止んでいた。

休息ではなく、全き愛の休息を得るために登ったのだ、
新たに産まれた喜悦という奇蹟中にそれを得るために。
高く昇った月光に白々として見える夜露を、彼女の足が
踏み分ける時、彼は叫んだ、「このため、このためにこそ
神は世界を造ったのだ、私が貴女のキスを獲《と》るために！」

何だと、話はこれで終わらないのか？　いや、悲しや！
いかに多くの地上の話はこうした結末を持っている事か、
「私は焦がれ、見出し、末永く幸せに生きて
恐怖も感じずに死者の仲間入りを果たしました」！
——希望と言えば、神が造った二つの魂が溶けあう事だ、
この地上では——だが彼女は——彼女を誰が造ったのか、
人間というものの呪いとなるように？

　だが実際、彼らの生活は長いあいだ、欠陥のないものに
思われた。二人は、死ぬ事も罪を犯す事もない花のように
造られていた。これほど完全に恐怖が忘れられ、退屈に
磨《す》り減らされない夢は、いかに短い夢であっても
人に見られた事はなかったのだ。
甘い眠りの上に、これほど僅かしか、世界の悲哀や恥辱、
或いは人間の虚しい努力の思いが現れない例《ためし》はなかった。

物語る人は言う、彼は極めて優れた恋の男になったと。
地上がかつて経験した全ての美が、少なくとも外見上、
戻ってきて、開き続けた花の蕾と咲きに咲いた花々の
あいだでその姿を見せたのだと。
やがてその美から我が物となった彼女の美に眼を転じ
大きな幸せの恍惚感に彼は眼も見えなくなる思いで
新たなキスの一つ一つに、思いもよらぬ喜びを感じたと。

語り手は言う、恋人が語った嬉しい声の一つ一つが
恋に満ちたその人けなさを漂い続けたのだと。
その声は木陰の薔薇を、その音色の思いがけない美しさで
震わせるほどだったと。
すると彼は、彼女の喉が震える姿に眼を転じ、
まるで耳が聞こえないかのように、彼女が漏らす声音《こわね》が
周囲の空気を皆変えてしまう音波をさえ感じたものだと。

語り手は言う、彼は古い時代の恋人たちを見たのだと。
オルペウスが今は忘れられたメロディを歌いつつ、
自分の妻エウリュディケーを生の世界に連れ戻す様を。*
オルペウスはかつて永劫の生を相手に闘った男だ、
そして全ての愛がしくじるように、しくじった男だ、
自己の願望を完全な歓びに変えようと試み、一人の最愛の
女のために孤独な天国を造ろうとして失敗した男だ。

＊オルペウスは音楽の名手。死んだエウリュディケーを冥界から連れ戻す際に、振り返ってはならない禁忌を破って妻を振り返り、連れ戻しに失敗。

ティスベーも彼は見た。大きく白い胸を開《はだ》けた彼女《ティスベー》を。*
胸の上には血ではなく、桑の実の果汁が凝《こご》っていた。
ひたむきな愛を捧げたピューラモスも、手にライオンの
たてがみの毛束を持ったまま、横たわっていた。
二人の憧れを虚しくも静止させた灰色の刃《やいば》は
雛菊たちを打ちのめしていた——変化しない古い大地よ、
きっとお前の心は、お前の花々のなかで冷たいだろう。

＊ピューラモスは恋の相手ティスベーがライオンに殺されたと誤信して自殺。ティスベーも彼の遺体を見て自殺。彼女の胸を突いて出た血は桑の実の果汁になった。

ヘレネーが草地を横切る姿も彼《ウォールター》は見た。
やがてヘレネーは彼女《ウェヌス》の足許に立ち、
彼女《ウェヌス》は、輝かしい災いの種ヘレネー*を悲しい褒美として
パリスに与え、彼はそれでもヘレネーを妻とした。
今彼女《ウェヌス》の唇は震えた、不面目を晒した彼女の血は
頬を赤く染めていた。だが彼《ウォールター》はじっと彼女《ヘレネー》を見、
トロイアと彼《パリス》を焼き尽くした松明《たいまつ》の火に憧れた。

＊本訳著「九月」第一話の冒頭注参照。ウェヌスはトロイアの王子パリスが、世界一の美女として彼女を選んだ褒美として、夫のあるヘレネーをパリスに与え、トロイア戦争が勃発。妻を奪われた夫がギリシア軍をトロイアに送った。

次にアリアドネーが来た。海から出てきた彼女の衣服は
濡れていた。彼女にとっては、ナクソスの海は牢獄の壁、
恋人の所に達する道を、そこには見出せなかった。
それからフィリスの、象牙のような頬にアーモンドの
花々が落ちた。次には、黒髪で背の高いディドーが
やってきて、そのほっそりした指を
あれほど鋭利な刃物の研ぎ澄まされた刃の上に置いた*。

*この三者はともに非業の最期を遂げた美女たち。アリアドネーは夫に捨てられてナクソス島に置かれた。フィリスは恋人に去られて自殺、一説では死後アーモンドの木になった。ディドーはカルタゴの女王だったが、恋する男に去られて、葬儀用の積み薪の火に身を投じて自殺。

その時、何が起こっていたか？　太陽は暗くなったか？
花々はしぼんだか、暖かいそよ風が冷たくなったか？
それはあり得る。だが彼の恋《ウォールタ》はさらに激しくなった。
彼の疼《うず》くような心を、これは欲望で満たしたのだ、
その欲望は鎖も意志も受けつけないほどのものだった。
肩と肩を寄せて震えつつ、二人は坐っていた、
夜も昼もない、変化した世界のなかで。

恋の物語のない荒野のような幾時代が裂けて
その裂けた愚鈍な隙間を抜けてブリュンヒルド*が来た。

彼女の左手は彼女の心である火の上に置かれていた。
この火は頬を青ざめさせたが、眼のなかから炎を発した。
彼女の右手はシグルズの手を掴んでいた。なぜなら彼の
素朴な眼には、何の罪の意識もなく、滅びた大地の全てを
今は極めてはっきり見ていたからだ。

*中世初期には恋物語が少ない。ここからは中世中期の北欧神話。シグルズは忘れ薬を飲まされ、恋人ブリュンヒルドを忘れる。両者の別れは哀切。

この時突然、大鶫《おおつぐみ》の声がして
春の半ばの驟雨《しゅうう》のあとのように、空気が爽やかになった。
優しい風の波に乗って、周りを流れながら
林檎の花と、撫子《なでしこ》の香りが漂ってきた。
すると世界全体が朝の時刻にあるように思われて
キスの繰り返しは優しく懐かしく、二人の眼と手、
唇と白い胸の姿もまた、優しく懐かしく思われた。

そうだ、大地はあの一組、トリストラムとイゾルデを
語り続けているように思われた、二人でそこに居るあいだ。
今二人*には生涯、毎日が結構ずくめであるように思われ、
一方死自体も、愛人の腕に包まれていれば、全き絶望の
深淵から何か花々が咲き出させるに違いないと思われた、
何か付いて離れない、全てのなかで最も甘く苦い花が、

二人の頭上に暗闇の落ちる前に、咲き出ると思われた。

＊「二人」はウォールタと「彼女」を指す事は確かだが、モリスは、イゾルデたちをも側面から描いて二つの恋の類似を仄めかすつもりだったと思われる。

彼《ウォールタ》は他の恋人たちも見た。その名前は彼らが嘆きつつ通ったかも知れぬどんな話も語りかけはしなかった。
だが彼らの生涯を彼が探ってみると、彼らの唇が語った。
彼らの心のなかから、多くの話を彼は引き出したのだ、
ある話は古代の詩人が歌ったどの話にも劣らず甘美だが、
またある話は死のように怖く、ある話は、悲しい夜を
慰めてきたどの話にも劣らず、奇妙かつ奔放であった。

彼らが何を語ったとしても、皆、異口同音に
熱心な言葉つきで、《愛の女王《ウェヌス》》を讃えていた。
とは言え時折、こう語りつつ彼らは、まるで恐れたように
花の咲く果樹園＊を横目で眺めるのだった。
すると奇妙な苦痛が彼の心のなかにうごめくのだった。
そこで彼は、彼女の抱き込む腕にしがみつき、
その胸がなお温かいのを知って、喜びで震えるのだった。

＊恋愛至上主義に対立する他の価値観の象徴であろうと思われる。

すると、彼女のキス全てを用いても癒す事のできない
巨大な憧れの疼きが彼の心に生じたのだ。
以前には見た事のなかった夢が、彼の眼のあたりに
朧《おぼろ》に現れたので、彼は震えながら叫んだものだ、
なぜ自分が死なない事になるのかを教えよ、と、また、
なぜ自分一人が、全てに完全無欠な恋人を
持っていて良いのか、教えてくれ、と。

だが何と！　彼女に言う事のできる最も優しい言葉と
生涯の喜びとなる値打ちのある愛撫とで
こんな時、彼女は彼を慰めて、彼の手を取り、
新たな輝く場所全てに彼を連れて歩き、
彼に、彼女の力が有するさらに大きな驚異を示したので
笑顔と喜びのなかで、彼はすっかり忘れてしまった、
彼の情熱籠めた問いかけに彼女が答えていない事を。

今日は忘れた、そして多分何日も忘れていただろう。
だが多くの日々に、あのような問いがまた胸に浮かんで、
尋ねたものだ、「悲しみも苦痛も決して感じる事のない
貴女に僕はどう尽くす事ができるのですか？
地上の人びとは、相手が応える目つきのなかに初めて愛を
見出す前から、愛しても相手の幸せに役立たない事を
恐れます、日々、新たな怖れが生まれるのですが」。

答は得られず忘れられた！――今日も忘れられた、
あまりに密に抱きあって、見る事も喋る事も不可能だった、
だがそれでも明日には――「変化と無縁な恋人よ、答えて、
地上には恋の苦しみがあれほど多いのに、また、
僕を必要としていると判る前にこれほど僕を愛する女は
いないのに、なぜなのです？　だって貴女は本当に
おぉ完全なる女よ、僕を必要としていると思うのですか？」

――答は得られず、少しのあいだに忘れられた――
何度も、実にしばしば、問いかけて答は得られなかった。
やがてその魅力的な笑みから、何かが、ちらと輝いた、
その優しげな胸のなかに何かが動いた、それはあたかも
《愛の神》が彼女のほうを向いて、彼を崇拝する彼女を
叱りつけたかのよう。彼の足許に身を投げて
彼のために全てを語るために心も乱れている彼女を。

いかに多くの質問をしたか、また答えられなかったか？
いかに多くの期待が、決して苦悩に苛まれる事のない、
常に美しい顔と、どんな恐怖や恥にも汚される事のない
あの同じ手足と身体によって、常に封じられた事か。
いかに多くの回数、彼には有難い安息がやって来たか――
そして安息が何度消えた事か、どんな苦い種が彼の胸に
宿り始めたかを彼女は全く知らないという怖れのなかに。

喜びが減り、怖れが募るなかで、あの愛に満ちた夢は
薄れて行き、今はそのなかから、彼自身の罪によって
彼から失われた旧世界の微光がちらちら輝き始めた。
時折彼の眼を横切るように、地獄の炎、天国の栄光が
飛び交い始めた――彼が、あの《女王》の横に
坐っていながら、眠りの優しい姿のなかに置かれながら。
そしてなお恐ろしい夜明けは暫《しばら》くやって来なかった。

その間に、二つの思いが彼のなかにうごめき始めた。
これが第一の思いだ――「貴女の栄えあるキスによって
眼が呆然とさせられたのは、僕一人だけですか？
なら、他の男たちには貴女は何をなさったのですか？
彼らの病的な恋の歓びは、今どこへ行ったのですか？」
――あぁ何と！　彼女の唇が彼の唇に重ねられたのだ、
そしてなお恐ろしい夜明けは暫くやって来なかった。

そしてその間《かん》の第二の思いはこうだった――
「そしてもし、貴女の愛に包まれて、ここに居続けて、
神の最後の審判が我々の幸せ全てを終わらせた時には

僕の眼は、絶望の苦によって全てが見えるようになり、
僕の虚栄の生が大切に思った事が邪悪な夢に見えるのか、
そして僕は孤独になるのか?」　あぁ頬が頬に寄せられ、
そしてなお恐ろしい夜明けは暫くやって来なかった。

いつまで遅れるのか誰に判ろう、だが確信するがいい、
この世にも驚くべき場所で、来る日も来る日も僕の心を
慰めてくれた不思議な歓楽の数々を
人の心が想像できるなら、人の舌が語れるなら、この僕の
話を聞いた人なら誰でも、罪だとか恥だとかの考えを
綺麗さっぱり投げ捨てて、来るのが遅いあの夜明けへの
怖れと希望を笑い飛ばすだろう。*

*そんな歓楽を捨てる決心が実行に移される「夜明け」を嘲るだろう、の意。

しかし長いあいだ名もなかった第三の思いが、ついに
心のなかの弱々しい希望の花として咲き出《い》でたのだ。
この花の傍《そば》では、不穏の気持は激しく強くなった。
そして、口では「出て行こう」と明言しなかったけれども
何度も呟《つぶや》いたのだ、「貴女は希望を無くさせる程美しい!
だが地上の悲しむ人びとのなかには愛がないと言うのか?」
こうして恐ろしい夜明けが来た。夜《よ》の明かるむ様子は——

ある夜、百合と薔薇に囲まれて
彼は平穏に目覚めたのだ、過去の日々の夢から。
最初は平穏だった。彼女が自分の横にぴたりと付いて
眠っているのを見ると、野生の森を一人で馬を進めた
あの夕べよりずっと前に自分がしていた事の記憶は
消えてしまった。なお暫《しばら》く、あの美しい庭園や
彼女のこの白い肉体を夢見ているように思われた。

だからそのまま長いあいだ幸せに彼は休息していた。
あまりに平安に満ちているので、夢だと判っている夢から
目覚めたくないような気持でいたのだ。彼女の胸に
静かな風が、朝露を載せた薔薇の葉の影を揺らしていた。
輝く雲のなかから月が突如現れて、やがて、
心地良く眠ったまま、彼女は彼のほうに寝返りを打ち、
彼の魂のなかへ、彼女の肌触りが彼の欲情を燃え立たせた。

その時、平穏は皆、炎に焼き尽くされるように消えた。
恐ろしい記憶が突進してきた。そしてそれとともに
群れを成して彼に襲いかかる思いのなかに、
はっきりとした世の終末の映像が見えたのであった。
彼を遮《さえぎ》るように巨大な火の壁*が立ち昇ったのだ、
それは虚しい欲望、後悔と恐怖、愚鈍な空白の孤独、

そして何も含まない絶望で築かれた火の壁だった。
＊キリスト教的な死後の至福から彼を遮るように思われる遮断の壁。

少しの間《ま》、石になったような恐怖のまま横たわったが
やがて、縺《もつ》れあう惨めさを掻き分けて、貧弱な希望の
断片のようなものが、最後には突き進んできた。
ゆっくりと身を起こし、恐怖で震えつつ、花の咲く枝の
あいだを通った。通りすがりに、枝に茂る木の葉たちは、
彼の上に落ちたが、生と音とに満ちているように思われた、
何ら騒がしくもなく地面に散ったのだけれども。

だが間もなく逃走の足を速めた。目的地を知っていた。
なぜならかつて深く喜びを帯びていた毎日の世界が
目の前に彷彿《ほうふつ》としてきたからだ、だから、月が今なお
輝かしく照らす人けのないこの地獄を急いで通り抜けた。
その最中にも、彼女と彼が手をしっかりつないで
恋の想いに眠りさえせず、この地を彷徨《さまよ》った日々、
この地へ来た最初の頃の夜が思い出されるのだった。

このように彷徨《さまよ》った時に、また自分に新たな喜びを、
何であれ与え得た彼女の言葉の全てを
常に思い出せるだろうかと考えていた時に、
どのように二人が、風のない銀梅花《ぎんばいか》の林に着いたか、また
いかに、暗さの故に二人が、子どものように
身を寄せ合ったか、また林がほぼ尽きた頃に、どのように
滑らかな灰色の石でできた断崖に来たかを思い出した。

また思い出した、木の枝がまばらになったあたりから
月光があたりを照らしていたので、差し伸ばされた彼女の
白い腕の指す方向を眺めると、断崖の中央に、いかに
一つの洞窟が陰鬱な様で口を開けているのを見たかも、
その時の彼女の言葉も。「ここへあなたを連れて来たのは
暗黒の危険と死を見せておくためですよ、但《ただ》し、もし
貴方が愛と誠実から、注意を怠らないでいさえすれば」。

あぁ悲し！　そのあまり心に留めなかった警告のあと
素晴らしい日没を見たあの記憶よ、あの時には
聖木銀梅花《ぎんばいか》の林の傍で彼女が寝ていて、眠れなかった僕の
憧れに満ちた眼がそれを見守っていたが、金色の夕日が
忍び入るように彼女の両足に射しこんでいたのだ！――
あの日々は何と良かったか！　「愚か者、戻れ、引き返せ、
ただ生き尽くして、虚しく死ぬつもりなのか！」

彼はこう叫んだ、昔言い渡された警告の意味が、何で

あったかを今は良く理解したからだ。口を開ける門は
失意の魂たちが通って冷酷な大地に帰って行った門だ。
すると彼の魂のなかを希望に対する憎悪のほとばしりが
駆け抜けた。こんなに残酷にこんな遅い時期になって
知り尽くした歓楽全てから自分を追い出す希望、
だがほとんど、なぜだかどこへ向けてだか語らぬ希望に。

　そう思って足を止めた。今、輝く草地に来ていたが
そこの花々は、彼が見ている間にも、彼女の足にしばしば
出会ったものだった。細波《さざなみ》の音を立てる小川があったが、
これは今なお彼女の住んでいる花咲く庭に続いていた。
――おお自分が決して忘れない幸せが苦となるなんて！
でも今でさえ、どうして引き返す事ができようか、
あの至福*をまた改めて自分の身から抛《なげう》つ事になるのに？

＊以下、彼はキリスト教的至福と恋の喜悦との板ばさみになる。

　彼は怒りと苦しみから、声に出してこう叫んだ。
だがもう一度、夜陰のなかをさらに前へ進んだ。
銀梅花《ぎんばいか》の林に近づいたが、風以外の何にも出会わなかった。
林は、輝く草地を背景に、黒々と立っていた。
彼を追跡するのは、死せる喜びの亡霊だけだった。
なお先へ進むにつれて、木の枝が身のまわり近くを囲み、
彼は、世界も自分も死んだのだと半ば考えていた。

　だが、もはや樹木のないところまで来ると
そこは月光で灰色に見えたが、彼は息を切らして
立ち止まってしまい、彼女を残してきた方向へ
青ざめ、震えている顔を向けた。彼女を、花の重みで
枝を垂らしていた薔薇の木陰に寝そべるままにしたのだ、
まるで今なお彼女が来て、彼女の変化しない家へ
連れ戻してくれるのを期待するように眺めたのだ。

　振り返った彼には黒い木の枝しか見えず、こう叫んだ、
「兆《きざ》しもない、過去にはあれだけキスして、優しい言葉を
かけてくれたのに兆しさえない、嘘に次ぐ嘘だったのだね、
助けもない、帰って来いとの叫びもない！　あぁついに
何ら真の愛情を僕も投げかけていなかったのだと判る、
夢でしかなかったのだ、これは神もご存知だ、
神は僕のこの行為を大きな贈物とは考えていないのだ。

　「(続けて)おぉ悲し！　夜の向こうから貴女が叫び、
この薄暗い月の薄明を貫いて、もし貴女が僕の横を
通り過ぎてくれるつもりがあれば、その場合には
僕は引き返して、貴女と二人だけで住んで、神の審判日を

待たせて貰う以上の恩恵を、神から求めはしないのに！
──しかし見るがいい、僕は逃げ去るぞ、キスをした
貴女の唇が、僕への嘲りしか語らない事のないように！

「（続けて）だが僕は逃げるぞ、大地が消滅する時に
我々二人を忘れてここに残す事のないように、また、
我々二人が、決して終わる事のない、希望も失せた日より
優れた地獄や苦痛に値しないと考える事のないように！
灰色の月光のなかにも、まだどんな兆《きざ》しもない！　神よ、
この幽《かす》かな最後の希望を受け取って下さらない限り神に
取るなり放置するなりして頂くものは私に無いのです！」

　こう言い終わると洞窟のなかに突進した。
だが洞窟の冷たい暗闇に到達した時、振り向いてみると
洞窟の外に黒い枝また枝が揺れているのが見えた──
何と！　穢れのない彼女の姿が枝のなかに揺れていた！
だが彼女に出会おうと動いた時、全ての物の形が薄れた。
どんな言葉も表現できない闇のなかへ彼は落ち込み、
底知れない虚空が彼を捕らえたのだ。

輝く陽光のなかへ、突然、彼は目を醒ました。
まるで、睡眠中に敵に取り囲まれていたかのように
彼は飛び上がって、馬上槍試合場で覚えた昔の叫びを
口にしながら、まだ良く眼も見えず、よろめきながら
片手を伸ばすと、木の幹に触れたのだ。
幹は朝露で濡れていた。哀れな姿でそこに立っていると
血液のなかを戦慄《せんりつ》が走るのを彼は感じた。

　そのうち、ほとんど何も覚えていなかったのに、
実世界と自分の居る場所をはっきりと見る事ができた。
なぜなら辺りを見まわすと、木々に周囲を囲まれた
草原が眼に入ったからだ。この草原のなか、
彼の近くに、美しい小川が流れていたのだ。
立ってそのまま眺めていたが、長いあいだ、
振り向いて背後に何があるかを見る勇気が出なかった。

　ついに振り向くと、あの洞窟の入口が、黒々と
脅すように、恐ろしげに、傍《そば》にあるのが眼に見えた。
彼の最初の思いは、この入口へと彼を向かわせたのだ。
盲目的な望みが、彼にひしひしと迫ってきた惨めさと
混じりあった。それなのに彼には、自分の足を
そちらへ向かわせる意志が残ってはいなかった。実際、
過去の歓楽は不確かとなり、現実とは思いにくかった。

もう一度あたりを見た。太陽は輝いていて
その淋しい場所の木々には、葉が茂っていなかった。
この場所は激しい嵐の夜、雷光で最後に見た所だった。
やつれた顔の上に手を回して、
額に触ったのだ。その額から無意識に、
奇妙な作りの金色の冠を持ち上げた。冠には
今は色褪せて茶色になった薔薇花があしらわれていた。

　手を下へ降ろし、花冠が地面に落ちた時、
冷たい三月の風が彼の衣服を横切って流れ、この衣服を
眺めると氷のような震えがこの惨めな男を捕らえた——
遠い異国で生み出されていた宝石の数々が
この衣服を極めて価値あるものにしていたのに
今、衣服は、七月の小川の上で揺れ動いている蜻蛉《とんぼ》の
可愛い翼の如《ごと》く、薄く、弱々しかったからだ。

　この服装では、骨身に沁みて寒かった。
身を苛《さいな》む風に、我が身を抱きしめるように縮こまった。
そして小川に向かってゆっくりと進んで行った。
だが未《いま》だ、彼の精神の迷路のなかに
自分の惨めさ全てを語るものを見出せないでいた——
自分が、新たな苦痛に満ちた、かつて失われた世界に
再び立ち帰った事は十分に知り尽くしてはいたが。
だが小石が多く、細波《さざなみ》立てる浅瀬に入る前に
彼の右足が草のなかに隠れていた何かに触れた。
見下ろしてみると、立派な剣が見えたのだ、
錆びてはいたが、雑草のなかに縺《もつ》れた彼の剣だった。
すると彼の心に、これまでより優しい記憶が蘇《よみがえ》った。
一つの閃光のなかに、あの過去の夜、不思議な歓喜を
突然の希望として感じたあの夜の姿が見えたのだ。

　と言うのも、見よ、生白《なまじろ》い、剣を使わなかった彼の手が、
昔信頼していた自分の刃《やいば》の、汚れた取っ手を握ったのだ！
鋒《きっさき》を下に向けて、剣を握って立っていると
誰かの叫び声が聞こえ、木のない空き地から
一人の男が近づいてくるのが見えた。初めて見る男を
彼は酷く恐れた、ちょうどひとりぽっちでいた子どもが
真夜中の道を激しく踏みならす足音を恐れるように。

　なお立ったまま、男が近づくのを見ていた。
森の住人で、今、彼の姿を眼にして、男は男で
突然何かの怖れのために足を止めた様子。
怖れのあまり、男は弓に矢をつがえた。

男の驚愕した心は途方もない噂話を思い起こしたらしい、悪霊《あくりょう》の出る丘のほとりとあの洞窟の噂話を。

そして自分の魂を救うために逃げようとはしない様子。


これを見ると騎士《ウォールター》は、大きな、凶悪な叫びを上げて小川のなかへ歩み入《い》って行った。

突然、全ての人間が自分の敵であるように思えたからだ。

男は怯《ひる》んだようだったが、それと同時に臆病そうに弓の弦《つる》を引いた。矢はウォールタの耳の近くを飛びすぎた。しかしこの森の男は、弓の弦《つる》を頭の高さに引き上げたのと同時に、向こうを向いて逃げたのだ。


だが騎士は向こう岸に着いて、この寒い昼を希望のない眼で見つめながら立っていた。

今、自分にできる事は皆、良くないように思われた。

それからこう呟《つぶや》いた、「なぜ逃げ出して来たのだろう？

僕の涙は凍りついて、祈る事もできはしません。神よ、この幽《かす》かな最後の希望を受け取って下さらない限り神に取るなり放置するなりして頂くものは私に無いのです！」


だが何げなくこの言葉を語った時に、彼は呻《うめ》いた。

なぜなら今一度、彼は同じ言葉を以前に呟《つぶや》いた場所、あの月に照らされていた場所を見る思いがしたからだ。

するとこれは、心のなかに大きな憧れを立ちのぼらせて輝くような血潮が彼のやつれた顔に浮かんできた。

もう一度あの崖を振り返った彼は、この流れを再び渡りそうな様子を見せた。


どんな思いが彼を制止したのか、誰に判ろう？　誰が青ざめた彼の理由を語れよう？　また彼が向き直り、急いでその足どりを、咲き遅れて風に痛めつけられた花々に向けた時、何を彼が恐れたのかも誰に判ろう？

彼が、茶色の鳥《ナイチンゲール》たちが茂みの端で澄みきった歌を歌う間、彼らの旋律に満ちる茨《いばら》を駈けるように抜けた時、どんな希望が挫《くじ》けた彼の心を乱したのか、誰が語れよう？


今、彼の足は、踏み慣れた森の、暗い道を進んで行ったが、やがて木はまばらになり、山毛欅《ぶな》の幹が立ち並ぶあいだから、日の照る緑の芝土を彼は再び見た。間もなく、今一つの木のない空間に辿り着いたが、その空間のなかで、長い小川の環《わ》が空間を縁取っていた。そして空間の真ん中には誰か逞《たくま》しい森の住人の住み処《か》が建っていた。

今、彼は陽光に近づいたので
金ぴかで、ガーゼのように薄い奇妙な衣服の上に
木漏れ日ながら眼も眩《くら》むように強い真昼の光が輝いた。
森の端へ来て、彼は突然足を止めたのだ、
そして、身をもがき、この輝いて呪わしい衣服を
引き裂きたいように見えた。だがやがて顔を上げて
この場の真ん中にある住居に気づいた。

気づいた様子は、死にかかった人が、自分の最後の
分け前によって僅かに色づいているワインと歓喜で
自分の人生の盃《さかずき》が、もう一度愉快なものに
されているのを見たかのような風情だった。
なぜなら若かった頃の彼は、楽しい仲間とともに、
初めて知った、乙女の恋心が新鮮で美しかった頃に、
五月祭の花摘みや狩猟などで、よくここを訪れたからだ。

呻きを発して、ゆっくりとドアに近づくと
そこには一人の女性が日だまりで糸を紡《つむ》いでいた。
おそらく彼女は、以前に彼を見知っていただろう、あの、
輝かしい男性のなかでも、決して最も醜くはなかった彼を。
しかし今、この荒くれた男が急いでやって来るのを見て
少しのあいだ、この女性は
怯《おび》えた青ざめた顔で彼を眺めて坐っていた。

しかし彼が近づくと、糸巻き棒を下に落として
彼女は立ち上がり、怖れがなかったならば叫んだはずの
口を大きく開けて逃げた。これを見て彼は唸《うな》った、
「おお惨めな生よ！　数多くの幸せな時に――僕を見て
人が逃げ出さず、僕を呪われた男と思わなかった時に、
今立っているここで、幸せに僕は死んでもよかったのに。
だが僕が最悪を経験したなんて、誰に判ろうか？」

唇はその形に遠かったが、「帰れ！」との言葉が
再び彼の心のなかに響いた。だがどんなに彼が憧れても
完全な絶望の雲が、あの過去の夢による
喜びの全てを、冷たく包み込んでいた。
そして燻《くすぶ》っていた希望と怖れの数々が、今は心のあたりに
群がり始めていた。また彼は苦痛に安息を見出せもせず、
いかに徒労であろうとも、前に進まずにはいられなかった。

そこで空になった住居のなかに入っていった。
夢のなかのように、ドアから暗がりを貫いて
射してくる陽光のなかに、埃《ほこり》が踊って増えていった。
そしてテーブルの上に見えたのは

この家の主人が市場で得た銀貨を、十分に詰めた
銭入れの袋。それに槍もまた見えた、新しい矢柄を付け、
輝かしく、テーブルを斜めに横切って置かれていた。

思いに耽って彼は立っていたが、やがて目的が定まり、
昔から知っていた平民たちの宝箱へと彼は向かい、
蓋《ふた》を持ち上げ、そのなかから取り出したのは
何マイルもの、風に打たれた荒野でくたびれ果てた衣服。
そして、ガーゼのような金でできた衣裳を床に投げ捨て、
その粗衣に着替えたが、その間に、自己の生活の、新たな
苦労にどう対処すべきか、ほとんど考えられなかった。

だが今は、服も着て、槍と財布を取り、
テーブルの上に、宝石いっぱいの衣裳を横たえ、
この財宝が、小妖精などで、空虚に作られたものだと
昔考えた物語のなかのように、呪いになりはしないかと
半ばは恐れていた——もう一度自分の輝く衣裳を
手の中に入れて重みを感じたが、すると悪の諸瞬間の
大きな洪水が、彼の血全てに熱を帯びさせ、

それは彼の眼を見えなくし、心を強く締めつけた。
だが人びとのあいだに住むという決意は大きくなり、
その理由は判らなかった。また、もはや彼は
「帰れ」という言葉を口にしなかった。多分、かつては
信じなかった地獄の脅威が、この苦悩のなかでは、
あまりにもあり得ると思われ、この苦悩から希望の一片が
落ちてくるなら、地獄さえ良き物と思われた。

家を出て、もう一度流れを横切った。
それから森を急いで通り抜け、やがて木々が少なくなり
低い丘から、昔から良く知っていた巨大な河の
輝く姿を眼にする事ができた。
大河は森からの小川を吸い込みながら、三月の空の
淡い青色の下で、渦を巻き、輝きながら流れていた。
この景色は多くの世人の驚きでも土産話でもあったが。

彼は驚きもせずに進み続けた。しかしこの話以外の
全ての話は無意味だった。自分の生の破滅とともに
かつて希望に満ちていた世界の生の破滅も来たと思われ
移り変わる一年も、あらゆる希望が虚しくなる闘争が
常に再発するのに、飽き飽きしていると思われた。
大地も天空も水路も、あまりに弱体で古びてしまい
荒廃と寒冷から、少しの安息も得られないと感じられた。

彼は驚きもせず、どんな苦痛も彼を襲わなかった。緑の丘の遠い側面から、ポプラの細い木々が生えている緑の牧草地の上に控え壁でがっしり支えられた白い壁が広く取り巻いて彼の縁者が今も住んでいる塔や家の壁に達していた。――彼の父親の古い家だった。実際、まさにこの父の三角旗が河に向けて近づくのが見えた。

これを見てもどんな苦痛も彼を襲わず、自分の昔の姿に何の軽蔑も感じなかった。何が自分の身の上に起ころうと、人びとが歓び、彼らなりの生き方をしても怒りは感じず、全てが彼には、良かれ悪しかれ影法師に思われ、せいぜい彼の憧れが着込んだ衣裳に思われた、その憧れとは悲惨が盲目にした憧れ――もし可能ならば、より良き生を求めて恋がその努力を導いてほしいという憧れだった。

彼は暫《しばら》く立ってフェリーボートが、輝き、きらびやかな船荷を積み込むのを眺めていた。
ボートの舳先《へさき》が、川の向こうへ漂っていくのも眺めた。水路の上からは、とぎれとぎれに、人びとの話し声が聞こえてきた。このような意味のない音には、記憶全てが付着しているのであるから、彼の生と恋とがどのように育っていったかの話が、夢のように今戻ってくるのだ。

彼は眼を転じて、大股で進み続けた、何の目的が自分を動かしているかも判らぬまま。川が流れるように彼もまた急いで歩いた。道中には三月の太陽が、境界を成す壁や堅い白い道の上に、また段々畑になった葡萄の花盛りに、また茶色の住居の上に、熱く照りつけていた。住居では、葡萄作り職人の妻と子、犬などが入り混じった不注意な騒音で彼の耳を悩ました。

――太陽が悪疫や災いの上に、この上なく輝かしく照りつける時、どのように言葉は惨めさを秤量《ひょうりょう》できるか？どのようにして私は、何らかの人物の悲しみを語れるか、これらの人物の足を、悲しみが殺す事ができないうちに優しい雨が美しい色の素晴らしさを周囲に満たす時に？熱心な時間を連れて、希望を無くした家々を嘲るように希望に満ちた春の優しい草地が現れる時に？

だからこの事は語るまい。様ざまな嘆きを私に比較考量させないでくれ――目覚めた時に、なぜその日、空虚に、空白に、動かす事もできない形で夜が明けたのか訝《いぶか》った経験のある皆様なら――語られなくても

全てを理解なさるだろう――幸せな人びとには
重苦しい言葉の全ては、夏の空気を淋しくさせる
遙か彼方の鐘の音ほどの意味しか持たないのだから。

だが私の物語はこう述べる――彼はその日一日
何の意図もない心の動揺にせきたてられて
川に沿った大通りを歩いたのだ、と。
ついに彼は夕闇に捕らえられて
そのため疲れ果てて、最後には小さな家屋に
泊めて貰うしかなかった、と。この家の、労働に疲れた、
貧しい人たちのあいだで食事を得、藁《わら》のベッドを得た、と。

貧しげな広間のなかで、彼は、一家の疲れのあいだで
疲れた幽霊として坐っていた。一家の人びとは彼の事情の
かけらさえ知らなかったが、僅かな、重苦しい言葉で
一座が暖炉に近づいた時にも、半ばは怖れから、
半ばは軽蔑から、彼を見つめていた。一家の人びととは
共に年老いて白髪の主人と主婦、三人の逞しい息子と、
一人の、素朴な、大切にされていない少女だった。

幽霊として彼は坐り、また幽霊として彼らが話す事を
聞いていた。しかし眠りだけの一夜は
彼らの言葉の全てを押し潰したようだった、
翌朝、昇ったばかりの太陽の輝きのなかを
堅くて白い大通りを、彼がとぼとぼと歩いた時にも。
どこへ行くのか彼は知らなかった、素早い考えが
昔彼に語りかけられた事柄の記憶を呼び起こしたけれど。

その日彼は、川沿いの大通りを離れざるを得なかった、
その通りでは、あまりに多くの通行人に出遭ったからだ。
不思議そうに彼を眺める人びとの眼を見ると、惨めさが
いや増したからだ、彼が帰ってきたこの単調な世界に
さらに慣れてゆくにつれて、惨めな気持が募ったのだ。
そこで高い堤に囲まれた小道へと行路を転じた。
少しばかりでも人びとから顔を隠すためだった。

歩みは遅かった、もう午後になっていて
長道にすっかり疲れ果てていたからだ。
深い土手と土手のあいだを進んで間もなく
風に運ばれて彼の耳に聞こえてきたのは、
その朝聞いたどんな音とも異なった、不思議な音だった。
悲しげな歌を歌う、美しい音だった。そこで彼は足を止め、
恐れている者のように、あたりを見まわした。

彼は、遠い昔に帰ったような気持で身震いした。
昔、若かった日々の、混ぜ物のない喜びの最中《さなか》に
日光で輝きわたる明るい世界の上に
突如として音楽の調べが響いたのを思い出したのだ。
その時には、不思議な手が遠方の青空を持ち上げて
そこから、《神》が力を持って降臨《こうりん》し、地上を裁き、
未知の物全てを明らかにするのを彼は期待したものだ。

するとそれとともに、昨夜聞いた話の記憶が
蘇《よみがえ》った。あの百姓家の人びとが話していた様子は――
今は人間の悪と惨めさがあまりにも酷《ひど》くなったので
おそらく地上にはついに訪れるだろう、あらゆる恐怖の
源《もと》である神の怒りの日、最後の審判日が。
その日には地上の正義と邪悪、幸福と難儀が
地上の第二の誕生のなかで変化を遂げるだろう、と。

彼は、神の栄光が眼に見える姿で通《とお》っているのだと
思っているように、その道のほうに急いだ。
しかし身を震わせつつそちらを見たが、自分の惨状を
癒してくれる《栄光ある恐怖》を見る事ができなかった。
そこに空はあった。また、第二の空のように
幅広い河があり、大きな道路があり、囁いている木々は
音楽の漂うそよ風のなかで揺れ動いていた。
歌は近くに、またより近くに聞こえてきた。
やがて道の曲がり角のところから
一団の巡礼者たちがやってきたのである。
大部分が徒歩だった。褐色や灰色の服を着ていた。
風のあるなかを貫いて、彼らはゆっくりと進み、先頭には
神父たちがいて、キリストの十字架像を高々と掲げ、
行列が進むにつれて、眉を寄せて歌っていた。

彼らのリズミカルな歌がいかに美しかろうと、いかに
哀愁に満ち霊妙であろうと、その時彼の心は沈み込んだ。
こんな行列に出会うとは全く考えていなかったからだ。
むしろこれまでの話を完全に変えてくれる何かを
彼は見たいと思っていたからだった――
聞き慣れた世間の話、恋だとか死だとかの話、
人間の憧れが語る途方もない話を変えてくれる何かを。

それでもなお彼は彼らが来るのを待っていた。
近づいてきた時に、彼らのなかに見つけたのだ、
仲間うちには美しい女性たちも居り、
楽しい仲間となりそうな若い男たちも

今から数年で死ぬと思っていそうな老人たちや
望まれ恐れられた人生と長らく闘って、死のための
生を与えられようともがいてきた修道士も混じっていた。

彼らは旅に疲れた様子。だがなお数多くが
眼を輝かせ、頬を火照《ほて》らせながら、まるで全ての願いが
少しのあいだに全て得られるかのように進んでいた。
なおも彼らを見続けると、彼の荒廃した心に
絶望がのしかかった。軽蔑と憎しみから成る火の壁が
彼らの心と彼の心のあいだにあるように感じられた。
一方、過去の至福の優美な映像が

彼の眼の前にはっきり現れた——十字架像と聖人像が
粗末で汚れた衣服の上方、埃《ほこり》まみれの彼らの手足、
疲れてふらふらする人影の上で、太陽に輝いていた。
もう少しで彼は悲鳴を上げるところだった。だが魂の
深い部分では、彼らの目的地を尋ねねばならぬと感じた、
なぜかは判らなかったが。そこで一人の男に身を寄せた。
男は、彼が近づくと、あと僅かで彼の肩に触れそうだった。

「巡礼さん、どこへ行くのです、こんなに大勢で?」
「立ち止まらせないで!」と男は叫び、「生へ行くのだ、
ついに生へ行く、安息と平安の希望に向けて行くのです、
自分の恐ろしい犯罪に何年も追われ続けていた僕が。
僕はまだ若いのだが——この変化が僕を待ち受ける所への
道のりは、おお長くて、ゆっくりしか歩けないが——
ローマへ行きます、そこでは神がほとんど見えるだろう!

「(続けて)ローマでは、全てを知る神がこれもご存知、
僕が人間である事も——神が造った人間に違いない事も。
神は人間がしでかし得る事に驚かれはしない——
それにお前さんも、災いにのしかかられているようだが、
一緒にいらっしゃい、それに恐ろしくなくなりますよ、
ある人びとに言わせれば、世界が審判者の顔を見るまでに
僅かな時間しかないという事だけれども」。

彼は返事をせず、動きもしなかった。男の言葉は
彼自身の考えの谺《こだま》のように聞こえた。場を離れると
言葉も触れあいも、夢に過ぎなかったと言ってもよかった。
そうだ、葡萄の育つ段々畠がついに彼ら全てを
隠してしまった時、そして細いポプラの木立が
道路に青い影法師を投げた時、道路はほとんど、彼らが
通り過ぎた跡を残してはおらず、彼に確信はなかったが

全てが夢だったかも知れなかった、苦痛以外の全てが。
苦痛は、周りの実体のある事物と一緒になって
完全には曖昧な虚像ではない事を示していた。また彼が
彷徨《さまよ》う運命にどんなに固く拘束されていても、死んでは
いない事も示していた。運命の源《みなもと》は判らないだろうが。
身を震わせ、その場に背を向け、先ほど離れた同じ道に
深く降りて行って、彼はあてもなく歩いた。

哀れな白昼夢を過ぎて、今は、神の来臨も知らず、
愛も来るはずのない夜に向けて彼は歩いた。ついには
小さな町に入る灰色の門の前に彼は立ち、
途方に暮れた物憂さのなかで
西空に眼を向けた。空は血のように赤く
暗闇を横切って現れた突然の曙のように輝いていた。
すると彼の魂を貫いて、恐怖が点火の火花を放った。

しかし彼が眺めるうち、荒くれた顔の門番が
近くで、槍に凭《もた》れていたが、彼の恐怖に呼応する心配と
怖れを見せて、義務として彼を見とがめた。
門番は尋問しながら口数少なく、問い糺《ただ》す勇気はなかった、
彼もまた、大地を薄暗くしている紅の雲の背後に
太陽が燃えている以上の事を考えているのかどうか——
ひょっとして神の一軍がやって来ると思うのかどうかを。

同様に、門番の示した宿屋にやってくると
心の苦痛も疲れによってたいへん鈍くなったので
人びとの話に耳を傾けてもよいと彼は思った。その話では
この時期に巨大な恐怖が人びとの心を圧迫している事が
確実と思われた。つまり、時が気づかぬうちに経過して
世界の生命が弱くなり、キリスト誕生以降千年目の今年、
その終末に近づいているというものだった。

何度も何度も、そのような話を聞くと、彼の心は
燃えるのだった。何度も何度も、冷たく希望のない調べが
鈍い目をした眠りをむさぼる最中の灰色の口によって
歌われているかのように思われるのだった。
何度も何度も、目的が忘れられてしまった激しい願望の
苦痛が、彼の心をよぎって流れるのを感じたのだ、
愛もなく、孤立した、もがき苦しむ憧れによる苦痛が。

彼はまた別の話も聞いていた。それはあの熱心な
巡礼者たちの意味するところを示すのに役立つ話だった。
なぜなら多くの人びとが、この復活祭にはローマへ行く、
それはあらゆる罪への十分な許しを得るのが、ローマなら

より確実だから。というのも、大地そのものが人間の足に
踏まれて、子どものように脆《もろ》く弱くなっているから。
実際多くの人が、あのローマでこそ、半ば忘れられていて

人の世の赤らんだ饗宴《きょうえん》に汚されていた
《花婿》と《花嫁》が合体するというのだ。《花婿》は
大地の残骸と炎のなかを潜って、もはや海のなくなった
新たな大地の上で、《花嫁》を傍《そば》へ引き寄せる――
集まった人びとはこのように語っていた。もっとも
ある種の人びとの魂のなかでは誇りが恐怖を殺して
堅い大地が溶け去るのを見るまで生きた事を自慢したが。

次の朝、宿に泊まった人びとは群れを成して
市場を通り抜けようとしていた。彼もこのなかに混じって
歩いていると人びとの上に一人の修道僧の両腕が
緊張した熱心な表情の上に差し上げられて、彼の口は
強力な演説をあたりに振りまき、その要旨は「悔いよ」。
彼《ウォールタ》はローマに向かう門の傍を通ったが
しかしその反対側で立ち止まってしまった。

雛菊がところどころに咲く、道ばたの草地に
彼は身を投げ出して、道の向こうを眺めていた。

そうしていると、自分が直面している道は、
何と長く、惨めな事かという考えが心をよぎった。
すると燻《くすぶ》っていた火が、彼のなかで、再び勢いよく
燃えだした。彼は呻くように「おぉ空虚なる大地よ、
僕はどうすればよいか、お前の愛のない飢饉のなかで？」

だがこう語るうちに町のなかから、風に乗って
巡礼者たちの歌声が聞こえてきた。
すると別の考えが精神を横切って運ばれてきた。
希望が、希望を持てないほど強くなった欲望と闘った。
やがて、苦痛と悪行で傷ついていた彼の心には
意志に似たものが生まれた。やがて彼には、巡礼者たちが
来るまでに、自分が何をするつもりかがはっきりした。

ついに城門を通って巡礼者たちがやって来たが
先頭には老いた神父が、燃えるような灰色の眼をしていた。
するとウォールタは恥ずかしさをものともせずに
道の真ん中へ出て神父の前に立った。
「人間の罪が重すぎるとお考えですか」と彼は叫び、
「重すぎて目的に達する事ができないでしょうか？
神の赦しを求めて、貴殿と一緒に参りたいのですが」。

　老神父は振り向いて「わが息子よ」と言い、
「我々の一員になって一緒に来たまえ！　引き返すな、
ひとたび仕事に着手したからには。
君の罪を今聴き取る事はしないのは当然だぞ、
《罪の復讐者》が我々を追跡しているからな、
それに一見平和なこんな場所で、罪を聴き取るうちにも
神が近づいて来られないとは誰に言えよう？」

　一行は神父の言葉を聞くために歌うのを止めていたが
今、ウォールタが仲間に加わると
歌は大きな叫びのように、勢いを増して鳴り響いた。
道すがら、人びとはあまりに熱を籠めて進んだので
彼《ウォールタ》は地上から払いのけられるように感じた。
彼の心がこれまで憧れた多くの思いは、彼らの
熱気のなかで、今は白い灰になったかのようだった。

　彼らは何日も旅を続けた。ローマでやるべき事として
ウォールタが何を考えたとしても、常に変わらず
ローマでの希望が彼の魂全体を占めているようだった。
神父は彼の話をすっかり聞く事はしなかったけれども
ついに神父から、これだけは聞き出す事ができた——
神父は約束したのだ、ローマに着いたならば
すぐに法王ご自身の前へ彼を連れて行く事を。

　数多くの町を彼らは通った。ついにある夜、
暗闇のなかを苦労して、真っ直ぐな道を
進みに進むと、やがて古めかしい城門の
灰色の浮彫りの上に、明るい光が輝いていたのだ。
多くの人びとの顔に、涙が雨のように流れたのだ、
そして震え声の歌が起こった、なぜなら彼らは
あの力あるローマの入口に着いていたからだ。

　ローマへ入った。ウォールタにはこの都が亡霊の町に
思えたのだった、亡霊に取り巻かれた都のように。
彼は亡霊を感じ取った、もっとも旅疲れのなかで、
この都に、生前の自慢の種も忘れられて埋葬された多勢、
死神に先導されて行った全ての人を思ったのではないが。
だが自分の喜びは、この多勢と同様、死んだと思われ、
巨大で空虚で荒涼たる牢獄で死に滅びたと感じた。

　その夕べはある修道院に彼らは連れられて行き、
そこであの神父が、長々と修道院長と話し合っていて、
やがて哀れな男《ウォールタ》に、心配は要らない、明日には法王様が
君の心配事を正して下さるだろうから、と告げた。

「そして君の気を強く」と神父。「強く持ち給え、息子よ、
君は新たな罪を犯そうにも、僅かな時間しかないからだ、
この罪深い世界の日々はほんの僅かしかないからだ*」。

*この物語の背景紀元一千年には、世界の終末が訪れると信じられていた。

夜が過ぎ、朝が来て、その日の真昼になると
神父がウォールタのところへ来て、「美しい息子よ、
今こそ君は知るだろう、神の偉大なる愛を。
その上、君が告白をする相手の方は、人間が犯した
最悪の行いが語られるのを、お聴きになった方だ。
この方は君の話にも驚かず、君を嘲る事もあるまい、
うんと勇気を出して、私と一緒に来い」と言った。

彼の心は穏やかでなかったが、静かな昼間を抜けて
彼らは、昔造られた驚異の建物の傍を通った。
彼らは瑞々《みずみず》しい若い人びとや、真摯《しんし》な生を求める人びとに
出遭った。風、そして太陽の金の光が
修道士の群れに爽やかに落ちていたが、彼らは
道行く人たちの上に、十字架像に彫刻されたキリストの
苦悶の姿を掲げていた。道行く人も神の愛を信じていた。
彼《ウォールタ》には、灰色の古い聖堂も、若やぐ頬をした少女や
真面目な顔の男と同じく、死んでいるとは思えなかった。
また、十字架の上に釘付けされた青ざめた画像は
何か曖昧な目的のために想像された夢のように思われた。
戦慄は身体を走らなかった。彼は希望に取り憑かれては
いなかった。口では言ったかも知れないけれども――
「おお神の愛よ、今日は私にお近づき下さい」と。

なぜなら確かに全ての物が自分の一部に見えたからだ、
なら、これらの物に何の助けがある？　なお全てを抜け、
先へ進んだが、何一つ朧《おぼろ》に霞んだ物は見えなかった、
ただ世界は恐ろしげな雰囲気で覆われてはいたが。
それはどこかに大火事があるようだった。ついに神父は
美麗な修道院のドアロで立ち止まり、
連れ《ウォールタ》の肩を叩いて、こう言った――

「震えてはいないね。他の人たちと同じに見えるぞ。
では行きましょう、すぐに全てはきっとうまく行くから、
そして君が滑りやすい、地獄への最後の階段に縋《すが》っていた
あの恐怖の日は、夢のようになるだろう！」
だが言い終わると神父は彼の肩から手を下ろして
ウォールタの顔に現れた新たな恐怖の表情を
立ったまま、長いあいだ驚いて見つめていた。

それから神父は黙って彼を再び連れて行った。優美に細工された回廊を通り、あるドアロまで来た。そこには金の服を着た侍従長が立っていた。次いで、神父が用向きを侍従長に伝えに行っている間《かん》に
ウォールタは振り向き、美しい屋根、絵で飾られた壁、日の照る芝生を、荒々しい気持でひと眺めした。そのあいだには細くて捻《ねじ》れた柱身が並んでいた。

彼は目を閉じて呻《うめ》いた。その時、これらと同じほどはっきりと、閉じた眼に今、見えたのだ、一人の、色白で愛らしい女が近づいてくるのが。花環で飾られた金髪に囲まれた彼女の顔は古い昔の聖人の、色褪せた絵姿をからかい、素敵な笑顔で神の母の画像をからかっていたのだ、彼女が、跪《ひざまず》く信徒の膝で擦りきれた床を歩んだ時に。

彼が何人かの声を聞き、進み出た時にも、閉じた眼になお彼女の姿が見えていた。ドアが自分のうしろでたいへん大きな音を立てて閉まり、その音が回廊の向こうへ反響し、細く低い声が語りかけた時にさえ。声は「恐れるではない！顔を上げなさい。全く間違いもなく神が近くに居られる、神は決して我々人間には見えないのだけれども」。

彼は顔を上げた、そして横にはなお彼女が立っていた、こう問いかける目つきをして——「あなた何するの？何を言うつもり？」——彼の血潮の熱気は治まらなかった、なぜなら彼の眼の前には、今、皺を寄せた高い額と、薄い唇、長い顎、大きく穏やかな眼をした老人が坐っていたからだ。その眼は、口許の厳しさの上で、常に笑みを浮かべていた。

「息子よ、跪《ひざまず》いてくれますか？」と彼が言うのを聞いた。「神が近くに居られる、汝に恐怖を与えるためではない。聞くところでは、汝は長旅をして来たそうな、私が汝の心の奥底を聴く事ができるようにと。私をそれほど大事に思ってくれて嬉しいぞ。だが汝に、神は汝の罪を許されると告げる事によってこの汝の愛をさらにいっそう、私は得る事になろう」。

彼は跪《ひざまず》いたが、全く黙ったままでいた。その間法王は黙って待っていた。彼《ウォールタ》の眼は床を見たままだったが、しかしなお今も自分の近くに

彼女が立っている事を知っていた。周りの空気全体が
彼女の故に馨《かぐわ》しく、そうだ、彼の耳には
彼女の吐息そのものの音、髪や身体の動く音が
彼自身の呼吸の音に混じって聞こえていたのだ。

　戸外で雀たちが囀《さえず》っていた。大きな樹木が
窓の近くで揺れ動き、都の物音が
絶え間なく呟《つぶや》いた。長いあいだ法王は我慢強く、
この沈黙のなかで坐っていた。やがて細く弱い声が
沈黙を破ってこう言った、「おお息子よ、世間の歓楽が
汝を臆病にしたのか？　汝の身分はどうかの？
衣服こそ貧しいが、汝は下衆《げす》には見えんのじゃ」。

　おそるおそるウォールタは眼を上げて横を見た、
まるであの幻影に、何と答えるかを問うかのように。
激しい苦痛で、混乱した彼の心は燃えた、するとその時、
全てが綺麗さっぱり消え失せた事が判った。大きな怒りが
彼のなかでうごめき、極度に嘆かわしい恥らいが
心に横たわった。突然彼は両腕を
ぐいと着き出して、とうとう大声でこう言った——

「法王様、私を見て下さい！　私は騎士でした、
人びとのあいだで騎士らしく振舞い、今法王様の前で
跪いているのと同じように、絶望的な戦いのなかで、私は
刃が垣根のように取り巻く時にも、動じませんでした、
何の意味もなく、生命と安楽の全ての望みを
投げ捨てながら——人が、私はそうすると期待したから。
そうしても何ら得る物も利となる物もなかったのに。

「(続けて) だがお歳を召した法王様の前では、私は
小さく弱く戦《おのの》きます。法王様が偉大だからではありません。
法王様の薄い唇から神が語るからではありません、人全て
そう信じていますが。むしろ、私が本心を述べた場合、
人間の憎しみと怖れ、神の軽蔑の念が、私の愛する人に
その全重量を投げかけるからです——
——そうだ、もっと疑うために少しお待ち下さい！

「(続けて) それを人は嫌い、神は軽蔑する。一方私は
——どうして愛する人を嫌い、自分の愛を軽蔑できます？
言葉なんて弱い、弱いもの——だが私の惨めさよ！
私の心のなかには人の嫌悪以上の嫌悪と、天上の神の
軽蔑以上に大きな軽蔑がうごめくのです——
それでも私は愛し続ける——この苦痛で十分でしょうか、
法王様が私の心に何かの希望をお示しになるのに？——

「(続けて) 死以外の何か安息の希望を示されるために?
なぜならこんな気持で死ぬ事はできないと、私は確かに
知っています、でなければずっと前に、自分で呼吸を
断ち切っていたでしょう——こんな死へは、多くの誘惑が
私に近づいたのです。でも今、神が我慢なさる、すると
この愛する人、この人は二度と私に喜びをもたらさず、
何の助けももたらさなくなるでしょう」。

法王は静かに坐して、こう言った、「むしろ今は希望を
持ちなさい。汝と同じほど、魂を圧倒された多くの罪人《つみびと》に
私は免罪《めんざい》を言い渡したのです。この人びとは、
その口が、暫くは言葉と争いをしていましたが、
平安を得、十分許されて私の許を去ったのです。
話し始めましょう。まず私に話させて下さい、
全ての人のなかで、最善になれないからという理由で

「(続けて) 最悪の人間に喜んでなるつもりの人もいる、
人間が気位《プライド》と呼んでいる真っ赤な嘘はそれほど強いのだ、
だから今日、これは多分、汝に当てはまります——
気位《プライド》を捨てなさい、息子よ。綺麗さっぱり捨てなさい、
私の目の前で、汝の最も酷い下劣さを隠さないで下さい、
隠さなくても汝の罪を極悪にしません、全て打ち明ければ。
毎日、人間は同じ事をしているのですから、息子よ!」

跪いていた罪人《つみびと》の顔の、緊張した皺は
和らいだ。その時には、何か遠くのものに
彼は耳を傾けている様子だった。暫《しばら》く二人は
押し黙っていた——二人のあいだに何があったのか、
過去か未来の驚くべき幻影《ヴィジョン》のどんな世界があったのか
誰に判ろう?——その場にいた一方には失われた女が
はっきり見え、他方には神の栄光が見えたとしても。

ついに法王が沈黙を破り、彼の声音《こわね》はほとんど音楽に
近かった。そして法王の干からびた薄い頬には
小さな赤みが射していた。「汝の墜落を話しなさい、
いかに、汝の弱い心がその虚しい欲情を求めたかを語り、
優しい者を呪い、弱き者を踏みつけたかを話しなさい!
汝の残酷さの盲目ぶりの全てを語りなさい、
汝の背信、汝の残忍さ、汝の虚偽を皆打ち明けなさい!

「(続けて) そして許しを得なさい。そんな事は地上的。
神の火は、地上的な罪をあっという間に燃やし尽くす、
そして汝を純潔な第二の生に、静かに生かしめるのです。

そこでは罪も情欲も、忘れられて無と化し、*
神の顔《かんばせ》の栄光に照らされて
神が造られた魂たちが、決して死ぬ事のない、
決してまとわりつく事のない愛のなかに生きるのです。

＊原語はNo sin, no lust forgotten.「罪も情欲も忘れられず」とも読めるが、前後関係からforgottenを分詞構文的に解した。

「(続けて) その日の夜明けはどんなに美しい事か、
その時、浄《きよ》められた汝の眼は過去の自分の有様と、
そうなった原因、自己の話全てを見、憎しみは捨て去られ
汝の愛が憧れ求める事がついに、完全に満たされ、
永久にしっかりと保たれるでしょう！
恐怖が存在しない国のなかで、自分の笑いを聞くのは
決して死ぬ事のない魂にとって、何と素晴らしい事か！

「(続けて) この全てが得られます、神に顔を向ければ、
これまで汝は自分の同類だけを相手にしてきたからです、
神は悩める人の心がどのように憧れるかを熟知していて
そんな人たちの間近にこそ、居《お》られたのですよ。
神ご自身の魂はまた、人間世界の頑強な悪を感じ取り、
ご自分の踵《きびす》に、蛇の魔の巻きつきを感じられたのです。
では語り、祈り、そして永劫《えいごう》の幸《さち》を勝ち取りなさい！」

騎士の顔を奇妙な表情が横切った、そしてこう言った、
「確かにこの人びとは皆、彼らの神を熱愛するでしょう、
その一人になるのは良いだろう。でも私は読んだ事がある、
神は他の事物も造って、それらは、これもまた神が造った
あの住処《すみか》、人間が地獄と呼ぶ住処にあるという事を。
もし、やがて神の味方となるあらゆる人間が、もはや
決して終わる事のない大きな喜びを得るとしても――

「(続けて) 悪もまた、神に虐《しいた》げられずにいつまでも
存在します――もしある人間の愛が、理性や希望、意志に
全く背いて、悪である存在の欺瞞的な心に
捧げられていたならばどうなります？――困った！」と
彼は叫び、「私の傍《そば》の、あの聴き取れないほどの呟《つぶや》き、
あなたのあの幽かな足音！ あなたは、我々の
この最後の出遭いに、言葉を発してはならないのか？」

これを聞いて法王は震えた。なぜならウォールタは今
中腰になって、何もない空気のなかを凝視したからだ。
「おお人間よ」と法王。「語れ、汝には何が見えるのか？
汝の神と汝のあいだに、悪の存在が立っているのか？」
「困った！」彼《ウォールタ》は叫び、「貴女《あなた》は優しく、美しかった、

過去の日々においては。だが今立ち去るつもりか、そして
僕を、この残酷な神と二人だけに残してゆくつもりか？

「（続けて）では僕が以前に考えていたとおりなのか、
貴女も、僕が恐れるのと同様に、神を恐れているのか？
手に手を取って、影法師もできない空気のなかを
我々が全てを忘れて神の顔へと近づく時には、貴女の
優しい笑顔の消滅を見る事になるのか？　そうなら、
暫く前に話された『一分《いっぷん》の歓楽が際限のない苦だった』
という話は、おぉ人を嘲《あざけ》る嘘なのだ！」

法王は両膝を横切っていた杖を掴もうとし、
立ち上がって、杖に、重たげな身体を預けて、
こう言った、「こんな言葉の最中になぜ跪《ひざまず》くのか？
立ち上がれ、汝のした事を速やかに話せ、
一人の人間が別の人間に話すようにで良いから。
でなければ立ち去らせてくれ、私自身が悪夢のなかで
こんなふうに語ったと思わないで済むように！」

だが騎士はもう一度しゃがみ直してこう叫んだ、
「いや立ち去らないで！　お待ち下さい、話しますから、
見よ、彼女はもう居ない！——きっと法王様の言う通りだ、
世界全体が私の恐怖を見て震え、私の罪によって
汚されていますから——はっきりと、簡略にお話します、
そして最終的な決着を知りたいと思います。
実際、今すでに自分が追放される堕獄《だごく》の身だと判ります。

「（続けて）今お住みになっているこの世界を統治した
昔の神々の事をお聴きになっていませんか？　お考えですか、
この神々の支配の許にあった人びとが喜んで飲食を忘れ、
眠りもせず愛しもせずに、世界の栄光から尻込《しりご》みせずには
いられなかったほどに呪われていたとでも？
もし彼らが異教の神々を愛したらどうです、法王様が
悪魔だとか、悪魔の似姿だとかお呼びになる神々を？

＊原文下から二行目のtheseを、ここでは最終行のcallestの目的語とした。「これら異教の神々を愛したなら」と解した次第である。

「（続けて）太陽が毎日美しく立ち昇ったその頃、
茶色だった大地を刃と鋼《はがね》で開墾していたその頃、
子どもたちが今日と同じように嬉々としていたその頃を
この神々のゆえに、神は世界を憎まれた事になります？
待って下さい、お怒りになるのは。今なおこの神々が
何かの形で支配しているなら、如何です？　いやお答えを、
ある北欧の人びとから、お聴きになった事はありませんか、

「（続けて）北国の野生の森にいる孤独な狩人の事を？
人びとは彼らを人でも天使でもない、魂もないと思います、
だが彼らの肉体の形は驚くべき美しさを持っています。
どうです――私は何か夢のような事を言っていますか、
人びとの心が蔭暗き木々のなかに沈み込む時や、
意味の判らない言葉が枝に縺《もつ》れる風のなかに聞こえる時、
その時に見える白い月光の彷徨《さまよ》う光を語っていますか？

「（続けて）それなら私は夢を見たのだ！　それは多分、
私のこの眼が見た実体のないものの影だったのでしょう。
――私は彼女の足が花々の上にあるのを見たのです、
神に造られた太陽が照らす事がない花々の上に！――
多分私は、賢者のなかに紛れこんだ愚か者です、
だからと言って神の怒りを全く恐れる必要はない、
その世界で私の身体と魂を彼女に与えたからと言って。

「（続けて）何と？　私が何を言っているか知るために
彼女の名を言うようにと？　どこに女が住むのかと？
――私に新たな生を示してくれた国に住んでいます、
貴方は、誰もが簡単に行けないように、地獄から離されて
世界の隅にある国だとそこをお考えになりたいのでは？
――言いましょう、私は《ウェヌスの丘》の出です、
そここそこれから先、私の住処となると思います！」

こう言いつつ彼は飛び上がって法王と向かいあった。
法王は彼が語るあいだ、酷《ひど》く震えつつ立っていて、眼は
心配げだったが、最後の言葉を聞くと、その眼差しから
全ての希望が消えた。優しげに乱れた法王の顔には
厳しい表情が現れた。「そう、そこに永遠に住め！」
法王は叫び、「汝に希望を持てないのは、まさしくこの
干からびた杖に花が咲き、実が生《な》ると思うのと同じだ！」

ウォールタは高笑いをし、そこに誰が居るのかを忘れた。
誰が去っていったか、誰がどれだけの間、そこに居たか、
また自分がその夜、なぜローマの町をほっつき歩かねば
ならないのか、全て彼には判らなかった――またなぜ、
この重荷が心にのしかかるのか、また翌朝、急ぎ歩く
自分の足が踏む道がなぜ白く干からびているのか、
日照りのする四月の空になぜ雲がないかも判らなかった。

判らなかったのだ――しかしこれらを不思議に思い、
どこに向かうかも訝《いぶか》った。だが彼には何も奇妙ではなく
見知らぬ風景も皆無――あの森の空き地のまわりに

大きな森が、風のない夜明けのなかに幽かに見えた時にも。
そこでは、松の木の生えた崖のあたりに、そして
黒くてほとんど見えない、夢のように音もない流れの上に
白い霧が泳いでいるのが見えた。

彼の心には無知も無く、驚嘆も希望も無かったのだ——
しっかりした足どりで浅瀬の砂利を踏み越えて
花々の咲く丘の斜面を登り終えて
暗い洞窟の入口に着いた時には。入口の暗いドアは
今、永久に彼のものとなった運命へのドアであった、
ついに反響する石の空洞*と、鈍い薄暗がりが
彼と大地とを隔てて閉じてしまった今。

*原語 dearth は「欠乏」の意味のほかに、語源的に「高価」の意味もある。キリスト教から離れた現代人にとっては、大きな価値のある洞窟の意味も？　訳者より15と、巻末の「解説」参照。

皆様、彼についてこれ以上、何をお聴きになりたい？
あの国における彼の第二の滞在について十分に語るのは、
人の心の外にあったように、語り手の私には思われる。
だが語る勇気さえあったなら、眠れない夜などに
地獄を超えた恐怖、較べれば我々の喜びが苦となるような
巨大な喜びの微光が、そこから漏れていたかも知れない。
そんな事があるとしても、両方とも確かめる希望はない。

そうなら、それは黙っておく事にするが、少なくとも
古い物語の言う事は聞いて下さい。次の朝、
法王は聖なる祭礼の為に忙しかった。
そのあと厳かにこの古都の街路を駕篭で運ばれた、
そこには夏の麦の穂のように人びとが密集していた。
静まりかえる空気を震わせた法王の祝福の声は
頭を垂れる群衆と彼らの泣き声を静めたのだった。

そして、他の多くの言葉を語り、行事を終えて
とうとう法王が邸宅に帰ってくると
静かな庭園を一人で散歩しながら
考えに耽り、心は曇って困惑を感じたが、それは
今過ぎたばかりの祭礼の忙しさによってではなく
むしろあの、やつれた顔、希望を失った眼が
我にもなく、なお眼前に立ち現れるからだった。

影法師は今、長さを極めていた。平和な庭を
金色の夕陽が、洪水のように流れていた。
法王は腰を降ろした。疲れた顔を西空の輝きへと
向けた時に、あの告解の最後に、
いわば呪われた、あのオリーヴの杖が

法王の手許から落ちた。そのほんの傍《そば》には
泡立つ流れが庭石から流れ出ていた。

鳥たちは見事に歌っていた。全てが素晴らしく美しく
この老いた法王の心のなかの愚劣に困難な思いを
溶かして流し、彼の心の重荷全てを
全く得難いと思われる、愛に満ちた平安に変貌させた。
この春の、何不足のない優しさのなかで、法王は
嗄《か》れた小さな声で呟《つぶや》いた――「あぁ神よ、
あの男と私が、この平安のなかを共に歩みたかった！

「（続けて）あの時、私がどんな人だか知らない故に、
彼が言えなかった事を、言いたかったのかも知れない。
そして私は――私が見て取り、言葉が口をついて出たなら
言い得た事があるのは神もご照覧のはずだ。
実際それは鏡に映したような、朧《おぼろ》に見えた事だった。あぁ
悔いが残る！　私が間違ったとして誰が助けてくれよう、
だが神はあの最後の言葉を許し給うたと私は思う。

「（続）おぉ神よ、仮に私が神《あなた》に恐ろしい誤りを犯し、
神《あなた》ならお許しになったはずの魂を救わなかったとしても
神《あなた》は、別の言葉が私の舌の先まで出ていた事をご存知だ、
あの魂と私の魂のあいだに神《あなた》の影が走った時に。
神《あなた》はこれを忘れず、あの男に安息を与え給え！
私に関して言えば、私が神《あなた》を恐れない事はお判りのはず、
この私の身体と魂を神《あなた》がお作りになったからだ」。

太陽は今沈み、西空は赤かった。
なおも鳥たちはメロディを歌い続けていた。
驚くべく良い香りが彼のまわりに広がるようだった。
不思議な、新たな幸せのなかで涙が彼の眼に近づいた。
法王は頬笑んで言った、「年取って涙が出ない、
全くの最後が近づいているのでない限りは。
そして想像できない音を私は間もなく聞くだろうが。

「（続けて）だが私が去る前に、家に入って
書けるかどうか試してみなければならぬ、
言葉では言えないあの光で顔が照らされる前に
やり残した幾つかの事を為し終えるべきだからだ」。
法王は動いて、あの杖を取ろうと腰を屈《かが》めた。空はなお
輝いていたが、彼は眼を落として
擦りきれた茶色の杖を手探りした。

大きな声を上げて、彼は飛び上がった。手のなかに

空を背景にして、驚くべき物を持っていたからだ。
それは輝く主天使の杖と言ってもおかしくなかった、
主天使はあの美しい召喚《しょうかん》の時にマリアに持ってきたが。
なぜなら見よ、神の、確固たる、季節を知らない春、夏、
秋のなかを、その干からびていた杖は通り抜けていて
不毛のはずの身から、緑の葉が栄えていたのだ。

その不毛の上に、大地が知る事のなかった
驚くべき花が育っていて、天界の
測る事のできない時間による熟れた実が生《な》っており、
そして不思議な香りで優しい夕暮れを祝福していた。
地上の明かりが薄れるのに合わせて、美しく光った。
そうだ、その光は、老いた法王の顔まで達していた、
顔には、あまりの嬉しさに笑みも涙も言葉もなかった。

そんな驚異を見て生き続ける人があろうか？　その日
大切な時に法王が聖座にも聖職者席にも居ないのを見て
驚いた人びとがあちこち法王を捜し回り、
法王が庭園の壁ぎわに横たわっているのを見出した。
万人の最後の巡礼に旅立ったあとだった。
杖を握っておられた――「確かに」全ての人が言った、
「亡くなった人の顔にこんな喜びを見た者はいないぞ」。

訳者より 17

ヴァーグナーはモリスに先立って、このタンホイザー伝説を扱ってオペラを書いたが、その上演はほぼモリスのこの物語詩の発表と同時期である。モリスがヴァーグナーに影響されたかどうかは検証できなかった。しかしモリスは、少なくともヴァーグナーの『リング』四部作をずっと後年になって知ったに過ぎなかったし、またこれを知ってオペラというジャンルを毛嫌いし、ヴァーグナーにも好意を感じてはいなかったとされている（Lindsay 198 参照）。この物語詩もヴァーグナーに影響されていないと見るべきであろう。

なおモリスはこの物語詩を何度も書き直して最終版に至っている。キリスト教と合い並ぶ別個の価値観を表現するのに躊躇したのだろう。この点でも十九世紀半ばの他の詩人と共通性を有するのだ。

話を聴き終わって

（この小見出しは原著にはない）

この話が語られているあいだ、悲しげな眼が見られた。
若い聴き手のなかには、これについての感想を
声に出して語るほど、大胆な者はほとんどいなかった。
彼らはその間、あの散歩道のあいだに腰を降ろしていた。
だが幾人かは、爽やかな輝かしい日に眼を向けて
爽やかのなかでさえ彼らの滑らかな頬を赤く染めた時、
熱烈な眼差しの下で、こう語る言葉を見出したかもしれぬ、
何らかの話が愛というものを、大地を支配し、全ての心を
満足させるには弱すぎるものにするとは不思議だ、と。
しかしこう語るうちにも、おそらくは、そよ風に乗って
ある疑いが漂って行き、他の聴き手には聞こえず、見えも
しないまま、彼らの願望に満ちた唇からの言葉は、
ほんの僅かのあいだでも、誰かの手の上、胸の上、
熱心な輝く顔の上に、ある休息の場を見出しただろう。

しかし大地の苛酷な教訓を学び知っていた老人たちは
もしそれが可能ならば、運の悪かった記憶の、あまりに
大きな蓄えに触れずに話を終える事に喜んでいた。
老人たちは正午の陽光のなかへ出て行ったのだ、
壁の上で開きそうになっている花々を眺め、
楡《にれ》の木立のなかで深山鴉《みやまがらす》が呼ぶのを聴くために、
そして風が吹き寄せる幸せそうな人声に気づき、
しなやかな人の姿を見るために。これらから込み入った
物語を作るのではなく、妖精のように眺めるのだった。
人に見えない妖精が、森の端の上で、緑の五月の
夜のあいだじゅう、踊り手たちを眺めて、苦しげな表情が
何を意味し得るのか全く知らないでいるのに似ていた。

エピローグ

こうして一年が過ぎた——この老人たちが
あのような不幸と争い、あのような夢の噴出と消滅から
ついに勝ち得た静穏な生活の一年が過ぎたのだ。
その先、どうなったのですか、と？　私が思うに
ここから先、彼らの生活に何が生じたかについて
この物語が何を知っていようと、私は語るつもりはない。
あらゆる物語の結末は同じにならざるを得ないからだ。
我々はそれを《死》と呼ぶ。彼らの苦い願望がこの本を
作っているが、その彼らに《死》がどんな形で来たにせよ、
思うに、昔とは異なった眼で、《死》の現実の姿を
眺めたに違いない——あれほどの大昔、彼らが、もしも
《死》からの逃走を勝ち得たならば、良い事全てが
得られるだろうと考えた時とは異なった眼で。見よ、
長い人生が過ぎたが、彼らが初めて《死》を間近に見、
全ての生は冷酷に影を落とす脅し、つまり終末によって
呪われていると考えた、消え失せたあの青春時代以上に、
彼らが知り得た事は全く無かった——なぜに
自分らは願望と挫折とを得るために生きるべきなのか、
挫折が克服されると、それはさらなる挫折を産むのに。

あの夜、初めて彼らが航海に出発し始めて、
各人が広がりの上を照らす月光への突入を始め、
小止みなく波立つ緑の入江の眠りを破り、
彼らの船の舳先《へさき》をペストに呪われた丘から遠ざけた時、
彼らの募る希望の上を、甘美なる安息からの脱走という
冷静な疑念が横切らなかったのだろうか？　或いは特に
あの日、朝日が初めて霧のベールを持ち上げて
本物の新たな陸地を現実に彼らの眼前に見せた瞬間、
恐怖を克服したあの勝利を、羞恥が汚さなかったのか、
（あぁ、短命な勝利！）何が成長し変化するとしても
彼らは今も変化せずに束縛されたままだという羞恥が、
そして誕生についての全ての言葉を忘れて、
見えもしない眼で大地を見なければならない羞恥が、
また、他の全てが闘争のなかに住む脈動を
続ける最中《さなか》に、常に半死半生《はんしはんしょう》でいる事の羞恥が？

あぁ、彼らが疑念と羞恥を持っていたとしても当然、
汝ら人生から盲目性と過失を正す必要のない輩《やから》よ、
大声で彼らを非難するがよい！
彼らを軽蔑するがよい、汝ら、強健な作りなので
恋の甘い、花咲く国へと汝らを導いたその手を

お休み一つ言わずに離す事のできる輩《やから》よ！
彼らを嘲笑せよ、汝ら眼が鋭いので
銀の海や金の空を作っているものが見える輩《やから》よ！
急いで通り過ぎよ、来る日も来る日も
自分の行路にある全ての欲望を充足させられる輩《やから》よ！

だが汝らの嬉々とした英知と満足のなかで、汝らは知らないのだと思われる、諸瞬間が何を意味したかを。

まだ子どもだった汝らが、大きな歓喜に浸りながらなぜ心がこのように重いのかと訝《いぶか》った時とか、
或いは、もし恋をした事があるのなら、彼女の両眼が幸せの絶頂にある瞬間に、突然変化していながら汝らが彼女の考えている事に全く気づかなかった時とか。

しかしおぉ多分、汝らは恋についてあまり知らないのだ、この眼の変化は恐ろしい脅しである事を知らない限り。

終末の脅しだぞ、大いに忘れられながら折に触れて思い出される終末、全て完全なるものは欺瞞だという終末。


「でも多くの物語のドアの錠は開き、恋の幸せ全てで、恋そのものを作るじゃないか」と汝らの一人は言う、

——あぁ私の心に在るこの言葉を言う事さえできれば！

だが敢えて言わない、呪いに転じるといけないからだ。

でも聴いてくれ——《死》が本当に恋を燃焼させるのならそれは、我々が決して死なないかも知れないという言葉を持っている場合には、我々は永久に泣き続けるからだ。
その言葉は我々に無い。それ故「汝、死よ」と我々は言い、
「汝が奪い去るかも知れないから我々はこうして働く！
幼い子どもたちの喜ぶ様、その美しさを見給え、
これが汝の、音もない虚無によって呑み込まれるのだ！
汝の冷酷な戦慄をそのなかに投じない限り、
終わりを知らないこの忠実な愛を見るがいい！
運命的に定められた枡《ます》を汝が満杯にしない限り、
完全無欠な技倆へと円熟するこの手を見るがいい！
何があっても止むはずがないこの熱心な知識の探求も、
汝の網が、研究と研究者を捕らえない限り続くのに！
——おぉ《死》よ、こんな行為の故に我々は汝が来ぬよう、
汝が、汝に殺される者たち同様、死滅せよと祈るのだ！」

そしてこの人びと——本書の気の毒な語り手たち、
荒っぽい方法で、詩人と同じく、《死》の心を動かそうと
奮闘し、我々詩人と全く同じに、敗れ去った人びと——
間違いなく彼らの側に、少なくとも私は行くだろう、
そして考える、ついに彼らが、その恐怖も擦りきれて
眠ってしまった時には、かつてのあの疑念と羞恥は皆、

今は彼らの恥さらしにはならぬと、また彼らが憤激して
《死》に立ち向かったのを彼らは良い事と考えるだろうと。

だが悲し！　称讃も非難も、彼らはもう気にしない。
かつて熱かった憧れる心は冷たくなっている。
もし彼らが真に愛して生きていたのなら
一年が暖まり、完全になり、衰えるように、そのように
彩色された、本書に見る愛と苦痛の映像はどれも
この映像の語り手にはもう喜びを与える事ができない。
そしてお前、これら眠る人がどんなだったかを語る書よ、
お前が大切に思ってきた彼らに一言お休みと言い給え、
それからお前も死ぬがよい。今はそれぞれの道を歩もう、
こんな遅くなった日々を、今暫《しばら》く、生きるとしよう。

モリス自身による「後書き」としての歌

――この見出しは訳者による。原著ではL'ENVOI「全巻の末尾に」。

本書よ、君と私が向きあうのはこれが最後、
このあと君をあの場所へ送り出さねばならない、
君には危険な旅をさせる事を、私はすでに覚悟、
旅のため私は君に巡礼の衣を着せねばならない、
君に必要な物を皆掻き集め用意せねばならない、
――私は君を愛す、ご時世と、世の人が何を言おうと
空虚な一日の哀れなる歌人《うたびと》へのどんな非難を聞こうと。

私が君を愛する理由は立派なものだ、仮に
時の経過とともに君が嘲《あざけ》られ、全く忘れられようとも。
なぜなら常に、君の姿形《すがたかたち》が良くなるにつれ、しきりに
優しいお褒《ほ》めの言葉を、君ゆえに頂いた、本当だとも。
褒めた人たちが居なければ私の世界は消えていたとも。
私の希望は滅びて死に、歌いぶりは見捨てられただろう、
そして私は実際に、空虚な一日に打ち捨てられただろう。

私は君を愛す、けれども君が沈黙を守り
私が喋らねばならないのは、これが最後に違いない。
お前が語り始めるなら、私が君の出で立ちを見積もり、
衣服は薄すぎ、手足と心が弱いと思うと腑甲斐《ふがい》ない。
なぜなら、君が出て行く国は恐ろしい所に相違ない。
――途中で君が行き倒れになったって構わないのだから、
君も、空虚な一日の役立たずの歌人《うたびと》に過ぎないのだから。

だが望まれるこの国に君が行き着けないとしても
この国を知る人または死神に君は出遭うかも知れない、
その場合に備えて彼らに答える言葉を教えるとしても
彼らは君の言葉が「弱々しく眼が定まらなくて見られない、
君の心に信念が足りないから遣《や》り切れない――」
こう見て君の願望を玩具にする事も考えられなくはない。
空虚な一日の歌人《うたびと》を、からかう事もあり得なくはない。

教えよとか？　その国の名を？　そこへ行く四周《ししゅう》も？
それを知らないだなんて、書よ、君はからかってるんだね、
間違いなく、私の知っていた、いかなる詩集も
《忘れられない物質の国》に行こうとするんだね、
そのため心のなかは熱く燃えてるんだね、
――ほら我々二人とも笑った、世間全体も我々に倣《なら》うよ、
空虚な一日の哀れなる歌人《うたびと》を嘲《あざけ》って、世の人皆も笑うよ。

まぁそれはいい、これを聴き給え！　聞いた事あるかい、
この国のなかに、私が味方を一人持っている事を？
この人を愛しているから、私が恐れる理由なんてあるかい、
私は君にお願いしたい、この人のところへ行く事を。
多分彼は望むだろう、君の終末の前に君に会う事を。
月桂冠から遙か隔《へだ》たったところで君は死ぬのだから、
だって君は空虚な一日の役立たずの詩集なのだから。

いいか、彼の事を考えよと命じるぞ、道を行く時期、
君が世間で敗北している最中に幸運が訪れるなら、
君の中身の愚かしさがあまりに重くて君の心をくじき、
困った時に私の師匠ジェフリー・チョーサーに会うなら、
こうして君が少しのあいだ素敵な安息を得られたなら、
その時には勇気を出して、私の言葉を語ってくれ、
空虚な一日の役立たずの歌人《うたびと》の心を嘆き渡ってくれ！

＊この詩自体も（訳文も）、チョーサーに倣ってababbccの脚韻を使用。

「おおお師匠様、心も言葉も偉大極まる大詩人、
私がここを彷徨《さまよ》う理由はなぜかと、思われて当然、
何度も歌われた物語から引き裂いた衣裳も理不尽！
しかしお優しい詩人よ、近くへ来て下されば俄然《がぜん》、
師匠を愛し高く敬《うやま》っているこの私の心が一目瞭然《いちもくりょうぜん》
お判りになる！　それほど近くにまで私は近寄る、
空虚な一日の歌人《うたびと》の許へと、私はわざと駆け寄る。

「というのはこの歌人《うたびと》、貴殿《チョーサー》の仲間内に入れて貰えと
私を激励した歌人【Rossetti?】はこう言った事があるから。
値打ちがいかに小さくても、以下の如くになるよう狙《ねら》えと、
自分だって君とちょうど同じくらいの値打ちだから、
詩というものは、嘘を語る技倆を持っていないから、
詩では、自分の良くない部分を隠すような事はしない、
空虚な一日の役立たずの歌でさえそんな真似はしない。

「私は彼が身を震わせるのを見た、何度も嫌というほど。
私に頼らざるを得ないような事柄に関して。
だが彼は世間が悪賢く粗野な事を知っていた、呆れるほど。
彼は決して隠し立てはせず、恋するに際して
私に打ち明けた——これは彼の暗愚、不貞だとして。
そして常に私はその替わりに、祈りの言葉を与えた、
空虚な一日にへばりつくような祈りの言葉を教えた。

「眼の鋭い貴殿《チョーサー》は私を読み取り、彼の全てをも読み取れた、
なぜなら間違いなく言い残した事は僅かですから。
名付けようのない偉大な事を行う力も言い尽くされた、

彼が表現法を見出せない知識も隠していませんから。
秋風のように姿も見えない事物への愛も隠しませんから。
——私の身体は、地のなかの地を隠してはいますが、
私は空虚な一日の役立たずの歌人《うたびと》のままでいますが。

「我々二人は幼児だと彼は言う、恋をして初めて
賢くはなったが。だが他の全ての点で極めて幼児らしい、
我々の眼を喜ばせる物を、絵に描くために常に求めて
非常に美しい音で耳を満たす物を求める点も共通らしい、
恋を恐れない、この二つの美を彼が虐《しいた》げないためらしい。
この喜びによってどんな苦を彼が積み上げるとしても、
空虚な一日について、どんな奇妙な話を作りなすとしても。

「二人とも死を憎みつつ、死の意味を知りませんでした。
二人とも生を愛しました、緑の葉から枯葉の季節まで。
だが常に二人は生の意味をなお一層理解しませんでした。
大地と天空は年また年が、数え切れないほど続くまで
移り変わる景色を愛した、景色が美のカーテンとなるまで。
美のカーテンは、小さな部屋に掛けられていました、
人の空虚な一日の泣きと笑いがそこで遊んでいました。

「おぉ お師匠様、先生の心がなお我々二人を愛せるなら
やり残した仕事、間違って制作された仕事に関わりなく
愛のある心たちのなかに我々は場を得、そうなるなら
見事な魂の持主である先生も、孤立なさる事なく、
多くの人の喜びと悲しみを理解なさった事は間違いなく
先生の作品に生きる 死せる恋人たちにかけて、祈ります、
我々空虚な一日の歌への先生の助力への願いが募ります」。

本書よ、どんな返答が得られるかを恐れるであろうが、
師匠がお前を蔑みはせぬか、それ故お前が死にはせぬかと。
いや、あり得ない事だ——お前の努力は虚しかろうが、
お前は名声の殿堂にには決して近づく事を果たせぬかと
恐れるだろうが、師匠とその友は我々が泣きはせぬかと
心配し、本書の奮闘は悪い事ではないと思って下さる、
人生の空虚な一日に群れなす亡霊の描写を褒めて下さる。

なら他の輩《やから》は立ち去らせよ! そしてもし本当に
君と私が創りあげた、どこか古い庭園のなかに居て
積み重ねられていた種から、新鮮な花々を順当に
咲き出させ、古い日々の香りと人の行為を眼前に見て
疲れた人に取り戻したのなら、全て無駄でないとして、
——その成果には私も小さからぬ役割を果たしたが——
空虚な一日の役立たずの歌人《うたびと》である私ではあったが。

訳者による解説

森松　健介

著者ウィリアム・モリス(1838–96)については本書の姉妹編『春から夏へ』に「概説」を掲げた。美術工芸家としてのモリスは我が国でもよく知られており、ここでは本欄左に壁紙の写真(PCのPDより)を掲げるに留める。また美麗な書物作りの大家としての彼の仕事の一端は、一例だけ図版(PCのPDより)を右下に示す。また詩として最も有名な作品は「グイネヴィア妃の抗弁《ディフェンス》」で、アーサー王妃の騎士ラーンスロットとの恋を自ら弁護するものである(Sekiに詳細な分析がある)。

ここではまず、モリスが人間は死を免れないと強調した事を「退嬰的」とする通説にもう一度反論するために、拙訳『地上の楽園――春から夏へ』の解説の後半を是非お読み下さるようにお願いしたい。「死の意識によって促進される美を経験する願望」を強調したペイターの『ルネサンス』の「結語」の一部分はまさしくモリスの『地上の楽園』(六八年版)を擁護した文章である。つまり、ペイターの「固い、宝石のような焔で絶えず燃えている恍惚状態《エクスタシー》」(富士川67; その第四章「宝石のような焔」全体を参照されたい)という、短い人生における美を感受する《瞬間》の重要性をモリスはペイターと共有していたのである。

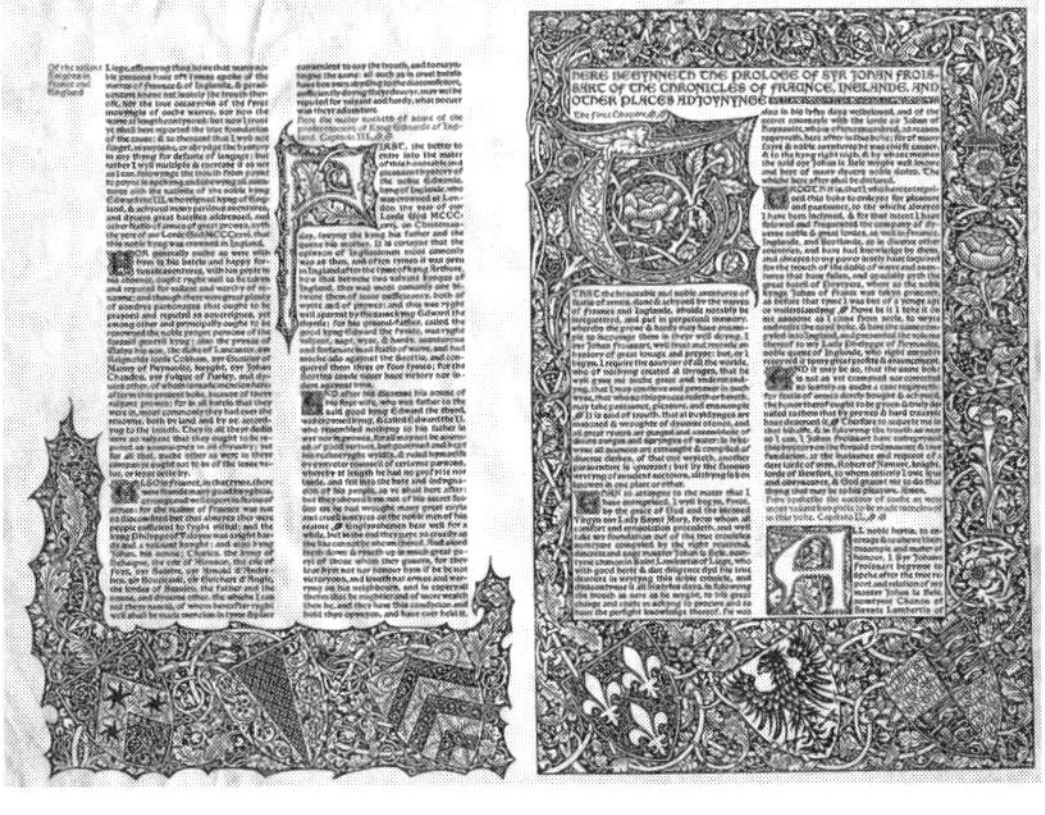

またモリスは、重量感ある詩を書かなかっただろうか? 彼はオスカー・ワイルドに「甘美で単純な、チョーサーの子ども/親愛なるスペンサーの音美しき笛の継承者」('The Garden of Eros')

と呼ばれたように、確かに厳粛な詩風を持たないとして暗に貶められた（だが一方では、チョーサーやスペンサーの長大重厚な詩を受け継いだ詩人として評価されてもいる。日本にも近代フランスにもチョーサーやスペンサー、モリスのような長詩を書いた人はいない）。短詩、或いはせいぜいで二百行程度の中編詩が詩独特の凝縮された想念・感情を表現し得るとする二〇世紀以降の常識からすれば、確かに『地上の楽園』は間延びのした、詩とは言えない作品である。しかもモリスは、列車での移動中にも『地上の楽園』を執筆した。この作品に先立つ、より「詩的」な第一詩集『グイネヴィア妃の抗弁《ディフェンス》』(1853) 収録の詩を仲間のあいだで音読した時、褒められて「これが詩なら、詩を書くのは極めて簡単だ」と語った彼は、その勢いをそのまま、『地上の楽園』執筆に向けたようである（Blissett, E. P. Thompson 参照）。そのためか、韻律と押韻のための不自然な用語と構文、冗長な描写の多用、grey と fair（全四万二千行中で beautiful は一回だけ）の過度な使用など、貶めようと思えば欠点は誰の眼にも明らかだ。

しかし出版当時に雑誌に、次いで『現代の詩歌』(1870) に収録されたアルフレッド・オースティン (Austin) の、『地上の楽園：「前書き」』への感想――「甘美この上ないが、逃避主義者だ。彼の現在からの退却は、偉大な詩歌の立脚条件を回避している」(Lathams 181. 困った事に「逃避主義」は二〇世紀のエリオット等に受け継がれた。See Seki 138ff.) ――は、『地上の楽園』所収の詩編には当てはまらない。二十五歌の冒頭に置かれた「さすらい人たち」は人間存在が置かれている基本的条件の現実的認識、すなわち《楽園の非存在》と《死の必然》という万古不易の真実を直視していて、これは逃避主義の真反対である。またこの「感想」は特に本訳書《秋から冬へ》に収録した大部分の歌についても真反対を述べている事になる。特に「グズルーンの恋人たち」を逃避主義の産物という事は不可能だ。この「感想」の翌年に出たG・W・コックス (Cox) の論評はこの一歌を「時代遅れのアイスランド道徳」を示す嫌悪すべき神話だとしているが、「グズルーン」は、第一に中世道徳の是認ではなく恐るべきリアリズムである。第二にはコックス自身のヴィクトリア朝的道徳感覚が今日では「時代遅れ」になっている。その上、強力な価値観の主張が詩歌の存在意義であるという評価すべきイギリスの伝統的文学観を「グズルーン」は受け継いでいる。モリスの場合、想像力による希望の実現という「夢」は、常に「苛酷な現実」へと目覚めるのであり、これは拙訳『春から夏へ』の冒頭に見える「前書き」としての詩（別名「弁明」）の、春夏秋の美景が十二月の寒風と相対峙《たいじ》する様《さま》そのものである。

次に、モリスの神話・伝説の書き直しが時代の大問題と無縁だという批判にも反論したい。彼は《神喪失》という時代の大問題に面と向きあっていた。彼の既成キリスト教批判は穏健だ。好例は「ウェヌスの丘」の結末。主人公ウォルターは法王の説得に応じず、キリスト教以前の異教の神々を愛した人びとを非難できないと述べてキリスト教による救済を拒否し、《愛の女》の許へ去る――この女はキリスト教と対置される もう一つの価値観の象徴となる。しかし法王もまた、花の咲いた杖を見て、彼の《神》もまた、人間的価値観を容認する事を知って、喜びのなかで息を引き取る。二つの価値観の止揚《アウフヘーベン》が行われるわけだ。「九月」第二話のジョンも天界から帰還した時、母親が《あの世》で家族は再会できるのかとキリスト教の教えを確かめたのに対して、今ここで現に再会できたのだからそのほうがいいではないかと答えて、穏やかな現世主義を示す。

彼の書は、一八四〇年代以降、詩の最大の問題だった神の在・不在を背景にして書かれている。前訳書に書いた事を要約して繰り返せば、テニスンも初期には宗教懐疑を詩の主題にして「感性過多なる二流の精神の仮想告白」(1830)を書き、『イン・メモリアム』のなかにさえ「魂の永遠性への信仰」とは本質的には相容れない唯物論的自然観も採り入れた。ブラウニングの『ポーリン』(1833)もキリスト教への懐疑を歌った長編詩である。アーノルドはより深刻な《キリスト教の否定》を「エトナ火山のエンペドクス」(1852)や「グランド・シャルトルーズ修道院より」(1852)で克明に歌い上げ、彼の親友クラフは宗教懐疑のゆえに、オクスフォード大学での地位を放棄し、『ダイサイカス』(没後発表:1865)でキリストの復活を全否定した。クラフはキリスト教が退嬰した世界では「食え、飲め、遊べ、これこそ至福!/この現世以外には天国は無い/地獄もまた無い」と誰もが考えるようになる事を危惧し、「土より出でし者、土に還る/不正なる者についてと同様、正しき者についても然り」と結論した。だが上記の詩人群はいずれもキリスト教を憎まない穏健性を見せている。そしてモリスはこの延長線上に位置するのである。

彼が全二十五物語詩の冒頭(「さすらい人たち」)で示した不死への探求の不毛性は「後続詩編全てにおいて拡充されるテーマ」(Hodgson 55)である。このテーマはキリスト教が示した《来世での生の継続》が消滅して初めて現れるものだ。六四五頁に書いた「死の意識によって促進される美を経験する願望」もこの認識からこそ生まれた。美の追究だけではなく、古代・中世の人びとが記した幻想への憧憬、人間認識への称讃も同じ意識から芽生えている。

次には彼の晩年の言葉から始めて、後半生における彼の社会思想と芸術観との関連を記したい。

世を去る二年前の九六年、「如何にして私は社会主義者になったか」という一文のなかで、十九歳のときに読み始めて感動したラスキン(John Ruskin, 1819-1900)から、芸術上の理想について大きな影響を受けた事を述べたあと、

ラスキンが居なかったなら、今から二十年前に「私にとって」世

界はどんなに酷《ひど》く荒漠としていたかと言わざるを得ない！彼を通じてこそ、決して曖昧な物ではなかった私の［現代文明への］不満に明確な形を与える事ができたのだ。我が生涯の主導的情熱は、美しいものを産み出す願望を別にすれば、現代文明への憎悪なのである。

(Morris *Vol. XXIII*, 279)

ラスキンからの影響がどんな物であったかを示す端的な言葉は、全てが大文字で書かれた「芸術とは人間の、労働における喜びについての表現である」(同、173)という一句であろう。彼は「これがラスキン教授の言葉そのものでないとしても、これは少なくともこの問題についての教授の主張を具現している」（同）と言葉を継ぐ。そして同頁の前半でモリスは、よき芸術の誕生が「競争を事とする経済活動《コマース》の財布《マネー・バッグ》によって殺戮されつつある」と述べている。また「ラスキンにとっては芸術と宗教と道徳とは同一事物の異れる部面の表現」（加田 243）であったし、この本物の文化全体が有する価値観の重視は、飽くなき経済的利潤追求の埒外《らちがい》にあり、それと対立するものであった。

一般に「商業」と訳されるコマース (commerce) は、特にイギリス・ロマン派詩人（例えばシェリー『マブの女王』に顕著）によって大規模な経済活動の意味で用いられ、世界の害毒を産み出す人間活動として指摘されてきた。古くは新プラトン主義、とりわけ中世哲学者エリゲナ（Johannes Scotus Erigena, 810 頃―877 頃）が、人間界の堕落の底辺たる物質化における人間活動とこれは同一である（Abrams と同邦訳：吉村参照）。この物質化からの脱出と理想状態への上昇はロマン派詩人の各種志向そのものであり、モリスもこのロマン派的情熱を受け継いでいる。しかもモリスはこの経済活動《コマース》が人間界の各種競争を産み出し、多くの意味での戦争の源となる事を一八八五年の「我々の現生活と理想の生活 (How we live and how we might live)」のなかで次のように述べている――

戦争とは……最も好意的に見ても、誰か他の人物の損害を犠牲にした、自己の利益の追求でしかない。戦争のプロセスのなかでは、我々は自己自身の財産の破壊さえ容赦してはならない。またこの闘争のなかでさらに凶悪なものに遭遇するだろう。人びとが殺すため、殺されるために出征する類の戦争については、この事を完全に理解できるだろう。……だが経済活動《コマース》という別種の戦争については……我々はこれをそれほど理解していない。……国際的競争と呼ばれる経済活動《コマース》戦争……これは今日、全ての弾薬用火薬、また文明国家が遂行する銃剣武装戦争の原因である事に間違いはない。(Morris *Vol. XXIII*, 5)

戦争の培養所となる過度な経済活動《コマース》重視と、経済上の利益の貪欲な確保が、文化の敵である事実への確固たる認識がここにはある。経済上の利益に繋がらない文化系・芸術系の学部・学科を国立大学から追放しかねない政策が、堂々と公言される現代日本において、我々もこのモリスの認識に学ぶべきである。モリスが十九歳のときにクリミア戦争（1853–56）が勃発し、二十歳のときにはイギリスもこれに参戦した。その三年後にはインドでセポイの反乱（植民地反対戦争のさきがけ）が起こり、ヴィクトリア朝の最大に美徳とされた男の行為は、戦陣における勲功であった。このようなバックグラウンドのなかで『地上の楽園』は執筆された——本書所収の諸編が、表面上はヴィクトリア朝の常識に沿って勇ましい男性の武力行為・権力の座への熱望を扱いながら、裏面において、それが楽園の成就を妨げている様を如何に巧みに描き出したかは、「訳者より13」などですでに詳しく述べたとおりである。

モリスが後半生において、ロマンティックな社会主義の夢想に熱中した事は事実である。だがモリス全集の第二三巻のあちこちを読めば、当時、現代よりもさらに貧富の差が膨大で、労働者が経済的にも精神的にも極めて悲惨な状況にあり、その現状を彼がどう見ていたかが判る——

> 今、私たちが生きている状況では、産業に従事する人びとの巨大な部分が、周期的に半飢餓状態の危険に晒される事が必要とされてしまうのだ。しかもこれは……この人びと自身の堕落と奴隷化という結果を招く。（同、9）

その結果「人びと全体が芸術に無関心で無知となる。生まれつき持っている美を求める本能が抑制され歪められる」（同、168）。ロンドンだけではなく、あらゆる都市がロンドンを真似て地獄のように醜くなり、自然美さえ失われる（同、170）。こうしてモリスは民衆のための芸術の必要性を説いてゆく。彼の社会主義論の特徴は、このように美と芸術からの民衆の阻害を嘆く点でユニークである。

モリスの人生最後の一年は病との闘いであった。それでも自然美を求めて車椅子で戸外に出て散歩し、死を招く大量の喀血をした (Lindsay 375) のも散歩中の事だった。「あとがき」に書くように、幼年時代の遊び場の自然風景は今も美しい。

呉茂一（訳）『イーリアス』、筑摩書房世界文学大系 1『ホメーロス』、1961.
Latham, David & Latham, Sheila. *An Annotated Critical Bibliography of William Morris*. London: Harvester Wheatsheaf & New York: St. Martin's Press, 1991
Lemprière, John. *A Classical Dictionary*. Originally published 1788; Routledge, 1919.
Lindsay, Jack. *William Morris: His Life and Work*. London, Constable, 1975.
Morris, William. *The Collected Works of William Morris, vol. VII* (including *The Völsunga Saga*). London, New York, Bombay, Calcutta, Longmans Green and Company, 1911.
—— ibid, *vol. XXIII, Lectures on socialis, etc*. 1915.
Oberg, Charlotte H. *A Pagan Prophet William Morris*. Charlotteville, Virginia UP, 1978.
小野二郎『ウィリアム・モリス』、中央公論社＝中公新書、1973.
Pater, Walter. *The Renaissance*, California UP, 1980.
Seki, Yosiko（関良子）. *The Rhetoric of Retelling Old Romances: Medievalist Poetry by Alfred Tennyson and William Morris*. Eihosha, 2015.
柴田忠作（訳）J. L. バイヨック著『アイスランド・サガ――血讐の記号論』、東海大学出版会、1997.
谷口幸男（訳）『アイスランド サガ』、新潮社、1979.
Thompson, Edward Palmer. *William Morris: Romantic to Revolutionary*. New York, Pantheon Books, 1955.
Weinroth, Michell. *Reclaiming William Morris: Englishness, Sublimity, & The Rhetoric of Dissent*. McGill-Queen's UP, 1996.
山室静『北欧文学ノート』、東海大学出版会、1970.

参考文献表

1 次資料

Morris, William. *The Collected Works of William Morris, vols. I, III & IV*. London, New York, Bombay, Calcutta, Longmans Green and Company, 1910–11.

——. *The Collected Works of William Morris, vol. III & IV*. Russell & Russell, 1966.

——. *The Collected Works of William Morris, vol. III & IV*. Routledge/Hoemmes & Kinokuniya, 1992.

Boos, Florence S.(ed.) *The Earthly Paradise, In Two Volumes*, New York & London, 2002.

2 次資料

Abrams, M. H. *Natural Supernaturalism*. Norton,1973. 同邦訳：吉村正和訳『自然と超自然、ロマン主義理念の形成』、平凡社、1993.

Blissett, William. 'Shadow of Turning in *Earthly Paradise*', in Faulkner & Preston below.

Boos, Florence S. (ed.) Introduction & notes to *The Earthly Paradise, In Two Volumes*, New York & London, 2002.

Bradley, Ian. *William Morris and his world*. Thames and Hudson, 1978.

Calhoun. Blue. *The Psastoral Vision of William Morris: The Earthly Paradise*. Athens, Georgia UP, 1975.

Faulkner, Peter & Preston Peter (eds.). *William Morris: Centenary Essays*. Exeter UP, 1999.

Fredeman, W. E. & Nadel, I. B.(eds). *Victorian Poets after 1850. Dictionary of Literary Biography 35*. Detroit & Michigan, Gale Research Company, 1985.

Goodwin, K. L. 'William Morris'. In Fredeman & Nadel above.

Henderson, Philip. *William Morris: His Life, Work and Friends*. Thames & Hudson, 1967; André Deutsch, 1986. 同邦訳：川端康雄、志田均、永江敦訳『ウィリアム・モリス伝』、晶文社、1990.

Hodgson, Amanda. *The Romances of William Morris*. Cambridge UP, 1987.

富士川義之『ある唯美主義者の肖像——ウォールター・ペイターの世界』、青土社、1992.

加田哲二『ウィリアム・モリス——芸術的社会思想家としての生涯と思想』、岩波書店、1924.

上坪正徳「幻想のエデン——ウィリアム・モリス『地上楽園』の冬の物語詩」、『埋もれた風景たちの発見——ヴィクトリア朝の文芸と文化』、中央大学出版部、2002.

訳者後書き

海外へ出かける事の少ない私が、七月初旬に外務省が、渡航危険国として真っ赤に塗りつぶしたイギリスに行ってきた。一つ目の目的はウィリアム・モリス・ギャラリーを見てくる事、二つ目は古代の都市城壁を写真に撮ってくる事だった（城壁の写真は表紙と、「訳者より1」に掲げてある）。

モリス・ギャラリーは、インターネット上の、ギャラリー自身による広告めいたサイトでは、バス便もあるが「徒歩十分」で地下鉄駅「ウォルサムストウ・セントラル」から到達できるとされていた。八十一歳の脚力を考えて、まずバスに乗り、運転手さんにこのギャラリーへゆく道順を尋ねた。だが、そんなギャラリーは知らない、徒歩十分というのなら、最初のバス停で降りて人に訪ねたまえというアドバイスに接した。そこで最初のバス停で降り、バスの行く手に向かって歩き始め、何人かの通行人に尋ねたが、誰も知らないという――ただ、通行人の大半は、近頃EUの何らかの国からの移民として来た人だったかも知れない。二十五分ほどして、左の道から歩いてきた知的な女性に尋ねたところ、「最も判りやすく言えば……」としばし考えたのち、「今、私が来た道を真っ直ぐ歩き、右折できる最初の大きな道路に入り、さらに坂道を下り、クルマの通る大きな道に出たなら右を見よ、すると森が見えます、そこがギャラリーですよ」と丁寧に教えてくれた。そのとおりに十五分ほど歩き、右折し、百米歩くとようやく森が見えた。バス停から歩いて四十五分のちのことだ。「ウォルサムストウ・セントラル」から「徒歩十分」は、現地で手にした案内書にも明記されていた。またギャラリーの「ショップ」で買い物をしてもレシートも出さず、袋にも入れないほど倹約を心がけている。この時思い出したのは、十五年前に毎晩クラシック音楽が響いていたウィッグモア・ホールが今はほとんど演奏スケジュールを持たず、世界的に名高い「プロムス」も妙なダンスと音楽が主流となるなど、およそ知的ではないプログラムが目白押しで、フォーレの宗教曲を特集した「啓蒙時代の管弦楽団」の演奏だけが光っていた事だ。またロンドンの有名だった小画廊が収蔵画の重要部分を失っている。文化の低劣化が目だった。

さて、モリス・ギャラリーの展示には大いに感心したのだが、モリス自身の作品は僅かだった。モリス周辺の美術家たちの技と美意識を知るには、ここは天国的である。にもかかわらず、私と妻が優に一時間ほど、あまり大きくない展示場を巡りに巡っている間に、誰一人、他の入場者に出遭わなかった。これも文化の衰退か？　また学芸員が決してこのギャラリーに来ないという運営方針が知的鑑賞者を遠ざけるのか？

しかしギャラリーに隣接する裏庭は、広大な公園のようで、母親が幼児を遊ばせていた。花が咲き乱れ、また広場と花壇が尽きるところからは鬱蒼とした森が続き、モリスが幼年・少年時代に泳いだり、釣りをしたりした大きな池がその中にある。モリスはさらに奥の、エッピング森にも大きな影響を受けたらしく、彼が自然風景に接し続けずにいられなかった理由を理解できた。ここに掲げる写真は庭のほうから見たギャラリーの姿である（正面入口方向から見たギャラリーの写真は、インターネット上にふんだんに掲げられている）。庭は、写真にはない花々と緑の故に、訪れる価値が十分にある。

さて出版元の山口隆史社長には、今回も本文、校正の提出日を次々と遅らせた訳者のわがままの全てを許していただき、心からこれに感謝を捧げる。またこんな「売れない本」に協力して下さった同社の荒川昌史氏、お手伝い下さった「ほんのしろ」社主本城正一氏、装幀担当の吉成美佐氏にも感謝したい。

この本でもまた、訳出・校正のほぼ全てを成蹊大学図書館で行った。広い窓の外に、いつでも緑豊かな庭が見える。眼疾があまり悪化しなかったのは一つにはそのお蔭である。だがそれ以上に、館員の皆様のご親切には頭が下がる。衷心から感謝を述べたい。

なお加齢黄斑変性の悪化を防ぐには、茹でたほうれん草、ブロッコリー、人参、焼いたトマト等々の黄緑野菜を、蛋白質食品とともに絶えず、たくさん食するのが効果的だとして、毎朝弁当作り、毎夕献立考案に多大な時間を費やし、眼疾だけではなく、私の体調の悪化を防いでくれた森松皓子《あき》にもお礼を言う。

二〇一六年十月四日

森松　健介

追記　二校ゲラの提出間際になって、モリスがしばしば原典として用いたランプリエールの『古典古代辞典《クラシカル》』を参照した。しかしそのあちこちを見るとモリスが原話の人物や情景にいかに多様な綾取りを与えていたかが判る。例えば訳者より16に記したベレロポーンへの記述は「王は彼と王女を結婚させた」(Lemprière 104) 程度の簡潔さであり、ピロノエーの項目はあるが三行あまりの略述にはその人柄に触れる余地はない。他の人物群についてもほぼ同様である。

The Earthly Paradise by William Morris:
12 Narrative Poems, 'Epilogue' and 'L'Envoi'

訳者紹介

森 松 健 介（もりまつ　けんすけ，1935 年生まれ）

東大大学院修士課程、神戸市外大講師を経て現在中央大学名誉教授。

単著：『十九世紀英詩人とハーディ』中央大学出版部；『テクストたちの交響詩：ハーディ全小説』同；『抹香臭いか、英国詩』同；『近世イギリス文学と《自然》』同；『イギリス・ロマン派と《緑》の詩歌』同；『バーバラ・ピム全貌』音羽書房鶴見書店。

単訳著：『ハーディ全詩集 I, II』中央大学出版部（第 33 回日本翻訳文化賞）；「アン・ブロンテ全詩」みすず書房『ブロンテ全集 10』；大阪教育図書ハーディ全集 14–1 巻『覇王たちI』；『新選　ジョン・クレア詩集』音羽書房鶴見書店。

共訳著：ウイリー『十八世紀の自然思想』みすず書房。他に著・訳書多数。

地上の楽園
——秋から冬へ

2017 年 1 月 15 日　初版発行

著　者　ウィリアム・モリス
訳　者　森 松 健 介
発行者　山 口 隆 史
印　刷　シナノ印刷株式会社

発行所　株式会社 音羽書房鶴見書店
〒 113–0033 東京都文京区本郷 4–1–14
TEL 03–3814–0491
FAX 03–3814–9250
URL: http://www.otowatsurumi.com
e-mail: info@otowatsurumi.com

Printed in Japan
ISBN978-4-7553-0294-7

組版　ほんのしろ／装幀　吉成美佐（オセロ）
製本　シナノ印刷株式会社